Für meinen Vater

LAURA MOORE

Ein Versprechen im Wind

Roman

Aus dem Amerikanischen von Marion Koppelmann

WILHELM HEYNE VERLAG
MÜNCHEN

HEYNE ALLGEMEINE REIHE
Band-Nr. 01/13794

Die Originalausgabe
CHANCE MEETING
erschien 2001 bei Pocket Books,
a division of Simon & Schuster, Inc.

Umwelthinweis:
Dieses Buch wurde auf
chlor- und säurefreiem Papier gedruckt.

Redaktion: Birgit Groll

Deutsche Erstausgabe 08/2003

Der Wilhelm Heyne Verlag ist ein Verlag der
Ullstein Heyne List GmbH & Co. KG
Printed in Germany 2003
Umschlagillustration und Umschlaggestaltung: Nele Schütz Design
Satz: KompetenzCenter, Mönchengladbach
Gesetzt aus der Berling
Druck und Bindung: Elsnerdruck, Berlin
http://www.heyne.de

ISBN: 3-453-87006-9

Teil 1

1989

1. Kapitel

Lake Placid, New York

»Oh, mein Gott, oh, mein Gott, Ty, Ty, er ist es!« Lizzie stieß der Freundin so heftig in die Seite, dass diese stolperte und mit der Nasenspitze in ihrem Minzsofteis mit Schokoladenstückchen landete.

»Menschenskind«, murmelte Ty ärgerlich und sah vorwurfsvoll auf die Waffel, deren Eishaube nun extreme Schräglage aufwies und jeden Augenblick auf ihren beigen Reithosen zu landen drohte. Eindeutig eine Krisensituation. Mit dem Handrücken wischte sich Ty die klebrig-grüne Schmiere von der Nase, bevor sie die gefährlich schwankende Eismasse noch einmal zum Gesicht führte – diesmal zum Mund – und kräftig daran leckte, um sie wieder ins Gleichgewicht zu bringen.

Dummerweise hatte der starke Minzgeschmack seine erfrischende Wirkung bereits eingebüßt, da der Nordosten der Vereinigten Staaten seit Tagen unter einer Hitzewelle litt. Es war noch nicht einmal neun Uhr, aber das Thermometer zeigte bereits über dreißig Grad Celsius an. In der Wettervorhersage fürs Wochenende war von fast vierzig Grad die Rede gewesen. Das hatte es im nördlichen Teil des Bundesstaates New York fast noch nie gegeben. Ein besonders unschöner Nebeneffekt der Hitzewelle war die Tatsache, dass sie Tys Begeisterung für ihre Lieblingsleckerei zunichte machte. Ein echter Tiefschlag. Das Softeis war inzwischen kaum mehr als ein klebriges, schmelzendes Etwas, das ihr zwischen den Fingern hindurchlief, und sie wollte es so schnell wie möglich loswerden. Normalerweise genoss Ty an Turniertagen die Freiheit, zu jeder erdenklichen Stunde Sachen zu essen, die in die Kategorie »ungesund« fielen. Pizza um acht, einen Hamburger beim Warmreiten um zehn und natürlich Softeis. Dabei zog auch das Argument, es sei immer noch Frühstückszeit, nicht, da Ty dann gewöhnlich schon seit Stunden auf den Beinen war. Und wenn sich ihr Vater doch einmal die Mühe machte, vorbeizukommen, um ihr beim Reiten zuzusehen, erschien er keine Minute vor dem Start ihrer Klassen. Dadurch lief sie auch niemals Gefahr, sich seinem kalten, missbilligenden Blick auszusetzen, weil sein einziges Kind etwas so Unerhörtes tat, wie vor dem Mittagessen Eis zu sich zu nehmen. An diesem Morgen war es jedoch einfach viel zu heiß zum Essen – selbst für Eiscreme.

Nachdem ihr der Appetit vergangen war, entdeckte Ty einige Schritte entfernt einen noch fast leeren Mülleimer, dessen Rand bisher kaum von Wespen umsummt wurde. Nur ganz wenige Zuschauer oder Wettbewerber, die zu dieser frühen Stunde auf dem Turniergelände erschienen waren, hatten sich bisher ernsthaft der Nahrungsaufnahme gewidmet. Ty ließ die widerliche Eiswaffel in den Eimer fallen und sah auf ihre Hände. Warum bloß hatte sie so hastig das Serviettenangebot des Mannes ausgeschlagen, der aus 35-Liter-Behältern Softeis zapfte? Jetzt, dachte Ty düster, war sie dazu verdammt, mit einer klebrig-grünen Patina überzogen auf dem Turniergelände herumzulaufen. Eine Katastrophe!

Als ihr deren Verursacherin wieder einfiel, sah sie aus den Augenwinkeln zu ihrer besten Freundin. Nach wie vor stand Lizzie wie angewurzelt da, und was immer ihre Aufmerksamkeit in Anspruch nahm, schien ihr außerdem die Sprache verschlagen zu haben. Das alarmierte Ty wesentlich mehr als Lizzies Ellbogenstoß, denn ihre Freundin konnte normalerweise nicht den Mund halten. Eine Eigenschaft, die ihre Klassenlehrerin in regelmäßigen Abständen anprangerte. Da es sich dabei um das Intelligenteste handelte, was Mrs. Brockhurst so von sich gab, ließ die Frau keine Gelegenheit aus, es zu wiederholen. Arme Mrs. Brockhurst.

Aber wer, um alles in der Welt, wirkte auf Lizzie, als hätte sie gerade einen Blick auf Tom Cruise erhascht? Tom Cruise? Moment mal, dachte Ty, hatte sie nicht einen Artikel über ihn und Pferde in einem der Hochglanzmagazine gelesen, die sie beim Kieferorthopäden immer durchblätterte? Ty sah auf und ließ den Blick über die Menge schweifen.

Doch mit einem Schlag verflog jeder Gedanke an Tom Cruise, und Ty stockte der Atem. Danach musste sich die Luft erst einmal an dem Kloß vorbeizwängen, der sich inzwischen in ihrem Hals gebildet hatte. Er rührte von der unerfüllten Sehnsucht her, die Ty mit zahllosen Artikeln nährte, die sie aus *Equus, Practical Horseman* und anderen Zeitschriften für Pferdeliebhaber ausschnitt, weil sie von dem Mann handelten, der nun gerade einmal zwanzig Meter von ihr entfernt stand. Sie nahm sogar TV-Interviews mit ihm auf, um seine Stimme mit dem für ihre Ohren herrlich exotischen Kentucky-Akzent so oft hören zu können, wie sie wollte. An seinem Lächeln konnte sie sich ebenfalls nicht sattsehen. Dabei seufzte sie jedes Mal sehnsüchtig, wenn die Kamera zufällig das Zwinkern seiner blauen Augen aufnahm, während er mit einer geistreich witzigen Bemerkung auf die Frage des Reporters antwortete, was er denn von seinen Mitbewerbern und deren Pferden halte.

Er war ihr Idol: Steve Sheppard. Aber handelte es sich bei dem Mann da vorn tatsächlich um ihn?

Seitdem Ty an den größeren Reitturnieren teilnahm, hatte sie schon oft davon geträumt, ihm zu begegnen. Wenn sie am Abend vor einem solchen Turnier ins Bett ging, fragte sie sich jedes Mal, ob Steve Sheppard am nächsten Tag auch da sein würde. Vielleicht würde er sie dann reiten sehen, wäre von ihrem außerordentlichen Talent beeindruckt und wollte sie kennen lernen. Sie fänden sich von Anfang an attraktiv, kämen ins Gespräch, und … er würde sie verstehen.

»Siehst du, wer da steht?«, fragte Lizzie jetzt so eindringlich, wie es die Situation erforderte.

»Ja.« Ty gelang nur ein Flüstern. Immer noch sah sie wie gebannt zu ihm und konnte von seinem Anblick gar nicht genug bekommen. Den Kopf mit dem kurz geschnittenen blonden Haar hielt er leicht geneigt, während er der jungen Frau neben sich zuhörte – den rostfarbenen Reithosen und der ärmellosen Reitbluse nach zu urteilen ebenfalls eine Wettbewerberin.

Als Steve Sheppard und die Frau begannen, um den Parcours zu gehen, stand Ty immer noch da und sah ihn ehrfürchtig und sehnsüchtig zugleich an.

»Komm mit«, drängte Lizzie und nahm sie beim Arm. »Wir müssen ihm folgen.«

»Aber das geht doch nicht!«, stieß Ty verzweifelt hervor. »Wir können doch nicht einfach *Steve Sheppard* auf dem Turniergelände nachlaufen. Das wäre nicht richtig, ich meine, immerhin ist er Steve Sheppard!«, fügte sie hinzu, als sei das Erklärung genug.

»Ja, und wie lange himmelst du ihn jetzt schon an? Das kann ich dir genau sagen: seit der fünften Klasse. Weißt du noch, wie wir ihn das erste Mal gesehen haben, im Madison Square Garden? Als dein Vater Sam erlaubt hat, mit dir zur *National Horse Show* zu gehen, und du gebittet und gebettelt hast, bis Sam mir erlaubt hat, dich zu begleiten? Jetzt komm schon«, wiederholte Lizzie ungeduldig und zog Ty, die immer noch zögerte, hinter sich her. »Wir sind keine mickrigen Fünftklässler mehr, wir sind Frauen.«

Sicher, dachte Ty spöttisch. Lizzie mochte inzwischen alle körperlichen Attribute besitzen, die die Jungen dazu brachten, ihr hinterherzulechzen. Aber sie, Ty, war leider in einem vorpubertären Stadium stehen geblieben und ihr Körper einfach nur eine peinliche Lachnummer. Vor einigen Monaten hatte sie schon gedacht, ihr wüchsen endlich Brüste. *Pah!* Das Einzige, was sie aufweisen konnte, waren zwei kleine Beulen mit Brustwarze, dem labbrigen Ende eines Luftballons direkt nach dem Knoten nicht unähnlich. Der Vergleich hinkte nur insofern, als man bei ihrer Oberweite nicht im Entferntesten von Ballons sprechen konnte.

Aber Lizzie hatte richtige Brüste, weibliche Hüften und einen hübschen runden Po, nicht zu groß und nicht zu klein. Die Jungen umschwärmten sie wie Bienen den Honig. Sogar ältere Semester. Nicht dass Ty Lizzie die Schönheit missgönnt hätte. Dazu mochte sie ihre Freundin viel zu gern.

Und Steve Sheppard war dreiundzwanzig Jahre alt, damit fast ein Jahrzehnt älter als sie und nebenbei der aufregendste US-amerikanische Turnierreiter seit Jahren.

Wieder genoss sie seinen Anblick.

Er trug Jeans und ein kobaltblaues Polohemd.

Seine lässige Kleidung stand in krassem Gegensatz zu den zahlreichen beigen, hellbraunen und weißen Reithosen, den schwarzen Stiefeln, kurzärmligen Hemden und ärmellosen Reitblusen der anderen Turnierteilnehmer; Reitsakkos wurden bei dieser Hitze erst in allerletzter Minute angezogen. Bestimmt war Lizzie zunächst auf sein leuchtend blaues Hemd aufmerksam geworden. Danach war es ein Leichtes, ihn zu erkennen. Das goldblonde Haar, das gute Aussehen und die souveräne fachmännische Ausstrahlung machten ihn zu einem Menschen, den man nicht so schnell vergaß.

Lizzie zog Ty immer noch hinter sich her, als die junge Frau neben Steve Sheppard stolperte und gegen ihn stieß. Er fasste sie beim Ellbogen, blieb stehen und sah ein wenig besorgt zu ihr hinunter. Seine Lippen bewegten sich. Bestimmt fragte er sie, ob alles in Ordnung sei. Daraufhin richtete sie sich wieder auf, stellte sich auf die Zehenspitzen und drückte ihm einen Kuss auf den Mundwinkel.

Als sich die beiden umdrehten und zum mit Pferdetransportern aller Art überfüllten Parkplatz gingen, sah Ty das triumphierende Lächeln der Frau, und für einen Moment blieb ihr das Herz stehen.

Auch Lizzie hatte den Kuss beobachtet, ihn aber sofort abgetan. Ein so unbedeutender Zwischenfall konnte sie nicht von ihrer Mission abbringen. Jede zurechnungsfähige Frau wäre versucht, einen Traumtyp wie Steve Sheppard zu küssen. Wahrscheinlich wurde er sogar allein aus diesem Grund von alten Damen gebeten, ihnen über die Straße zu helfen. Deshalb wäre es geradezu lächerlich, aus dieser Mücke von einem Kuss einen Elefanten zu machen. Ty sah das vielleicht anders, aber Ty verfügte auch nicht über viel Erfahrung im Küssen. Dabei hatte Lizzie ihr Bestes getan, um ihrer Freundin diesbezüglich unter die Arme zu greifen. Sie hatte ihr Kandidaten von der Jungenschule gegenüber gezeigt, die sich ihrer würdig erweisen würden, wenn Ty ihnen nur einmal so etwas wie eine Chance geben würde. Aber bisher schien Ty nicht am Küssen interessiert zu sein. Lizzies Meinung nach ein schreckliches Versäumnis. Wofür waren Jungen denn sonst da? Aber sie wusste, dass Ty alles geben würde, um Steve Sheppard kennen zu lernen, und war deshalb wild entschlossen, ein Treffen zwischen den beiden herbeizuführen. Wie ein Bluthund, der eine Fährte aufgenommen hatte, folgte sie jetzt dem sich entfernenden Idol ihrer Freundin und zog eine protestierende Ty hinter sich her.

Als Ty die Stiefelabsätze in die Grasnarbe hieb und Lizzie damit schon wieder zwang, langsamer zu gehen, warf ihr diese einen ungeduldigen Blick zu. Sie wollte ihre Beute nicht aus den Augen verlieren.

»Was ist denn?«

»Halt an, Lizzie! Das können wir nicht tun. Erstens müssen wir die Pferde warm reiten, und zweitens sieht Sam bestimmt nicht tatenlos zu, wie ich einem Steve Sheppard hinterherjage. *Ganz bestimmt nicht, sogar!*«, schloss sie bekümmert.

Sam Brody hatte einmal für die New Yorker Polizei gearbeitet und war dort Detective oder so etwas gewesen, bis ihr Vater ihn anheuern ließ, um sie zu beschützen. Auch das war eine der großen Peinlichkeiten in Tys Leben. Sie brauchte verdammt noch mal keinen Bodyguard. Kein Mensch würde sie für etwas Besonderes halten; sie sah aus wie alle anderen: normal eben. Und auf ihrer Stirn stand auch nicht: »Hallo, mein Vater ist superreich, kidnappe mich!« Wenigstens war Sam so freundlich, nicht an die große Glocke zu hängen, dass er jeden ihrer Schritte überwachte, genauso wie die der Menschen, die sich ihr auf drei Meter näherten.

Lizzie runzelte leicht die Stirn, sodass die Sommersprossen auf ihrem Gesicht in Bewegung gerieten. Mist, an Sam hatte sie ja überhaupt nicht mehr gedacht. Irgendwie war es cool, dass er sich nur wenige Meter hinter Ty aufhalten und trotzdem so, nun ja, unsichtbar bleiben konnte, dass man seine Anwesenheit ganz vergaß. Natürlich nur, wenn man nicht Ty Stannard hieß. Aber Lizzie ging davon aus, dass sie selbst es auch als superstörend empfinden würde, wenn ihr Vater so paranoid wäre, einen Bodyguard für sie einzustellen. Aber ihre Eltern besaßen ja auch nicht Milliarden von Dollar.

»Okay, dann hängen wir Sam eben ab. Warm reiten können wir uns, *nachdem* wir Steve Sheppard kennen gelernt haben. Bis unsere Klasse dran ist, bleibt uns noch Zeit ohne Ende. Wenn wir die Sache hier schnell genug abziehen, kriegt Sam wahrscheinlich nicht einmal mit, dass wir entwischt sind.«

Der Vorschlag war so unerhört, dass Ty vor Staunen der Mund offen stand. Vierzehnjährige Mädchen hängten einen Bodyguard wie Sam Brody nicht einfach ab. »Du glaubst doch nicht allen Ernstes, dass wir ihn mal eben loswerden können, oder?«

»Natürlich können wir das!« Lizzie klang ganz aufgeregt. »Wir tun einfach so, als wollten wir dort drüben aufs Klo. Steve Sheppard geht ohnehin in die Richtung. Wir machen aber nur die Tür auf, ducken uns und laufen seitlich an den Toilettenhäuschen vorbei. Ich wette, Steve geht zu seinem Transporter, um sich umzuziehen oder so was.« Sie kicherte. »Vielleicht will er auch Miss Kussecht sein Zaumzeug zeigen. Wie heißt der Stall noch gleich, für den er reitet? Golden Club?«

»Golden Crest Farm«, antwortete Ty wie aus der Pistole geschossen und begriff erst danach, dass Lizzie sie nur aufziehen wollte. Natürlich wusste ihre Freundin, dass Steve immer noch für diesen Privatstall in Southampton antrat, obwohl das Gerücht umging, er habe sich erst kürzlich eine Farm in Bridgehampton, New York, gekauft. Ob er wohl bald seinen eigenen Stall aufmachen würde?, überlegte Ty. Schade, dass sie niemals die Chance bekäme, ihn danach zu fragen.

Das Problem war nur, dass sich Lizzie dessen nicht bewusst war. »Um Himmels willen, Lizzie, ich hoffe, dir ist klar, dass dein Plan nicht funktioniert. Welche Filme hast du dir denn in letzter Zeit angesehen? Sämtliche Folgen von *Miami Vice*? Sam abhängen? Wenn wir das tun, droht uns Hausarrest bis ans Lebensende, und ich will gar nicht daran denken, wie peinlich es wird, wenn Sam uns erwischt.«

Doch trotz dieser Bedenken stellte Ty fest, dass sie auf die Reihe hellblauer tragbarer Toilettenhäuschen zuging. Lizzie hatte einfach so eine Wirkung auf Menschen.

»Man kann sich einer Sache nie sicher sein, bevor man sie nicht ausprobiert hat, oder?« Lizzie schenkte Ty ein herausforderndes Lächeln, bevor sie Groucho Marx imitierend übertrieben mit den rotblonden Augenbrauen wackelte. »Weißt du, Ty, manchmal muss ein Mädchen eben tun, was ein Mädchen tun muss.«

Lizzie konnte wirklich komisch sein!

Urplötzlich brach Ty in schallendes Gelächter aus. Vornübergebeugt stand sie da und hielt sich die Seiten, während ihr Tränen über die Wangen liefen. Als sie weiter auf die Toiletten zugingen, blitzte ihre Zahnspange immer noch im grellen Sonnenschein. Auch das war ein Grund, weshalb Ty Lizzie Osborne von allen Menschen auf dieser Welt am liebsten hatte. Lizzies unglaubliche Lebenslust steckte jeden an. Sie vermittelte Ty das Gefühl, selbst verrückte, törichte Sachen tun zu können wie jedes andere Kind. Lizzie musste sich nicht perfekt benehmen und zu Tode langweilen, als entspränge sie den sterilen Seiten des alt-ehrwürdigen amerikanischen Lifestyle-Magazins *Town and Country*.

Lizzie war die beste Freundin, die Ty sich vorstellen konnte, und das schon seit Tys erstem Tag in der privaten Mädchenschule, die sie seit fünf Jahren besuchte. Damals in der dritten Klasse kannten ihre siebzehn zukünftigen Mitschülerinnen sich alle bereits seit dem Kindergarten. Hinter ihren Schultischen aus Plastik und Metall war Lizzie die Einzige gewesen, die »die Neue« angelächelt hatte. Tys Zuneigung und unumstößliche Loyalität gewann Lizzie endgültig in der zweiten Stunde. Während die Lehrerin noch umständlich eine Multiplikationsaufgabe an der Tafel besprach, hatte Ty sie längst gelöst. Lizzie drehte sich zu ihr um und fragte im Flüsterton, ob sie nicht in der Pause mit ihr spielen wolle. Auf Tys schüchternes Nicken hin grinste Lizzie und sagte so laut: »Klasse!«, dass sie eine Ermahnung kassierte.

Als an diesem ersten Schultag das Klingelzeichen ertönte, das die Mädchen in den Nachmittag entließ, beobachteten Tys Mitschülerinnen mit Argusaugen, wie sie von einem kräftig gebauten, abschreckend aussehenden Mann begrüßt wurde. Er stand neben einem Rolls Royce mit Chauffeur und war eindeutig viel zu jung, um ihr Vater zu sein. Außerdem hörten sie klar und deutlich, wie er sie mit »Miss Ty« ansprach. Die Mädchen bemerkten auch sofort, dass die neue Schülerin weder von ihrer Mutter noch von ihrem Kindermädchen erwartet wurde. Sie trödelten herum, damit sie durch die geöffneten Türen einen Blick in den Rolls werfen konnten, dessen getönte Scheiben zuvor jeglichen Einblick verwehrt hatten. Der Verdacht, der den Mädchen schon während des Schultags gekommen war, wurde nun bestätigt. Ty war anders. Die Reihen schlossen sich, und man verwehrte ihr endgültig den Zugang zu Freundschaften und Cliquen.

Mit der Zeit wäre es ihr vielleicht gelungen, ihre Mitschülerinnen für sich einzunehmen, indem sie sie zu sich einlud. Aber das erlaubte ihr Vater nicht. Es kostete Ty enormen Mut und unendlich viele Nerven, ihn diesbezüglich während der kommenden Wochen immer wieder zu fragen. Er gab ihr allerdings nie eine befriedigende Antwort, sagte nur, es sei unmöglich und sie solle ihn nicht ausgerechnet jetzt damit belästigen. Einmal hatte er noch wichtige Unterlagen durchzusehen, ein anderes Mal wartete er auf eine Konferenzschaltung. Manchmal musste er auch dringend zu einem Meeting ins Büro oder der Hubschrauber stand bereit, um ihn zum Flughafen zu bringen, wo sein Privatjet wartete.

Als Ty begriff, dass die Antwort ihres Vaters niemals positiv ausfallen würde, fragte sie ihn nicht mehr. Aber sie dachte lange über seine abschlägige Antwort nach, betrachtete das Problem von allen Seiten und kam zu dem Schluss, dass ihr Vater der Meinung sein musste, die anderen Mädchen in der Schule wären nicht gut genug für sie. Selbst damals mit acht Jahren wusste Ty bereits, dass *gut genug* seiner Ansicht nach bedeutete, genug Geld zu besitzen. Als sie dann begriff, wie reich ihr Vater tatsächlich war, wurde ihr ebenfalls klar, dass auf der ganzen Welt gerade einmal sechzig Familien infrage kamen, deren Nachwuchs *gut genug* für seine Tochter war. Leider ging kein Abkömmling dieser Familien in Tys Klasse.

Glücklicherweise hatte sich Lizzie nie um so etwas gekümmert. Sie ließ sich auch niemals von der großen schwarzglänzenden Limousine abschrecken, die jeden Tag nach der letzten Stunde am Schulportal vorfuhr. Sie empfand es ebenfalls nicht als ungewöhnlich oder befremdlich, dass Ty nie von einem Familienmitglied abgeholt wurde. Sie war auch nicht beleidigt, als Monate vergingen, ohne dass Ty sie nach der Schule zu sich eingeladen oder eine ihrer zahlreichen Einladungen angenommen hätte. Tag um Tag winkte sie ihr einfach zu und rief fröhlich: »Bis morgen, dann, Ty«, bevor sie an der Hand ihrer Mutter die Straße hinunterhüpfte.

Nachdem sich ihr Vater als so stur erwiesen hatte, wandte sich Ty an Sam Brody, ihren Bodyguard. Es war nicht leicht, ihn davon zu überzeugen, sich einmal mit Lizzies Mutter über die Möglichkeit eines gemeinsamen Nachmittags der Mädchen zu unterhalten.

Vielleicht trug die sichtliche Einsamkeit und die rührende Bemühung der achtjährigen Ty um eine Freundin dazu bei, dass Sam sich erweichen ließ. Jeden Nachmittag konnte er beobachten, wie Ty dem einzigen Mädchen nachwinkte, das sich mit ihr abgab, und sie so lange neben dem Rolls wartete, bis es am Ende der Straße um die Ecke bog. Erst dann begab sich Ty zögerlich ins düstere Innere der Luxuskarosse mit der handgefertigten Leder- und Mahagoniausstattung. Irgendwann hatte Sam genug von dem Drama, das sich täglich vor seinen Augen abspielte, und wurde Tys Verbündeter. Es war ihm egal, dass er damit den Zorn ihres Vaters Tyler Stannard riskierte, sollte dieser erfahren, was ohne seine ausdrückliche Genehmigung geschah. Dabei ging es nur um einige Nachmittage, die Ty mit ihrer besten Freundin verbrachte – Popcorn aß, gemeinsam Hausaufgaben machte und sich über irgendetwas völlig Unwichtiges totlachte.

Ty fühlte sich Sam zu großem Dank verpflichtet, weil er erkannt hatte, wie wichtig es für sie war, einen Menschen zu haben, der sie um ihretwillen mochte und nicht, weil sie Tyler Stannards einziges Kind war.

Aber der Plan, den Lizzie da gerade ausgeheckt hatte, hatte damit nichts mehr zu tun. Wenn Sam auch ihr Bedürfnis nach einer Freundin verstand, hieß das noch lange nicht, dass er sie auf dem Turniergelände von Lake Placid frei herumlaufen lassen würde, während sie einem Steve Sheppard nachjagte wie ein außer Rand und Band geratener Fan.

Trotzdem würde sie es tun. Irgendwie hatte sie den Punkt erreicht, an dem sie die Stabilität des goldenen Käfigs testen musste, den ihr Vater um sie errichtet hatte. Ihr Vater, der Immobilienkönig, der so hervorragend im Errichten von Dingen war. Sie wollte feststellen, ob sie ausbrechen konnte, wenn auch nur für einen Augenblick. Darüber wäre Sam bestimmt nicht allzu sauer.

Bevor sie noch der Mut verließ, umfasste Ty den Metallgriff der Spritzgusstür des Toilettenhäuschens und widerstand dem Drang, sich nach Sam umzudrehen. Sie zog die Tür ganz weit auf und schob sich dahinter, sodass sie nicht mehr zu sehen war.

Igitt! Der Gestank des nach Kirsch riechenden Desinfektionsmittels in Verbindung mit dem sich zersetzenden Urin war bei der Hitze noch hundert Mal ekliger als sonst. Ty hielt den Atem an und zog die Tür hinter sich zu. Dabei hoffte sie inständig, Sam habe kurzzeitig den Blick abgewandt, weil er sie auf der Toilette wähnte. Dann öffnete sie blitzartig die Tür und sprintete um das Toilettenhäuschen, wo sie von Lizzie bereits erwartet wurde.

»Schnell, beeil dich!«, rief ihre Freundin, die vor Aufregung ganz rote Wangen hatte. »Ich hab gesehen, wohin sie gegangen sind!«

»Das ist total verrückt!«

»Ja, aber es macht doch auch unheimlich Spaß.« Lizzie packte Tys Hand. Atemlos und kichernd wie für zwei Heranwachsende nicht ungewöhnlich rannten die beiden Mädchen zum Parkplatz und schlichen sich durch die schmalen Gassen zwischen den großen Transportern.

2. *Kapitel*

»Äh, Allegra, könntest du bitte damit aufhören.« Steve zog an Allegra Palmers Ellbogen, in der Hoffnung, dadurch ihren Würgegriff zu lockern. Er trat zurück und brachte so viel Raum wie möglich zwischen sich und ihren hungrigen Mund.

Was war nur mit diesen reichen Mädchen los? Allegra hatte sich ihm an den Hals geworfen, sobald sie den Transporter erreicht hatten. Es fühlte sich an, als habe sie sich Klebstoff auf die Lippen geschmiert, darüber hinaus schien sie ihre Arme überall zu haben wie ein Tintenfisch auf Amphetaminen. Irgendwie beunruhigend. Er wollte eigentlich nicht auf der Ladefläche eines Pferdetransporters vernascht werden, zumindest nicht von Allegra Palmer.

Verdammt, sein Dad hatte ihm immer geraten, sich von den Töchtern reicher Väter fern zu halten, besonders wenn er auch noch für die Männer arbeitete. Diese Mädchen seien in der Regel den Ärger nicht wert, den man mit ihnen hatte. Auch wenn Steve den Rat seines Vaters nicht immer befolgte, hörte er ihn sich zumindest an. Im Hinblick auf Allegra hatte Steve begriffen, was sein Vater meinte, und jetzt schon einige Zeit Abstand von ihr gehalten. Dummerweise schien Allegra, die gerade die Sommerferien zu Hause verbrachte, nachdem sie seit einem Jahr das College besuchte, jetzt noch weniger zu spüren, dass er nichts von ihr wollte. Da konnte er noch so oft ihre Annäherungsversuche negieren. Dabei durfte und wollte er natürlich nicht unhöflich werden. Aber langsam wurde das zu einem wirklichen Problem. Denn wie sollte man der Tochter eines Mannes, dessen 250-Tausend-Dollar-Pferd man ritt, sonst zu verstehen geben, dass sie einem mächtig auf die Nerven fiel und ihre Schmatzer und das ewige Reiben ihres Körpers an einem nicht den gewünschten Effekt hatten?

Auf diese Frage wusste sich Steve bisher keine Antwort.

Verdammt, er wollte doch auch Allegras Gefühle nicht verletzen. So schlimm war sie nun auch wieder nicht, aber eindeutig zu anmaßend. Und geil, dass es krachte. Nicht, dass ihm das normalerweise etwas ausgemacht hätte. Aber er war gern derjenige, der die Initiative ergriff. Im Augenblick kam er sich allerdings vor wie ein Beutetier, auf das Allegra mit einem Waffenarsenal losging, das Rambo alle Ehre gemacht hätte.

Jetzt fing sie schon wieder damit an. Ohne Rücksicht auf Verluste. Sie hatte sich seine vorübergehende Unaufmerksamkeit zunutze gemacht, um sich noch näher an ihn zu schmiegen. Dabei atmete sie stoßartig und schob ihm die Hände unters Polohemd. Sie drückte ihm ein Küsschen nach dem anderen aufs Kinn, umfasste mit den Händen seinen Nacken und versuchte, seinen Kopf zu sich herunterzuziehen, um ihn auf den Mund zu küssen. Steve hielt das Kinn hoch, musste aber zu seinem Leidwesen feststellen, dass Allegra ihn gegen die Seitenwand des Transporters gedrängt hatte. Du liebes bisschen, sie versuchte tatsächlich, ihn hier auf der Ladefläche zu vernaschen.

Lautes Gekicher rettete ihn, und sein einziger Gedanke war: *Gott sei Dank!* Auch Allegra hatte etwas gehört und wirbelte herum, um die Quelle ausgelassener Heiterkeit zu orten, zweifellos in der Absicht, den Verursachern gehörig den Marsch zu blasen.

Zwei Mädchen standen auf der hölzernen Laderampe, die zum Transporter hinaufführte. Da Steve vom Sonnenlicht geblendet wurde, sah er nur ihre Silhouetten und wusste nicht, ob er die beiden kannte; aber er war verdammt froh, dass sie da waren. Allegra war da allerdings anderer Meinung.

»Was macht ihr hier?«, kreischte sie. »Wisst ihr denn nicht, dass das Privateigentum ist? Was bildet ihr euch ein, einfach so hier heraufzukommen?«

Von Anfang an hatte Allegra Steve Sheppard unmissverständlich gezeigt, wie sehr sie sich zu ihm hingezogen fühlte. Er war ein echter Traumtyp, und alle Mädchen aus ihrer Clique waren hinter ihm her. Mit seinen erstaunlich hellblauen Augen sah er hervorragend aus, und sie mochte sein markantes Kinn und die Lippen mit dem sexy Lächeln. Dann war da noch sein dichtes goldblondes Haar. Dass er es seit neuestem ganz kurz trug, hielt Allegra nicht davon ab, sich immer wieder vorzustellen, wie sie ihm mit den Fingern hindurchfuhr. Manchmal dachte sie stundenlang an Steve.

Vor wenigen Monaten war sie beim Durchblättern einer Zeitschrift auf Bilder des jungen Paul Newman gestoßen, und Steve Sheppard hätte gut als sein Double durchgehen können. Wenn das nicht reichte, um das Herz einer Frau schneller schlagen zu lassen, hatte Steve auch noch diesen Kentucky-Akzent und bekam beim Lächeln ein hinreißendes Grübchen.

Ein ganzes Jahr lang hatte sich Allegra ihm buchstäblich an den Hals geworfen, ohne dass etwas passiert wäre. Es war extrem frustrierend, wie er sie ständig abblitzen ließ und ihre Gesellschaft mied. Heute hatte sie allerdings einen größeren Durchbruch erzielt und Steve endlich lang genug für sich gehabt, um ihm zu beweisen, was für eine aufregende Frau sie war. Sie hätte alles für ihn getan, so verrückt war sie nach ihm. Und jetzt machten ihr zwei idiotische Kids alles zunichte. Allegra hätte kotzen können, so sauer war sie.

Auf ihre ärgerliche Fragerei hin war eines der Mädchen verstummt, das andere schien unfähig, seinem Lachanfall Herr zu werden.

In Wirklichkeit hatte Ty überhaupt nicht gelacht, aber da sie sich die Hand vor den Mund hielt, konnten das weder Steve Sheppard noch Allegra Palmer sagen. Instinktiv versuchte Ty zu verbergen, wie erstaunt, peinlich berührt und – was das Schlimmste war – eifersüchtig sie war. Mit ihren vierzehn Jahren hatte sie noch nie zwei Leute bei einer intimen Umarmung überrascht. Natürlich kannte sie so etwas aus dem Kino oder vom Fernsehen, aber das war nichts verglichen mit der Wirklichkeit. Total verblüfft und benommen fragte sich Ty, ob sie sich wohl auch so verhalten würde, wenn sie die Gelegenheit dazu bekäme. Würde sie sich auch an einen Mann klammern und ihn immer wieder und überall küssen? Sie ließ den Blick zu Steve Sheppard wandern und fühlte trotz der Gluthitze, wie sie errötete.

Allegra konnte es nicht ausstehen, wenn man sie ignorierte. Diese nervigen kleinen Gören hatten ihr immer noch nicht geantwortet, und es war ihr auch nicht gelungen, sie zu verscheuchen.

»Steve«, sagte sie nun weinerlich nörgelnd, »sorg dafür, dass sie gehen. Sie sollten sich ohnehin nicht hier herumtreiben. Wer nicht für Golden Crest reitet, hat in den Transportern nichts zu suchen.« Wenn man sie so hörte, konnte man meinen, ihr gehörte der Stall.

»Jetzt mach mal halblang, Allegra«, antwortete Steve, dem überhaupt nicht gefiel, wie sie mit den beiden redete. Bei ihm in Kentucky dauerte es viel länger, bis man in diesem Ton mit Fremden sprach. »Ich glaube nicht, dass sie vorhaben, unsere Ausrüstung zu klauen. Du etwa?« Er kniff die Augen zusammen, um die Gesichter der Mädchen zu erkennen. Bisher wusste er nur, dass eines ziemlich groß und rappeldürr war. Das andere war vielleicht zehn Zentimeter kleiner und hatte hübsche Rundungen, die einem sofort ins Auge fielen. Beide trugen Reithosen und Stiefel. Ihr Haar war streng zurückgebunden, ohne dass sich eine Strähne gelöst hätte – ein untrügliches Zeichen dafür, dass ihre Frisur von einem dieser dünnen Nylonhaarnetzen in Form gehalten wurde. Schrecklich unattraktiv, die Dinger, aber die Richter waren ziemlich penibel, was ordentliches Aussehen betraf. Haare durften nicht lose unter Reitkappen hervorsehen. Das bedeutete also, dass die Mädchen heute ritten und nicht nur Zuschauerinnen waren.

Jetzt stieß die Kleine die Dünne in die Seite, damit sie auf der Rampe einen Schritt nach vorn machte. Allegra neben ihm erstarrte, als sei sie kurz davor, sich auf die Mädchen zu stürzen und sie, wenn notwendig, mit ihren Haarnetzen zu erwürgen, um sie loszuwerden.

Aber Steve wollte auf keinen Fall, dass man ihn noch einmal mit Allegra allein ließ. Denn dann müsste er womöglich so deutlich werden, dass sie sofort zu ihrem Daddy rannte. »Allegra, warum gehst du nicht nachsehen, ob Show Me schon fertig ist? Ich habe noch genug Zeit, dir bei einigen Sprüngen zuzusehen, bevor ich mich selbst vorbereite. Ich muss nur noch meine Gamaschen finden, dann treffen wir uns gleich am Aufwärmrund.« Damit ließ er sozusagen die Karotte vor ihrer Nase baumeln, auch wenn es Allegra nicht wichtig war, sich für ihre Ritte ordentlich vorzubereiten. Sie gehörte zu den faulsten Reitern, die ihm jemals untergekommen waren. Die extrem teuren Pferde, die ihr die Eltern kauften, weil sie das Geld hatten und ihre Tochter abgöttisch liebten, waren bei ihr reine Verschwendung; abgesehen davon, dass die Tiere eine so gute Ausbildung genossen hatten, dass sie wahrscheinlich einen Parcours ganz allein hinter sich bringen konnten. Womöglich gelänge ihnen das sogar besser, wenn Allegra nicht im Sattel saß und an ihrem Maul zerrte.

Nein, Allegra wollte nichts von ihm lernen, und wenn doch, dann bestimmt nicht auf dem Rücken eines Pferdes, sondern in der Kiste. Trotzdem stimmte sie seinem Vorschlag zu, weil es ihrem Ego schmeichelte, wenn andere sahen, dass sie von Steve Sheppard trainiert wurde. Darüber hinaus bestärkte es ihre völlig falsche Annahme, sie sei eine ordentliche Reiterin. Aber selbst dazu war er bereit, wenn er sie nur loswurde.

Eine mürrische Allegra fegte an ihnen vorbei, die Nase hoch in die Luft gereckt.

Das kleinere der Mädchen kicherte wieder. »Mann, ist die stinkig!«, und erhielt dafür einen warnenden Seitenhieb von dem Großen. »Oh, tut mir Leid«, sagte die Kleine und hörte sich überhaupt nicht so an. »Wir haben Sie nur gesehen und wollten hallo sagen. Sie sind Tys Idol.« Dafür steckte sie wieder einen Seitenhieb ein. Die beiden brachen sich noch die Rippen, wenn sie so weitermachten.

»Wissen Sie«, plapperte die Kleine munter weiter, als würde sie Steve schon seit Jahren kennen, »Ty hat alle großen Turniere aufgenommen, die im Fernsehen kamen, nur um Sie reiten zu sehen.«

Daraufhin ließ das große Mädchen den Kopf hängen und betrachtete scheinbar höchst interessiert die Spitzen seiner schwarz glänzenden Stiefel. Jetzt sah man von seinem Kopf nur noch das dunkelbraune Haar, das zu einem langen, flachen Knoten im Nacken gebunden war. Das Mädchen wirkte unheimlich schüchtern und tat Steve irgendwie Leid. Er ging darauf zu und hielt ihm so die Hand hin, dass es sie einfach sehen musste.

Daraufhin hob das Mädchen den Kopf und sah ihm in die Augen. Steve war jetzt nah genug bei ihm, um Tys Gesichtszüge zu erkennen. Die hohen Wangenknochen traten extrem deutlich hervor. Die dunklen Augenbrauen waren sanft geschwungen. Die gerade schmale Nase endete in einer kleinen, leuchtenden Kugel. Die Lippen hatte sie zusammengepresst, offensichtlich um eine Zahnspange zu verbergen.

Wohlwollend konnte man ihr Gesicht als ansprechend bezeichnen, aber eigentlich war es dazu zu unproportioniert und knochig – wie ihr Körper noch nicht voll ausgebildet. Doch als Steve Ty in die Augen sah, konnte er deren Schönheit nicht abstreiten. Sie waren groß, hellgrau mit schwarzen Flecken und von dichten dunklen Wimpern umrahmt. Außerdem hatte sie den Blick auf ihn gerichtet, und daraus sprach eine Unmenge von Gefühlen. Der Ausdruck war viel zu erwachsen und leidenschaftlich für ein Mädchen dieses Alters und wollte so gar nicht zu dem schrecklich unentwickelten Körper passen. Für einen Augenblick war Steve bestürzt, doch dann lächelte das Mädchen plötzlich.

Es war ein rasches, schüchternes Lächeln, bei dem es die Zähne entblößte, sodass die Drähte, Metallklemmen und Gummibänder der Spange zum Vorschein kamen. Als Steve das Folterinstrument in ihrem Mund sah, verflog seine momentane Unbehaglichkeit. *Alles okay, Steve,* sagte er sich, *sie ist nur ein Mädchen, das sich zum ersten Mal verknallt hat, sonst nichts.*

Ty blickte in Steve Sheppards glänzende blaue Augen und wollte niemals wieder wegsehen. Es war schwer zu glauben, dass ihr Traum tatsächlich wahr geworden sein sollte. Endlich lernte sie Steve persönlich kennen und stand so nah bei ihm. Er entsprach in jeder Hinsicht ihren Erwartungen. Er war freundlich und verständnisvoll und sah *so* gut aus. Schon dadurch, dass er sie und Lizzie nicht hinausgeworfen hatte, hatte er seine gute Erziehung bewiesen, und jetzt hielt er ihr auch noch so höflich die Hand hin.

Wie es wohl wäre, ihn zu berühren? Würde der Funke, das tiefe Gefühl, das sie ihm entgegenbrachte, auf ihn überspringen? Ohne den Blick von seinen Augen zu wenden, gab sie ihm die Hand. Doch als ihre vom Eis immer noch klebrige Handfläche an seiner warmen, trockenen haften blieb, erfasste sie blankes Entsetzen. Am liebsten wäre sie gestorben oder hätte sich in Luft aufgelöst, damit ein Windstoß sie davontragen konnte, hinaus ins Universum.

Wo waren die schwarzen Löcher bloß immer, wenn man sie brauchte?

Das arme Ding. Steve wollte ihm nicht noch mehr zusetzen und fragen, was genau es da gerade an ihm abgewischt hatte. Aber, verdammt noch Mal, das Zeug war wirklich ganz schön klebrig. Trotzdem erinnerte er sich gut, wie er sich in diesem Alter gefühlt hatte, wo jede Kleinigkeit einem hochnotpeinlich werden konnte. Aber über dieses Stadium war das Mädchen – Ty – längst hinaus und kurz davor, in Tränen auszubrechen. Dabei schien ihr Gesicht irgendwie in sich zusammenzufallen.

Vielleicht konnte er sie vom Weinen abhalten, indem er mit ihr sprach. Vielleicht gelang ihm sogar, sie wieder so weit aufzuheitern, dass er sie und ihr Freundin, ohne ein schlechtes Gewissen haben zu müssen, wegschicken konnte und endlich einige Augenblicke für sich allein hätte.

»Nun, äh, Ty«, sagte Steve so aufgeräumt wie möglich, während er verstohlen die Hand am Hosenbein abwischte, »freut mich, dich kennen zu lernen. Stellst du mir deine Freundin vor?«

Als Ty seine Stimme hörte, rang sie um Fassung, der sie bereits verlustig gegangen war, als sie ihn beim Knutschen überrascht hatte. Dass Steve Sheppard immer noch willens war, mit einer kompletten Idiotin wie ihr zu sprechen, die nicht einmal ihre Hände sauber halten konnte, grenzte an ein Wunder. Aber sie würde sich kein zweites Mal zum Narren machen.

»Die junge Dame hier neben mir ist Lizzie, Mr. Sheppard, Lizzie Osborne.«

Diese Ty war wirklich außergewöhnlich. Erst klebrige Hände haben und sich dann anhören wie eine Hostess bei einer Teeparty! Er nickte ihr zu und lächelte das andere Mädchen an, gab ihm aber vorsichtshalber nicht die Hand. »Freut mich, dich kennen zu lernen, Lizzie, und ihr könnt beide Steve zu mir sagen. Wie alt seid ihr eigentlich?«

»Sechzehn.«

»Vierzehn.«

Sie hatten gleichzeitig geantwortet und sich dabei gegenseitig übertönt. Ty warf ihrer Freundin einen verwunderten Blick zu, aber Lizzie zuckte nur mit den Schultern.

»Äh, Ty ist vierzehn, wird aber schon bald fünfzehn. Ich bin sechzehn.« Sie lächelte, zuversichtlich, dass er ihr glauben würde, und ohne ein schlechtes Gewissen zu haben. Warum sollte sie sich auch schuldig fühlen, weil sie die Wahrheit ein bisschen geschönt hatte? Sie kannte Männer gut genug, um zu wissen, dass sich ein Steve Sheppard bestimmt nicht noch länger mit zwei Vierzehnjährigen abgeben würde.

Lizzie war also sechzehn, dachte Steve, aber leider immer noch so jung, dass man mit halbem Bein im Gefängnis stand, wenn man sich mit ihr einließ. Dabei hatte man bei ihr schon echt was zu gucken. Sie sah hinreißend aus, richtig zum Anbeißen, hatte hübsches rotblondes Haar, strahlende hellblaue Augen und einen schön geschwungenen Mund. Wäre sie ein paar Jahre älter gewesen, hätte Steve sie wahrscheinlich gebeten, mit ihm auszugehen. Aber er war clever genug, sein Glück nicht zu versuchen. Für diesen Morgen hatte er schon genug Scherereien mit Frauen gehabt.

»Reitet ihr beide heute auch?« Blöde Frage!

»Medal, Maclay und noch einige andere Klassen«, antwortete Lizzie und warf Ty einen ungeduldigen Blick zu. Warum sagte sie denn nichts? Wahrscheinlich war sie immer noch geschockt darüber, dass sie bei ihrem Alter geschummelt hatte.

Wenn Ty nicht bald anfing zu reden, vermasselte sie sich noch ihre große Chance. Schließlich würde sich Steve Sheppard nicht den ganzen Tag mit ihnen abgeben! Da Ty offensichtlich zu schüchtern war, musste Lizzie wohl für sie sprechen. »Wenn Ty heute in ihren Klassen gewinnt, kommt sie in die nächst höhere Kategorie und nimmt an überregionalen Wettbewerben teil. Stimmt's nicht?« Lizzie stieß ihrer Freundin in die Seite.

Ty nickte nur und bekam rote Wangen.

»Was ist mit dir, Lizzie, steigst du auch bald auf?«

»Noch nicht.« Lizzie grinste ungerührt. »Ich mache meist nur den zweiten oder dritten Platz. Wissen Sie, Ty und ich treten praktisch immer bei den gleichen Turnieren an, und sie ist nur schwer zu schlagen. Ich hoffe, dass sie heute gewinnt, damit ich nicht mehr so viel Konkurrenz habe.« Lizzie lachte, als Ty protestieren wollte.

»Und wenn du gewinnst, Ty, womit willst du dann weitermachen?«, fragte Steve, um das Mädchen aus seinem Schneckenhaus zu locken. Er selbst hatte nie an den Turnieren für unter Achtzehnjährige teilgenommen, wobei die Kategorien *Medal* und *Maclay* die höchstmögliche Qualifizierung in Sachen Vielseitigkeit darstellten, sondern war gleich beim Springreiten für Erwachsene gestartet.

»Ich hoffe, meinen Vater überreden zu können, mich bei den Juniorspringern antreten zu lassen. Und dann, eines Tages, falls ich so weit komme, würde ich gern bei den offenen Springreitermeisterschaften und vielleicht sogar bei Grand-Prix-Turnieren mitmachen, so wie Sie. Werden Sie heute Soirée und Palomar reiten?«

Steve nickte. »Und morgen führe ich ein neues Pferd ins Turniergeschehen ein: Jasmine. Sie gehört den Eltern von Allegra. Das ist das Mädchen, das ihr vorhin gesehen habt.«

»Ich hoffe, Sie gewinnen. Sie haben es verdient«, sagte Ty leise.

Steve lächelte. Die Kleine litt eindeutig an einem schweren Fall von Starkult. Irgendwie komisch. Er traf sonst nicht besonders viele Fans. Sein Leben beschränkte sich auf die Gesellschaft der anderen Reiter oder reicher Sponsoren wie Allegra Palmers Eltern. Allegras Haltung ihm gegenüber war allerdings nicht so ehrerbietig wie Tys. Allegra verhielt sich eher wie ein Groupie, das Anforderungen stellte. Grundsätzlich wollte sie nur jemanden haben, mit dem sie spielen konnte, und da sie viel Zeit bei den Reitern verbrachte, war ihre Wahl nun einmal auf ihn gefallen. Aber Steve machte sich nichts vor; er war grundsätzlich austauschbar, was jemanden wie

Allegra betraf. Diese Ty dagegen sah ihn an, als sei er ein reitender Supermann. Zugegebenermaßen schmeichelte ihm das ein wenig. Bisher war ihm gar nicht bewusst gewesen, dass sein reiterisches Können über sein direktes Umfeld hinaus bekannt war, geschweige denn bewundert wurde.

»Nun, viel Glück euch beiden. Aber jetzt gehe ich lieber zu Allegra. Wenn du bei Springreitturnieren für Fortgeschrittene mitmachst, Ty, wirst du schon ziemlich bald gegen Allegra antreten. Ich wette, du bist besser als sie.« Er zwinkerte Ty zu und lächelte, als sie ihn ganz ehrfürchtig ansah. Jetzt wurde es aber Zeit, Land zu gewinnen. Doch als er in der Zaumzeugkiste nach seinen Ledergamaschen suchte, brachte ihn Ty noch einmal dazu, aufzusehen.

Dass er sie angezwinkert hatte, empfand Ty als unheimlich persönliche Geste. Anscheinend mochte er sie irgendwie, und der Gedanke ermutigte sie zu der Frage: »Mr. Sheppard … ich meine, Steve, glauben Sie … könnte ich bitte ein Autogramm von Ihnen haben?«

Die Bitte hatte sie beinah geflüstert. Mann, o Mann, es hatte sie ja ganz schön erwischt, dachte Steve. Wie lange kannte er sie jetzt, drei Minuten vielleicht? Und schon spürte er, wie viel Überwindung sie eine derartige Frage kostete. Er schenkte ihr ein besonders freundliches Lächeln, ohne zu wissen, wie hinreißend ihn das machte. Rasch sah er sich im hinteren Teil des Transporters um, ob vielleicht irgendwo ein Stift lag. Fehlanzeige. Nur Sättel und Zaumzeugkisten. Daraufhin griff er in die Taschen seiner Jeans und wurde fündig.

»Warte einen Moment, ich habe etwas Besseres für dich.« Er holte etwas Rundes, Flaches aus der Tasche. »Hier, das möchte ich dir anstelle des Autogramms geben. Ich habe es von meinem Dad. Es stammt von einem Rennen, bei dem er als junger Jockey mitgemacht hat. Jetzt nimm es schon«, ermutigte er sie. »Es wird dir Glück bringen.« Auf seiner Handfläche lag eine im Dämmerlicht des Transporterinneren leicht glänzende Silbermünze.

»O nein, das kann ich unmöglich annehmen! Ihr Vater ...«

»Doch, nimm sie ruhig. Das würde mein Dad auch wollen.«

Zögernd griff Ty nach der Münze und betrachtete sie, bevor sie das Metallstück so hielt, dass Lizzie auch etwas sehen konnte. Die Münze war ungefähr so groß wie ein Vierteldollar, vielleicht ein kleines bisschen größer, und zeigte ein Pferd im gestreckten Galopp mit wehender Mähne und fliegendem Schweif.

Mit den Fingerspitzen fuhr Ty ehrfürchtig die erhabenen Umrisse der Prägung nach. Die Lippen hatte sie fest zusammengepresst, trotzdem zitterten sie. Als habe sie Steves Blick gespürt, sah sie auf, und Tränen ließen ihre Augen glänzen wie die Münze in ihrer Hand.

»Vielen, vielen Dank«, flüsterte sie. »Das ist das schönste Geschenk, das ich jemals bekommen habe. Ich werde es immer in Ehren halten.«

Mit ihren vierzehn Jahren hatte Ty schon viel zu viele kostspielige Präsente erhalten, die meist nichts zu bedeuten hatten. Jetzt fand sie gar nicht die Worte, um auszudrücken, wie sehr sie Steves spontane, großzügige Geste rührte.

Aber sie brauchte ihm nicht zu danken. Ihr Gesicht sprach mehr als tausend Worte, und das Glänzen in ihren Augen ließ sie beinah hübsch erscheinen. Steve war zufrieden, dass ihm die Münze eingefallen war. Er wusste, dass er das Richtige getan und in seines Vaters Sinn gehandelt hatte. Fast hörte er ihn mit der vom Rauchen kratzigen, leicht eindringlichen Stimme sagen: »Steve, mein Junge, Glück soll man immer weitergeben. Vergiss das nie. Wenn du es mit jemandem teilst, bleibt es dir hold, wenn du es für dich behalten willst, wird es sauer wie abgestandene Milch. Denk daran, wenn du da draußen in der Welt versuchst, deinen Weg zu machen.«

In letzter Zeit ging es Steve so gut wie nie zuvor. Wenn er weiterhin ordentlich ritt und seine Pferde verletzungsfrei blieben, ernannte man ihn vielleicht zum *Besten Springreiter des Jahres.* Der Titel wurde dem Reiter mit der höchsten Gesamtwertung in allen Springreitturnieren der USA verliehen. Das brachte ihn dann vielleicht einen Schritt weiter in seinem Bestreben, in die Olympiamannschaft aufgenommen zu werden. Dadurch könnte er bei internationalen Turnieren antreten und Erfahrung in Europa sammeln, wo die Konkurrenz noch stärker war als in den Staaten. Obwohl es natürlich toll wäre, bei den Ausscheidungswettkämpfen mitzumachen, und ein Traum für ihn in Erfüllung ginge, wenn er in die Olympiamannschaft aufgenommen würde, wusste Steve, dass er bis dahin noch einen schweren Weg vor sich hatte. Bisher war er nie gegen eine der renommierten europäischen Springreitmannschaften angetreten und wusste auch nicht, wie er mit den Parcouren in Europa zurechtkäme, die länger und kniffliger waren als die in den Staaten. Aber bis er sich bei den Olympischen Spielen mit der Weltelite messen konnte, musste er noch eine Menge harter Arbeit investieren, noch besser auf das jeweilige Pferd eingehen und auf ein gewisses Quäntchen Glück hoffen.

In der Zwischenzeit wollte er den Rat seines Vaters beherzigen, seine Glückssträhne zu teilen, und einem in sein Idol verschossenes Mädchen weiterhelfen. Vielleicht gab die Münze ihrem Selbstbewusstsein Auftrieb, sodass sie einige Turniere gewann und sich die Siegerschärpen übers Bett hängen konnte. Denn von den Augen einmal abgesehen, war im Moment nur schwer vorstellbar, dass

Tys Äußeres ihr irgendwann Selbstvertrauen geben würde.

Beide Mädchen betrachteten eingehend die Münze und flüsterten aufgeregt miteinander, als ohne Vorwarnung ein Mann hereingestürmt kam und sie alle zusammenschreckten. Gleich darauf brach die Hölle los.

Mit seinen ein Meter dreiundachtzig hatte sich Steve bisher für ziemlich groß gehalten. Immerhin überragte er seine Eltern und Schwestern um mehr als fünfzehn Zentimeter. Aber sich so einem Kerl gegenüberzusehen, war, als wollte man sich mit einem Abwehrspieler beim American Football messen, dessen Hauptlebensziel darin bestand, den Gegner platt zu machen. Ein Ehrgeiz, der womöglich Wirklichkeit wurde, da der Kerl ihn gegen die Seitenwand des Transporters gedrängt hatte, und ihm so nah war, dass Steve seinen Atem spüren konnte.

Beim Anblick des menschlichen Gorillas, der ihr Idol am Kragen gepackt hatte, war diese Ty kalkweiß geworden, herbeigeeilt, und umklammerte jetzt den Arm des Kerls. Eine nette Geste, aber völlig wirkungslos; da hätte sie genauso gut versuchen können, einen Baum auszureißen. Auch ihre Freundin Lizzie, die dem Riesen am anderen Arm hing, war sichtlich erblasst, sodass ihre Sommersprossen noch deutlicher hervortraten.

Schließlich gelang es Steve, die Arme frei zu bekommen und dem Typen kräftig gegen den Oberkörper zu stoßen. Leider flog der Angreifer nicht quer durch den Transporter, sondern trat lediglich einen Schritt zurück, wobei ihm die Mordlust nach wie vor ins Gesicht geschrieben stand.

Alle redeten auf einmal.

»Wenn du die Mädchen auch nur berührt hast, du Mistkerl, bist du tot.«

»Nein, Sam, nein!«, rief Ty. »Es ist alles meine Schuld. Ich habe Lizzie hierhergeschleppt, um –«

»Wer, zum Teufel, sind Sie?« Sam wandte sich an die Mädchen. »Kennt ihr den Kerl etwa?«

»Es tut mir so Leid, Sam! Ich tu's auch nie wieder. Bitte tu ihm nicht weh«, kreischte Ty beinah schon hysterisch.

»Glauben Sie ihr kein Wort, Sam!«, mischte sich jetzt Lizzie ein. »Ich meine, natürlich tut es ihr Leid, aber es ist alles meine Schuld.« Sie lächelte nervös, in der Hoffnung, Tys verärgerten Bodyguard zu beschwichtigen. So hatte sie ihn noch nie erlebt und sich überhaupt nicht vorstellen können, dass er in der Lage wäre, jemandem ein Haar zu krümmen. Plötzlich stand er in einem ganz anderen Licht da, was ihr gar nicht gefiel. Dann erinnerte sie sich wieder daran, wie sehr Sam Ty mochte. Außerdem war Lizzie überzeugt davon, dass er auch eine gewisse Schwäche für sie hatte. Zumindest lachte er über ihre Witze. Wenn ihr jetzt bloß ein guter eingefallen wäre!

Aber ihr gelang lediglich ein: »Ehrlich, Sam, wir wollten Steve nur hallo sagen, deshalb haben wir uns hierher geschlichen. Aber nur für eine Minute. Sie verpfeifen uns doch nicht an Tys Vater, oder?«

Sam sah Lizzie wie gebannt an. Der Blick seiner braunen Augen, der immer so freundlich und nachsichtig gewirkt hatte, war plötzlich unheimlich stechend, als wollte er einen damit durchbohren. Dadurch wirkte sein Gesichtsausdruck hart und rücksichtslos. Kein gutes Zeichen. Mit dem Sam Brody, der sie jetzt anstarrte, geriet man besser nicht aneinander. Lizzie schluckte nervös. Inzwischen war Steve Sheppard nicht mehr nur überrascht, sondern stinksauer. Wer wäre das nicht, wenn er erst so grob angegangen wurde und dann darauf hoffen musste, dass das verzweifelte Flehen zweier Mädchen Gehör fand?

Nun, dachte Lizzie, wenigstens konnte sie *das* gerade

biegen, und schlüpfte wesentlich mutiger in die Rolle der Vermittlerin. Dazu schenkte sie Steve zunächst ein breites Lächeln. »Die Sache tut mir echt Leid, Steve, aber Sie müssen wissen, dass Sam Tys Bodyguard ist.« Sie wandte sich an Sam. »Sie wissen doch, wer Steve ist? *Steve Sheppard,* Tys Lieblingsreiter. Jetzt verstehen Sie sicher, warum wir herkommen mussten, nicht wahr?«, fügte sie hinzu, obwohl nur sie der Meinung war, sie hätte die Zusammenhänge zufrieden stellend geklärt.

Bodyguard? Steve hatte Tys leisen Seufzer gehört und sah jetzt zu ihr. Unglücklicher konnte man wohl kaum aussehen. Wie ein Welpe, den keiner haben wollte. *Bodyguard,* das Wort klang in Steve nach, weil er einfach nicht glauben konnte, dass dieses Mädchen einen Aufpasser hatte. Er war davon ausgegangen, der Gorilla sei Tys älterer Bruder. »Moment mal, ich verstehe nur Bahnhof. Wer bist du denn?«

»Ich bin Ty –«

Aber bevor sie ihren Nachnamen aussprechen konnte, wurde sie von Lizzie unterbrochen. Lizzie mit ihrer überquellenden guten Laune und Abenteuerlust brauchte nie lange, um sich von einem Tiefschlag zu erholen. Da Sam ihnen bisher nichts getan hatte, ging sie davon aus, dass er nicht wirklich vorhatte, sie zu bestrafen. Er sah nur so böse drein, um Eindruck zu schinden. Schließlich war es sein Job, Angst einflößend zu wirken. »Oh, Sie darf Ihnen ihren Nachnamen nicht verraten, Steve, dazu ist ihr Vater zu wichtig. Superduperreich. Sam würde Sie dann mit bloßen Händen töten müssen.« Es gelang ihr kaum, ein Grinsen zu unterdrücken, denn dass sie eine Verbindung zum Mafiamilieu hergestellt hatte, fand sie selber abenteuerlich. Das machte Ty geheimnisvoll. Jetzt würde Steve ihre Freundin bestimmt nicht mehr vergessen.

»Lizzie!«, jammerte Ty, zu beschämt, um mehr zu sagen.

Lizzie war einfach unmöglich, wenn sie ihrer Fantasie freien Lauf ließ. Was würde Steve erst denken, wenn er erfuhr, wessen Tochter sie, Ty, wirklich war? Vielleicht würde er dann sogar den Quatsch glauben, den Lizzie da soeben verzapft hatte.

Aber jetzt war ihre Unterhaltung mit Steve ohnehin vorbei, und Ty hatte das Gefühl, als bräche es ihr das Herz.

Sam kam auf sie zu und fasste beide Mädchen mit seinen starken Händen am Arm. »Gehen wir, Miss Tyler.« Ty zuckte zusammen. Sam nannte sie sonst nie Tyler. Er wusste, wie sehr sie das hasste. »Du auch, Lizzie, bevor du noch irgendeinen Blödsinn ausheckst. Wir drei werden uns ein bisschen unterhalten, bevor ihr reitet.« Er musste nicht laut werden, damit das Lächeln von Lizzies Gesicht verschwand und die beiden ihm anstandslos folgten. Sie wagten nicht einmal, sich nach Steve Sheppard umzusehen. Dafür warf Sam Brody ihm einen letzten vernichtenden Blick zu und bugsierte die Mädchen hinaus.

Du liebes bisschen, dachte Steve kopfschüttelnd, während er ihnen nachsah. Dann rieb er sich kräftig übers Gesicht, als sei er gerade von einem bösen Traum erwacht. *Gott bewahre mich vor Töchtern reicher Männer.* Am besten vergaß er ganz schnell, was da eben passiert war.

Rasch hatte Steve seine Gamaschen gefunden und machte sich auf den Weg zu Allegra, die in seiner Wertschätzung gerade enorm gestiegen war. Wenigstens lief sie nicht mit einer Bande Totschlägern herum, die einen Stück für Stück auseinander nahmen. Schade, dass er diesem Mädchen – Ty wie auch immer –, die Münze seines Vaters gegeben hatte. So reiche Mädchen brauchten seine Hilfe nicht. Sie öffneten einfach ihr Krokodilleder-Portemonnaie.

3. Kapitel

»Ich bin doch kein Baby mehr. Es ist nicht fair, so behandelt zu werden.«

Jedes andere Mädchen wäre jetzt kurz vor einem Wutanfall gewesen, dachte Sam Brody betrübt, und er hätte sich ohrenbetäubendes Gekreische anhören müssen. Aber nicht so Ty. Natürlich klang sie verzweifelt, aber sie sprach leise, und da es ihrem Flehen an aufgesetzter Theatralik mangelte, wirkte es noch eindringlicher. *Himmel noch mal!*, dachte Sam, warum war ihr Vater nicht hier, um dieses Gespräch zu führen? Aber nur ein Narr würde von dieser Seite Hilfe erwarten.

Tyler Stannard hatte vor einer halben Stunde beim Chauffeur angerufen und die Nachricht hinterlassen, dass sein Arbeitsfrühstück länger gedauert habe. Durch den Wochenendverkehr sei es auf dem Flughafen so voll gewesen, dass er die vorgeplante Startzeit nicht einhalten konnte, und selbst wenn er die nächstmögliche in Anspruch nähme, käme er nicht mehr rechtzeitig nach Lake Placid, um Ty reiten zu sehen. Er würde sich von den Reitfortschritten seiner Tochter ein anderes Mal überzeugen. Wenigstens entband Tyler Stannards Abwesenheit Sam von der Pflicht, ihn sofort über die gefährliche Eskapade seiner Tochter zu unterrichten. Er konnte die Zeit nutzen, um sich zu überlegen, wie er seinem Arbeitgeber die Sache nahe brachte, damit dessen Zorn auf Ty nicht so schlimm ausfiel.

Jedes Mal wenn Sam daran dachte, wurde er sauer. Er machte Ty – oder in diesem Fall Lizzie, da die Sache eindeutig ihre Handschrift trug – keinen Vorwurf. Die beiden waren gute Kinder, großartige Kinder, und sie waren erst vierzehn Jahre alt, verdammt noch mal. Sie steckten voller Tatendrang und verrückter Träume.

Nein, es war sein, Sam Brodys, Fehler gewesen. Was für ein Desaster. Da war er nicht einmal dreißig Jahre alt, und schon hatte ihn sein Spürsinn verlassen, weil er seit sechs Jahren Kindermädchen und Wachhund für Ty spielte. Wie er minutenlang dagesessen und gewartet hatte, dass sie wieder aus der Toilette auftauchte! Das wäre ihm als Cop in New York nicht passiert. Gott, wenn man sie wirklich gekidnappt hätte, wären die Entführer längst über alle Berge gewesen, als er begriffen hatte, dass sie verschwunden war. Wieder fluchte Sam.

»Ich weiß, dass du sauer bist, Sam. Aber siehst du denn nicht, dass ich überhaupt kein Leben habe? Ich bin wie eine Marionette auf einer Bühne; jedes Mal, wenn ich etwas tun will, werde ich weggezogen. Muss ich denn mein Leben lang einen Bodyguard haben? Wenn mein Vater beständig von einem Sicherheitskommando umgeben sein will, ist das okay, schließlich ist es sein Geld. Aber ich will so nicht leben.«

»Ty, nach all den Jahren, die wir jetzt schon zusammen sind, weißt du doch, dass es mir nicht zusteht, darüber zu entscheiden, in welchem Maße du beschützt werden sollst. Wenn dein Vater sagt: ‚Sechs Meter hinter ihr, und lassen Sie sie nicht aus den Augen, Brody', dann tue ich das. Auch wenn du es nicht wahrhaben willst, Ty, aber es gibt genug Irre da draußen, die dich liebend gern in die Finger kriegen würden. Darunter sind solche, die bis auf den letzten Penny genau wissen, was du als Tyler Stannards einziges Kind und Erbin seiner Milliarden wert bist, und dann gibt es welche, die dir einfach nur wehtun würden, weil sie dazu in der Lage sind. *Weil sie darauf stehen*. Durch diese dumme Stuntnummer, die du da gerade abgezogen hast, hättest du vergewaltigt, gekidnappt oder getötet werden können. Vielleicht sogar alles auf einmal. Tu das nie wieder, solange ich auf dich aufpasse.«

Sam sah Ty nur selten weinen. Meistens zeigte sie ihre

Gefühle nicht. Als ihr jetzt die erste Träne über die Wange lief, kam er sich vor wie ein Scheusal, und dann gab es kein Halten mehr. Schluchzend kam sie in seine Arme. »Es tut mir Leid, Sam! Ich verspreche, so etwas nie wieder zu tun!«

»Schon gut, Ty.« Tröstend drückte er sie an die breite Brust und sagte bärbeißig: »Jetzt hör aber auf zu weinen, sonst hast du ganz rote Flecken im Gesicht, wenn du reiten sollst. Denk daran, dass du in beiden Klassen gewinnen musst.« Er sah ihr ins tränenüberströmte Gesicht und versuchte, ihr ein Lächeln zu entlocken, indem er hinzufügte: »Du kannst dich bestimmt nicht an den Kursverlauf erinnern, wenn dein Gehirn in einem Meer von Tränen schwimmt.« Umständlich tätschelte er ihr den Rücken. Seine starken Hände wirkten dabei noch größer und völlig unproportioniert im Vergleich zu Tys schmalen Schultern. Auch wenn er Ty mochte wie seine kleine Schwester, war es eigentlich nicht an ihm, sie zu trösten. Wieder ärgerte er sich über Tyler Stannards Gleichgültigkeit, was die emotionalen Bedürfnisse seiner Tochter betraf. War der Typ innerlich denn schon tot? Was brachte ihm all das Geld, wenn sich sein Kind nicht geborgen fühlte und der Einzige, der es in die Arme nahm, sein Bodyguard war?

Es dauerte lange, bis Ty sich beruhigte, und ihr Kummer vermittelte Sam ein schreckliches Gefühl. Aber schließlich hörte sie auf zu weinen, und als sie sich von ihm löste, huschte ein schüchternes Lächeln über ihr Gesicht. Dann zog sie etwas aus der Innentasche der Reithose, und auch ihre Augen wurden wieder klarer.

»Sieh mal, Sam, das habe ich ganz vergessen, dir zu zeigen.« Sie hielt ihm die Münze hin. Ist sie nicht hübsch? Steve Sheppard hat sie mir geschenkt und gesagt, sie würde mir Glück bringen.«

Pflichtbewusst inspizierte Sam die kleine Münze mit

dem galoppierenden Pferd. Dann hob er den Blick und sah Ty ins Gesicht. Ihre Nasenspitze war ein wenig rot, und in ihren Augen glänzte es immer noch, zum einen, weil sie geweint hatte, aber auch, weil sie ihrem ersten Schwarm begegnet war. Sam wusste, dass Steve ihr Idol war. Sie verehrte den Boden, über den er galoppierte. Sam kannte auch den Ordner in ihrer Kommodenschublade, der von Bildern und Artikeln von Steve Sheppard überquoll. Es gab kaum etwas, das Ty vor ihrem Bodyguard geheim halten konnte. Verdammt, er wusste sogar Dinge, die er gar nicht wissen wollte, zum Beispiel, dass sie am Ende der siebten Klasse ihre Periode bekommen hatte. Er war derjenige gewesen, der sie in die Drogerie begleiten musste, damit sie sich Binden und Tampons kaufen konnte. Als sie die Schachteln dann unter einem Stapel Zeitschriften verborgen zur Kasse trug, hatte er diskret weggesehen.

Auch diesmal tat er, als wisse er von nichts, damit Ty das Gefühl hatte, ihre Schwärmerei sei unentdeckt geblieben. »Die Münze ist wirklich hübsch, Ty. Als Anhänger würde sie bestimmt gut aussehen. Aber steck sie lieber erst einmal wieder weg. Da vorn kommt der Pferdepfleger mit Charisma. Du hast nicht mehr viel Zeit zum Warmreiten.«

Bei Charisma handelte es sich um eine irische Dreiviertelblüter-Stute, die man zu Tys zwölftem Geburtstag von der Grafschaft Westmeath in die Staaten gebracht hatte. Sie war wunderschön: groß und stark, mit langen Beinen, die sie mit Leichtigkeit trugen, und einem Fell, dessen Farbe von Schwarz über alle Grauschattierungen bis hin zu Weiß changierte. Sie fiel jedem sofort ins Auge, war unheimlich gutmütig und bedeutete Ty alles.

Ty war eine gute, talentierte Reiterin und ziemlich kräftig, auch wenn es auf den ersten Blick nicht den Anschein hatte. Aber sie bestand sozusagen nur aus Sehnen und Muskeln und saß erstaunlich anmutig im Sattel. Darüber hinaus sog sie die Anweisungen und Kommentare ihrer Reitlehrerin auf wie ein Schwamm. Beim Reiten war sie so konzentriert, dass sie nur selten zweimal wegen des gleichen Fehlers korrigiert werden musste. Sie trainierte angestrengt und setzte die Anweisungen ihrer Lehrerin sofort um, wobei sie sich selbst genauso viel abverlangte wie ihrem Pferd. Ty hatte schon früh begriffen, dass die besten Reiter mit ihren Tieren eine unzertrennliche Einheit bildeten. Mit dieser Erkenntnis hob sie sich von den anderen Reitern ihrer Altersgruppe ab und gewann so eine Klasse nach der anderen, obwohl sie es gar nicht darauf abgesehen hatte, die Beste zu sein. Aber das Reiten war für sie nun einmal der einzige Bereich, in dem sie sich frei fühlte. Ihr Antrieb, perfekt zu sein, und das wunderbare Gefühl, sich im Einklang mit dem unglaublichen Geschöpf unter sich zu bewegen, gab Ty die Möglichkeit, aus sich herauszukommen. Beim Reiten gelang ihr die Flucht aus der Realität.

Während sie nun Hindernis um Hindernis des Medal-Parcours' nahm, schien sich ihr Bewusstsein zu erweitern, sodass sie immer genau den richtigen Absprungwinkel fand, geradezu mühelos über die Hindernisse setzte und den Kursverlauf fehlerfrei hinter sich brachte. Irgendwo auf dem Gelände war auch Sam Brody und beobachtete sie selbst jetzt – vielleicht aus reiner Langeweile.

Aber wer ihren Bilderbuchritt ernsthaft verfolgt hatte, ob nun als Reiter oder Trainer, wunderte sich nicht, dass Ty Stannard die Medal-Klasse gewann. Genauso wenig war man erstaunt, als sie auch den Maclay-Parcours fehlerfrei hinter sich brachte und die Siegerschärpe mit nach Hause nahm. An diesem Nachmittag war sie einfach unschlagbar.

Alle drei Pferde, die Steve in der Vorrunde am Freitag geritten hatte, konnten sich für das Grand-Prix-Finale, dem krönenden Abschluss aller Springturnierdurchgänge am Sonntag qualifizieren. In der Welt der Profireiter war es nichts Ungewöhnliches, dass ein Reiter bei vierzig für den Start nominierten Pferden mehr als einmal auf dem Parcours erschien. Dass es Steve Sheppard gelungen war, alle drei Tiere erfolgreich durch die Qualifikationsrunde zu bringen, bestätigte sein herausragendes Können. Die meisten Reiter waren schon froh, wenn sie sich mit einem Pferd gerade so für den Grand Prix qualifizierten.

Steves Erfolg entwickelte eine gewisse Eigendynamik. Je öfter er gewann, desto häufiger kamen Besitzer erstklassiger Pferde auf ihn zu, so wie die Palmers mit ihrer Stute Jasmine. Ein weiterer Grund für Steves Beliebtheit war sein Ruf, supergeradlinig zu sein und einen Ritt niemals persönlichen Interessen unterzuordnen.

Bei jedem Turnier gab er sein Bestes. Theoretisch galt das für jeden Topreiter, aber die Pferdebesitzer, die Steve ihre Tiere anvertrauten, verließen sich darauf, dass er sich keine Sekunde gehen ließ, wenn die Chance bestand, zu gewinnen. Selbst wenn das bedeuten sollte, einem seiner eigenen Pferde den Sieg zu nehmen. Wenn ein Tier den Anforderungen gerecht wurde, versuchte Steve immer, noch besser abzuschneiden als beim vorherigen Ritt. Wenn der fehlerfrei gewesen war, konnte er vielleicht eine noch bessere Zeit herausholen. Dadurch gab er jedem Tier die Chance, den Sieg davonzutragen und damit das Preisgeld zugesprochen zu bekommen, egal wem es gehörte. Entsprechend beliebt war er bei den Besitzern.

Mit dreiundzwanzig hatte Steve bereits einen legendären Ruf im Pferdeturniergeschehen. Fast jeder wusste, dass er im Sattel saß, seitdem er laufen konnte. Pferde lagen ihm im Blut. Sein Vater, Steve Sheppard senior, war in seiner Jugend erfolgreicher Jockey gewesen, bevor er den Seidenblouson an den Nagel hängte und Trainer wurde. Sein Sohn hatte sich die Hörner auf hitzigen Vollblütern abgestoßen. Mit dreizehn ritt er bereits so gut, dass man ihn als Übungsjockey für die besten Rennpferde Kentuckys engagierte. Steve Sheppard oder Shepp, wie ihn seine Freunde nannten, wusste also, was schnelles Reiten hieß. Es wurde gemunkelt, dass er deshalb beim Zeitspringen so verdammt schwer zu schlagen sei. Niemand konnte einem Pferd zu der Wendigkeit verhelfen wie Steve Sheppard – und nebenbei auch noch die Hindernisse fehlerfrei nehmen.

Zweifellos hätte Steve auch das Zeug zu einem großartigen Jockey gehabt, wäre er nicht im Alter von vierzehn Jahren plötzlich um fünfzehn Zentimeter in die Höhe geschossen. Keiner hätte einen derartigen Wachstumsschub bei einem Kind erwartet, dessen Familienmitglieder kaum einen Meter fünfundsechzig maßen. Auch wenn Steves Vater ein wenig enttäuscht war, dass sein Sohn nicht in seine Fußstapfen treten konnte, nahm er dessen plötzliches Längenwachstum gelassen. Glücklicherweise verfügte Steve Sheppard senior über weitreichende Kontakte in der Pferdewelt und schickte seinen Sprössling zu einem Freund, der Vollblüter und Angloaraber züchtete und zu Springpferden ausbildete. »Bring ihm alles bei, was du kannst, Clyde. Steve hat eine rasche Auffassungsgabe. Und wenn du mit ihm fertig bist, würde ich mich freuen, wenn du ihn zu jemandem schicken könntest, bei dem er noch mehr lernen kann.«

Von da an wich Steves Ausbildung von der seines Vaters ab. Rasch wurde er Clydes Schützling und sog alles in sich auf, was dieser ihm über die Springreiterei beibringen konnte. Er erfuhr, wie man die richtige Entfernung wählte, den richtigen Absprungwinkel fand und die Gangart eines Pferdes entsprechend anpasste. Zweieinhalb Jahre später war Clyde mehr als zufrieden mit Steves Lernerfolgen.

»Du hast's voll drauf, Shepp, wenn's darum geht, mit einem Pferd durch die Luft zu fliegen. Jetzt musst du nur noch lernen, ihm beizubringen, wie von Zauberhand über dem Boden zu schweben. Ich habe gerade einen der besten Dressurtrainer für dich aufgetan.«

»Hallo, Dad, ich bin's. Wie geht's zu Hause?«

»Steve! Schön, deine Stimme zu hören, mein Junge.« Sein Vater klang kratzig wie immer, aber auch hörbar erfreut über den Anruf. »Uns geht's gut. Deine Mutter und deine Schwestern waschen gerade ab. Heute Abend gab's Burgoo, dein Lieblingsessen, und Maggie hat einen so leckeren Schokoladenkuchen gebacken, dass sie dafür einen Eintrag ins Guinnessbuch der Rekorde verdient. Kerry wäre allein bei seinem Anblick beinah schon in Ohnmacht gefallen. Sie hatte heute zwei Rennen mit jungen Stuten. Mit einer konnte sie sich sogar platzieren. Das hat sie zum Anlass genommen, drei Stückchen zu essen: zwei für die Stuten und eins für sich, hat sie gesagt.«

»In Mathe war Kerry schon immer grottenschlecht.«

»Ich wünschte, ich hätte rechtzeitig daran gedacht. So habe ich nur zwei Stück bekommen. Aber ich glaube, das war trotzdem okay. Wir haben Maggie das Versprechen abgerungen, uns für nächste Woche nach dem Rennen wieder einen Kuchen zu backen ... Und wie geht's bei dir im Norden?«

»Heute habe ich ganz gut abgeschnitten und mit Palomar und Soirée beim Grand Prix den dritten und siebten Platz belegt. Und erinnerst du dich noch an die Stute, die ich seit neuestem reite? Jasmine. Ich meine, ich hätte dir von ihr erzählt. Wir haben beim Open Jumper auf Anhieb gewonnen und sind beim Grand Prix als Zweite ins Ziel gegangen. Ein erstaunliches Pferd.«

»Das war dann ja wohl ein erfolgreicher Tag, was? Hast du dein Honorar schon verprasst?«

Steve lachte. »Nein, bisher hatte ich nicht genug Zeit. Bin gerade erst ins Motel zurückgekommen und lechze nach einer kalten Dusche. Hier war es heißer als in der Hölle. Aber Scherz beiseite, abgesehen von dem Anteil, den ich an die Palmers, Jasmines Besitzer, abgeben muss, habe ich ein klein wenig Geld übrig. Deshalb rufe ich auch an. Kannst du dich ein bisschen umhören und mich wissen lassen, ob bei uns zu Hause Jungpferde zum Verkauf anstehen?«

»Wie viel willst du denn ausgeben?«

»Nun, ich schätze mal, bei meinen bisherigen Einkünften in diesem Jahr kann ich mir ein viel versprechendes Pferd um die zehn- bis fünfzehntausend Dollar leisten. Der Rest geht an die Bank für die Zinszahlungen und die Hypothek.«

»Hört sich gut durchdacht an. Aber lass dir eins gesagt sein, mein Junge, denk immer an Morgen. Überleg dir, wie du in zehn, zwanzig Jahren dastehen willst. Wir arbeiten in einer harten Branche. Mit Pferden umzugehen, bereichert die Seele, aber wenn du nicht vorsichtig bist, fressen sie dir die Haare vom Kopf.«

»Ich weiß, Dad. Ich stecke das meiste Geld in das Grundstück, das ich mir gekauft habe. Aber ich brauche auch gute eigene Pferde, die ich aufbauen kann. Wenn man nicht gänzlich von anderen Pferdebesitzern abhängt, ist das ebenfalls eine Form von Altersvorsorge.«

»Wohl wahr. Auf jeden Fall höre ich mich für dich um. Du könntest auch Clyde anrufen. Vielleicht hat er ein interessantes Jungpferd für dich.«

»Ja, daran habe ich auch schon gedacht. Wahrscheinlich kann ich auch irgendwann in den nächsten Wochen einen Besuch bei euch einschieben.«

»Das hört deine Mutter bestimmt gern. Sie beschwert sich ständig darüber, dass du nicht mehr nach Hause kommst, seitdem du dieses winzige Stück Land auf Long Island gekauft hast. Dauernd liegt sie mir damit in den Ohren, dass ich dich wieder hier herunterholen soll, um mit uns zu arbeiten. Eigentlich sind wir alle der Meinung, dass das eine gute Idee wäre.«

Steve verdrehte die Augen. »In den Hamptons sind achtunddreißig Morgen nicht wenig, Dad. Natürlich kann man es nicht mit den Farmen zu Hause vergleichen, aber ich will gar kein Riesengelände. Und was das Pferdeturniergeschehen betrifft, ist der Bundesstaat New York ein hervorragender Standort. Außerdem ist Kerry der Jockey in der Familie. Überrede sie doch, bei euch einzusteigen.«

Steves Vater lachte. »Denkst du etwa, dass hätte ich nicht längst versucht? Aber Kerry ist genauso stur wie du, und sie sticht auch immer noch der Hafer. Was das angeht, kommt sie viel zu sehr nach ihrem Bruder und hat sich bisher immer geweigert, einzuschlagen. Und hör mit diesem Quatsch auf, dass du kein Jockey wärst. Bei einem so talentierten Reiter wie dir spielt die Größe keine Rolle.«

»Vielleicht, Dad, aber Springreiten gefällt mir einfach besser. Es ist viel abwechslungsreicher. Man muss sich schnell entscheiden, und jeden Tag lerne ich etwas Neues. Seitdem ich die ein Meter dreiundsiebzig hinter mir gelassen habe, ist der Rennsport allein deine und Kerrys Welt, Dad.«

»Weißt du noch, wie sich deine Mutter geärgert hat, als du eines Morgens die Treppe herunterkamst und aussahst wie eine Bohnenstange?« Steves Vaters kehliges Lachen war auch am anderen Ende der Leitung noch deutlich zu hören. »Da musst du über Nacht fünf Zentimeter gewachsen sein.«

»Ich bin nur froh, dass Mom sich inzwischen damit abgefunden hat. Schwarz war einfach nicht ihre Farbe.«

»Na, du hast dir ja auch in deinem Bereich einen guten Namen gemacht, und wir sind alle stolz auf dich, mein Junge, auch wenn wir deine Visage hier vermissen. Ach übrigens, weißt du, dass Kerry bald in deine Gegend kommt? Sie verbringt nächsten Monat zwei, drei Wochen in Saratoga.«

»Sie soll mich unbedingt anrufen, ich würde sie gern mal wieder reiten sehen. Vielleicht gehe ich sogar mit ihr zum Abendessen, wenn sie gewinnt und mich einlädt.«

4. Kapitel

Erst Mitte Juli fand Steve die Zeit für einen Blitzbesuch bei seinen Eltern. Nach Verlassen des klimatisierten Flughafengebäudes war sein Hemd bereits durchgeschwitzt, noch bevor er den Cadillac seines Vaters erreichte. Bei fast hundert Prozent Luftfeuchtigkeit hatte man das Gefühl, die ganze Welt sei eine riesige, dampfende Dusche und man trüge Klamotten für eine Polarexpedition. Auf jeden Fall war es richtig unangenehm. Selbst die Fliegen verhielten sich träge und surrten nur hin und wieder halbherzig durch die Luft.

Auch während der Nacht kühlte es kaum ab. Steve lag nackt auf den völlig zerwühlten Laken und sehnte sich nach der kühlen Meeresbrise, die immer durch die Fenster seines Schlafzimmers auf Long Island hereinwehte.

Er warf sich auf den Rücken, wobei das Holzgestell des Bettes unter seinem Gewicht quietschend protestierte.

Dann verschränkte er die Hände hinterm Kopf und beobachtete, wie die Pinien von draußen Schatten an die Decke warfen. Dabei tat er sein Möglichstes, um die Hitze zu vergessen. Immerhin wäre er in zwei Tagen wieder auf Long Island. Selbst diese kurze Zeit konnte er kaum erübrigen, aber ihn erfüllte eine wachsende Unruhe, fast schon eine Vorahnung, dass er sehr bald auf ein ganz besonderes Pferd stoßen würde. Hoffentlich hier in Kentucky, wo er aufgewachsen und diese herrlichen Tiere lieben gelernt hatte.

Jetzt war es kühl genug, um den Wasserdampf wegblasen zu können, der in kleinen Spiralen von dem Pappbecher mit heißem Kaffee in Steves Händen aufstieg. Natürlich nur, weil es die Sonne noch nicht ganz über den Horizont geschafft hatte. In etwa einer Stunde wäre es dann wieder drückend heiß.

Vorsichtig nahm Steve einen Schluck. Er hatte sich erst vor kurzem aus dem Bett gerollt, Jeans und T-Shirt angezogen und die Stiefel in die Hand genommen. Dann war er auf Socken die Treppe heruntergekommen, um seine Mutter nicht zu wecken und seinen Vater zum frühmorgendlichen Lauftraining der Pferde zu begleiten. Steve ging immer wieder gern auf die Rennbahn, weil er damit so viele schöne Kindheitserinnerungen verband. Seine Schwester Kerry war gerade wieder zu ihnen gestoßen, nachdem sie beim örtlichen, Tag und Nacht geöffneten Imbissladen Kaffee besorgt hatte. Jetzt ließ sie übermütig eine Plastiktüte mit Zuckerguss-Doughnuts vor Steves Nase baumeln und forderte auch ihren Vater zu einem Wettrennen heraus. Dabei behauptete sie, man müsse nun ein für alle Mal klären, wer der schnellste Sheppard der Familie sei.

»Der Gewinner bekommt die Doughnuts.«

Beide lehnten die Herausforderung lachend ab. Dann

sagte Steve, der einfach nicht widerstehen konnte, seine kleine Schwester aufzuziehen: »Du weißt doch, Kerry, dass ich dein Selbstbewusstsein nicht erschüttern will, bevor du nach Belmont gehst. Schließlich möchte ich bei dem Rennen ein paar Dollar auf dich setzen. Wenn ich dich heute Morgen schlage, würde dich das so mitnehmen, dass ich mein Geld gleich abschreiben kann.«

»Was, so'n langer Lulatsch wie du bildet sich ein, mich zu schlagen? Um mir deswegen Sorgen zu machen, müsste ich schon auf einem dreibeinigen Klepper daherkommen.«

»Keine Streitereien, Kinder. Wir haben noch was zu tun. Ich würde Blue Moon und Coincidence gern heute noch laufen sehen, wenn ihr nichts dagegen habt. Und vergiss nicht, Steve, dass uns Clyde bald erwartet.« Gespielt vorwurfsvoll fügte ihr Vater hinzu: »Wenn man euch beide so reden hört, könnte man meinen, ihr wärt immer noch zwölf und zehn Jahre alt.«

»Nun, Dad, das liegt einfach daran, dass Kerry immer eine Rotzgöre bleiben wird, und eine mickrige noch dazu.« Steve grinste zu seiner Schwester hinunter, die vergeblich versuchte, ihn böse anzufunkeln. Aber in der Morgendämmerung sah man nur den Schalk in ihren Augen blitzen.

Daraufhin ging sie scheinbar wutentbrannt auf ihren Bruder los, um dann eine verstauchte Hand vorzutäuschen, weil diese mit dessen steinharter Bauchmuskulatur in Berührung gekommen war. Steve senior verkniff sich ein Lachen und war unheimlich stolz auf seine Kinder. Obwohl Steve Kerry um mehr als einen Kopf überragte, waren sich die beiden ziemlich ähnlich. Kerrys Haar hatte denselben Farbton wie das ihres Bruders; sie bekam sogar das gleiche Grübchen, wenn sie lächelte. Aber was die beiden wirklich verband, war ihr Ehrgeiz. Beide wollten in ihrem Beruf die Besten sein, und beide besaßen genügend Talent, um dieses Ziel auch zu erreichen.

Kerrys goldblondes Haar, das sie kurz geschnitten und lässig gestylt trug, glänzte im ersten Sonnenlicht, als sie erklärte: »In Ordnung, Godzilla, du bleibst also brav hier und siehst zu, womit sich ein richtiger Reiter seine Brötchen verdient. Und wenn ich wiederkomme, hast du mir noch ein paar von diesen Doughnuts übrig gelassen, klar? Sonst setzt's was.« Dann ließ sie die Männer an der Zielgeraden stehen und ging mit herausforderndem Hüftschwung davon.

Clyde Farrells Stall lag ungefähr fünfundzwanzig Kilometer außerhalb von Lexington, nicht weit entfernt von Kentuckys berühmtem *Horse Park*, einem der eindrucksvollsten Pferdemuseen und Turniergelände der Staaten. In dieser Gegend, einem wahren Mekka für Pferde und Pferdeliebhaber, gehörte Clyde Farrel zu den gefragtesten Züchtern von Vollblütern und Angloarabern. Teilweise lag das an der außergewöhnlichen Qualität seiner Zuchtpferde, aber auch an Clydes unheimlicher Fähigkeit, Stammbäume, Charaktereigenschaften und Temperamente zu beurteilen und zu kombinieren.

Als Vater und Sohn aus dem alten Cadillac stiegen, rief Clyde ihnen freundlich zu: »Steve, Shepp, schön, euch zu sehen!«, und kam ihnen entgegen.

Grinsend schüttelten die Männer einander die Hände, und Clyde klopfte Steve junior kräftig auf den Rücken. Dann trat er einen Schritt zurück und musterte seinen ehemaligen Reitschüler. »Und, wie ist das Leben bisher mit dir umgesprungen?«

»Kann nicht klagen.«

»Du siehst mir aber mächtig dünn aus. Bist du schon wieder gewachsen, oder ist das Essen im Norden so schlecht, wie man sagt.«

»Schmeckt wie Sägespäne«, maulte Steve, zwinkerte aber gut gelaunt mit den blauen Augen. »Wirklich ein Jammer, was mit den Lebensmitteln geschieht, sobald man Kentucky verlässt. Die Leute wissen noch nicht mal, wie man ein ordentliches Barbecue vorbereitet. Und die meisten, mit denen ich zu tun habe, denken, ein Burgoo sei kein superleckerer Eintopf, sondern irgendein Putzmittel.«

Clyde nickte bedächtig. Da die meisten Bewohner Kentuckys sich gern über die Essgewohnheiten der Leute im Norden lustig machten, bestätigte Shepps Bemerkung nur, was alle ohnehin schon wussten. »Einfach keine Esskultur, die im Norden.«

»Deshalb musste ich auch mal wieder nach Hause kommen. Du weißt ja, wie gut meine Mutter und Maggie kochen können.«

Clyde grunzte genüsslich. Olivia Sheppards Essen war jedes Mal wieder ein kulinarisches Highlight, und ihre älteste Tochter Maggie trat in ihre Fußstapfen. Vor kurzem hatte sie ein Catering-Unternehmen gegründet, das von Picknickkörben für einen Tag auf der Rennbahn bis hin zu Viergängemenüs zu Hause alles lieferte. Maggie sparte, um ein Restaurant zu eröffnen.

»Wie ich höre, Shepp, suchst du nach einem neuen Pferd. Nun, auch dafür bist du in den richtigen Bundesstaat gekommen.«

»Möglich, zumindest ist es ein guter Platz, um mit der Suche anzufangen.« Steve kannte Clyde gut. Er war sein Mentor gewesen, und sie waren Freunde. Aber Geschäft war Geschäft. Clyde hätte gedacht, aus ihm sei ein Narr geworden, wenn er jetzt zu viel Interesse zeigte.

»Hast du bestimmte Vorstellungen?«, fragte Clyde, während die drei auf die grün-weiß gestreiften Holzställe zugingen.

»Ein Jungpferd, das gerade eingeritten wird oder noch

ganz unbeleckt ist. Es sollte kräftig genug sein, um mich zu tragen und noch Energiereserven übrig haben.«

Pferdepfleger kamen und gingen, während sie Tiere von den Weiden holten oder dorthin brachten. Es war immer noch so früh am Morgen, dass viele der Pferde, die die Nacht draußen gewesen waren, nun zurück in die Ställe geführt wurden und umgekehrt. Nicht wenige der Pferdepfleger kannten Steve und seinen Vater und grüßten sie freundlich. Hier unten in Kentuckys Pferdewelt ging es sehr familiär zu. Rennsport, Turnierspringen und Zucht hingen eng zusammen, und das Geschäft mit den Tieren verband sich mit der Leidenschaft für sie.

»Na, Shepp, du hast dir in letzter Zeit ja einen ganz guten Namen gemacht«, sagte Clyde, als die drei auf den Hauptstall zugingen. »Nicht schlecht, wenn man im selben Monat auf dem Titelblatt des *Equus* und auf dem des *Practical Horseman* erscheint. Wem gehört das Pferd, das du da geritten hast?«

»Richard und Eleonor Palmer. Die Stute heißt Jasmine. Um die Wahrheit zu sagen, Clyde, ich bin ziemlich sicher, dass ihre Besitzer der eigentliche Grund dafür sind, dass ich es auf die Titelblätter geschafft habe.«

»Die Palmers schwimmen im Geld, was?«

Steve nickte. »Und wie.«

Wieder gab Clyde einen Grunzlaut von sich. »Nun, da suchen wir dir doch lieber ein Pferd, das etwas ganz Besonderes ist, dann machst du Schlagzeilen um deinetwillen.«

Steve lachte. »Das wäre echt nicht schlecht, Clyde, aber denk daran, dass ich im Gegensatz zu den meisten deiner anderen Kunden an ein festes Budget gebunden bin.«

»Wer ist das?« Steve versuchte, locker zu klingen, aber was Pferde betraf, war er willens, an Liebe auf den ersten Blick zu glauben.

»Das ist Fancy, Fancy Free, zwei Jahre alt. Seine Mutter ist Belleslettres und war drei Jahre hintereinander Europasiegerin. Sein Vater ist Sudden Glory und ein Mordskerl. Fancy ist noch nicht ganz ausgewachsen, vielleicht erreicht er sogar ein Stockmaß von über einem Meter siebzig. Soll ich ihn aus der Box holen?« Clyde taxierte Steve und seinen Vater.

»Klar, warum nicht?«

Bisher hatte Steve den Körper des jungen Pferdes noch nicht gesehen, lediglich dessen eleganten schwarzen Kopf, den es über die Boxentür hielt. Nur rein zufällig hatte Steve in Fancy Frees große, weit auseinander liegende Augen geblickt, die auf sein Araberblut zurückzuführen waren. Doch als Steve die Intelligenz darin bemerkte, konnte er einfach nicht mehr wegsehen.

Als Clyde jetzt die Führleine an Fancy Frees Halfter befestigte, hielt Steve den Atem an. »Er ist ein bisschen temperamentvoll und hat eine Menge Zunder, also achtet auf seine Hinterhand. Ich bringe ihn raus in die Sonne, dann habt ihr besseres Licht. Er ist richtig schön gebaut.«

Steve und sein Vater traten zur Seite, während Clyde das Pferd aus der Box holte. Dann folgten sie ihm schweigend durch den breiten Korridor. Rhythmisch stießen die Hufeisen des jungen Wallachs gegen den Betonboden. Als Fancy Free in den geschotterten Hof geführt wurde, änderte sich der Klang, wurde leiser und lang gezogener. Clyde brachte das Pferd im Sonnenlicht zum Stehen, und die Männer betrachteten es eingehend. Keiner sagte ein Wort.

Es war eindeutig, dass Clyde Farrell wusste, wie man schöne Pferde züchtete. Fancy Frees Anblick erfreute das Auge. Er sah elegant und kräftig zugleich aus und war kohlrabenschwarz, bis auf die gezackte weiße Blesse, die genau in der Mitte seines edlen Kopfes verlief.

»Wie weit ist er mit seinem Training, Clyde?«

»Bisher wurde er nur am Boden bewegt, und man hat die ersten Wendemanöver mit ihm versucht.« Aber er lernt schnell. Seine Bewegungen sind in allen Gangarten fließend und natürlich ausbalanciert.«

»Hättest du etwas dagegen, wenn ich ihn mal ausprobiere?«

»Aber nicht doch.« Clyde zwinkerte Steve zu. »Wir haben ihn heute Morgen extra schon für dich gestriegelt. Irgendwie wusste ich, dass er dir ins Auge fallen würde.« Liebevoll tätschelte er dem Wallach den Rücken. »Du musst wissen, dass ich Fancy letzte Woche beinah verkauft hätte. Aber du hast Glück gehabt, dieses Ehepaar war dümmer als die Polizei erlaubt. Weißt du, was mir die Frau allen Ernstes gesagt hat? Dass sie ihn ganz schön fände, aber lieber ein braunes Pferd kaufen wolle, weil das besser zu ihren Farben passe.« Clyde lachte verächtlich.

»Wie, zu ihren Farben passen?«

»Na ja, zu ihrer Haarfarbe oder was auch immer. Ich habe ihr gesagt, in diesem Fall solle sie vielleicht mal daran denken, ihre Haare schwarz zu färben, weil sie nämlich kein besseres Pferd in ganz Kentucky und damit in den Staaten finden würde. Daraufhin war sie eingeschnappt und hat ihren Mann weggezogen.« Clyde kratzte sich nachdenklich am Kinn. »Wahrscheinlich hätte ich ihnen Fancy ohnehin nicht verkauft. Er ist viel zu gut für die beiden.«

Steve und sein Vater lächelten kopfschüttelnd. Trainer und Züchter genossen nichts mehr, als sich über die Idiotie mancher Leute in der Pferdewelt auszulassen.

»Hier, halt ihn mal, während ich sein Zaumzeug hole.«

Sobald Clyde im Innern des Stalls verschwunden war, wandte sich Steve senior ganz geschäftsmäßig an seinen Sohn. »Jetzt lass dich bloß nicht vom Äußeren des Tieres einlullen, Steve. Der Wallach sieht klasse aus, okay, aber wir wissen nicht, ob er vielleicht vier linke Hufe hat.«

Steve streichelte das samtweiche Fell zwischen Fancy Frees großen Nüstern. Dann ließ er Hände und Blick über den elegant geschwungenen Hals des Pferdes gleiten. Der Funke der Erkenntnis, der bei ihm übergesprungen war, als er zufällig in Fancy Frees Augen geblickt hatte, war nicht schwächer geworden. Instinktiv wusste er: Das war sein Pferd. Dieses Gefühl war stärker als jede Vernunft und beständig wie der Schlag seines Herzens. Auch wenn sein Vater mit Recht darauf hinwies, eine gewisse Skepsis an den Tag zu legen, wusste Steve, dass er in diesem Fall seinem Instinkt trauen konnte.

»Dad, ich wette um den Preis, den Clyde für dieses Pferd haben will, dass Fancy Free und ich in sieben Jahren an der Spitze der Springreiterelite stehen.«

Steve senior sagte zunächst nichts dazu, inspizierte Fancy Free nur noch einmal gründlich. Das Pferd stand ganz still da, aber selbst wenn es sich nicht bewegte, strotzte es nur so vor Energie. Den Kopf hielt es hoch, die Nüstern hatte es aufgebläht und sah mit seinen intelligenten Augen zu den Weiden in der Ferne, auf denen andere Pferde grasten. Den langen schwarzen Schweif hatte es leicht erhoben, und einzelne Strähnen wehten sacht im Sommerwind.

Steves Vater fuhr fort, den Körperbau des Wallachs zu untersuchen, und achtete dabei auf den kleinsten Hinweis auf eine Schwäche oder einen Makel. Mit seinem Kennerblick maß er die Beine des Pferdes, bevor er sich hinkniete und sie abtastete, um festzustellen, ob nicht vielleicht eine Sehne geschwollen war. Aber er fand nichts als Stärke und Schönheit. Schließlich stand er auf und antwortete seinem Sohn lächelnd: »Tut mir Leid, Steve, aber Wetten, die ich verlieren muss, nehme ich nicht an.«

5. Kapitel

»Wir werden eine Party organisieren, die nach dem Turnier im Madison Square Garden steigt. Smythe soll schon einmal eine Gästeliste zusammenstellen.«

»Ehrlich, Vater, eine Party ist nicht nötig. Sich für das National zu qualifizieren, ist schon aufregend genug.«

»Unsinn! Wir müssen feiern, wenn du die Medal-Klasse gewonnen hast.«

Wie gebannt sah Ty ihren Vater an. Er stand vor ihr in seiner nobel ausgestatteten Bibliothek. Der Auftrag des Innenarchitekten war gewesen, Tyler Stannards immensen Reichtum in allen Räumen des Herrenhauses zu unterstreichen – so auch in der Bibliothek. Eine Wand wurde von Bücherregalen aus Eiche beherrscht, die vom Boden bis zur Decke reichten und mit in Leder gebundenen Büchern bestückt waren, deren perfekte Rückenlinie niemals unterbrochen wurde, weil sie keiner las. Auf der gegenüberliegenden Seite des Raumes hatte man aus importiertem italienischem Marmor einen riesigen offenen Kamin errichtet. Er wies grüne, graue und schwarze Einlegearbeiten auf, deren Muster einem Kamin im Palazzo Medici in Florenz nachempfunden war. Über dem mächtigen Sims hing ein Picasso, der eine schielende Frau mit langen dolchartigen Zähnen und grotesk verschobenen Augen zeigte.

Ty hasste das Gemälde und versuchte immer, nicht hinzusehen. Natürlich wusste sie, dass es aus einem ganz bestimmten Grund über dem Kamin hing. Vor zwei Jahren war Smythe mit der strikten Anweisung zu einer Auktion bei Sotheby's geschickt worden, nicht ohne das Gemälde ins Stannardsche Herrenhaus zurückzukehren. Am nächsten Tag wurde in allen großen Tageszeitungen auf der ersten Seite vom Kauf ihres Vaters berichtet. Mit dem für das Bild gezahlten Preis war ein neuer Rekord auf dem Kunstmarkt erzielt worden. Als Tyler Stannards Repräsentant war Smythe siegreich aus einem furiosen Wettstreit der Bieter hervorgegangen, an dem mehrere große Museen und einige japanische sowie arabische Kunstsammler beteiligt gewesen waren. Jeder, der seitdem die Bibliothek ihres Vaters betreten hatte, wusste sofort, von welchem Künstler das Bild stammte oder wie viel Geld ihr Vater einfach so dafür hatte erübrigen können.

Ein leichter Bienenwachsduft hing in der Luft, Beweis dafür, dass die Angestellten, noch bevor Ty oder ihr Vater aufgestanden waren, bereits eine ihrer täglichen Aufgaben erfüllt und den Mahagonischreibtisch abgerieben hatten. Das Möbelstück hatte einst dem berühmten amerikanischen Bankier J.P. Morgan gehört, und ihr Vater stand jetzt daneben. Obwohl die Temperatur an diesem Augustsamstag bereits 36 Grad Celsius erreicht hatte, trug Tyler Stannard einen Maßanzug aus grauem Wollstoff von einem Edelschneider der bekannten Londoner Savile Row. Sein weißes Hemd stammte von einem Pariser Couturier, der sein Atelier in der Nähe des Ritz hatte und außerdem die Maße ihres Vaters beständig in einem schwarzen ledernen Notizblock mit sich führte, sollte Tyler Stannard anrufen und ein Hemd, einen Pyjama oder Morgenmantel bestellen wollen. Die Krawatte mit barockem Muster in Marineblau, Grau und Dunkelgrün kam aus Mailand.

Tyler Stannard war ein gut aussehender Mann. *Aristokratisch* lautete das Adjektiv, das in Magazinen und Tageszeitungen benutzt wurde, um ihn mit seiner stattlichen Größe, dem sorgfältig frisierten Haar und den stechenden grauen Augen zu beschreiben. Gerade eben sah er seine Tochter ungeduldig an, weil sie sich mit ihrer Antwort zu viel Zeit gelassen hatte. Nur wenige Menschen wagten es, einen Tyler Stannard warten zu lassen, egal aus welchem Grund.

»Aber, Vater, du gehst doch nicht allen Ernstes davon aus, dass ich die Medal-Klasse im Madison Square Garden gewinne. Die Endausscheidungen dort sind mit den Regionalmeisterschaften dieser Kategorie nicht zu vergleichen. Die besten Juniorreiter des ganzen Landes treten in dem Stadion an. Natürlich wäre es toll, eine Siegerschärpe aus dem Garden mit nach Hause zu nehmen, aber ich wäre schon froh, überhaupt eine fehlerfreie Runde hinter mich zu bringen.«

»Du sprichst nicht wie eine Stannard.« Er musste nicht hinzufügen, welchem Stannard sie dabei nacheifern sollte – außer ihm und ihr lebte kein anderes Familienmitglied mehr. »Ich habe nicht so viel Geld für dein Pferd ausgegeben, damit du damit nur den zweiten Platz anvisierst. Wenn du dich der Herausforderung tatsächlich noch nicht gewachsen fühlst, solltest du Meghan anrufen und ein paar zusätzliche Stunden vereinbaren. Du wirst so lange trainieren, bis du dir die Sache zutraust«, fügte ihr Vater unerbittlich hinzu. Der Blick, mit dem er sie dabei maß, machte deutlich, dass es sinnlos war, diesbezüglich noch ein weiteres Wort zu verlieren.

Gleich darauf hatte er seine Aufmerksamkeit denn auch den Unterlagen zugewandt, die Smythe übersichtlich neben seinem dunkelblauen Reisepass angeordnet hatte. Tyler Stannard flog in einer Stunde mit seinem Privatjet nach Paris. Er wollte einige Schlösser und ein Hotel an der Riviera kaufen und wäre dazu zwei Wochen unterwegs. Ty beobachtete, wie er die Unterlagen zusammenschob und in seine lederne Aktentasche steckte.

»Ich wünsche dir eine gute Reise, Vater.«

Tyler Stannard hielt für einen Moment inne und sah auf. In der Stimme seiner Tochter hatte er einen Unterton gehört, der ihm bisher noch nie zu Ohren gekommen war. Das verlangte nach einem unmittelbaren Dämpfer. »Übrigens, Tyler, während ich in Europa bin, vergiss eines nicht: Sollte ich erfahren müssen, dass du dich, aus welchem Grund auch immer, irgendwo ohne Sam Brody hinbewegt hast, wirst du deine Freundin, diese Lizzie Osborne, nie wieder sehen. Ich habe ihre Anwesenheit ohnehin schon zu lange geduldet. Wenn ihr schlechter Einfluss dein Urteilsvermögen noch einmal beeinträchtigt, sorge ich dafür, dass sie weder weiterhin in deine Schule geht noch in deinen Reitclub.«

Da er im Anschluss daran den Knopf der Gegensprechanlage drückte, um Smythe herbeizuzitieren, bemerkte er den herausfordernden Blick seiner Tochter nicht. Noch bevor Tyler Stannard wieder aufsah, senkte sie rasch die Lider. Sie wagte nicht, ihren Vater offen zu verägern, da er nicht zögern würde, seinen Einfluss geltend zu machen, um Lizzie Osbornes Familie in irgendeiner Form zu schaden. Wenn auch nicht von ihrer gesellschaftlichen Stellung her, so waren die Osbornes ihm doch finanziell unterlegen, und das machte sie in seinen Augen zu einer leichten Beute. Dabei interessierte ihn nicht im Mindesten, dass Lizzie die beste und einzige Freundin seiner Tochter war.

Da zog sie sich jetzt lieber zurück, damit er sich ganz auf seine Geschäfte konzentrieren konnte, worüber er ihre Belange in der Regel sofort vergaß. Mit einem leisen, leicht ironischen »Ja, Vater« drehte sich Ty um. Weder er noch sie dachten daran, sich zum Abschied in die Arme zu nehmen oder einen Kuss zu geben.

Wieder hob Tyler Stannard den Kopf. Diesmal wegen der sich schnell entfernenden Schritte auf dem Parkettboden. Er sah noch, wie sich seine Tochter durch die halb geöffnete, doppelflüglige Eichentür schob, und war überzeugt, dass sie jetzt in ihr Zimmer gehen und ihre Reitsachen anziehen würde. Schließlich hatte er sich deutlich ausgedrückt.

Trotzdem runzelte er verärgert die Stirn. Wie dünn sie wirkte, viel zu zerbrechlich. Aber das stellte nicht das einzige Problem mit ihr dar. Sie war sein einziges Kind und inzwischen vierzehn Jahre alt. Obwohl sie ihm, was Größe, Haar- und Augenfarbe betraf, ähnelte, hatte er bisher keinen seiner Charakterzüge bei ihr entdecken können.

Er hatte ihr seinen Namen gegeben, weil er hoffte, dadurch etwas von seinem unbezähmbaren Willen und unermüdlichen Ehrgeiz auf das Neugeborene zu übertragen. Normalerweise hätte er damit natürlich auf einen männlichen Erben gewartet. Aber als seine Frau Catherine direkt nach der Notgeburt auf die Intensivstation gebracht wurde, setzte ihn die Hebamme davon in Kenntnis, dass Catherine wahrscheinlich kein zweites Kind mehr haben könnte.

Seine Entscheidung, das Baby »Tyler Montgomery Stannard« zu nennen, erwies sich als vorausschauend, da Catherine vier Tage später an den Folgen einer Herzschwäche starb.

Er hatte seine Frau geliebt wie keinen Menschen vor und keinen nach ihr und verdankte ihr so viel. Nur durch sie, die einer Gründerfamilie Amerikas entstammte, hatte er Zugriff auf den Reichtum, das gesellschaftliche Ansehen und die Macht erhalten, die er sich immer erträumt hatte.

Während der dunklen einsamen Stunden nach ihrem Tod dachte er flüchtig daran, den Namen des winzigen Neugeborenen zu ändern und es nach Catherine zu benennen. Aber er konnte sich nicht dazu überwinden. Wichtiger als alles andere war ihm, die Erinnerung an die Frau seines Herzens rein, unbefleckt und unverändert zu halten. Es würde immer nur eine Catherine Elizabeth

Adams Stannard geben, und niemand würde je ihren Platz einnehmen.

Trotzdem war Tyler Stannard nach dem Tod seiner Frau vor vierzehn Jahren sofort eine neue eheähnliche Verbindung eingegangen, und zwar mit seinem Unternehmen, Stannard Limited, der Grundstücksmakler- und Luxuswohnungsbaufirma, die er mit seinen bloßen Händen und Catherines Geld aufgebaut hatte. Diese neue Beziehung vereinnahmte ihn völlig, und er war inzwischen für seine Hingabe reichlich belohnt worden. Gemäß der in *Forbes* und *Money World* veröffentlichten Listen gehörte er nun zu den reichsten Männern der Welt.

Aber dass es seinem einzigen Kind womöglich an dem gewissen Etwas mangelte und Tys Wille und Herz vielleicht genauso schwach waren wie Catherines, erfüllte ihn mit Bitterkeit und dem Gefühl, furchtbar ungerecht behandelt worden zu sein. Er wusste, dass er nie wieder heiraten würde. Dazu bestand kein Bedarf. Um seine sexuellen Bedürfnisse kümmerten sich scharenweise Frauen, die sich von seinem immensen Reichtum angezogen fühlten. Er brauchte der Dame seiner Wahl nur zuzunicken. Und sollte er sich jemals wieder richtig verlieben und eine neuerliche Heirat in Erwägung ziehen, würde allein der voreheliche, kompromisslose Vertrag jegliche romantische Anwandlung vertreiben.

So musste er sich wohl mit dem einzigen Kind, das ihm beschieden war, abfinden und es nach seinem Willen formen, damit aus ihm der Mensch wurde, der das Stannardsche Imperium fortführen konnte.

Teil 2

1991

1. Kapitel

Gladstone, New Jersey

Was sich da vor Steves Augen abspielte, erfüllte ihn mit Ehrfurcht; so bewegend und wunderschön war es, mit anzusehen, wie eine kleine Gruppe von Pferden aus den blitzsauberen, stattlichen Ställe der amerikanischen Nationalmannschaft in Gladstone in einer Reihe auf den offenen Hof geführt wurden. Die Tiere trugen allesamt marineblaue Bandagen und blau-rote Pferdedecken, die an den Ecken mit den Buchstaben »USA« bestickt waren. Steve wusste, dass das seidenweiche, glänzende Fell darunter perfekt gestriegelt war, sodass sich die Muskulatur wunderbar abzeichnen würde. Diese vierbeinigen Athleten waren in hervorragender Verfassung und Paradebeispiele an Kraft, Beweglichkeit und Ausdauer. Um das zu beweisen, gingen sie auf die Reise.

Eines nach dem anderen wurden sie in den großen silberfarbenen Transporter geladen, der sie zum Kennedy Airport brachte. Dort würden sie dann in ein Frachtflugzeug verladen, das sie zum World-Cup-Ausscheidungsturnier nach Schweden flog. Das Turnier stellte den Erste einer langen Reihe zermürbender sportlicher Wettkämpfen dar, die schließlich mit der Championchip-Runde endeten.

Steve war aufgeregt wie ein kleines Kind, denn unter den für die Mannschaft der USA ausgewählten Pferden war auch Jasmine, und er würde sie reiten. Der Stallmeister Frank Delano hatte ihn freundlicherweise eingeladen, mit zum Flughafen zu fahren, damit er sich persönlich davon überzeugen konnte, dass Jasmine sicher an Bord des Flugzeugs gelangte. Es war das erste Mal, dass sie einen Flug über den Atlantik antrat.

»Wirklich, Shepp«, sagte Frank jetzt, während er den Zündschlüssel umdrehte, »du musst dir keine Sorgen machen.« Der Motor startete mit einem lauten Rumpeln, und Frank beschrieb einen großen Bogen auf dem Hof, bevor er noch einmal hupte und dann die Auffahrt hinunterfuhr. »Die Frachträume der Jets sind mit den gleichen Boxen ausgestattet wie die Pferdetransporter, und so ein Flug, selbst mit dem Start und der Landung, ist auch nicht schlimmer als eine Fahrt auf holpriger Straße. Nach ein paar Flügen hat sich die Stute daran gewöhnt und wird zum Jetsetter.«

»Ich kann ja kaum glauben, dass ich selbst nach Europa fliege, um dort anzutreten. Dabei habe ich mich schon so lange darauf gefreut. Jetzt, wo es so weit ist, bin ich furchtbar aufgeregt.«

»Auf dem internationalen Parkett wirst du nicht allzu lang der Neuling bleiben. Aber warte erst einmal, bis du am Flughafen bist. Da kannst du was erleben! Die Pferde werden dort behandelt wie VIPs. Schließlich sind sie eine Menge Geld wert, da kann man keine Verletzung riskieren.« Frank befühlte die Brusttasche seines Hemdes, zog ein Päckchen Kaugummi heraus und hielt es Steve hin.

Doch der schüttelte den Kopf. »Nein, danke. Ich würde lieber eine rauchen, wenn es dir nichts ausmacht.«

»Tu dir keinen Zwang an«, sagte Frank mit entsprechender Handbewegung. »Ich habe auch mal geraucht, aber meine Frau hat mich zum Aufhören überredet. Trotzdem rieche ich es immer noch gern, wenn sich jemand eine Zigarette ansteckt.«

Steve grinste. »Geht mir genauso. In Kentucky lernt man die angenehmen Dinge des Lebens schon recht bald zu schätzen: schöne Frauen, schnelle Pferde, Bourbon und Zigaretten.«

»Was das angeht, scheint es dir ja an nichts zu mangeln,

Shepp. Du seist ein echter Kenner, erzählt man sich, und zwar aller soeben erwähnten Kategorien.«

Steve lächelte breit, wobei sich seine Zähne vom sonnengebräunten Teint abhoben. Seine Augen hatten den gleichen Farbton wie die verwaschene Jeansjacke, der er jetzt ein Päckchen Zigaretten und eine Schachtel Streichhölzer entnahm. Nachdem er genussvoll die Zigarette angezündet und einen tiefen Zug genommen hatte, sagte er: »Wer weiß, Frank, wer weiß.«

Selbst zwei Jahre, nachdem Ty die Münze geschenkt bekommen hatte, stellte sie immer noch ihren bestgehüteten Schatz dar. Gleich nach ihrem Zusammentreffen mit Steve war Ty zum Juwelier gegangen, um die Münze fassen zu lassen. Nach wie vor trug sie das Schmuckstück an einer feinen Silberkette um den Hals, aber so, dass man es nicht sehen konnte. Die Münze war etwas Privates, das niemanden etwas anging, und oft erwachte Ty morgens und hielt sie ganz fest in der Hand.

Steve war sie bisher leider bei keinem Turnier mehr begegnet, obwohl sie inzwischen in der reinen Springreiterklasse antrat. Um ihrem Vater die Erlaubnis dazu abzuringen, hatte es ihres Sieges in der Medal-Klasse im Madison Square Garden und dem unerhörten diplomatischen Geschick ihrer Trainerin bedurft. Dass sie, Ty, das Turnier im Madison überhaupt gewonnen hatte, war ihrer Meinung nach ein Glücksfall, der größtenteils auf Steve Sheppards Münze zurückzuführen war.

Als sie gesehen hatte, wie viel Vergnügen es ihrem Vater bereitete, seine Tochter die landesweite Konkurrenz schlagen zu sehen, erkannte sie ihre Chance und bat ihn um Erlaubnis, sich einer noch größeren Herausforderung zu stellen: dem reinen Springreiten. Ihre Reitlehrerin hatte sie unterstützt und das Ego ihres Vaters noch weiter gestreichelt, indem sie ihm versicherte, dass Ty bei ihrem Talent und mit Charismas Befähigung beim Springreiten bestimmt ähnliche Erfolge feiern würde wie bisher.

Das hatte offensichtlich den Ausschlag gegeben, denn Tyler Stannard genoss nichts mehr, als die Konkurrenz zu schlagen. Was Ty betraf, reizte sie einfach die Aussicht, auf höherem Niveau zu reiten, und das kostete sie jetzt in vollen Zügen aus. Die Springreitwettkämpfe waren unheimlich aufregend und erforderten ihr ganzes Können.

Trotzdem wünschte sie sich immer noch, Steve wieder zu sehen, wenn auch nur, um ihm zu zeigen, wie viel reifer sie in den vergangenen zwei Jahren geworden war. Sie hatte kaum noch etwas mit der tolpatschigen, eisverschmierten Vierzehnjährigen gemein. Ihre Spange war weg, und sie verfügte endlich über weiblichere Formen, ja sogar Brüste. Auch wenn sie die BHs, die sie sich kaufte, nicht wirklich brauchte und das andere Geschlecht niemals so mühelos verzaubern könnte wie Lizzie, hatte sie den Eindruck, in Sachen Aussehen ein ganzes Stück vorangekommen zu sein.

Aber Steve hielt sich in Europa auf und das schon fast den ganzen Sommer über, mit Ausnahme einiger Kurztrips über den Atlantik, um mit seinen eigenen Pferden an größeren US-Turnieren teilzunehmen. Die ganze Zeit über hatte Ty in den amerikanischen und europäischen Reitmagazinen seinen Werdegang verfolgt. Er trat mit der amerikanischen Nationalmannschaft bei den großen europäischen Weltcup-Turnieren an, und er und Jasmine gehörten dieses Jahr zu den Besten. Auch zu Hause in den Staaten schnitt Steve mit einem seiner eigenen Pferde ziemlich gut ab. Dabei handelte es sich um Fancy Free, ein jüngeres Tier, das er, wie er sich einmal ausdrückte, mitgebracht habe, um zu sehen, wie es sich in der Vorrunde der Springreitauswahl mache.

Ty drückte die Daumen, dass er bei dem mehrtägigen

Turnier in Devon gegen Ende der Reitsaison teilnehmen und vielleicht Fancy Free reiten würde. Den Fotos nach zu urteilen, war der Wallach eine echte Schönheit. Bestimmt wäre es aufregend, die beiden live zu sehen.

Devon stellte gleichzeitig Tys letztes Saisonturnier dar, bevor sie sich wieder hinsetzen und für die Schule lernen musste. Nicht dass ihr das etwas ausgemacht hätte. Der Lernstoff war ihr immer leicht gefallen; Mathematikaufgaben, die Lizzie regelmäßig Kopfzerbrechen bereiteten, erschienen ihr lächerlich einfach. Oft half Ty Lizzie bei den Hausaufgaben. Dass sie dadurch die Gelegenheit vertat, die eigenen zu machen, störte sie nicht, denn Lizzie war immer noch ihre beste Freundin.

Während der sieben Jahre, die Ty nun schon in dieselbe Privatschule für höhere Töchter ging, waren die anderen Mädchen ihr gegenüber kaum zugänglicher geworden. Aber Ty hatte gelernt, damit umzugehen. Dabei tat sie so, als bemerkte sie nicht, wie hinter vorgehaltener Hand über sie getuschelt wurde, als sei sie eine Jahrmarktsattraktion früherer Jahrhunderte. Manchmal konnte sie sogar über die Absurdität lächeln, in einer Schule, in der Geld hochgeschätzt wurde, zur Außenseiterin gestempelt zu werden, weil ihr Vater reicher war als die Väter aller anderen Schülerinnen zusammen.

Es stimmte also nicht unbedingt, dass man nie genug Geld haben konnte.

2. *Kapitel*

»He, Ty, sollen wir gleich noch was an der Würstchenbude essen?«, rief Lizzie, als sie mit ihrem Wallach Rushmore auf Ty zugetrabt kam. Das große rotbraune

Jagdpferd hatten ihr die Eltern im Frühjahr gekauft. Anders als Ty hatte sich Lizzie entschlossen, sich aufs Jagdspringen zu konzentrieren, und sie und Rushmore waren dabei in letzter Zeit ziemlich erfolgreich gewesen.

Beide Mädchen trugen die gleichen beigen Reithosen und marineblauen Steppjacken, ließen ihre Pferde einen Augenblick nebeneinanderher traben und bewegten sich dabei synchron im Sattel auf und ab.

»Natürlich esse ich noch was«, antwortete Ty. »Aber kannst du vielleicht noch fünfzehn Minuten warten? Meghan möchte, dass ich Charisma noch ein paar Mal springen lasse.«

Ty und Lizzie waren nach wie vor Mitglied in Meghan Grimshaws Reitclub, und für Ty stellte Meghan noch am ehesten so etwas wie eine Mutterfigur dar. Meghan stand mit beiden Beinen auf der Erde, und ihr Leben drehte sich hauptsächlich um ihre Reitschüler und Trainingspferde. Sie besaß ein ebenso gutes Gespür für Menschen wie für Tiere und konnte unheimlich gut abschätzen, was jemanden motivierte. Bei Ty hatte sie sich für schonungslose Offenheit entschieden und sprach niemals ein leeres Lob aus, weil sie wusste, dass Ty sie durchschauen würde. Unter ihrer Obhut gediehen Tys Reitkünste prächtig.

»Kein Thema«, hauchte Lizzie. *Kein Thema* war ihre neue Lieblingsformulierung, die sie ungefähr hundertmal am Tag benutzte. »Vielleicht sehe ich dir zu. Meghan hat mir gesagt, ich solle bis kurz vor meinem Wettbewerb heute Nachmittag warten, bevor ich Rushmore springen lasse.« Während Lizzie Rushmore an Ty und ihrer Stute vorbei ziehen ließ, sagte sie noch: »Und vergiss nicht, dass diese Runde auf mich geht.«

Sich beim Bezahlen der Unmenge von Snacks abzuwechseln, die die beiden während eines Turniers zu sich nahmen, hatte lange Tradition.

Megan Grimshaw stand neben den Auslegern eines Holzhindernisses und fixierte Ty, die durchs Rund galoppierte. Als Ty die Kurve hinter sich gebracht hatte und direkt auf das Hindernis zusteuerte, trieb sie ihre Stute noch mehr an.

Ungeduldig strich sich Meghan die feinen blonden Haare zurück, die sich aus ihrem Pferdeschwanz gelöst hatten und sie nun im Gesicht kitzelten. »Verdammter Wind«, murmelte sie, während Ty auf den großen Doppeloxer mit den vielen staubigen Plastikblumen vor der untersten Stange zuhielt. Bei den Sandbrocken, die die Hufe aufwirbelten, und den starken Böen aus unterschiedlichen Richtungen war es ganz gut, dass man die Übungshindernisse nicht mit echten Blumen ausgestattet hatte. Die hätten keine zwei Minuten überlebt.

Ty war jetzt fast am Hindernis, vielleicht noch fünf Schritte davon entfernt. Nach wie vor saß sie fest im Sattel und trieb ihre Stute voran. Die Hände hatte sie leicht erhoben und hielt Charismas Hinterhand schön gerundet, damit die Muskelkraft der Stute optimal umgesetzt werden konnte, wenn sie über das Hindernis setzten. Als es so weit war, erhob sich Ty leicht in den Steigbügeln und beugte sich graziös über das changierende Fell des Tieres. Ihr Oberkörper bildete eine Parallele zu Charismas Hals, die Zügelhaltung war optimal, die Knie hielt Ty angewinkelt. Es war einfach ein Vergnügen, den beiden zuzusehen.

»Okay«, rief Meghan Ty zu, nachdem die beiden das Hindernis mit Leichtigkeit genommen hatten. »Jetzt probier's von der gegenüberliegenden Seite. Sieh nach links, wenn du über den Oxer springst, als müsstest du danach eine scharfe Wendung zum nächsten Hindernis machen. Sagen wir hier, wo ich stehe.« Meghan entfernte sich vom Oxer und maß die Entfernung in Pferdeschritten. Als sie zufrieden war, blieb sie stehen und blickte zu Ty hoch. »Genau hier, okay? Außerdem möchte ich, dass du das

Tempo ein bisschen steigerst. Danach galoppierst du einfach durch und setzt über den Doppelzaun.« Mit dem Kopf wies sie zum entsprechenden Hindernis auf der anderen Seite des Runds.

Ty nickte, nahm die Zügel kurz und galoppierte noch einmal auf die Übungshindernisse zu.

»Gut gemacht, Ty. Das war eine Superrunde.« Meghans sonnengebräuntes Gesicht strahlte, als Ty mit Charisma auf sie zugetrabt kam. Ihre Reitschüler besprachen sich nach einem Turnierritt immer sofort mit ihr, um ihre Fehler zu analysieren.

Ty schwang ein Bein über den Sattel und ließ sich zu Boden gleiten. Eines der Mädchen, das als Pferdepflegerin für den Reitclub jobbte, wartete schon, um Charisma zu übernehmen. Sie würde das schweißnasse Pferd auch trocken reiben, ihm eine leichte Decke überlegen und es herumführen, bis Ty wieder dran war. Jetzt hielt das Mädchen Ty eine Flasche kaltes Wasser hin.

»Danke, Caitlin.« Ty lächelte und tauschte die Zügel ihrer Stute gegen die Flasche Wasser. Nachdem sie Charisma noch ein letztes Mal den Hals getätschelt hatte, stellte sie sich zu Meghan, um sich deren Kommentar anzuhören. Auf dem Turnierrund hatte der nächste Reiter den Kursverlauf bereits zur Hälfte hinter sich gebracht, und Meghan und Ty sahen sich noch an, wie er die Dreierkombination anging.

Dann fragte Meghan: »Welchen Eindruck hattest du selbst?«

»Einen ganz guten. An den Wassergraben bin ich vielleicht ein bisschen zu zögerlich rangegangen, da er uns beim letzten Turnier Probleme gemacht hat. Aber heute war Charisma mit ihm versöhnt.«

»Ja, er war ihr nicht mehr unheimlich. Ich habe allerdings bemerkt, dass sie der Mauer da hinten einen ziemlich schrägen Blick zugeworfen hat.«

Ty nickte. »Ich bin nicht sicher, warum. Aber ich erinnere mich, dass unten am Hindernis einige kleine Tannen standen, die vom Wind hin und her bewegt wurden. Vielleicht hat sie das erschreckt. Ich habe ihr ein bisschen mehr Bein gegeben, und sie hat prompt reagiert.« Ty hielt einen Moment inne, um einen großen Schluck Wasser zu trinken. Der derzeitige Reiter hatte nur noch zwei Hindernisse vor sich und seine Sache bisher fehlerfrei gemacht. Bis jetzt war Ty die Einzige ohne Strafpunkte gewesen, aber da dreiundzwanzig Reiter an den Start gingen und Tys Nummer ziemlich früh gezogen worden war, rechnete sie mit einem Entscheidungsspringen. Ja, auch dieser Reiter hatte den Parcours fehlerfrei beendet.

Ty wandte sich wieder an Meghan. »Was, meinst du, sollte ich beim Stechen anders machen?« Der verkürzte Kursverlauf eines möglichen Entscheidungsspringens war bereits zu Beginn des Wettbewerbs festgelegt worden, und sowohl Meghan als auch Ty hatten ihn im Kopf.

»Nachdem ich dich gerade gesehen habe, kann ich nur sagen, du solltest es ein wenig intensiver angehen lassen. Wenn du den Eindruck hast, dass sich Charisma gut macht, versuch vielleicht, zwischen dem Gutstor und der Hecke einen Schritt einzusparen. Möglicherweise kannst du auch die Kurve auf die Dreierkombination zu ein bisschen anschneiden, dann sparst du noch etwas Zeit. Du musst Charisma nur immer gut versammeln und im Rhythmus bleiben. Wenn sie aus dem Schritt kommt und springen soll, verliert sie die Spannung, und du wackelst im Sattel herum wie ein schlecht geworfenes Frisbee.« Zuversichtlich fasste Meghan Ty bei den Schultern. »Abgesehen davon bleib cool und konzentriert, Charisma erledigt den Rest für dich.«

Ty nickte und sah zum Parcours, wobei sie sich vorstellte, die Hindernisse so zu nehmen, wie Meghan es vorgeschlagen hatte. Auch Ty war zuversichtlich. Aber die Kurve nach dem Gutstor entsprechend abzukürzen, könnte knifflig werden. Unwillkürlich knurrte Ty der Magen. »Willst du was essen, Meghan? Sam, Lizzie und ich gehen gleich noch mal zur Imbissbude, um vor der nächsten Runde einen Happen zu uns zu nehmen.«

»Essen möchte ich nichts, aber du kannst mir eine Diätcola mitbringen.« Meghan zog einen zerknüllten Ein-Dollar-Schein aus der Jeanstasche. Sie hatte das Essverhalten der Mädchen bei Turnieren schon zu oft miterlebt, um sich jetzt zu wundern, dass die beiden zum dritten Mal in drei Stunden zur Würstchenbude gingen. Bei Turnieren aßen sie dauernd und ohne darauf zu achten, was. Erstaunlicherweise zeigten all die zusätzlichen Kalorien keinerlei Wirkung auf die beiden. Dazu waren sie einfach zu aktiv. Meghan beneidete sie darum, aber mit ihren fünfunddreißig Jahren brauchte sie sich nicht einzubilden, sich noch genauso verhalten zu können und musste sich wohl oder übel mit einer Diätcola zufrieden geben. »Und sag Lizzie, sie soll Rushmore noch einmal bewegen.«

»Mach ich. Hoffentlich ist meine Klasse beendet, bevor ihre beginnt. Ich würde sie gern mal wieder reiten sehen. Aber seitdem wir nicht mehr an den gleichen Disziplinen teilnehmen, ist das schwierig.«

Meghan lächelte. Die Mädchen standen einander so nahe wie eineiige Zwillinge, die nach der Geburt getrennt worden waren. Schon bald hatte sie erkannt, dass es das Beste war, die Pferde der beiden im Reitclub nebeneinander unterzubringen. Ty und Lizzie wären sonst ständig den Gang auf- und abgeeilt, um sich irgendetwas zu erzählen, und hätten damit alle verrückt gemacht. Außerdem konnte so die Zeit besser zum Striegeln und Reiten genutzt werden.

»Vielleicht nehmen ja nicht so viele an der Entscheidungsrunde deiner Klasse teil, dann kannst du noch rechtzeitig zur Vielseitigkeit.«

»Ich drücke die Daumen.« Ty strich Meghans Dollarnote glatt und sagte mit einem fröhlichen Lächeln: »Ich bin gleich zurück.«

Meghan beobachtete, wie Ty den Blick über die Menge auf dem Turniergelände schweifen ließ und mit erstaunlicher Leichtigkeit ihren Bodyguard ausmachte. Sam Brody hatte neben einer großen Gruppe von Zuschauern gewartet. Bei all den Pferden, Reitern und Pferdepflegern, die auf dem Turniergelände unterwegs waren, hätte Meghan gut fünf Minuten gebraucht, um ihn zu entdecken. Nicht so Ty. Man konnte fast meinen, sie sei mit einem Sensor ausgestattet, der ihr immer genau sagte, wo sich Sam aufhielt, ohne dass die anderen auf ihn aufmerksam geworden wären.

Was dieses Mädchen doch für ein anstrengendes Leben führte. Wenn man mit Ty zusammen war, machte sie nie viel Aufhebens um sich, ganz im Gegenteil. Doch es gab immer wieder Momente, so wie jetzt, wo einem plötzlich bewusst wurde, was für eine Last der unglaubliche Reichtum ihres Vaters für sie sein musste. Nie konnte sie für sich allein sein, immer war ihr Bodyguard dabei.

Meghan kannte Sam Brody nun auch schon seit Jahren – seitdem Ty ihrem Reitclub beigetreten war. Meghans Meinung nach war es vor allem ihm zu verdanken, dass Ty so erstaunlich bescheiden und unverdorben geblieben war. Seine Anwesenheit hatte ihr geholfen, den Fallstricken zu entgehen, in denen sich so viele Kinder reicher Eltern verfingen. Ty war nicht zu einem verzogenen Gör oder einer Rebellin geworden, die die Aufmerksamkeit der Welt (oder in diesem Fall ihres Vaters) auf sich ziehen wollte, indem sie sich Drogenexzessen hingab oder ein unmögliches Verhalten an den Tag legte. Sie war ein anständiges Mädchen, das in einer künstlichen Welt gefangen gehalten wurde, die jemand anders für sie erschaffen hatte.

Es blieben noch fünfundzwanzig Minuten, bevor Ty wieder im Sattel sitzen würde, um ihr Können in der Entscheidungsrunde unter Beweis zu stellen. Deren Bewertungkriterien waren immer noch neu für sie. Beim reinen Springreiten wurden ganz andere Maßstäbe angelegt als beim Jadgspringen oder beim Vielseitigkeitsreiten. Beim Jagdspringen beurteilte man die Pferde nach ihrer Leistung, ihrem Verhalten und ihrem Stil. Beim Vielseitigkeitsreiten achtete man auf die Technik und das Zusammenspiel von Pferd und Reiter, sowohl am Boden als auch beim Hindernisspringen.

Aber beim reinen Springreiten verließ man sich nicht auf das subjektive Empfinden der Richter; die Herausforderung lag allein im Verlauf des Parcours. Beim Entscheidungsspringen musste man zudem nicht nur die Hindernisse fehlerfrei nehmen, sondern auch schneller sein als die Konkurrenz, was die Schwierigkeit noch erhöhte.

Immer wieder fegte der Wind Papierfetzen oder Plastikbecher über das Turniergelände, und die Blätter an den Bäumen raschelten so laut, dass man sich nicht in normaler Lautstärke unterhalten konnte. Aber das kam Ty gelegen. Sie brauchte etwas Zeit für sich, um tief durchzuatmen und ihre Nerven zu beruhigen. Kerzengerade saß sie im Sattel und wartete darauf, dass man ihr das Zeichen gab, mit Charisma auf den Parcours zu reiten. Den Blick hatte sie auf den Kursverlauf vor sich geheftet und ging im Geist noch einmal die Reihenfolge der Hindernisse durch. Dabei stellte sie sich vor, wie sie welches Hindernis am besten nehmen könnte und wie sie ihr Gewicht verlagern müsste, um Charisma zu unterstützen. Trotz Handschuh berührte sie die Silbermünze, die sie vor fremden Blicken verborgen unter ihrer Reitbluse trug. Dann hörte sie die Stimme des Ordners.

»Nummer 317?«, fragte er laut genug, dass es alle am

Parcours wartenden Reiter hörten. Als Ty die Hand hob, nickte er. »Sie sind dran.«

»Zeig's ihnen!«, ermutigte sie Sam, wobei ein Lächeln seine dunklen Augen zum Strahlen brachte. Als Ty die Zügel aufnahm, um zum Parcours zu reiten, erwiderte sie es kurz, sagte aber nichts. Sie konzentrierte sich ganz auf die vor ihr liegende Aufgabe.

Nachdem Charisma durchs Gatter getrabt war, erhöhte Ty den Schenkeldruck und gab ein bisschen mehr Zügel, sodass die Stute in einen anmutigen Handgalopp verfiel. In einem großen Bogen ritt Ty ans andere Ende des Runds. Dadurch kam Charisma noch einmal an den ersten Hindernissen vorbei und wurde daran erinnert, was man nun von ihr erwartete. Außerdem verschaffte Ty ihnen dadurch ein bisschen Zeit, bevor sie mit Durchbrechen der Lichtschranke am Zeitmesser die Uhr in Gang setzten.

Zuversichtlich gingen sie den Kursverlauf an. Auf dem nach allen Seiten hin offenen Parcours blies der Wind noch stärker. Ty hörte, wie er ihr in den Ohren pfiff, als sie Charisma zu einem weit ausgreifenden Galopp antrieb und sich dem Ersten der acht Hindernisse näherte.

Charisma reagierte hervorragend, sprang ab, landete, wendete, nahm die nächste Herausforderung in Augenschein und donnerte weiter. Die ersten fünf Hindernisse brachten sie ohne den geringsten Technikfehler hinter sich. Ty spürte, dass ihr Tempo genau richtig war: schnell, aber nicht unkontrolliert. Charisma war aufmerksam und galoppierte kraftvoll, sie hatte noch genügend Energie für die letzten drei Hindernisse: den Doppeloxer, dann die Mauer am anderen Ende des Runds und schließlich das stilisierte Gatter. Danach müssten sie noch einmal an Geschwindigkeit zulegen, um schnellstmöglich am Zeitmesser vorbeizukommen.

Sie arbeiteten zusammen wie die Rädchen eines Uhrwerks, und Ty bekam bereits einen Vorgeschmack auf den Sieg.

Ja!, frohlockte sie insgeheim, als Charisma sie mit Leichtigkeit über den ein Meter zwanzig hohen Doppeloxer trug. Im Sprung verlagerte Ty das Gewicht ein wenig, um die scharfe Linkswendung vorzubereiten, die gleich darauf anstand, damit sie so schnell wie möglich zur anderen Seite des Runds gelangten, wo die Mauer wartete. Als Charisma mit den Vorderhufen aufkam, ließ sich Ty gleichzeitig wieder im Sattel nieder. Dann wendete sie ihr Pferd und galoppierte auf die große graue Mauer zu, die unten mit Tannenbäumchen dekoriert war, deren Wipfel im Wind tanzten.

Da sich Ty noch gut an Charismas Zögern bei der ersten Runde erinnerte, gab sie ihr die Fersen und machte sich darauf gefasst, falls nötig, auch den Schenkeldruck zu erhöhen. Im Geist zählte sie die Pferdeschritte mit, während die Entfernung zwischen ihnen und der Mauer immer geringer wurde. Sechs, fünf, vier, drei, zwei …

In den entscheidenden Sekunden, die sie jetzt noch vom Hindernis trennten, geschah es. Aus dem Augenwinkel sah Ty plötzlich etwas Großes, Weißes, das sich wie wild drehte. Es kam direkt auf sie zu und war schon so nah, dass Charisma einfach scheuen musste. Das Pferd brach den Sprung ab, bremste in vollem Lauf, aber viel zu schnell, als dass Ty ihren Schwung hätte abfangen können. Sie wurde aus dem Sattel katapultiert und flog direkt auf die graue Mauer zu. Dann wurde es schwarz um sie herum.

Drei Männer umstanden das Krankenhausbett, auf dem Ty reglos lag. Ihr geschundener Körper, obwohl von sterilen weißen Laken bedeckt, wirkte seltsam exponiert. Gleiches galt für ihren Kopf. Von ihrem Gesicht sah man kaum mehr etwas. Sie trug einen Verband aus zahlreichen Gazestreifen und ähnelte damit einer unfachmännisch verhüllten Mumie. Der einzige Körperteil, den man ungehindert einsehen konnte, war ihr rechter Arm. Er lag in einem merkwürdigen Winkel auf dem Bett, die Infusionsnadel steckte in der Vene, die Kanüle führte hinauf zum Flüssigkeitsbehälter.

Die Augen hatte sie geschlossen, und die dunklen, dichten Wimpern hoben sich überdeutlich von ihrer blassen Haut ab. Seitdem sie gegen das Hindernis geprallt war, hatte sie die Lider nicht wieder geöffnet. Sam Brody war fast der Meinung, seit diesem schrecklichen Moment sei eine Ewigkeit vergangen. Die ganze Zeit über hatte er sein Wünschen darauf konzentriert, dass Ty die Augen wieder öffnen möge, oder in seiner Hilflosigkeit gebetet. Doch sie reagierte weder auf das eine noch das andere.

Aber die Ärzte waren optimistisch. Bei einem so jungen und gesunden Menschen würde der Schlüsselbeinbruch schnell verheilen. Obwohl Tys Reitkappe beim Aufprall verrutscht war, und sie eine furchtbar blutende Platzwunde davongetragen hatte, war sie glücklicherweise nicht ernsthaft verletzt worden. Die zahllosen Tests, die man im Krankenhaus durchgeführt hatte, ergaben auch keinerlei Hinweise auf ein Schädelhirntrauma, und die Ärzte waren zuversichtlich, dass sie das Bewusstsein bald wiedererlangen würde.

Was die Platzwunde nur wenige Zentimeter oberhalb ihres Auges betraf, hatte ein einziger Anruf von Tyler Stannards Büro genügt, um den besten plastischen Chirurgen des Landes mit dem Stannardschen Privatjet einfliegen zu lassen. Eine Stunde später war das Werk vollbracht, und neunundreißig winzige Stiche hielten Tys bogenförmigen Hautriss zusammen.

Ein Blick ihres Vaters erstickte jeden Protest des Krankenhauspersonals im Keim, als es darauf hinweisen wollte, dass in einem Krankenzimmer nur eine bestimmte

Anzahl von Personen gestattet sei. Die Schwestern und Pfleger waren davongeeilt und hatten es ihm, seinem persönlichen Assistenten und Sam Brody überlassen, die Patientin zu beobachten.

Eine Stunde nach Sams Anruf war der Hubschrauber mit Tys Vater und Smythe auf dem örtlichen Flugplatz gelandet. Sie wurden von einem Fahrer abgeholt, der sie im Eiltempo zum Krankenhaus brachte, wo Ty immer noch im OP lag. Der plastische Chirurg war selbst erst zwanzig Minuten früher eingetroffen.

Die Telefonleitung in Tys privatem Einzelzimmer hatte man sofort freigeschaltet, damit Smythe sie benutzen konnte. Die Telefonate wurden auch nicht unterbrochen, als man Ty später auf dem beweglichen Krankenhausbett hereinbrachte. Dabei unterlag jedes Gespräch Tyler Stannards Stakkatoansagen.

»Smythe, rufen Sie London an und machen Sie einen neuen Termin für die Telefonkonferenz heute Nachmittag. Sie soll morgen früh um sieben Uhr unserer Zeit stattfinden. Dann rufen Sie im Büro an und verschieben das Meeting im Hilton Head auf morgen Nachmittag, und stellen Sie sicher, dass der Jet bereit ist, um uns heute Nachmittag alle hier rauszufliegen.«

»Uns alle, Mr. Stannard?«, fragte Smythe verwundert nach. »Wird Miss Tyler das Krankenhaus denn schon so bald verlassen können?«

Sam, der am oberen Ende des Bettes stand und nachdenklich Tys bandagierten Kopf betrachtete, hob für einen Moment den Blick. Er hatte noch nie erlebt, dass Michael Smythe einen Befehl seines Arbeitgebers hinterfragte. Smythe arbeitete nicht nur wie eine gut geölte Maschine, sondern sagte normalerweise auch zu allem ja und Amen. Er würde dem Milliardär gegenüber nicht einmal buh machen. Natürlich kam *buh* in Smythes ausgefeiltem Wortschatz nicht vor. Stannards persönlicher

Assistent sprach mit einem hochnäsig klingenden britischen Akzent, was totaler Quatsch war, weil er aus den Staaten stammte, wie Sam aus seiner Personalakte wusste. Sams Meinung nach machten zwei Jahre an einer Londoner Privatsekretärschule aus einem Amerikaner noch keinen Briten. Aber schließlich musste er nicht für dessen Gehalt aufkommen, und Stannard schienen die Allüren seines persönlichen Assistenten nicht zu stören, solange dieser effektiv arbeitete. Außerdem wirkten Smythes aufgesetzter Akzent und sein Etepete-Getue manchmal wahre Wunder. Die Leute überschlugen sich geradezu vor Höflichkeit, wenn sie mit ihm zu tun hatten, als wäre ihnen ein Interview mit dem *Prince of Wales* vergönnt.

Aber im Herzen war Sam noch viel zu sehr New Yorker Cop und an die derbe Sprache der Großstadtgangs gewöhnt, sodass ihm Smythes blasierter Akzent und seine kriecherische Art auf die Nerven fielen. Manchmal hätte er ihn deswegen am liebsten am Kragen gepackt und geschüttelt. Umso erstaunter war er jetzt, den alten Speichellecker andeuten zu hören, Tyler Stannard habe sich eventuell versprochen.

Stannard warf einen Blick auf die Uhr. »Ja, meine Tochter auch. Wenn sie bis dahin nicht wieder zu sich gekommen ist, soll das notwendige Krankenhauspersonal mit uns zurückfliegen. Die Schwestern und Pfleger können sie überwachen, während wir in der Luft sind. Sagen Sie ihnen, dass sie nach der Landung umgehend zurückgebracht werden. Sie brauchen nicht zu bleiben; wir können zu Hause auch jemanden anheuern, wenn meine Tochter weiterhin Hilfe benötigen sollte. Aber ich will sie hier raushaben. Ich muss das Grundstücksgeschäft in South Carolina abschließen, bevor mir jemand zuvorkommt, und ich will nicht, dass Tyler hier ist, während ich mich im Süden des Landes aufhalte.«

»Ja, Sir.« Smythe nickte gehorsam, während er sich dem Telefon zuwandte, um die Wünsche seines Chefs Realität werden zu lassen. So viel also zum Thema *Smythe und Rückgrat zeigen,* dachte Sam säuerlich.

Inzwischen ging Tyler Stannard im Zimmer auf und ab und würdigte das Bett in der Raummitte keines Blickes. Er konnte nur schwer ertragen, seine Tochter so daliegen zu sehen – blass und leblos. Viel zu sehr erinnerte ihn das an Catherine. Seine Frau hatte er verloren, aber seine Tochter ließe er sich nicht wegnehmen. Die Vorstellung, wie schnell sie hätte sterben können, versetzte ihn in Angst und Schrecken. Das verdammte Pferd!

»Brody, ich will, dass Sie zum Turniergelände zurückgehen und Meghan Grimshaw beauftragen, Interessenten für Charisma zu finden. Ich verkaufe die Stute.«

Sam spürte, wie ihm vor Staunen der Mund offen stand. »Mr. Stannard, Ty liebt Charisma über alles. Sie brechen ihr das Herz, wenn Sie ihr das Pferd wegnehmen.«

»Ich habe es nicht gekauft, damit es meine Tochter tötet. Bei dem Sturz hätte sie sich das Genick brechen oder zum Krüppel werden können.«

Was für eine vertrackte Situation! Sam zermarterte sich den Kopf, um Stannard verständlich zu machen, wie wichtig Charisma für Ty war. Vielleicht half es, ihm den Unfallhergang zu schildern. »Mr. Stannard, ich weiß, wie besorgt Sie um Ty sind. Aber ihr Sturz war einfach ein dummer Zufall. Der Wind war heute völlig unberechenbar und hat den Schirm an der Richterloge aus der Verankerung gerissen und über den Platz getrieben. Wenn Ty zu sich kommt, wird sie Ihnen bestätigen, dass Charisma keine Schuld an dem Sturz trifft. Ty hat für ein Mädchen ihres Alters unheimlich viel Biss, Mr. Stannard. Ich wette, sie will wieder reiten, sobald es ihr Gesundheitszustand zulässt.«

»Und genau deshalb werde ich sicherstellen, dass das Pferd spätestens morgen früh verkauft ist«, erklärte Stannard scheinbar gelassen. Nur an seinem kalten Blick sah man, wie wütend er über Sams Weigerung war, seinem Befehl umgehend Folge zu leisten. »Tylers Reitsportkarriere ist beendet. Sie hätte sowieso bald damit aufhören müssen. Ich habe Smythe ein Schweizer Internat für sie aussuchen lassen, das einen exzellenten akademischen Ruf hat. Außerdem wird man ihr dort den nötigen Schliff verpassen, der ihr bisher bedauerlicherweise völlig abgeht. Es ist längst Zeit, dass Tyler ihr kindisches Hobby aufgibt und ein bisschen Umgangsformen lernt, damit sie weltgewandter wird.«

Der Mistkerl wollte seine Tochter also wegschicken – sie aus der gewohnten Umgebung reißen und von der einzigen Freundin trennen, die sie hatte –, um sie in irgendein abgehobenes Internat zu stecken? Zu allem Überfluss plante er auch noch, das Pferd zu verkaufen, das ihr in den letzten vier Jahren alles bedeutet hatte, ohne ihr die Möglichkeit zu geben, sich von ihm zu verabschieden? Sam brauchte nur daran zu denken, wie weh Stannard Ty damit tun würde, und hätte ihm am liebsten die Fresse poliert.

Was das anging, konnte er sich zurückhalten, aber trotzdem platzte er heraus: »Was wollen Sie eigentlich von dem armen Mädchen? Meine Güte, ich habe Kinder in sozial schwachen Verhältnissen gesehen, aber wenigstens hatten die die Zuneigung ihrer Eltern.«

Die Zeit schien stillzustehen, während sich die beiden Männer über das Krankenhausbett hinweg anfunkelten. »Ich glaube, Sie haben soeben die Grenzen Ihrer Jobbeschreibung überschritten, Brody«, sagte Stannard schließlich leise. »Sie täten gut daran, sich zu erinnern, dass ich Sie als Bodyguard eingestellt habe, um Ty zu beschützen. Ich glaube kaum, dass Sie das dazu ermächtigt, mir vorzuschreiben, wie ich meine Tochter erziehen soll. Muss ich mich jetzt noch einmal wiederholen? Ich will, dass die Stute bis morgen verkauft ist.«

»Das können Sie wiederholen, bis Sie schwarz werden, Stannard, weil Sie nämlich jemand anderen finden müssen, der das für Sie erledigt. Und wie Sie schon sagten, haben Sie mich eingestellt, um Ty zu beschützen. Jetzt wollen Sie Ihr wehtun? Dann tun Sie es selbst. Ich helfe Ihnen bestimmt nicht dabei, ich kündige.«

»Sie behaupten, ihr keinen Schmerz zufügen zu wollen, und lassen Sie trotzdem im Stich. Ein Widerspruch in sich, finden Sie nicht?«

Brody schien seinen ehemaligen Arbeitgebern mit Blicken durchbohren zu wollen. »Stimmt, ich tue ihr auch weh. Aber Ty ist ein cleveres Mädchen. Sie wird nicht lange brauchen, um herauszufinden, wer das echte Arschloch ist.«

Sam Brody holte tief Luft und strich Ty mit seiner großen Hand sacht über den bandagierten Kopf – ein stillschweigendes Lebewohl. Er wünschte nur, er hätte mehr tun können, jetzt, wo sie Hilfe so bitter nötig hatte. Bei dem Gedanken, dass ihm die Hände gebunden waren, überkam ihn eine kalte, ohnmächtige Wut. Rasch wandte er sich ab und verließ den Raum. Damit beendete er diesen Abschnitt seines Lebens.

Eine einzige Träne trat unter Tys nach wie vor geschlossenen Lidern hervor und hinterließ eine glänzende Spur auf ihrer blassen Haut.

Teil 3

1999

1. Kapitel

Manhattan

Immer wieder meldete sich Tys Handy mit einem Dreiklang aus den Tiefen ihrer Sporttasche. Sie ignorierte es. Bis sie sich durch den Haufen schweißnasser Klamotten gewühlt hätte, wäre ohnehin schon die Mailbox drangegangen. Wer immer sie da anrief, konnte warten, bis sie sich in ihrer Wohnung befand. Sie sah zum Aufzugführer. Er bekam allmählich eine Glatze, war Mitte Fünfzig, einige Zentimeter kleiner als sie und gut zwanzig Kilo schwerer. Er trug die marineblaue Uniform des Apartmentgebäudes mit Goldtressen und Messingknöpfen. Auf Letztere hielt er im Moment den Blick gerichtet, während seine Aufgabe ansonsten hauptsächlich darin bestand, die beleuchteten Nummern auf der großen blitzenden Schalttafel zu drücken. Beim Fixieren der Messingknöpfe tat er so, als bemerkte er das beständige Klingeln aus Tys Tasche nicht. Der nervtötende Lärm hörte erst auf, als der Fahrstuhl den sechzehnten Stock erreichte.

»Einen schönen Tag noch, Miss Stannard«, sagte der Aufzugführer, sobald Ty an ihm vorbeiging.

»Das wünsche ich Ihnen auch, John«, antwortete sie ausgesucht freundlich, obwohl sie diese beiden Sätze heute schon mehrmals gewechselt hatten.

Ty betrat den privaten Flur vor ihrem Apartment, die Fahrzeugtür schloss sich hinter ihr und beendete den Zwang, noch weitere Höflichkeiten zu tauschen. Mit einem Seufzer der Erleichterung ließ sie die Sporttasche auf den Marmorboden fallen, nahm den Stapel Briefe, der fein säuberlich auf der barocken Konsole vor ihrer Wohnungstür angeordnet war, und suchte in ihrer Wildlederjacke nach dem Schlüssel.

Als sie die Tür aufstieß, klingelte bereits das Telefon.

»Schon gut, schon gut, ich komme ja!«, murmelte sie, während sie zum Beistelltisch neben dem Sofa ging und den Hörer abnahm. »Hallo?«

»Wo bist du denn gewesen? Ich habe schon überall herumtelefoniert.«

»Erst im Fitness-Studio und dann noch ein bisschen bummeln. Hallo, Lizzie, was gibt's?« Ty ließ sich in die dicken cremefarbenen Sofakissen sinken und streifte die zum Laufen in der Stadt idealen flachen Lederschuhe ab. Dann zog sie die Beine unter sich und stöhnte dabei leise auf. Kündigte sich da bereits ein Muskelkater an? Offensichtlich hatte sie es mit den Gewichten ein bisschen übertrieben.

»Nichts Besonderes, ich versuche nur, eine kleine nette Feier mit den beiden Menschen zu organisieren, die ich am liebsten habe. Aber natürlich bist du wie immer so schwer zu erreichen, als wollte ich den Präsidenten persönlich sprechen. Mal ehrlich, Ty, weißt du denn nicht, wozu Handys gut sind?«

Ty verdrängte das Schuldgefühl, das sie sofort bei dem Gedanken überfiel, was passiert war, als Lizzie sie schon einmal nicht hatte erreichen können. Aber Ty wusste, dass Lizzie es verabscheute, über diesen Lebensabschnitt zu sprechen. Darüber hinaus wäre ihre Freundin entsetzt, wenn sie wüsste, wie schuldig sich Ty deswegen immer noch fühlte.

Deshalb antwortete sie bewusst aufgeräumt: »Entschuldige, Liz, aber ich glaube, mir wird nie klar, warum diese blöden Dinger eine so große Rolle im Leben moderner Menschen spielen.« Spöttisch fügte sie hinzu: »Wenn ich ehrlich bin, könnte ich mich stundenlang an der Vorstellung ergötzen, dem so genannten Genie, das sie erfunden hat, die Kehle zuzudrücken! Wenn ich mir all die Leute ansehe, die die Madison Avenue entlanglaufen, in kleine Plastikvierecke sprechen und dabei aussehen, als seien sie schlecht geschulte Geheimagenten, kriege ich die Krise.«

»Nun, ich habe nichts gegen deine blühende Fantasie, aber lass dir eins gesagt sein: Deine Abneigung gegenüber den modernen Kommunikationsmitteln erschwert es ungemein, dich zu erreichen. Ich habe schon alles Mögliche in Erwägung gezogen – sogar Brieftauben. Auch wenn ich es nicht gern zugebe, aber es war wesentlich einfacher, mit dir in Kontakt zu treten, als du noch eine Sekretärin gehabt und für Stannard Limited gearbeitet hast.«

»Spinn diesen Gedanken bloß nicht weiter!« Ty rieb sich die Schläfen, in denen es urplötzlich zu pochen begonnen hatte. Auch bei ihr gab es Themen, über die sie nicht gern redete. Wenigstens die Hälfte der zwölf angezeigten Nachrichten auf ihrem hektisch blinkenden Anrufbeantworter stammten aus dem Büro ihres Vaters. Ty fragte sich manchmal, ob man bei Stannard Limited jemanden nur zu dem Zweck eingestellt hatte, ihr Mitteilungen zu hinterlassen. Wenn ja, war das ein echter Scheißjob, denn der Text lautete immer gleich: »Mr. Stannard lässt Ihnen ausrichten, dass er Sie heute Nachmittag in seinem Büro erwartet.«

»Dass jemand aus dem Büro meines Vaters dran sein könnte, ist einer der Gründe, warum ich fast nie ans Telefon gehe«, gestand Ty der Freundin jetzt. »Das blöde Ding klingelt alle fünf Minuten. Es hilft auch nicht, die Anrufe zu ignorieren – jedes Mal verrutsche ich in der Zeile und kann mit meiner Berechnung von vorn anfangen. Es ist ohnehin mühselig genug, sich durch diese Zahlenkolonnen zu arbeiten.«

Mit einem Seufzer bekundete Lizzie am anderen Ende der Leitung ihre Sympathie. »Das kann ich mir gut vorstellen. Ich bin nur froh, dass du dich darum kümmerst und nicht ich! Aber, weißt du, mit den Büchern hat es keine Eile. Bisher brauchen wir ja noch nicht alles exakt zu dokumentieren und abzulegen.« Lizzie hielt kurz inne, bevor sie spöttisch fortfuhr: »Daddy Stannard versucht also, dir um den Bart zu gehen, damit du dich mit ihm versöhnst?« Es war ein offenes Geheimnis, dass Lizzie und Tys Vater sich nicht ausstehen konnten.

»Dass das nicht funktioniert, wird er schon irgendwann begreifen.«

»Hm …«, machte Lizzie nur, die nicht glaubte, dass Tyler Stannard in naher Zukunft auf das verquere Vergnügen verzichten würde, Ty um sich zu haben, damit er sie herumschubsen konnte. Außerdem war er nicht der Mensch, der ein Nein akzeptierte. Nein, dachte Lizzie bitter, er zog es vor, anderen eine abschlägige Antwort zu erteilen.

Tys Stimme unterbrach ihre Gedankengänge. »Was feiern wir denn?«

»Einen denkwürdigen Jahrestag, Schätzchen. Weißt du, dass es heute genau achtzehn Monate her ist, seitdem meine Scheidung durch ist und fast ein ganzes Jahr, seitdem Emma, du und ich den Reitstall eröffnet haben? Ich dachte, wir drei könnten nach der Benefizveranstaltung heute Abend ins Restaurant gehen. Emma kriegt Brei, und wir bestellen Champagner.«

»Da sage ich nicht nein. Dann sehe ich mein Patenkind also heute Abend auch?«

Emma war Lizzies Tochter und Tys nicht ganz unvoreingenommener Ansicht nach wahrscheinlich die süßeste Zweijährige, die es jemals gegeben hatte. Sie war ihrer Mutter wie aus dem Gesicht geschnitten und schon bei der Geburt wunderhübsch gewesen. Auch die rotblonden Locken hatte sie von Lizzie. Jedes Mal, wenn die beiden zu Besuch in die Stadt kamen, und Ty und Lizzie abwechselnd den dunkelblauen Buggy durch die geschäftigen Straßen schoben, blieben Damen gesetzten Alters bei ihnen stehen und ließen sich darüber aus, wie niedlich die Kleine sei. Glücklicherweise hatte Emma auch das sonnige Gemüt ihrer Mutter geerbt und krähte dann immer vergnügt, als wisse sie genau, wie gut das bei älteren Frauen ankam. Ty liebte Emma wie ihr eigenes Kind und versuchte so viel Zeit wie möglich mit ihr und Lizzie zu verbringen.

»Ich habe ein Zimmer für Emma gebucht und einen Babysitter engagiert. Nach der Veranstaltung holen wir sie ab und nehmen sie mit. Was hältst du von Giorgio's?«

»Mir läuft bereits das Wasser im Mund zusammen.«

»Na, womöglich vergeht dir der Appetit, sobald du eine Ladung von Emmas neuestem Lieblingsgericht abbekommst.«

Mit ihren zwei Jahren hatte Emma plötzlich ganz merkwürdige Vorlieben entwickelt. Ty wusste noch gut, wie sie einen ganzen Monat lang nur grünes Gemüse essen wollte, und zwar morgens, mittags und abends.

»Was ist denn derzeit ihre Leibspeise?«, erkundigte sie sich nun, und Lizzie antwortete gespielt wehleidig: »Sie hat jetzt ihre orange Phase. Passierte Karotten mit Butter stehen ganz oben auf der Beliebtheitsskala. Obwohl es mir heute Morgen gelungen ist, ihr einige Käsestreifen einzuverleiben. Du glaubst ja nicht, wie hinterlistig ich inzwischen geworden bin. Erst dachte ich ja, die grüne Phase sei einfach unerträglich, weil ich Brokkoli und Spinat pürieren musste, bis ich Schreikrämpfe bekam. Aber dieser Karottensaft überall ist einfach ein Alptraum. Ich muss ihre T-Shirts jedes Mal tagelang einweichen. Oder ich färbe alles orange ein!«

»Danke für die Warnung. Ich werde darauf achten, außerhalb ihrer Reichweite zu bleiben. Um wie viel Uhr soll ich denn heute Abend da sein?« Ty warf einen Blick auf ihre Armbanduhr. Jetzt war es gerade drei.

»Um sechs. Bis dahin sind die meisten Gäste eingetroffen, und du kannst anfangen, sie zu umgarnen. Ich brauche deinen untrüglichen Instinkt, um Kunden zusammenzutrommeln, die bereit sind, ihr Scheckheft zu zücken. Wenn wir eine komplette Belegung des Sommerreitprogramms erreichen, können wir nächsten Winter wenigstens acht Stipendien ausschreiben.«

»Die Benefizveranstaltung findet im Waldorf-Astoria statt, oder?«

»Ja, die Organisatoren wollten, dass der Veranstaltungsort auch für Besucher, die von außerhalb New Yorks kommen, leicht zu finden sei.«

Ty lehnte sich in die Kissen zurück und streckte die langen Beine von sich. Sie hasste gesellschaftliche Anlässe aus tiefstem Herzen, sagte aber trotzdem: »Großartig«, bevor sie hinzufügte, »ich komme mit der Narrenkappe und ermutige alle und jeden, ihr pferdeverrücktes Kind für die Cobble-Creek-Sommerreittage anzumelden.«

»Danke, Ty, aber vergiss die Narrenkappe, zieh einfach das Valentinokleid an. Den Männern verdrehst du damit so den Kopf, dass sie gar nicht mehr merken, wie viele Nullen sie auf den Scheck schreiben. Ach, du meine Güte! Sieh nur, wie spät es schon ist! Emma und ich müssen uns beeilen, wenn wir noch vor der Rushhour in New York sein wollen. Bis später dann, Süße!«

Als Ty den Hörer auf die Gabel legte, lächelte sie über Lizzies ungebrochen überschwängliche Art. Dabei ignorierte sie eisern das blinkende rote Lichtchen, das sie an die zahlreichen Nachrichten auf ihrem Anrufbeantworter erinnerte. Unwillkürlich dachte sie daran, was Lizzie in den vergangenen anderthalb Jahren durchgemacht hatte und dass sie ihr während dieser Zeit liebend gern eine bessere Freundin gewesen wäre.

Lizzie Osborne Stricklands Leben war zu einem alles in die Tiefe reißenden Strudel geworden, als sie die Geduld verlor und endlich die Scheidung von ihrem untreuen Ehemann Michael verlangte und außerdem das alleinige Sorgerecht für ihre Tochter. Nachdem Michael Strickland eine entsprechende Mitteilung erhalten hatte, engagierte er innerhalb von vierundzwanzig Stunden einen New Yorker Scheidungsanwalt, der als besonders rücksichtslos galt. Bevor Lizzie wusste, wie ihr geschah, hatte ihr Ehemann bereits das gemeinsame Konto geplündert, Lizzies Kreditkarten sperren lassen und Anklage gegen sie erhoben, um nachzuweisen, dass sie als Mutter ungeeignet sei. Er ging sogar so weit, zu behaupten, sie wäre völlig betrunken auf ihn losgegangen.

Eine Scheidung war niemals angenehm, aber Lizzie hätte nie gedacht, dass Michael derart hinterhältig werden könnte. Dabei schien sie mit ihm am Anfang einen so guten Fang gemacht zu haben.

Lizzie und er lernten sich bei einer Party kennen, die gemeinsame Freunde gaben. Damals war Lizzie dreiundzwanzig Jahre alt gewesen und bezaubernder denn je. Im Frühjahr hatte sie das College abgeschlossen, lebte seitdem in New York, arbeitete während der Woche für eine PR-Firma und bestritt am Wochenende Reitturniere. Ein Blick auf Lizzies atemberaubende Figur und die rotblonde Mähne genügte, damit der ehrgeizige leitende Angestellte eines großen Telekommunikationsunternehmens reagierte wie jeder andere Mann, der Lizzie zu Gesicht bekam. Er ging direkt zum Gastgeber der Party, um nach dem Namen des »Hasen mit dem geilen Body« zu fragen, und überlegte dann, wie er diese Lizzie Osborne am besten ins Bett bekommen konnte.

Manche Männer wissen instinktiv, wie sie mit Frauen umgehen müssen, das galt auch für Michael Strickland. Er scherzte, schmeichelte ihr und hörte scheinbar interessiert zu, als Lizzie von ihrem winzigen Kundenstamm und dem Mini-Budget sprach. Er stellte ihr Fragen zum Job und passte dabei höllisch auf, nicht von seinem eigenen anzufangen, was sofort bedeutet hätte, dass er seine Karriere wichtiger nahm als ihre. Er wies lediglich darauf hin, dass er ihr vielleicht einige neue Kunden verschaffen könnte.

Am nächsten Tag klingelte es an Lizzies Tür, und der Mitarbeiter eines Kurierdienstes überreichte ihr einen Strauß mit sechsundzwanzig Teerosen, durchsetzt von Freesien und Lilien, wobei der Strauß genauso gut roch, wie er aussah. Darin steckte eine erlesene Grußkarte, deren handschriftliche Mitteilung Lizzie zu einem Essen am selben Abend einlud.

Innerhalb weniger Tage waren Michael und Lizzie ein Liebespaar, und zwei Monate später gaben sie ihre Verlobung bekannt. Mit dem für Lizzie typischen Enthusiasmus stürzte sie sich in die Hochzeitsvorbereitungen, und Michael blieb auch weiterhin ein Ausbund an Charme. Ty war zu dieser Zeit fast ständig für die Grundstücks- und Maklerfirma ihres Vaters unterwegs, und es gelang ihr nur hin und wieder, sich mit den beiden zu einem gemeinsamen Abendessen oder auf einen Drink zu treffen. Wenn sie Michael Strickland dann gegenübersaß, hatte sie einfach nicht mehr genug Energie, um hinter seine geleckte Fassade zu blicken.

Außerdem war er ein erstklassiger Lügner und Heuchler, wie Lizzie und Ty sehr bald erfahren sollten. Jemandem wie ihm kam man nur schwer auf die Schliche. Wahrscheinlich hätten die beiden bezüglich seines wahren Charakters noch länger im Dunkeln getappt, hätte er sich nicht entschlossen, direkt nach dem Hochzeitstag Farbe zu bekennen. Eigentlich erhaschte Ty bereits einen Blick auf den wahren Michael Strickland, als die Hochzeitszeremonie – ein herrliches von Orchestermusik untermaltes Ereignis, das Lizzie und ihre Mutter organisiert hatten – gerade einmal eine halbe Stunde vorbei war.

Während Lizzie, die hinreißend schön aussah, dem Mann an ihrer Seite ewige Liebe und Treue geschworen hatte, waren Ty Tränen der Rührung über die Wangen gelaufen. Kurz nach dem Anstoßen hatte sich Ty ins Gästebad im ersten Stock zurückgezogen, um die Schäden an ihrem Make-up zu reparieren. Als Michael ohne Anzuklopfen die Tür öffnete, erschrak Ty so sehr, dass sie beinah das Mascarabürstchen fallen ließ, mit dem sie die verklebten Wimpern hatte trennen wollen.

Peinlich berührt und überrascht von Michaels plötzlichem Erscheinen sah Ty ihn an und fragte sich, ob er vielleicht dem Champagner ein bisschen zu sehr zugesprochen hatte. Aus welchem Grund hätte er sonst einfach so ins Gästebad platzen sollen?

Er schien ihre Bestürzung nicht zu bemerken. Ganz im Gegenteil, völlig gelassen stand er auf der Türschwelle, wobei der schwarze Anzug seinen muskulösen Oberkörper betonte, der ihn zu einem der führenden Angriffsspieler des Rugby-Teams im College gemacht hatte. Seine Zähne blitzten, als er Ty zuversichtlich anlächelte. »Habe ich dich endlich gefunden! Lizzie hat sich schon gefragt, wohin du entschwunden bist. Da habe ich mich angeboten, dich zu suchen.«

Sollte er wirklich betrunken sein, hörte man es ihm zumindest nicht an. Auch seine Augen blickten klar, während Ty ihn über den großen Badezimmerspiegel ansah. Als Michael auf sein Spiegebild aufmerksam wurde, hielt er inne und strich sich durchs kurze braune Haar, um eine Locke zu bändigen. Seinem anmaßenden Lächeln nach zu urteilen, war er mit dem, was er sah, mehr als zufrieden. Dann, als habe er sich plötzlich wieder Tys Anwesenheit erinnert, wandte er den Blick von sich ab und sah ihr in die Augen. Sein Lächeln wurde noch breiter, und Ty fühlte sich unwillkürlich an einen übertrieben freundlichen Gebrauchtwagenhändler erinnert.

Irritiert von Michaels merkwürdigem Verhalten sah sie weg. Was machte er eigentlich hier bei ihr im Badezimmer? Jeder andere hätte sich sofort entschuldigt und wäre gegangen.

Obwohl sie versuchte, sich die Verstimmung nicht anmerken zu lassen, fiel es ihr schwer, ganz normal zu sagen: »Richte Lizzie bitte aus, dass ich in einer Minute fertig bin, Michael. Ich will dich auch nicht länger von deinen anderen Gästen fern halten.«

»Da besteht keine Eile«, antwortete Michael und lehnte sich lässig gegen den Türrahmen. Bei seinen breiten Schultern blieb kaum Platz, sich an ihm vorbeizuschieben. »Alle sind damit beschäftigt, Champagner zu saufen und Kaviar in sich hineinzuschaufeln.«

Das wurde ja immer schöner!, dachte Ty, während sich in ihr so etwas wie Angst regte. Nun, wenn er das Badezimmer nicht verlassen wollte, musste eben sie gehen. Es interessierte ohnehin niemanden, wie ihr Make-up aussah. Mit einer ungeduldigen Handbewegung schloss sie das Wimperntuschefläschchen.

Dann drehte sie sich zu Michael um und sagte äußerst reserviert: »Wenn du mich jetzt entschuldigen würdest, aber ich möchte vorbei.« Dabei war unüberhörbar, dass er in ihrer Beliebtheitsskala gerade enorm gesunken war.

Aber er bewegte sich keinen Millimeter, lehnte einfach nur weiterhin lässig im Türrahmen. »Wie ich schon sagte, es besteht keine Eile. Das Haus ist groß, und ich habe dich schnell gefunden. Keiner wird uns vermissen.«

Vor Verärgerung hatten sich auf Tys Wangen zwei rot glühende Flecken gebildet, die in totalem Gegensatz zu ihrer Stimme standen, als sie in völlig unterkühltem Ton feststellte: »Nichtsdestotrotz möchte ich jetzt gehen.«

Er ignorierte sie und meinte nur scheinbar nachdenklich: »Du und Lizzie, ihr steht euch ziemlich nahe, nicht wahr? Ihr seid fast wie Schwestern … Was ihrs ist, ist auch deins und umgekehrt.«

Als Ty bemerkte, dass Michael angefangen hatte, den Blick über ihren Körper schweifen zu lassen, wobei er viel zu lange auf der sanften Schwellung ihrer Brüste verweilte, stellten sich ihr die Nackenhaare auf. Sie musste unbedingt hier raus. Das sagte sie sich immer wieder.

Nur gut ein Meter trennte sie voneinander, und Ty verabscheute den Gedanken, Michael näher zu kommen. Aber der einzige Weg aus dem Badezimmer führte an Lizzies frisch gebackenem Ehemann vorbei. Ansonsten saß Ty in der Falle. Die ganze Situation war so unwirklich, ja eigentlich unvorstellbar, aber Tys Anspannung und Nervosität waren nur allzu real. Doch sie durfte ihre Angst nicht zeigen. Unbewusst hob sie das Kinn, und ihr Blick wurde noch kälter, sodass ihre sonst so freundlich wirkenden grauen Augen bald an Granit erinnerten. Dabei nahm Ty allen Mut zusammen und zwang sich, auf Michael zuzugehen, wobei sie inständig hoffte, er würde sie vorbeilassen.

Doch als er sie am Arm packte, brach sich die Furcht und Empörung Bahn. Ty schrie auf und stieß hervor: »Was machst du denn da? Lass mich los!«

Sie versuchte, ihm zu entkommen, aber das stellte ein lächerliches Unterfangen dar, obwohl sie für eine Frau ziemlich groß und kräftig war. Mit erschreckender Leichtigkeit zog Michael Strickland sie wieder an sich, und der Satin ihres elfenbeinfarbenen Brautjungfernkleides berührte seinen Bräutigamsanzug. Michael brauchte nur eine Hand, um ihre Handgelenke zu umklammern und festzuhalten.

»Hör schon auf, mir etwas vorzumachen, Ty! Alle sagen, du seist immer noch Jungfrau, aber du kannst es doch kaum erwarten, mal so richtig hergenommen zu werden. Das habe ich schon gemerkt, als ich dich zum ersten Mal sah.«

»Lass mich los!«, wiederholte Ty panisch. »In Gottes Namen, du bist doch Lizzies Ehemann. Hast du denn den Verstand verloren?«

Mit der anderen Hand begann er, ihr über den schlanken Körper zu streichen, wobei sich die Finger in den erlesenen Stoff ihres Kleides krallten. Er ließ den Kopf sinken und berührte mit Nase und Lippen die zarte cremefarbene Haut ihres Nackens. Michaels warmer Atem ließ sie erschaudern, und ihr Magen krampfte sich unwillkürlich zusammen.

Nur von weiter Ferne drang Michaels Stimme an ihr Ohr, aber nicht, weil Ty so hingerissen gewesen wäre. Ganz im Gegenteil, sie hatte am ganzen Körper Gänsehaut, als Michael sie noch enger an sich zog und sagte. »Lizzie ist prima, die anderen Jungs könnten kotzen, dass ich sie ihnen weggeschnappt habe. Aber Abwechslung bereichert das Leben. Bestimmt lasse ich keine so Supergelegenheit aus, nur weil ich einen Ehering am Finger trage.« Dabei rieb er seine Erektion an ihrem Oberschenkel und bewegte die Hüfte vor und zurück. Ty schrie auf und verdoppelte ihre Anstrengungen, sich aus seinem Griff zu befreien.

»So ist's gut, komm schon, Baby, ich mag's, wenn Frauen dabei laut werden.« Mit einem Ruck zog Michael sie wieder an sich, und diesmal hatte Ty den Eindruck zu ersticken, weil er ihr so nahe war.

Entsetzt spürte sie, wie er begann, ihr den Rock hochzuschieben, sodass schon bald ihre Schenkel bloßlagen. Dabei stieß Michael in seiner Erregung hervor: »Ty, Süße, lass dir eins gesagt sein: Du bist genauso aufregend wie reich.« Rücksichtslos bemächtigte er sich daraufhin ihrer Lippen, wobei er ihr die Zunge tief in den Mund steckte.

Rückblickend konnte Ty nicht mehr sagen, was sie rettete: Ob sie Michael Stricklands Äußerungen so abgestoßen hatten, ob es an der schrecklichen Vorstellung gelegen hatte, welches Ziel seine Hand nahm, oder ob es auf das widerliche Gefühl zurückzuführen gewesen war, dass er ihr seine Zunge beinah bis in den Hals schob. Letztlich schrieb sie es der plötzlichen Erinnerung an die Worte ihres ehemaligen Bodyguards zu, genau im richtigen Augenblick das Richtige getan zu haben. Sam Brody hatte ihr immer wieder gesagt, wie sie sich verhalten sollte, falls sie jemals sexuell belästigt würde. »Wenn es sein muss, pinkel dir in die Hosen, Ty, übergib dich. Tu alles, was den Idioten dazu bringt, sein Vorhaben noch einmal zu überdenken, damit du die Möglichkeit zur Flucht bekommst.« Tys Körper entschloss sich, Sams Rat wortwörtlich zu nehmen. Wie ein Geysir sog sie plötzlich die Luft ein, würgte und gleich darauf fand sich ihr halb verdautes Frühstück auf Michael Stricklands Hochzeitsanzug wieder.

Michael sprang zurück und schrie angeekelt: »Igitt! Du blöde, frigide Kuh!«, um dann ganz blass zu werden, als ihm der Geruch von Tys Erbrochenem in die Nase stieg. Ty hätte laut gelacht, wäre ihr nicht immer noch schlecht gewesen.

Wütend zerrte Michael Strickland an den schwarzen Satinknöpfen seines Jacketts und riss es sich vom Leib, um den üblen Geruch so schnell wie möglich loszuwerden. Das Jackett auf Armeslänge von sich haltend sah er hasserfüllt zu Ty, die in einer Ecke des Badezimmers kauerte – so weit wie möglich von ihm entfernt – während ihr mittlerweile die Tränen nur so übers Gesicht liefen.

»Jetzt hör mir mal genau zu, du krankes Miststück! Wenn du auch nur einen Ton davon zu Lizzie sagst, sage ich ihr, dass du mich angemacht hast. Wahrscheinlich ist ihr längst aufgefallen, dass du die Augen nicht von mir lassen kannst. Da wird es nicht so schwierig sein, sie von der Wahrheit zu überzeugen.«

»Das würde Lizzie dir nie glauben!« Entsetzt sah Ty zu ihm, obwohl sie das eigentlich nicht wollte. »Ich bin ihre beste Freundin.«

»Vor allem bist du unheimlich naiv! Du kannst deinen Hintern darauf verwetten, dass sie mir glaubt und nicht dir. Ich brauche sie nur anzufassen, und sie kommt wie eine verfickte Rakete am vierten Juli.« Michael maß Ty mit einem abschätzigen Blick und grinste dann verächtlich. »Glaubst du vielleicht, eure so genannte Freundschaft, kann mit dem mithalten, was Lizzie jede Nacht von mir kriegt? Denk noch mal darüber nach, Ty-Schätzchen, und halt deine verdammte Klappe, oder ich sorge dafür, dass Lizzie dich nie wieder sehen will.«

Im Nachhinein beschämte es Ty, dass sie sich so leicht von ihm hatte einschüchtern lassen. Aber Michaels überzogenes Selbstvertrauen hatte ihr eigenes erschüttert. Natürlich ließ auch ein gewisses Schuldgefühl nicht lange auf sich warten. Hatte sie Michaels Avancen vielleicht provoziert? Hatte man ihre fragenden Blicke missverstehen können? Auf jeden Fall wollte Ty nicht, dass ihre Freundschaft mit Lizzie Schaden nahm, wenn sie ihr von Michaels Verhalten erzählte, und so behielt sie die Wahrheit peinlich berührt für sich.

Aber Lizzie entdeckte bald ganz allein, dass ihr Ehemann auf Seitensprünge aus war. Seine Untreue sprach sich herum wie ein Lauffeuer, und nach kurzer Zeit sahen viele ihrer Freunde und Verwandten ihr mit kaum verhohlenem Mitleid entgegen, sobald sie einen Raum betrat, bevor sie ein Lächeln aufsetzten, um sie zu begrüßen. Am Anfang bemühte sich Lizzie, die Geschichten abzutun. Dann gab sie vor, nicht zu bemerken, wenn ihr Mann nach Hause kam und nach dem Parfüm einer anderen Frau roch.

Da Ty nicht wusste, wie sie die Freundin auf ihre zerrüttete Ehe ansprechen sollte, ging sie den einfacheren Weg und tat, als glaubte sie Lizzie, dass alles okay sei. Auch was das betraf, hatte sie im Nachhinein das Gefühl, Lizzie im Stich gelassen zu haben. Ihre, Tys, häufige Abwesenheit machte die Sache nur noch schlimmer. Sie reiste für Stannard Limited rund um die Welt, war in Meetings nicht zu erreichen und vertrat vorübergehend sogar ihren Vater, der sich von heute auf morgen einer Bypass-Operation unterziehen musste.

Erst als Emma geboren wurde, begriff Lizzie, dass sie nicht länger mit einem Mann leben konnte, der sie so wenig achtete und sein Treueversprechen bei jeder Gelegenheit brach. Es war einfach Pech, dass sie sich ausgerechnet dann entschloss, die Scheidung einzureichen, als sich Ty einmal wieder auf einer besonders langen Geschäftsreise befand. Obwohl ihr Vater vollständig genesen war, bestand er darauf, dass sie ihn vertrat. An seiner Stelle wickelte Ty in verschiedenen Ländern rund um den Erdball Geschäfte ab, besichtigte Grundstücke und Immobilien und ging die Bücher der Luxuswohnanlagen ihres Vaters durch. Da eine Inspektion die andere und eine wichtige Sitzung die Nächste jagte, hatte Ty kaum Zeit, Luft zu holen. Am Ende dieser fünf Wochen war sie gerade mit dem Firmenjet in Irland gelandet und stand kurz vor einem Schwächeanfall. Sie hatte stressbedingt acht Kilogramm verloren, obwohl sie sich das bei ihrem Gewicht kaum leisten konnte.

Ty versuchte, den ständigen Anforderungen und überzogenen Erwartungen ihres Vaters zu entkommen, indem sie allein von Dublin nach Conemara, einem Dorf an der Westküste Irlands fuhr. Dort zog sie sich in ein winziges, windschiefes Cottage zurück, in dem es kein Telefon, kein Faxgerät und auch keinen Computer gab. Das Handy hatte sie absichtlich im Flugzeug gelassen.

Zwei herrliche Wochen verbrachte sie abgeschnitten von der Außenwelt, ohne zu wissen, dass Lizzie sie die ganze Zeit über vergeblich zu erreichen versuchte. Ihre Freundin brauchte dringend einen Kredit, um ihren Anwalt im Sorgerechtsstreit um Emma bezahlen zu können.

Schließlich wandte sich Lizzie aus lauter Verzweiflung an Tys Vater. Der wies sie allerdings ab und ließ sie danach auch noch wie eine Schwerverbrecherin aus dem Bürogebäude von Stannard Limited eskortieren, um dann sein Personal unter Androhung der Kündigung anzuweisen, Tys Aufenthaltsort nicht preiszugeben.

Als sich Ty endlich ein wenig von dem Stress eines schrecklich arbeitsreichen Jahres erholt hatte, stand Lizzie vor den Scherben ihres bisherigen Lebens. Ihre Eltern konnten sie finanziell nicht mehr unterstützen, da Lizzies bisherigen astronomische Anwaltshonorare bereits deren Ersparnisse aufgebraucht hatten. Daraufhin zog sich Lizzies Anwalt aus dem Fall zurück, und sie musste sich mit dem Gedanken auseinander setzen, dass man ihr Emma wegnahm, wenn nicht ein Wunder geschah.

Glücklicherweise war Ty gerade noch rechtzeitig zurückgekommen.

2. Kapitel

Die Benefizveranstaltung war hervorragend besucht. Der New Yorker Geldadel sprach immer besonders gut an, wenn es bei einem wohltätigen Zweck um Tiere ging. Da stellte dieser Abend keine Ausnahme dar. Außerdem bildete die Veranstaltung sozusagen den Auftakt zur *National Horse Show,* dem traditionellen Reitereignis, das in gut einem Monat im Madison Square Garden stattfinden würde. Alle wichtigen Sponsoren und Sachspender waren erschienen, genauso wie eine große Zahl Profireiter. Schließlich ging es um eine gute Sache: Geld für Organisationen aufzubringen, die alten, nicht mehr einsatzfähigen Pferden aus allen Bereichen – Freizeit, Rennsport oder Springreiten – ein Gnadenbrot ermöglichten. Landesweit gab es inzwischen mehrere Pferdeställe, die sich um betagte Tiere kümmerten, deren Schicksal sonst Vernachlässigung, Ausbeutung oder gleich der Schlachthof gewesen wäre. Lizzie und *Cobble Creek Stables* standen mit einer beträchtlichen Sachspende auf der Geberliste: Reitstunden für ein Jahr konnten bei der Hauptattraktion des Abends, der Auktion, ersteigert werden. Viele Leute drängten sich bereits um die Tische, auf denen greifbare Auktionsgegenstände ausgestellt wurden.

Lizzie brach es das Herz, wenn sie sich vorstellte, dass ein geliebtes Pferd oder Pony, das sie verkaufen musste, eines Tages auf dem Schlachthof endete. Natürlich konnte es sich nicht jeder leisten, ein Tier zu behalten, das nicht mehr von Nutzen war. Deshalb stellte die Benefizveranstaltung auch einen großen Schritt in die richtige Richtung dar: Gelder für die Pflege und den Schutz dieser armen Kreaturen aufzutreiben. Und Lizzie war froh, etwas dazu beitragen zu können.

Für ihren erst seit kurzem bestehenden Reitstall *Cobble Creek Stables* war es natürlich auch von Vorteil, wenn ihr Name im Zusammenhang mit einer derartigen Veranstaltung genannt wurde. Bisher hatten erst eine Handvoll junger Reiter ihre Pferde bei ihr in Pension gegeben. Die meisten Kunden verdankte sie Meghan Grimshaw, die inzwischen eine so beliebte und allseits bekannte Trainerin geworden war, dass sie Neuzugänge häufig ablehnen musste. Lizzie hatte sich fest vorgenommen, mit Tys Hilfe ein ähnlich erfolgreiches Programm rund ums Pferd aufzustellen wie ihre frühere Trainerin. Im Augenblick war Lizzie dabei, genug Kinder für ein Sommerferienlager zu begeistern, bei dem man drei Monate lang intensiv reiten und am Wochenende in kleinen Turnieren gegeneinander antreten konnte. Die Benefizveranstaltung war eine gute Gelegenheit, die Sache publik zu machen.

Manchmal gemeinsam, manchmal getrennt, arbeiteten sich Lizzie und Ty durch die Menge und sprachen Ehepaare, Großeltern und andere mögliche Interessenten an. Dabei priesen sie den guten Zweck des Abends und erwähnten wie nebenbei Cobble Creeks Ferienprogramm für junge Reiter.

Überall, wo Lizzie und Ty erschienen, sah man sich nach ihnen um. Zur Erzielung dieses Effekts musste man entweder schön oder berüchtigt sein oder beides.

Längst kursierte das Gerücht, die sonst so zurückgezogen lebende Tyler Stannard, Tochter des milliardenschweren Haus- und Grundstücksmagnaten gleichen Namens, sei ebenfalls unter den Anwesenden. Als sich Ty – zunächst noch unerkannt – mit ihrem bodenlangen Kleid aus Silberlamé durch die Menge bewegt hatte, hatte sie bereits Aufsehen erregt – wie eine unbekannte Schöne oder eine zum Leben erweckte silberne Statue. Jetzt verlieh ihre Anwesenheit der Benefizveranstaltung einen gewissen Glamour, in dessen Licht sich andere Gäste sonnten. Man hoffte, Tys sozialer Status würde die eigene Stellung heben, und sobald sie irgendwo vorbeiging, drückten die Leute den Rücken durch und lächelten noch breiter.

Natürlich fragten sich alle insgeheim: *Was tut sie hier?* Wer ein bisschen mehr wusste, mutmaßte, sie sei wegen Lizzie Osborne da – schließlich waren die beiden schon ewig befreundet. Die anderen nickten, als wüssten sie ebenfalls davon.

Lizzie war in jedem Fall bekannt und eignete sich als Gesprächsthema noch besser als ihre geheimnisvolle reiche Freundin. Obwohl bereits achtzehn Monate seit dem Urteilsspruch in Sachen *Strickland gegen Strickland* vergangen waren, hatte bisher kein Scheidungskrieg dermaßen die Gemüter bewegt und für Klatsch gesorgt. Wochenlang hatten die *Daily News*, die *Post* und der *New York Observer* von Lizzies herrlich unangenehmem Ehedebakel berichtet. Jede Kleinigkeit wurde dokumentiert, und man spekulierte ausführlich über den Ausgang des Stricklandschen Sorgerechtsstreits.

Schwarz auf weiß konnte jeder die schockierenden Vorwürfe lesen, die Michael Strickland seiner Frau machte, wie sie beim morgendlichen Caffé Latte herumgewütet habe, außerdem untreu und dem Alkohol verfallen gewesen sei … Als Michael Strickland Wochen später urplötzlich alles widerrief und sich öffentlich entschuldigte – was es in einem derartigen Zusammenhang noch nie gegeben hatte – wurde Lizzie Osborne über Nacht zu einem Symbol der Hoffnung vieler Frauen, die beim Tauziehen um ihr Kind emotionaler Folter ausgesetzt waren.

Die große schimmernde Perle hing mit ihrer diamantbesetzten Fassung an einer schwarzen Seidenkordel und kühlte Tys Haut direkt unterhalb der Halskuhle. Die Kette war das einzige Schmuckstück, das sie trug, aber deren schlichte Eleganz passte zur makellosen Schnittführung ihres Silberlamékleids von Valentino. Nichtsdestotrotz dachte Ty flüchtig an die goldene Schweizer Herrenuhr mit dem dicken Lederarmband, die sie sich vor Jahren in Gstaad gekauft hatte, und die jetzt auf der Marmorplatte ihrer Schlafzimmerkommode lag. Obwohl die Uhr viel zu klobig war, um sie zu einem Abendkleid zu tragen, wünschte Ty, sie hätte sie dabei. Zu dumm aber auch, dass man ihr so effektiv beigebracht hatte, sich dem Modediktat zu unterwerfen.

Sie hätte nämlich gern gewusst, wie lange es noch dauerte, bis sie endlich hier wegkonnte. Auf ihr Zeitgefühl durfte sie sich dabei nicht verlassen: Die Minuten krochen dahin und kamen ihr vor wie Stunden, zumal sie bemerkt hatte, dass man über sie tuschelte. Ty hätte alles gegeben, um es sich mit einem Buch auf ihrem Sofa gemütlich zu machen, während ein Feuer im Kamin knisterte.

Aber bei dem Gedanken an Lizzie und Emma verlor sich ihre Müdigkeit, und auch der latente Kopfschmerz verflog. Ty lächelte weiter und sah sich nach möglichen Kunden um. Der Abend war zu wichtig für Lizzie und Cobble Creek, um sich nicht noch einmal so richtig ins Zeug zu legen, bevor sie sich zurückzog. Den Blick der grauen Augen ließ sie über die Anwesenden schweifen, die im Ballsaal des Walldorf-Astoria in kleinen Gruppen zusammenstanden und wie Inseln in der Weite des Ozeans wirkten.

Ah, da waren potentielle Kandidaten! Die Spitzen von Tys hochhackigen Satinpumps tauchten abwechselnd unter ihrem Kleid auf, während sie über das polierte Parkett auf ein Ehepaar in den Vierzigern zuschwebte. Die beiden waren in eine lebhafte Unterhaltung mit einigen Frauen verstrickt, die Ty als Komiteemitglieder der *National Horse Show* wiedererkannte. Sie müsste nur auf eine passende Gesprächspause warten, um einige reizvolle Bemerkungen über Cobble Creeks Reitprogramm einzuflechten. Den richtigen Zeitpunkt abzupassen war alles, aber bis dahin setzte sie einen höflich interessierten Gesichtsausdruck auf und hörte zu.

»Nun, ich kann nicht behaupten, dass ich den Leuten einen Vorwurf mache. Man muss sich schon fragen, wie gut der Stall überwacht wird, wenn ein Pferd einfach so in seiner Box krepiert.«

»Was ist da eigentlich passiert? Woran ist es gestorben?«

»Angeblich ist es erstickt und lag stundenlang da, bevor es entdeckt wurde.«

»Na, da hat mir Kiki aber was ganz anderes erzählt!«, mischte sich eine Matrone in kupferfarbenem Taftkleid ein, die unheimlich autoritär klang. »Kiki hat gesagt, Sheppard sei an dem Abend breiter gewesen als seine Stalltür, und als er das Pferd in der Box liegen sah, habe es noch gelebt. Offensichtlich hat er einfach die Nerven verloren, sich ein Gewehr geschnappt und das komplette Magazin auf das Tier abgefeuert.«

Die Teilnehmer der kleinen Gesprächsrunde hielten kollektiv den Atem an und sahen zu der Frau, die selbstgerecht fortfuhr: »Und das war noch nicht alles. Danach hat er seinen Geschäftspartner Jason Belmar krankenhausreif geprügelt. Irgendjemand muss die Polizei verständigt haben, weil es auf *Southwind* innerhalb von Minuten von Cops wimmelte. Deshalb hatte Sheppard auch keine Zeit, die Drogen verschwinden zu lassen. Man hat Koks und was weiß ich nicht noch alles im Wohnhaus gefunden, während Fancy Free, eines der besten Springpferde überhaupt, tot in seiner Box lag.«

»Wie entsetzlich! Kein Wunder, dass er sich aus dem Turniergeschehen zurückgezogen hat. Stimmt es, dass einige seiner Kunden ihre Pferde jetzt bei Greg Fawlton unterstehen haben?«

Die Frau mit dem Taftkleid nickte heftig. »Natürlich! Würdest du ein Tier, das mehrere Millionen wert ist, bei so einem Mann lassen? Sheppard steckt jetzt natürlich in großen Schwierigkeiten. Die Polizei nimmt alles genau unter die Lupe, und dann wäre da noch Fancy Frees mysteriöser Tod. Wenn irgendwo nur der leiseste Zweifel an einem Unfall besteht, werden Versicherungsgesellschaften hellhörig und frieren erst mal alle Gelder ein.

Man bezweifelt, dass das Pferd ernsthaft verletzt war, und verlangt eine Untersuchung. Selbst wenn Steve schließlich von jedem Verdacht freigesprochen wird, kann es ewig dauern, bis die Versicherung zahlt.« Zufrieden mit dieser düsteren Vorhersage schloss die Frau ihren Bericht.

»Sieht ganz so aus, als hätte der hoch fliegende Steve Sheppard eine Bauchlandung erlitten«, warf jemand anders ein.

»Fancy Free war ein so herrliches Springpferd! Wie ich gehört habe, hätte man gern gesehen, dass die beiden die Olympiamannschaft nächstes Jahr in Sydney unterstützen. Wenn Steve das Pferd hätte retten können, hätte er es bestimmt nicht erschossen.«

»Wenn's ums Geld geht, Schätzchen«, sagte eine andere Frau herablassend, »ist alles möglich. Er hat bestimmt ein Vermögen für sein Laster ausgegeben. Mir sind einige hässliche Gerüchte zu Ohren gekommen, dass Southwind, Sheppards Stall auf Long Island, tief in den roten Zahlen steckt. Mit diesem Schlamassel ist er jetzt in noch größere finanzielle Schwierigkeiten geraten. Alle Kunden sind ihm weggelaufen. Selbst die Palmers, die schon eine Ewigkeit mit ihm zusammenarbeiten! Sie hatten drei Pferde auf Southwind und für nächstes Jahr eine Einkaufsreise geplant. Zweifellos wären ihre neuen Pferde auch von Steve trainiert worden. Da hat er auf einen Schlag unheimlich viel Geld verloren.«

»Und die Banken sind heutzutage gnadenlos. Ich wette, sie kündigen ihm die Kredite noch vor Monatsende.«

»Nun, die Farm wird in Sekundenschnelle weg sein. Beste Hamptoner Lage, hübsch gelegen zwischen Ozean und Sund. Es sind nicht mehr viele Grundstücke dieser Art übrig.«

»Die ganze Geschichte ist einfach furchtbar. Wenn man daran denkt, dass jemand, der so talentiert ist wie Steve Sheppard, einfach so alles verkorkst ...«

»Verkokst, meinst du wohl?«

»Dir sind kaum zwei Worte über die Lippen gekommen, seitdem wir am Tisch sitzen, Ty, und dein Risotto hast du auch nicht angerührt. Es verdirbt dir doch nicht den Appetit, Emma beim Essen zuzusehen?« Lizzie lächelte, klang aber trotzdem ein wenig besorgt. Der Abend war ein voller Erfolg gewesen, sowohl was das Spendenaufkommen betraf als auch die Resonanz auf ihr Sommerreitprogramm in Cobble Creek. Deshalb verwunderte Lizzie Tys ungewohnte Schweigsamkeit.

Ty riss sich von ihren düsteren Gedanken los und zuckte die Schultern. Dabei glänzte ihr Kleid im Kerzenlicht des Restaurants. »Es tut mir Leid, ich bin heute Abend wohl eine ganz schlechte Gesellschafterin, was? Aber das liegt nur daran, dass ich auf der Benefizveranstaltung eine Unterhaltung mit angehört habe, die mich wirklich betroffen gemacht hat. Wusstest du von den Geschichten, die man sich über Steve Sheppard erzählt?«

»Ja, dabei geht es um ein Pferd, das gestorben ist. Es hörte sich schrecklich an. Aber ich habe nicht wirklich aufgepasst. Seit der Scheidung von Michael weiß ich, dass an den Klatschgeschichten, die einem als Evangelium verkauft werden, neunundneunzig Prozent erfunden ist. Die Tatsachen werden verwechselt, verändert, redigiert und ausgeschmückt, bis das Ergebnis an Stille Post erinnert. Du weißt schon, die anfängliche Botschaft lautet: ›Ich finde Jimmy süß‹, und am Ende kommt raus: ›Dolores hat große Füße‹.«

»Gibt es eine Möglichkeit, in Sachen Steve Sheppard der Wahrheit auf den Grund zu gehen?«

Lizzie dachte einen Moment nach und warf dann einen Blick auf ihre Armbanduhr. »Wenn wir jetzt gehen, erreichen wir Vicky noch, bevor sie bei der *Times* für die Nacht dicht machen.«

»Wer ist Vicky?«

»Vicky Grodecki, eine der besten Sportreporterinnen. Sie betreut den Eiskunstlauf, das Reitsportgeschehen, Gymnastik und so weiter, also lauter Themen, die ihre männlichen Kollegen nicht mit der Kneifzange anpacken würden. Sie weiß garantiert alles über Steve Sheppard, was man wissen muss – er und Fancy Free galten als Team für die Olympiamannschaft. Ich würde ja mein Handy benutzen und sie von hier aus anrufen, aber das würde Giorgio mir nie verzeihen.« Lizzie deutete auf Tys Teller. »Und du isst besser noch ein bisschen, sonst ist er tödlich beleidigt, und beim nächsten Mal bekommen wir nicht mehr unseren Lieblingstisch.«

Ty sah zu dem Pilzrisotto, und ihr zog sich der Magen zusammen. Dann blickte sie zu ihrem Patenkind, das bisher Kürbisbrei gelöffelt hatte und jetzt zufrieden vor sich hinbrabbelte. »Emma, Süße, hast du schon einmal Reis auf Italienisch gegessen?« Mit einem breiten Lächeln nahm Ty ein bisschen Risotto auf die Gabelspitze. »Hm, sieht das nicht lecker aus?«, fragte sie dann scheinbar begeistert und sah fragend zu Lizzie.

Die Freundin lachte. »Nur zu, Ty, ich hätte nichts gegen einen Farbwechsel in Emmas Speiseplan einzuwenden.«

Auf dem Weg zu Tys Apartment war Emma in ihrem Kindersitz eingeschlafen. Kein Wunder, nach all dem Kürbisbrei und Reis! Emma und Lizzie blieben über Nacht bei Ty, und Ty hatte sich bereit erklärt, die Kleine ins Bett zu bringen, während Lizzie Vicky Grodecki anrief.

Als Ty die Gästezimmertür leise hinter sich schloss, war es so ruhig im Apartment, dass sie Lizzies Stimme aus dem Wohnzimmer hören konnte. Um die Freundin nicht zu stören, ging Ty erst einmal in die Küche und machte Licht. Dann öffnete sie die Glastür eines Hängeschranks und nahm zwei Tassen, Unterteller und mehrere

Dessertteller heraus. Daraufhin füllte sie den Kupferkessel mit Wasser, stellte ihn auf den Herd und die Platte auf höchste Stufe. Eine Schachtel mit getrockneten Kamilleblüten sowie eine Dose Florentiner-Kekse waren rechts im Hängeschrank. Während sie darauf wartete, dass das Wasser kochte, wusch sie eine Schale Erdbeeren, die sie dann auf einen der weißen Porzellanteller legte. Bis sie alles auf einem großen Bambustablett angeordnet hatte, stiegen kleine Dampfwölkchen vom Ausgießer des Kessels auf. Ty brühte den Tee auf, trug das Tablett ins Wohnzimmer und stellte es auf den Couchtisch, dessen Mosaikintarsien an ein Kaleidoskop erinnerten.

In diesem Augenblick beendete Lizzie ihr Telefonat, und es wurde ganz still im Raum. Als Ty den Deckel der Teekanne öffnete, schwammen die Kamilleblüten bereits an der Oberfläche, und deren angenehmes Aroma stieg Ty in die Nase. Sie goss den goldfarbenen Tee in die Porzellantassen und lehnte sich mit einem erwartungsvollen Blick zurück. »Und?«, fragte sie dann.

Lizzie seufzte. Einen Moment lang schien sie vollauf damit beschäftigt zu sein, mit den Fingerspitzen Muster auf ihr blassgrünes Abendkleid zu zeichnen. Schließlich hob sie den Blick und sah für ihre Verhältnisse ungewöhnlich düster drein. »Das hört sich alles nicht gut an. Vicky bestätigt, dass Steve Sheppard Fancy Free getötet hat. Es entspricht auch der Wahrheit, dass die Polizei gerufen wurde. Was das Koks angeht, sind die Cops wohl fündig geworden, da man Steve mit auf die Wache genommen hat – auch wenn er gleich am nächsten Morgen wieder freigelassen wurde.«

Ty hatte erschrocken den Atem angehalten. Irgendwie war sie davon ausgegangen, der Klatsch, den sie auf der Benefizveranstaltung gehört hatte, entbehre jeglicher Grundlage. Aber jetzt stimmte es doch: Fancy Free war tot. Sie wollte sich nicht vorstellen, wie dieses herrliche Pferd von seinem Besitzer erschossen in der Box lag.

In der Hoffnung, der Kamilletee würde ihre Nerven beruhigen, nahm Ty die Tasse und setzte sie an die Lippen. Aber dabei zitterten ihr die Hände so sehr, dass sie den Tee wieder hinstellen musste. »Und diese anderen Gerüchte, sind die auch wahr?«

»Schwer zu sagen. Vicky hat versucht, Steve zu interviewen, aber er redet nicht. Er spricht mit niemandem. Sein Partner Jason Belmar ist in die Notaufnahme gekommen, aber nur ambulant behandelt worden. Die Polizei hat ihn danach ebenfalls mit auf die Wache genommen und wegen irgendeiner Drogengeschichte belangt. Vicky hat herausgefunden, dass Jason Belmar seinen Anwalt angerufen hat. Der hat dann eine Kaution für ihn hinterlegt und ihm wohl geraten, Stillschweigen über den Vorfall zu bewahren. Denn Belmar sagt auch nichts.«

»Nun, das ist wahrscheinlich das Beste, was die beiden tun können, wenn man sich überlegt, was jetzt schon geredet wird.«

Lizzie nickte und nahm ihre Teetasse. »Das hat Vicky auch gesagt. Überrascht war sie nur, dass man selbst bei der Polizei absolut dicht hält. Das sei ziemlich ungewöhnlich. Normalerweise findet sie immer jemanden, der ihr ein bisschen was erzählt. Sie geht davon aus, dass die Cops einen Drogenskandal vermeiden wollen, in den dann womöglich viele reiche Leute verstrickt würden … die Pferdebesitzer. Danach würden wahrscheinlich nicht nur die Medien mit einer Verleumdungsklage belangt, sondern auch die Polizei. Außerdem will man wohl nicht, dass das positive Image der Hamptons, als sorgenfreier Tummelplatz der Wohlhabenden, Schaden nimmt.«

Ty verdrehte die Augen. »Klar.« Sie hatte die so genannten Tummelplätze der Reichen und Schönen auf der ganzen Welt gesehen, und meist war sie nicht begeistert gewesen, dazu zu gehören. »Hat sie irgendetwas über seine finanzielle Lage gesagt?«

»Ja, leider sieht die auch nicht gut aus«, erklärte Lizzie betrübt. »Es ist eine Katastrophe, und die Banker sind noch am ehesten bereit, über die Sache zu reden, wie du dir vielleicht vorstellen kannst. Von drei Pferden einmal abgesehen, die er komplett bezahlt hat, besitzt Steve nichts mehr. Auf dem Wohnhaus, der Farm und dem ganzen Rest liegen ohne Ende Hypotheken. Was er noch auf dem laufenden Konto hat, reicht nicht einmal für ein Abendessen. Sie werden ihm die Hypotheken bis Ende des Monats aufkündigen – also in gut drei Wochen –, und Vicky sagt, dass eigentlich nur noch ein Wunder Southwind retten könne.«

Lizzie hielt inne und nahm sich eine besonders dicke Erdbeere. Dann lehnte sie sich wieder in die weichen Kissen und drehte die Frucht am Stil hin und her. Einen Augenblick musterte sie Ty mit ihren hellbauen Augen, bevor sie lächelnd fragte: »Und, denkst du daran, ihm zu Hilfe zu eilen?« Daraufhin steckte sie die Erdbeere in den Mund und genoss die doppelte Süße des Augenblicks: wie der Geschmack der reifen Frucht sich in ihrem Mund ausbreitete und Ty verlegen errötete. »Erwischt!« Lachend nahm sich Lizzie noch eine Erdbeere.

Ty nickte nur wehmütig. »Ich hätte nicht gedacht, dass ich so leicht zu durchschauen bin.«

»Ich bitte dich! Wie lange kennen wir uns jetzt? Ich wäre geschockt, ja geradezu verzweifelt gewesen, wenn du dich nicht entschlossen hättest, Steve Sheppard in der dunkelsten Stunde seines Lebens beizustehen. Ich weiß, dass du seine Münze heute Abend nicht getragen hast …« Lizzie wies mit einer Kopfbewegung auf den Perlenanhänger an Tys schlankem Hals. »… aber du hast sie doch noch, oder?«

Tys erneuter Farbwechsel war Antwort genug.

»Und bestimmt hast du auch nicht vergessen, wie nett er damals zu uns gewesen ist, als wir ihn als Teenager genervt haben. Find dich damit ab, Ty, es ist wieder einmal Zeit, dir deine Flügel anzuschnallen und jemandem zu Hilfe zu eilen.«

»Ich weiß nicht, Lizzie. Das Ganze hört sich ziemlich vertrackt an. Vielleicht kann ich gar nicht viel tun.«

Mit einer Handbewegung tat Lizzie Tys Zweifel ab und beugte sich aufgeregt vor. »Was redest du denn da? Natürlich kannst du ihm helfen. Ich kann mir niemanden vorstellen, der besser dazu in der Lage wäre!« Als Ty sie unterbrechen wollte, hob Lizzie die Hand. »Nein, ich mein's ernst. Denk daran, dass ich dich bereits in Aktion erlebt habe. Du warst Emmas und mein rettender Engel und hast dich tausendprozentig für uns eingesetzt. Ohne dich wäre ich dem Fegefeuer der Scheidung niemals entronnen. Du hast Michael, diesen Scheißkerl, dazu gebracht, um Gnade zu winseln *und* zu versprechen, dass er die Sorgerechtsentscheidung bezüglich Emma niemals anficht. Es war einfach großartig, ihn so unterwürfig zu sehen. Und als die Scheidung endlich durch war, hast du mir nicht nur geholfen, die Scherben meines bisherigen Lebens zusammenzusuchen, sondern auch, ein neues zu beginnen.«

»Ich bitte dich, Lizzie«, widersprach Ty, »ich habe nichts getan, was du an meiner Stelle nicht auch getan hättest. Nachdem sich mein Vater so unmöglich benommen und dich abgewiesen hat, als du ihn um Hilfe –«

»Lass uns nicht über deinen Vater reden«, fiel Lizzie ihr ins Wort. »Ich will mir nicht den Appetit verderben, die Erdbeeren sind einfach zu lecker. So, wie sich die Dinge schließlich entwickelt haben, sollte wohl alles so sein. Wer weiß, wie lange du sonst gebraucht hättest, um dich aus den manipulativen Fängen deines Vaters zu befreien?«

»Vielleicht hast du Recht. Mehr als zwanzig Jahre lang zu hören: ›Spring‹, und lediglich zu fragen: ›Wie hoch?‹ war wahrscheinlich genug.«

»Mit Sicherheit. Es wird Zeit, weiterzuziehen, Mädchen, und für jemand anderen ein Wunder zu vollbringen. Mir könnte es auch nicht schaden, wieder auf eigenen Füßen zu stehen.«

Ty schüttelte stirnrunzelnd den Kopf. »Aber, Lizzie, es gibt immer noch tonnenweise Arbeit auf Cobble Creek. Das Sommerferienprogramm –«

»Kriege ich schon irgendwie organisiert«, unterbrach Lizzie sie gelassen. »Seit heute Abend ist der Stein ins Rollen gekommen. Du weißt ja, wie sehr mir daran gelegen ist, den Stall erfolgreich zu führen. Doch ich werde niemals vergessen, dass ich bereits das Wichtigste auf der Welt habe: Emma. Und das verdanke ich dir. Aber mach dir um uns keine Sorgen, Ty. Das mit Cobble Creek schaffen wir schon. Jetzt braucht Steve Sheppard deine Hilfe.«

»Wer weiß, ob er sie überhaupt will? Du bist meine beste Freundin, aber er –«

»Ist einer der besten Reiter der Staaten und außerdem jemand, für den du schon seit … du, meine Güte, ich kann mich nicht einmal mehr erinnern, seit wie vielen Jahren … eine Schwäche hast. Aber darauf kommt es im Augenblick auch nicht an. Ich weiß nur eins: Seit meiner Scheidung ist mir klar, wie schnell alles den Bach runtergehen kann. Steve Sheppard erfährt das gerade, während wir uns hier unterhalten. Sein bestes Pferd ist tot, seine Aufstellung bei den Olympischen Spielen kann er vergessen, sein Ruf ist angekratzt, wenn nicht sogar ruiniert; und so sicher wie das Amen in der Kirche wird man ihm sein Grundstück unterm Hintern wegziehen. Und du weißt genauso gut wie ich, wer da zuerst zuschnappt. Wenn du nicht irgendetwas tust, um ihm zu helfen, Ty, kannst du dir in Zukunft nicht mehr in die Augen sehen«, prophezeite Lizzie düster.

Sie hatte Recht, gestand Ty sich mit einem tiefen Seufzer ein. Lizzie kannte sie viel zu gut. Sie könnte niemals die Hände in den Schoß legen und zusehen, wie sich Stannard Limited Steve Sheppards Land unter den Nagel riss. Sie wusste von der Anweisung ihres Vaters, die die verfügbaren Grundstücke und Immobilien der Gemeinden mit Küstenlage auf Long Island betraf. Diese Anweisung war bei Stannard Limited zum regelrechten Schlachtruf geworden: »Jedes Stück Land in guter Wohnlage der Hamptons kaufen, das größer als 400 Ar – vier Hektar – ist. Wenn es in Strandnähe liegt, zahlt bis zu dreißig Prozent über dem Marktpreis. Wenn das Grundstück versteigert wird, bietet aggressiv. Lasst es euch nicht vor der Nase wegschnappen. Und dann bebauen, bebauen, bebauen!«

Auch im Einzelfall gab es keine Möglichkeit, die Anordnungen ihres Vaters zu unterlaufen. Selbst wenn sie den Bereichsleiter, der ein Freund von ihr war, angefleht hätte. Niemals hätte er deswegen seinen Kopf riskiert. Southwind würde also nicht mehr lange unbebautes Weideland bleiben, wenn sie nicht einschritt, bevor es offiziell auf dem Grundstücksmarkt angeboten wurde.

»He, was machst du denn da?«, fragte Lizzie überrascht, als Ty den Hörer in die Hand nahm und eine Nummer wählte.

»Wenn ich will, dass mein Vater die Finger von Southwind lässt, darf ich keine Zeit verlieren. Ich muss meinen Anwalt anrufen, um ein Treffen zu vereinbaren, und mir überlegen, wie ich am besten an Steve Sheppard herantrete. Ich bezweifle, dass ich genügend Geld aus dem Nachlass meiner Mutter bekomme. Also muss ich eine Liste meiner Wertgegenstände machen und mir überlegen, was ich davon verkaufen kann. Ich brauche so viel

Bargeld wie möglich. Knifflig wird es nur, herauszufinden, ob Steves Hypothekenbank nicht bereits an die Angestellten meines Vaters herangetreten ist.«

»Kannst du da nicht irgendjemanden bei Stannard Limited anrufen?«

»Sie würden mir niemals etwas sagen, weil sie Angst hätten, ihren Job zu verlieren. Außerdem wüssten sie dann, dass ich mich für den Besitz interessiere. Glaub mir, sie würden rasch handeln, um mir zuvorzukommen. Nein, ich muss mir das Überraschungsmoment zunutze machen.«

»Wie willst du denn dann an die Informationen gelangen? Ins Büro deines Vaters einbrechen?«

Ty lächelte. »Nichts so Drastisches. Erinnerst du dich an Sam Brody? Er hat eine Firma, die auf Computersicherheitssysteme spezialisiert ist. Er braucht wahrscheinlich höchstens fünf Minuten, um die Dateien von Stannard Limited zu durchforsten. Dann habe ich die notwendigen Informationen.«

»Ist das nicht illegal?«, fragte Lizzie, die Sam Brody seit Jahren nicht mehr gesehen hatte. Nun, da sie erwachsen war und selbst ein Kind hatte, lief es ihr bei dem Gedanken an die Streiche, die sie ihm gespielt hatte, eiskalt den Rücken hinunter.

Ty zuckte die Schultern. »Ich würde es eher ›das Gesetz beugen‹ nennen. Da Sams Firma auch für die Regierung arbeitet, ist er befugt, jedes x-beliebige Unternehmen zu durchleuchten.« Ein geheimnisvolles Lächeln umspielte Tys Lippen. »Irgendetwas sagt mir, dass Sam nichts dagegen hätte, meinem Vater ein wenig ins Handwerk zu pfuschen, besonders wenn er mir damit helfen kann.«

3. Kapitel

Da war immer noch Zeit für einen weiteren Drink, dachte Steve. In den vier Wochen seit der Sturmnacht hatte er mehr Alkohol in sich hineingeschüttet als in all den Jahren vorher. Das war nicht der schnellste Weg, um Selbstmord zu begehen; aber darum ging es ihm auch nicht. Er wollte, nein, er musste sicher sein, dass er litt, bevor er starb, so wie Fancy Free gelitten hatte, bevor er ihm eine Kugel in den Kopf gejagt hatte. Deshalb würde er weitertrinken und sich mit den Erinnerungen an jene Nacht quälen, bis sein Körper den Geist aufgab.

Er brauchte nur den Zeigefinger zu heben, damit der Barkeeper auf ihn aufmerksam wurde. Der Mann hatte mit einem weichen Tuch Gläser poliert, griff jetzt nach Steves Lieblingswhiskey und schenkte ihm wortlos einen doppelten nach.

Unglaublich, aber wahr, dachte Steve teils bewundernd, teils angewidert. Früher hatte er nie verstanden, wie man in einer Bar seinen Alkoholbedarf decken konnte, ohne ein einziges Wort sagen zu müssen. Ein Hoch auf alle Barkeeper! Er warf einen zerknüllten Zehn-Dollar-Schein auf die verschrammte Theke und versuchte vergeblich, zu überschlagen, ob er noch genügend Geld für die Maut nach Long Island hätte. Verdammt, vielleicht gelänge es ihm ja, Tyler Stannard einen Zwanziger abzuknöpfen, wenn er dem Mann erst einmal seinen Besitz überschrieben hatte. Als Steve nun an seine Farm mit dem Wohnhaus, dem Stall und den Pferden dachte, musste er unwillkürlich schlucken.

Oh, Gott, wie hatte sich sein Leben nur so entwickeln können? Als er klatschnass in den stockdunklen Stall gerannt war, hatte er gewusst, dass ihn dort ein Alptraum erwartete. Sein Herz hatte wie wild geschlagen, und sein Magen hatte sich aus Furcht und Besorgnis zusammengezogen. Die spitzen Schreie eines Pferdes in Todesangst drangen durch die Nacht und übertönten das allgegenwärtige Donnergrollen. Er sollte Recht behalten, im Stall erwartete ihn ein Alptraum. Und seit jener Nacht war sein Leben nur noch ein nicht enden wollendes Drama aus Betrug und Verlust.

Vielleicht war es tatsächlich an der Zeit, es ein für alle Mal zu beenden. Vorher wollte er nur noch einige Kleinigkeiten erledigen. Steve stützte sich auf den Ellbogen und schob die rechte Hand in die Blousontasche. Er brauchte einen Augenblick, um den zerknitterten Brief einer renommierten New Yorker Anwaltskanzlei aus den Tiefen der Tasche zu ziehen. Im Briefkopf standen in fetten geprägten Lettern eine ganze Reihe wichtig klingender Namen der Gründungsväter. Im Anschreiben selbst ersuchte man ihn im Auftrag Tyler Stannards, an diesem Tag um vierzehn Uhr dreißig in der Niederlassung der Sozietät in Midtown, New York, nahe des Central Parks zu erscheinen. Dort wolle man eine Geschäftsvereinbarung besprechen, die das 1500 Ar – fünfzehn Hektar – große Stück Land beträfe, das unter dem Namen Southwind bekannt sei.

Steves erster Impuls war gewesen, aus dem Brief Konfetti zu machen, aber sein Anwalt Jeff Wallace hatte zeitgleich eine Kopie des Schreibens erhalten, ihn umgehend angerufen und darauf gedrängt, sich zumindest einmal anzuhören, was man ihm vorzuschlagen hatte. Mit ein bisschen Glück brauchte er vielleicht keinen Konkurs anzumelden. Jetzt saß Steve in dieser schummrigen Bar in Manhattan, weil ein kleiner Teil von ihm die letzte verheerende Demütigung vermeiden wollte. Aber es war wirklich nur ein winziger Teil von ihm, dachte Steve und warf einen Blick auf die Armbanduhr. Siebenundzwanzig

Minuten nach vierzehn Uhr, und er befand sich achtzehn Häuserblöcke von der im Briefkopf angegebenen Adresse entfernt. Steve nahm das Glas Bourbon und nippte daran. Ja, es blieb immer noch Zeit für einen weiteren Drink.

Die Scheibe des Hochhausfensters fühlte sich kalt an. Ty hatte sich mit der Stirn dagegengelehnt und sah auf die Straße unter sich. Vom siebenunddreißigsten Stock aus wirkten die Menschen wie überfütterte Ameisen – braune, graue und schwarze Schatten, dazwischen hin und wieder ein roter, die stumm aneinander vorbeieilten. Ob Steve Sheppard wohl irgendwo da unten war? Vielleicht würde er sich ja nicht einmal die Mühe machen, zu erscheinen.

Zum hundertsten Mal fragte sie sich, ob dies die beste Möglichkeit gewesen war, an ihn heranzutreten. Aber die Zeit drängte, und Ty hatte so schnell wie möglich ein Treffen organisieren wollen, um ihm den Vertrag vorzulegen, der nur noch seiner Unterschrift bedurfte. Ansonsten hätte sie keine Chance gegen die Firma ihres Vaters gehabt. Ihr persönlicher Anwalt Douglas Crane hatte ihr versichert, seine Sozietät könne ihr sowohl mit Schnelligkeit als auch mit Diskretion dienen. Als Ty ihn an jenem Abend nach der Benefizveranstaltung angerufen hatte, hatte er vorgeschlagen, sie solle am nächsten Morgen in sein Büro kommen, um die Idee weiterzubesprechen.

Der Aufforderung war Ty gefolgt. Als sie am nächsten Morgen von Douglas Cranes Sekretärin in das weitläufige Eckbüro geführt wurde, stand er von seinem Schreibtisch auf, um sie zu begrüßen. »Meine liebe Ty, kann Carol Ihnen irgendetwas bringen? Einen Espresso, einen Tee oder vielleicht ein Mineralwasser?«

»Nein, danke, Mrs. Grenelli.« Ty lächelte der Sekretärin zu.

»Stellen Sie die Anrufe bitte nicht weiter durch, Carol.«

»Nein, Mr. Crane.« Leise schloss die Frau die Tür hinter sich.

»Setzen Sie sich doch.« Douglas Crane wies auf zwei gepolsterte Stühle mit geschnitzten Löwenfüßen, die vor seinem Schreibtisch standen, und wartete, bis Ty Platz genommen hatte. Dann setzte er sich neben sie und stellte mit onkelhaftem Wohlwollen fest: »Sie sehen wie immer bezaubernd aus, Ty.«

Ty antwortete mit einstudiertem Lächeln. Seine Bemerkung war zwar nicht so banal wie andere Höflichkeitsfloskeln, aber genauso bedeutungslos – als ob einem ein Wildfremder einen schönen Tag wünschte, was wenigstens dreißig Mal pro Woche geschah.

»Danke, Douglas, Sie sehen auch gut aus.« Das war nicht einmal gelogen. Obwohl sein Haaransatz über der sommersprossigen Stirn inzwischen zurückwich und die Tränensäcke unter den klug blickenden Augen ein wenig deutlicher hervortraten, hatte sich Douglas Crane über die Jahre erstaunlich wenig verändert. Mit Ende Fünfzig war er stolz darauf, genauso fit zu sein wie seine jüngeren Partner. Was das anging, ähnelte er stark ihrem Vater, dachte Ty und war ungeheuer dankbar, diesen Gedanken nicht weiterverfolgen zu müssen, da Douglas Crane sich nun gewichtig räusperte und zum eigentlichen Grund ihres Kommens kam.

»Seit unserer Unterhaltung gestern Abend habe ich ein wenig über die Sache nachgedacht«, erklärte er und fragte dann: »Darf ich ganz offen sein, Ty?« Als habe sie dem zugestimmt, fuhr er jetzt fort: »Sie sprachen die Möglichkeit an, eine andere Kanzlei zu beauftragen, besagte Vereinbarung zwischen Ihnen und Mr. Sheppard auszuhandeln.«

»Ja«, antwortete Ty ungerührt, »das ist etwas, das ich in Erwägung ziehe.«

»Natürlich steht es Ihnen frei, Ty.« Douglas Crane lächelte, und die Falten, die sich dabei um seinen Mund legten, bebten nur kaum merklich. »Aber da ich nun einmal seit Jahren der Mann Ihres Vertrauens bin, darf ich Ihnen vielleicht sagen, dass das ein Fehler wäre. Ich bin überzeugt, dass Crane, Adderson & White Ihre Angelegenheit zur vollsten Zufriedenheit abwickeln kann. Sie sprachen zum Beispiel davon, dass die Zeit eine wesentliche Rolle spielen würde, Ty?«

»Ja, ich möchte so schnell wie möglich an Steve Sheppard herantreten.«

»In diesem Fall kann ich Ihnen bis übermorgen einen Vorvertrag aufsetzen lassen. Wenn er Ihre Zustimmung findet, nimmt unsere Kanzlei mit Mr. Sheppard und seinem Rechtsbeistand Verbindung auf, um zu Beginn nächster Woche ein Treffen mit Ihnen zu vereinbaren.«

»Nächste Woche schon?« Das wäre allerdings schnell. Ty sah eine kleine Armee von Sozietätsmitgliedern vor sich, die alle an einem Strang ziehen müssten, um in so kurzer Zeit eine Vereinbarung dieser Größenordnung auf die Beine zu stellen.

»Nächste Woche«, bestätigte Douglas Crane. »Sollten Sie sich an eine andere Kanzlei wenden, könnte es wenigstens so lange dauern, um überhaupt die notwendigen Unterlagen zusammenzutragen. Da Crane, Adderson & White sich bisher immer um Ihre Finanzgeschäfte gekümmert hat, könnten viele dieser, im Vorfeld zu nehmenden – und sehr zeitintensiven – Hürden vermieden werden.«

Douglas Crane war nicht umsonst in die Fußstapfen seines Großvaters, dem Gründungspartner von Crane, Adderson & White getreten. Mit einem zuversichtlichen Gesichtsausdruck, als könnte er spüren, wie die bereits verstorbenen und noch lebenden Sozietätskollegen ihm zusprachen, lehnte er sich zurück.

Trotzdem zögerte Ty. »Bitte denken Sie nicht, ich wüsste Ihre bisherige Arbeit nicht zu schätzen, Douglas. Aber abgesehen davon, dass die Sache schnellstmöglich abgewickelt werden sollte, muss ich auf absolute Diskretion Ihrer Kanzlei zählen können. Sie und mein Vater haben häufig miteinander zu tun. Diese Unterredung und der Vertrag –«

»Sind Angelegenheiten, die äußerstes Fingerspitzengefühl erfordern und selbstverständlich streng vertraulich behandelt werden«, unterbrach Douglas Crane vorsichtig und täschelte Ty die schlanke Hand, die auf der Stuhllehne ruhte. »Ich verstehe völlig, was Sie meinen, und werde dafür Sorge tragen, dass keiner der Partner, die für Ihren Vater arbeiten, mit Ihrer Angelegenheit betraut wird. Und was mich betrifft, Ty … Sie vertrauen mir doch?«

»Ja, natürlich.« Was sollte sie auch sonst darauf sagen? Sie lächelte.

»Gut, wunderbar! Wollen wir dann jetzt im Detail besprechen, worauf es ankommt? Ich gebe nur schnell Carol Bescheid, damit sie den Juniorpartner holen kann, der mir zuarbeitet.«

Damit war die Sache entschieden gewesen, dachte Ty, die immer noch auf ihrem Posten an der Fensterfront ausharrte. Bis zu diesem Augenblick hatte die Sozietät Crane, Adderson & White ihre Dienste mit der üblichen Perfektion ausgeführt. Die Anwälte hatten einen Vertrag ausgearbeitet und dann einen Brief an Steve Sheppard mit Kopie an dessen Rechtsbeistand aufgegeben. Jetzt waren alle da – alle bis auf einen – die Hauptperson. Anscheinend wirkte Crane, Adderson & Whites Rechtszauber nicht bei jedem.

Hinter sich konnte Ty das ungeduldige Gemurmel der Anwälte hören, in das sich wiederholt ein Geräusch mischte, wie es beim Durchsehen von Unterlagen entstand. Kurz darauf wurden die Papiere jedes Mal wieder auf den langen Tisch mit der schwarzen Platte und den verchromten Beinen gelegt, der das schlicht gehaltene Besprechungszimmer der Anwaltskanzlei beherrschte. An der Längsseite des Tisches saß in der Mitte Douglas Crane flankiert von einem Juniorpartner und einem Sozius. An der gegenüberliegenden Seite, einige Plätze weiter unten, hatten zwei düster wirkende Männer in dunkelblauen Anzügen Platz genommen, die Ty vorher noch nie gesehen hatte. Sie waren ihr als Rechtsanwälte der Bank vorgestellt worden. Direkt gegenüber von Crane saß ein Mann ganz allein. Schon dadurch war klar, um wen es sich dabei handelte: um Steve Sheppards Anwalt, und je mehr Zeit verging, desto unbehaglicher sah er drein. Ty mutmaßte, dass er ein Büro in Southampton unterhielt, vielleicht auch in Riverhead, und gewöhnlich einfache Ferienhausverkäufe abwickelte oder dafür sorgte, dass Baugenehmigungen schneller bearbeitet wurden. Wahrscheinlich hatte er bis zu diesem Tag eine derartige Sozietät noch nie von innen gesehen. Und bei diesem Gedanken verspürte Ty plötzlich Mitleid mit ihm.

Als sie jemanden hinter sich hörte, wandte sie den Kopf und sah aus den Augenwinkeln Douglas Crane auf sich zukommen. Er hüstelte diskret und deutete auf seine Armbanduhr. Sie warteten nun schon fast eine halbe Stunde.

»Schon in Ordnung, Douglas. Da Mr. Sheppard bisher nicht angerufen hat, um uns darüber zu informieren, dass er nicht kommt, warten wir einfach noch ein bisschen.«

Als sich Crane gehorsam zu seinem Stuhl zurückzog, erkannte man nur an seinen zusammengepressten Lippen seine Missbilligung.

Der einzige Anwesende, der genauso stillschweigend ausharrte wie Ty, war Sam Brody. Auf eigenen Wunsch hin nahm er an der Besprechung teil und saß ein wenig abseits von den Anwälten, wobei er seine ehemals Schutzbefohlene beobachtete, während Ty allen nach wie vor den Rücken zukehrte.

Ein dezentes, aber energisches Klopfen ertönte, woraufhin sich die leise kultivierte Stimme von Douglas Cranes Sekretärin vernehmen ließ. »Entschuldigen Sie bitte, Mr. Crane, aber Mr. Sheppard ist eingetroffen.«

»Danke Ihnen, Carol. Führen Sie ihn bitte herein.«

Die Geräuschkulisse hinter Ty änderte sich abrupt. Allein am Knarzen des Leders hörte man eine gewisse Entschlossenheit. Nun, da die Anwälte nicht mehr gezwungen waren, tatenlos herumzusitzen, stellte sich Ty vor, wie sie die Krawatten und Manschetten zurechtrückten. Wenn sie sich jetzt umdrehte, wäre sicher auch der gelangweilte Ausdruck auf ihren Gesichtern verschwunden und von einem feierlich gewichtigen ersetzt worden – dem Pokerface, das Anwälte perfekt beherrschten.

Als die Tür über die beige Auslegeware strich, kündete das Ty Steve Sheppards Eintritt an. Sie blieb am Fenster, blickte aber ins Leere. Viel zu viele Gefühle überkamen sie bei der Vorstellung, Steve Sheppard wiederzusehen – ihm gegenüberzustehen. Dabei herrschten zwei vor: Besorgnis und Neugier. Was, wenn er ihr Hilfsangebot ausschlug? Was, wenn er sich in den vergangenen zehn Jahren so sehr verändert hatte, dass sie bereuen würde, ihm ihre Hilfe überhaupt angeboten zu haben? Bekäme sie dann immer noch Herzklopfen, wenn sie ihn sah? Erinnerte er sich überhaupt noch an sie?

4. Kapitel

Über die grauen und braunen Schöpfe der Männer hinweg sah Steve die Frau. Vielleicht fiel sein Blick sofort auf sie, weil sie als Einzige außer ihm stand. Vielleicht war er auch sofort auf sie aufmerksam geworden, weil sie ihm als Einzige den Rücken zugekehrt hatte, während alle anderen sich ihm zuwandten, um ihn zu taxieren. Aber da war noch etwas an ihr. Einige Sekunden lang ignorierte Steve die Männer im Besprechungszimmer und konzentrierte sich ausschließlich auf die Frau.

Allein vor der Fensterfront bildete sie den Mittelpunkt eines Bildes, von dem er einfach nicht den Blick wenden konnte. Hinter ihr traf sich der verhangene Himmel mit den graublauen kantigen Formen der Wolkenkratzer jenseits der Park Avenue. Die Frau schien umgeben von Glas, Metall und diesig angehauchten Farben. Das glatte braune Haar hatte sie in einem einfachen Pferdeschwanz zusammengenommen, dessen Spitzen ihr bis zur Taille reichten. Sie trug ein im Farbton aufeinander abgestimmtes fliederfarbenes Ensemble – einen blassen Strickrock und ein Oberteil mit kurzen Ärmeln. Die bloßen Arme hatte sie gegen die Fensterscheibe gestemmt. Sie waren schlank und wohlgeformt. Den Kopf hielt sie gebeugt und blickte zu dem geschäftigen Treiben unten auf der Straße, sodass Steve ihr Gesicht nicht sehen konnte. Aber irgendwie wusste er, dass sie schön sein würde. Richtig schön.

Seidige, elfenbeinfarbene Strümpfe umschmeichelten unglaublich lange Beine, Beine einer Tänzerin, schlank, muskulös und endlos. Beine, bei denen sich ein Mann vergessen konnte. Ihr verführerisch gerundeter Po und die schmale Taille wurden durch das weiche Strickmaterial des Rockes noch betont. Steve hätte seine Seele verkauft – vielmehr hatte er in letzter Zeit auch nicht mehr zu bieten –, um einen Blick auf ihre Brüste zu erhaschen. Wenn sie sich nicht einer Schönheitsoperation unterzogen hatte, wären sie bestimmt wie der Rest von ihr: zart wie eine sich öffnende Blume und genauso atemberaubend. Im Nacken der Frau, dort, wo er nicht vom

Pferdeschwanz verdeckt wurde, bemerkte Steve eine dünne silberne Kette. An ihrem erhobenen Handgelenk trug sie eine goldene, diamantbesetzte Schweizer Uhr.

So weit er es von seinem Standort aus beurteilen konnte, war die Frau wenigstens eine Million Dollar schwer – ein Luxusweibchen.

Okay, das hieß also, bei ihr handelte es sich um Stannards Frau oder dessen Geliebte, die im Augenblick genug vom ewigen Shoppen hatte und es spaßiger fand, zuzusehen, wie ihr Mann oder Freund sich einen armen Schlucker einverleibte. Aber wer oder was sie auch war, sie befand sich inzwischen weit außerhalb seiner Reichweite, dachte Steve bitter.

Trotz des Teppichbodens hörte er, wie Stühle gerückt wurden. Gleich darauf kam Jeff Wallace, sein Anwalt, auf ihn zu. »Steve, freut mich, dass Sie es doch noch geschafft haben«, erklärte er und klang nicht ganz vorwurfsfrei. »Darf ich Ihnen Douglas Crane vorstellen? Mr. Crane vertritt Tyler Stannard.«

Nur zögerlich wandte Steve den Blick von der Frau am Fenster und ergriff die ausgestreckte Hand des Mannes, dem er dann allerdings ohne mit der Wimper zu zucken in die Augen sah. Der Anwalt von Tyler Stannard würde seine eingefallenen Wangen mit dem Dreitagebart, die fehlende Krawatte und das nach Zigarettenrauch stinkende Tweedjacket sicher genauso bemerken wie die von zu viel Alkohol und zu wenig Schlaf Blut unterlaufenen Augen. Dennoch senkte Steve nicht den Blick, und an seinem zynischen Gesichtsausdruck sah man, dass es ihn nicht die Bohne interessierte, was Tyler Stannards Anwalt oder sonst jemand von ihm oder seinem Äußeren hielt.

Steves Haltung entlockte Jeff Wallace ein nervöses Hüsteln, und er klopfte seinem Mandanten umständlich auf die Schulter.

»Nun, Mr. Sheppard, sagte Douglas Crane daraufhin,

»dann wollen wir mal anfangen.« Vielleicht möchten Sie ja neben Mr. Wallace Platz nehmen, damit er die Fragen beantworten kann, die Sie vielleicht noch zu dem Vertrag haben, den unsere Kanzlei aufgesetzt hat.«

Steve zuckte nur die breiten Schultern und folgte Jeff zu seinem Platz. Nachdem er sich in den Stuhl hatte fallen lassen, sah er zum Fenster. Die Frau war nicht mehr da. Rasch ließ er den Blick durch den Raum schweifen. Sie stand am anderen Ende des Tisches neben einem Mann, den Steve auf nur wenige Jahre älter schätzte als sich selbst. Verdammt, er vermochte ihr Gesicht schon wieder nicht zu sehen, lediglich das ordentlich zurückgekämmte dunkle Haar und die Nasenspitze. Daran konnte man nicht viel erkennen. Die Frau schien irgendetwas zu lesen, das die Anwälte wohl benutzen würden, um ihm sein Zuhause wegzunehmen.

Der Mann neben ihr – Tyler Stannard? – sah direkt zu ihm, und auch diesem Tyler Stannard entging nicht ein einziges Detail seines unvorteilhaften Äußeren. Witzig, dachte Steve, der Tyler Stannard für viel älter gehalten und niemals gedacht hätte, dass der Mann etwas von einem Profisportler hatte. Aber wer sollte das sonst sein? All die anderen Schlipsträger waren problemlos zuzuordnen. Auch das Gesicht des Mannes kam Steve irgendwie bekannt vor. Er hätte schwören können, dass er den Kerl schon einmal irgendwo gesehen hatte … verdammt, vielleicht auf einem Foto neben einem Artikel, der Stannards jüngsten Coup als Baumagnaten und Makler beschrieb?

Dann übernahmen die Anwälte das Zepter. Douglas Crane legte los und führte die Gruppe Schritt für Schritt durch den Vertrag. Steve war erstaunt, wie viel Information man über ihn gesammelt hatte. Da stand alles schwarz auf weiß; jeder im Raum wusste bis auf den letzten Penny, wie viel Geld er durch seine Dummheit verloren hatte. Sein Magen zog sich zusammen, Wut und Verzweiflung nagten an ihm. Steve blendete die Stimmen der Anwälte aus und schenkte seine Aufmerksamkeit stattdessen der Frau, die den Kopf so eifrig über die zahlreichen Vertragsseiten gebeugt hatte.

Irgendwann drang das Wort *Partnerschaft* zu ihm durch und zwang ihn, den ruhig vorgetragenen Formulierungen zuzuhören. Jesus Christus, Partnerschaft? Das traf ihn wie ein nasser Waschlappen. Was ging denn hier vor? Unvermittelt hob Steve die Hand, räusperte sich und rief: »He, Moment mal!«

Daraufhin sahen alle im Raum von ihren Unterlagen auf, und Douglas Crane wandte sich ihm mit fragend hochgezogener Augenbraue zu.

»Bitte helfen Sie mir auf die Sprünge.«

»Aber sicher, Mr. Sheppard.«

Was haben Sie da gerade in Bezug auf Partnerschaft gesagt? Ich glaube, ich habe den Anfang nicht richtig verstanden.«

»Es steht gleich hier auf Seite sechzehn, Abschnitt vier, Paragraph drei. Mr. Wallace könnten Sie Mr. Sheppard die entsprechende Passage auf seiner Vertragskopie zeigen?«

Während Steve den Paragraphen las, begann es in seinen Ohren unharmonisch zu summen. Das Geräusch wurde lauter, als er den Blick mehrmals über das Blatt schweifen ließ und ihm die ganze Tragweite des Vertragstextes bewusst wurde. Wenn er die Sache richtig verstanden hatte, beabsichtigte Tyler Stannard überhaupt nicht, ihm alles abzukaufen. Stattdessen schlug er ihm eine Partnerschaft vor, bei der Southwind wieder so viel Geld zufließen würde, bis die Geschäfte erneut aufgenommen werden konnten. Als Gegenleistung erhielt Tyler Stannard fünfzig Prozent der Anteile an Southwind und aller zukünftigen Erträge.

Was wollte der Mann denn mit einer Beteilung an einem privaten Reitstall? Er war doch ein Landbaron, der Grundstücke kaufte, bebaute und verkaufte. Ein Superkonzept, das ihn enorm reich gemacht hatte. Aber was er jetzt mit einer Beteiligung an Southwind wollte, war eigentlich nicht von Belang. Auf keinen Fall würde er, Steve, jemals wieder in eine Partnerschaft einwilligen. Die Letzte hatte ihn mehr gekostet, als er verkraften konnte.

Mit zusammengekniffenen Augen blickte Steve zu dem Mann am Kopfende des Tisches. Die Frau sah inzwischen auf, aber Steve war nicht mehr im Mindesten an ihrem Aussehen interessiert. »Tut mir Leid, Mr. Stannard, ich weiß nicht, was für ein Spiel Sie hier spielen, aber das läuft mit mir nicht. Ich gehe keine Partnerschaft mehr ein.« Steve umfasste die Lehnen und schob den Stuhl zurück. Dann nickte er Jeff kurz zu und machte sich daran, den Raum zu verlassen, wobei ihm die Blicke entgingen, die Douglas Crane und die Frau tauschten.

»Einen Moment noch, Mr. Sheppard«, sagte jetzt Douglas Crane. »Ich fürchte, hier liegt eine Verwechslung vor. Die fragliche Person, die Ihnen eine Partnerschaft anbietet, ist nicht Mr. Tyler Stannard, sondern seine Tochter Miss Tyler Stannard. Ich bezweifle doch sehr«, fügte er dann hinzu, »dass Stannard Limited jemals mit einem so großzügigen Angebot an Sie herangetreten wäre.«

Seine Tochter? Ruckartig wandte sich Steve der Frau zu.

Ihr Gesicht war tatsächlich wunderschön, perfekt oval, die Wangenknochen hoch und die Brauen zart geschwungen. Während sie ihn mit ihren außerordentlich großen grauen Augen seelenruhig ansah, hätte Steve nicht geglaubt, dass sie ihn überhaupt wahrnahm – wäre da nicht die leichte Röte gewesen, die sich unwiderruflich auf ihre Wangen stahl.

»Na, Sie sind dann wohl Tyler Stannard, was?«, fragte er schließlich ruppig. Er mochte keine Tricks, und es gefiel ihm auch nicht, wenn sich andere auf seine Kosten lustig machten. *Miss* Tyler Stannard hatte ihn zum Narren gehalten, und ihm standen reiche Schicksen, die meinten, mit anderen Leuten ihre Spielchen treiben zu können, bis da oben. Die Verärgerung darüber ließ ihn aus dem Stuhl hochschnellen, und mit drei Schritten war er am Kopfende des Tisches, wo die Frau saß. »Die Anwälte sollen auf der Stelle den Raum verlassen«, verlangte er und baute sich mit seinen drahtigen ein Meter fünfundachtzig vor ihr auf.

Es herrschte absolute Stille. Diese Tyler Stannard sah zu ihm auf und nickte schließlich bloß erhaben wie eine Königin, woraufhin sich die Anwälte inklusive Jeff Wallace von ihren Plätzen erhoben und wortlos das Konferenzzimmer verließen.

»Der auch«, knurrte Steve und meinte damit den Mann, den er fälschlicherweise – idiotischerweise – für Tyler Stannard gehalten hatte.

»Nein«, entgegnete sie, und als Steve böse zu ihr hinuntersah, hob sie herausfordernd das Kinn. »Sam Brody ist mein … Sicherheitsberater. Er genießt mein vollstes Vertrauen. Was immer Sie mir zu sagen haben, Mr. Sheppard, können Sie mir in seinem Beisein mitteilen.« Sie sprach leise, aber es war nicht zu überhören, dass sie die beste Bildung genossen hatte, die man für Geld kaufen konnte. Dagegen wirkte Steves Kentucky-Akzent noch breiter, die Vokale noch gedehnter – ein schreiender Kontrast zu ihrer präzisen Aussprache.

»Ich weiß nicht, was für ein Teufelsspiel Sie hier mit mir treiben, *Miss* Stannard, noch gefällt es mir, an der Nase herumgeführt zu werden. Wenn Sie irgendetwas mit mir besprechen wollen, geht er. Und zwar jetzt.« Mit dem Kopf wies er auf Sam Brody.

Während Steve und Ty stillschweigend ihre Willenskraft aneinander maßen, schien die Zeit still zu stehen. Schließlich wandte Ty den Blick ab. »Schon gut, Sam.«

Langsam erhob sich der Mann zu seiner vollen Größe. Er überragte Steve um wenigstens zehn Zentimeter und brachte wahrscheinlich auch fünfzehn Kilo mehr auf die Waage. Irgendetwas in seinem Gesichtsausdruck – vielleicht war es sein Blick, der sagte: »Das wirst du mir büßen!«, brachte in Steves löchrigem Gedächtnis eine Saite zum Klingen. Wo hatte er diesen Kerl bloß schon einmal gesehen?

Verärgert, dass er ihn nicht zuordnen konnte, antwortete Steve schließlich mit ähnlich bösem Blick.

Ty und Steve waren allein in dem großen Konferenzzimmer, und die Spannung, die in der Luft lag, konnte man geradezu fühlen.

Ty ignorierte sie. »Nun, Mr. Sheppard, was genau an meinem Vorschlag macht Sie denn jetzt so wütend? Douglas Crane hat mit Recht darauf hingewiesen, dass die Gesellschaft meines Vaters Ihnen niemals einen derartigen Deal angeboten hätte. Stannard Limiteds Geschäftspraktiken sehen ein bisschen anders aus. Man würde einfach Ihren Besitz aufkaufen, sobald die Bank aus der Hypothek zwangsvollstrecken lässt, und Sie, Mr. Sheppard, würden keinen Cent von Stannard Limited oder irgendjemandem sehen. Ihre Hypothek wird doch in zehn Tagen aufgekündigt, oder nicht?«

Ty wusste genau, dass sie Recht hatte. Sie kannte die Unterlagen, die Sam ihr über Southwind beschafft hatte, in- und auswendig und hätte jedes Detail des großen Schlamassels, in den sich Steve Sheppard manövriert hatte, benennen können. Allerdings hieß das noch lange nicht, dass er ihre Hilfe auch annehmen würde. Bereits beim Betreten des Konferenzraums hatte er sie an einen verwundeten Löwen erinnert, der jeden angriffe, der ihm zu nahe käme.

»Ja, in zehn Tagen kündigt mir die Bank die Hypothek. Aber eher fallen Ostern und Weihnachten auf einen Tag, als dass ich einen neuen Partner akzeptiere. Ich lasse mich von niemandem mehr im Namen einer so genannten Geschäftspartnerschaft oder Freundschaft an die Wand spielen. Mein Pferd musste sterben, weil ich so leichtgläubig gewesen bin. Und wenn ich tatsächlich den gleichen Fehler noch einmal begehen sollte, dann bestimmt nicht mit einer Debütantin, die etwa so viel Ahnung vom Führen einer Pferdefarm hat wie ich vom Sticken.«

»Ich verstehe.« Ty hielt einen Augenblick inne, bevor sie völlig gelassen erklärte: »Sie sind also nicht nur ein Alkoholiker, sondern auch ein chauvinistischer Dickschädel. Übrigens ist Ihre Whiskeyfahne geradezu überwältigend, aber das fällt Ihnen wahrscheinlich gar nicht mehr auf. Ich schätze mal, Sie sind daran gewöhnt. Aber, Mr. Sheppard, vielleicht bin ich nicht ganz so unterbemittelt, wie Sie annehmen. Denn obwohl weiblich, nutzlos und gehätschelt, hätte ich Ihnen zum Beispiel in zehn Sekunden sagen können, dass jemand in Ihrer Buchhaltung die Konten gefälscht hat. Wie lange haben *Sie* dazu gebraucht?«

Woher, in drei Teufels Namen, hatte sie denn das?, überlegte Steve, bevor ihm ihr so genannter Sicherheitsberater, wieder einfiel. Wahrscheinlich hatte sich der gute, alte Sam in die Aufzeichnungen der Versicherungsgesellschaft eingeloggt, die sämtliche Computerdateien über Southwinds Finanzen an sich genommen hatte, um ihre Untersuchung durchzuführen. Damit hoffte die Gesellschaft, Beweise dafür zu finden, dass er Fancy Free nur getötet hatte, um die Versicherungssumme zu kassieren. Allein der Gedanke daran machte ihn ganz krank.

Und da saß nun Tyler Stannard und sah so cool und gelassen aus, dass es ihn in den Fingern juckte, sie zu schütteln. Um sein Elend an jemandem auszulassen, schien sie geradezu ideal. Aber vielleicht würde sie ja ein bisschen von ihrer Fassung verlieren, wenn er ihr einen Einblick in die ganze abgeschmackte Geschichte gewährte. Behände zog er einen Stuhl heran, setzte sich neben sie und legte lässig die Beine mit den Stiefeln auf die schwarz glänzende Tischoberfläche.

Douglas Crane hätte wahrscheinlich der Schlag getroffen, aber Ty zog lediglich eine Augenbraue hoch. Als Steve ein Päckchen Zigaretten aus der Tasche seines Tweedjackets fischte, schüttelte sie unwillkürlich den Kopf. Sie bezweifelte doch stark, dass ihre Anwälte das Rauchen irgendwo in den geheiligten Hallen von Crane, Adderson & White erlauben würden. Aber das wäre Steve Sheppard ohnehin egal, und so wartete sie, bis er sich umständlich die Zigarette angezündet und einen tiefen Zug genommen hatte. Langsam blies er den Rauch wieder aus und machte sich erst danach daran, ihre Frage zu beantworten.

»Mir ist im vergangenen Frühjahr zum ersten Mal der Verdacht gekommen, dass mit den Büchern irgendetwas nicht stimmt. Aber ich war viel zu sehr mit dem Beschließen der Turniersaison in Florida beschäftigt, bei der ich acht Pferde ritt. Außerdem galt es noch, einige Probleme beim Rücktransport zu klären, damit alle Tiere wieder an Ort und Stelle wären, wenn die Turniersaison im Nordosten begann. Also überließ ich es meinem Partner, der nach Southwind zurückgekehrt war, die Bücher in Ordnung zu bringen. Nur dass sich dann herausstellte, dass mein *geschätzter* Partner die Buchhalterin bezirzte, damit sie die Tatsache verschleierte, dass er dem Geschäftskonto der Farm Geld entzog. Wenn man in dem Maße koksabhängig ist wie Jason es war, zerrinnt einem das Geld nur so zwischen den Fingern«, fügte Steve hinzu, doch diese Tyler Stannard zuckte, verdammt noch mal, nicht einmal mit der Wimper.

»Was passierte, als Jason Belmar mitbekam, dass Sie Verdacht geschöpft hatten?«

»Es dauerte einige Monate, bis ich wusste, was Sache war.« Das zugeben zu müssen, war bitter, und Steve nahm einen tiefen Zug von seiner Zigarette. »Jase war am Anfang sehr vorsichtig und hat immer nur kleine Summen abgehoben. Als sein Laster dann richtig teuer wurde, brachte er Holly – das war unsere Buchhalterin – dazu, die Zahlen zu frisieren, damit es so aussah, als habe sie sich einige Male vertan. Dabei ließ sie sich von Jase genauso einlullen wie ich. Außerdem vergaß sie sozusagen, die eine oder andere Einlage zu buchen, weshalb zunächst kein Fehlbetrag auf den Konten erschien. Als ich dahinterkam, überredete Jase Holly, zu mir zu kommen und mir einen vorzuheulen, damit ich ihr eine zweite Chance gäbe. Holly war eigentlich ein braves Mädchen und unterstützte ihre Eltern, die nur eine kleine Rente bekamen.«

»Hatte Jason Belmar denn schon immer Drogenprobleme?«

»Klar, natürlich!« Steve verzog die Mundwinkel. »Ich bin absichtlich eine Partnerschaft mit einem Kokser eingegangen … Nein, Junior – oder sind Sie Stannard, *der* zweite?« Steve formulierte die Frage absichtlich so, um sie zu treffen. »Nein«, wiederholte er dann, »das Herumhängen mit Leuten wie Ihnen hat dazu geführt, dass er abhängig wurde. Als ich Jason in Göteborg traf, war er ein Superreiter. Er ritt dort seit acht Jahren für irgendwelche schwedischen Pferdebesitzer. Wir gingen hin und wieder auf ein Bier, lernten uns besser kennen und unterhielten uns irgendwann auch über unsere Zukunftspläne. Als man ihm kündigte, war er nur allzu bereit, das europäische Turniergeschehen hinter sich zu lassen und in die Staaten zurückzukehren. Damals dachte ich daran, mein

Geschäft auf Southwind auszuweiten. So wurden wir Partner. Eine Zeit lang liefen die Dinge gut. Dann geriet Jase in eine Clique, in der es ziemlich hoch herging – Freunde von Allegra Palmer, der Tochter eines meiner Kunden.« Mit einem unangenehmen Lächeln fügte er hinzu: »Vielleicht kennen Sie sie ja, wo Sie doch aus den gleichen Kreisen stammen.«

Am Weiten ihrer großen grauen Augen erkannte Steve, dass seine letzte Bemerkung sie wohl getroffen haben musste.

»Äh, ja«, murmelte Ty dann und überschlug die Beine unter ihrem Strickrock. Obwohl es jetzt zehn Jahre her war, sah sie immer noch erschreckend deutlich vor sich, wie sich Allegra Palmer an Steves muskulösen Körper gedrängt hatte. »Ich habe Allegra Palmer hier und da schon einmal gesehen. Wir kennen uns allerdings nur flüchtig.«

»Da haben Sie auch nicht viel verpasst. Aber Jase war total in sie vernarrt und ist ihr ständig nachgelaufen. Dabei hat sie ihn nur an der Nase herumgeführt und schließlich ganz fallen gelassen. Danach war er am Boden zerstört, kam aber nicht von ihr los und fing an, mit ihren nichtsnutzigen Freunden herumzuhängen – nur um in ihrer Nähe zu sein. Das war auch der Beginn seines Drogenproblems. Zuerst bemerkte ich es an seinem Reitstil. Kleinigkeiten, ein Fehler wegen Nachlässigkeit, während eines Ritts, bei dem es auf Zeit ankam, oder ein total merkwürdiger Anrittwinkel auf ein Hindernis zu.

Je nach Fähigkeit oder Temperament seiner Pferde fiel das mehr oder weniger deutlich auf. Aber ziemlich bald hat seine Unsicherheit alle Tiere verwirrt, und sie verloren ihr Zutrauen. Als ich mit ihm darüber sprach, behauptete Jase, es läge daran, dass er wegen des ständigen Turnierstresses ausgepowert sei. Das passiert in unserem Sport genauso wie in anderen Branchen, und ich schätze mal, ich wollte nur nicht glauben, dass es auch etwas anderes hätte sein können. Also schlug ich ihm vor, eine kleine Auszeit zu nehmen und mit den jüngeren Pferden auf der Farm zu trainieren, während ich seine Tiere in Florida ritt.«

»Wie viele Pferde hatte er denn damals?«

»Drei, ich hatte vier Tiere von unseren Kunden in Florida dabei, und eines meiner eigenen, Fancy Free. Meine anderen beiden Pferde setzten die Saison aus und waren zu Hause auf Long Island. Mit acht Pferden eine Turniersaison zu bestreiten, verlangte mir das Äußerste ab. Ich hätte mir nicht so viel zumuten sollen, aber ich wollte unsere Besitzer nicht enttäuschen, und Fancy und ich waren für den *Horse of the Year*-Preis vorgeschlagen worden.« Steve hielt inne, und Ty bemerkte die Fältchen um seine Augen, deren Blick immer düsterer wurde. »Aber es war ein Fehler, Jason zur Farm zurückzuschicken. Dadurch wurde seine Koksabhängigkeit zügellos, und ich war nicht da, um ihn zu stoppen.«

»Ich verstehe«, sagte Ty langsam, »dass Sie sich eine neue Partnerschaft gut überlegen wollen.«

»Ja, nicht wahr?«, schoss Steve gereizt zurück. »Deshalb können Sie sich Ihr Angebot auch in die Haare schmieren.«

»Sie wollen die Chance nicht wahrnehmen, obwohl Sie sonst vor dem Bankrott stehen? Sie wissen doch bestimmt, dass Ihre Karriere und Ihr Geschäft dann ein für alle Mal zerstört wären. Haben Sie schon einmal an Ihre Zukunft gedacht?«

Steve blieb stur und sagte kein Wort. Der Gedanke, dass seine Farm und seine Pferde, die er verkaufen müsste, um seine Schulden zu tilgen, bald nicht mehr ihm gehören würden, machte ihn ganz krank. »Ich dachte daran, vielleicht eine Bar zu eröffnen«, scherzte er schließlich halbherzig und verabscheute gleichzeitig, ein derartiges Gespräch überhaupt führen zu müssen.

Doch diese Tyler Stannard lachte nicht. Zum Teufel mit ihren wunderschönen Augen! Sie fuhr lediglich mit ihrer hochgestochenen Reichemädchenstimme fort: »Mr. Sheppard, wenn Sie mein Angebot nicht akzeptieren, haben Sie gar nichts mehr. Keinen Penny. Und Sie werden Ihr Grundstück auch nie wieder zurückkaufen können. Die Leute meines Vaters reißen es sich unter den Nagel und finden Schlupflöcher, um Landschaftsschutzbestimmungen zu umgehen. Zur Not schmieren sie alles und jeden und verwandeln Ihre offenen Weideflächen in ein halbes Dutzend oder mehr ›Millionärs-Cottages‹, komplett mit Swimmingpool und Tenniscourt. Ich verspreche Ihnen, dass der Profit, den sich Stannard Limited dabei einsteckt, Ihnen Tränen in die Augen treibt. Denken Sie darüber nach, Mr. Sheppard. Denken Sie an all das, was Sie verlieren.«

Ruckartig wandte er ihr den Kopf zu und blitzte sie mit seinen elektrisierend blauen Augen an. Sein Alkoholpegel schien sich allmählich abzubauen, denn sein Blick war jetzt viel intensiver, und Tys Herz begann wie wild zu schlagen.

»Sagen Sie mir nur eins, Junior: Was springt dabei für Sie heraus?«

5. *Kapitel*

Was dabei für sie heraussprang?

Ty hatte mit Schaudern dem Augenblick entgegengesehen, da Steve Sheppard ihr diese Frage stellen würde. Sollte sie ihm die Wahrheit sagen? Dass sie in einem geheimen Winkel ihres Herzens immer noch ihren Teenagerträume nachhing, als seine Existenz ein Licht in der Dunkelheit ihrer trostlosen Kindheit gewesen war?

Unbewusst berührte Ty ihren Hals und tastete nach der Kette. Sie brauchte Steve nur die silberne Münze zu zeigen, damit ihm jener heiße Sommertag vor zehn Jahren wieder einfiel. Ein Tag, den er offensichtlich vergessen hatte. Nein, dachte sie dann, und verwarf die Idee. Wenn er wusste, wer sie war, bekäme er Oberwasser und würde nicht zögern, ihre sentimentale Anwandlung zu seinem Vorteil zu nutzen. Stattdessen lieferte sie ihm lieber eine zumindest teilweise der Wahrheit entsprechende Erklärung, die ihn zufrieden stellen würde.

»Ich mag Herausforderungen«, sagte sie einfach. »Southwinds Ställe vor dem finanziellen Ruin zu bewahren, ist mir Anreiz genug. Gleichzeitig kann ich meines Vaters alles vereinnahmendes Streben nach Land und Geld durchkreuzen. Er hat so viel herrliche Landschaften im Namen des Luxus ruiniert. Selbst als ich stellvertretende Geschäftsführerin bei Stannard Limited gewesen bin, konnte ich ihn nicht davon abhalten, derartige Projekte zu verfolgen. Jetzt kann ich zumindest verhindern, dass er sich Southwind einverleibt.«

»Stinkig auf Daddy, hm?«, schloss Steve messerscharf. »Sauer genug, um einige Millionen in den Wind zu schießen, nur um ihm Knüppel zwischen die Beine zu werfen?« Gespielt anerkennend pfiff Steve durch die Zähne. »Natürlich ist das nur die Vorspeise. Wenn Sie Ihre Hausaufgaben gemacht haben, Junior, wissen Sie, dass ein Pferdestall selten Profit abwirft. Haben Sie überhaupt Ahnung von Pferden?«, fragte er dann wie nebenbei, nahm den goldenen Füllfederhalter, der neben ihr auf dem Tisch lag, und drehte ihn zwischen den langen Fingern.

»Ja … ich kann reiten, habe aber … in den letzten Jahren kaum etwas dafür getan«, gestand Ty zögerlich.

Steve nickte, erfreut darüber, dass sie sich jetzt auch ein wenig wand. Persönliche Fragen mochte sie wohl nicht so gern. Beweis dafür, dass die Unterhaltung eine für sie unangenehme Wendung nahm.

»Ich hatte nicht genug Zeit.«

»Lassen Sie mich raten: Sie haben zu viel für Daddys Firma geschuftet. Langsam sehe ich klar, Junior. Sie beruhigen Ihr Gewissen, wischen Ihrem Daddy eins aus und haben noch das zusätzliche Vergnügen, Marie Antoinette zu spielen. Fragt sich nur, ob es Ihnen dabei um die Schäferspielchen oder die Hinrichtung geht?«

Ty blitzte ihn böse an, weigerte sich aber, den Köder zu schlucken. »Pferde zu halten, erfordert viel Zeit und Hingabe. Ich würde mir kein Tier kaufen, wenn ich nicht der Meinung wäre, genug Energie dafür aufbringen zu können.«

»Die erste clevere Bemerkung, die ich von Ihnen höre.« Steve maß sie mit einem anerkennenden Blick. »Das zeigt mir, dass Sie mehr von Pferden verstehen als viele der Besitzer, mit denen ich zu tun hatte.«

Ty hielt diese Aussage für eine gute Gelegenheit, die Unterhaltung von sich abzulenken. Sonst bekam Steve vielleicht noch zu viel mit. »Wie ich schon sagte, Mr. Sheppard, Stannard Limited schnappt sich Ihr Land, ohne zu zögern. Ich kann Ihnen helfen, wenn Sie mich lassen. Bitte denken Sie darüber nach, sonst vertun Sie Ihre einzige Chance.«

Da, sie hatte ihm ihr Angebot unterbreitet; nun lag alles Weitere bei ihm.

Steve seinerseits beschloss, dass die Zeit gekommen war, ernsthaft zu pokern, und zündete sich mit der ersten Zigarette eine zweite an. Das wollte er eigentlich nicht, aber darauf kam es im Augenblick nicht an. So gewann er Zeit, um darüber nachzudenken, wie er sein Blatt am besten ausspielte.

Hatte er denn überhaupt eine andere Wahl? Miss Tyler Stannard bot ihm die Chance, sein Eigentum zu retten, sein Geschäft, sein Ich. Aber danach gehörte ihm nur noch die Hälfte. Der Gedanke, nicht länger der Partner mit den meisten Anteilen zu sein und die Entscheidungen treffen zu können, beunruhigte ihn. Trotzdem war er auf diesen Deal angewiesen. Sogar sehr. Die Preisfrage lautete nun: Wie sehr war Miss Geldbörse daran interessiert?

»Okay, Junior, jetzt sag ich Ihnen mal, wie's aussieht: Je länger ich über Ihr Angebot nachdenke, desto mehr habe ich das Gefühl, ich brauche zusätzliche Sicherheiten.«

»Wie meinen Sie das?«

Seine Mundwinkel verzogen sich zu einem verführerischen Lächeln, und sofort schlugen bei Ty die Alarmglocken. Vor einem Mann, der so lächeln konnte, musste sie sich in Acht nehmen.

»Ich übereigne Ihnen fünfzig Prozent meines Geschäfts, aber was passiert, wenn plötzlich etwas anderes Ihr Interesse weckt? Was, wenn Sie nächste Woche wild entschlossen sind, Seekühe in Florida zu retten? Da muss ich mich irgendwie absichern. Ansonsten hält Sie doch nichts davon ab, Ihre fünfzig Prozent zu verkaufen oder irgendwann zu entscheiden, dass Southwind es nicht wert ist, noch mehr Geld hineinzustecken.«

»Ich werde wohl kaum einer mehrere Million-Dollar-Investition den Rücken kehren oder leichtfertig damit umgehen, Mr. Sheppard.«

»Sicher kann ich mir da aber nicht sein, oder?«, fragte er besonders gedehnt, als sei er wieder zu Hause in Kentucky. Auch wenn er dabei charmant lächelte, wusste Ty genau, was Sache war. »Will sagen, Sie holen Ihre Anwälte jetzt besser wieder herein, damit die Jungs noch die eine oder andere Klausel ergänzen können, wenn ich Ihr Angebot ernsthaft in Erwägung ziehen soll.«

»Was, genau, wollen Sie denn?«

Sein Lächeln wurde noch breiter, sodass die Fältchen

um die Augen ganz deutlich hervortraten. »Erstens verlange ich meine fünfzig Prozent zurückkaufen zu können, sobald ich aufbringen kann, was Sie bis dahin investiert haben.«

»Und was ist mit den Zinsen?«, gab Ty zurück, neugierig, ob er nur bluffte.

Das tat er nicht. »Ich denke, acht Prozent effektiver Jahreszins wäre fair, wenn Sie Ihr Geld dann wieder aus dem Unternehmen ziehen.« Lässig überschlug er die Beine, wobei die Fersen mit den Stiefelabsätzen immer noch auf dem Tisch lagen.

Ty, die seiner lockeren Art keine Minute traute, fragte vorsichtig: »Noch irgendwelche anderen Bedingungen?«

»Ja, wenn Sie irgendwann, aus welchem Grund auch immer, zu dem Schluss kommen sollten, dass Sie unsere Partnerschaft nicht fortsetzen wollen, fällt Ihr Eigentum an Southwind hundertprozentig an mich zurück, ohne dass ich dafür einen Penny zahlen müsste. Dasselbe gilt, wenn Sie sterben ... Von wegen, Daddy mein Land hinterlassen ... Oh, und dann noch eins«, Steve lächelte, als hätte er sich gerade an ein zu vernachlässigendes Detail erinnert. »Auch wenn Ihnen vertragsgemäß fünfzig Prozent an meiner Farm gehören, habe ich das Sagen. Wie ich schon eingangs erwähnte, will ich nicht, dass eine reiche Debütantin mit meinem Geschäft herumspielt. Ihr Geld können Sie gern investieren, aber ich treffe die Entscheidungen.«

Als Ty das hörte, war sie sofort auf hundertachtzig. Wie kam er bloß auf die Idee, sie hätte nichts anzubieten als ihr Geld? »Nun, das mit den Entscheidungen treffen, sehe ich aber ganz anders.« In ihren Augen blitzte es gefährlich, bevor sie scheinbar gelassen fortfuhr: »Ich fürchte, Sie werden sich mit einer ausgewogeneren Partnerschaft abfinden müssen. Ich investiere nicht eine so hohe Summe, ohne sicher zu sein, dass die Geschäfte auch ordentlich geführt werden.« Sie räusperte sich leise – einziges Zeichen dafür, dass sie immer noch wütend war. »Es tut mir Leid, darauf hinweisen zu müssen, aber Sie scheinen mir nie so recht auf dem Laufenden zu sein, was Ihre Bücher angeht.«

Steve richtete sich auf und kniff die Augen zusammen, und Ty war überzeugt, dass sie mit ihrer letzten Bemerkung zu weit gegangen war und seinen ohnehin verletzten Stolz noch mehr in Mitleidenschaft gezogen hatte. Aber dann veränderte sich Steves Körperhaltung wieder: Er lehnte sich erneut zurück und zuckte lässig mit den Achseln. »Wenn Sie von Zeit zu Zeit die Bücher einsehen wollen, schicke ich Sie Ihnen gern zu«, erklärte er dann, und Ty ergänzte für sich: *Und sorge dafür, dass Sie Ihre Nase ansonsten nicht in meine Angelegenheiten stecken.* In den Reitstall, den sie mit ihrem Geld aus den roten Zahlen brachte.

»Sie brauchen mir die Bücher nicht zuzuschicken«. sagte sie daraufhin. »Ich bleibe auf Southwind – zumindest, bis ich mich davon überzeugt habe, dass alles glatt läuft.« Das war ihr nur aus Verärgerung herausgerutscht und überraschte sie selbst; Steves Gesichtsausdruck nach zu urteilen, ging es ihm genauso. Die Worte standen noch im Raum, während sich Tys Gedanken überschlugen. Was hatte sie getan? Eindeutig einen Riesenfehler begangen. Trotzdem konnte sie jetzt nicht mehr zurück – taktisch gesehen, wäre das ein noch größerer Fehler gewesen. Also blieb sie bei ihrer Aussage und fügte hinzu: »Es gibt genug Platz auf Ihrer Farm; ich habe die Grundrisse gesehen. Die Nebengebäude –«

»Werden alle zum Lagern von Stroh und Futtermitteln und zum Unterstellen von Gerätschaften genutzt.«

»Und Ihr Stallmeister, wo hat der gewohnt?«

»Ungefähr drei Meilen von hier. Er kommt aus der Gegend.« Steves Lächeln wurde bei jedem Einwand, den er entkräftete, breiter, doch bei Ty wuchs die Entschlossenheit, auf Southwind zu bleiben, egal wie verrückt die Idee sein mochte. »Was ist mit Ihrem ehemaligen Partner Jason Belmar? Wo hat der geschlafen?«

»Wir … haben uns das Wohnhaus geteilt«, erklärte Steve zögerlich. Dann nahm er plötzlich die Beine vom Tisch und beugte sich vor, sodass sein Gesicht ganz dicht vor Tys war. Dabei konnte sie den Blick nicht von seinen blauen Augen wenden, die jetzt ganz kalt wirkten. »Die Sache ist die, Junior, Southwind ist eine Farm, auf der gearbeitet wird, und kein Wellness-Hotel. Jeder, der sich dort aufhält, muss bereit sein, mitanzupacken. Wie Sie vorhin selbst zugegeben haben, erfordern Pferde eine Menge Pflege und stundenlange Betreuung. Das ist verdammt viel anstrengender, als Zahlen in einen Taschenrechner einzutippen.« Während Steve das sagte, kam ihm eine wunderbare Idee, und zum ersten Mal, seitdem ihn der Aufzug so schnell in die Anwaltskanzlei gebracht hatte, dass ihm die Ohren zugefallen waren, hatte er ein gutes Gefühl. Tyler Stannard wollte bei ihm einziehen, das Zepter übernehmen und ihm vorschreiben, wie man eine Pferdefarm führte? Okay. Aber, wie lange würde sie es wohl aushalten, wenn sie aus ihrer elitären, abgeschotteten Reichemädchenumgebung gerissen wurde?

Herausfordernd maß er sie mit seinen blauen Augen und nahm die sanfte Wölbung ihrer Brüste in sich auf. Nein, keine Brustvergrößerung!, dachte er, während er seine anfängliche Neugier befriedigt sah. Frauen, die sich unters Messer legten, zeigten danach viel deutlicher, was sie hatten – meist viel zu deutlich. Aber Tyler Stannard besaß auch ohne Schönheits-OP einen Traumkörper. Und erst die Beine!

Als Steve sich schließlich bewusst wurde, wie lange er seinen Blick auf ihr hatte ruhen lassen, runzelte er ärgerlich die Stirn. Tyler Stannard war die letzte Frau der Welt, deren weibliche Reize er analysieren sollte. Es kam nur darauf an, sich die Situation zunutze zu machen.

Als dächte er laut, sagte er dann: »Zufällig bin ich in letzter Zeit ein bisschen knapp mit Arbeitskräften. Ich musste einige meiner Pferdepfleger entlassen, weil ich sie nicht mehr bezahlen konnte.« Noch einmal ließ er den Blick über Ty gleiten, diesmal, um ihre Konstitution abzuschätzen. »Stämmig sind Sie ja nicht gerade. Trotzdem scheinen Sie mir kräftig genug zu sein, Junior.«

Als Ty ihn zufrieden nicken sah, überkam sie eine schlimme Vorahnung.

»Wenn Sie so Feuer und Flamme sind, aktiver Partner zu werden, müssen Sie sich damit abfinden, dass Ihre Maniküre leidet.«

Ty hatte Mühe, die Spitze zu ignorieren. »Dass ich mit anpacke, wird sicher nicht nötig sein. Wenn Sie den Vertrag unterzeichnen, haben Sie ausreichend Mittel zur Verfügung, um die Leute wieder einzustellen.«

»Ja, und ich werde sie auch wieder einstellen … später. Aber vorher spare ich das Geld, bis ich genügend Kunden überzeugt habe, nicht der Ausbund der Hölle zu sein, zu dem mich die Gerüchteküche der letzten Wochen gestempelt hat. Also, wie sieht's aus, Miss Stannard? Gehen Sie auf meine Bedingungen ein, oder nicht?«

Mit dieser unerwarteten Wendung hatte Ty nicht gerechnet. Sie war in das Meeting gegangen, um als stille Teilhaberin völlig im Hintergrund zu bleiben – genau wie es sich Steve Sheppard eingangs gewünscht hatte: Sie hätte ihm das Geld gegeben und ihn Southwind leiten lassen. Auf Wunsch hätte sie ihn auch anderweitig unterstützt. Der Vertrag sollte das Ganze nur rechtlich untermauern. Doch dann hatte er mit seinen Bedingungen ihr Ego verletzt und es ihr unmöglich gemacht, sich diskret im Hintergrund zu halten.

Nun war der Fehdehandschuh geworfen. Zwar könnte

sie immer noch einen Rückzieher machen und Steve in dem Glauben belassen, dass sie ein verwöhntes reiches Gör sei und zu nichts zu gebrauchen war. Oder sie konnte dafür sorgen, dass ihm das Lachen verging, wenn er feststellte, dass er sich geirrt hatte. Aber dazu müsste sie bei ihm einziehen und jeden Job annehmen, den er ihr zuwies.

Unwillkürlich überkam Ty eine Woge der Bewunderung für ihn. Steve war mit dem Bewusstsein in dieses Meeting gegangen, dass seine Karriere und seine Finanzen am Boden lagen. Aber jetzt, gerade einmal vierzig Minuten später, diktierte er ihr die Bedingungen ihrer Partnerschaft. Dazu brauchte man Nerven, Selbstbewusstsein und Weitsicht. Eigenschaften und Charakterzüge, die Steve während all der Jahre als Profispringreiter noch verfeinert hatte. Insgeheim war sie froh, dass sich diese Qualitäten mit der Zeit nicht abgeschwächt hatten. Natürlich ärgerte ihn die Vorstellung, einen neuen Partner zu akzeptieren, aber seine Bedingungen gaben ihm eine Chance, sich zu wehren.

Im Wesentlichen ermöglichten sie ihm Folgendes: Er konnte sich bemühen, ihre Investition zurückzuzahlen oder ihren Stolz zu brechen, sodass sie ihre fünfzig Prozent an Southwind irgendwann in den Wind schrieb. Das entschlossene Blitzen in seinen Augen ließ darauf schließen, dass er an beiden Fronten kämpfen würde. Ein raffinierter Plan mit kurz- und langfristigen Zielen.

Wollte sie sich dieser Herausforderung stellen?

Ty hatte nie vor körperlicher Arbeit zurückgeschreckt. Deshalb lag ihr Zögern auch nicht daran, dass ihr lange, zermürbende Stunden bevorstanden oder unzählige Handlangerarbeiten, die ihr Steve Sheppard zweifellos zukommen lassen würde. Nein, dass sie zögerte, lag an ihm selbst. Ty erinnerte sich noch gut, wie sehr sie als Teenager in ihn verschossen gewesen war. Auf jedem seiner zahllosen Fotos hatte sein gutes Aussehen mit den verwegenen blonden Locken dafür gesorgt, dass ihr das Herz flatterte wie die Flügel eines Kolibris.

Zehn Jahre später schien sich seine Wirkung auf sie verdoppelt zu haben. Inzwischen sorgte seine Anwesenheit dafür, dass ihr nicht nur das Herz hämmerte, sondern auch der Kopf schwirrte.

Aber warum? Der idealisierte Traummann ihrer Teenagerzeit war eindeutig verschwunden. Der Steve Sheppard, der jetzt so lässig neben ihr saß, sah ganz übel aus. Schlimmer konnte sie es sich kaum vorstellen. Er war unrasiert, zerzaust und seine Augen waren vor Müdigkeit und Alkohol gerötet. Außerdem zeigte ihr sein verächtlicher Gesichtsausdruck, dass er sie absolut nicht leiden konnte.

Aber irgendetwas an ihm sprach sie nach wie vor an.

Sie spielte mit dem Feuer, wenn sie bei ihm einzog. Andererseits war sie inzwischen fünfundzwanzig Jahre alt und bisher noch nie ein Wagnis eingegangen. Warum sollte sie jetzt nicht einmal etwas riskieren? Ihr Apartment hatte längst einen neuen Eigentümer, und in einigen Wochen müsste sie ohnehin ausziehen. Wenn sie keine kleinere Wohnung kaufte oder mietete, konnte sie das Ersparte sofort in Southwind investieren.

Vom finanziellen Standpunkt aus betrachtet war es also sinnvoll, bei Steve Sheppard einzuziehen, aber vom Gefühl her liefe es auf ein Desaster hinaus.

Als Ty den Kopf hob, unterdrückte Steve ein Lachen. Doch mit seinem Grinsen weckte er endgültig ihren Kampfgeist, und sie dachte: *Der Kerl ist sich sicher, dass ich kneifen werde.* Aber so leicht war sie nicht unterzukriegen. Unwillkürlich setzte sie sich kerzengerade hin, doch ihrem Gesichtsausdruck war nichts zu entnehmen, als sie lässig auf die Gegensprechanlage drückte.

»Grenelli.«

»Hier ist Ty Stannard. Würden Sie Mr. Douglas und Mr. Wallace bitten, wieder hereinzukommen? Da wären noch einige Kleinigkeiten, die Mr. Sheppard und ich dem Vertrag hinzufügen möchten.«

»Als Ihr Anwalt ist es meine Pflicht, Sie darauf hinzuweisen, wie nachteilig diese Zusätze zum Vertrag sind. Es war ein Fehler, diesen Bedingungen zuzustimmen. Ich fürchte, Sie werden den Tag bereuen, an dem Sie Ihren Namen unter den Vertrag gesetzt haben«, schloss Douglas Crane bekümmert.

Ty war froh, dass sein Gesicht jetzt wieder eine normale Farbe aufwies. Als sie den Anwälten die Bedingungen genannt hatte, auf die Steve bestand, war es beängstigend rot angelaufen. Die vergangenen fündundvierzig Minuten hatte er dann versucht, sie umzustimmen und ihr »Vernunft« beizubringen, indem er alle Register seines rethorischen Geschicks zog.

Klein beigeben zu müssen, vertrug er gar nicht, und so fühlte er sich von den Ereignissen der vergangenen Stunde persönlich angegriffen. Dabei missfiel ihm nicht nur, bei einem Deal den Kürzeren zu ziehen, er empfand Tys scheinbare Naivität auch wie einen Fleck auf seiner vermeintlich weißen Weste. Seine Klienten waren alles Mögliche, aber keine Dummköpfe.

Beim Verlassen des Meetings hatte Steve ironischerweise Douglas Cranes Worte vorweggenommen. Dabei war er nur nicht von selbstgerechter anwältlicher Empörung getrieben worden. Mit einer achtlosen Handbewegung hatte er den teuren Füllfederhalter hingeworfen, der sich noch eine Weile auf der schwarz glänzenden Tischplatte drehte. »Nun, Junior«, sagte er dann lachend, »es wird Ihnen schon bald sehr Leid tun, dieses Kuscheltierprojekt unterschrieben zu haben. Ich erwarte Sie dann Ende der Woche auf Southwind. Übrigens, Sie hätten nicht zufällig zwanzig Dollar zu viel? Außerdem wäre ich Ihnen sehr verbunden, wenn Sie ein bisschen Geld aufs Girokonto überweisen könnten.« Breit grinsend fügte er hinzu: »Ein paar Tausend würden schon genügen.«

Aber sowohl Douglas Crane als auch Steve Sheppard irrten sich, dachte Ty jetzt. Zumindest was den Zeitpunkt betraf. Sie würde ihre Entscheidung, auf Steve Sheppards Zusatzbedingungen eingegangen zu sein, nicht etwa irgendwann in ferner Zukunft bereuen, sie bereute sie bereits jetzt. Worauf hatte sie sich da bloß eingelassen?

6. *Kapitel*

Ty stellte den Motor ihres kleinen silberfarbenen VW-Käfers ab, nahm ihre Handtasche und stieg aus. Um nicht auf sich aufmerksam zu machen, hatte sie hinter einer hohen Hecke geparkt. Sie wollte die unweigerliche Gegenüberstellung mit Steve Sheppard so lange wie möglich hinauszögern und sich erst einmal auf eigene Faust auf Southwind umsehen, ohne dass Steve Sheppards zweifellos feindliche Gesinnung sie ablenkte. Aber anscheinend war er gar nicht da, und Ty seufzte erleichtert.

Es war ein stürmischer Tag. Vom Meer her wehte eine steife Brise, die die dunkelgrauen Wolken wie Schlachtschiffe über den Himmel trieb und Ty die langen braunen Strähnen ins Gesicht blies. Als sie die herbstliche Kälte spürte, zog sie ihre knielange schwarze Strickjacke enger um sich.

Doch selbst der verhangene Himmel konnte nicht von der Schönheit der Umgebung ablenken. Southwind,

Steve Sheppards Farm, lag einige hundert Meter von einer kaum befahrenen Straße – der Horsemarket Lane – entfernt. Die zu Southwind gehörende Fläche war allem Anschein nach der rücksichtslosen Erschließung und Zersiedelung entgangen, mit der so viele Gebiete in den Hamptons zu kämpfen hatten. Auf der Südseite endeten Southwinds Felder und Weiden kurz vor dem breiten Sandstrand des Atlantik. Nach Westen hin sah Ty die silbrig schimmernde Wasseroberfläche eines der in dieser Gegend so zahlreichen Fischweiher, die außerdem Krabben, Schwänen und Silberreihern ein Zuhause boten. Im Osten grenzte Steves Grund und Boden an eine andere Farm, deren Felder fein säuberlich gepflügt waren. Wahrscheinlich gehörte sie zu den wenigen verbliebenen Kartoffelfarmen dieser Gegend und war von Generation zu Generation weitervererbt worden. Seit der ersten Besiedelung von Long Island hatten sich die Farmer die guten Böden zunutze gemacht und Kartoffeln angebaut, die schon bald überall geschätzt wurden. Aber nachdem die Grundstückspreise in astronomische Höhen geschnellt waren, fanden es immer mehr Jungbauern wesentlich profitabler, an Bauunternehmer zu verkaufen. Und wer hätte ihnen das schon verdenken können? So viel Geld war mit Kartoffeln niemals zu machen.

Den Nebengebäuden nach zu urteilen schien auch Southwind einmal eine Kartoffelfarm gewesen zu sein. Nur das blassgelbe Wellblechdach der Reithalle, die teilweise durch die parallel dazu verlaufende Hauptscheune verdeckt wurde, passte nicht ins Bild. Vielleicht hatten Southwinds Äcker einst zu dem angrenzenden Besitz gehört und waren in Zeiten wirtschaftlicher Not veräußert worden. Die Abtrennung musste allerdings schon vor einer ganzen Weile geschehen sein, da eine mehr als mannshohe Ligusterhecke auf der Grenze verlief. Die majestätisch grüne Wand half, in einer Landschaft, wo jedes Gebäude weithin sichtbar war, so etwas wie Privatsphäre zu schaffen.

Ja, dachte Ty, die Firma ihres Vaters hätte diesen beeindruckenden Landstrich wie einen Kuchen zerschnitten und jedes Stück teuer verkauft, mit einem Miniaturanwesen oben drauf; und die Leute hätten Schlange gestanden, um auszuprobieren, was Stannard Limited unter »gut wohnen« verstand.

Tys Gedankengänge wurden vom Knirschen des Schotters unterbrochen, und sie wandte ihre Aufmerksamkeit zögerlich von der Landschaft ab. Steve kam auf einem schlanken rotbraunen Pferd lässig auf sie zugeritten. Das Tier hatte die Ohren gestellt und zeigte damit wesentlich mehr Begeisterung als sein Besitzer, der sicher nicht nur wegen des aufsteigenden Zigarettenrauches die Augen zusammenkniff.

Er brauchte nur ganz leicht an den Zügeln zu ziehen, um sein Pferd vor Ty zum Stehen zu bringen. Dann legte er eine Hand auf den Oberschenkel und hielt mit der anderen seine Zigarette. Es herrschte absolutes Schweigen, während er Ty musterte, bevor er einen letzten tiefen Zug nahm und den Zigarettenstummel am Stiefelabsatz ausdrückte. Dann schob er seine schwarze Fleeceweste zur Seite und steckte den Filter in die Tasche seines Jeanshemdes. »Sie sind also tatsächlich gekommen«, sagte er daraufhin höhnisch.

Kein Hallo, Hi oder eine andere Grußformel, dachte Ty ärgerlich. Aber, was er konnte, konnte sie schon lange, und deshalb erwiderte sie nur: »Natürlich, das war doch mit Ihnen so abgemacht.«

Steve ignorierte den Sarkasmus in ihrer Stimme. »Bringen Sie Ihre Klamotten ins Haus. Ich komme nach, sobald ich Gordo versorgt habe.«

Beim Tragen des Gepäcks würde er ihr also auch nicht behilflich sein. Aber was hatte sie denn erwartet? Einen roten Teppich und ein »zu Diensten, Miss Stannard« wie zu Hause bei ihrem Vater?, überlegte Ty mit einem Anflug von Heiterkeit.

Darüber hinaus würde Steve wohl auch kein weiteres Wort an sie richten. Stattdessen sah er auf einen Punkt zwischen den Ohren des Wallachs und nahm locker die Zügel wieder auf. Das Pferd drehte die Ohren, als lauschte es, und führte dann eine Bilderbuchdrehung aus.

Ty seufzte beeindruckt. Noch gut wusste sie, wie sie dieses grundlegende Dressurmanöver – die Wendung auf der Hinterhand – monatelang mit ihrem Pferd Charisma geübt hatte. Natürlich verließen sich die meisten Reiter dabei auf die Zügelhilfe und den Schenkeldruck, womit sie ihr Pferd dazu veranlassten, die Vorderbeine in einem Bogen durch die Luft zu schwingen, während die Hinterbeine lediglich einen kleinen Kreis beschrieben, bis die Drehung vollzogen war.

Aber Steve Sheppard war nicht wie andere Reiter. Für Ty sichtbar hatte er weder einen Muskel bewegt, noch am Zügel gezogen. Jetzt bot sich ihr der Anblick von Steves breitem Rücken und dem glänzenden Hinterteil des Tieres, das den seidigen schwarzen Schweif hin und her bewegte, während es seinen Reiter stolz zum Stall trug.

Steve war immer schon ein besonders talentierter Reiter gewesen. In der Vergangenheit hatte er bei Wettkämpfen häufig Manöver durchgeführt, die die Zuschauer vor Aufregung und Ehrfurcht erschauern ließen. Aber es waren die kleinen, unauffälligen Dinge, die ihn von anderen guten Reitern unterschieden. Jahrelanges hartes Training verbunden mit einem außerordentlichen Talent sorgten dafür, dass er sich in völliger Harmonie mit seinen Pferden bewegte. Wenn Steve ritt, fragte man sich unwillkürlich: Wie machte er denn das? Und ihm zusehen zu dürfen, war ein Privileg, das man niemals vergaß.

Trotzdem wäre es nett gewesen, wenn er ihr beim Hereinbringen des Gepäcks geholfen hätte.

Nichts an dem schmucken schindelgedeckten Wohnhaus mit seinen blauen Verzierungen, der passenden Holztür, den zweigeteilten französischen Fenstern und freundlichen Holzblumenkästen ließ erahnen, was Ty in dessen Innern erwartete. Als sie durch die Eingangstür trat, wäre sie beinah über einen Berg lehmverkrusteter Arbeits- und Reitstiefel, Schuhlöffel und Stiefelknechte gefallen. Immer noch taumelnd gelang es ihr, etwa ein Dutzend nicht zusammenpassender Teile zur Seite zu schieben und ihre beiden Koffer auf die so geschaffene Freifläche zu stellen.

Dass sie plötzlich einen ganz trockenen Hals hatte, lag bestimmt an der zweistündigen Fahrt über den Long-Island-Expressway und nicht am Anblick von Steve Sheppard, der kühl und distanziert zu ihr heruntersah. Das sagte sich Ty zumindest, als sie sich in den hinteren Teil des Hauses begab.

Das Wohnzimmer lag im Dunkeln, und in die Küche brauchte sie nur einen Blick zu werfen, um festzustellen, dass sie in diesem Haus nicht so leicht ein Glas Wasser bekommen würde. Es roch widerlich nach verrottenden Abfällen und verdorbener Milch. Das allein war genug, um einen sofort das Weite suchen zu lassen. Darüber hinaus war die gesamte Anrichte mit schmutzigem Geschirr bedeckt, wobei die Tellerstapel stark an den schiefen Turm von Pisa erinnerten. Auch das Waschbecken quoll von Tellern und Gläsern über, wodurch es unmöglich war, einfach so den Hahn über die Spüle zu drehen. Ty bezweifelte außerdem, dass sie bei all den schmutzigen Gläsern noch ein sauberes im Schrank finden würde.

Vielleicht befand sich ja eine Flasche Wasser im Kühlschrank. Flach atmend durchquerte Ty die Küche und wagte einen Blick dort hinein. Ein Stück Hartkäse wartete mit einer beeindruckenden Schimmelschicht auf. Dann war da noch ein halbes Päckchen Madeleines, die aussahen, als seien sie schon vor Jahren gekauft worden. Daneben standen eine offene Tüte Milch und vier Flaschen Bier. Die sahen gut aus. Aber Ty schüttelte den Kopf und machte auf dem Absatz kehrt.

Steve gab es nicht gern zu, aber diese Ty Stannard war kühler als ein Eiswürfel, den man sich an einem heißen Sommertag in den Nacken legte. Nach dem Abzäumen hatte er sein Pferd Gordo auf die Weide gelassen, damit es sich nach Herzenslust im Schlamm wälzen konnte. Er beabsichtigte, Ty später mit dem Striegeln zu beauftragen. Danach war er zum Wohnhaus hinübergeeilt und schon teuflisch gespannt auf ihre Reaktion gewesen.

Jede andere Frau hätte einen Blick auf die Müllhalde geworfen, zu der sein Haus verkommen war, um dann entweder vor Schreck tot umzufallen oder lauthals schreiend vom Hof zu rennen und nie wieder zu kommen.

Nicht so Ty Stannard. Nach ihrer Stippvisite in der Küche war sie lediglich die Treppe hinaufgelaufen und stand jetzt reglos an Jasons Türschwelle – vielleicht, weil sie vor Schreck zur Salzsäule erstarrt war?

Nur ihre beunruhigenden grauen Augen bewegten sich, während sie die Zerstörung in sich aufnahm. Der Stuhl war in so viele Stücke zersplittert, dass man damit den ganzen Winter Feuer anmachen konnte; der Beistelltisch lag auf der Seite; Magazine und Bücher waren über den Boden verstreut, die Seiten zerrissen, die Buchrücken zerbrochen. Der gelbe Discman, den Steve gegen die Wand geschleudert hatte, lag nicht weit davon entfernt in zwei Teilen am Boden. Die CD war beim Aufprall herausgeschleudert worden und befand sich jetzt mitten im Zimmer. Während Jase das Kokain in fünf gleich lange Lines geteilt hatte, hatte er sich nach den Rhythmen der

CD vor und zurück bewegt. Im ganzen Zimmer lagen Glasscherben, und erkaltetes Wachs klebte an den breiten Eichendielen.

Ty musste seine Anwesenheit gespürt haben, denn nun machte sie einen Schritt ins Zimmer hinein, um ihm auszuweichen. Es knirschte unter ihren Füßen, und als sie gleich darauf wie angewurzelt stehen blieb, sagte Steve überflüssigerweise: »Passen Sie auf, wohin Sie treten. Ein zerbrochener Spiegel bringt sieben Jahre Unglück.«

»Ich bezweifle, dass der Spiegel noch mehr kaputt gehen kann.« Die Anspannung in ihrer Stimme war die einzig spürbare Reaktion auf das verwüstete Zimmer. »Und ich dachte, die Küche sei ein Alptraum«, versuchte sie zu scherzen, doch Steve lächelte nicht einmal. »Sagen Sie mir, was hier passiert ist, oder überlassen Sie es meiner Vorstellungskraft?«

Er zuckte die Schultern. »Das war Jases Raum. Das Bett steht hinter der Lamellentür. Es ist in einem etwas besseren Zustand.«

Holly hatte darin gelegen und tief und fest geschlafen, nachdem sie zuvor einige Stunden in Jases Armen verbracht hatte. Der Sturm in jener Nacht konnte sie nicht wecken, aber dafür die Geräusche, die verursacht wurden, als Steve Jase verprügelte. Die arme Holly hatte im Bett gekauert und war zu verängstigt gewesen, um die Polizei zu rufen. Erst als es endlich wieder still geworden war, gelang es ihr, die Panikstarre zu überwinden und mit zitternden Fingern die Notrufnummer zu wählen.

Das hatte Jase das Leben gerettet, und Steve war inzwischen der Meinung, dass er Holly dankbar sein sollte. Sein totes Pferd belastete sein Gewissen schon genug.

»Ich habe Jase hier gefunden, wie er sich ein halbes Gramm Koks reingezogen hat. Den Discman hatte er auf volle Lautstärke gestellt, während draußen eines der heftigsten Gewitter seit Jahrzehnten tobte. Anstatt nach den Pferden zu sehen, schniefte er sich in den siebten Himmel.«

Noch einmal ließ Ty den Blick durchs Zimmer schweifen, dessen Verwüstung dafür sprach, wie gewalttätig es hier zugegangen sein musste. Schließlich zwang sie sich, die Frage zu stellen, die ihr auf den Lippen lag. »Und was ist in jener Nacht wirklich passiert?«

Ein Schatten huschte über Steves Gesicht, und sein Blick ging ins Leere. Während er das Zimmer durchquerte, knirschten Glasscherben unter seinen Stiefeln. Schließlich blieb er am Fenster stehen und begann mit leiser Stimme zu erzählen. Dabei sah Ty sein Gesicht mit den markanten Zügen nur im Profil.

»Jase war an jenem Abend mit dem Stalldienst dran. Wir haben uns immer abgewechselt: Jase, Bubba, unser Stallmeister, und ich. Bubba war im Süden der Staaten, um seinen Sohn zu besuchen, und ich, nun, ich bin ausgegangen … zu einem *Date* auch noch«, fügte er verächtlich hinzu. »Nach den ganzen Turnieren im Sommer war ich schon monatelang nicht mehr mit einer Frau zusammen gewesen. Als der Sturm aufzog, befand ich mich gerade irgendwo in einer Bar in Smithtown und versuchte, eine gewisse Cynthia zu überreden, mich mit in ihr Apartment zu nehmen. Ich hoffte, sie würde mich ranlassen. Aber wir kamen nur bis zum Parkplatz. Da regnete es bereits in Strömen, und der Himmel war von Blitzen taghell. Ich spürte, dass etwas passiert war, und ließ Cynthia buchstäblich im Regen stehen.« Für einen Moment schloss er die Augen, als könnte er so die allzu lebendige Erinnerung verdrängen.

»Telefonisch kam ich nicht durch, weder mit dem Handy noch übers Festnetz, weil so viele Leute telefoniert haben. Später sah ich dann, dass zusätzlich im ganzen East End der Strom ausgefallen war. Ich bin wie ein Geistesgestörter durch den Sturm gefahren. Als ich endlich zu Hause ankam und die Wagentür öffnete, hörte ich bereits das gequälte Wiehern meines Pferdes. Es war lauter als Blitz und Donner.« Steve warf Ty einen Blick zu und wirkte jetzt ganz vergrämt.

Dann fuhr er fort: »Ich habe mein Leben lang mit Pferden zu tun gehabt, aber so etwas habe ich noch nie gehört ... Im Dunkeln tastete ich mich dann zu ihm vor. In seiner Box hing ein Heunetz ... Fancy war ein bisschen eigen, was das Fressen anging«, sagte Steve, und Ty blieb das Herz stehen, als sie sein todtrauriges Lächeln sah.

»Er hielt es für unter seiner Würde, vom Boden zu fressen. Als ich zu ihm kam, lag er mit schweißnassem Fell auf dem Stroh und wieherte immer noch herzzerreißend. Sein rechtes Vorderbein stak ihm in einem 45-Grad-Winkel aus der Schulter, der Huf war nach hinten verdreht und hing in diesem verdammten Heunetz. Aus Angst vor dem Gewitter musste sich Fancy wohl aufgebäumt haben ...« Steve verstummte, dann atmete er tief durch, wandte sich mit gequältem Gesichtsausdruck Ty zu und fragte forsch: »Können Sie sich vorstellen, welche Ängste Fancy ausgestanden hat?«

Ty nickte nur, während sie vor sich sah, wie sich das gepeinigte Tier verzweifelt aus seiner Lage zu befreien versuchte und dadurch alles nur noch schlimmer machte.

Als Steve ihren Gesichtsausdruck bemerkte, löste sich seine innere Anspannung ein wenig. Seit jener Nacht hatte er sich fast nur Vorwürfe gemacht und mit Erinnerungen gequält. Er wollte kein Mitleid, aber da diese Frau von Fancy Frees Tod ebenfalls betroffen war, fühlte er sich nicht mehr so allein.

Noch einmal atmete er tief durch, bevor er mit weniger angestrengt klingender Stimme fortfuhr: »Als ich ihn da liegen sah, wusste ich sofort, was ich tun musste. Ich bin ins Lager gerannt, habe das Gewehr geholt und dem besten Pferd, das ich je hatte, eine Kugel verpasst. Ich hätte es keine Minute länger leiden lassen können, und es ist mir scheißegal, was die verdammte Versicherungsgesellschaft dazu sagt. Wer weiß, wie lange Fancy schon in diesem Zustand war? Wenn ich auf einen Tierarzt gewartet hätte, hätte ich Fancys Qualen nur verlängert. Und am Ende … nun, am Ende wäre es doch aufs Gleiche hinausgelaufen.«

Und dann zog sich Steve wieder in sich zurück, weil er es einfach nicht mehr ertragen konnte, an die Schreckensbilder jener Nacht zu denken. Außerdem war er wütend, dass er Ty Stannard offenbart hatte, zu welcher Ödnis seine Seele verkommen war. Er fühlte sich furchtbar, und die Erinnerung an jene Nacht verdrängte alles andere. Aber das ging nur ihn etwas an. Seine neue Geschäftspartnerin hatte kein Recht, ihn so zu sehen. Er brauchte niemanden, der mit seinen Fragen in längst nicht verheilten Wunden stocherte. Da war es besser, sich ganz dem Groll auf sie hinzugeben und alle anderen Gefühle zu verbannen – wie etwa die Erleichterung, die er verspürt hatte, weil er mit seiner Trauer nicht ganz allein dastand.

Während er seinen Groll schürte, wollte er sie von ihrer hanebüchenen Idee von einer Partnerschaft auf Southwind abbringen. »Übrigens, Junior, willkommen auf Southwind. Das ist natürlich Ihr Zimmer.« Sie hätte wohl auch auf dem Sofa im Büro schlafen können, aber er durfte es ihr nicht zu leicht machen.

Noch einmal nahm Ty jetzt das wüste Durcheinander ihrer neuen Unterkunft in sich auf. Dabei sprach nicht nur ihr panischer Gesichtsausdruck Bände, sondern auch ihr Schweigen; und Steve dachte zufrieden, dass es damit eins zu null für ihn stand. »Im Wandschrank in der Vorratskammer finden Sie Kehrblech und Besen. Die könnten sich als nützlich erweisen. Und bevor ich's vergesse, Sie haben heute Abend Küchendienst.«

Jetzt war er endgültig wieder in die Offensive gegangen. Noch angriffslustiger konnte er kaum werden. Oder doch? »Übrigens, der Wallach, den ich vorhin geritten habe, muss unbedingt sauber gemacht werden. Sie wissen doch, wie man ein Pferd striegelt?«, fragte er dann scheinheilig und dachte zufrieden: *Damit bin ich sie in wenigen Stunden los.*

Doch offensichtlich brauchte seine Stimme Lichtjahre, um zu ihr durchzudringen. Schließlich nickte Ty geistesabwesend und meinte nur: »Ja, ich weiß, wie man ein Pferd striegelt.«

»Gut, an Gordos Box steht sein Turniername: Vanguard.« Grinsend fügte Steve hinzu: »Passen Sie auf Ihren Rücken auf, wenn Sie Gordo draußen festmachen: Er beißt. Und falls das Telefon klingelt, so lange ich weg bin, lassen Sie den Anrufbeantworter rangehen. In letzter Zeit rufen nur noch Journalisten an, die über meinen Sündenfall berichten wollen, oder Leute, denen ich Geld schulde.«

»Wohin gehen Sie denn?«

»Weg«, sagte er nur, obwohl er ein Ziel verfolgte, dessen Erreichen die Zukunft des Pferdehofes entscheidend beeinflussen würde. Er wollte Bubba, seinen ehemaligen Stallmeister, auf Knien bitten, bei der Konkurrenz aufzuhören und wieder auf Southwind anzufangen. Aber das brauchte seine neue Partnerin ja nicht zu wissen.

Ty steckte die Kappe auf den Füllfederhalter, mit dem sie zwei hohe Schecks ausgestellt hatte. Zwei unvorhergesehene Ausgaben, aber die waren jeden Cent wert gewesen. Ein Scheck war an die Putzkolonne gegangen, die nun Wischmopps, Eimer und Putzlappen im Kofferraum eines rostigen Karawans verstauten. Zum Schluss kam ein riesiger Staubsauger an die Reihe, und vier Frauen mussten mit anpacken, um ihn hochzuheben. Das war vielleicht ein Gerät! Mit seiner zylindrischen Form erinnerte er ein wenig an R2D2, den Roboter aus Star Wars. Dass er *gründlich* war, beschrieb nur ungefähr seinen Nutzen. Bei dem Krach, den das Ding gemacht hatte, wäre es wahrscheinlich auch mit dem Sand der Sahara zurechtgekommen.

Nun winkte Ty den Frauen zum Abschied zu und ging zurück ins Haus.

Der andere Scheck befand sich bereits in den riesigen Händen eines gewissen Red Mundy, der sich einverstanden erklärt hatte, sofort nach Southwind zu kommen, um einen »Notfall«-Auftrag durchzuführen. Red Mundy besaß eine Schutttransportfirma, die Ty in den gelben Seiten gefunden hatte; und er, sein Sohn und ein Mann namens Mack Wyzowski hatten eine gute Stunde lang Möbel geschleppt beziehungsweise das, was davon noch übrig war. Zusammen brachten die drei bestimmt dreihundert Kilo auf die Waage, und jedes Mal, wenn sie durch eine Tür gingen, mussten sie sich ducken. Das hatten sie ganz schön oft getan, da Ty sie gebeten hatte, alles aus Jason Belmars Zimmer zu entfernen – sogar sein Bett. Ein Spediteur würde heute Abend ein neues bringen. Nichts sollte bleiben, das Steve oder sie an jene schreckliche Nacht erinnerte.

Als Ty jetzt noch einmal einen Blick in den inzwischen leeren und blitzsauberen Raum warf, hielt sie das großzügige Trinkgeld, das sie den Schecks hinzugefügt hatte, für mehr als gerechtfertigt. Auch der Rest des Hauses war tadellos, ausgenommen – selbstverständlich – Steves Zimmer, dessen Tür die ganze Zeit über fest verschlossen geblieben war.

Steve hatte gleich begriffen, was sie vorhatte, als er sie durch die gelben Seiten blättern sah, und ihr dann unmissverständlich zu verstehen gegeben, dass sein Schlafzimmer tabu sei. »Ohne meine Erlaubnis setzt da niemand einen Fuß hinein«, hatte er gezischt und war in seinen verbeulten Pick-up gestiegen. Sie hatte sich zwar gewundert, dass niemand sein Zimmer betreten sollte, das bestimmt so aussah wie der Rest des Hauses. Aber wenn er gern im Dreck lebte, bitte, das war seine Sache.

Wenigstens hatte er nichts dagegen gehabt, dass die Putzkolonne und Red Mundys Mannen die übrigen Räume in Ordnung brachten. Denn auch, wenn sie gewillt war, mit anzupacken, war sie nicht Herkules, der ganz allein mit den Ställen des Augias klarkam. Insgeheim hatte Ty schon vermutet, Steve wolle, dass sie sich dem Durcheinander allein stellte, in der Hoffnung, sie würde dann schnellstmöglich nach New York zurückkehren. Aber da hätte sie ihm schon Kontra gegeben.

Selbst mit der angeheuerten Hilfe hatte sie den ganzen Nachmittag gebraucht, um Ordnung zu schaffen. Zuerst hatte sie Red und seine Muskelmänner angewiesen, Jasons Zimmer auszuräumen, und dann Seite an Seite mit der Putzkolonne gespült, Müll sortiert und den Kühlschrank ausgeräumt. Während sich die anderen Frauen danach um das Wohnzimmer und die restlichen Räume kümmerten, war sie auf die Suche nach frischer Wäsche gegangen und wie durch ein Wunder fündig geworden. Daraufhin hatte sie eine Einkaufsliste der fehlenden Dinge erstellt. Rückblickend kam es ihr vor, als habe man drei Wochen ungeliebter Arbeit in drei Stunden gepackt, aber jetzt war das Haus wieder bewohnbar.

Müde ging Ty nun zum Stall und dachte, dass zumindest die Arbeit, die sie dort erwartete, erfreulich sei. Den Umgang mit Pferden hatte sie so vermisst. Seit Charismas Verkauf war sie nicht mehr geritten. Ohne ihr geliebtes Pferd hatte sie einfach nicht weitermachen wollen und sich die Glückseligkeit versagt, die sie auf dem Rücken dieser majestätischen Tiere immer empfunden hatte. Diese Form der Selbstkasteiung hielt Jahre an, und nicht einmal Lizzie und ihren Überredungskünsten war es gelungen, sie wieder auf ein Pferd zu bringen. Aber hier auf Southwind wurde Ty jetzt bewusst, dass sie die Gelegenheit geradezu aufforderte, sie beim Schopf zu packen.

Vanguard würde sie sozusagen wieder an die Reiterei heranführen, dachte Ty noch. Doch dann erinnerte sie sich Steves warnender Worte: Das Pferd war bissig. *Na, wunderbar!*

7. Kapitel

Als Ty vom Supermarkt zurückkehrte, an dem sie morgens auf dem Weg zu Steves Farm schon einmal vorbeigekommen war, starb sie beinah vor Hunger. Seit ihrer Ankunft auf Southwind hatte sie ohne Unterlass gearbeitet, und alles Essbare, das man in der Küche eventuell noch gefunden hätte, erinnerte viel zu sehr an einen Schullaborversuch.

Das Frühstück in New York war also bisher ihre letzte Mahlzeit gewesen, aber das würde sich bald ändern. Der Notsitz und die Rückbank des Käfers waren mit Einkaufstüten voll gestopft. Sobald sie alles verstaut hatte, wollte sie anfangen zu kochen, und stieg jetzt rasch aus. Inzwischen dämmerte es bereits, und die dunklen Wolken wirkten noch bedrohlicher.

Die Arme voll brauner Papiertüten hantierte sie mit der Haustürklinke, stieß die Tür schließlich mit der Schulter auf und versetzte ihr einen Tritt, sodass sie dumpf ins Schloss fiel. Steve hatte es sich mit einem Bier auf dem Sofa im Wohnzimmer gemütlich gemacht und die Füße mit den roten Socken auf die Armlehne des verschlissenen, aber picobello-sauberen Polsters gestellt. Offensichtlich war er ganz von den Abendnachrichten eingenommen, denn er warf ihr nur rasch einen Blick zu, bevor er seine Aufmerksamkeit wieder dem Fernseher widmete. Böse sah Ty zu ihm, und plötzlich schienen die Einkaufstüten noch fünf Kilo mehr zu wiegen.

Darüber hinaus war Steves blondes Haar vom Duschen ganz dunkel, und sie hatte nicht einmal Zeit gehabt, sich den Staub abzuduschen, der beim Striegeln von Vanguards lehmverkrustetem Fell entstanden war. Beim Hinausführen des Pferdes aus der Box hatte sie entsetzt geseufzt. Selbst Frauen, die in Wellness-Tempeln Hunderte von Dollar ließen, wurden nicht in so viel Schlamm gepackt wie dieses Tier! Zu allem Überfluss hatte Vanguard, als sie seine Hinterhand striegeln wollte, erste schönheits-chirurgische Versuche an ihrem Po gestartet. Aber am Ende war der rotbraune Wallach doch wieder schön sauber gewesen, und sein Fell hatte geglänzt.

Jetzt fühlte sie sich ausgenutzt, und das Hungergefühl schürte ihre schlechte Laune noch. Böse starrte sie auf Steves rote Socken und verkündete zwischen zusammengebissenen Zähnen: »Da draußen sind noch mehr Tüten. Ich könnte etwas Hilfe gebrauchen.« Sie hatte laut genug gesprochen, um das Getöse des Fernsehapparats zu übertönen, aber Steve zeigte keine Reaktion. »Dann eben nicht!«, zischte sie und stapfte verärgert in die Küche, wobei sie sich in Erinnerung zu rufen versuchte, warum sie unbedingt mit einem Neanderthaler hatte zusammenwohnen wollen.

Ihre Laune besserte sich ein wenig, als sie beim Zurückkommen Steve an der Haustür stehen sah. Er war dabei, ein Paar staubige Arbeitsstiefel anzuziehen, und Ty ging langsamer und blieb schließlich ganz stehen. Steve beugte sich gerade vornüber, und sie hatte freien Blick auf seinen festen Po und die strammen Oberschenkel. Wie konnte ein Mann bloß so gut aussehen, während er auf einem Bein balancierte und seine Füße in ein Paar dreckige Stiefel steckte?, überlegte Ty benommen und spürte, wie sich ein warmes Kribbeln in ihr ausbreitete.

Als Steve sich aufrichtete, sah Ty immer noch wie gebannt auf seinen Hintern. Doch bevor er noch ihren entrückten Gesichtsausdruck entdeckte, schob sie sich rasch an ihm vorbei. Aus reinem Selbstschutz reckte sie dabei die Nase in die Höhe wie ihre Klassenkameradinnen im Schweizer Internat, die diese Pose bis zur Perfektion beherrscht hatten. Aber Ty behielt sie jetzt nur so lange bei, bis sie sich im Schutz der Dämmerung wusste.

Steve hatte die Außenbeleuchtung eingeschaltet, und es war jetzt gerade hell genug, um die Vorstellung genießen zu können. Ty Stannard hatte die Strickjacke ausgezogen und trug den Bund des schwarzen Rollis in den Jeans. Pullover und Hose saßen wie angegossen und betonten ihre schmale Taille und die langen Beine. Beim Gehen hoben und senkten sich ihre Pobacken gerade so viel, dass Steve den Blick nicht davon wenden konnte. Dabei stellte er sich vor, wie er ihren Po umfasste und die festen Rundungen in Händen wog, bevor er die Frau, zu der sie gehörten, ganz, ganz eng an sich zog.

Diese Ty Stannard mochte eine hochnäsige Milliardenerbin sein, aber sie verfügte eindeutig über einen geilen Hintern. Hoffentlich hatte sie nicht allzu nah am Haus geparkt – einen Kilometer oder so die Straße hinunter käme ihm sehr gelegen –, damit er dieses Schauspiel noch eine Weile genießen konnte.

Ty hätte wetten können, dass Steve das extra machte, um ihr heimzuzahlen, dass sie ihn vorhin im Flur so intensiv gemustert hatte. Seinen Blick auf sich zu wissen, während sie ihm zum Wagen voranging, war ziemlich beunruhigend. Aber sie wäre eher gestorben, als zuzugeben, dass sie es auch aufregend fand. Sah er sie jetzt auf die gleiche Weise an, wie sie ihn noch Sekunden vorher beäugt hatte? Bei der Vorstellung, dass er ihren Po genauso musterte wie sie seinen, wurde sie ganz befangen, drückte das Rückgrat durch und achtete auf ihren Hüftschwung. Aber dann überwog die Vernunft, und Ty beschloss, dass kein Bedarf bestand, auf ihren Gang zu achten. Es war reine Eitelkeit, sich einzubilden, Steve Sheppard interessiere sich für sie.

Vielleicht hätte er das getan, wenn sie nicht Ty Stannard gewesen wäre. Aber so wie die Dinge standen, hatte er bereits überdeutlich gemacht, dass er sie genauso wenig auf Southwind haben wollte wie Läuse auf dem Kopf.

Als Steve den Wagen zu Gesicht bekam, verschwand jeder Gedanke an den verführerischen Po seiner Geschäftspartnerin, und er brach in schallendes Gelächter aus. »Soll das ein Witz sein?«

Ty schüttelte den Kopf.

»Falls Sie es noch nicht wissen, Junior, Leute Ihrer Einkommensgruppe fahren keinen Käfer.«

»Was soll denn das heißen?«, fragte Ty. »Es ist ein großartiges Auto und braucht kaum Sprit.«

»Ach so, das hatte ich ja ganz vergessen. All diese süßen Kleinwagen werden eigentlich von ultraschicken Millionären gekauft, weil sie der geringe Spritverbrauch reizt.«

»Natürlich nicht. Jetzt seien Sie doch nicht albern«, schoss Ty zurück. »Aber –«

»Schon gut, mir können Sie's doch erzählen«, erklärte Steve daraufhin gespielt mitfühlend, »schließlich sind wir Partner. Daddy hat diesen Monat wohl Ihre Zuwendungen gestoppt, und Sie konnten sich keinen neuen Porsche leisten, was? Kein Wunder, dass Sie stinkig auf ihn sind.«

Wieder lachte er, und Ty wäre ihm am liebsten an den Hals gegangen. »Ich nehme einmal an, Sie haben sich noch nie Gedanken darüber gemacht, dass etwas nicht komisch ist, wenn die anderen nicht darüber lachen.« Natürlich hatte sie schöne, teure Dinge besessen, war aber nie davon ausgegangen, dass es darauf ankäme. Denn dann hätte sie sich wohl kaum von ihrem Vater losgesagt und damit letztlich auf ihr Erbe verzichtet. Besitztümer bestimmten nicht den Wert eines Menschen, und sie waren auch nicht der Schlüssel zum Glück. Deshalb konnte sie gut ohne diese Sachen leben.

Aber das wusste Steve nicht, und was noch schlimmer war, das *sah* er nicht. Wenn er sie anblickte, hatte er Dollarzeichen in den Augen und hielt sie bestimmt für genauso materialistisch wie die Leute, die in *Lifestyles of the Rich and Famous* vorgestellt wurden. Aber wenn er unbedingt wollte, konnte sie seine Vorurteile bedienen.

»Ich wusste ja gar nicht, dass Autos Sie so interessieren, Mr. Sheppard. Wie schade, bis letzte Woche hatte ich nämlich noch einen Rolls-Royce.« Das sagte sie, als käme ein anderes Auto für den Stadtverkehr niemals in Frage. »Ein hübscher Wagen, genauso wie mein Lotus. Aber die waren beide nichts fürs Land, und ich habe sie verkauft.«

»Und jetzt versuchen Sie, sich mit dem VW-Käfer unter die Einheimischen zu mischen? Da hätten Sie aber mit einem Pick-up aufwarten müssen, Junior.«

»Ich will nicht vorgeben, jemand zu sein, der ich nicht bin«, antwortete Ty säuerlich. »Außerdem dachte ich, wir könnten das Geld gebrauchen.«

Er lachte herzhaft, und Ty hätte dem dunklen Klang seiner Stimme durchaus etwas abgewinnen können, wenn sie nicht ständig Anlass von Steves Heiterkeitsausbrüchen gewesen wäre.

»Na klar, Junior«, sagte er immer noch lachend. So gut hatte er sich schon lange nicht mehr amüsiert. »Und wenn ich Ihnen das abkaufe, kommen Sie mir gleich mit irgendeiner Brücke in Brooklyn, die Sie ebenfalls loswerden wollen.«

»Falls es Ihnen noch nicht bewusst sein sollte: Wir brauchen so viel flüssige Mittel wie möglich, um diesen Laden wieder in Schwung zu bringen. Es stehen eine Menge dringender Ausgaben an: Kredite tilgen, größere Anschaffungen machen, Löhne bezahlen ...« Sie hakte einen Punkt nach dem anderen ab wie eine Lehrerin, die eine unangesagte Klassenarbeit besprach, die ihr Schüler in den Sand gesetzt hatte. »Die Autos habe ich natürlich zuerst verkauft, da selbst Luxuswagen an Wert verlieren. Dasselbe kann man von meinem Apartment an der Fifth Avenue natürlich nicht behaupten.« Sie verstummte und fuhr dann wie selbstverständlich fort: »Da konnte ich die ursprüngliche Investition verdreifachen. Auf dem Wohnungsmarkt ging es in letzter Zeit hoch her, finden Sie nicht auch?«

Das konnte Steve natürlich nicht beurteilen, und er sollte auch nicht die Gelegenheit zu einer Antwort bekommen. Ty hatte sich bereits umgedreht und zwei weitere prall gefüllte Einkaufstüten vom Rücksitz genommen. »Wie auch immer, ich mag meinen neuen Käfer. Wer kann schon einem Auto widerstehen, das über eine eingebaute Blumenvase verfügt?« Sie schenkte Steve noch ein Lächeln, das deutlich machte, dass sie seine Meinung nicht die Bohne interessierte.

Dann ließ sie ihn stehen, und während Steve auf das lächerlich kleine Auto blickte, dessen Innenbeleuchtung brannte, überlegte er, was, zum Teufel, diese Nummer sollte. In der einen Minute immitierte Ty Stannard die Herzogin von Windsor und in der nächsten hielt sie ihm Vorträge, als beabsichtigte sie, Alan Greenspans Job als Notenbankchef zu übernehmen. Milliardärstöchter waren doch wenigstens Multimillionärinnen, oder nicht?

Warum, um alles in der Welt, sollte sie dann ihre Luxuskarossen und ihr Apartment auf der Fifth Avenue verkaufen und alles gegen einen VW-Käfer eintauschen?

Um flüssig zu sein? Das war doch absurd. Selbst wenn ihr kleines Spiel mit Southwind in einem finanziellen Fiasko enden sollte, besaß sie zweifellos immer noch Millionen – und zwar Millionen zum Ausgeben.

Wieso glaubte er ihr *überhaupt* etwas? Wahrscheinlich hatte sie nur eine rührselige Geschichte erfunden, damit er Mitleid bekam und nicht mehr daran dachte, die Verfügungsgewalt über den Pferdehof zurückzuerlangen. Dabei hatte sie sich seine Farm in Form einer feindlichen Übernahme angeeignet. Die Fähigkeiten dazu hatte sie wahrscheinlich bereits auf Daddys Schoß gelernt. Wie auch immer, auf jeden Fall besaß sie jetzt einen fünfzigprozentigen Anteil an seinem, Steve Sheppards, Traum. Aber selbst wenn ein Teil, ein winziger Teil ihres Lügenmärchens der Wahrheit entsprechen sollte, war es nicht sein Problem, wenn sie alles verkaufte. Viele reiche Leute hatten nicht mehr alle Tassen im Schrank.

Trotzdem überkam ihn ein Schuldgefühl, als er nun rechts des Lenkrads eine schmale Blumenvase mit einem frischen Gänseblümchen entdeckte, das ihm zuzunicken schien. Unwillkürlich fiel ihm dabei Ty Stannards zurückhaltend erotische Ausstrahlung wieder ein. Auf dem Rückweg zum Haus konnte er dann nicht leugnen, dass sein Bedürfnis, ihren schönen Körper an sich zu drücken, immer stärker wurde.

Aber warum nur?

Als Steve die letzten beiden Einkaufstüten auf die blitzsaubere Anrichte stellte, roch es so gut nach angebratenen Zwiebeln und Knoblauch, dass ihm das Wasser im Mund zusammenlief. Außerdem war es toll, die Küche wieder sauber zu sehen. Alles war picobello. Ty hatte sogar an Blumen gedacht: Auf dem Fensterbrett stand ein Strauß mit orangefarbenen und gelben Chrysanthemen.

Ursprünglich hatte Steve das Durcheinander selbst angehen wollen. Doch dann war er in diese Partnerschaft gedrängt worden, und als er an jenem Tag von New York zurückkehrte, erschien ihm der Schmutz im ganzen Haus und die Zerstörung in Jases Zimmer in einem ganz neuen Licht: Er könnte das Chaos zu seinem Vorteil nutzen, hatte er gedacht. Wenn er den Dreck und das Durcheinander noch schlimmer werden ließe, würde er Ty vielleicht sofort wieder los. Um dem Gestank aus dem Weg zu gehen, hatte er sich zwar fast die ganze Zeit draußen aufhalten müssen. Doch der Preis erschien ihm gering, wenn er dadurch sein Ziel erreichte.

Aber anstatt nach New York zurückzukehren, war Ty darangegangen, das Haus mit der Effizienz eines Fünf-Sterne-Generals wieder in Ordnung zu bringen. Wenn sie allerdings erwartete, dass er ihren ersten Sieg lobend erwähnte, war sie schief gewickelt.

Doch jetzt stand sie am Herd und kochte. Es war fast einen Monat her, dass bei ihm etwas Ordentliches auf den Tisch gekommen war. Meist hatte er sich mit einem Sandwich begnügt oder vielleicht einmal den Inhalt einer Dose warm gemacht. Ansonsten war seine Nahrung vorwiegend flüssig gewesen. Als er jetzt aus den Augenwinkeln zwei dicke Steaks und eine Schüssel mit klein geschnittenem Gemüse sah, knurrte sein Magen so laut, dass man es wahrscheinlich trotz der in der Pfanne brutzelnden Zwiebel hören konnte.

Besorgt sah Steve zu Ty. Aber sie schien nichts bemerkt zu haben und schob mit einem langen Holzlöffel sacht die Zwiebeln hin und her. Auf der hinteren Platte stand ein schwerer Emailtopf, dessen Deckel melodisch klapperte. Jetzt nahm sie ein Küchenhandtuch und hob ihn ab, um mit einer Gabel den Inhalt des Topfes zu prüfen.

»Was kochen Sie denn da?«, fragte Steve, als sei ihm völlig egal, ob er etwas von dem herrlichen Essen abbekam.

»Steak, geschmortes Gemüse und Salzkartoffeln. Wenn Sie mitessen wollen, können Sie schon mal den Tisch decken. In einer der Einkaufstüten ist noch Salat, der gewaschen werden muss. Das Essen steht in zwanzig Minuten auf dem Tisch.«

Da sie trotz der Unterhaltung am Wagen nicht zu schmollen schien, konnte er ihre Einladung auch annehmen, dachte Steve.

Befangen arbeiteten sie daraufhin nebeneinanderher, und jeder tat sein Bestes, um die Existenz des anderen zu ignorieren. Aber da hätte man auch versuchen können, einen Waldbrand mit einer Wasserspritzpistole zu löschen. Dabei machte Steve die unangenehme Entdeckung, dass sein Herz jedes Mal wie wild zu schlagen begann, wenn er seiner neuen Partnerin zu nahe kam. Dummerweise war die Küche so angelegt, dass sich die Schränke mit den Tellern und Besteckschubladen rechts und links neben dem Herd befanden. Bisher war das nie zum Problem geworden, aber bisher hatte er auch nie eine Frau in der Küche gehabt, die so gut aussah wie Ty Stannard.

So kam es, dass in Steves Kopf jedes Mal eine seltsame Leere entstand, wenn er einen Teller, ein Messer oder eine Gabel aus dem Schrank nehmen wollte, weil er dazu ganz nah an Ty herantreten musste. Dadurch vergaß er augenblicklich, was er hatte holen wollen, und musste immer wieder an dieselbe Schublade oder Schranktür gehen.

Dabei fühlte er sich von Mal zu Mal mehr zu Ty hingezogen und stellte sich unwillkürlich so dicht neben oder hinter sie, dass er wie zufällig ihre Hüften berührte. Während er den Blick über ihre herrliche Figur und die zarten Gesichtszüge gleiten ließ, bemerkte er zum ersten Mal auch die schwache Narbe über ihrer Augenbraue, was ihre Schönheit keineswegs beeinträchtigte. Eigentlich war die Narbe sogar verflucht sexy wie Ty Stannard überhaupt.

Zum x-ten Mal zog Steve nun die Hängeschranktür direkt neben ihrem Kopf auf. Wenn sich Ty ihm jetzt zuwenden sollte, würden sie zusammenpassen wie zwei Puzzleteile. Wäre das nicht schön? *Schön?* Das war ja wohl die Untertreibung des Jahrhunderts.

»Entschuldigen Sie bitte, aber *was* machen Sie da eigentlich?« Ihr Gesicht war gerötet, die rauchgrauen Augen vor Verwirrung und, wie er hoffte, weil sie ihn so aufmerksam beobachtet hatte, ganz rund.

»Salatschüssel«, murmelte er nur, da er mit den Gedanken so weit weg gewesen war, dass er jetzt keinen zusammenhängenden Satz zusammenbrachte. Damit er wieder klar denken konnte, atmete er erst einmal tief durch. *Du liebes bisschen, wie gut sie roch!* Ganz zitronig und süß, noch besser als das Essen. Wie es wohl wäre, sie zu küssen? Seitdem er Ty bei dem Meeting mit den Anwälten das erste Mal gesehen hatte, kam ihm dieser Gedanke mit erschreckender Häufigkeit. Jetzt hätte er sie am liebsten in die Arme geschlossen und seiner Sehnsucht nachgegeben.

Wie ein guter Wein wurde die Vorstellung, Ty Stannard zu küssen, immer besser, entwickelte Körper, Komplexität und Geschmacksnuancen. Seine Lippen würden ihren schlanken Hals erkunden und dort liebkosen, wo sich ihr ganz eigener Duft mit einer zitronigen Blumennote mischte. Eine lange, sinnliche Reise würde ihn daraufhin zu ihrem Mund führen, den er jetzt schon viel zu oft nur angesehen hatte. Zärtlich wollte er ihr dann mit der Zunge über die rosigen Lippen streichen, die sie ihm öffnen und dabei leise aufstöhnen würde, um ihm zu zeigen, dass er gewonnen hatte und herzlich eingeladen war, weiterzumachen.

Doch als Steve den Kopf zu Ty hinunterbeugte, ließ ihn das schrille Klingeln der Zeitschaltuhr des Herdes zurückschrecken. Entsetzt darüber, was er beinah getan hätte, starrte er Ty an. Ihre Augen wirkten noch größer als zuvor, und sie atmete flach. Aber diese Reaktion war nichts im Vergleich zu seiner eigenen. Er hatte das Gefühl, als sei seine Haut um zwei Größen geschrumpft. Das lag wahrscheinlich an der Megaerektion, die jeden Augenblick den Reißverschluss seiner Jeans zu sprengen drohte. *Bitte, lieber Gott,* dachte Steve, *lass Ty jetzt nicht nach unten sehen.*

Rasch schnappte er sich die Salatschüssel und knallte so heftig die Tür des Hängeschranks zu, dass alles darin klapperte. Ty sah ihn mit offenem Mund an und dachte bestimmt, er sei verrückt geworden, was ja auch den Tatsachen entsprach.

Während Steve vergeblich versuchte, seine grauen Zellen so weit unter Kontrolle zu bringen, dass er eine zufrieden stellende spitze Bemerkung formulieren konnte, rettete ihn die Haustürklingel. Er rannte förmlich aus der Küche, um zu öffnen, nur damit er so schnell wie möglich der Frau entkam, die praktisch jeden Aspekt seines Lebens auf den Kopf stellte.

Als Tys neues Doppelbett in Jases ehemaligem Zimmer stand und der Spediteur gegangen war, hatte Steve seine Gehirnzellen wieder so weit im Griff, dass er einen neuen Angriff starten konnte. Er wollte Ty nicht in dem Glauben belassen, wegen des Beinahkusses am Herd fühlte er sich zu ihr hingezogen.

»Also wirklich, Junior«, sagte er deshalb mit seinem gedehnten Kentucky-Akzent, nachdem er die Tür hinter dem Spediteur geschlossen hatte, »und ich dachte schon, es sei Ihre subtile Art, mir zu verstehen zu geben, dass Sie das Bett mit mir teilen wollen, als Sie Jases hinausgeworfen haben.«

Ty wurde blass und schoss ärgerlich zurück: »Seien Sie doch nicht albern!«

»Bin ich nicht. Sie sind nämlich nicht ganz mein Typ.« Daraufhin nahm er seine Jacke, zog sie sich über die breiten Schultern und verkündete: »Ich kann leider doch nicht zum Abendessen bleiben. Hab ganz vergessen, dass ich mich noch mit einem Freund treffen wollte. Aber lassen Sie sich dadurch nicht den Appetit verderben, Partner.«

8. Kapitel

In eine Ecke des *Four Seasons* stand ein Tisch, der immer für Tyler Stannard reserviert war – für *Mr.* Tyler Stannard. Der Platz war ideal: außer Sicht- und Hörweite anderer Gäste, aber nah genug am überdimensionalen getönten Fenster, durch das tagsüber immer goldenes Licht auf die Sitzgruppe fiel.

Jetzt saß Douglas Crane an seinem Tisch, und Tyler Stannard registrierte die dezenten aber beredten Anzeichen dafür, wie unwohl sich der Anwalt fühlte. Die gebratenen Wachteln an wildem Reis hatte er nicht angerührt, das Stück Baguette daneben lediglich zu winzigen, unappetitlichen Stücken zerkrümelt. Dafür sprach er dem Rotwein umso mehr zu und hatte das Glas Bordeaux nun schon zum dritten Mal geleert.

»Ich kann nicht umhin, meine Enttäuschung über die jüngsten Entwicklungen zum Ausdruck zu bringen, Douglas. Immer noch frage ich mich, warum meine

Firma *Sie* kontaktieren musste. Nachdem ich jetzt schon so viele Jahre Geschäfte über Crane, Adderson & White abwickle, hätte ich doch erwarten können, dass Sie mir gegenüber unaufgefordert erwähnen, dass meine Tochter die Absicht hat, eine Geschäftspartnerschaft einzugehen.« Wie das Objektiv eines Fotoapparats zoomte sich Stannards Blick dann auf Douglas Cranes linkes Auge ein, dessen Lid nervös zu zucken begonnen hatte.

»Mr. Stannard, bitte verstehen Sie doch, dass wir alle sehr überrascht waren, wie schnell Ihre Tochter diese Entscheidung getroffen hat.« Der Anwalt räusperte sich verlegen und fuhr fort: »Ich bin davon ausgegangen, dass wenigstens eine Woche verhandelt würde, bevor es zu einer Unterschrift käme. Da hielt ich es für das Vernünftigste, abzuwarten, bis die Einzelheiten konkret würden. Als mich Ihre Tochter dann davon in Kenntnis setzte, den Vertrag sofort unterzeichnen zu wollen, habe ich alles versucht, um sie noch davon abzuhalten.« Wieder griff Douglas Crane zum Glas und trank durstig einen großen Schluck Wein. »Was sie getan hat, war der reine Wahnsinn«, schloss er, ohne sich die Mühe zu machen, die Verachtung aus seiner Stimme zu lassen.

»Das zeigt nur, wie wenig Sie meine Tochter, Ihre Klientin, verstehen«, entgegnete Tyler Stannard kalt. »Es war ein schwerwiegender Fehler, Tyler zu unterschätzen. Hätte Ihre Sozietät die Situation sorgfältig analysiert, wäre Ihnen aufgefallen, was Tyler längst klar gewesen ist: Das Timing des Deals war entscheidend. Wäre Stannard Limited rechtzeitig informiert worden, hätten wir Tylers Angebot überbieten und trotzdem noch mit einem mehr als zufrieden stellenden Gewinn aus der Sache hervorgehen können. Aber jetzt haben wir nicht nur dieses Stück Land verloren, sondern meine Tochter ist auch noch in ein unzumutbares vertragliches Arrangement verstrickt.«

Tyler Stannard war dramatisch laut geworden, und Douglas Crane blickte unwillkürlich nach rechts und links, wo die Unterhaltung der anderen Milliardäre und superreichen Börsenmakler plötzlich verstummt zu sein schien. »Mr. Stannard«, beeilte er sich dann zu sagen, »meine Partner und ich haben alles in unserer Macht Stehende –«

»Ja, ja, das weiß ich«, unterbrach ihn Stannard und bedeutete ihm auch mit einer entsprechenden Handbewegung zu schweigen. »Sie wollten meine Tochter als Klientin einfach nicht verlieren«, sagte er dann, wobei seine Stimme wieder normal klang.

»Crane, Adderson & White ist stolz darauf, in jedem Fall mit hervorragendem rechtlichem Beistand –«

»Allerdings.« Stannard neigte zustimmend sein silbriges Haupt. »Aber bedenken Sie den Schaden, den Ihre Sozietät nehmen wird, wenn ich hier und da fallen lasse, wie unzufrieden ich in letzter Zeit mit Ihrer Leistung bin. Es ist doch erstaunlich, wie viele Kontakte wir gemeinsam haben, nicht wahr?«, erklärte Stannard und klang jetzt beinah freundschaftlich. Über die Jahre hatte er Drohungen und Einschüchterungen zu einer Kunstform verfeinert, und allein sein Lächeln ließ Douglas Cranes Handflächen feucht werden.

»Nur, damit es nicht noch mehr bedauerliche Missverständnisse gibt, Douglas, will ich Ihnen erklären, was ich von Ihnen erwarte.« Stannard wusste, dass er am längeren Hebel saß und die Situation kontrollierte. Die Partner der renommierten Anwaltskanzlei würden zu Kreuze kriechen und ihm jeden Wunsch erfüllen. »Ich will Kopien des Vertrags, der Stellungnahmen der Banken und Hypothekenbanken. Ich verlange genauen Aufschluss über das Treuhandvermögen, das meine Frau meiner Tochter hinterlassen hat. Ich will wissen, wie Ty den Deal zwischen sich und diesem Steve Sheppard finanziert hat – und zwar bis auf den letzten Penny genau – und wie viel Geld sie jetzt noch übrig hat. *Ich will alles wissen.* Lassen Sie die Unterlagen heute Nachmittag um vier Uhr in mein Büro bringen. Und bis morgen früh erwarte ich von Ihnen ein Memorandum, in dem Sie genau aufschlüsseln, wie Sie diesen Vertrag für null und nichtig erklären können.«

»Aber Mr. Stannard –«

»Kein Aber! Meine Tochter ist in letzter Zeit … nun, sagen wir, fehlgeleitet und von den falschen Leuten beeinflusst worden.« Ungewollt tauchte plötzlich Lizzie Osborne Stricklands Gesicht vor ihm auf. Das letzte Zusammentreffen mit der Freundin seiner Tochter haftete ihm immer noch so frisch im Gedächtnis, als habe es gestern stattgefunden und nicht schon vor zwei Jahren.

Es war ein gutes Gefühl gewesen, sie bei seinen Worten zusammenzucken zu sehen. Bisher hatte er nie entdecken können, dass die junge Frau besonders intelligent gewesen wäre. Aber diesmal schien sie den Kern der Aussage ziemlich schnell begriffen zu haben: Sie bekäme keinen Cent von ihm.

»Ich gebe keine persönlichen Kredite, Mrs. Strickland«, hatte er gesagt, »besonders dann nicht, wenn so offensichtlich ist, dass ich mein Geld nicht wieder sehe – und diese Schuld dürfte auf jeden Fall nicht getilgt werden, in Anbetracht der Höhe Ihrer bisherigen Verschuldung. Deshalb rate ich Ihnen, das Ganze noch einmal zu überdenken und zu versuchen, sich mit Ihrem Ehemann auszusöhnen. Obwohl ich mir nicht vorstellen kann, dass er Sie wiederhaben will, nachdem Sie Ihre Naivität auf so abstoßende Weise öffentlich zur Schau gestellt haben. Da könnten Sie wahrscheinlich auf allen vieren zu ihm zurückgekrochen kommen.«

Lizzie Osborne hatte ihn zunächst nur verständnislos angestarrt. Als sie schließlich begriff, was er ihr damit sagen wollte, war der Ausdruck von Verbitterung ersetzt worden. Und dann genoss er es, dem noch eins draufzusetzen. »Übrigens, Mrs. Strickland, Sie brauchen sich gar nicht einzubilden, dass meine Tochter Ihnen eine so große Summe leihen könnte, da ich die meisten ihrer Fonds kontrolliere. Es wäre also sinnlos, mit Ihren peinlichen Eheproblemen zu Tyler zu rennen ... So, und jetzt darf meine Sekretärin Sie wohl endlich zu den Aufzügen bringen. Einen schönen Tag noch, Mrs. Strickland.«

Rückblickend wurde ihm bewusst, dass es ein großer Fehler gewesen war, die Freundin seiner Tochter abzuweisen. Wahrscheinlich sein größter überhaupt. Wenn er einfach das Anwaltshonorar beglichen hätte, wäre er in der Lage gewesen, die Zukunft von Lizzies und Tys Freundschaft zu bestimmen – sollte heißen, diesen unseligen Zustand zu beenden. Stattdessen hatte er angenommen, dass sich seine Tochter von der selbst verschuldeten Misere ihrer Freundin nicht beeindrucken lassen würde, falls diese Lizzie trotzdem zu ihr rennen sollte.

Er war sich des Einflusses auf seine Tochter einfach zu sicher gewesen, besonders in den Monaten nach der Herzoperation. Sobald es ihm ein bisschen besser gegangen war, hatte er erkannt, dass er seine Krankheit nutzen konnte, um Tyler wieder in die Spur zu bringen. Nach Beendigung des Colleges hatte es eine beunruhigende Phase gegeben, in der sie immer rebellischer geworden war. Die Bypass-Operation hatte das zufrieden stellend beendet. Während er sich zu Hause davon erholte, übernahm Tyler ohne die leiseste Widerrede Verantwortung für die Firma, und ihre scheinbare Fügsamkeit ließ ihn annehmen, sie hätte sich endgültig seinem Willen unterworfen.

Aber als sie herausfand, dass er sich geweigert hatte, dieser Lizzie zu helfen, kehrte sie – ihrem eigenen Vater

– den Rücken. Immer noch hörte er laut und deutlich ihre Worte: »Ich werde dir niemals verzeihen, wie du meiner Freundin wehgetan hast. Wie konntest du nur jemanden, der mir so wichtig ist, abweisen und dann auch noch demütigen?«

»Lizzie Osborne war niemals gut genug für dich. Ihr ordinäres und exhibitionistisches Verhalten der letzten Zeit entspricht ganz und gar ihrem Menschentyp. Darüber hinaus hat sie kein Problem damit, andere – dich zum Beispiel – in den gleichen Schlamassel zu ziehen, in dem sie sich bereits befindet. Dein Mitleid ist unangebracht und lässt dich vergessen, wer du bist, Tyler. Als meine Tochter und Erbin gehört dir einmal ein enormes Vermögen, das ich treuhänderisch verwalte.«

»Das alles bedeutet mir nichts. Lizzie, dagegen, ist meine älteste Freundin und einer der besten Menschen, die ich kenne. Ich werde alles in meiner Macht Stehende tun, um ihr zu helfen.«

»Deine Reaktion enttäuscht mich zutiefst. In den vergangenen Monaten habe ich geglaubt, du würdest langsam verstehen, welche Rolle du spielst, und wie wichtig deine Zukunft ist.«

Tys Kopf war zurückgeschnellt, als hätte er sie geschlagen. »Du glaubst doch nicht allen Ernstes, dass die Arbeit, die ich für dich und die Firma geleistet habe, wegen meines stolzen Namens erfolgt ist oder wegen meiner angeblichen Stellung in der Welt, oder weil du mir ständig ein Vermögen versprichst, wie man einem Hund einen Knochen vor die Nase hält.«

»Jetzt sei doch nicht albern! Diese Neigung zum Melodramatischen passt nicht zu dir.«

»Du verstehst es einfach nicht, was, Vater? Warum hast du dich im Krankenhaus nicht über die neuen Errungenschaften in Sachen Gentechnik informiert? Es ist nämlich ziemlich eindeutig, dass du keine Tochter willst, sondern einen Klon. Aber mach dir keine Sorgen, wer so viel Geld hat wie du, kann sich den bestimmt kaufen.«

Während ihre bitteren Worte noch in seinen Ohren nachklangen, war sie gegangen. Gleich am nächsten Tag hatte sie ihre Kündigung ins Manhattaner Büro geschickt, begleitet von einem weiteren an ihn persönlich gerichteten Schreiben. Darin stand, dass sie ihm all ihre Anteile an Stannard Limited zurückübertragen und jedwede Zahlungen aus dem Treuhandfonds, den er für sie eingerichtet hatte, ablehnen würde. Letztlich hatte sich Tyler damit komplett von ihm abgenabelt. In der Folge brach sie auch jeden weiteren Kontakt zu ihm ab und verwendete einen Teil des Treuhandvermögens ihrer Mutter, um für diese Lizzie Strickland zu bürgen.

Schließlich hatte Tyler der frisch Geschiedenen auch noch einen Reitstall eingerichtet. Und jetzt das: Seine Tochter ging eine Geschäftspartnerschaft mit einem abgehalfterten Cowboy ein. Eine untragbare Situation!

Es dauerte eine ganze Weile, bis sich Tyler Stannard wieder auf sein Gegenüber besann und Douglas Crane wissen ließ: »Die Vereinbarung zwischen Tyler und diesem Steve Sheppard muss aufgehoben werden.« Dann erhob er sich, wodurch er den Anwalt zwang, es ihm gleichzutun. »Ich will Sie nicht länger aufhalten, Douglas. Bestimmt möchten Sie sofort in die Kanzlei zurückkehren und sich an die Arbeit machen. Ich freue mich schon darauf, von Ihnen zu hören.«

Douglas Crane warf einen Blick auf seinen unberührten Teller, und vor Empörung zitterten ihm die Hände. Tyler Stannard behandelte ihn kaum besser als einen Lakeien. Aber der Mann war zu reich und mächtig, um ignoriert zu werden, und er sprach niemals leere Drohungen aus. Wenn er seinen Einfluss geltend machte und die Kanzlei dadurch einige Großkunden verlor, müssten er, Douglas Crane, und seine Kollegen auf Einkünfte in einer Größenordnung von fünfzehn bis zwanzig Millionen Dollar verzichten.

Und was, wenn Stannards Giftspritzerei weitere Kreise zog?, überlegte er. Die Mitglieder der Kanzlei saßen in der Zwickmühle. Was Stannard da von ihnen verlangte, grenzte ans Illegale – zumindest würden Crane, Adderson & White Vertrauensbruch begehen. Aber wenn sie nicht nach Stannards Pfeife tanzten, müssten sie ohne ihre finanzkräftigsten Kunden auskommen und auf das großzügige Einkommen verzichten, das sie bisher als selbstverständlich erachtet hatten.

Da lag die Entscheidung wohl auf der Hand, und Douglas Crane erklärte: »Ganz wie Sie wünschen, Mr. Stannard, ich mache mich gleich an die Arbeit.«

Tyler Stannard beobachtete, wie der so Gemaßregelte das dezent, aber sehr luxuriös eingerichtete Four Seasons verließ. Das Memorandum des Anwalts würde ihm sicher ausgezeichnete Tipps geben, wie man die Partnerschaft, die seine Tochter mit diesem Kerl eingegangen war, beenden konnte. Dann wäre es nur noch eine Frage der Zeit, wann sie an ihren Platz, in dem von ihm, Tyler Stannard, errichteten Imperium zurückkehrte.

9. *Kapitel*

Schlief dieser Mann überhaupt jemals?

Es kam Ty vor, als sei sie unversehens in eine Gruselgeschichte geraten, bei der Steve Sheppard die gequälte und vielleicht auch verfolgte Seele spielte. Zu dem Schluss war sie während der drei vergangenen Nächte gekommen, die eine wie die andere nach dem gleichen beunruhigenden Muster abgelaufen waren. Dabei hatte sie im Bett gelegen und war viel zu besorgt über die selbst verschuldete Lage gewesen, um mehr als ein paar Minuten zu dösen. Ansonsten starrte sie blicklos zur Decke, und während der Mond seine Bahn am Himmel zog, zermarterte sie sich den Kopf über Steve Sheppard.

Der Mann war ihr ein Rätsel: Eine Minute verhielt er sich distanziert, die nächste warf er ihr Blicke zu, die sie beinah glauben ließen, er fände sie attraktiv. Aber bevor sie sich davon überzeugen konnte, ging er jedes Mal mit irgendeiner sarkastischen Bemerkung erneut auf Distanz. War diese Jekyll-und-Hyde-Nummer Teil eines Plans, der sie so aus dem Konzept bringen sollte, dass sie aufgab und ihm ihre Hälfte des Pferdehofs überschrieb?

Ty vermochte es nicht zu sagen. Aber da das bei weitem nicht die einzige Frage war, auf die sie sich keine Antwort wusste, wälzte sie sich weiter hin und her und sah dabei gelegentlich auf den Wecker. So etwa gegen zwei Uhr morgens hörte sie jede Nacht, wie Steve leise an ihrer Tür vorbeiging. Dem folgte das Knarzen der Treppenstufen und schließlich der gedämpfte Laut vom Zuziehen der Haustür. Danach wartete Ty vergeblich auf Steves Rückkehr, und jegliche Hoffnung auf eine gute Nachtruhe war dahin.

Morgens dann, egal wie früh sie aufstand, saß er bereits mit einer Tasse Kaffee am Küchentisch. Überall lagen Pferdemagazine, Meldeformulare für Turniere und Auktionsanzeigen; ein Stift steckte ihm hinterm Ohr, und einen Notizblock hatte er mit seiner großen Schrift bedeckt. Nicht dass er ihr je gezeigt hätte, was er schrieb. Während die Tage vergingen, wurde immer deutlicher, dass er sie in geschäftlichen Dingen nie mit etwas anderem betrauen würde, als Schecks auszustellen und seine Schulden zu zahlen. Dabei war es nun ihrer beider Geschäft, aber Mr. Sheppard schien entschlossen, die betreffende Vertragsklausel zu ignorieren.

Als Ty an diesem Abend seine Schritte im Flur hörte, hatte sie genug von dem Geheimnis seiner nächtlichen Wanderungen, schnappte sich einen Jogginganzug und zog ihn über den Seidenpyjama. Nachdem sie in ein Paar Turnschuhe geschlüpft war, befand sie sich auch schon auf dem Flur und klopfte kräftig gegen Steves Schlafzimmertür. In dem stillen Haus hallte das Geräusch wider, aber sie bekam keine Antwort. Nur um absolut sicher zu sein, dass sie seine Schritte im Flur nicht nur geträumt hatte, klopfte sie erneut. Auch diesmal bekam sie keine Antwort und öffnete vorsichtig die Tür.

Aber was sie dann sah, verschlug ihr den Atem. Sie wusste nicht, wie lange sie so dagestanden und sich ungläubig in Steve Sheppards Zimmer umgesehen hatte. »Die elende, hinterhältige Ratte!«, platzte sie schließlich heraus und bereitete sich auf eine Abrechnung mit ihm vor.

Da sie ihn im Stall vermutete, begab sie sich zuerst dorthin. Einige Lichter warfen einen sanften gelblichen Schein auf die im Halbdunkeln liegenden Boxen. Ty ging leise den Mittelgang entlang und hörte das typische, leicht gedämpfte Atmen der Pferde.

Die drei noch verbliebenen Stallbewohner hoben nicht einmal den Kopf, um zu sehen, wer da ihre Ruhe störte. Ty setzte ihren Weg fort und kam an viel zu vielen leeren Boxen vorbei. Dann sah sie, dass die Schiebetür am Ende des Stalls einen Spalt breit offen stand. Steves glühende Zigarettenspitze wies ihr den weiteren Weg. Ty brauchte einen Augenblick, bis sich ihre Augen an die Dunkelheit gewöhnt hatten, aber dann sah sie Steve mit hängendem Kopf an einem Weidenzaun sitzen.

Beim Durchschreiten der grob gemähten Wiese raschelten die von der kalten Nachtluft starren Grashalme und gaben ihm ausreichend Zeit, sich auf ihre Ankunft vorzubereiten. Erst als Ty nur noch wenige Schritte von ihm entfernt war, begriff sie, warum er hier saß, und sofort verrauchte ihre Wut über sein hinterhältiges Verhalten.

»Darf ich mich zu Ihnen setzen?« fragte sie so leise, dass sie kaum die Geräusche der Nacht und das Rollen des Ozeans in der Ferne übertönte.

»Nur zu, das ist ein freies Land«, antwortete Steve ebenso leise, während in seiner Stimme Müdigkeit und Resignation mitschwangen. Ty ließ sich neben ihm nieder, und da saßen sie dann an Fancy Frees Grab.

Während Ty auf die ungleichmäßigen Lehmbrocken blickte, wurde ihr das Herz ganz schwer, und sie überlegte, worüber sie sich mit Steve unterhalten könnte, um ihn von seinem schweren Verlust abzulenken. Schließlich räusperte sie sich und erklärte: »Vielleicht sollte ich Ihnen sagen, dass ich gerade in Ihrem Zimmer war.«

»Dann haben Sie mein schmutziges Geheimnis also gelüftet.«

»*Schmutzig* ist nicht ganz das richtige Wort.« Das Zimmer war penibel sauber gewesen, der Holzfußboden blitzblank gescheuert und keine stinkende Socke weit und breit. Die Einrichtung zeugte von einem ausgeprägten männlichen Stilempfinden, und der Raum stellte einen Hort der Entspannung dar. Dem schlichten Doppelbett gegenüber standen zahlreiche Bücherregale, und davor befand sich ein dunkelbraunes Samtsofa, das von bunten, prall gefüllten Kissen einladend aufgehellt wurde. Die Stehlampen rechts und links spendeten ausreichend Licht zum Lesen, und überall an den Wänden hingen Fotos – über dem Bett ein atemberaubendes Bild von einem Sonnenaufgang zwischen Nebel und Bergspitzen.

»Okay, ich erkläre mich schuldig im Sinne der Anklage und gebe zu, dass ich es mag, wenn alles sauber und ordentlich ist – genau wie Sie«, sagte Steve jetzt.

Tys langes Haar strich ihr über die Schultern, als sie kopfschüttelnd erklärte: »Wie konnte ich nur auf das Chaos im Haus hereinfallen? Als ich gesehen habe, dass Sie die Zigarettenfilter in der Brusttasche sammeln, lag eigentlich auf der Hand, dass das Durcheinander nur ein Täuschungsmanöver gewesen ist. Sie können nicht einmal eine Kippe im Hof liegen sehen.«

»Die Filter zersetzen sich eben nicht.«

»Nein, aber das kümmert andere Raucher auch nicht.« Ty räusperte sich und fuhr dann fort: »Nur um meine Neugier zu stillen, aber wie lange hätten Sie noch so getan, als würde es Ihnen nichts ausmachen, den Rest des Hauses verkommen zu lassen?«

Nachlässig zuckte Steve mit den breiten Schultern. »Keine Ahnung, aber ich hätte wetten können, dass Sie sofort das Weite suchen, wenn Sie das Chaos sehen. Hätten Sie in meiner Situation nicht genauso gehandelt?«

»Vielleicht, aber es war trotzdem ein hundsgemeiner Trick, und jetzt, wo ich dahintergekommen bin, wäre ich Ihnen sehr verbunden, wenn Sie den Geschirrspüler benutzen könnten.« Sie wollte richtig streng klingen. Aber die Erleichterung, doch nicht mit der größten Pottsau der Welt zusammenzuleben, wog ihre Verärgerung auf.

Wieder sah sie Steves ordentliches Schlafzimmer vor sich. Die Geschichtsbücher auf den Regalen hatten sie zusätzlich überrascht. Aber jetzt wusste sie wenigstens, wie er in Bezug auf sie auf Marie Antoinette gekommen war. »Haben Sie Geschichte studiert?«, fragte sie wie nebenbei, als brannte es ihr nicht unter den Nägeln, mehr über diesen frustrierend komplexen Mann zu erfahren.

»Meinen Sie auf dem College? Nein, nach der Highschool bin ich immer ganztags geritten. Aber man hat viel Zeit zum Lesen, wenn man auf irgendeinem Flughafen warten, Pferdebeine kühlen und während Regentagen herumsitzen muss. Außerdem habe ich Bücher immer gemocht.«

»Und die Fotografien? Sind die auch von Ihnen?«

Ein, zwei Sekunden glomm Steves Zigarettenspitze heller, bevor er leicht belustigt feststellte: »Sie haben sich ja ganz schön intensiv bei mir umgesehen, was, Junior? Haben Sie auch meine Sockenschublade gecheckt?«

Da er keine Antwort bekam, erklärte er schließlich seufzend: »Ja, es sind meine Bilder. Als ich nach Übersee ging, haben mir meine Eltern einen Fotoapparat geschenkt. Ich bin von Land zu Land gereist, um an den jeweiligen Turnieren teilzunehmen. Dabei habe ich ziemlich viel von Europa gesehen, und auf den Fotos konnte ich meine Eindrücke am besten festhalten.«

»Die Fotos sind sehr gut«, sagte Ty, denn die Qualität der Arbeiten überstieg bei weitem die von typischen Urlaubsschnappschüssen. »Gehe ich recht in der Annahme, dass das große Foto über Ihrem Bett in der Nähe von Zürich gemacht wurde?«

»Ja, es ist schon einige Jahre alt, und ich habe es aufgenommen, als ich dort beim Internationalen Reitturnier antrat. Francy Free hat in Zürich für mich den Grand Prix geholt.« Während sich Steve an jenen schönen Sommer erinnerte, starrte er blicklos auf die Lehmbrocken vor sich. Sein Pferd war damals super in Form gewesen und hatte vor Kraft und Energie nur so gestrotzt. Als sie gemeinsam Runde um Runde fehlerfrei abschlossen, waren die Zuschauer begeistert mitgegangen und hatten schließlich wie verrückt geklatscht. Fancy hatte die Aufmerksamkeit geliebt, weil er wusste, dass sie ihm galt. Gott, wie er dieses Pferd vermisste!

»Ich kann mich noch gut erinnern, wie schön diese Berge gewesen sind«, riss ihn da Tys Stimme aus den trüben Gedanken. »Ganz besonders die Gipfel. Da oben verliert man jedes Zeitgefühl, es gibt weder Vergangenheit noch Zukunft, nur Wolken und frische Luft.«

»Hört sich an, als würden Sie die Gegend gut kennen. Vom Skifahren?«, fragte er gedehnt.

»Ich habe in der Schweiz vier Jahre lang die Schulbank gedrückt. In Gstaad.«

»Und, hat es Ihnen dort gefallen?«

»Nein.«

Die Antwort kam für Steve nicht unverhofft. Die letzten drei Tage hatte er Ty beobachtet – heimlich natürlich – und festgestellt, dass sie ganz anders war, als er gedacht hatte, auf jeden Fall nicht verzogen und launisch. Nein, sie war klasse und arbeitete effektiv und gelassen. Ohne großes Aufhebens packte sie mit an. Dabei hatte er ihr sowohl gestern als auch heute einige ganz schön blöde Jobs überlassen, nur um zu sehen, wie sie reagierte. Da war alles dabei gewesen, vom Bezahlen des Bergs überfälliger Rechnungen und einem Anruf bei der Versicherungsgesellschaft, über das Saubermachen der Sattelkammer bis hin zum Schrubben von Wassereimern, aber Ty war jeder Arbeit ohne zu murren nachgekommen.

Er fing tatsächlich an, sie zu mögen, und das ärgerte ihn maßlos. Dass sie verdammt noch mal viel zu attraktiv für seinen Seelenfrieden war, half ihm auch nicht gerade weiter. Dabei versuchte sie nicht einmal, ihn anzumachen. Sie war einfach nur da – so wie jetzt – und sprach, als wollte sie ihn verstehen lernen, als sei er ihr wichtig.

Er hätte sie so gern berührt, dachte Steve daraufhin. Liebend gern hätte er ihr den Arm um die Schultern gelegt und den betörenden Duft von Zitrone und warmer Haut eingeatmet, der einfach zu ihr gehörte. Wie von selbst hob sich jetzt seine Hand, bevor er in der Bewegung innehielt und sie wieder sinken ließ. Er durfte sich seinen Wünschen nicht einfach hingeben und Ty küssen. Sein Quantum an Dummheiten hatte er bereits voll ausgeschöpft. Um sich abzulenken, wollte er lieber das Gespräch wieder aufnehmen.

Verdammt, worüber hatten sie sich noch gerade unterhalten? Ach ja, die Schule. Diese Schweizer Luxusinternate hatten es nicht nötig, zu inserieren, um sich ihre Kundschaft zu sichern: Kinder von königlichen Häuptern, Ölmagnaten und Ultrareichen wurden automatisch dorthin geschickt. Da lag es nahe, dass auch Ty dort hatte die Schulbank drücken müssen.

»Was hat Ihnen denn da nicht gefallen?«, fragte Steve schließlich.

»Ich glaube nicht, dass ich mich an einen besonderen Umstand erinnern kann. Es lag einfach an der Atmosphäre. Ich bin nicht gern an einem Ort, wo die Lehrer die Schüler und die Schüler einander ausschließlich nach dem Bankkonto der Eltern beurteilen.«

»Ich wette, das ist in den meisten Schulen für Kinder reicher Leute so.«

»Ja, wahrscheinlich.« Ty wurde erschreckend still, und nur um ihre Stimme zu hören, fragte Steve: »Was hat man Ihnen denn in dem Internat beigebracht?« Als sie leise lachte, klang das fast wie Musik in seinen Ohren.

»Ach, alles Mögliche, das heißt, alles, was man in dem Intersnat für wesentlich hielt, um eine mustergültige Vertreterin der Oberklasse zu schaffen. Viel Wirtschaft, Sprachen, Geschichte, Mathe. Natürlich bekamen wir Mädchen neben dem Lehrplan auch noch Unterricht in Ballett, Tischdekoration, Blumenarrangement und Haltung.«

»In Haltung?«

»Wie man richtig geht, steht, sich umdreht, eine Treppe hinunterschreitet und mit einem niegelnagelneuen Paar Manolo Blahniks in einen tiefer gelegten Sportwagen steigt.« Lächelnd fügte sie hinzu: »Derartige Fähigkeiten wurden als absolut unerlässlich angesehen.«

»Was, zum Teufel, sind Manolo Blahniks?«

»Ein speziell für Frauen entwickeltes Folterinstrument.«

»Ich bitte Sie!«

»Schuhe«, erklärte Ty schmunzelnd, »mit unheimlich hohen Absätzen.«

»Du liebes bisschen«, stieß Steve hervor, »und ich dachte, Sie sprächen von Keuschheitsgürteln.« Ty lachte, und Steve fragte belustigt: »Und wie haben Sie abgeschnitten?«

»In der Schule?«

»In den Schuhen.«

»Ich bin von klein auf zur Perfektion erzogen worden und kann in meinen Manolos rennen, wenn es sein muss, obwohl das in der Schule nicht wirklich verlangt wurde. Rennen galt als undamenhaft.«

Während Steve sich diese Art der Erziehung vorstellte, herrschte wieder Schweigen, und dann wollte Ty wissen: »Darf ich Sie etwas fragen?«

»Kommt darauf an, was.«

»Würde es Ihnen etwas ausmachen, mir Ihre Pläne mitzuteilen? Bestimmt haben Sie nicht ernsthaft vor, Ihre Pferdefarm wieder aufzubauen, indem Sie mich Wassereimer schrubben und Pferde striegeln lassen. Aber vielleicht ist Ihnen auch noch gar nicht bewusst geworden, dass ich Ihnen eine richtige Hilfe sein könnte.«

»Jetzt mal nichts überstürzen, Junior!« Schlagartig hatte sich die freundschaftliche Stimmung verflüchtigt, und Steve war wieder abweisend. »Das Einzige, was ich von Ihnen brauche, sind die kleinen grünen Scheinchen. Und natürlich habe ich jede wache Minute seit Unterzeichnung des Vertrages damit verbracht, mir zu überlegen, wofür ich Ihr Geld ausgeben könnte. Ansonsten hätte ich mich wahrscheinlich endgültig auf meinen Geisteszustand untersuchen lassen müssen«, fügte er leise hinzu.

Aber Ty entging kaum etwas, und sie fragte spöttisch nach: »Ich bitte Sie, wieso denn das?«

»Erstens muss ich ja wohl komplett verrückt gewesen sein, als ich diese Partnerschaft eingegangen bin.« Dabei dachte er: *Besonders, da ich jetzt nur noch daran denke, wie gern ich mit dir Sex hätte, anstatt mir zu überlegen, wie ich dich dazu kriege, mir deine Hälfte der Pferdefarm zurückzuübertragen.*

»Nicht jeder würde sofort zu dem Schluss kommen, dass das Eingehen dieser Partnerschaft ein sicheres Zeichen von Schwachsinn ist«, erwiderte Ty spröde. »Und zweitens?«

»Zweitens muss ich wohl verrückt sein, weil ich ein Pferd so sehr vermisse, dass ich jede Nacht entweder in seiner leeren Box sitze oder hier draußen an seinem Grab und in der Dunkelheit nach Antworten suche.« Verzweifelt richtete er den Blick auf die hässlich aufgeworfene Erde vor sich.

Ty wusste nicht, was sie sagen sollte. In ihrem Kopf ging alles durcheinander, und sie fühlte sich auf einmal unheimlich hilflos. Da war so viel Wut und Schmerz in Steve, dass sie ihn am liebsten in die Arme genommen und getröstet hätte. Aber bestimmt hätte er sie dann zurückgestoßen, und der Umgang mit ihm wäre noch schwieriger geworden.

»Jeder trauert anders«, sagte sie schließlich. »Es gibt kein festgelegtes Prozedere, wie man damit umgehen soll, wenn man einen geliebten Menschen oder ein geliebtes Tier verloren hat.«

»Und Sie sind in solchen Sachen natürlich Expertin«, gab Steve scharf zurück, und die Worte standen zwischen ihnen wie eine unüberwindliche Mauer. Dabei dachte Ty an die Mutter, die sie nie gehabt hatte, weil sie bei ihrer Geburt gestorben war. Sie dachte an ihre Stute, die ihr Vater einfach verkauft hatte. Ihr fiel auch wieder ein, wie weh es getan hatte, als sie ihre Sachen packen und die letzten Schuljahre in der Fremde verbringen musste.

»Nein«, sagte sie schließlich, »was den Verlust eines geliebten Wesens angeht, habe ich wohl keine Ahnung.« Dabei gelang es ihr nicht ganz, das Beben in der Stimme zu unterdrücken. Hoffentlich hatte Steve ihren Gefühlszustand nicht bemerkt. Sie wollte nämlich nicht in Gegenwart eines Menschen die Fassung verlieren, der eine so geringe Meinung von ihr hatte. Dann sagte sie in dem gespreizt höflichen Ton, den man ihr im Internat beigebracht hatte: »Wenn Sie mich jetzt bitte entschuldigen würden, ich bin auf einmal doch sehr müde.«

Bevor Steve noch etwas darauf hätte erwidern können, war sie aufgestanden und vom Dunkel der Nacht verschluckt worden.

Von Tyler Stannards Penthousebüro aus hatte man einen atemberaubenden Blick auf Manhattan. An einem klaren Tag wie heute konnte Stannard bis zur Freiheitsstatue sehen. Der riesige, 40-stöckige Wolkenkratzer aus Stahl und Glas, den er sein Eigen nannte, wie so viele andere Dinge – von der Sitzgruppe mit streichelfeinem handgenähtem italienischem Leder über den Designerschreibtisch aus brasilianischem Holz bis hin zur großen elektronischen Leinwand, die auf Knopfdruck lautlos von der Decke kam – unterstrich den Eindruck, dass er nur mit den Fingern zu schnippen brauchte, damit ihm die Welt zu Füßen lag.

Den Kunden gefiel das. Sie waren entzückt, wenn sie sich in die Ledersitze schmiegen, Jahrgangschampagner aus sündhaft teuren Flöten schlürfen und sich dabei eine Videoaufnahme des neuesten Stannardschen Bauprojekts oder der neuesten Luxuswohnanlage ansehen konnten. Bekundeten sie dann auch noch ausreichendes Interesse, wurden sie mit einem firmeneigenen Jet zum jeweiligen Standort geflogen.

An diesem Morgen interessierte sich Tyler Stannard allerdings nicht im Mindesten für die Aussicht oder irgendeine andere Annehmlichkeit seines Penthousebüros. Sein Blick wurde von den Unterlagen gefesselt, die vor ihm lagen.

Wohl um seinen Schnitzer wieder wettzumachen, hatte Douglas Crane die ihm gestellte Aufgabe mit bewundernswerter Effiziens erfüllt. Stannard überflog jetzt die Zahlenkolonnen, die die finanzielle Lage seiner Tochter darlegten, wobei die durch den Apartmentverkauf eingenommene Summe besonders ins Gewicht fiel. Auch das bewies nur ihren Geschäftssinn. Es war klug gewesen, bereits zu diesem Zeitpunkt zu verkaufen, anstatt zu warten, bis sie das Geld brauchte. Bei dem schwankenden Wohnungsmarkt und der ungewissen Zukunft vieler Firmen war es besser, jetzt die Gewinne einzufahren, als nachher auf einem Apartment sitzen zu bleiben oder es unter Wert veräußern zu müssen, weil es nicht mehr genügend Interessenten mit ausreichenden Mitteln gab.

Tyler hatte auch vorhergesehen, dass er versuchen würde, ihr den Zugang zum Treuhandfonds ihrer Mutter zu sperren. In seinem Bericht wies Douglas Crane darauf hin, dass er damit wahrscheinlich wenig Erfolg haben würde, zeigte aber eine eventuelle Möglichkeit auf. Der Treuhandfonds war bereits von Tys Großeltern eingerichtet worden, und nach dem Tod ihrer Mutter war sie zur einzigen Begünstigten geworden. Verwaltet wurde er von einer Bank in Delaware, die sich ausschließlich um ganz reiche Privatkunden kümmerte. Den Fonds betreute ein Herr alter Schule. Vielleicht konnte man den davon überzeugen, dass Tys Vorgehen der vergangenen Woche in irgendeiner Weise gegen die an den Fondszugriff geknüpften Bedingungen verstieß.

Stannard wollte es auf jeden Fall versuchen und drückte auf den Knopf der Gegensprechanlage. »Smythe, bitte rufen Sie Bill Whiting von der First Delaware an und vereinbaren Sie mit ihm einen Termin in dieser, spätestens nächster Woche. Ich komme auch nach Wilmington, wenn er das will.«

»Ja, Mr. Stannard«, kam die unverzügliche, nicht anders erwartete Antwort.

Erneut wandte Stannard seine Aufmerksamkeit den Unterlagen auf seinem Schreibtisch zu. Seit gestern Nachmittag hatte er sich fast ununterbrochen damit beschäftigt und selbst ein Bild gemacht, bevor er Douglas Cranes Memorandum ganz früh heute Morgen gelesen hatte. Dummerweise waren seine und Cranes Schlussfolgerungen, was die Absichten und Ziele seiner Tochter betraf, identisch: Tyler hatte jegliche Vorsichtsmaßnahme getroffen. Der Vertrag zwischen ihr und Sheppard war zwar unorthodox, aber unanfechtbar. Kein Anwalt hätte einen Richter vom Gegenteil überzeugen können. Ihre Finanzen waren in Ordnung; sie hatte ausreichende Einnahmen, mit denen sie sofort anstehende Ausgaben decken konnte, wenn sie nicht zu sehr über die Stränge schlug. Und wenn Steve Sheppards Geschäft wieder rundlief und zahlende Kunden brachte, musste sie vielleicht nicht einmal auf ihren Treuhandfonds zurückgreifen. Was ebenfalls dafür sprach, sich nicht zu sehr auf den Fonds als Hauptangriffspunkt zu konzentrieren.

Wenn es in diesem Szenario ein schwaches Glied gab, hatte es nichts mit seiner Tochter zu tun, dachte Tyler Stannard. Aber Steve Sheppard könnte sich sehr wohl als Wackelkandidat erweisen. In seinem Bericht hatte Douglas Crane genauestens dessen anfängliche Reaktion auf Tylers Vorschlag beschrieben. Sheppard hatte ein großes Problem mit dieser Partnerschaft und deshalb Bedingungen durchgesetzt, die ihm die Möglichkeit gaben, wieder volle Verfügungsgewalt über sein Unternehmen zu bekommen.

Aber Tyler würde nicht einfach so aus der Partnerschaft aussteigen, egal wie sehr Sheppard sie dazu drängte. Sie verabscheute Misserfolge genauso wie er, ihr Vater. Blieb eigentlich nur die Möglichkeit, Sheppard das Geld anzubieten, das er benötigte, um sich von ihr loszukaufen. Ja, das würde funktionieren! Aber dazu müsste man abwarten, bis Ty so viel in Southwind investiert hatte, dass es ihr unmöglich war, diesem Sheppard die gleiche Summe zu bezahlen wie er, Tyler Stannard, ihm über Stannard Limited anzubieten gedachte. Es verstand sich von selbst, dass das Angebot entsprechend hoch ausfallen müsste. Aber damit hätte er das Spiel gewonnen.

Mal sehen, jetzt war Oktober; bis Dezember wollte er warten, um seinen Coup zu landen. Dann wäre Tyler, wenn das neue Jahr anbrach, wieder an ihrem rechtmäßigen Platz im Stannardschen Unternehmen.

Stannard erhob sich und ging zur Ostseite des Büros. Vor seinem geistigen Auge sah er jetzt bis nach Long Islands. Ja, dachte er dann, während er seinen Plan noch einmal durchspielte, Steve Sheppard war zweifellos das schwache Glied in der Kette. Es würde sicher nicht billig werden, den Mann zu bestechen, aber das Geld wäre gut angelegt.

10. Kapitel

Der Rest der Nacht war vergangen, wie sie begonnen hatte: unruhig.

Ty wälzte sich hin und her und schüttelte alle fünf Minuten ihr Kopfkissen auf. Doch als sich das erste zaghafte Vogelgezwitscher vernehmen ließ, öffnete sie die brennenden Lider, um ihre Anstrengungen wieder aufzunehmen, Steve Sheppards Vertrauen zu gewinnen. Dummerweise änderte diese neuerliche Entschlusskraft nichts an den dunklen Ringen unter ihren Augen.

Noch bevor Ty die Decke zurückschlug, nahm sie ihr Handy und tätigte zwei Telefonate. Zunächst hinterließ sie Lizzie eine Nachricht auf dem Anrufbeantworter, damit die Freundin ihr ein Fax oder eine E-Mail mit der Kundenliste schickte, die sie beide für Cobble Creek aufgestellt hatten. Außerdem bat sie Lizzie, weitere wohlhabende Vertreter der Pferdewelt dazuzuschreiben. Dabei kam jeder in Frage, der Turniere und Rennen ritt oder gern und viel Geld in den Pferdesport investierte. Abschließend dachte Ty noch daran, Lizzie nach Vicky Grodeckis Nummer bei der *Times* sowie nach deren Privatnummer zu fragen. Als Nächstes rief Ty in Sams Büro an, wohlwissend, dass man sie gleich zu ihm durchstellen würde.

»Na, endlich, Ty! Ich wollte schon die Nationalgarde alarmieren.«

»Ich war hier ein bisschen sehr beschäftigt.«

»Scheucht Sheppard dich herum?«

»Ich habe mir nie eingebildet, dass die Sache leicht werden würde, Sam,« sagte Ty, »und wenn, hättest du mir schon die Augen geöffnet.« Diese Bemerkung wurde am anderen Ende der Leitung mit einem tiefen Lachen quittiert. Dann fragte Ty: »Hast du irgendetwas von dem großen bösen Wolf gehört?«

»Ja, leider. Deshalb hätte ich dich heute sowieso noch angerufen. Ich habe einen Freund von mir, einen Privatdetektiven gebeten, an Douglas Crane dranzubleiben. Wenn du errätst, mit wem dein sauberer Herr Anwalt vorgestern im Four Seasons zu Mittag gegessen hat, wirst du zur Klassenbesten befördert.«

»Sam, das war ich doch immer«, antwortete Ty und lächelte, als Sams Lachen erneut an ihr Ohr drang.

»Entschuldige, Ty, das hatte ich ja ganz vergessen: Dein Geist ist messerscharf. Es liegt nur an deinem weichen Herzen, dass du immer wieder in Schwierigkeiten gerätst. Warum vergisst du nicht die ganze –«

»Sam …«, fiel Ty ihm warnend ins Wort.

»Schon gut, dann rette eben Sheppards jämmerliche Haut … Wo waren wir stehen geblieben?«

»Ich glaube, wir sprachen darüber, mit wem Douglas Crane vorgestern zu Mittag gegessen hat.«

»Genau! Also, nachdem dein Anwalt – dessen Weiterbeschäftigung du wirklich überdenken solltest – das Four Seasons verlassen hat, ist er zurück in sein Büro gegangen und dort bis zehn Uhr abends geblieben.«

»Das ist nichts Ungewöhnliches für einen gewissenhaften Anwalt.«

»Generell stimme ich dir da zu. Ungewöhnlich wird es erst, wenn man sich Gedanken macht, warum ein Seniorpartner noch so spät an seinem Schreibtisch sitzt, obwohl er die Sache einem jungen Kollegen überlassen könnte. Des Weiteren stellt sich die Frage, ob Douglas Cranes Überstunden etwas mit den beiden Eilkuriersendungen von Crane, Adderson & White an Stannard Limited zu tun haben.«

Verdammt! Eine Weile saß Ty nur da und hatte die Augen geschlossen, bevor sie erklärte: »Da magst du Recht haben.« Seufzend fuhr sie sich daraufhin durchs zerzauste Haar. In ihren Schläfen hatte es längst schmerzhaft zu pochen begonnen, während sie an Douglas Cranes Frage dachte, ob sie an seiner Glaubwürdigkeit zweifele. *Was war sie doch naiv gewesen!*

»Darf ich dir einen Rat geben?«

»Ich bitte darum.«

»Mach weiter und warte nicht darauf, dass dein Vater

schweres Geschütz auffährt. Mit oder ohne Sheppards Hilfe musst du jetzt Kunden für euer Unternehmen werben.«

»Sam, Darling, darf ich dir sagen, dass ich etwa gegen vier Uhr heute Morgen auch zu diesem Schluss gekommen bin? Gerade eben habe ich Lizzie eine Nachricht auf Band gesprochen.«

»Die dynamischen Zwei schlagen wieder zu, hm?« Sam stöhnte auf, während er an die zahlreichen Streiche dachte, die die beiden Mädchen früher zusammen ausgeheckt hatten. »Sheppard hat keine Chance, wenn Lizzie mit im Boot sitzt. Wie geht's ihr denn?«

»Großartig, ich habe sie schon lange nicht mehr so glücklich gesehen. Cobble Creeks bekommt immer mehr Reiter, und Emma ist das süßeste Kind, das man sich vorstellen kann. Sie sieht genauso aus wie Lizzie, und Lizzie ist natürlich schön wie eh und je. Auf der Benefizveranstaltung vor einigen Tagen hat sie den Männern ganz schön den Kopf verdreht.«

Leises Husten am anderen Ende der Leitung.

»Sam, geht's dir gut?«

»Ja, ja ... ich habe mich nur am Kaffee verschluckt.« Wieder hustete er, diesmal richtig laut. »Hör mal, Ty, ich muss jetzt los, aber ich besorg mir die Unterlagen, die deinem Vater über deine Finanzen vorliegen. Dann können wir eher abschätzen, was er jetzt vorhat. Ich melde mich so bald wie möglich wieder bei dir.«

»Danke, Sam, das weiß ich wirklich zu schätzen.«

»Für dich doch immer, Ty.«

Unter der Dusche ließ Ty die Unterhaltung mit Sam noch einmal Revue passieren. Dabei wurden ihre frustrierten Kommentare zu Douglas Cranes Verhalten vom Rauschen des Wassers übertönt. Als sie danach im Schrank strapazierfähige Kleidung suchte – Klamotten, mit denen man richtig arbeiten konnte –, hatte sie bereits einem Großteil ihrer Verärgerung Luft gemacht. Schließlich war abzusehen gewesen, dass Douglas nicht dichthielt. Und wer konnte schon sagen, ob ein anderer Anwalt dem enormen Druck standgehalten hätte, den ihr Vater auszuüben vermochte? Wichtig war nur, dass sie mit Steve unter Zeugen einen Vertrag geschlossen hatte, und dass sie die Geschäfte auf Southwind wieder ins Rollen brachten.

Nachdem sich Ty für eine braune Jeans und einen grauen Cardigan entschieden hatte, bürstete sie sich vor der Frisierkommode das Haar. Aber ihr Spiegelbild gefiel ihr gar nicht. Sie war blass, hatte dunkle Ringe unter den Augen und dachte spöttisch, es ging doch nichts über einige Tage auf dem Land. Und wieso war sie eigentlich mit einem Teint geschlagen, dem man jedes Zeichen von Stress ansah?

Während Ty darüber nachdachte, nahm sie das Haar im Nacken zusammen und steckte den Knoten mit masochistischer Härte fest. Als sie daraufhin die Treppe hinunterging und Steve am Frühstückstisch sitzen sah, erfüllte es sie mit Genugtuung, dass er beinah genauso übernächtigt wirkte wie sie.

»Guten Morgen«, sagte sie freundlich, doch er machte sich nicht einmal die Mühe, von seiner Zeitung aufzusehen. Das brauchte sie nun wirklich nicht. In Tys Schläfen begann es erneut zu pochen, und sie dachte zynisch: *Da wären wir also wieder. Die sechste Runde ist eingeläutet.* Laut sagte sie dann: »Ich muss mir Ihren Pick-up ausleihen.«

Steve sah auf. Tys Stimme hatte beherrscht geklungen, aber das silbrige Blitzen in ihren Augen ließ darauf schließen, dass sie beinah erwartete, er würde ablehnen. Und wenn, was würde dann geschehen?

Sie wirkte sehr angespannt, wahrscheinlich war sie immer noch sauer wegen gestern Nacht. In Verbindung mit dem gefährlichen Blitzen war damit zu rechnen, dass sie ihm an den Kragen ging, wenn er die Schlüssel nicht herausrückte. Trotzdem tat Steve, als würde er weiterlesen. Hätte er sich selbst in Bezug auf Ty besser einschätzen können, hätte er sie gern bis zum Äußersten getrieben, nur um zu sehen, wie sie in die Luft ging. Wusste sie überhaupt, wie viel Leidenschaft bei ihr nur darauf wartete, zu explodieren? Das machte ihn ganz verrückt.

Er schien sie auch verrückt zu machen, aber wohl nicht auf dieselbe Weise. Steve bezweifelte, dass seine Geschäftspartnerin die Nacht damit verbracht hatte, erfolglos erotische Fantasien zu verdrängen, bei denen sie sich mit ihm auf dem Bett wälzte, den Körper feucht von Schweiß.

Als Steve spürte, wie er auf die soeben beschworenen Bilder reagierte, biss er die Zähne zusammen. *Mist, nicht schon wieder!* Er musste Ty aus der Küche kriegen, bevor sie gewahr wurde, dass er mit einer Riesenlatte am Tisch saß.

Gib ihr schon die Schlüssel für den verdammten Pick-up, Mann! Er legte die Zeitung auf den Tisch, um den Schlüsselbund aus der Jeans zu ziehen, zögerte dann aber. Du liebes bisschen, er bekam die Hand nicht in die Tasche!

Dabei sah Ty ihn durchdringend an und wartete.

Unwillkürlich rutschte Steve auf seinem Stuhl nach vorn, sodass er mit der Hüfte noch weiter unter der Tischplatte zu sitzen kam – außer Sichtweite. Umständlich zog er dann den Schlüsselbund heraus, warf ihn auf den Tisch und hörte sich sagen: »Was ist denn los? Ist Ihr Käfer kaputt?«

»Ich muss was transportieren«, antwortete Ty kurz angebunden. Wenn Steve Sheppard ihr irgendwann verriet, was er vorhatte, würde sie ihm ihre Pläne auch verraten. »Ich bin bald zurück.«

»Ist auch besser so. Sie müssen später noch den Transporter sauber machen und eine Liste der Dinge aufstellen, die allmählich zur Neige gehen. New York steht an, nur, falls Sie das vergessen haben sollten.«

Falls sie das vergessen haben sollte? Ty biss die Zähne zusammen, um Steve nicht anzuschreien. Sie wäre ja wohl eine komplette Idiotin, wenn ihr nicht bewusst wäre, wie wichtig die National Horse Show für Steve war.

Dabei handelte es sich um das große Finale des Turniergeschehens im Nordosten, bevor sich alles nach Süden orientierte und die Saison in Florida begann. Seit Jahrzehnten strömte die Pferdewelt des Großraums New York in Scharen zu diesem einwöchigen Ereignis, das im Madison Square Garden ausgetragen wurde. Anstatt sich zu zanken, sollten Steve und sie besser planen, wie sie anlässlich dieses Turniers neue Kunden für Southwind gewinnen konnten. Ty war nicht sicher, ob Steve wusste, was man sich über ihn erzählte. Er brauchte mehr als einen guten Turnierauftritt, um die Pferdebesitzer davon zu überzeugen, ihm ihre kostspieligen Tiere wieder anvertrauen zu können.

Trotzdem war Ty entschlossen, Steve zu helfen, aus Gründen, die sie lieber nicht hinterfragte. Außerdem hatte sie einige, ihrer Meinung nach, ziemlich gute Ideen, die sie schnellstmöglich in die Tat umsetzen wollte. Aber Steve machte ihr alles so verdammt schwer. Sie war kurz davor, ihrer beständig wachsenden Frustration nachzugeben, mit den Füßen aufzustampfen und Steve so lange anzubrüllen, bis er ihr zuhörte. Das würde ihm zweifellos den Schock fürs Leben versetzen.

Bei dem Gedanken musste Ty grinsen und war gleich viel besser gelaunt. Ohne noch einmal das Wort an ihren mürrischen Partner zu richten, warf sie die Schlüssel hoch und verließ die Küche. Das Frühstück und ein belebender Kaffee konnten warten. Erst musste sie ihr Vorhaben in die Tat umsetzen.

Die Idee dazu war ihr in der vergangenen Nacht gekommen, als sie wach im Bett gelegen hatte, während Steve immer noch draußen in der Dunkelheit saß und sich mit seinen Erinnerungen quälte. Die Vorstellung hatte Ty beunruhigt, und am Ende war sie zu dem Schluss gelangt, dass Steve erst einmal den Verlust seines geliebten Pferdes überwinden musste, bevor er im Turniergeschehen wieder seinen Mann stehen konnte.

Doch einem Trauernden zu helfen, war schwierig. Aber davon ließ sich Ty nicht abschrecken. Sie hatte ja nichts zu verlieren. So oder so verhielt sich Steve ihr gegenüber unnachgiebig und stur. Aber er würde schon noch begreifen, dass sie genauso hartnäckig sein konnte. Das Problem war nur, dass sie nicht wusste, wie viel Zeit ihnen noch blieb, bis sich ihr Vater einschaltete. Deshalb musste sie jetzt sofort handeln.

Wenn Steve mit Pferden arbeitete, vergaß er alles andere, auch seine Probleme, die über ihm hingen wie eine dunkle Wolke. Dummerweise hatte er im Augenblick nur drei Pferde, und die problemfreie Zeit war viel zu kurz.

Da gab es Vanguard, sein derzeitiges Spitzenpferd, das auf Southwind nur *Gordo* genannt wurde. Macintosh und Cantata leisteten ihm Gesellschaft. Bei Macintosh handelte es sich um ein regelrechtes Schlachtross, dessen Hufe beinah Esstellergröße erreichten. Cantata war eine junge clevere Stute, aber noch ganz grün hinter den Ohren.

Bisher hatte sie sich gut eingeführt, bewegte sich gefällig und war lernwillig. Aber sie war noch lange nicht so weit, schwerere Parcoure und höhere Hindernisse anzugehen. Deshalb machte Steve sich erst gar nicht die Mühe, sie für die National Horse Show vorzubereiten. Der Konkurrenz dort wäre sie nicht gewachsen, und er wollte sie mit den derzeit noch zu anspruchsvollen Hindernissen nicht verschrecken. Blieben also nur Gordo und Macintosh für das Turnier in New York. Beides Pferde, die alles geben würden, aber Steve war nicht besonders optimistisch. Mit einem der beiden den Grand Prix zu holen wäre etwa so leicht, wie auf Wasser zu laufen. Trotzdem wollte Steve es versuchen.

Durch den Tod von Fancy Free hatte er nicht nur ein geliebtes Pferd verloren, sondern auch den besten Partner im Reitsport, den er je gehabt hatte. In absehbarer Zeit einen Ersatz für Fancy zu finden oder darauf zu hoffen, dass ihm jemand ein Pferd seines Kalibers anbot, waren reine Wunschträume.

Obwohl die Ausscheidungskämpfe für die Aufstellung der olympischen Springreitermannschaft erst im Frühsommer stattfanden, hatte Steve den Eindruck, auch diese Gelegenheit vertan zu haben. Und wenn die Kunden nicht bald wiederkamen, waren Tys Investitionen ebenfalls futsch, dachte Steve grimmig. Ein Teufelskreis, den es endlich zu durchbrechen galt. Gut zu reiten führte auf dem direktesten Weg hinaus.

Steve stand neben Gordo und überprüfte noch einmal, ob das Zaumzeug auch richtig saß. Dann bückte er sich und zog dem Wallach Schoner über die Hufe. Gordo neigte dazu, sich beim Springen selbst zu treten, und Steve wollte so Verletzungen vermeiden.

Wieder dachte er an Ty Stannard. Was hatte diese Frau nur an sich, dass sie ihm nicht aus dem Kopf ging?

Er war jetzt vierunddreißig Jahre alt. Seine Beziehungen zum weiblichen Geschlecht waren immer entspannt und für beide Seiten angenehm gewesen. Er mochte Frauen, und Frauen mochten ihn. Punkt. Er vertiefte seine Kontakte allerdings nie, weil seine Karriere nun einmal vorging. Und seitdem er gesehen hatte, mit welcher Lässigkeit reiche Frauen wie Allegra Palmer Männer ins Unglück stürzten, machte er einen großen Bogen um sie.

Aber Ty Stannard stellte eine Ausnahme dar. Nicht etwa, weil sie so verdammt anziehend war, sondern weil ihr Southwind wichtig zu sein schien. Das berührte ihn und führte zu einer merkwürdigen Reaktion. Jedes Mal, wenn er mehr als fünf Minuten mit Ty verbrachte, geriet er in einen inneren Zwiespalt. Einerseits hätte er ihr gern vertraut, andererseits kannte er ihre Beweggründe nicht und deshalb wurde er ärgerlich, obwohl er eigentlich das Paradebeispiel für südstaatliche Gelassenheit war – zumindest, wenn er nicht gerade an einem Springreitturnier teilnahm.

Verdammt, dachte Steve, nahm Gordo beim Zügel und führte ihn den breiten Mittelgang entlang zum schmalen Korridor, der den Stall mit der Reithalle verband. Dabei sah er stur geradeaus, um nicht die freien Boxen zu zählen, an denen sie vorbeikamen. Mit nur drei Tieren wirkte der moderne, geräumige Stall erschreckend leer.

An diesem Tag wollte Steve das letzte Mal vor der National Horse Show mit seinen Wallachen springen. Danach sollten sie erst wieder in der Arena des Madison Square Garden auf Hindernisse treffen. Dann wären sie frisch, und mit ein wenig Glück würde auch ihr Kampfgeist erwachen. Die verbleibenden Tage bis zum Turnier waren für die Arbeit am Boden reserviert. Dabei wollte sich Steve auf Übungen konzentrieren, die die Schrittweite betrafen. Vor Hindernissen musste sie gegebenenfalls verkürzt oder verlängert werden, um den richtigen Absprungwinkel zu finden.

Wenn es dem Reiter nicht gelang, sein Tier rechtzeitig zu versammeln, riskierte er zumindest den Abwurf eines Holms. War das einmal passiert, löste es eine Kettenreaktion aus: Das Pferd wurde nervös, verlor die Konzentration – wenn auch nur für den Bruchteil einer Sekunde, aber das reichte schon aus, um den nächsten Holm zu Boden gehen zu lassen. Womöglich verweigerte das Tier das folgende Hindernis, und es hagelte noch mehr Strafpunkte.

Schon am Vortag hatte Steve die Reithalle geharkt und die Hindernisse fürs heutige Training aufgestellt: eine Dreierkombination, eine Hecke und parallel dazu, etwa acht Schritt entfernt, Tivolibarrieren. Der Miniparcours war so gestaltet, dass er für beide Wallache Herausforderungen bot und dabei ihr unterschiedliches Temperament und die jeweiligen Fähigkeiten berücksichtigte.

Gordo, das Vollblut, war der Erfahrenere von beiden, ein schneller, aggressiver Springer, der sich hervorragend im Zeitstechen machte. Aber sein heißblütiges Temperament bedeutete auch, dass Steve ihn immer perfekt unter Kontrolle haben musste. Gordo ging einen Parcours am liebsten mit Volldampf an, und wenn man das zuließ, nahm er die Hindernisse meist aus den unmöglichsten Entfernungen. Dabei stellte die Dreierkombination des heutigen Trainings ein Element dar, mit dem er immer Probleme hatte.

Sprang er zu früh vor dem ersten Kombinationshindernis ab, kam er zu knapp dahinter auf, und der Absprungwinkel zum folgenden fiel zu flach aus. Meistens hatten Steve und Gordo Glück, doch nach den Ereignissen der vergangenen Wochen wollte sich Steve nicht mehr darauf verlassen.

Macintosh war das ganze Gegenteil von Gordo, ein großer haselnussbrauner Hannoveraner. Solide wie ein Fels in der Brandung und kräftig genug, um mit Leichtigkeit über hohe Hindernisse zu springen und weite Entfernungen zu nehmen. Dabei war er unheimlich vorsichtig, aber darin begründet lag auch sein Problem. Wenn man darauf wartete, dass Macintosh das Tempo erhöhte, konnte man schwarz werden. Doch Steve hatte gelernt, sich den natürlichen Gleichgewichtssinn und die beeindruckende Kraft des Pferdes zunutze zu machen. Häufig konnten sie bei einem Anritt Schritte einsparen, um so Zeit hereinzuholen und die fehlende Spritzigkeit des Wallachs wettzumachen.

Steve war gerade dabei, Gordo zum Abkühlen am langen Zügel durch die Halle zu führen. Dabei gönnte er sich eine Zigarette und tätschelte dem Pferd hin und wieder das schweißnasse Fell.

Wenn man dem Alptraum der vergangenen sechs Wochen etwas Positives abgewinnen wollte, dann, dass die Pferde total ausgeruht waren. Steve hatte die letzten Turniere abgesagt, weil er zu gestresst und deprimiert gewesen war, um sich der Konkurrenz zu stellen. Dafür hatte er viel trainiert und war zufrieden mit dem Ergebnis. Gordo strotzte nur so vor Energie, und die konzentrierte Arbeit am Boden zeigte Erfolg, sodass er die Dreierkombination heute im richtigen Rhythmus genommen hatte.

Durchs geöffnete Hallentor hörte Steve jetzt das immer lauter werdende Rumpeln seines Pick-ups, und dann klang es, als führe Ty damit über die Weide. *Was, zum Teufel, trieb sie denn nun schon wieder?* Steve streckte sich, um einen Blick auf das zerbeulte Fahrzeug zu erhaschen. Plötzlich wurde der Motor abgestellt. Offensichtlich hatte Ty irgendwo geparkt. Dummerweise außerhalb des Bereichs, den Steve einsehen konnte. Aber sobald sich sein Pferd abgekühlt hatte, würde er nachsehen gehen.

11. Kapitel

Während Ty die Schubkarre zum Pick-up schob, klapperte der Spaten gegen das Metall der Karre. In der

Baumschule hatte man ihr die beiden größten vorrätigen Apfelbäume verkauft und ganz hinten auf die Ladefläche gesetzt. Aber schon jetzt war Ty von oben bis unten mit Erde beschmiert, nur weil sie die Wurzelballen die wenigen Zentimeter bis an die Kante gerückt hatte.

Sie stellte die Schubkarre halb unter den Pick-up und blies sich eine Haarsträhne aus der Stirn, die ihr ständig ins Gesicht fiel. Aber das half auch nichts, und Ty strich sich die Strähne hinters Ohr. Dabei sah sie wie gebannt auf die Ladung und überlegte, was nun zu tun war.

Sollte sie die Bäume herunterzerren oder mit einem kräftigen Tritt herunterstoßen, damit sie in der Schubkarre landeten? Aber womöglich trat sie dabei zu kräftig dagegen, und die Bäume kippten seitlich weg. Kam also nur erstere Variante in Frage.

Ty überprüfte noch einmal, ob die Schubkarre auch richtig stand, und legte die Arme um den erdigen Wurzelballen des ersten Baumes. Doch trotz Aufbietung all ihrer Kräfte bewegte er sich keinen Millimeter. Da hörte sie hinter sich eine Stimme: »Würden Sie mir vielleicht verraten, warum Sie am hellichten Tag Bäume umarmen?«

Ty ignorierte Steve. Bei ihm verschwendete sie nur ihren Atem, zumal sie jetzt schon keuchte. Stattdessen zog sie wieder mit aller Kraft am Baum. Aber auch Zähnezusammenbeißen half nichts. *Mist!*

»Gehen Sie mal zur Seite, bevor Sie sich noch wehtun.« Steve stand plötzlich neben ihr, und schon wieder schlug ihr das Herz wie wild. Außerdem war sie viel zu dankbar für seine Hilfe, um sie abzulehnen.

»Ich hole das Ding da runter«, sagte er noch, und Ty kam zu dem Schluss, dass Steve Sheppard ein wahres Talent besaß, sie von einem Gefühlszustand in den nächsten zu katapultieren. Ob er sich dessen wohl bewusst war?

»Der Baum muss in die Schubkarre.«

»Das habe ich mir schon gedacht. Ich hebe den Ballen an, und Sie bugsieren ihn in die Karre.«

»In Ordnung.« Ty nickte.

»Sind Sie so weit?«

»Okay.«

Einer stand rechts und einer links von der Schubkarre. Steve stellte sich mit den Füßen unter die Ladeklappe und beugte sich dann vor. Während er die Arme um den Ballen legte, sah man durch das weiche Flanellhemd, wie sich seine Muskulatur anspannte. Mit einer einzigen fließenden Bewegung zog er den Baum von der Ladefläche, und Ty wurde der Mund ganz trocken.

Dann streckte sie rasch die Arme aus, um den Baum zu stabilisieren. »Okay, ich hab ihn, Sie können ihn jetzt herunterlassen.« Ty war ganz außer Atem, nicht weil es so anstrengend gewesen wäre, den Baum zu halten, sondern weil Steve ihr so nah war.

Als der Baum in der Karre stand, erbot sich Steve, sie zu schieben, und Ty ging ihm voraus über die Wiese. Vor Fancy Frees Grab blieb sie stehen, und Steve zog fragend eine Augenbraue hoch. Ty räusperte sich nervös. War sie womöglich zu weit gegangen, und Steve würde ihr diesen Fauxpas niemals verzeihen? »Das … das ist ein … Apfelbaum«, erklärte sie stockend, »und der andere auf dem Pick-up auch.«

»Fancy hat gern Äpfel gefressen. Sie waren seine Lieblingsleckerei.«

»Der Mann in der Baumschule hat gesagt, es hätte bisher noch keinen strengen Frost gegeben, sodass man sie ohne Bedenken pflanzen könnte. Wenn Mutter Natur mitmacht, blühen sie vielleicht schon nächstes Frühjahr, und ich dachte …«

»Was dachten Sie? Einen Baum an jedem Ende des Grabs zu pflanzen?«

Ty nickte erleichtert, und Steve trat zurück, um sich vorzustellen, wie sich die Bäume auf Fancys Grab machen würden. Als Ty sah, dass er lächelte, tat ihr Herz einen Sprung. »Fancy wird es im Schatten der Apfelbäume gefallen«, verkündete er und nahm den Spaten von der Schubkarre. »Soll ich schon einmal anfangen zu graben, oder holen wir erst den anderen Baum?«

»Letzteres, würde ich vorschlagen. Dann können wir sie so hinstellen, wie Sie es gern hätten. Danach laufe ich schnell zur Scheune und hole mir auch eine Schaufel. Zu zweit sind wir schneller fertig.«

»In Ordnung.« Steve stieß den Spaten in die weiche Erde und hob den Baum aus der Schubkarre, bevor er ihn langsam neben Ty herunterließ. Sie war froh, dass er beschäftigt war und nicht sah, wie sie seine Kraft bewunderte.

Auch beim zweiten Baum klappte alles problemlos, und sobald er an Ort und Stelle stand, spurtete Ty zur Scheune, um noch eine Schaufel zu holen, während Steve schon einmal mit dem Graben begann.

Als sie zurückkam, hielt er inne und beobachtete sie. Sie sah so hübsch aus. Ihre Wangen waren gerötet, das Gesicht lehmverschmiert, und die grauen Augen glänzten. Sie warf ihm nur kurz einen Blick zu und machte sich gleich an die Arbeit. Mit dem Fuß stieß sie den Spaten in die Erde, ging ein wenig in die Knie und hebelte ihn samt frischer brauner Erde wieder heraus. Während Steve Ty beobachtete, vollführte sein Herz scheinbar akrobatische Übungen.

Jetzt verschränkte er die Arme und lehnte sich auf den Spatengriff. Da war sie, seine Milliardärin, und buddelte in der Erde, nur damit er sich besser fühlte. Das hätte er niemals für möglich gehalten. Allein die Tatsache, dass sie sich Gedanken gemacht hatte, wie man ihm über den Tod seines Pferdes hinweghelfen könnte, war schon erstaunlich. Und jetzt packte sie auch noch selbst mit an!

»Wissen Sie eigentlich, dass Sie einen der Männer von der Baumschule hätten anheuern können, damit er Ihnen hilft? Damit haben diese Unternehmen hier draußen ein Vermögen verdient.«

Ty nickte, grub aber rhythmisch weiter. »Zumindest habe ich um Rat gefragt, weil ich selbst noch nie einen Baum gepflanzt habe.« Schüchtern lächelnd sah sie zu Steve. »Aber es hat sich nicht so schwierig angehört. Außerdem wäre es nicht das Gleiche gewesen, wenn jemand anders die Arbeit gemacht hätte«, sagte Ty, die gerade einen besonders hartnäckigen Lehmklumpen bearbeitete, bevor sie ein wenig atemlos hinzufügte: »Aber ich bin froh, dass Sie mir helfen, Steve. Eigentlich dachte ich, das mit dem Graben ginge schneller. Und die Bäume müssen unterwegs auch gewachsen sein. Jetzt sind sie viel schwerer als am Anfang.«

Steve lachte, und Ty bekam vor Freude Herzklopfen. Dann gruben die beiden weiter, und das erste Mal, seitdem Ty nach Southwind gekommen war, arbeiteten sie zusammen.

Als die Bäume gepflanzt waren, rief Ty zufrieden: »Sie sehen wunderschön aus!«

»Das finde ich auch. Vielen Dank, Ty.«

Sie wusste nicht, ob sie nun vor Freude lachen oder weinen sollte. Endlich behandelte Steve sie nicht mehr wie einen Eindringling, und er hatte ihren Namen gesagt, anstatt irgendeinen Spitznamen zu erfinden! Obwohl sie in diesen Sinneswandel nicht zu viel hineininterpretieren durfte, atmete sie tief durch und erklärte: »Da waren auch noch ein paar hübsche Holzbänke im Angebot. Ich dachte, vielleicht –«

Steve nickte. »Eine Bank wäre nicht schlecht. Am Boden zu sitzen wird doch langsam verdammt kalt.«

Wenn er lächelte, legten sich kleine Fältchen um seine Augen und machten ihn noch attraktiver, geradezu umwerfend. Dieser neue umgängliche Steve Sheppard stieg ihr regelrecht zu Kopf, und als er ihr jetzt den Spaten aus der Hand nahm und sie dabei aus Versehen berührte, wurde das Gefühl noch intensiver.

»Was halten Sie von Luzerne und Heusamen?«, fragte er dann.

Aber Ty war so aufgewühlt, dass ihr der Puls raste und sie am ganzen Körper bebte. Dabei hatte sie keine Ahnung, wovon er sprach. »Wie bitte?«

»Heusamen und Luzerne für den Boden«, erklärte Steve. »Wie wär's, wenn wir das Grab einsäen würden?«

»Ach so, natürlich. Im Sommer wird es dann bestimmt ein hübsches Plätzchen.«

»Dank Ihnen«, sagte Steve. Ein rascher Blick in ihr Gesicht sagte ihm, dass sie die Chance nicht nutzen würde, ihm bei lebendigem Leib das Fell abzuziehen. Trotzdem musste er sich entschuldigen. Einen Moment sahen sie einander in die Augen, bevor sich Steve seufzend durchs Haar fuhr. »Ich würde mich gern entschuldigen. Ich habe mich unmöglich benommen.«

Ty sagte nichts dazu, und Steve erklärte trocken: »Ihrem höflichen Schweigen entnehme ich, dass Sie meiner Meinung sind.«

»Hm, ich schätze, das könnte man so sagen.«

»Wir wissen ja beide, dass ich Sie nicht als Geschäftspartnerin haben wollte. Aber ich habe Dinge gesagt, die wirklich daneben waren, zum Beispiel gestern Nacht. Dass Sie nicht verstehen könnten, wie es sei, jemanden zu verlieren, den man geliebt hat. Schließlich kann ich das überhaupt nicht beurteilen, und es tut mir Leid. Ich weiß ja eigentlich gar nichts von Ihnen …« Steve warf Ty einen Blick zu, um zu sehen, wie sie seine Worte aufnahm.

»He, Sie zittern ja!« Erst jetzt bemerkte er ihre Blässe und die dunklen Ränder unter den Augen. »Was ist denn los?«

»Nichts«, murmelte Ty mit gesenkten Lidern, weil sie so bewegt war, dass sie Steves prüfendem Blick womöglich nicht standgehalten hätte. Das musste am Stress liegen, oder an der Müdigkeit. »Mir ist auf einmal einfach nur kalt.«

Unwillkürlich fühlte sich Steve zu ihr hingezogen und dachte: *Fass sie an, nimm sie in den Arm, küss sie!* Schließlich reagierte er entsprechend und ging langsam, aber nicht minder entschlossen auf sie zu. Und das war richtig. Denn als er sie bei den zarten Schultern fasste, durchfuhr ihn feurige Erregung. Er beugte den Kopf, bis sein Gesicht nur noch Zentimeter von ihrem entfernt war, und sah ihr tief in die Augen. Ty erwiderte seinen Blick. Verlangen und Vorsicht mischten sich bei beiden. Doch bei Steve überwog das Verlangen und fegte alle Bedenken hinweg.

»Ich würde dich gern küssen, Ty.« Als sie daraufhin den Atem anhielt, wertete er das als Zustimmung und hauchte ihr einen Kuss auf die vollen, leicht geöffneten Lippen. Unwillkürlich dachte er dabei, dass noch keine Frau so gut geschmeckt hatte wie Ty. Als er ihre Lippen beben sah und spürte, wie sie erschauerte, zog er sie ganz an sich und fragte heiser: »Ist dir immer noch kalt?«, bevor er mit einem Lächeln, das Frauenherzen höher schlagen ließ, hinzufügte: »Mal sehen, ob wir es nicht gemeinsam schaffen, dich aufzuwärmen.«

Diesmal war sein Kuss forscher, aber Ty dachte nicht im Traum daran, sich ihm zu verweigern. Sie war erfüllt von honigsüßem Verlangen, das ihr die Knie ganz weich werden ließ. Derart stimuliert gab sie sich ganz Steves Umarmung hin, so wie sie es sich als Teenager immer gewünscht hatte.

Aber die Wirklichkeit war mit ihren romantischen Jungmädchenträumen nicht zu vergleichen. Nie hätte Ty gedacht, dass Steve so stürmisch sein könnte, und eine Berührung von ihm sie derart dahinschmelzen lassen würde. Woher hätte sie damals auch wissen sollen, dass sie sich in seinem leidenschaftlichen Blick und der Umarmung, bei der seine Hände ihren erregten Körper erkundeten, verlieren würde? Jetzt schmiegte sich Ty an ihn, woraufhin er seine starken Arme noch fester um sie legte. Sie genoss die herrlich gefährliche Wärme, die von ihm ausging, und während seine Lippen mit ihren verschmolzen, schürte er ihr Verlangen, bis sie lichterloh brannte.

Niemals hätte sich Ty als Teenager ein derartiges Brillantfeuerwerk der Gefühle vorzustellen vermocht … oder dass sie dabei unterbrochen werden könnten.

»Shepp!« Am Weidenzaun lehnte ein Mann und brüllte Steves Spitznamen, sodass Steve und Ty auseinander wichen, als hätten sie einen Elektrozaun und nicht den erregten Körper des anderen berührt. Nach den heißen Küssen und Steves leidenschaftlicher Umarmung kam es Ty jetzt noch kälter vor – geradezu arktisch, und die Kälte ging ihr bis ins Mark. Die heftige Reaktion auf Steves Liebkosungen sorgten dafür, dass sie einen Augenblick brauchte, bis sie begriff, warum ihr plötzlich so kalt war. Steve hatte ihr zuvor in Windeseile die Strickjacke aufgeknöpft, und jetzt hing sie ihr von den Ellbogen.

Während ihre Wangen eine flammende Röte überzog, senkte Ty beschämt den Kopf und hantierte unbeholfen mit den Hornknöpfen. Dabei blickte sie hektisch zwischen ihren Hände und dem Fremden hin und her, der mit großen Schritten näher kam.

Bei dem Gedanken, dass er sie hier auf der Wiese im Unterhemd antreffen würde, stöhnte Ty auf. Aber da war auch schon Steve bei ihr und hielt ihr die Hände fest. »Komm, lass mich das machen.«

Ty ließ die Arme sinken und sah zu Steve hoch, der ihren Blick lächelnd erwiderte und dann in aller Ruhe ihre Jacke zuknöpfte.

»Du machst das sehr geschickt«, sagte Ty ein wenig vorwurfsvoll, weil es ihm anscheinend nichts ausmachte, dass sie überrascht worden waren. Aber schließlich stand auch nicht er halb nackt auf der Wiese, sondern sie.

»Du solltest dankbar sein, dass ich so geschickte Hände habe.« Steves Grinsen hätte sogar eine achtzigjährige Oma erröten lassen. Dann raunte er ihr ins Ohr: »Zu dumm aber auch, dass Bubba seinen Besuch nicht besser getimt hat. Dabei wurde es gerade interessant.« Steve rieb die Nase an Tys Wange, bevor er ihr einen Kuss auf die dünne Silberkette am Halsansatz drückte und den Kontrast zwischen der warmen Haut und dem kühlen Metall genoss. Nichts wäre ihm lieber gewesen, als dort weiterzumachen, wo er gerade aufgehört hatte. All diese Knöpfe wieder zu öffnen, seine Hände unter Tys verführerisches Unterhemd zu schieben und sich an dem zu laben, was er darunter finden würde: sanft gerundete Brüste – ohne BH. Allein der Gedanke daran ließ ihn wohlig erschauern.

»Na, Shepp, führst du immer noch eine Pferdefarm?«

Als Steve Bubba rufen hörte, seufzte er leise und gab Ty noch einen letzten Kuss auf die Stirn. Dann trat er zögerlich zurück und schuf einen respektablen, wenn auch überhaupt nicht willkommenen Abstand zwischen sich und Ty. »Bubba, schön dich zu sehen.« Insgeheim war Steve allerdings der Meinung, dass Bubba ruhig eine Stunde später hätte kommen können.

»Shepp, du siehst echt gut aus, Mann.« Bubba blickte zwischen Steve und Ty hin und her, und ein breites Grinsen ließ sein dunkles Gesicht erstrahlen. Er kannte

Steve nun schon ewig, aber bisher war dieser, wenn es um Frauen ging, immer sehr diskret gewesen. »Du hast mich doch nicht verscheißern wollen, als du mir gesagt hast, mein alter Job würde noch auf mich warten?«

»Natürlich nicht, Bubba. Ich bin verdammt froh, dass du dich entschlossen hast, zurückzukommen!« Steve schüttelte ihm die Hand und legte ihm die andere auf die muskulöse Schulter. Dann wandte er sich an Ty.

Immer noch überzog eine leichte Röte ihre Wangen, und ihre Augen waren so groß, dass Steve die feinen schwarzen Ringe um die Iris sehen konnte. Das gefleckte Hellgrau darin erinnerte an die sturmgepeitschte See in der Abenddämmerung und passte zu Tys Gesichtsausdruck. Aber die Leidenschaft, die daraus sprach, stand in krassem Kontrast zur erneut züchtig geschlossenen Strickjacke. Wenn Steve an die seidenweiche Haut darunter dachte, wurde ihm ganz anders, und er kämpfte gegen den Impuls an, Bubba abzuwimmeln, um mit Ty allein zu sein.

Aber leider musste ihr Schäferstündchen noch warten. Bubba war unerlässlich, wenn die Dinge auf Southwind wieder rund laufen sollten. Kaum einem vertraute Steve bei seinen Pferden so wie ihm.

»Ty, darf ich dir Bubba Rollins, meinen alten und unseren neuen Stallmeister vorstellen. Seine Wiedereinstellung hat mich eine Lohnerhöhung von dreißig Prozent gekostet, sechs Spiele Poolbillard und unbeschränkten Biernachschub, während die Verhandlungen liefen. Außerdem musste ich ihn zweimal gewinnen lassen«, fügte Steve noch hinzu und grinste, als Bubba sofort lautstark protestierte. »Bubba, das ist Ty Stannard, meine neue Partnerin und dein neuer Boss.«

Als sich Ty und Bubba begrüßten, verschwand ihre Hand gänzlich in seiner. Ohnehin wirkte Ty gegen seine hünenhafte Erscheinung wie ein Zwerg. Bubbas Kopf war kahl rasiert, wodurch seine markanten Gesichtszüge noch deutlicher zur Geltung kamen. Im rechten Ohr trug er einen kleinen goldenen Ohrring, unter der schwarzen Jeansjacke ein dunkelblaues Sweatshirt mit Kapuze. Normale Jeans und robuste Arbeitsstiefel vervollständigten sein Outfit.

Als Ty zu ihm aufsah, stellte sie fest, dass auch er sie eingehend musterte. Dabei wurde ihr schmerzlich bewusst, wie sie aussehen musste: von oben bis unten mit Erde beschmiert, wobei ihr das Haar strähnig ins Gesicht fiel. Im Gegensatz zu Bubba war das nicht besonders beeindruckend. Die Form wahrend sagte sie dann trotzdem: »Freut mich, Sie kennen zu lernen, Mr. Rollins.«

»Bubba«, korrigierte er lächelnd. »Wir stehen hier nicht auf Formalitäten, oder, Shepp?« Bubba war Tys leichte Wangenröte nicht entgangen, und auch nicht das tiefe Rot ihrer Lippen. Die Frau war gerade intensiv geküsst worden, und da man ihr die Überraschung immer noch ansah, kam das wohl nicht allzu häufig vor. Dafür musste es einen triftigen Grund geben, denn sie war viel zu hübsch, um nicht von Männern umschwärmt zu werden.

»Legen wir gleich los, Shepp, Ty?« Bubba nannte seine neue Chefin einfach beim Vornamen und wartete insgeheim, dass sie sich dagegen verwehren würde. Aber diese Ty Stannard war keine zweite Allegra Palmer. Damit hatte sie schon einen Stein bei ihm im Brett. Allegra hatte sich immer viel zu viel auf sich eingebildet und ein Problem damit gehabt, dass ein Schwarzer sie beim Vornamen nannte. Obwohl sich alle anderen auf Southwind duzten, hatte Allegra darauf bestanden, dass er »Miss Palmer« zu ihr sagte. Trotz ihrer dreißig Jahre war sie noch eine richtige Rotzgöre gewesen.

Glücklicherweise hatten sie und ihre Eltern Southwind verlassen. Das war aber auch das einzig Gute an der Tragödie um Fancy Frees Tod. Mr. und Mrs. Palmer hatten sich blind gestellt und nicht wahrhaben wollen, dass das Verhalten ihrer Tochter Jason Belmar gegenüber die unheilvolle Entwicklung auf Southwind ausgelöst hatte. Aber das war jetzt Geschichte, und Bubba fragte: »Ihr zwei plant also wirklich, den Pferdehof wieder zum Laufen zu kriegen, damit ich nicht den ganzen Tag Däumchen drehen muss?«

»Ja, wir arbeiten daran«, antwortete Steve und wusste auch ohne Ty anzusehen, dass sie ihn ungläubig anstarrte. Natürlich hatten sie nicht wirklich *gemeinsam* daran gearbeitet, aber das konnte sich ja ändern. Steve wusste, dass er sich mit seiner Haltung der vergangenen Tage auf Dauer nur ins eigene Fleisch schnitt. Ty war zu willensstark, um sich von Feindseligkeit oder schwerer Arbeit abschrecken zu lassen. Außerdem mochte er sie inzwischen viel zu sehr, um sich ihr gegenüber weiterhin so rüpelhaft aufzuführen.

Wenn er wieder Kontrolle über Southwind erlangen wollte, musste er sich ohnehin einen besseren Plan überlegen. Und so wie die Dinge im Augenblick standen, konnten Ty und er viel besser zusammenarbeiten als gegeneinander. Dabei weigerte sich Steve zu analysieren, inwieweit Tys leidenschaftliche Reaktion auf seine Küsse seinen plötzlichen Sinneswandel beeinflusst hatte.

Währenddessen dachte Ty spöttisch: Interessant, jetzt arbeiteten Steve und sie also zusammen. Wenn dem wirklich so gewesen wäre, hätte sie doch wohl gewusst, dass er beabsichtigte, Bubba Rollins wieder einzustellen – nicht dass sie etwas dagegen gehabt hätte. Southwind brauchte einen Stallmeister und wenigstens ein halbes Dutzend Pferdepfleger, damit alles lief, wenn der Stall erst einmal wieder voll belegt war. Reiche Pferdebesitzer wollten nur das Beste für ihre Tiere: erstklassiges Weideland, blitzsaubere Ställe, glänzendes Zaumzeug und

Rundumbetreuung. Dazu war geschultes Personal notwendig, und wenn Bubba Rollins den Anfang machte, sollte es ihr recht sein.

Doch was Steves Bemerkung bezüglich der Zusammenarbeit betraf, war Ty skeptisch. Erst wollte sie sehen, dass er noch mehr mit ihr teilte als einen Kuss. Aber an den durfte sie nicht denken. Seine Intensität hatte sie tief berührt. Gleich danach war sie ganz aufgewühlt gewesen, und jetzt wusste sie überhaupt nicht, wie sie sich Steve gegenüber verhalten sollte.

Sie brauchte wohl ein bisschen Abstand, um wieder zu sich zu finden, und sagte: »Bestimmt wollt ihr in Ruhe über *unsere* Pläne reden.« Das Unsere betonte sie besonders, damit Steve nicht glaubte, mit einem Kuss könnte er ihren Verstand lahm legen – selbst wenn dem so war.

Dann nahm sie die Schubkarre wieder auf, aber Steve sagte: »Lass mich das machen«, und schob sie sanft zur Seite. »Du hast schon genug an der Verantwortung zu tragen.« Zu Bubba gewandt, erklärte er daraufhin: »Was das angeht, ist sie echt gut.«

»Eine Frau, die Veranwortung übernimmt, wäre auf Southwind mal was Neues«, antwortete Bubba, während die drei zum Stall gingen.

»Ach, übrigens, Bubba, haben wir hier irgendwo einen Sattel, der Ty passen könnte?«

»Einen Sattel für mich?«, fragte Ty, und vor Überraschung überschlug sich ihre Stimme.

»Ja, ich dachte, du könntest Macintosh für mich warm reiten, während ich mit Cantata trainiere. Ich bin spät dran und habe heute Nachmittag noch einen Termin mit einer Versicherungsvertreterin.«

»Aber ich kann doch nicht –«

»Klar kannst du. Du hast doch gesagt, du wärst früher schon einmal geritten.«

»Ja, aber –«

»Bist du bei Turnieren angetreten?«, fiel Steve ihr ins Wort.

»Ja, bei den Junior Jumpers, bevor ich das Reiten aufgegeben habe. Aber das heißt nicht, dass –«

»Das heißt, dass du nicht allzu schlecht sein kannst, sonst hättest du schon früher die Finger von der Springreiterei gelassen oder dir vorher den Hals gebrochen. Aber mach dir nur keine Sorgen! Macintosh ist ganz brav, und ich behalte euch im Auge.« Er grinste, als würde das an Zuspruch reichen, um Ty wieder in den Sattel zu bewegen. Unwillkürlich berührte sie die Narbe an ihrer Stirn, aber das sah Steve nicht, weil er sich jetzt wieder an Bubba wandte: »Meinst du, du findest einen passenden Sattel für Ty?«

»Ich denke schon. Ich meine, mich zu erinnern, dass da mal jemand einen vergessen hätte.« Und wie er sich daran erinnerte! Es war verdammt schwer, Allegra Palmers Auftritt zu vergessen, nachdem Steve ihr klipp und klar gesagt hatte, sie müsse den Hermes-Sattel, den sie am Tag zuvor im strömenden Regen hatte liegen lassen, selbst einfetten. Sein Stallmeister habe Besseres zu tun, als Reitzubehör wieder in Stand zu setzen, das jemand anders grob fahrlässig behandelte. Und wie laut diese Frau geworden war! Sie hatte im Stall herumgeschrien, als habe Steve sie gezwungen, das gesamte auf Southwind verfügbare Lederzeug zu putzen. Und als er nicht einlenkte, war sie einfach in die Stadt gefahren, um sich für 3 000 Dollar einen neuen Sattel zu kaufen. Nur damit sie ihren alten nicht einzufetten brauchte. Bestimmt war der noch irgendwo in der Sattelkammer – mit zahlreichen Wasserflecken darauf.

Als Bubba jetzt nickte und sagte, dass er sofort nach dem Sattel sehen würde, dachte Ty: *Na, klasse!* Bei der Aussicht, das erste Mal seit acht Jahren wieder auf ein Pferd zu steigen, wobei Steve mit seinem Kennerblick jede ihrer Bewegungen – oder besser gesagt – jeden ihrer Fehler wahrnehmen würde, krampfte sich ihr der Magen zusammen. Das wäre etwa so, wie mit Gene Kelly zu tanzen. Aber um sich zu weigern, war sie zu stolz.

So viel also zu dem Thema, ein bisschen Abstand von Steve zu bekommen, um wieder zu sich selbst zu finden.

12. Kapitel

Wenigstens hatte sie es zum Haus zurückgeschafft, Reithosen anziehen, einen Rosinenbagel schnappen und eine Tasse lauwarmen Kaffee hinunterstürzen können, bevor sie sich Macintosh stellte. Steve hatte gesagt, Bubba und er würden die Pferde fertig machen, während sie sich umzog.

Tief durchatmen!, befahl sich Ty jetzt immer wieder, wenn sie kurz vorm Hyperventilieren war. Bei Macintosh handelte es sich schließlich nicht um eine alte Schindmähre, die halb komatös durchs Rund trottete und sich nicht um den Reiter auf ihrem Rücken kümmerte. Andererseits war sie, Ty, schon einmal geritten und hatte sogar mehrere Jahre selbst ein Pferd besessen. Sie war sogar bei Turnieren angetreten, da würde es ihr doch gelingen, sich bei dieser Sache nicht zu blamieren.

Klar, hörte sie da ihre innere Stimme, *aber es wäre viel leichter, Steve mit deinen Reitkünsten zu beeindrucken, wenn du in den vergangenen acht Jahren nicht so verdammt stur gewesen wärst.*

Nun, sie hatte schon gehört, dass man das Reiten genauso wenig verlernte wie das Fahrradfahren.

Natürlich, meldete sich da wieder ihre innere Stimme, *man kann ein Fahrrad und ein fünfhundert Kilogramm schweres Pferd mit einem eigenen Willen ja auch ohne weiteres vergleichen.*

Da Ty schon wieder das Atmen vergessen hatte, musste sie jetzt mit einem Stück Bagel im Mund husten. Dabei hoffte sie inständig, dass Macintosh wirklich so brav war, wie Steve behauptet hatte.

»Na, Shepp, erzählst du mir jetzt mal 'n bisschen über meine neue Chefin, wo du sie gefunden hast, zum Beispiel?« Bubba hatte die Sattelkammer durchstöbert, Allegra Palmers alten Sattel zutage gefördert und auf den unteren Teil einer Boxentür gelegt. Jetzt rieb er sorgfältig ein Pflegemittel auf die Sitzfläche. Mehr konnte er im Augenblick nicht tun. Später würde er den gesamten Sattel einfetten und das angegriffene Leder zu neuem Leben erwecken. Macintosh war neben ihm an einem Wandhaken befestigt und wartete geduldig, während Steve sein glänzendes haselnussbraunes Fell striegelte.

»Sie hat mich gefunden. Tys Vater ist ein großer Makler. Du hast doch sicher schon mal von Stannard Limited gehört? Ja, das hat fast jeder. Wie auch immer, sie kam mit der Idee auf mich zu, Southwind wieder ins Geschäft und in die schwarzen Zahlen zu bringen, wenn ich bereit wäre, eine Partnerschaft mit ihr einzugehen. Sie war überzeugt, dass ihr Vater sonst den Besitz aufkaufen und erschließen würde.«

»Erschließen? Auf Southwind eine Menge Häuser für idiotische reiche Städter bauen, meinst du wohl? Die Frau gefällt mir jetzt schon.«

»Ja, ich hätte das auch nicht ertragen, Bubba.« Steve bückte sich und tastete Macs Vorderbein ab, bevor er einen Hufkratzer aus der Gesäßtasche seiner Jeans zog. Vorsichtig reinigte er den Huf des Pferdes.

»Bubba, wir müssen den Schmied kommen lassen, bevor wir nach New York fahren. Ich hasse den Untergrund im Garden.«

»Machen wir«, sagte Bubba, wollte aber ihr ursprüngliches Thema nicht fallen lassen und fragte Steve jetzt ganz offen: »Hast du dich vorhin auf der Weide so *dankbar* erwiesen, weil sie deine Farm vor ihrem Vater gerettet hat?«

Steve warf ihm einen bösen Blick zu, bevor er sich unter Macintoshs Hals durchbückte und den zweiten Huf anhob. »Das hatte nichts damit zu tun. Sie hat heute Morgen zwei Apfelbäume gekauft, um sie Fancy aufs Grab zu pflanzen.«

»Nette Idee!« Bubba hielt inne, den Schwamm mit der Lederpflege in der Hand, und dachte noch einmal darüber nach. »Wirklich nett.«

»Ja, um ehrlich zu sein, hat mich das auch irgendwie umgehauen, und dann führte eins zum anderen ...«

»Aha«, polterte Bubba, »das erklärt natürlich alles.«

»Was erklärt was?« Steve stützte gerade einen von Macintoshs Hinterhufen auf seinem Oberschenkel ab.

»Das erklärt, warum du den Blick nicht von ihr lassen kannst. So hast du eine Frau noch nie angesehen.«

»Wovon, zum Teufel, sprichst du überhaupt? Ich sehe sie überhaupt nicht irgendwie besonders an. Und wie lange bist du jetzt überhaupt hier, eine halbe Stunde? Da kannst du das gar nicht beurteilen.«

»Ich denke schon, Boss. Wir kennen uns nun seit elf Jahren, und du siehst Ty wirklich an, als wäre sie etwas ganz Besonderes. Bisher hätte ich schwören können, du bekämst nur bei *vierbeinigen* Vollblütern glänzende Augen.«

»Vollblüter, hm?« Nachdem Steve mit Macs Hufen fertig war, nahm er sein Zaumzeug vom Haken, machte ihn los und streifte ihm die Zügel über den Kopf zog. Währenddessen legte ihm Bubba eine schneeweiße Decke und dann den Hermes-Sattel auf den Rücken. Die Lederpflege war inzwischen in die feinen Poren gezogen wie Regen im Wüstensand versickert.

»Ja, Vollblüter«, wiederholte Bubba nun, um den Faden ihrer Unterhaltung wieder aufzunehmen. Dann fasste er unter Macs Bauch durch, ergriff den Sattelgurt und steckte ihn durch die dafür vorgesehenen Schnallen am Sattel, bevor er ihn festzog. Als Macintosh spürte, wie sich der Gurt um seinen Bauch spannte, warf er kurz den Kopf hoch.

»Und was haben Vollblüter mit Ty zu tun?«, fragte Steve, obwohl er nicht wusste, ob er Bubbas Antwort hören wollte.

»Nun, das macht die Sache erst interessant, da du eindeutig dabei bist, deinen Horizont zu erweitern, Shepp. Das ist das erste Mal, dass ich dich bei einer millionenschweren Vollblutbraut habe sabbern sehen.«

Steve kniff die Augen zusammen und funkelte Bubba an. »Du willst damit doch nicht andeuten, dass ich hinter ihrem Geld her bin, oder?«

»Bewahre, nein!« Bubba schüttelte den Kopf, ließ sich aber nicht aus der Ruhe bringen. »Natürlich nicht. Wenn dich reiche Hühner interessieren würden, hättest du dir längst eines herauspicken können. Allegra wäre jederzeit mit dir in die Kiste gestiegen, du hättest bloß ein Wort zu sagen brauchen. Von ihren Eltern wärst du dann bis an dein Lebensende mit millionendollarteuren Pferden versorgt worden. Nein, diese Ty Stannard muss etwas ganz Besonderes haben – abgesehen von ihrem guten Aussehen und dem Geld, meine ich.« Mit einem schelmischen Grinsen fuhr Bubba fort: »Hast du schon herausbekommen, was es ist?«

»Nein«, antwortete Steve genervt. Es war nicht leicht, Bubba von einem Thema abzubringen, wenn er darüber reden wollte. »Aber ich verspreche dir, es zu erzählen, sobald ich es herausgefunden habe.« Doch mit Sarkasmus kam er bei seinem Stallmanager nicht weiter.

»An dieses Versprechen werde ich dich erinnern«, sagte

Bubba, und als er gleich darauf zwei lange Beine in schwarzen Reithosen auf sich zukommen sah, rief er: »Oh, da ist ja deine ultraschicke Vollblutfrau!«

Da Bubba breit grinsend bei ihnen in der Reithalle stand, tat Steve sein Möglichstes, sich Ty in ihren Reithosen nicht allzu genau anzusehen. Dass sie einen Superkörper hatte, stand dabei ohnehin außer Frage.

Die Sache wurde noch schwieriger, als Steve ihr in den Sattel helfen wollte. Natürlich hätte Ty das wahrscheinlich auch allein geschafft. Aber Macintosh war ein großes Pferd, und es juckte Steve in den Fingern, Ty anzufassen – wenn auch nur kurz.

»Bei drei«, sagte er jetzt und umfasste Tys Fuß mit dem Reitstiefel. Dabei bemühte er sich, nicht allzu tief einzuatmen, aus Angst, er könnte eine echte Dummheit begehen, wenn er einen Hauch ihres Parfüms erwischte. Schließlich stand Bubba gerade einmal drei Meter von ihnen weg.

Als Ty sich zu ihm umwandte und wortlos nickte, sah Steve, dass ihre Augen vor Nervosität riesengroß waren, und sagte leise: »He, mach dir keine Sorgen! Macintosh zu reiten ist leichter, als sich in einem alten ausgesessenen Fernsehsessel das Nachmittagsprogramm anzusehen. Du musst nur aufpassen, dass du nicht einschläfst. Okay, fertig? Eins, zwei, drei.«

Bei drei stieß sich Ty mit dem anderen Fuß vom Boden ab und zog sich am Sattelknauf hoch. Aber Steve hatte ihr so viel Schwung gegeben, dass sie beinah automatisch im Sattel landete. Als sie oben saß, nahm sie sofort locker die Zügel auf und setzte sich aufrecht hin. Fast kam es ihr vor, als säße sie auf einem Fass.

»Wir lassen die Steigbügel zwei Löcher herunter«, sagte Steve nun, »deine Beine sind länger als Allegras. Aber heb das Bein erst einmal an, damit ich Macs Gurt nachziehen kann. Er macht sich immer extra dick, wenn er gesattelt wird.« Steve wollte schon die linke Sattelklappe hochheben, als Ty erklärte: »Das kann ich selber.«

Sie war nicht mehr ganz so nervös wie am Anfang, dafür wurde sie jetzt immer aufgeregter. Sie wollte endlich loslegen, um festzustellen, ob das Reiten immer noch so schön war, wie sie es in Erinnerung hatte. »Das ist also Allegra Palmers Sattel gewesen?«, fragte sie, während sie Macintoshs Sattelgurt um ein Loch enger stellte.

»Ja, sie hat ihn eines Abends im Regen liegen lassen. Macht es dir etwas aus, ihre abgelegten Sachen zu benutzen?«

»Warum sollte es? Der Sattel ist gut, ein bisschen weicher gepolstert, als ich es gewohnt bin. Aber das ist vielleicht ganz gut so, nachdem ich so lange nicht mehr auf einem Pferd gesessen habe.«

»Wie lange ist das eigentlich genau her?«, wollte Steve jetzt wissen, während er Tys rechten Steigbügel länger machte.

»Acht Jahre«, gab Ty beschämt zu, die gerade den linken Steigbügel verstellte. »Bist du sicher, dass du mir Macintosh noch anvertrauen willst?«, fragte sie dann. Trotz ihrer wachsenden Begeisterung, wäre sie sofort bereit gewesen, abzusitzen, falls Steve Bedenken gekommen sein sollten.

»Acht Jahre«, wiederholte er nun kopfschüttelnd. »Verdammt lange Zeit, ich kann mir gar nicht vorstellen, solange nicht zu reiten. Mal sehen, wie dein Körper nach all den Jahren reagiert. Geh's einfach langsam an. Warum lässt du Mac nicht erst einmal ganz gemütlich durch die Halle laufen?«, fragte Steve und wandte sich dann an seinen Stallmanager. »Bubba, macht es dir etwas aus, Cantata für mich zu satteln und aufzuzäumen?«

»Kein Problem, Shepp.« Bubba war schon unterwegs zum Hallentor, als er Ty noch grinsend zurief: »Viel Glück!«

»Danke, Bubba.«

»Und dass du mir nicht auf dem Hintern landest!«

»Ich werd' mein Möglichstes tun, um das zu vermeiden.«

Steve ließ Ty einige Minuten im Kreis reiten. Sie saß ganz ordentlich im Sattel, vielleicht ein bisschen zu steif wie bei der ersten Reitstunde. Er musste sie irgendwie ablenken, ihr etwas zum Nachdenken geben, vielleicht würde sie dann lockerer.

»In Ordnung, Ty, jetzt einige Internas: Mac hat ein richtig weiches Maul. Da brauchst du nur ganz leicht Kontakt zu halten. Auf grobe Zügelhaltung oder Reißen steht er überhaupt nicht. Vielleicht kannst du die Zügel ein klein bisschen lockerer lassen. So ist's richtig. Während du mit Mac die verschiedenen Gangarten durchexerzierst, sollten deine Ellbogen auf einer Höhe mit dem Gebiss sein. Gut so, halte Kontakt zu seinem Maul, aber mach dabei keine hektischen Bewegungen.«

Steve ließ ihr einen Moment Zeit, seine Anweisungen zu verinnerlichen. Dabei zog er eine Zigarette aus der Westentasche und steckte sie sich an. Nach dem ersten Zug fuhr er dann fort: »Jetzt machen wir mit deiner Beinhaltung weiter. Du siehst da oben wirklich gut aus, aber es wird dir nie gelingen, Mac unter dir versammelt zu halten und seine Aufmerksamkeit zu gewinnen, wenn du dich zu weit vorneigst. Er ist ein gutes Pferd, aber kein Roboter. Du musst dich ganz aufrecht hinsetzen und richtig in den Sattel drücken. Hab nur keine Angst, deine Gesäßmuskulatur zu benutzen, auch wenn du darauf landen solltest«, sagte Steve und war sehr zufrieden, als er Ty damit ein Lächeln entlockte.

Sie begann sich zu entspannen. »So ist's besser. Jetzt das Bein noch ein bisschen zurücknehmen. Genau, nun hast du seine ganze Aufmerksamkeit. Und, wie reitet er sich?«

»Toll. Mac ist groß, viel größer als meine Stute es war. Aber vielleicht habe ich einfach nur vergessen, wie es sich anfühlt, auf einem Pferd zu sitzen.«

»Das vergisst man nicht«, antwortete Steve lachend. »Selbst ich habe den Eindruck, auf einen Riesentraktor oder einen Panzer aus dem zweiten Weltkrieg zu steigen, wenn ich vorher ein anderes Pferd geritten habe. Mac ist solide wie der Felsen von Gibraltar ... Okay, und jetzt bring ihn zum Traben, aber denk daran: die Zügel locker halten und ganz gerade sitzen.«

Und so ging es weiter. Während Steve von Macintoshs Temperament und seinen Gewohnheiten erzählte und erklärte, wie man am besten mit ihm arbeitete, korrigierte er hin und wieder Tys Haltung. Sie war jetzt ganz konzentriert und sprach kaum ein Wort, während sie die Tipps umsetzte, die Steve ihr gegeben hatte.

Erst als er sie aufforderte zu lächeln, bemerkte Ty, dass sie die ganze Zeit vor Konzentration die Stirn gerunzelt hatte, weil sie Bewegungen richtig ausführen wollte, die sie früher schon einmal perfekt beherrscht hatte. »Entschuldige«, rief sie nun.

»Da gibt's nichts zu entschuldigen«, sagte Steve. In diesem Augenblick führte Bubba Cantata herein, und er fügte hinzu: »Da bist du ja! Ich habe schon befürchtet, du hättest dich auf dem Weg in die Sattelkammer verlaufen oder Cantata würde dir Schwierigkeiten machen.« Dabei wusste Steve natürlich, dass Bubba sich absichtlich Zeit gelassen und die Stute wahrscheinlich noch gestriegelt hatte, damit er Ty in Ruhe einweisen konnte. »Sie sieht gut aus da oben, findest du nicht auch, Bubba?«

»Gar nicht so schlecht.« Bubba gab Steve Cantatas Zügel, der dabei mit den Lippen das Wort »danke« formte.

Als Ty die Kommentare der beiden hörte, strahlte sie übers ganze Gesicht. Es war *so* schön, wieder im Sattel zu sitzen, und Bubba und Steve hatten sich gerade ihre ewige Dankbarkeit verdient, weil sie ihr nicht das Gefühl gegeben hatten, wie ein Affe auf dem Schleifstein zu sitzen. Und Mac war einfach toll: Er ging ruhig, schritt dabei aber kräftig aus und war so hervorragend trainiert, dass man nur ganz leichte Hilfen geben musste. Beim Traben schwebte er geradezu über dem Boden, und beim Galopp hatte man das Gefühl, auf einer riesigen Schäfchenwolke zu sitzen, die über den Sommerhimmel segelte. Ty hatte den Eindruck, für immer so weitergaloppieren zu können, bis sie einen ziehenden Schmerz in den Fußgelenken spürte. Die unnatürliche und nicht mehr gewohnte Haltung in den Steigbügeln hatte ihre Knöchel steif werden lassen. Außerdem spürte sie, wie die Innenmuskulatur ihrer Oberschenkel zu zittern begann; und ihre untere Rückenpartie fühlte sich an, als hätte jemand mit einem Baseballschläger darauf geschlagen.

»He, Ty«, unterbrach Steve da die stillschweigende Aufzählung ihrer Wehwehchen, »du kannst Mac jetzt herbringen, ich übernehme.«

Einerseits erleichtert, andererseits bedauernd ließ Ty den großen Wallach im Schritttempo in die Mitte der Halle gehen und brachte ihn dann direkt vor Steve zum Stehen. »Ein großartiges Pferd!« Ty beugte sich vor und tätschelte Mac den leicht feuchten Hals. Sein Fell war vom Schweiß ein wenig dunkler geworden und wirkte jetzt tief kupferfarben. Als Mac den Kopf senkte und ihn am Vorderbein rieb, musste Ty unwillkürlich lächeln. Charisma hatte das nach dem Training auch immer gemacht, als wollte sie sagen, dass sie die Zügeln solange tolerierte, wie sie geritten wurde.

Wie sie das vermisst hatte, dachte Ty plötzlich, das berauschende Gefühl, mit diesem schönen Tier zusammen zu sein. Noch ein letztes Mal tätschelte sie Macs muskulöse Schulter, dann richtete sie sich auf und zog den rechten Fuß aus dem Steigbügel. Als sie dabei wieder ein schmerzhaftes Ziehen im Gelenk spürte, presste sie die Lippen zusammen, um nicht vor Schmerz eine Grimasse zu schneiden. Dann konzentrierte sie sich ganz darauf, ihr rechtes Bein über den Sattel zu schwingen. O *Gott, das tat ja furchtbar weh!* Ihr Oberschenkel schien lautstark gegen die Bewegung zu protestieren.

»Danke, Steve, dass ich Mac reiten durfte«, sagte Ty schließlich zwischen zusammengebissenen Zähnen. »Er ist so sanft.« Sie klang fast normal, und bei der angespannten Kaumuskulatur würde sie schon nicht aus Versehen vor Schmerz aufschreien.

»Das stimmt!« Steve hielt Macintosh am Zügel, während sich Ty auf den Boden herunterließ. »Mac wäre ein hervorragendes Dressurpferd geworden. Aber andererseits springt er über alles, was man ihm vor die Nase stellt. Er ist unheimlich vielseitig und scheut nie. Seine einzige Schwäche besteht darin, dass er nur eine Geschwindigkeit kennt. Wenn du ihn über diesen Schaukelstuhlgalopp hinaus bringen willst, kannst du gleich darauf warten, dass die Ahornbäume im Januar Sirup abgeben.«

Ty fühlte sich selbst ein bisschen wie Sirup. Nachdem sie jetzt wieder auf dem Boden stand, schienen ihre Knochen durch giftigen Schleim ersetzt worden zu sein, der sich allmählich in ihrem Körper ausbreitete. Sie hatte schon mehrmals gelesen, dass beim Sport Milchsäure in den Muskeln entstehen konnte. Wenn man ihr jetzt eine Probe entnommen hätte, wäre sie mit Sicherheit als Giftmülldeponie eingestuft worden.

Einen Augenblicke blieb sie einfach so stehen und hielt sich am Sattel fest, in der Hoffnung, ihre Beine würden sich schon irgendwann wieder fangen. Dabei hoffte sie inständig, dass weder Bubba noch Steve ihren peinlichen Zustand bemerkten. Immerhin war sie doch all die Jahre regelmäßig ins Fitnessstudio gegangen. Sie war kein Stubenhocker, der einen solchen Muskelkater verdiente!

Dummerweise gelang es Ty viel zu gut, ihren Zustand zu überspielen, und als Steve jetzt fragte: »Was hältst du davon, auch noch Cantata für mich warm zu reiten?«, bekam sie beinah einen Schock. Unfähig einen klaren Gedanken zu fassen, geschweige denn einen zusammenhängenden Satz zu formulieren, stammelte sie dann: »Aber, aber ...«

»Das mit Mac hast du wirklich gut gemacht. Cantata ist ein bisschen schwieriger über die Trense zu steuern, und sie hat einen viel stärkeren Vorwärtsdrang; dafür brauchst du bei ihr kaum Beinarbeit zu leisten. Sie wird sogar ein bisschen wild, wenn man es übertreibt.«

Hätte Ty einen Satz herausgebracht, hätte sie bestimmt protestiert oder eine Ausrede erfunden, aber ihr Gehirn funktionierte nur noch mit halber Kraft. Im Augenblick geschah aber auch zu viel auf einmal. Steve war immer noch freundlich – nein, geradezu nett – zu ihr und erlaubte ihr sogar zwei seiner Pferde zu reiten. Das war aufregend und beängstigend zugleich.

Doch was Steve nun sagte, ließ die Waagschale völlig außer Kontrolle geraten. »Es könnte sich als enormer Vorteil erweisen, dass du eine so gute Reiterin bist. Das bedeutet nämlich, sobald wir mehr Pferde haben oder ich mit mehr als einem Pferd bei einem Turnier antrete, kannst du immer eins warm reiten, während ich mit dem anderen übe. Du brauchst nur noch ein bisschen Praxis.«

Ty warf ihm einen misstrauischen Blick zu. Fast hätte man meinen können, er wollte sie nur aufziehen. Sie war auch skeptisch, ob er wirklich daran dachte, mit ihr im Team zu arbeiten. Immerhin würde das bedeuten, dass er ihrer Geschäftspartnerschaft eine Zukunft gab. Doch bevor Ty etwas hätte sagen können, war Steve schon damit beschäftigt, seinen Sattel von Cantata zu heben, und so öffnete auch Ty wie in Trance Macintoshs Sattelgurt.

Cantata stellte von Anfang an eine Herausforderung dar. Sie zu reiten war eindeutig etwas anderes als Macintosh. Ty konnte ihrer Wehwehchen-Liste jetzt noch Schmerzen im Schulterbereich und in den Armen hinzufügen, weil die Stute wesentlich heißblütiger war als Macintosh, und Ty die Zügel ganz fest halten musste. Eigentlich gab es im Augenblick nur noch eine einzige Stelle an ihrem Körper, die nicht wehtat: ihre Nasenspitze.

Ty wusste jetzt auch genau, was Steve mit »wild« gemeint hatte. Wenn man den Fehler beging, sich im Sattel ein wenig zu weit nach vorn zu setzen, sodass die Beine hinter den eigenen Schwerpunkt gerieten, reagierte das Vollblut mit der Hinterhand. Es hatte drei Runden gedauert, bis sich Cantata wieder beruhigt hatte. Diesen Fehler beging Ty bestimmt kein zweites Mal. Auf die Schmerzen in den Schultern konnte sie in Zukunft gut verzichten.

Obwohl Ty sich in einem erbarmungswürdigen körperlichen Zustand befand, war sie gleichzeitig überglücklich, weil sie das Gefühl hatte, wieder richtig lebendig zu sein. Während sie sich darauf konzentrierte, die junge, willensstarke Stute in allen Gangarten sauber zu versammeln, schloss das Adrenalin nur so durch ihren Körper. Aber noch aufregender war es, die Halle mit Steve zu teilen und ihm beim Training zuzusehen. Immer wenn sie Cantata die Zügel lang ließ, damit die Stute den Hals strecken und die Rückenmuskulatur entlasten konnte, hatte Ty Gelegenheit gehabt, Steve beim Hindernistraining mit Mac zu beobachten.

Wenn man eine Sportart mochte und einem wahren Meister darin zusehen konnte, war das unheimlich beeindruckend und wirkte ungemein beflügelnd. Während der Jahre, in denen Ty als Teenager Steves Turnierreiterei verfolgt hatte, hatte sie seine Fähigkeiten immer in Vollendung und nur während weniger Augenblicke bewundern können; solange es eben dauerte, einen Parcours hinter sich zu bringen, der darauf ausgelegt war, Pferd und Reiter technisch und körperlich das Äußerste abzuverlangen.

An diesem Tag sah sie einen ganz anderen Aspekt seiner Reiterei, der nicht minder beeindruckend war: das intensive Training, das spätere Spitzenleistungen erst möglich machte. Inzwischen selbst erwachsen, fand Ty das fast noch befriedigender.

Steve ließ Macintosh wieder und wieder Bewegungsabläufe durchführen, die er in die Grundelemente zerlegt hatte. Dann setzte er sie geduldig wieder zusammen und baute sie aus, bis daraus eine Aneinanderreihung von Drehungen, fliegenden Wechseln und Sprüngen wurde.

An diesem Nachmittag erhaschte Ty einen winzigen Blick auf die Anstrengungen, derer es bedurfte, damit man später den Eindruck hatte, Steve sei eins mit seinem Pferd. Sein harmonischer, fließender Reitstil war letztlich harte Arbeit, und die Chance bekommen zu haben, ihm dabei zusehen zu dürfen, wollte Ty um nichts auf der Welt missen.

Kurze Zeit später rannte Steve auf die Weide, wo Ty seinen Pick-up hatte stehen lassen. Vorsichtig fuhr er ihn dann über das unebene Gelände, bevor er die Auffahrt hinuntersauste, weil er für das Treffen mit der Versicherungsberaterin schon zu spät dran war. Wenigstens brauchte er nur bis Riverhead zu fahren. Die Versicherung unterhielt dort eine Niederlassung.

Von Versicherungsvertretern hatte Steve noch nie eine hohe Meinung gehabt, aber seit Fancy Frees Tod war sie auf ein Rekordtief gesunken. Man warf ihm nun schon viel zu lange Knüppel zwischen die Beine, hatte ständig irgendwelche Dokumente verlangt und nach der obligatorischen Autopsie auch noch eine zweite und dritte Expertenmeinung eingefordert. Die Versicherung wollte einfach alles Mögliche haben, bevor sie sich überhaupt mit seinem Anspruch befasste, geschweige denn das Geld herausrückte, das sie ihm schuldete. Dabei hatte er längst alle Unterlagen abgeliefert.

Nach wie vor fiel es ihm schwer, an den Autopsiebericht zu denken; ihm war ja von Anfang an klar gewesen, dass es richtig gewesen war, Fancy mit einem Schuss von seinen Qualen zu erlösen. Aber zumindest hatte ihn der Bericht auch von allen Vorwürfen reingewaschen. Fancy Frees Tod war ein schrecklich tragischer Unfall vorhergegangen, den die Versicherungsgesellschaft decken musste.

Gott sei Dank!

»Ich kann Cantata doch absatteln!«, sagte Bubba, als Ty und er die Pferde in den Stall führten. »Ich muss den Sattel sowieso noch einmal einfetten. Das Leder ist in einem ziemlich üblen Zustand.«

»Das schaffe ich schon, Bubba!«

Bubba warf ihr einen abschätzenden Blick zu. Steve hatte Recht gehabt: Diese Frau richtete sich eher zugrunde, als dass sie aufgab. In den vergangenen Minuten war sie von Sekunde zu Sekunde steifer gegangen, obwohl sie sich vorher im Sattel noch richtig aufrecht gehalten hatte – eine beeindruckende Leistung nach acht Jahren Pause. Erst als Steve zu seinem Treffen mit der Versicherungsvertreterin gefahren war, hatte Ty ein bisschen gestöhnt und den Schritt verlangsamt. Offensichtlich wollte sie nicht, dass er mitbekam, wie weh ihr alles tat. Diese Ty war unheimlich stur. Nun, da konnten sich die beiden ja die Hand geben.

Währenddessen dachte Ty, dass sie einfach immer nur

einen Fuß vor den anderen zu setzen brauchte, damit ihre Beine nicht unter ihr nachgaben und sie wie ein Häufchen Elend vor Bubbas riesigen Arbeitsstiefeln landete. Außerdem wollte sie unbedingt helfen, die Pferde in den Stall zu bringen, weil sie nicht sicher war, ob sie die Courage haben würde, die Treppe zu ihrem Schlafzimmer in Angriff zu nehmen.

Jetzt befestigten Bubba und Ty die Pferde im Gang vor den Boxen, sattelten sie ab und rieben sie trocken.

»Erzähl mir doch ein bisschen von dir, Bubba, zum Beispiel, wo du und Steve euch kennen gelernt habt.«

»Hier draußen, ich war gerade auf Jobsuche, als Shepp Southwind gekauft hat. Ich hörte, dass er nach einem Handlanger suchte, und habe mich vorgestellt. Shepp hat mich eingestellt und mir alles beigebracht, was ich heute über Pferde weiß. Und das war ganz schön viel Aufwand, weil ich von Pferden absolut keine Ahnung hatte.«

»Und da wolltest du trotzdem mit ihnen arbeiten?«, fragte Ty neugierig.

»Gott bewahre!« Liebevoll tätschelte Bubba Macintoshs Nacken. »Ich wollte einfach nur Arbeit haben, und die ist ziemlich schwer zu finden, wenn man schwarz ist und es gerade mal bis zur Highschool gebracht hat. Als ich Shepp kennen lernte, hatte ich schon eine Frau und zwei Kinder zu versorgen. Aber wir konnten uns immer irgendwie durchschlagen – eine Zeit lang habe ich auf dem Bau gejobbt, Gartenarbeiten erledigt oder als Verkäufer in einem Lebensmittelgeschäft gearbeitet. Aber keiner der Jobs dauerte allzu lang. Ich wäre auch auf einem Fischerboot mitgefahren, aber ich werde immer seekrank. Bei unruhigem Wellengang brauche ich nur aufs Meer zu sehen, und mir wird schlecht.«

»Hast du es schon einmal mit Dramamine probiert?«, fragte Ty und bückte sich vorsichtig nach einem weichen Striegel für Cantata.

»Das Zeug kann ich nicht nehmen, es haut mich um. Das große Problem auf Long Island ist, dass die meisten Jobs Saisonarbeiten sind oder miserabel bezahlt werden, wenn man kein College-Diplom hat. Shepp ist einer der wenigen, der das ganze Jahr Arbeit hat und bereit war, mich einzustellen. »Ein verdammt guter Mann«, erklärte Bubba feierlich, während er eine dunkelblaue Pferdedecke über Macintoshs glänzenden Körper breitete. »Nach Southwind zu gehen, war das Beste, was ich tun konnte.«

»Und wie alt sind deine Kinder jetzt?«, fragte Ty ganz kurzatmig, weil es ihr so schwer fiel, eine Decke über Cantata zu legen. Doch Bubba war sofort zur Stelle. »Fünfzehn und neunzehn.«

»Aber«, Ty sah in ganz erstaunt an, »du bist doch bestimmt nicht älter als ...«

»Sechsunddreißig.« Bubba wartete lächelnd, während Ty zweifellos ausrechnete, wann er zum ersten Mal Vater geworden war.

Es dauerte nicht lange. Im Kopfrechnen war Ty immer schon gut gewesen. »Es tut mir Leid, Bubba«, sagte sie dann, »ich wollte dich nicht beleidigen.«

»Das tust du nicht. Ich kann mich verdammt glücklich schätzen.« Bubba tätschelte die Stute und nahm die Zubehörkiste mit zu Macintosh. Dann kniete er sich neben das rechte Vorderbein des Pferdes und umwickelte es flink mit einer marineblauen Bandage. »Ich habe eine gute Frau und zwei großartige Kinder. Gloria – so heißt meine Frau – und ich haben geheiratet, als ich meinen ersten Job hatte. Jetzt, wo die Kinder älter sind, arbeitet sie auch. Wir haben eine Tochter in der zehnten Klasse, die genauso aussieht wie ihre Mutter in dem Alter. Deshalb habe ich unsere Haustür auch doppelt verriegelt«, fügte Bubba grinsend hinzu. »Glücklicherweise interessiert sich Serena überhaupt nicht für Jungs.

Sie hat nur Computer im Kopf. Ich habe ihr letztes Jahr zu Weihnachten einen gekauft.« Nicht minder stolz fügte er hinzu: »Und mein Sohn Will hat gerade sein erstes Collegejahr angefangen, in Vanderbilt mit einem Stipendium.«

»Das ist ja fantastisch!« Ty lächelte ehrlich froh für ihn. »Herzlichen Glückwunsch. Du und deine Frau seid darüber bestimmt sehr glücklich.«

»Das sind wir. Auch was das angeht, verdanke ich Shepp eine ganze Menge. Er hat Will an diese Geschichtsbücher herangeführt, die er ständig liest. Jetzt will mein Sohn einen Abschluss in Politikwissenschaften machen. Außerdem hat Shepp ihm immer erlaubt, sich auf Southwind aufzuhalten und alles zu lernen, was mit Pferden zu tun hat. Seitdem Will dreizehn war, hat er überall geholfen, den Stall ausgemistet, ist geritten und hat was weiß ich nicht noch alles gemacht.«

»Das Vanderbilt-College ist doch in Tennessee, oder nicht? Ganz schön weit weg.«

»Gloria, Serena und ich haben ihn diesen Herbst besucht.« Düster fügte Bubba hinzu: »An dem Unfallwochenende.« Er machte Macintosh vom Haken los und führte ihn in die geräumige Box, wo das Pferd sofort auf den Futtereimer zusteuerte, wohl wissend, dass es darin eine Leckerei – einen Apfel – finden würde. Während Bubba und Ty dem rhythmischen Kauen lauschten, sah Ty, wie Bubba lächelte. Das Lächeln wurde noch breiter, als er darauf wartete, dass Macintosh zur Boxentür zurückkam, um ihm den Kopf entgegenzustrecken, damit er ihn streicheln konnte. Ob Bubba es nun wahrhaben wollte oder nicht, aber jeder konnte sehen, wie sehr er die Tiere in seiner Obhut mochte.

Mit einem letzten Klaps auf Macs rötliches Fell kam Bubba zu Ty zurück. »Weißt du, wie man einem Pferd eine Bandage anlegt?«

»Ja.«

»Cantata geht auch mit Strümpfen ins Bett. Hier, du nimmst das rechte Bein und ich das linke.« Einige Minuten arbeiteten sie wortlos an den Bandagen, wobei sich ihre Finger schnell und geübt bewegten. Als Bubba die zweite Stepphülle und Binde in die Hand nahm, erklärte er mit rauer Stimme: »Ich hätte wissen müssen, dass man Jase die Pferde nicht mehr anvertrauen konnte, nachdem er sich schon vorher so merkwürdig benommen hat. Er wurde immer unberechenbarer, weißt du? Ich kann gar nicht glauben, dass ich nicht darauf gekommen bin, dass er mit Drogen rummacht.«

»Das ist nicht immer so einfach festzustellen.«

»Stimmt, bei Turnieren war Jase auch immer so überdreht, total aufgeregt, und so. Ich schätze mal, Koks hatte auf ihn den gleichen Effekt. Bei Heroin wäre man ihm vielleicht noch draufgekommen«, fügte Bubba verbittert hinzu. »Der Richter hat ihn zu einer Entziehungskur in Maryland verdonnert. Da unten wohnt auch seine Familie. Jase kann von Glück reden, dass er nicht mehr hier ist. Denn für das, was er Fred angetan hat, könnte ich ihn umbringen.«

»Fred?«

»So habe ich Fancy manchmal genannt, weil er sich so tänzerisch bewegt hat wie Fred Astaire. Verdammt, das war vielleicht ein tolles Pferd. Ich schätze, du weißt, wie hart das für Steve gewesen ist. Ich wollte ihn und Southwind eigentlich nicht verlassen, aber …«

»Jetzt bist du ja wieder da, und Steve ist darüber offensichtlich ganz begeistert, und mich freut es auch sehr«, sagte Ty mit fester Stimme, aber trotzdem einfühlsam. »Jetzt müssen wir nur noch zusehen, dass wir wieder viele schöne Pferde auf die Farm holen, meinst du nicht auch?«

»Ja, aber das wird nicht so leicht sein«, sagte Bubba niedergeschlagen.

»Nein, das wird es nicht«, stimmte Ty ihm zu. »Da brauchen Steve und ich schon deine Hilfe. Deshalb hätte ich gern, dass du, nachdem wir die Pferde gefüttert haben, eine Liste von all den Dingen machst, die repariert oder angeschafft werden sollten. Southwind muss in einem 1-A-Zustand sein.«

»Das ist es schon«, sagte Bubba beinah beleidigt. »Shepp spart an nichts, wenn es um seine Pferde geht.«

»Natürlich nicht«, antwortete Ty, »aber du warst jetzt einige Wochen nicht da. Bitte sieh dir alles noch einmal ganz genau an. Das gilt besonders für die Lounge, die wirkt ein bisschen abgerissen«, sagte Ty und bezog sich damit auf den Raum am Ende der Reithalle, wo Besitzer und Reiter während der Wintermonate oder an Regentagen zusehen konnten, wie ihre Pferde in der Reithalle trainiert wurden. »Wenn irgendetwas fehlt oder kaputt ist, schreib es auf.«

»Was schwebt dir denn da vor? Eine Cappuccino-Maschine, die fünfzig verschiedene Sorten macht, Fußwärmer und so was?«, fragte Bubba eindeutig missbilligend.

»Das ist wohl nicht ganz Steves Stil, oder?« Als Bubba Ty lächeln sah, entspannte er sich allmählich wieder. »Nein«, fuhr sie dann fort, »aber ich werde wahrscheinlich ein neues Sofa bestellen und einige Sessel, und wir sollten Fotos von Steve aufhängen, auf denen er reitet. Die wird's ja hier wohl irgendwo geben.«

»Die oberste Schublade von seinem Schreibtisch ist voll davon.«

»Ich kaufe einige Rahmen. Southwinds Räumlichkeiten müssen auf Menschen genauso anziehend wirken wie auf Pferde, Bubba. Das ist ätzend, ich weiß, aber den Schritt müssen wir gehen, damit sich herumspricht, dass Southwind die Arbeit wieder aufgenommen hat und besser ist als je zuvor.«

»Ich weiß nicht, ob es ein neues Sofa herausreißen wird, Ty«, meinte Bubba jetzt kopfschüttelnd.

»Nein, aber wir müssen alle Bereiche abdecken. Ich habe vor, so bald wie möglich einige Journalisten hierher einzuladen. Sehr wahrscheinlich werden sie ihre Fotografen mitbringen, schließlich ist Steve trotz allem sehr bekannt, und wir sind hier in den Hamptons. Bis dahin muss Southwind perfekt aussehen. Kannst du dafür sorgen?«

»Ich mache mich sofort daran.« Längst hatte Ty das Leuchten in seinen Augen bemerkt. Doch dann fügte Bubba hinzu: »Aber wenn du willst, dass hier alles tipptopp ist, solltest du besser ins Haus gehen und ein schönes heißes Bad nehmen. Wenn deine Muskeln noch steifer werden, siehst du nämlich bald aus wie der Blechmann im *Zauberer von Oz*.«

»Aber die Apfelbäume müssen noch gegossen –«

»Nachdem ich den Jungs hier Wasser gegeben habe, ziehe ich den Schlauch raus auf die Weide«, antwortete Bubba geduldig. »So, und jetzt weg mit dir!« Er machte eine entsprechende Handbewegung.

Ty, die die ganze Zeit über in der Hocke gesessen hatte, richtete sich langsam wieder auf und war ganz erstaunt, dass sie ihre Gelenke nicht splittern hörte. »Nun, wenn du meinst …«

»Lady, wenn ich mit dem bisschen hier nicht allein klar komme, solltest du mich lieber gleich feuern. So wie du dich bewegst, habe ich wahrscheinlich alle noch anstehenden Arbeiten erledigt, bevor du es geschafft hättest, den Schlauch auf die Wiese zu ziehen. Oh, das erinnert mich an etwas! Vielleicht nimmst du besser ein bisschen von dem Zeug hier mit.« Bubba bückte sich, entnahm der Zubehörkiste eine dunkelbraune Flasche und hielt sie Ty hin. »Bitteschön.«

»Was ist das?«, fragte Ty misstrauisch. Das Etikett war

abgeschrammt, und man sah nur noch das Bein eines Pferdes.

»Absorbin, stinkt wie … du weißt schon, was. Aber nach einem harten Training wirkt es Wunder. Unsere Pferde schwören darauf«, fügte er grinsend hinzu.

Ty öffnete die Flasche und roch vorsichtig daran. Als sie das Gesicht verzog, lachte Bubba lauthals. »Wie ich gesagt habe, es stinkt zum Himmel, aber es ist super für Shepps Pferde, wenn ihnen was wehtut. Bei dir funktioniert's bestimmt auch. Reib es einfach in die schmerzenden Muskelpartien ein.«

»Bubba, in der Flasche ist nicht genug drin, damit ich mich überall einreiben kann, wo mir was wehtut!«

»Mach dir da man keine Sorgen, Boss. Hinten im Lager habe ich noch mehrere Gallonen von dem Zeug. Und ich würde sagen, du kannst es gebrauchen.«

»Sieht man mir das so deutlich an?«, fragte Ty geknickt.

»Steve hat es bestimmt nicht gemerkt, falls dir das Sorgen machen sollte. Und jetzt nimm's mit, und probier's aus. Sonst bist du morgen nicht einmal in der Lage, aus dem Bett zu steigen.«

»Das ist im Augenblick gar nicht mein Problem. Ich frage mich die ganze Zeit, ob ich es überhaupt schaffen werde, hineinzukommen.«

13. Kapitel

Als Steve aus der Dusche kam, ertappte er sich beim Pfeifen einer Melodie, stockte einen Moment, um dann mit einem zufriedenen Lächeln weiterzupfeifen.

Ja, die Welt sah wieder besser aus. Die Versicherungsvertreterin, die er gestern Nachmittag getroffen hatte, unterschied sich von ihren schwachsinnigen Kollegen. Gott sei Dank! Nancy Bay war selbst Dressur geritten und mochte Pferde. Sie hatte ihm versichert, dass er für den Verlust von Fancy Free voll entschädigt würde, und dass sie schon einmal alles in die Wege leiten wolle, sodass er innerhalb der nächsten zwei Wochen mit dem Scheck rechnen könne.

Da Steve davon ausgegangen war, noch einmal bei der Versicherung vorstellig werden zu müssen und jedem an den Hals zu gehen, der ihn wieder ins Leere laufen ließ, war er jetzt natürlich doppelt froh.

In zwei Wochen sollte also das Geld da sein. Dann wäre die *National Horse Show* schon vorbei, und er könnte ein paar Tage frei nehmen, in den Süden fahren und Pferde kaufen. Bubba war ja wieder zurück und würde sich um Southwind kümmern. Außerdem gab es da noch die Brüder Carlos und Enrique von der Dominikanischen Republik. Als Steve sie vor kurzem auf ihrer bescheidenen Ranch besucht hatte, waren sie ganz begeistert über die Aussicht gewesen, wieder bei ihm anzufangen. Die beiden waren immer sehr gut mit ihm und Bubba ausgekommen und stellten seine erste Wahl in Sachen Pferdepflegern dar. Mit ihnen würden sich dann vier Leute um Southwind kümmern, solange er unterwegs war. Wenn er seine Reise nach Kentucky so plante, dass sie auf die Tage um Thanksgiving fiel, könnte er sogar Will Rollins bitten, während der College-freien Zeit für ihn zu reiten.

Dazu wäre natürlich auch Ty in der Lage. Zumindest könnte sie leicht mit ihnen trainieren. Immer noch war er überrascht, wie gut sie im Sattel saß. Auch wenn sie als Teenager bei dem reichen Vater wahrscheinlich nur die besten Reitlehrer gehabt hatte, beeindruckte ihn, wie natürlich sie mit den Tieren umging. Innerhalb weniger Minuten hatte sie es geschafft, mit Macintosh eins zu werden, und intuitiv die Haltung der Beine und des Oberkörpers korrigiert – und zwar viel subtiler, als er es vorgeschlagen hätte –, wodurch das Gesamtbild von Pferd und Reiter gleich viel runder aussah.

Viele Reiter reagierten nur, wenn ihr Pferd nicht so wollte wie sie. Dabei achteten sie im Allgemeinen nicht genug auf ihr Pferd. Das machten sie dann so lange, bis entweder etwas schief ging oder der Trainer die Fehler ansprach. Mit anderen Worten: Reiter mit mangelnder Erfahrung oder mangelndem Talent erkannten Fehler erst, wenn es zu spät war. Ein guter Reiter fühlte mit seinem Pferd und war ihm gedanklich immer einen Schritt voraus. So wie Ty.

Dass sie das richtige Gespür und Einfühlungsvermögen besaß, hatte er sofort bemerkt. Nachdem sie nach Macintosh auch Cantata mit Bravour geritten hatte, hegte Steve keine Zweifel mehr, dass sie das Zeug zu einer verdammt guten Reiterin besaß. Trotzdem gefiel ihm der Gedanke nicht, ihr während seiner Reise nach Kentucky die Verantwortung für das Reittraining zu überlassen. Und warum nicht?

Weil er sie viel lieber bei sich haben wollte. Darüber war er ganz erstaunt, genauso wie über das Glücksgefühl, das ihn seit Neuestem erfüllte. Da wollte er Ty doch wirklich mit in den Süden nehmen, ihr seine Familie und Freunde vorstellen und zeigen, wo er seine Jugend verbracht hatte.

Als er gestern Abend nach Hause gekommen war, hatte die Außenbeleuchtung über der Eingangstür gebrannt. Auch in der Küche war Licht gewesen und hatte ihm noch einmal augenfällig gemacht, wie pikkobello jetzt wieder alles aussah. Aber die beiden Lampen waren das einzige Anzeichen, dass er erwartet wurde. Ty ließ sich nicht blicken, und ihn überkam plötzlich ein Gefühl der Leere. Dabei versuchte er, sich einzureden, dass er nur enttäuscht war, weil er niemandem die gute Nachricht von der Versicherungsgesellschaft mitteilen konnte. Schließlich war Ty seine Geschäftspartnerin.

Doch dann fand er die kleine weiße Mitteilungskarte im Obstkorb, der seit langem wieder viele bunte Früchte enthielt. *Bin früh ins Bett gegangen*, stand darauf, *Essen ist im Kühlschrank, Ty.* Steve wusste nicht genau warum, aber diese beiden Sätzchen bauten ihn wieder auf. Anscheinend suchte er nach eindeutigen Zeichen, dass Ty an ihn dachte – vielleicht sogar so oft, wie seine Gedanken um sie kreisten.

Es war schon spät gewesen, und nachdem Steve Tys Nachricht gelesen hatte, bekam er plötzlich Hunger und öffnete den Kühlschrank. Er durchstöberte die reiche Auswahl an Lebensmitteln und legte alles, was er brauchte, auf die Anrichte. Innerhalb weniger Minuten hatte er sich einen Teller mit Grillhähnchenfleisch, einer großen Ecke Cheddar, von Ty selbst gemachtem Rote Beete-, Endivien- und Walnusssalat sowie einigen frischen Brotscheiben zusammengestellt. Mit einem herzhaften Biss in den Käse stieß er die Kühlschranktür zu und schnappte sich den übervollen Teller. Dann nahm er sich noch eine Flasche Bier und brachte alles ins Wohnzimmer.

Als Steve auf das ausgesessene Sofa sank, dachte er, dass sich sein Leben merklich verbessert hatte, seitdem Ty bei ihm wohnte. Eine Frau, die wusste, wie man einen Kühlschrank bestückte, musste man einfach gern haben. Aber da war noch mehr, was ihm an ihr gefiel. Lächelnd lehnte er sich zurück in die Sofakissen und gönnte sich erst einmal einen großen Schluck Bier. Ihm war natürlich klar, dass er Ty auch mögen würde, wenn sie die Vorratskammer und den Kühlschrank mit ungesalzenen Reiscrackern, Eisbergsalat und Diätcola ausstatten würde.

Während sich Steve eine Nachrichtensendung ansah, aß er drei Viertel des Hähnchens, den gesamten Salat und fast die Hälfte von Brot und Käse. Danach ging er zurück in die Küche, um aufzuräumen. Mit einem Lächeln wischte er sogar die Arbeitsplatte ab und legte die Geschirrhandtücher ordentlich zusammen. Damit sah die Küche wieder aus, wie er sie angetroffen hatte.

Er war zwar ziemlich erledigt gewesen, aber bevor auch er ins Bett ging, kehrte er noch einmal ins Wohnzimmer zurück und zappte durch die verschiedenen Kanäle. Ein alter Hollywood-Film erregte seine Aufmerksamkeit, und Steve sah ihn sich eine Weile an, wobei ihm nach und nach die Handlung des Films wieder einfiel.

Nach dem leckeren Essen und bei dem mittlerweile zweiten Bier fühlte er sich richtig gut und stellte sich vor, wie schön es wäre, jetzt zusammen mit Ty auf dem Sofa zu sitzen. Ganz nah bei ihr. Sie würden sich gemeinsam den Film ansehen, während sein Arm entspannt auf der Rückenlehne lag und seine Finger Tys Schulter berührten. Irgendwann würde er sich ihr zuwenden, um etwas über einen der Schauspieler zu sagen, aber stattdessen bliebe sein Blick an der filigranen Form ihres Ohrs hängen. Er würde ihre zarte, cremefarbene Haut bewundern und die langen, sanft gebogenen und bis in die Spitzen tief schwarzen Wimpern. Dann würde sein Blick ihrem klaren Profil folgen bis zu der aufregenden kleinen Narbe oberhalb ihrer Augenbraue. Er würde den Blick zu ihren Lippen schweifen lassen und sich an den gemeinsamen Kuss erinnern, als wäre er gerade geschehen. Wie gut sie geschmeckt hatte! Und wie er das Feuer der Leidenschaft in ihr geschürt hatte. Er könnte es wieder tun, und mehr. Er könnte ihr die Erfüllung geben.

Sehnsuchtsvoll und mit einem Ständer war er schließlich ins Bett gegangen, und an diesem Morgen genauso erwacht. Aber wenigstens hatte er geschlafen und von einer schönen Frau geträumt, anstatt wach zu liegen und an seine Probleme zu denken. Jetzt rubbelte er sich trocken, wobei er nach der kalten Dusche auch wieder Kontrolle über seinen Körper hatte.

Den Blick aus dem Fenster sparte er sich. Es war zu früh, um beurteilen zu können, wie das Wetter wurde. Aber gestern in der Vorhersage war von kühleren Temperaturen die Rede gewesen, und so zog er über das T-Shirt noch einen Pullover. Dabei handelte es sich um sein Lieblingsteil, einen dicken, flauschigen Sweater, den man von beiden Seiten tragen konnte. Den Pulli hatten ihm seine Eltern von einer Reise durch Schottland und Irland mitgebracht. Über die Jahre hatte Steve ihn so oft getragen, dass inzwischen sogar die hellen Ellbogenschoner, die seine Mutter irgendwann einmal daraufgenäht hatte, durchgescheuert waren.

Nachdem Steve sich angezogen hatte, beschloss er, Kaffee zu kochen, und Ty einen Becher ans Bett zu bringen. Er konnte es kaum noch erwarten, ihr die Neuigkeit von der Versicherung mitzuteilen, und nahm auf dem Weg nach unten gleich zwei Stufen auf einmal. Obwohl der geflieste Boden zu dieser Stunde eiskalt war, ging Steve barfuß. Das Kältegefühl half ihm, richtig wach zu werden. In der Küche schaltete er das Radio ein, setzte die Kaffeemaschine in Gang und wischte sich die Hände an der Jeans ab, die genauso abgetragen war wie sein Pullover.

Der Kaffee war durchgelaufen und eingeschenkt, und Steve nahm auch beim Hinaufgehen zwei Stufen auf einmal, nur dass er jetzt zwei gefüllte Becher vor sich hertrug. Als er einmal beim Grand Prix in Paris angetreten war, hatte er gesehen, wie die Kellner in den Straßencafés mit voll gestellten Tabletts von Tisch zu Tisch eilten. Jetzt kam er sich beinah genauso vor, nur dass er nicht ebenso erfolgreich war. Der heiße Kaffee schwappte über und lief ihm über die Hand.

Doch schließlich hatte er es geschafft und klopfte laut

und überschwänglich an Tys Tür. Ihr gedämpftes Murmeln interpretierte er als Herein. Doch bei dem Anblick, der sich ihm gleich darauf bot, konnte er verdammt froh sein, dass er die Kaffeebecher nicht vor Erstaunen fallen ließ. Ty saß am Boden und trug lediglich knallenge Radlerhosen und ein pinkfarbenes Tanktop. Damit wäre er ja noch klargekommen, auch wenn sein Herzschlag wahrscheinlich eine Stunde gebraucht hätte, um sich zu normalisieren.

Aber das, was sie tat, ließ ihm die Zunge heraushängen wie einer Eidechse, die nach einem Regentropfen gierte. Nicht einmal die Barbiepuppe seiner kleinen Schwester war so beweglich wie Ty. Zu einem anderen Gedanken war er im Augenblick nicht fähig, da ihn plötzlich eine Welle sexuellen Verlangens überkam. Wahrscheinlich fielen ihm auch gleich die Augen aus dem Kopf.

Arme und Beine hatte Ty seitlich von sich gestreckt, während sie mit dem Oberkörper den Boden berührte. Dabei waren ihre Zehenspitzen mit den rosaroten Nägeln gestreckt, und es sah aus, als könnte sie für immer in dieser Stellung verharren. Steve schluckte und versuchte, nicht daran zu denken, was man mit einem so gelenkigen Frauenkörper noch alles anstellen konnte. Dann atmete er tief durch und bemerkte erst da den merkwürdigen Geruch im Zimmer. »Jesses, was hat die Putzkolonne denn hier verwendet?«

Nun zog Ty langsam die Arme unter sich und stützte sich auf die Ellbogen. Dabei beließ sie die Beine, wo sie waren. Den Kopf drehte sie allerdings so, dass sie Steve ansehen konnte. »Das ist nicht das Zimmer, das bin ich.« Sie streckte den Kopf wieder vor und stöhnte leise, als sie sich mit dem Oberkörper ganz aufrichtete.

Sich überhaupt auf den Boden zu setzen und die Beine zu spreizen, hatte eine Viertelstunde gedauert. Dabei fiel ihr diese Stellung sonst so leicht wie ein Schneidersitz.

Aber nachdem sie es endlich geschafft hatte, die Position einzunehmen, kam nicht in Frage, sie so schnell wieder aufzugeben. Im Übrigen waren alle wichtigen Körperstellen bedeckt, und sie hatte viel zu viel Muskelkater, als dass ihr die Situation peinlich gewesen wäre. Außerdem hätte sie ein Jahreseinkommen ihres Vaters wetten können, dass der Anblick einer leicht bekleideten Frau für Steve nichts Neues war.

Jetzt versuchte sie einen Männerspagat, und Steve fragte: »Bist du okay?«

»Sehe ich vielleicht so aus?« Ty winkelte die Füße an und stöhnte auf.

Steves Meinung nach sah sie auf jeden Fall mehr als okay aus, aber offensichtlich wandten sie dabei unterschiedliche Kriterien an. »Was riecht denn hier so?«

»Ich habe mich mit Absorbin eingerieben.«

Nachdem Steve wusste, woher der Geruch stammte, konnte er ihn auch einordnen. Aber im Stall war er ihm nie so intensiv vorgekommen. Das musste an der guten Lüftung liegen. Hier begannen ihm auf jeden Fall die Augen zu tränen, und er fragte: »Bist du sicher, dass du es damit nicht übertrieben hast? Das Zeug ist ziemlich stark.«

»Ich habe nur eine Flasche benutzt. Bubba hat mir versichert, er hätte noch genug davon. Vielleicht würde es mir besser gehen, wenn ich mir eine Gallone in Waden und Oberschenkel massieren würde.«

Steve warf einen Blick auf ihre Beine und bot sofort seine Hilfe an.

»Nein, danke, aber wenn du dich auf meinen Rücken stellen und die Muskeln durchwalken könntest, wäre ich dir unendlich dankbar.« Ein unerhörtes Ansinnen, aber ihr tat wirklich alles weh. Es schmerzten sie sogar Muskeln, deren Existenz ihr bisher gar nicht bewusst gewesen war.

»Heißt das, du würdest dich besser fühlen, wenn ich dich mit Füßen trete?«, fragte Steve ungläubig.

»O ja!«

»Ich wiege 85 Kilo!«

»Damit bist du ein bisschen schwerer als Lars, aber das ist schon okay. Nur los, ich gehe schon nicht in Stücke.« Nachdenklich fügte sie hinzu: »Obwohl ich bezweifle, dass ich das überhaupt merken würde.«

»Du, äh, willst also wirklich, dass ich mich auf dich stelle, während du so daliegst?«, vergewisserte sich Steve noch einmal, bemüht, leichthin zu klingen. Dabei konnte er den Blick gar nicht mehr von dem 180-Grad-Winkel wenden, den ihre Beine nach wie vor beschrieben.

»Ach, stimmt ja. Warte einen Augenblick!« Wie die Hebel eines Korkenziehers schloss sie nun langsam die Beine, und Steve bekam einen ganz trockenen Mund.

Dann hob er den Fuß und berührte so vorsichtig Tys Rücken, als tauchte er die Zehen in ein Gewässer, bei dem er nicht wusste, was ihn auf dessen Grund erwartete. Den Blick hielt er dabei auf ihr Tanktop gerichtet und wagte kaum, zu atmen. Als Ty nicht aufschrie, gab er noch ein bisschen mehr Gewicht auf ihren Rücken.

»Nur zu, ich merke ja nichts!«

Steve schluckte erst einmal, um den Kloß im Hals loszuwerden. Jetzt schien er in seinem Bauch gelandet zu sein und dort aufzugehen, ein Teil Besorgnis und neun Teile Lust. »Du bekommst noch Quetschungen davon!«

»Bestimmt nicht. Du darfst nur nicht auf meine Wirbelsäule treten, okay? Oh, ah, so ist's richtig!«, rief Ty zufrieden, als sie durch Steves Gewicht auf die Holzdielen gedrückt wurde. »Du lieber Gott, wie sich das *gut* anfühlt!«

Mann, oh, Mann, dachte Steve, seine erotischen Fantasien von letzter Nacht, mit Ty auf dem Sofa zu schmusen, waren nichts im Vergleich dazu gewesen. Er stand jetzt mit beiden Füßen knapp oberhalb von Tys Poansatz, und ihr zufriedenes Stöhnen machte ihn immer mutiger. Dabei fühlte sie sich unglaublich an.

Nie hätte er es für möglich gehalten, dass seine Fußsohlen so empfindsam sein könnten. Er spürte genau die Struktur des Tanktops, Tys weiche Haut, ihre Muskeln und Rippen. Ihm entging auch nicht das winzigste Detail.

Schließlich wischte er sich die feuchten Handflächen an der Jeans ab und streckte die Arme aus, um besser die Balance halten zu können. Dann bewegte er sich ein kleines Stück an Tys Rücken hinauf. Doch ihr erneutes Stöhnen führte dazu, dass ihm abermals der Schweiß ausbrach. »Du stehst also auf Merkwürdigkeiten? Peitschen, Handschellen und warmen Honig?«

Ihr unterdrücktes Lachen klang verdächtig nach einem genüsslichen Schnurren, wodurch sich Steves Körpertemperatur noch um einiges steigerte.

»Keine Sorge, merkwürdiger wird's bei mir nicht.«

»Und wer ist überhaupt Lars?«

»Lars ist ein schwedischer Halbgott und einfach fabelhaft. Normalerweise bezahle ich ihn dafür, dass er …«, sie sagte ein japanisches Wort, das sich nach »Sushi« anhörte, »… mit mir macht. Aber vielleicht hast du ja Recht, und das fällt unter die Kategorie ›merkwürdig‹. Na, seine Kundschaft betet ihn auf jeden Fall an, wobei alle nichts lieber tun, als sich hinzulegen, damit er sie als Fußabtreter benutzten kann. Die Namen der Leute, auf denen dieser Mann schon herumgetrampelt hat, würden dich vom Hocker hauen.«

Vor seinem geistigen Auge sah Steve einen teiggesichtigen Widerling, der wahrscheinlich mehrmals in der Woche ins Solarium musste und auf Ty herumstampfte. Wusste sie denn nicht, dass man sich dabei alles Mögliche holen konnte? Wobei Fußpilz wohl noch das geringste Übel wäre.

»Nur zu deiner Information«, unterbrach Ty seine Gedankengänge, »das ist das einzige Mal, dass ich dich auf mir herumtrampeln lasse.« Insgeheim dachte sie, eigentlich habe er schon öfters auf ihr herumgetrampelt, seitdem sie sich in der Kanzlei zum ersten Mal getroffen hatten. Trotzdem fügte sie hinzu: »Das hier ist ein *Notfall*. Also interpretier nicht zu viel in die Situation hinein.«

Sie bildete sich also ein, das wäre eine einmalige Sache, und sie könnte ihn benutzen und dann gegen einen mit Schweißfüßen geplagten Trottel namens Lars eintauschen? Da wurde es doch Zeit, dass er seiner Partnerin einmal zeigte, wozu er, Steve Sheppard, fähig war. »Bist du dir da sicher?«, fragte er nun ganz freundlich, beinah desinteressiert, während er die Zehen krümmte und jeden einzelnen in Tys Rücken drückte. Ihre Reaktion darauf war geradezu erhebend: Die Muskeln und Rippenbögen schienen unter seinen Sohlen dahinzuschmelzen.

Dabei entrang sich Tys Lippen ein wohliges, wenn auch ungewolltes Stöhnen, und Steve grinste breit. So sicher wie die Sonne im Osten aufging, bekäme er eine zweite Gelegenheit, Miss Ty Stannard mit Füßen zu treten – und zwar in nächster Zukunft.

Während Steve seinen sinnlichen Spaziergang auf Tys Rücken fortsetzte, verging die Zeit wie im Flug. Er wollte gerade eine Ganzkörpermassage vorschlagen, als jemand an der Tür klingelte. Darüber war er so überrascht, dass er von Tys Rücken sprang und ihm der Fußboden jetzt irgendwie seltsam vorkam.

Als sich Ty vorsichtig auf die Seite rollte, verdrängte Steve das Klingeln an der Haustür und ließ den Blick über den herrlichen Körper seiner Partnerin gleiten. Dabei legte er besonderes Augenmerk auf die Stellen, die nicht von Radlerhose oder Tanktop bedeckt wurden. Ja, dachte er dann, nicht nur Ty würde von einer Ganzkörpermassage profitieren.

Unterdessen schmerzten ihr immer noch die überanstrengten Muskeln. Während es den Oberschenkeln nach dem Spagatstretching ein bisschen besser ging, hatte sie den Eindruck, ihre Waden seien völlig überstreckt. Wehmütig blickte sie auf ihre Beine und zermarterte sich den Kopf, welche Dehnungsübung ihr ein wenig Linderung verschaffen könnte. Dabei wurde sie sich erst allmählich Steves Blick bewusst. Doch als sie das Verlangen in seinen leuchtenden Augen sah, begann ihr Herz wie wild zu schlagen. Dabei war es so still im Raum, dass man hören konnte, wie die beiden atmeten. Umso lauter wirkte das neuerliche Klingeln. Diesmal schrillte es noch länger, als bohrte jemand seinen Finger in die Hauswand.

Ty räusperte sich und fragte: »Solltest du nicht öffnen?« Dabei dachte er: *Einen Teufel werde ich!* Dafür müsste er schließlich den Raum verlassen. »Wer immer da draußen ist, geht auch wieder weg.«

Aber dem war nicht so. Es folgte ein drittes und kurz darauf ein viertes, ungeduldig klingendes Klingeln. Natürlich war der Bann zwischen ihnen da längst gebrochen, und Ty sah Steve mit hoch gezogener Augenbraue an.

»Ich gehe ja schon«, grummelte er und hob die Tassen hoch, die er auf den Boden gestellt hatte. »Ich habe dir Kaffee mitgebracht, aber der ist jetzt wahrscheinlich kalt.«

Ty war inzwischen aufgestanden und kam ganz vorsichtig auf ihn zu. Armes Mädchen!, dachte Steve teils mitleidig, teils amüsiert. Sie bewegte sich wie ein Abwehrspieler, der von der gegnerischen Mannschaft den Frack vollbekommen hatte. »Ich schätze mal, das heißt, du hast keine Lust, ohne Sattel mit mir am Strand zu reiten?«

»Sehr witzig, ha, ha.« Darüber konnte Ty gar nicht lachen. »Sieh lieber nach, wer an der Tür ist. Ich komme in einer Minute nach.«

»Bevor du das Zimmer verlässt, solltest du vielleicht

einmal richtig durchlüften, sonst löst du mit dem Gestank noch ein Massensterben von Gehirnzellen aus.«

Beinah hätte Ty geantwortet: *Wenigstens habe ich genug davon*, aber dann erinnerte sie sich, was Steve mit seinen Füßen getan hatte, und sagte nur: »Geh weg!«, bevor sie vorsichtig zum Schrank tippelte.

»Überraschung!«

Nur eine wahrlich umwerfende Frau, eine mit kupferrotem Haar, babyblauen Augen und einem Tausend-Watt-Lächeln hielt Steve davon ab, die Tür zuzuschlagen und wieder die Treppe hinaufzulaufen, wo Ty und ihr herrlicher Körper hoffentlich darauf warteten, dass er seine Wunschträume in die Tat umsetzte.

Aber so blieb er stehen und gönnte sich einen zweiten Blick auf die Besucherin. Eine so schöne Frau erschien schließlich nicht jeden Morgen und auch sonst zu keiner anderen Tageszeit auf der Türschwelle eines Mannes. Seiner Meinung nach konnte man keinen besseren Tagesbeginn haben: Erst hatte er Ty massieren dürfen, und jetzt das!

»Meine Liebe«, sagte er nun mit seinem breitesten Südstaatendialekt, »kennen wir uns nicht von irgendwoher?« Dabei hätte er die Fremde auch hereingebeten, wenn er ihr noch nie begegnet wäre. Aber ihr Gesicht kam ihm irgendwie bekannt vor. Vielleicht hatten sie sich schon einmal in einer Bar oder einem Restaurant in Bridgehampton gesehen.

»Eigentlich bin ich wegen Ty da.« Ihr Lächeln war genauso bezaubernd wie sie selbst. Doch nachdem sie Ty erwähnt hatte, war der umwerfende Eindruck, den sie zunächst auf ihn gemacht hatte, irgendwie verblasst. »Ich bin eine Freundin von ihr, Lizzie Osborne«, sagte die sagenhafte Schöne noch und hielt ihm die Hand hin.

»Steve Sheppard«, antwortete er und schüttelte dieser Lizzie die Hand.

»Oh, ich weiß, wer Sie sind, Steve«, antwortete sie nun aufgeräumt, und Steve dachte, auch ihre Stimme war großartig. Trotzdem war ihm Tys lieber, die manchmal kurz angebunden und hochnäsig klingen, aber manchmal auch ganz sanft und herzerweichend verletzlich sein konnte.

»Ist Ty da?«

»Sie müsste eigentlich jeden Augenblick herunterkommen. Darf ich Sie schon einmal hereinbitten?«, fragte Steve mit einem freundlichen Lächeln und machte der Frau Platz.

»Meine Tochter Emma ist noch im Auto. Sie schläft.« Lizzie warf einen Blick über die Schulter. »Wir sind ganz früh losgefahren, um dem Berufsverkehr um New York herum zu entgehen. Ich werde versuchen, sie aus dem Kindersitz zu heben, ohne sie dabei zu wecken.«

»Soll ich Ihnen helfen?«, fragte Steve, während er Lizzie zu ihrem dunkelblauen Karawan folgte.

»Das wäre nett.« Lächelnd warf sie ihm einen Blick über die Schulter zu. »Vielleicht könnten Sie die Babytasche vom Rücksitz nehmen? Normalerweise ist Emma eine ganz Süße, aber sie wird unausstehlich, wenn man sie aus dem Schlaf reißt.«

Daraufhin öffnete Lizzie ganz vorsichtig die hintere Wagentür und beugte sich über ein etwa zweijähriges schlafendes Mädchen, das von den Sicherheitsgurten des Kindersitzes gehalten wurde. Steve erhaschte einen Blick auf rotblonde Locken und gerötete Pausbäckchen. Vorsichtig löste Lizzie den Gurt und hob ihre Tochter aus dem Sitz, als wäre sie ein Fabergé-Ei. Doch das war vergebliche Liebesmüh! Ob die Kleine nun gespürt hatte, dass sie hochgehoben wurde, oder ob es an der kalten Morgenluft lag, auf jeden Fall fing sie an zu quengeln, nachdem sie das Auto verlassen hatte, und schrie aus Leibeskräften, bis sie bei der Eingangstür angelangt waren.

»Emma, Schätzchen, rate mal, wo wir sind? Bei Tante Ty, so wie ich es dir erzählt habe.« Doch Lizzies beruhigende Worte zeigten genauso wenig Wirkung wie ihr Kuss. Als sie das Haus betraten, schrie Emma immer noch wie am Spieß. Dass Ty und Lizzie bei ihrer Begrüßung das Krakeelen der Kleinen übertönten, machte nur deutlich, wie begeistert sie über das Wiedersehen waren.

»Was macht ihr denn hier? Ich kann's ja gar nicht glauben!«, rief Ty immer wieder, die gerade die Treppe herunterkommen wollte, bevor sie erklärte: »Lass mich Emma nehmen, vielleicht lenkt sie das ab.«

Dabei schickte Steve ein Stoßgebet zum Himmel, weil er dachte, das Geschrei sei nun bald beendet. Aber es wurde noch lauter, allerdings nicht wegen Emma. »Mein Gott, was ist denn mit dir passiert?«, rief Lizzie, als sie Ty auf sich zuhumpeln sah.

Ty war darüber selbst viel zu bekümmert, um es ihrer Freundin zu erklären, und kam einfach nur näher. Aber als Lizzie die dunklen Ringe um die Augen ihrer Freundin bemerkte, schlug ihre Stimmung vollends um. Mit blitzenden Augen wandte sie sich an Steve. »Was haben Sie mit ihr gemacht? Sie zum Krüppel geschlagen?« Drohend kam Lizzie daraufhin auf ihn zu, und Steve warf unwillkürlich den Kopf zurück. War er wirklich so dumm gewesen, Tys Freundin als umgängliche Partyschnecke einzustufen? Die Frau wollte Blut sehen.

»Wenn Sie Ty wehgetan haben, sorge ich dafür, dass Sie den Tag bereuen, an dem Sie geboren wurden.«

Mit erhobenen Händen wich Steve zurück. »He, he, Moment mal! Ich bin nur auf Tys Rücken herumgelaufen, und dazu hat sie mich vorher aufgefordert.«

»Ich bin okay, Lizzie, wirklich«, übertönte Ty Steves Antwort und Emmas fortwährendes Gebrüll, drang aber nicht zu Lizzie durch. »Mir geht es gut, Lizzie, wirklich«, wiederholte sie dann noch lauter. *»Es geht mir gut,* ich habe nur ein bisschen Muskelkater, weil ich gestern geritten bin.«

Steve konnte von Glück reden, dass Ty diesmal verstanden wurde. Trotzdem vermochte er Lizzies Reaktion nicht einzuordnen. Erst stand ihr vor Staunen der Mund offen, dann begann sie übers ganze Gesicht zu strahlen, bevor sie übermütig rief: »Ja, ja, ja!« Dabei stieß sie mehrmals die geballte Faust in die Luft, stampfte mit den Füßen auf und drehte sich mit Emma auf dem Arm im Kreis.

Nachdem sie den Siegestanz vollendet hatte, baute sie sich vor Steve auf und gab ihm einen Schmatzer auf die Wange. Dann rief sie: »Sie sind ein toller Mann, Steve Sheppard, ein *ganz* toller Mann. Vielen, vielen Dank. Emma, Schatz, gib Steve einen dicken Kuss, er hat Ty wieder zum Reiten gebracht!«

Emma schien, genau wie ihre Mutter, von einer Sekunde zur nächsten die Stimmung wechseln zu können, und streckte glücklich die pummeligen Ärmchen nach Steve aus. Den Bruchteil einer Sekunde später bekam er noch einen Kuss, auch wenn dieser wesentlich feuchter ausfiel. Dann wurde die Kleine, die absolut nicht mehr auf dem Arm ihrer Mutter bleiben wollte, Tante Ty übergeben.

Ty drückte Emma an sich, während das kleine Mädchen ihr die Arme um den Hals legte. Daraufhin steckten beide die Köpfe zusammen, wobei sich Tys dunkles glattes Haar von Emmas rotblonden Locken abhob. Während Steve beobachtete, wie Ty Emma zuflüsterte, wie groß sie in den zwei Wochen geworden sei und Emma mit ihrer piepsigen Stimme über Ponys, Spielsachen, Bücher und Mommy brabbelte, spürte Steve eine merkwürdige Zufriedenheit.

Als das Wort »Essen« fiel, gingen alle vier in die Küche, und Steve goss Kaffee ein. Ty setzte sich mit Emma auf dem Schoß an den Tisch, und Lizzie hielt im Kühlschrank Ausschau nach einem Saft für ihre Tochter. Bei dieser Gelegenheit stellte sie auch gleich Eier, Butter, Brot und Ahornsirup auf die Anrichte. Dann sprachen alle auf einmal, wobei sich Lizzie schließlich durchsetzte.

»Weißt du, Ty, wir sind nur deshalb im Morgengrauen hergekommen, weil mein Faxgerät gestern kaputt gegangen ist. Das verdammte Ding hat einfach gestreikt. Aber zufällig wollte ich heute sowieso hier herausfahren. Ich sehe mir im Auftrag der Eltern einer meiner Reitschülerinnen einige Ponys an.« Lizzie erwähnte einen Stall in Amagansett, der ungefähr neun Meilen von Steves Pferdefarm bei Bridgehampton entfernt lag. »Vielleicht finde ich auch noch ein Schulpony, das annehmbar ist und in meiner Preisklasse liegt. Da ich ohnehin herkommen wollte, habe ich dir die Kundenliste und Vickys Nummer gleich mitgebracht. Außerdem kann ich so auch meine unstillbare Neugier befriedigen und sehen, wie es dir geht.« Lizzie grinste. »Mit anderen Worten, ich breche deinen Grundsatz und verbinde das Geschäftliche mit dem Angenehmen.«

»Stimmt das, Ty, dass du Geschäft und Privatleben nicht mischst?«, fragte Steve mit einem schelmischen Lächeln, während er lässig an der Anrichte lehnte und mit beiden Händen seinen Kaffeebecher hielt.

Er sah einfach verboten gut aus, dachte Ty und sagte mit erstaunlich beherrschter Stimme: »Man hat mir immer erzählt, dass es nur in einer Katastrophe enden könne, wenn man beides verbindet.«

Steve lächelte bloß. Aber sie spürte, wie er den Blick auf ihren Lippen verweilen ließ, wodurch ihr sein Kuss auf der Weide sofort wieder präsent wurde. Rasch blickte sie weg, beging aber den Fehler, auf seine bloßen Füße zu sehen.

Im Nachhinein war ihr die Sache mit der Rückenmassage peinlich, und sie konnte sich gar nicht mehr vorstellen, dass sie so … nun, so dreist gewesen war, ihn zu bitten, auf ihren Rücken zu steigen. Dann dachte sie daran, wie Steves Gewicht ihren verspannten Muskelpartien Linderung verschafft hatte und wie sie vor Leidenschaft geradezu zerflossen war. Sie wusste es und Steve offensichtlich auch; und da behauptete sie, das Geschäftliche nicht mit dem Angenehmen zu verbinden? Welche Heuchelei!

Hastig konzentrierte sich Ty wieder auf Lizzie und Emma. »Ich find's toll, dass ihr vorbeigekommen seid.«

»Wir sind auch froh, hier zu sein«, sagte Lizzie und gab Ty eine Tasse mit Saft für Emma, die die Zweijährige auch sofort selbst halten wollte. Dann fügte Lizzie schelmisch hinzu: »Und wir finden es schön, Steve kennen gelernt zu haben.« Lizzie war nicht entgangen, wie Ty und Steve sich ansahen und dass es zwischen ihnen offensichtlich gefunkt hatte. Was das betraf, wurde es bei Ty ja auch mal Zeit, dachte Lizzie zufrieden und erklärte dann: »Sie haben hier ein hübsches Plätzchen, Steve.«

»Danke, mir gefällt es auch. Die Landschaft ist so ganz anders als in Kentucky, wo ich aufgewachsen bin. Aber es gibt kaum Gegenden, die es mit dem Himmel und dem Licht im Osten von Long Island aufnehmen können.« Steve klang lässig, vergaß dabei aber keine Sekunde, wie diese Frau vorhin beinah auf ihn losgegangen wäre. Irgendwie hatte ihn die Begegnung im Flur an etwas erinnert, das ihm aber nicht einfallen wollte. Ähnlich wie einem der Name eines früheren Klassenkameraden auf der Zunge lag, ohne dass man ihn hätte nennen können. Steve hätte etwas darum gegeben, zu erfahren, wieso Lizzie der Meinung war, ihre Freundin beschützen zu müssen.

Wenn er Lizzie Osborne einmal allein zu fassen bekäme, könnte er ihr bestimmt einige nützliche Informationen über Ty entlocken. Zum Beispiel würde ihn interessieren, was Ty wichtig war und wieso manches an ihr ihm so merkwürdig bekannt vorkam.

Schließlich stellte er fest: »Sie sind also auch im Pferdegeschäft tätig, Lizzie?«

»Eher im Ponygeschäft«, antwortete sie grinsend. »Ich gebe Kinderreiten. Aber das kann sich ändern, wenn meine Kunden älter werden. Ihre Zahnspangen los sind und so, wenn Sie verstehen, was ich meine?«, sagte Lizzie und fragte sich, wann Steve sich wohl daran erinnern würde, dass er Ty schon einmal gesehen hatte. Es war verlockend, seinem Erinnerungsvermögen ein wenig auf die Sprünge zu helfen, aber Ty hatte ihr bereits einen gestrengen Blick zugeworfen und bedeutsam den Kopf geschüttelt. Also verzichtete Lizzie darauf, Steves Gedächtnis zu stimulieren, und sagte stattdessen: »Ich besitze einen kleinen Reitstall – Cobble Creek –, der ein bisschen außerhalb von Bedford, aber noch nah genug an New York liegt, sodass Kinder aus der Stadt und aus der Umgebung zu mir kommen können.«

Steve leerte seinen Becher und stellte ihn neben sich auf die Anrichte. »Bestimmt habt ihr euch viel zu erzählen.« Mit zwei Schwestern wusste er, was einem bevorstand, wenn sich Frauen mit ihrer besten Freundin trafen. »Ich muss rüber zum Stall und die Pferde füttern. Bubba kommt heute später.«

»Wie wär's mit Frühstück, wenn Sie wieder da sind?«, fragte Lizzie. »Dabei könnt ihr mir dann von euren Plänen mit Southwind erzählen.«

»Du meine Güte, Ty, er ist einfach großartig! Wenn du mich fragst, noch viel toller als damals. Gestählter mit ausgeprägteren Gesichtszügen. Es ist schrecklich unfair, dass Männer immer besser aussehen, je älter sie werden, und wir …« Mit einem bühnenreifen Seufzer stellte sie eine Schale Kekse vor Emma. »Hier, Schätzchen, damit du nicht verhungerst.« Zu Ty gewandt, fragte sie dann: »Wir wär's, mit French Toast?«

Während Emma zufrieden Kekse mampfte, ging Ty zu Lizzie an die Anrichte. Als Lizzie sah, wie vorsichtig Ty einen Schritt vor den anderen setzte, verbarg sie ein Lächeln und fragte: »Wie klappt's denn zwischen euch?«

»Es war ziemlich naiv, zu glauben, es würde leicht werden, nur weil ich Steve aus der Patsche helfen wollte.« Ty seufzte. »Er ist so komplex.«

»Ja, aber wäre er das nicht, würde er dich nicht interessieren, und das weißt du.« Lizzie schlug fachmännisch ein Ei am Mixbehälter auf, bevor sie spöttisch fortfuhr: »Nur noch mal zur Info: Worüber haben die Jungs, mit denen du sonst ausgegangen bist, noch gleich gesprochen, damit deine Augen schon dreißig Sekunden nach eurem Zusammentreffen strahlten?«

»Erwischt!« Ty lachte und hob einlenkend die Hand. »Okay, ich gebe es zu. Ich habe ein Problem mit Männern, die nur zwei Themen haben: wie viel Geld sie diese Woche machen und wie viel nächste.«

»Total gehirnamputiert!«, rief Lizzie. »Kein Wunder, dass du nie mit einem von denen geschlafen hast! Aber ich wette, Steve ist da ganz anders.«

»Allerdings«, sagte Ty, »er ist arrogant, nervig und stur, und er kann auch absolut hinterhältig sein«, fügte sie noch hinzu, als sie daran dachte, wie er versucht hatte, sie mit seinem verkommenen Haus zu vergraulen. Doch um ihm gerecht zu werden, musste sie dann einfach ergänzen: »Er ist aber auch intelligent, witzig und fürsorglich.« Um Lizzie verständlich zu machen, was sie damit meinte, erzählte sie ihr von Steves Beziehung zu Bubba Rollins.

»Und nicht zuletzt tut er alles für seine Pferde. Fancy Frees Tod hat ihn richtig mitgenommen.«

Lizzie nickte verständnisvoll, während sie eine Pfanne auf den Herd stellte und noch mehr Eier in den Mixbecher schlug. »Kurz gesagt, er ist wie für dich gemacht.«

Ty wollte ihr schon widersprechen, aber sie wusste, dass sie ihrer besten Freundin nichts vorspielen konnte. »Ja«, sagte sie schließlich, »ich fürchte, du hast Recht.«

»Na, was hält dich dann noch zurück, Mädchen? Ich habe gesehen, welche Blicke er dir zuwirft, und ich bin sicher, er ist nur allzu bereit, das Geschäftliche ein bisschen mit einem ganz bestimmten Vergnügen zu verbinden.«

»Das hat er schon«, murmelte Ty und spürte, wie sie rot wurde.

»Das habe ich gehört«, sagte Lizzie, »und du erzählst mir jetzt besser alles, oder du bekommst nichts von den Toasts.« Als wollte Lizzie ihre Drohung unterstreichen, schnitt sie ein großes Stück Butter ab und ließ es in der bereits heißen Pfanne zergehen. »Okay, den ersten Toast können wir ausbacken. Mal sehen, wie viel wir machen müssen, bis du mir alles erzählt hast.«

Ty lief schon das Wasser im Mund zusammen, sodass sie zögerlich grummelte: »Na gut, also, er hat mich gestern geküsst.«

»Braves Mädchen!« Lizzie nickte ihr aufmunternd zu, während sie die erste in Eischaum getauchte Toastscheibe in die Pfanne legte. »Und dann?«

»Und dann ... oh, Lizzie, es ist alles so verwirrend ... er hat mich geküsst, als würde er es ernst meinen. Aber seitdem habe ich viel darüber nachgedacht – über den Kuss und alles – und bin zu dem Schluss gekommen, dass er es nur aus Dankbarkeit getan hat, weil ich die Bäume für ihn gepflanzt habe.«

»Du glaubst im Ernst, er hätte dich nur aus Dankbarkeit geküsst?«, fragte Lizzie ungläubig.

Ty zuckte die Schultern. »Warum nicht? Er ist sehr

sinnlich … Du glaubst ja nicht, wie zärtlich er mit seinen Händen umgehen kann!« Während Ty an Steves Liebkosungen dachte, lief ihr noch im Nachhinein ein wohliger Schauer über den Rücken. Dann fiel ihr diese Cynthia wieder ein, die Steve versucht hatte, ins Bett zu bekommen. Selbst bei einer Gegenüberstellung von zehn Frauen hätte Ty sie auswählen können. Bestimmt war sie blond, keck und drall und besaß damit alles, was sie, Ty, nicht vorweisen konnte.

Betrübt fuhr sie nun fort: »Aber er hat gesagt, dass es schon eine Weile her sei, seitdem er das letzte Mal Sex hatte, und deshalb glaube ich, er war einfach nur …, nur …«

»Geil«, meinte Lizzie trocken. »Ty, du enttäuscht mich. Hast du in letzter Zeit mal in den Spiegel gesehen? Du glaubst doch nicht allen Ernstes, dass ein Kerl wie Steve eine wunderschöne Frau wie dich nur küsst, weil er dir dankbar ist oder weil er schon lange keinen Sex mehr hatte? Machst du etwa Witze?«

»Natürlich nicht«, sagte Ty, wobei sie sich ganz unbehaglich fühlte. Sie war es nicht gewöhnt, so offen über Männer und Sex zu reden, nicht einmal mit Lizzie. In solchen Momenten beneidete sie die Freundin darum, wie locker sie mit diesem Thema umging. Aber Ty war meist von Männern umgeben gewesen, die sie entweder umschmeichelt hatten oder wie Gockel herumstolziert waren. Wobei weder die eine noch die andere Reaktion etwas mit ihr zu tun gehabt hatte, sondern mit den Dollar-Milliarden, die die Männer mit dem Namen »Stannard« verbanden. In der Regel benahmen sie sich wie komplette Idioten. Aber Steve war da anders, doch das bedeutete noch lange nicht, dass sie glaubte, er fühlte sich zu ihr hingezogen.

»Sieh mal, Ty«, sagte Lizzie jetzt ein wenig ungeduldig, weil sie Tys Gesichtsausdruck entnommen hatte, was die

Freundin dachte, »bleiben wir mal bei den nackten Tatsachen. Du sagtest, du hättest den Eindruck gehabt, Steve würde es ernst meinen … und was ist nach dem Kuss passiert? Denk immer daran, dass es hier darum geht, wie viele ausgebackene Toastscheiben du bekommst.«

»Danach ist überhaupt nichts passiert, ehrlich nicht. Bubba ist vorbeigekommen, und die Sache war beendet«, sagte Ty und fügte leise hinzu: »Das war vielleicht auch ganz gut so.«

»Ty!«, rief Lizzie warnend.

»In Ordnung, Steve hatte mir schon halb die Strickjacke ausgezogen, ohne dass ich es bemerkt habe. Und dann, heute Morgen …«

»Ja?«, hakte Lizzie ungeduldig nach. »Was war heute Morgen?«

»Nun, ich habe ihn gebeten, auf meinen Rücken zu steigen.«

»Ach, du meine Güte! Das ist ja unheimlich …«

Ty zog den Kopf ein.

»… intim.«

»Ich *weiß*, ich kann kaum glauben, dass ich ihn gefragt habe. Wahrscheinlich war ich da nicht ganz bei mir. Du kannst dir ja nicht vorstellen, was ich für einen Muskelkater hatte, als ich heute aufgestanden bin, Lizzie. Ich habe nämlich gestern zwei von Steves Pferden geritten«, fügte Ty eifrig hinzu. »Sie waren unglaublich! Was das Reiten betrifft, habe ich wirklich wieder Blut geleckt – selbst wenn ich jetzt nicht mehr richtig laufen kann. Aber das geschieht mir ganz recht, weil ich immer gleich alles übertreiben muss.«

»Falsch! Es geschieht dir ganz recht, weil du über all die Jahre so verdammt stur gewesen bist, dass nicht einmal ich dich überreden konnte, wieder in einen Sattel zu steigen.«

»Danke, dass du mich daran erinnerst.«

»Dafür hat man doch Freunde, oder nicht? Sieh mal, Ty, am liebsten würde ich einen Freudentanz auf dem Dach veranstalten, weil du wieder angefangen hast zu reiten. Aber *darüber* können wir uns auch noch später unterhalten. Kommen wir doch zurück zum Hauptthema. Du warst also überall ganz steif, und dann hast du Steve gebeten, auf deinen Rücken zu steigen?«

»Ja«, sagte Ty nur und klappte den Mund zu. »Autsch!«, schrie sie dann, nachdem Lizzie ihr den Ellbogen in die Seite gestoßen hatte.

»Und dann?«

»Und dann … du, meine Güte, Lizzie, es war einfach überwältigend! Am Anfang fühlte ich mich gar nicht gut, weißt du, weil ich ja überall Muskelkater hatte. Aber es war auch erotisch, und innerhalb von zwei Minuten konnte ich überhaupt nicht mehr klar denken. Und dann, oh, Lizzie, dann hat er so Sachen mit seinen Zehen gemacht, direkt unterhalb meiner Schulterblätter. Er hat sie bewegt. Jeden einzeln. Und ganz langsam.«

»Wow!«, rief Lizzie ehrlich beeindruckt.

»Ja, das war wirklich ›Wow!‹«

Es wurde ganz still in der Küche, während sich Lizzie vorstellte, was Ty ihr gerade erzählt hatte. Dann murmelte sie: »Er hat also zärtliche Hände und tolle Füße?« Ty nickte, und Lizzie fügte lächelnd hinzu: »Du bist ein Glückspilz! Ich glaube, es ist nicht übertrieben zu sagen, dass wir hier über einen Mann reden, der seine sämtlichen Glieder benutzen kann.«

Ty und Lizzie lagen sich immer noch lachend in den Armen, als Steve kurze Zeit später zurückkam. Emma war es auf der Küchenbank zu langweilig geworden war, und sie rannte Kekskrümel streuend um die beiden herum.

Willkommen im Irrenhaus!, dachte Steve, unterdrückte

ein Grinsen und setzte sich an den Küchentisch, auf dem ein Teller mit dampfenden Eiertoasts stand.

14. Kapitel

»Hier ist die Liste, die wir letztes Jahr für Cobble Creek zusammengestellt haben, Ty«, sagte Lizzie und zog mehrere getackerte Blätter aus einem Lederetui, das zwischen Bilderbüchern und buntem Plastikspielzeug in Emmas Babytasche steckte.

»Was hat es mit der Liste auf sich?«, fragte Steve und schob seinen Teller von sich. Zu viert hatten sie den Stapel Toast rasch niedergemacht, selbst Emma hatte eine ordentliche Portion verdrückt.

»Das ist eine gute Farbe für sie«, hatte Lizzie noch gesagt, ohne dass Steve verstanden hätte, was sie damit meinte. Jetzt wies Lizzie mit ihrem perfekt geformten Kinn auf die Blätter, die Ty in Händen hielt, und erklärte: »Das ist eine Liste, die Ty und ich von all den Leuten gemacht haben, die sich irgendwie für Pferde interessieren. Damit haben wir uns einen Kundenkreis geschaffen. Aber natürlich war die Auswahl der Leute auf unsere Zielgruppe abgestimmt: Eltern und Großeltern mit Kindern im passenden Alter.«

»Ich würde sie trotzdem gern noch einmal durchgehen«, sagte Ty, »diesmal mit Augenmerk auf die Erwachsenen, die reiten, ein Pferd besitzen oder sich vielleicht zusammen mit Gleichgesinnten ein richtig schönes, talentiertes und teures Pferd kaufen wollen.«

»Oh, bevor ich's vergesse, Ty, Vickys Nummer steht auf dem rosa Haftnotizzettel.«

»Danke.«

»Habt ihr was dagegen, wenn ich mir eure Liste einmal ansehe?« Steve rutschte auf seinem Stuhl ein wenig an Ty heran.

»Natürlich nicht«, antwortete sie und versuchte, sich durch Steves Nähe nicht ablenken zu lassen. »Ich hoffe, du fügst der Liste noch einige Namen hinzu. Wenn wir uns entschieden haben, wen wir zuerst angehen wollen, fange ich an, ein Rundschreiben aufzusetzen und herumzutelefonieren – *nachdem* ich Vicky erreicht habe.«

»Vicky, wer ist Vicky?«, fragte Steve und schnippte gegen den rosa Notizzettel, während er die Namen und Adressen auf der ersten Seite überflog.

»Vicky Grodecki von der *Times.«* Auf Steves fragenden Blick hin ergänzte Ty: »Da die National Horse Show vor der Tür steht, kriegen wir Vicky vielleicht dazu, ein Interview mit dir zu machen. Möglicherweise bringt sie auch einen Fotografen mit. Ich wollte außerdem noch beim *Practical Horseman* anrufen. Sie drucken oft lange Berichte mit doppelseitigen Fotos.«

Steve sagte nichts dazu, sondern ging langsam weiter die Liste durch. Irgendwann meinte er dann: »Habt ihr zwei die Who-is-Who-Liste der New Yorker In-Society abgehakt?«

»Eigentlich nicht. Die meisten der Leute kommen aus der Wirtschaft und sind solide Industriemagnaten, die viel Geld gemacht haben, das sie jetzt ausgeben wollen.«

»Großartig!«, rief Steve spöttisch. »Persönlichkeiten erster Kategorie also, die mir erzählen werden, dass sie selbst wissen, wie man mit einem Pferd umgeht. Das Einzige, was so'n Gaul braucht, ist eine stabilere Trense, Sporen und eine Gerte, und wenn das nicht hilft, ein Baseballschläger, mit dem man ihm zwischen die Ohren hauen kann. Denn jeder weiß doch, dass Pferde strohdumm sind. Und da diese Industriemagnaten Kohle ohne

Ende gemacht haben, können sie selbst ja nicht so blöd sein, dass sie nicht wissen –«

»Okay, ich hab's verstanden«, sagte Ty und hielt beschwichtigend die Hand hoch. »Wir konzentrieren uns nur auf Leute, die sich wirklich für Pferde interessieren und mit dir reiten möchten oder sich mit anderen zusammen ein Pferd kaufen wollen.«

»Unterm Strich bleibt da nichts für uns«, antwortete Steve. »Du vergisst, dass in meinem Stall ein Pferd ums Leben kam. Glaubst du etwa, jemand, der auch nur ein bisschen denken kann, vertraut mir noch sein Tier an?«

Lizzie räusperte sich, bevor sie behutsam erklärte: »Sie müssen das jetzt allmählich hinter sich lassen, Steve. Tragödien passieren nun einmal, und das wissen Sie. Pferde, die an einem herrlichen Sommertag auf der Weide grasen, kehren abends in den Stall zurück und bekommen Fieber und Atemprobleme. Bald darauf sind sie tot, weil sie von einer winzigen Mücke gestochen wurden. Wissen Sie noch, wie viele Pferde letztes Jahr an dem West-Nile-Virus verendet sind?«

»Das ist etwas anderes«, sagte Steve und zog die Augenbrauen zusammen, wobei sich eine steile Stirnfalte bildete.

»Tatsächlich? Ich kann mir gut vorstellen, dass sich die Leute, die damals für die Pferde verantwortlich waren, ebenso Vorwürfe gemacht haben. Bestimmt haben sie sich Dutzende von Szenarien zurechtgelegt, wie sie den Tod der Tiere hätten verhindern können. So wie Sie bei Fancy Free.« Lizzie hielt Steves Blick stand, bevor sie fortfuhr: »Steve, Sie können wunderbar mit Pferden umgehen. Die Leute wissen das und werden Ihnen ihre Tiere auch wieder anvertrauen.«

»Das stimmt, Steve«, warf Ty ein und fuhr mit dem Finger den Rand ihrer Serviette nach. »Falls sie dich überhaupt wegen irgendetwas verurteilen, dann, weil du dein Geld verloren hast.«

»Von wegen, das ist doch lächerlich!«, ereiferte sich Steve, der Fancy Frees Tod absolut nicht mit seinem Versäumnis verglichen haben wollte, Jason Belmar nicht früher beim Griff in die Kasse erwischt zu haben.

»Ich mein's ernst«, beharrte Ty. »Schlechte Geschäftspraktiken und der Verlust großer Summen stellen für viele Leute ein weitaus größeres Problem dar. Deshalb möchte ich auch, dass du bei dem Interview mit Vicky Grodecki oft genug erwähnst, dass du mich als neue Partnerin gewonnen hast und dass ich Unsummen in Southwind investiere.«

»Das wird nicht nötig sein, weil du nämlich neben mir sitzen und es ihr selbst sagen wirst. Du hast doch wohl nicht im Ernst geglaubt, dass ich allein in dieses Interview gehe?« Steve schnitt eine Grimasse. »Entschuldigung, Partner, aber es wird nicht gekniffen. Wenn du dabei bist, wird es Vicky Grodecki auch viel mehr beeindrucken.«

»Aber an mir ist doch keiner interessiert!«

»O nein, natürlich nicht!«, höhnte Steve. »Die Leserinnen und Leser sterben auch nicht vor Neugier, um zu erfahren, was die Tochter des milliardenschweren Grundstückstycoons Tyler Stannard dazu treibt, ins Pferdegeschäft zu investieren. Teufel noch mal, die meisten Leser werden sich wesentlich mehr für dich interessieren, als für das, was ich zu sagen habe.«

Ty wollte ihm schon widersprechen, aber da mischte sich Lizzie ein. »Was Steve sagt, stimmt, Ty. Wenn du willst, dass das Interview richtig Wellen schlägt, musst du schon mit ins Wasser springen.«

Über Tys Unmutsbekundungen konnte Steve nur lachen. »Willkommen im Club!« Wenigstens war er nicht der Einzige, dem es missfiel, auseinander genommen und der Presse zum Fraß vorgeworfen zu werden. »Aber vielleicht ist deine Idee mit dem Interview gar nicht so hirnrissig, Ty. Womöglich kann ich bei unserem Gespräch mit Vicky Grodecki noch etwas lernen.«

Als Ty ihm die Zunge herausstreckte, lachte Steve noch lauter und dachte, dass er vielleicht sogar das eine oder andere über Ty erfahren würde, wenn sie gemeinsam mit Vicky Grodecki plauderten. Trotzdem glaubte er nach wie vor, durch Lizzie am meisten über sie herausbekommen zu können. Die beiden standen sich offensichtlich sehr nahe, und ihre Freundschaft ging weit über eine oberflächliche Bekanntschaft hinaus.

Deshalb bot er sich auch an, Lizzie zum Reitstall in Amagansett zu begleiten. Ty wollte lieber zu Hause bleiben, die potentielle Kundenliste noch einmal durchgehen und einige Anrufe tätigen.

»Sie würden mich wirklich begleiten?«, fragte Lizzie erstaunt. »In dem Stall gibt's aber nur Ponys, keine Pferde, das wissen Sie doch?«

Steve zuckte die Schultern. »Damien Schoenberg hat gute Reittiere. Punkt. Wer weiß, vielleicht finde ich sogar etwas für mich selbst.«

»Und Sie haben auch nichts dagegen, Emma zu halten, wenn ich eines der Ponys ausprobiere? Eigentlich hatte ich gedacht, Ty könnte mich beglei-«

»Warum lasst ihr Emma nicht bei mir?«, schlug Ty nun vor. »Wir beide haben noch gar keine Zeit allein miteinander verbringen können.«

»Aber du wolltest doch arbeiten.«

»Das Meiste kann ich erledigen, wenn Emma spielt. Und während ich auf Rückrufe warte, spiele ich mit ihr.«

»Das hört sich gut an«, sagte Lizzie begeistert. »Wahrscheinlich schläft sie sowieso bald ein, weil wir heute Morgen so früh aufgestanden sind.« Sich an Steve wendend, fragte sie noch einmal: »Und es macht Ihnen wirklich nichts aus, mich zu begleiten?«

»Nein, nein, ich sehe mir immer gern andere Ställe an.« Mit einem umwerfend charmanten Lächeln fügte er hinzu: »Abgesehen davon, wird es mir ein Vergnügen sein, nähere Bekanntschaft mit einer so guten Freundin von Ty zu schließen.«

Obwohl Ty nichts dazu sagte, wusste Steve genau, was sie davon hielt. Man sah es ihr am Gesicht an. *Stimmt genau, Ty,* dachte er, während er ihr in die Augen sah, wobei ihr Blick eindeutig misstrauisch und seiner unschuldig war wie der eines Chorknaben, *Lizzie und ich werden uns viel zu erzählen haben.*

Lizzie war längst aufgesprungen und hatte erklärt, sie sei in einer Sekunde zurück und sie könnten ihren Wagen nehmen. Sie müsse ohnehin noch tanken, bevor sie zurückfuhr.

Emma stand auf einer Haushaltsleiter neben Ty am Spülbecken und hatte die pummeligen Arme tief ins warme, schaumige Wasser getaucht. Hin und wieder schwappte es auf die Anrichte, weil Emma so begeistert Teller und Tassen schrubbte und sie Ty zur Begutachtung hinhielt.

Währenddessen saß Steve am Steuer von Lizzies Karawan, da er sich in der Gegend wesentlich besser auskannte als sie. Er wollte unbedingt vermeiden, durchs Zentrum von Bridgehampton oder längere Strecken auf der Route 27 zu fahren, die er selbst in der Nebensaison mied wie der Teufel das Weihwasser. Stattdessen nahm er sich Zeit und fuhr in gemäßigtem Tempo die kleinen gewundenen Landstraßen entlang, froh, Lizzie Osbornes ungeteilte Aufmerksamkeit zu haben.

»Sie und Ty kennen sich wohl schon lang, hm?«, fragte er wie nebenbei, und Lizzie antwortete bereitwillig: »Seit der dritten Klasse. Ty war in dem Jahr neu in die Schule gekommen und hatte das Pech, zwischen die bescheuertsten Mitschülerinnen New Yorks zu geraten.

Die anderen Mädchen haben ihr nie eine Chance gegeben.«

»Wie meinen Sie denn das?«

»Den Leuten fällt es allgemein schwer, damit umzugehen, dass Tys Vater so viel Geld hat, und diese Gören haben sich einfach unmöglich benommen. Aber das war mein Glück, weil Ty und ich dadurch die besten Freundinnen geworden sind, und eine bessere Freundin als Ty kann man sich wirklich nicht vorstellen. Sie ist Emmas Patentante, müssen Sie wissen«, sagte Lizzie noch und sah aus dem Fenster, als würde sie die Büsche bewundern, an denen sie vorbeifuhren. »Wäre Ty nicht gewesen, wäre Emma wahrscheinlich nicht mehr bei mir.«

Steve warf Lizzie einen verwunderten Blick zu. Wovon redete sie denn da?

Er konnte ja nicht wissen, wie sehr Lizzie dieses Thema normalerweise verabscheute. Aber Lizzie wurde einfach das Gefühl nicht los, dass Steve keine Ahnung hatte, wie Ty wirklich war – mit welchem wundervollen Menschen er es zu tun hatte.

»Ich habe einen Mann geheiratet, der mich von Anfang an betrogen hat, obwohl er wahrscheinlich selbst das leugnen würde.« Lizzie war auch ziemlich sicher, dass er es bei Ty versucht hatte. Aber darüber käme ihr niemals ein Sterbenswörtchen über die Lippen. Sie war einfach dankbar, dass Michael und alles, was mit ihm zu tun hatte, inzwischen Geschichte war.

Nun fuhr sie fort: »Ty muss irgendeinen Trumpf im Ärmel gehabt haben, um ihm zu drohen, weil er seine Sorgerechtsforderung so schnell zurückgezogen hat. Irgendetwas unheimlich Demütigendes, falls es an die Öffentlichkeit geraten wäre. Er wollte nämlich in die Politik.«

Lizzie seufzte. »Eine ganze Zeit lang habe ich mir bezüglich unserer Ehe etwas vorgemacht. Was man sich eben so einredet! Erst als ich mit Emma schwanger war, begriff ich, dass es nicht so weitergehen konnte.«

Steve war das Gespräch irgendwie unangenehm, und er rutschte unruhig hinterm Lenkrad hin und her. Über ihre geschiedene Ehe hatte er mit Lizzie eigentlich nicht reden wollen. »Scheidungen sind immer scheiße«, sagte er schließlich, obwohl er lieber etwas weniger Banales von sich gegeben hätte.

»Ja, besonders wenn die ganze schmutzige Wäsche öffentlich gewaschen wird und in der Zeitung steht.« Lizzie zog die Mundwinkel nach unten. »Lesen Sie Klatschspalten, Steve?«

Er schüttelte den Kopf. »Für so'n Mist habe ich keine Zeit.«

»Jetzt weiß ich, warum ich Sie von Anfang an gemocht habe. Meine Scheidung war etwa mit einem Fünf-Gänge-Menü zu vergleichen, an dem sich ganz New York mehrere Monate gütlich getan hat. Außer mir haben sich alle köstlich amüsiert, und die Herausgeber und die Leser konnten einfach nicht genug bekommen. Schließlich wollten sie auch noch einen Nachtisch. Ein Schmankerl zwischendurch war die Nachricht, dass Michael mir den Zugang zum gemeinsamen Konto gesperrt hatte. Alles schrie: ›Ach!‹ und ›Weh!‹, aber keiner meiner so genannten Freunde ist auf die Idee gekommen, mir unter die Arme zu greifen.«

Wieder verstummte Lizzie, um aus dem Fenster zu sehen. Diesmal schien ihre Aufmerksamkeit ganz von den Stoppelfeldern eingenommen zu werden. Aus den Augenwinkeln sah Steve, wie sie sich müde die Braue rieb. Aber ihre Stimme klang ganz normal, als sie fortfuhr: »Innerhalb kürzester Zeit waren all mein Geld und die Ersparnisse meiner Eltern für die Anwaltshonorare draufgegangen.«

»Die Gebühren, die diese Jungs verlangen, sind wirklich unglaublich.«

»Das können Sie laut sagen. Aber der springende Punkt an der Geschichte ist, dass Ty mir finanziell unter die Arme gegriffen hat. Eigentlich hat sie noch mehr getan. Irgendwie ist es ihr gelungen, Michael dazu zu bringen, die alleinige Sorgerechtsforderung für Emma zurückzuziehen. Dann hat sie all die schrecklich hohen Summen bezahlt, die ich den Anwälten schuldete. Ich weiß nicht, was ich ohne sie getan hätte. Vorher war ich überzeugt, dass Michael den Sorgerechtsstreit gewinnen und mir Emma wegnehmen würde. Das hat mich seelisch und moralisch so runtergezogen, dass ich mir eingebildet habe, Tys Vater würde mir helfen.«

»Moment mal!« Steve versuchte, den Faden nicht zu verlieren. »Sie sind zu Tys Vater gegangen und haben ihn um Hilfe gebeten?«

»Ja, aber da bin ich ziemlich schnell wieder kuriert worden. Stannard brauchte nur auf seine unverwechselbar charmante Art zu sagen: ‚Entschuldige, Dummchen, aber von mir kriegst du keinen Cent.' Nachdem er meine Bitte rundweg abgelehnt hatte, hat er mich auch noch gewarnt, über meine Probleme mit Ty zu sprechen. Danach ließ er mich aus dem Bürogebäude entfernen.«

»Aber er muss doch gewusst haben, dass Ty und Sie eng befreundet sind.«

»Ja, aber es gibt wohl kaum einen größeren Mistkerl als Tys Vater. Wie sie es überstanden hat, mit ihm allein aufzuwachsen, werde ich nie verstehen.« Sam Brodys Name lag ihr auf der Zunge, aber dann fiel ihr wieder ein, dass sie Steve, was das betraf, nicht auf die Sprünge helfen sollte. Stattdessen sagte sie: »Ich schätze mal, aus diesem Grund ist sie trotz ihrer weichen Schale viel härter als es ihr Vater jemals sein wird. Wahrscheinlich …«

Lizzie hätte noch weiter erzählt, aber Steve hakte bei einem Detail nach, das Lizzie wie nebenbei erwähnt hatte. »Was meinen Sie damit, dass sie mit ihm *allein* aufgewachsen ist? Sind Tys Eltern denn geschieden?«

Lizzie warf ihm einen verwunderten Blick zu, begriff dann aber, was Sache war. »Du liebes bisschen, Sie hat Ihnen kein Wort davon gesagt, was? Das ist mal wieder typisch Ty! Lieber würde sie über glühende Kohlen laufen, anstatt irgendetwas über ihre traurige Jugend zu erzählen. Ich glaube, sie hat Angst, man könnte ihr vorwerfen, sie mache nur auf ›armes reiches Mädchen‹ oder so was. Nein, ihre Eltern sind nicht geschieden, Steve. Tys Mutter ist kurz nach der Geburt gestorben. Ty hat keine Verwandten mehr, nur ihren Vater – und meiner Meinung nach ist das schlimmer, als niemanden zu haben.«

Für einen Moment schloss Steve die Augen, dann rieb er sich mit einer Hand die Schläfe. Was er doch für ein Volltrottel gewesen war! Peinlich berührt erinnerte sich an seinen bissigen Kommentar, von wegen Miss Stannard wisse nicht, was es hieße, ein geliebtes Wesen zu verlieren. Jetzt wäre er deswegen am liebsten aus der Haut gefahren, um sich mal so richtig in den Hintern zu treten.

»Erzählen Sie weiter«, sagte er daraufhin zu Lizzie, obwohl er nicht sicher war, ob er noch mehr davon hören wollte. »Was ist dann passiert?«

»Nun, einer meiner zahlreichen Fehler ist, niemals wirklich einen Rat anzunehmen und schon gar nicht auf Männer zu hören, die glauben, mich einschüchtern oder mir drohen zu können. Das habe ich von meinem Exmann gelernt. Wie auch immer, kurz nach dem Fiasko bei Tys Vater kehrte Ty in die Staaten zurück, nachdem sie zuvor auf der ganzen Welt für Stannard Limited zu tun gehabt hatte. Ich habe ihr alles erzählt, von Michaels Sorgerechtsforderung, den horrenden Anwaltshonoraren und meinem schwachsinnigen Einfall, ihren Vater um einen Kredit zu bitten. Was daraufhin geschah, lässt mich noch jetzt manchmal nachts nicht einschlafen. Weil ich mich frage, ob ich mir nicht besser den Mund zugetackert hätte. Aber dann denke ich an Emma, und es geht mir gleich besser, auch wenn es egoistisch ist.«

»Was hat Ty getan, als sie von Ihrer Misere hörte?«, fragte Steve, wobei er schon so eine Vermutung hatte. Vom Gefühl her wusste er längst, was Ty für ein Mensch war.

»Sie hat sich selbst enterbt. Nun, das ist vielleicht nicht die richtige Formulierung … Ich bin nicht sicher, ob das rechtlich überhaupt möglich ist. Aber was sie getan hat, war ähnlich wirkungsvoll: Sie hat ihrem Vater gesagt, er solle bleiben, wo der Pfeffer wächst. Gleich am nächsten Tag hat sie ihre Stellung bei Stannard Limited gekündigt und ihren Vater darüber informiert, dass sie jegliches Geld von seiner Firma oder von ihm zurückweisen würde. Das beinhaltete auch den großen – und ich meine wirklich *großen* – Treuhandfonds, der von ihm für sie eingerichtet worden ist. Ty hat sich komplett von ihrem Vater – seinem Geld, der Macht und dem Prestige – losgesagt, für mich und Emma.«

Steve hätte beinah die Einfahrt zu Damien Schoenbergs Anwesen verpasst. Glücklicherweise standen in *Edgemere Farms* warmen, geräumigen Boxen keine potentiellen Springpferde. Darauf hätte sich Steve nämlich nicht konzentrieren können, weil er die ganze Zeit an Ty denken musste.

Dabei versuchte er, hinter ihr Geheimnis zu kommen. Als Kind hatten sie zu Hause in Kentucky die Winterabende oft damit verbracht, riesige Puzzles zusammenzusetzen. Die fertigen Bilder waren so groß gewesen, dass seine Eltern in einer Ecke des Wohnzimmers, aber nicht weit vom Kamin entfernt, den Bridgetisch aufgestellt hatten. Je besser die Familie puzzelte, desto schwierigere

Puzzlespiele wurden gekauft, mit mehr Details und feineren Farbabstufungen. Steve fand es immer ganz toll, ein Puzzleteil in der Hand zu halten und es langsam hin und her zu drehen. Dabei warf er hin und wieder einen Blick auf die bereits fertigen Bereiche und dann wieder auf das Teilchen in seiner Hand. An den Stellen, an denen er es noch hätte anlegen können, sah die dunkle Holzplatte des Tisches hervor. Dabei wusste Steve, dass er nur ausdauernd genug sein müsste, um das Puzzle zu vollenden.

Ähnlich motiviert stand er jetzt auf Damiens Freiluftrund, während sich die Teile des Puzzles um Ty allmählich zusammenfügten. Einige Schlüsselelemente fehlten ihm zwar noch, aber die Einzelheiten, die er bereits kannte, erstaunten ihn sehr.

Er hatte unverschämtes Glück gehabt. Da war eine Frau in sein Leben getreten, die nicht nur Schönheit und Intelligenz mitbrachte, sondern auch noch so verdammt geistreich und mitfühlend war, dass er sich richtig klein fühlte.

Er bewunderte, was Ty für Lizzie getan hatte. Jemandem in guten Zeiten ein Freund zu sein, war leicht. Außerdem brauchte man enormes Stehvermögen, wenn man sich von seinem Vater lossagte. Die Entscheidung war Ty bestimmt schwer gefallen, besonders da sie sonst keine Verwandten mehr hatte. Aber was er einfach nicht begreifen konnte: Warum hatte Ty so viel für ihn, Steve Sheppard, getan? Immerhin war er ein Fremder. Womit hatte er ihre Großzügigkeit und Fürsorge verdient?

Dieser Teil des Ty-Puzzles blieb ihm einfach ein Rätsel.

Seitdem sie in Edgemere waren, hatte Steve seinen Gedanken nachgehangen und nur nebenbei ein dickes Pony begutachtet, das ungefähr genauso breit wie hoch war und völlig unpassender Weise »Wisp«, also »Bündelchen« hieß. Jetzt wurde es ins Rund geführt, damit Lizzie es ausprobieren konnte. Aber selbst nach fünf Minuten mit der Zunge schnalzen und Beinhilfe war das Tier nicht zum Traben zu bewegen, sondern trottete einfach gemächlich vor sich hin. Damien hatte einem der Pferdepfleger, die sich am Rund aufhielten, eiligst signalisiert, eine Gerte zu bringen.

Jetzt warf Steve einen Blick auf die Uhr. Lizzie strengte sich mit Wisp wirklich mächtig an, aber Steve bezweifelte, dass es die Mühe wert war. Das Pony hatte nicht nur etwas gegen schnellere Gangarten, es besaß auch die nervtötende Angewohnheit, urplötzlich zur Mitte des Runds zu marschieren, um dort Grashalme zu knabbern. Hätte Lizzie gewollt, hätte sie wahrscheinlich in null Komma nichts die Aufmerksamkeit des Tieres erlangt. Aber sie versuchte absichtlich, wie ein unerfahrener Anfänger zu reagieren. Schließlich müssten sich die Kinder später mit dem sturen Fettwanst auseinander setzen und nicht sie.

Als man Lizzie schließlich die Gerte in die Hand drückte, ließ sich das Pony zögerlich zum Trab und dann zum Galopp bewegen. Währenddessen sah Steve noch einmal auf die Uhr – eine Gewohnheit, die er sich über all die Jahre angeeignet hatte, um festzustellen, wie lang ein Tier für eine Runde brauchte. Wie erwartet, bewegte sich dieses Pony letztlich kaum schneller als eine Schildkröte.

Steve zog eine Zigarette aus dem Päckchen in seiner Brusttasche und zündete sie an. Dabei überlegte er, wie lange Lizzie wohl brauchen würde, um sich zu entscheiden. Wenn sie Wisp wirklich für ihre Reitschule kaufen oder als Anfängerpony weitervermitteln wollte, benötigte dessen zukünftiger Reiter eine Beinmuskulatur, die bei Kindern in der Regel nicht vorhanden war. Es sei denn,

Lizzie beabsichtigte, ihre Reitschüler alle paar Minuten die Gerte einsetzen zu lassen. Aber bei Anfängern war das Steves Meinung nach der falsche Ansatz, und auch fortgeschrittenere Reiter wollten bestimmt lieber auf einem Tier sitzen, das besser gehorchte.

Offenbar war Lizzie zu dem gleichen Schluss gekommen, da sie Wisp nun zur Mitte des Runds ritt. Sie gab ihm noch einen freundschaftlichen Klaps auf die Schulter und wandte sich dann an Damien. »Das ist ein nettes Tier, wirklich solide. Aber ich würde gern noch einmal die anderen Ponys sehen, von denen Sie mir am Telefon erzählt haben. Vielleicht entsprechen sie eher meinen Vorstellungen.«

Steve hüstelte und verbarg hinter vorgehaltener Hand ein Lächeln. Lizzie Osborne kannte den Pferdehandel. Wenn einem eine Niete angedreht werden sollte, blieb man höflich, stellte aber sicher, dass der Besitzer begriff, dass man sich nicht zum Narren halten ließ.

So lagen die nächsten beiden Ponys, die Lizzie vorgestellt wurden, auch in einer ganz anderen Qualitätsklasse. Sie ritt zuerst ein ganz süßes rotbraunes Dartmoor-Pony mit weißen Fesseln und einer sternförmigen Blesse. *Fly* bewegte sich ansprechend und näherte sich den Hindernissen mit aufmerksam gestellten Ohren. Wegen ihrer Größe verzichtete Lizzie darauf, mit ihm auch über höhere Hindernisse zu setzen. Aber man sah ihr an, dass ihr Flys Wesen und Temperament gefielen.

Das andere Pony, ein Welsh-Mischling, hatte ein bedeutend höheres Stockmaß als das Dartmoor-Pony. Sassafras war schneeweiß und verfügte über ein keckes Funkeln in den Augen, das Ponys oft von Pferden unterschied. Es bewegte sich in allen Gangarten sicher wie ein Profi und ließ sich problemlos zum Galoppieren bringen. Mit ihm übersprang Lizzie auch die größeren Hindernisse, wobei noch gut zwanzig Zentimeter Luft zwischen Holm und Hufen blieben. Steve bevorzugte Sassafras. Mit einem solchen Tier konnte ein Kind wachsen, sowohl körperlich als auch entwicklungsmäßig.

Das kleinere Pony war ihm zu perfekt. Bei Fly brauchte man sozusagen nur auf den richtigen Knopf zu drücken, und es tat, was man wollte. Aber wenn ein Pony ganz allein die Siegerschärpe holen konnte, wo blieb dann der Reitspaß? Andererseits kannte Steve Lizzies Kunden nicht, und es fiele ihm nicht im Traum ein, ihr zu sagen, wie sie ihren Job machen sollte – dazu schien sie selbst mehr als kompetent zu sein. Das hatte Steve auch Damien Schoenberg gegenüber verlauten lassen, als der seine Überraschung über Steves unerwarteten Besuch auf Edgemere ausdrückte. Aber nein, hatte Steve gesagt, er wolle selbst keine Tiere kaufen und habe nur die Freundin einer Freundin begleitet.

Jetzt ritt Lizzie mit Sassafras zu ihnen und saß ab. »Mir gefallen Fly und Sassafras sehr gut, Damien«, erklärte sie, während sie dem Pony die Zügel über den Hals zog und ihm die graue Samtschnauze streichelte, was ihm sichtlich gefiel.

»Es sind beides großartige Tiere«, sagte Damien stolz, »mit guten Manieren und guter Konstitution. Beide treten bei erstklassigen Turnieren an, und Fly wird oft Erster oder Zweiter«, fügte er noch hinzu, womit sich Steves Einschätzung des kleinen Rotbraunen bestätigte.

Lizzie gab Damien die Zügel, und dann gingen sie zum Parkplatz, der neben einem der Übungsrunds lag. Auf dem Rund fand gerade eine Reitstunde statt, und Damien winkte einem jungen Mädchen, das am Zaun lehnte, zu, damit es Sassafras in den Stall brachte.

»Wissen Sie, Damien, ich würde meine Kunden gern anrufen und einen Termin mit ihnen vereinbaren, damit sich deren Tochter Sassafras und Fly einmal ansehen kann. Wäre es okay für Sie, wenn ich Ihnen heute im

Laufe des Tages telefonisch Bescheid sage? Oder vielleicht auch erst heute Abend?«

»Natürlich.« Inzwischen waren sie bei Lizzies Wagen stehen geblieben. »Ich bin normalerweise bis um elf Uhr wach und würde mich freuen, von Ihnen zu hören.« Er wandte sich an Steve und hielt ihm die Hand hin. »War schön, Sie mal wieder zu sehen. Reiten Sie dieses Jahr beim National?«, fragte er dann eine Spur zu aufgeräumt. Wie viele Bekannte aus der Reiterwelt wusste Damien nicht so recht, was er Steve nach der Tragödie auf Southwind sagen sollte.

Aber jetzt ergriff Steve seine Hand und erklärte: »Ja, ich trete dort mit Gordo und Macintosh an. Ohne Fancy wird es natürlich nicht dasselbe sein. Aber Gordo und Mac haben sich in letzter Zeit ganz gut gemacht.«

»Na, dann wünsche ich Ihnen viel Erfolg.«

»Danke, und klingeln Sie mal durch, wenn Sie von aussichtsreichen Springpferden hören, die zum Verkauf anstehen.«

15. Kapitel

Nachdem das Geschirr abgetrocknet und weggeräumt war, wobei Emma die ganze Zeit gebrabbelt hatte, kam Bubba herein, kniff sie zärtlich ins Grübchenkinn und gab Ty eine Liste mit Dingen, die sie bei ihrer Kalkulation bedenken sollte: neue Hindernisse und Aufsteller, wobei er ihr empfahl, noch einmal mit Steve Rücksprache zu halten; eine Pferdedusche mit Trockner, die er am Ende des Stalls einbauen wollte; ein Sofa, Sessel und einen Tisch für den Aufenthaltsraum sowie eine Videokamera und einen Rekorder. Ans Ende der Liste hatte Bubba in

Großbuchstaben geschrieben: ZUSÄTZLICHES PERSONAL, BASEBALLMÜTZEN mit SOUTHWIND-AUFNÄHER und WETTERFESTE KLEIDUNG.

Grinsend las Ty die letzten Punkte. Es sah ganz so aus, als säße Bubba endgültig mit im Boot, und wenn der Stallmeister von Southwind Hilfe brauchte und Baseballkappen mit eigenem Logo haben wollte, sollte er sie bekommen. Ty hoffte nur, dass sich Steve darüber genauso begeistert zeigen würde wie sein Stallmeister.

Zum Glück malte Emma gern, sodass Ty schon einmal mit dem Telefonieren und Formulieren des Rundschreibens beginnen konnte. Außerdem stellte sie eine Liste der Ansprechpartner verschiedener Pferdemagazine zusammen. Bestimmt wäre wenigstens ein Herausgeber bereit, einen Artikel über Steve und Southwind zu bringen.

Während Emma auf dem Boden saß und eine Seite nach der anderen mit farbigen Punkten, Strichen und Spiralen bemalte, telefonierte Ty, machte sich Notizen und überlegte, was eigentlich das Wichtigste war, wenn man die Geschäfte auf Southwind wieder in Schwung bringen wollte. An sich war es nur ein Marketingproblem. Aber mit welchem Köder konnte man potentielle Kunden locken, damit sie sich ein Bild davon machen konnten, wie schön es auf Southwind war, welche hervorragenden Unterbringungsmöglichkeiten es zu bieten hatte und – das Wichtigste! – was für ein außerordentlich guter Trainer Steve war? Artikel und Farbfotos, wie sie in Magazinen und Tageszeitungen erschienen, reichten einfach nicht an Publicity. Sie brauchten mehr, etwas Besonderes.

Ty saß im Sessel und verwarf eine Möglichkeit nach der anderen. Dabei blickte sie gedankenverloren auf Emmas rotblonde Locken, die sie irgendwie an die goldfarbenen Strähnen in Cantatas Mähne erinnerten. Ty stockte, und dann hatte sie eine Idee. Ja, das war es!

Steve hatte sie hervorragend an das Reiten auf Cantata und Macintosh herangeführt, und da draußen existierten genügend Leute, die etwas darum geben würden, eine individuelle Unterweisung von jemandem wie Steve zu bekommen. Wenn sie ihn nur dazu bringen könnte, so etwas wie eine »Wochenendschule für Pferd und Reiter« anzubieten! Während dreier Tage hätten die Interessenten dann die Möglichkeit, von Steve angeleitet, die verschiedenen Gangarten zu trainieren und das Hindernisspringen zu üben.

Je mehr Ty über die Idee nachdachte, desto begeisterter war sie davon. Eine Wochenendreitschule böte auch noch einen weiteren Vorteil. Viele Teilnehmer würden bleiben wollen, wenn sie gesehen hatten, was für ein fantastischer Trainer Steve war. Mit einem immer breiter werdenden Grinsen fiel Ty dann noch ein Vorteil ein.

Steve könnte sich während des Kurses überlegen, welche Teilnehmer er langfristig als Kunden für seine Pferdepension gewinnen wollte, um dann mit ihnen zu trainieren und auf Turniere zu gehen. Eine praktische Methode, um zu vermeiden, dass einem später jemand wie Allegra Palmer Kopfschmerzen machte. Das Argument würde Steve bestimmt überzeugen.

Mit einem triumphierenden Lächeln warf Ty schließlich ihren Stift in die Luft und sprang auf – wenn auch nicht behände, so doch begeistert.

»Emma, Liebling, wir haben einen Grund zu feiern. Was hältst du von einer großen Tasse Milch?«

»Orangensaft!«, brabbelte Emma, und Ty dachte, Saft war auch gut für ihr Patenkind. »Okay, du bekommst Orangensaft, und ich mache mir eine große Tasse Kaffee, schwarz mit viel Zucker. Das habe ich mir verdient!«

Um sich auf die Suche nach Vitamin C und Koffein zu machen, verließ Ty mit Emma auf dem Arm das Wohnzimmer, wo die kleinen Kunstwerke ihres Patenkindes überall auf dem Boden lagen.

Während Emma gleich darauf an ihrer Schnabeltasse mit Orangensaft nuckelte und die Beine auf dem Stuhl hin- und herschob, arbeitete Ty ihren Plan mit der Wochenendschule und Reitpension weiter aus und wartete darauf, dass der Kaffee durchlief. Bald war es so weit; der Duft der schwarzen Bohnen erfüllte bereits die Küche. Southwind verfügte über zwanzig Boxen, von denen drei bereits belegt waren. Blieben noch siebzehn, um weitere Pferde unterzubringen. Aber zu groß durfte ein Wochenendkurs nicht sein, damit die einzelnen Teilnehmer auch individuell betreut werden konnten.

Das langsame und stete Tropfen der Kaffeemaschine war beendet, und Ty wollte sich gerade eine Tasse einschenken, als es klingelte. Lächelnd dachte sie, das wäre wahrscheinlich Bubba, dem noch einige Punkte für seinen Wunschzettel eingefallen waren.

»He, Em, lass uns nachsehen, wer da ist! Ja, du kannst deinen Orangensaft mitnehmen«, sagte Ty in Zimmerlautstärke und rief dann, in der Hoffnung, dass man sie von jenseits der Haustür auch hören konnte: »Wir kommen!« Sie nahm Emma hoch, behielt dabei aber die Tasse mit dem Orangensaft im Auge, deren Ausgießer ihrer Bluse gefährlich nah kam. »Wenn ich es mir recht überlege, lassen wir den Orangensaft lieber hier.«

Als Ty mit Emma auf dem Arm die Haustür öffnete und nicht Bubba Rollins, sondern Sam Brody vor ihr stand, rief sie überrascht: »Was machst du denn hier?«

»Morgen, Ty«, sagte Sam lächelnd, bevor sein Blick interessiert an Emmas engelsgleichem Gesicht haften blieb. Emma ihrerseits erwiderte seinen Blick neugierig.

»Komm doch herein!« Ty trat einen Schritt zurück, während sie Sam mit der freien Hand hereinwinkte. »Emma und ich haben uns gerade einen Kaffee gemacht.

Emma, Schatz, das ist Sam, ein alter Freund von deiner Mutter und mir.«

Sam war mehr als erstaunt, als das kleine Mädchen ihm sofort beide Arme entgegenstreckte. Aber er erholte sich schnell von der Überraschung und nahm Emma auf den Arm.

Wie interessant!, dachte Ty belustigt. Die Kleine strich Sam immer wieder über Kinn und Wangen und war offenbar fasziniert von seinen goldbraunen Stoppeln. Noch interessanter war allerdings Sams Reaktion. Erst hatte er eine Sekunde wie erstarrt dagestanden, aber dann plötzlich breit grinsend den Mund an Emmas Hals gepresst und lautstark dagegengepustet.

Jetzt quietschte Emma vor Vergnügen und krallte sich in Sams dichtes kurzes Haar. Dabei zappelte sie wie verrückt und rief: »Noch mal, noch mal!«

Vier feuchte Halspuster später saßen Sam und Ty am Küchentisch, während Emma glücklich auf Sams Schoß herumhüpfte. Dabei schien er nichts dagegen zu haben, dass die Kleine ihn zu ihrem neuen Lieblingsspielzeug erkoren hatte.

Ty stellte ihm eine Tasse Kaffee hin und sagte lachend: »Herzlichen Glückwunsch, Emma hat einen Narren an dir gefressen.«

»Ein tolles kleines Mädchen mit einem hervorragenden Geschmack.« Wie nebenbei fügte er hinzu: »Ich schätze mal, Lizzie ist auch nicht weit, hm?«

Ty nickte. »Die beiden sind heute Morgen schon ganz früh nach Southwind gekommen. Lizzie sieht sich in Amagansett ein paar Ponys an und müsste eigentlich bald zurück sein. Und was führt dich hierher? Innerhalb so kurzer Zeit Besuch von meinen besten Freunden zu bekommen ist wirklich erstaunlich. Wunderbar, aber auch erstaunlich!«

»Nun, wir haben uns nicht abgesprochen«, sagte Sam

lächelnd, »falls du darauf anspielen solltest. Es ist Jahre her, dass ich Lizzie gesehen oder gesprochen habe.« Vorsichtig führte Sam den Kaffeebecher zum Mund, immer darauf gefasst, dass Emma wieder anfing, herumzuhüpfen. Dabei kam ihm unwillkürlich der Wunsch, sie zu beschützen. Ein ganz ähnliches Gefühl hatte er gehabt, als er vor zwei Jahren ein Foto in der Post gefunden hatte, mit dem Lizzie ihm Emmas Geburt mitteilte. Auf dem Bild war ein winziges Baby zu sehen gewesen, das friedlich im Arm seiner Mutter schlief. Geradezu magisch hatte sich Sam dabei von Lizzie angezogen gefühlt.

Sie war richtig erwachsen geworden, und das unglaubliche rotblonde Haar fiel ihr in dichten Wellen über die Schultern, wobei die Spitzen Emmas rosa Decke berührten. Lizzie hatte gelächelt, aber ihr Lächeln konnte nicht den traurigen Ausdruck in ihren Augen verhehlen, die sonst doch immer so voll Lebensfreude und Abenteuerlust gewesen waren.

Als Emma jetzt ganz besonders heftig auf seine Oberschenkel sprang, holte das Sam in die Gegenwart zurück. *Vergiss es, Brody!*, sagte er sich. *Das passiert sowieso nicht, nicht in einer Million Jahren.* »Dann fügte er hinzu: »Lizzie erinnert sich wahrscheinlich nicht einmal mehr an mich«, ohne zu merken, dass er laut gedacht hatte.

»Ich kann dir versichern, dass sie sich an dich erinnert. So einfach vergisst man einen Sam Brody nicht. Sagst du mir jetzt, warum du hergekommen bist, oder muss ich raten?«

»Dann würdest du höchstens einen fünfzigprozentigen Treffer landen, und wir wollen ja nicht, dass du deinen Klassenbestestatus verlierst, nicht wahr?«, fügte Sam neckend hinzu. »Der Hauptgrund für mein Hiersein ist ein Gefallen, den ich einem Freund schulde. Seine Großtante lebt auf Long Island, in Georgica. Sie ist über neunzig, aber immer noch fit. Doch Alex macht sich Sorgen, dass sie zu isoliert lebt. Sie hat hier draußen keine Verwandten.

Deshalb hat er mich gebeten, in ihrem Haus ein Sicherheitssystem zu installieren, das mit der örtlichen Polizei und seinem Büro in Manhattan verbunden ist. Aber damit die alte Dame mich das System installieren ließ, muss ich ihr Privatstunden am Computer geben, den Alex ihr gekauft hat. Mrs. Miller will sich die Web-Seiten von Museen ansehen, Informationen herunterladen, Chatrooms besuchen und all so'n Kram. Aber sie verliert sich ständig irgendwo im Netz. Ich war gestern den ganzen Nachmittag und Abend bei ihr. Eine unersättliche Frau!«, beendete Sam grinsend seine Erzählung.

»Solche Aufträge nimmst du an?«, fragte Ty erstaunt, die gedacht hatte, einem Anfänger am Computer zu helfen, seien *Peanuts* für Sam. Seine Firma *Securetech* hatte nicht nur einen Rahmenvertrag mit der Regierung, sondern wurde auch von den größten Wirtschaftsunternehmen der Staaten angefordert.

»In diesem Fall schon, da ich Alex Miller damit einen Gefallen erweisen kann.« Bei Miller handelte es sich um eine der ersten und wichtigsten Investoren Securetechs. Er war ein Finanzgenie und besaß einen Riecher für aussichtsreiche junge Unternehmungen. Alex Millers Einlagen hatten Sams Unternehmen in den ersten turbulenten Monaten nach der Gründung einen entscheidenden Finanzschub gegeben. Inzwischen setzte Securetech den Standard, an dem sich andere Unternehmen der Sicherheitsbranche orientierten.

Dass Ty noch nie von Alex gehört hatte, überraschte Sam nicht. Anders als ihr Vater zog Alex Miller die Fäden im Hintergrund. Sein Name stand nur selten in der Zeitung, was seinen weit reichenden Einfluss noch beeindruckender machte.

»Ich habe auch einige Informationen über deinen Vater für dich«, fuhr Sam nun fort und kam auf den eigentlichen Grund seines unerwarteten Besuchs. »Wie ich mir schon gedacht habe, hat sich jemand alle verfügbaren Informationen über deine Finanzen beschafft. Ich bin den Pfad im Internet nachgegangen und bei Crane, Adderson & White gelandet. Dein Vater wollte sicher nicht, dass die Spur zu seiner eigenen Firma führt. Da wird es Zeit, sich zu überlegen, wann er zuzuschlagen gedenkt und welche Taktik er dabei anwendet.«

Sam wollte noch mehr sagen, aber Emma hatte versucht, auf seinen muskulösen Oberschenkeln zu balancieren, und plötzlich das Gleichgewicht verloren. Blitzschnell umfasste Sam ihre Taille, wobei sich das Kornblumenblau ihrer Augen mit dem bernsteinfarbenen Goldton seiner Augen traf, während Mann und Kind einander maßen.

»He, du Knirps!«

»He, Sam«, sagte Emma mit ihrem Stimmchen, »Emma Pippi.«

»Unheimlich nett von dir, mir das zu sagen«, Sam schnitt eine Grimasse, »aber du möchtest doch bestimmt lieber mit Ty aufs Klo gehen, hm?«

»Nein, mit Sam!« Um ihre Aussage zu unterstreichen, hüpfte Emma auf seinem Oberschenkeln auf und ab, woraufhin Sam zu Ty sah.

Doch die zuckte nur lächelnd die Schultern. »Nimm die Toilette neben meinem Schlafzimmer, oben nach der Treppe rechts, die zweite Tür links.«

Sam nickte und erhob sich mit Emma auf dem Arm. »Also, dann los. Soll ich dich tragen?«

»Nein, Emma laufen!«, beschloss die Kleine und rutschte an Sams durchtrainiertem Körper hinunter wie ein Feuerwehrmann an der Stange. Dann nahm sie einen von Sams Fingern, zog den großen Mann daran aus der Küche, und Ty atmete erst einmal tief durch.

Die Neuigkeiten, die Sam ihr von ihrem Vater überbracht hatte, waren nicht gerade erfreulich. Aber wieso wunderte sie das? Ihr Vater hatte doch immer versucht, sie zu gängeln. Dass sie inzwischen die Fünfundzwanzig erreicht hatte, war kein Grund, damit aufzuhören. Nicht für einen Stannard! Erstaunt war Ty nur, wie weh ihr das immer noch tat. Sie hatte doch tatsächlich geglaubt, es sei ihr inzwischen egal, was ihr Vater machte.

Als die Haustür ging, und Ty gleich darauf Steves und Lizzies Stimmen hörte, schwante ihr schon ein neues Problem, das sie sogar die Machenschaften ihres Vaters kurzzeitig vergessen ließ: *Sam, Lizzie und sie an einem Ort mit Steve wie damals im Trailer. Oh, Gott,* dachte Ty, *bitte nicht heute!*

Sofort sprang sie auf, lief in den Flur und rief: »Hallo!«, was gar nicht so einfach war, weil sie vor Aufregung einen ganz trockenen Mund hatte.

»Hallo«, flötete Lizzie, während sie sich die Jacke auszog. »Wo ist Em?«, wollte sie dann wissen und sah sich um.

»Äh, oben.« Ty machte eine vage Handbewegung.

»Sie ist eingenickt, was?« Lizzie nickte verständnisvoll. »Die ganze Aufregung hat sie bestimmt angestrengt. Aber Emma schläft sowieso gern«, verkündete sie dann nicht ohne Stolz, bevor sie sich an Steve wandte: »Dürfte ich vielleicht mal telefonieren?«

»Nur zu, im Wohnzimmer neben dem Sofa steht ein Telefon, Lizzie«, antwortete er, ohne den Blick von Ty zu wenden, »da sind Sie ungestört.«

»Danke, ich will versuchen, Catherines Eltern zu erreichen, um zu sehen, wann sie Zeit hätten, hier herauszufahren und Damiens Ponys anzuschauen. Das kleine Dartmoor-Pony gefällt ihnen bestimmt gut. Aber ich werde mein Möglichstes tun, damit sie langfristig denken und sich für Sassafras entscheiden. Hm, rieche ich da

Kaffee? Hebt mir eine Tasse auf, ja? Das Telefonat wird nicht lange dauern.«

Bevor Ty Lizzie hätte erklären können, dass Emma absolut nicht schlief, sondern auf der Toilette war, und zwar mit Sam, den Lizzie seit Jahren nicht mehr gesehen hatte, war sie mit Steve allein. Sie schluckte. »Hallo, wie geht's?«

»Gut, ich mag deine Freundin. Und wie geht's dir? Bist du okay? Du wirkst ein bisschen zittrig und siehst aus, als würdest du gleich in Ohnmacht fallen«, sagte Steve, obwohl Ty eigentlich hinreißend aussah, ein bisschen blass vielleicht. Sie trug jetzt eine hellblaue Bluse, deren Ausschnitt ihm einen verlockenden Blick auf ihr Dekolleté mit der samtweichen Haut gewährte, an die er in letzter Zeit viel zu oft denken musste. Tys verwaschene Jeans saß so eng, dass es ihn in den Fingern juckte, sie anzufassen. Er verzehrte sich nach einer Gelegenheit, Ty zu küssen, sie zu berühren und mit ihr eins zu werden. Aber das würde bestimmt nicht geschehen, so lange ihr Patenkind ein Stockwerk höher schlief und ihre beste Freundin im Nebenzimmer telefonierte.

Seit heute Morgen – seit seinem umwerfenden Spaziergang auf Tys Rücken – war er nicht mehr mit ihr allein gewesen. So gern er Lizzie mochte, hätte er jetzt lieber gesehen, dass sie ging.

»Huch!«, rief Ty da mit sich überschlagender Stimme, als Steve unvermittelt ihren Oberarm umfasste. »Was machst du denn da?«

»Dich mit in die Küche nehmen, damit wir eine Tasse Kaffee trinken können. Ich habe doch gesagt, du wirkst ein bisschen zittrig.« Dabei dachte er: *Lügner, du würdest doch jede Ausrede nutzen, um Ty anzufassen!*

»Musst du nicht reiten oder so was?« Ty wollte Steve unbedingt loswerden, bevor Sam wiederkam.

»Der Schmied beschlägt gerade Gordo und Macintosh.

Für das Turnier im Madison Square Garden brauchen sie neue Hufeisen, also habe ich genug Zeit für eine Kaffeepause.«

»Oh!«, sagte Ty und dachte: *Verdammt!* Ihre Hoffnung, ein Treffen zwischen Steve und Sam zu vermeiden, war dahin. Aber vielleicht erinnerte sich Steve ja gar nicht mehr an Sam. Nur weil sie sich an jede Sekunde ihres Zusammentreffens im Trailer erinnerte, musste es Steve nicht auch tun.

»Du trinkst deinen Kaffee schwarz, stimmt's? Mit Zucker?«

»Ja, bitte«, sagte Ty erfreut, dass er das noch wusste.

Während Steve die Becher auf den Tisch stellte, betrachtete Ty seine schönen Hände. Groß und kräftig, Beweis jahrelanger harter Arbeit. Trotzdem waren sie sehr gepflegt, und die Finger lang und elegant. *Geschickte Hände,* dachte Ty rückblickend.

»Und, was hast du gemacht, als wir weg waren?« Steve setzte sich neben Ty. »Wie ist der Morgen verlaufen? Bist du mit deiner Liste vorangekommen?«

Sie nickte. »Und Bubba hat mir seinen Wunschzettel gebracht.«

»Ja, er sagte so etwas, als ich im Stall war. Wenn er eine Pferdedusche mit *Föhn* hätte, würde er nicht mehr anderthalb Stunden brauchen, um Gordo nach seinem geliebten Schlammbad zu striegeln.«

»Was ist mit den anderen Punkten auf Bubbas Liste?«

»Einige der ehemaligen Pferdepfleger kommen Ende der Woche zurück. Ich habe schon mit ihnen gesprochen. Wenn wir wieder mehr Tiere haben, stellen wir auch mehr Personal ein. Alles andere sind nur kosmetische Veränderungen. Die überlasse ich dir«, sagte Steve mit einem geheimnisvollen Lächeln.

Meinte er damit, dass sie einen guten Geschmack hatte, er sie aber immer noch keine Entscheidungen treffen lassen würde, die wirklich von Belang waren? Wenn ja, fiel ihre Idee mit dem Wochenendkurs bestimmt nicht unter die Kategorie »kosmetisch«. Da sprach sie die Sache doch lieber gleich an.

»Mir ist noch etwas für Southwind eingefallen.«

Steve nippte an seinem Kaffee und sah über den Tassenrand hinweg zu Ty. Dabei war ihm nur allzu bewusst, wie oft er sie hatte abblitzen lassen. Sein Vater hätte ihm dafür einen Satz heiße Ohren verpasst. So verhielt man sich einem anderen Menschen gegenüber nicht. Also sagte Steve jetzt: »Erzähl ruhig weiter, ich höre zu.«

Erstaunt sah Ty ihn an. »In Ordnung, nun, ich war dabei, mir etwas ganz Besonderes zu überlegen, um Southwind neue Kunden zuzuführen. Da ging mir auf, dass wir den Leuten die Möglichkeit geben sollten, uns zu testen, wobei wir ihnen den Mund wässrig machen können.«

»Und wie stellst du dir das vor?«

»Mit einem Wochenendkurs.«

»Einem Wochenendkurs?«

»Ja«, Ty nickte aufgeregt, »an einem Wochenende, an dem du kein Turnier hast. Zum Beispiel irgendwann im Dezember. Bis dahin hätten wir auch Zeit genug, alles vorzubereiten und die Information unter die Leute zu bringen. Ich dachte mir, wir bieten drei Tage betreutes Reiten an: Anweisungen bei den verschiedenen Gangarten und beim Springen, wobei wir alles mit Video aufnehmen, sodass sich die Reiter die Probleme, die du angesprochen hast, zu Hause noch einmal in Ruhe ansehen können. Die Teilnehmer bringen wir in einer Pension in der Nähe unter, und ihre Tiere nehmen wir hier auf. Dadurch sehen die Besitzer auch gleich, welche Möglichkeiten Southwind bietet.«

Steve schwieg, und zwar so lange, dass Ty schon nervös wurde. Aber dann sagte er: »Dein Kopf kommt wohl nie zur Ruhe, hm?«

»Dir sind blonde Dummchen wohl lieber?«, konterte Ty und hätte sich gleich darauf am liebsten auf die Zunge gebissen. Als sie heute Morgen aufgewacht war, musste sich diese Cynthia wohl unauslöschlich in ihr Gehirn gebrannt haben.

Steve grinste. »Nicht unbedingt, in letzter Zeit finde ich intelligente Brünette erschreckend anziehend.« Sein Grinsen wurde noch breiter, als Ty scheinbar höchst interessiert in ihre fast leere Tasse blickte.

»Und du glaubst wirklich, dass so ein Wochenendkurs Reiter ansprechen würde, die auch in Zukunft mit mir trainieren möchten?«

Als er das sagte, sah Ty ihm wieder ganz unbefangen in die Augen. Nachdem Steves Frauengeschmack nicht mehr Thema war, konnte sie das auch. »Natürlich«, sagte sie dann und nickte. »Darauf würde ich sogar wetten.«

»Tatsächlich? Wie viel?«

Mit einem schelmischen Grinsen nannte Ty eine Summe, bei der Steve lachend den Kopf schüttelte. »'Tschuldigung, aber ohne mich. Ich wette nie Summen, die zu verlieren ich mir nicht leisten kann.«

»Dann wetten wir eben einfach nur so.« Ty reichte ihm ihre schlanke Hand. »Aber du wirst trotzdem verlieren. Immerhin konnte ich Erfahrungen aus erster Hand sammeln: Du hast mir ja schon eine Privatstunde gegeben.«

Als Steve einschlug, fragte er sich, ob sie wohl wusste, wie gern er ihr in allen möglichen Bereichen Privatstunden geben würde? Was es wohl bedurfte, damit sie einverstanden war? »Bevor du diese Idee mit dem Wochenendkurs weiterspinnst, solltest du erst einmal sicherstellen, dass Bubba einverstanden ist«, gab Steve dann zu bedenken. »So'n Kurs macht 'ne Menge zusätzlicher Arbeit.« Und zwar nicht nur für Bubba, sondern auch für ihn selbst. Deshalb überraschte es Steve, welch ein gutes Gefühl es nach wie vor war, hier neben Ty zu sitzen, die übers ganze Gesicht strahlte wie ein Kind an Weihnachten.

»Ich spreche jetzt gleich mit ihm.« Ty war aufgestanden und konnte es immer noch nicht fassen. Steve war tatsächlich bereit, einen Wochenendkurs zu halten. Einfach so. Wenn ihre strapazierten Muskeln es erlaubt hätten, hätte sie vor Freude auf dem Tisch gesteppt. »Vielleicht striegele ich Gordo für ihn. Dafür ist mir Bubba dann so dankbar, dass er zum Wochenendkurs nur noch ja sagen kann. Und während du reitest, arbeite ich meinen Plan weiter aus.«

»Wo wir schon davon sprechen … Kann ich dich heute noch einmal dafür gewinnen, Macintosh zu reiten?«

Tys Augen weiteten sich, bis sie so groß waren wie Untertassen. »Du machst doch Witze, oder?«

»Nö!« Steve schüttelte gelassen den Kopf. »Gleich wieder auf ein Pferd zu steigen, wäre das Beste für dich. Obwohl ein Ausritt am Strand ohne Sattel ein bisschen viel sein könnte.« Ty schnitt eine Grimasse, und Steve grinste breit. »Im Ernst, Ty, du wirst dich gleich viel besser fühlen, wenn du Macintosh eine Weile geritten hast. Aber wenn deine Muskeln dazu immer noch zu verspannt sein sollten …« Er war immer leiser geworden und sprach jetzt ganz zärtlich auf sie ein, als wollte er sie mit seiner Stimme streicheln. »Bin ich nur allzu gern bereit, noch einmal auf dir herumzulaufen.« Bei sich fügte er dann hinzu: *Als Vorspiel!*

»Hört sich an, als könntest du nur gewinnen, Ty«, meinte Lizzie, die nun in die Küche kam und direkt auf die Kaffeemaschine zusteuerte.

»Also, was ist jetzt, Ty? Bist du einverstanden?« Steves tiefe Stimme eindeutig zweideutig, und so wie die Dinge lagen, konnte Ty ihm nur zustimmen. Sie hatte sich in ihn verliebt. Das war die erschreckende Wahrheit, eine Tatsache, die sie sich bisher nur einfach nicht hatte eingestehen wollen. Sie brauchte sich auch gar nicht einzureden, dass es erst gestern oder vorgestern oder beim Treffen mit den Anwälten geschehen war. Das Schicksal hatte nun einmal entschieden, dass Steve Sheppard, als sie im zarten Alter von vierzehn Jahren gewesen war, den Grundstock für ihre Liebe zu ihm gelegt hatte – damals im Trailer in Lake Placid. Bis heute war daraus ein Baum geworden, der tiefe Wurzeln geschlagen hatte.

Hilflos sah Ty zu Steve. Sie wollte schon »ja« sagen, aber dann, als ihr das Wort auf der Zunge lag, zögerte sie. So überwältigend und komplex waren die Gefühle, die sie bewegten, seitdem sie sich ihre Liebe zu ihm eingestanden hatte.

Während Steve auf ihre Antwort wartete, nahm er einen Apfel und rieb ihn an seinem Pullover blank, dessen Hellblau seine Augen leuchten ließen wie das Meer im Sonnenschein. Als Steve jetzt auch noch aufmunternd lächelte, schlug Ty das Herz wie wild. Das Ja wollte ihr schon über die Lippen kommen, aber da wurde sie sich der Gefahr bewusst, die darin begründet lag: Vielleicht schwang viel zu viel in diesem Ja mit, sodass Steve sofort Bescheid wusste … und sie zurückwies.

Aber ihr Zögern rächte sich. Hätte sie nur den Mut besessen, ja zu sagen, wären sie jetzt schon auf dem Weg in den Stall gewesen und hätten die Gegenüberstellung vermieden, die Ty so fürchtete.

Denn nun tauchte Sam Brody mit einer quietschfidelen Emma auf den breiten Schultern auf. Als er sich unter dem Türpfosten der Küche durchbücken musste, kicherte die Kleine vor Vergnügen. Bei ihrem Gejuchze wanderten die Blicke dreier Augenpaare zur Tür – zwei davon sahen schockiert, eines resigniert drein.

Sekundenlang hätte man eine Stecknadel fallen hören können. Und dann, genau wie vor zehn Jahren an jenem brütend heißen Sommertag, brachen sich Emotionen

Bahn. Ein geschickter Regisseur wäre bei Steves und Lizzies Gesichtern in die Totale gegangen, um den Zuschauern ganz deutlich zu zeigen, welche Gefühle sich darauf widerspiegelten.

Lizzie war wie vom Donner gerührt mitten in der Küche stehen geblieben, weil ihre Tochter auf den Schultern eines großen, auf den ersten Blick gefährlich wirkenden Mannes saß.

Sam erwiderte ihren Blick, ohne jedoch zu zeigen, wie betroffen er über ihre Reaktion war. Lizzies Gesichtsausdruck wechselte von Schock, über Angst bis hin zu Verärgerung, und dann – als ihr schließlich bewusst wurde, wer da ihr Kind auf den breiten Schultern trug – war da noch etwas.

Sam Brody sah aber auch ganz anders aus, als sie ihn in Erinnerung gehabt hatte. So muskulös und doch schlank, wobei sich sein durchtrainierter Oberkörper unter dem Jerseysweater abhob. Er wirkte wie ein Baum, in dessen Krone ihre Tochter saß. Dabei dachte Lizzie die ganze Zeit: *Wie kann er nur so jung aussehen!* Zum ersten Mal in ihrem Leben wusste sie nicht, was sie sagen sollte, und auch ihre Beine schienen ihr irgendwie nicht mehr zu gehorchen.

Das Gleiche konnte man von Steve allerdings nicht behaupten. Es machte *klick, klick, klick,* und die fehlenden Puzzleteilchen rückten an ihren Platz. Plötzlich erinnerte er sich wieder an alles und kam sich unheimlich blöd vor. Bestimmt hatten sich die anderen schon lang über ihn lustig gemacht. Zum zweiten Mal innerhalb kürzester Zeit umfasste Steve nun Tys Oberarm. Diesmal allerdings nicht sanft, sondern dem stählernen Griff eines Gefängniswärters ähnlich.

»Entschuldigen Sie uns bitte für einen Augenblick«, stieß er dann hervor und warf sowohl Lizzie als auch Sam einen bösen Blick zu, bevor er eine unwillige Ty mit zur Haustür und nach draußen zog.

Sie versuchte, die Stiefelabsätze in den Boden zu stemmen, aber Steve lief viel zu schnell, als dass sie Halt gefunden hätte. »Wohin gehen wir denn?«, wollte Ty wissen und riss den Arm zurück, in der Hoffnung, Steve würde sie dann freigeben.

Aber er ignorierte ihre Bemühungen, sich von ihm loszureißen. »Weit genug weg, damit ich dich in Ruhe erwürgen kann.« Mit großen Schritten strebte Steve am Stall vorbei und über die Wiese, auf der Fancy Free begraben lag, zu dem großen Trainingsrund im Freien.

»Okay, das ist weit genug weg.« Bei einem weißen Hindernis, das ein rustikales Holztor nachbildete, war er urplötzlich stehen geblieben und wirbelte Ty jetzt zu sich herum. Wütend starrten sie einander an, dann trat Steve einen Schritt zurück und musterte Ty von Kopf bis Fuß, die abwehrend das Kinn hob.

»Sind wir jetzt richtig erwachsen, ja?« Sein sonst so charmanter Kentucky-Akzent klang abfällig. »Du hast dich bestimmt gut amüsiert, weil ich zu blöd war, dich wieder zu erkennen!« Während er den Blick über ihre Brüste und wohlgeformten Hüften gleiten ließ, verzog er den Mund zu einem unverschämten Grinsen. Dann lachte er so laut, dass Ty regelrecht zurückzuckte. »Natürlich hast du dich mächtig verändert, meinen Glückwunsch, Junior.«

Als er vor ihr salutierte, brach sich all der Ärger, den Ty in den letzten Tagen heruntergeschluckt hatte, Bahn. Mit geballten Fäusten kam sie auf ihn zu. »Hör mal, du Riesentrottel, du hast dich also nicht an mich erinnert, ja? Na, und? Hätte ich vielleicht wieder zu dir gerannt kommen sollen und dich um ein Autogramm bitten, um dann mit meinen Wimpern zu klimpern und dich daran zu erinnern, dass wir uns vor langer, langer Zeit schon einmal begegnet sind?« Mit affektierter Stimme fuhr sie fort: »Oh, Mr. Sheppard, ich bin schon seit Jahren ein großer

Fan von Ihnen. Erinnern Sie sich noch an Lake Placid, 1989, als ich –«

»Hör mit dem Scheiß auf, Junior! Du weißt genau, was ich meine. Und ich hatte schon gedacht, du seist tatsächlich anders. Aber nein, wenn's ans Eingemachte geht, bist du genauso wie alle reichen Frauen und treibst deine Spielchen mit anderen Menschen.«

»Das ist nicht wahr! Ich habe alles getan, um dir aus der Patsche zu helfen!«

»Du hast sogar noch mehr getan! Da muss ich dein Gedächtnis doch wohl nicht auffrischen? Aber nur keine Sorge, meines funktioniert wieder einwandfrei. Mal sehen, das ist jetzt schon das zweite Mal, dass du mich in die Irre geführt hast. Ich kann aber mit Geschäftspartnern, die sich als Lügner entpuppen, nicht zusammenarbeiten.«

»Na, das muss gerade von dir kommen, Steve! Jetzt sag ich dir mal, was ich an einem Geschäftspartner nicht leiden kann. Ich mag es nicht, wenn jemand ein unerträglich sturer Holzkopf ist, der auch noch versucht, mich zu manipulieren. Seitdem ich nach Southwind gekommen bin, hast du alles getan, um festzustellen, wie weit du bei mir gehen kannst, in der Hoffnung, ich würde in den Sack hauen. Dabei habe ich mir den Arsch aufgerissen, um deine Farm zu retten.«

»Du hast gelogen, dass sich die Balken biegen, meinst du wohl eher?«

Wie gern hätte sie ihm jetzt eine verpasst. »Blödsinn! Du hättest mit mir doch gar keinen Vertrag geschlossen, wenn du nicht gedacht hättest, mein Vater stünde dahinter. Und willst du auch wissen, warum, Sheppard? Weil du Vorurteile hast. Aber nicht jede reiche Frau verhält sich wie Allegra Palmer. Und was macht es schon, dass ich dir nicht gesagt habe, dass ich dich als Mädchen mal irgendwo getroffen habe?« Etwas leiser fügte sie hinzu:

»Dabei warst du der erste Fremde, der jemals nett zu mir gewesen ist, ohne etwas dafür zu erwarten«, bevor sie in vorheriger Lautstärke fortfuhr: »Du nennst mein Verhalten unaufrichtig, ich nenne es Überlebensstrategie.«

»Wovon, zum Teufel, sprichst du überhaupt?«

»Du willst, dass wir ehrlich miteinander umgehen, Steve? Wie wär's, wenn du den Anfang machst? Beantworte mir nur eine Frage: Wie hättest du reagiert, wenn du gewusst hättest, dass dir eine Frau die Hand unter den Hintern hält, die mit vierzehn bis über beide Ohren in dich verknallt war, leider aber auch total linkisch gewesen ist, und bei der du die Güte hattest, dich eine Viertelstunde mit ihr zu unterhalten?« Mit dem Blick ihrer grauen Augen schien sie ihn durchbohren zu wollen. »Komm schon, Steve, sag mir die Wahrheit! Wie hättest du dich verhalten?«

Als er die Stirn runzelte, lächelte Ty spöttisch. »Wie ich's mir gedacht habe, Steve, du kneifst. Aber ich weiß genau, wie du reagiert hättest. Du hättest meine Teenagerverliebtheit weidlich ausgenutzt. Denn leider gibt es den Mann nicht mehr, der du vor zehn Jahren gewesen bist.«

Als Ty sah, wie Steve zurückzuckte, wusste sie, dass sie einen wunden Punkt getroffen hatte. Doch er sagte nichts, und Ty fuhr fort: »So wie du heute drauf bist, hättest du einfach deinen Südstaatencharme spielen lassen und mir den Kopf verdreht, damit ich dir meine Hälfte von Southwind mit Freuden zurückübertrage.«

Unwillkürlich fiel ihr sein heißer Kuss wieder ein, und sie wurde noch wütender. »Auch so hast du es auf diese Tour ver-« Ty biss sich auf die Zunge und wünschte, sie hätte es schon früher getan. Aber vielleicht hatte Steve ja auch nicht verstanden, worauf sie hinauswollte.

Doch dazu kam er jetzt viel zu schnell auf sie zu. Er umfasste mit einer Hand ihre Handgelenke und mit der anderen ihr Kinn, sodass Ty gezwungen war, ihn anzusehen. Sein gekränkter Stolz und seine Verärgerung überwogen ein anderes Gefühl, das er sich aber nicht eingestehen wollte. Doch als er Ty jetzt ansah und den gehetzten Ausdruck in ihren hübschen grauen Augen bemerkte, war es um ihn geschehen. Er lockerte den Griff um ihre Handgelenke und ließ auch ihr Kinn los, um Ty mit den Fingerspitzen zärtlich über die Wange und den schlanken Nacken zu streicheln.

Als sich seine Finger dann wie in Zeitlupe um die dünne Silberkette schlossen und daran zogen, zitterte Ty, und Steve hielt den Atem an. Zentimeter um Zentimeter der Kette kam zum Vorschein, bis er das Medaillon mit dem galoppierenden Pferd in der Hand hielt. Es fühlte sich warm an; schließlich hatte es gerade noch zwischen Tys parfümierten Brüsten gehangen.

Es fiel Steve schwer, die Erinnerung an den linkischen, befangenen Teenager mit dieser hübschen, weltgewandten Frau in Verbindung zu bringen. Dann sagte er ruhig: »Du wolltest, dass ich ehrlich bin? Okay, Ty, ich brauchte nicht zu wissen, wer du bist, um dich zu begehren. Das habe ich vom ersten Moment getan, als ich dich in der Anwaltskanzlei gesehen habe, und jede sehnsüchtige Stunde seitdem.«

Ganz sanft zog er sie nun näher zu sich, verlockend näher. Dann beugte er den Kopf, bis sein Mund ganz dicht an Tys bebenden Lippen war. »Ich brauchte dieses süße schüchterne Mädchen nicht wieder zu erkennen«, fuhr er heiser fort, »um zu wissen, dass ich die umwerfend schöne und intelligente Frau lieben würde, zu der es geworden ist.«

Es folgte ein alles verzehrender Kuss, bei dem sich Ty und Steve wie wild streichelten und aneinander klammerten, um sich so nah wie möglich zu sein. Als sich Steve schließlich zögerlich von Tys Lippen löste, lehnten sie die Stirn aneinander und rangen benommen vor Glück und von ihrer stürmischen Liebkosung nach Atem.

Schließlich drückte Steve Ty lächelnd einen Kuss auf die sanft geschwungene Braue. Dann tastete er nach ihren Händen, verschränkte seine Finger mit ihren und führte eine Hand an die Lippen. »Du bist so hübsch und liebenswert«, flüsterte er, während er mehrmals ihren Handrücken küsste.

»Du bist auch nicht zu verachten«, sagte Ty neckend und lächelte glücklich. Daraufhin drückte Steve ihr erneut einen Kuss auf die Lippen, und als sie ihm bereitwillig den Mund öffnete, überkam ihn eine ungeahnte Erregung.

Nachdem Steve sich schließlich wieder aufgerichtet hatte, nahm er Ty mit einem glücklichen, jungenhaften Grinsen bei der Hand und zog sie mit.

»Wohin gehen wir denn?«, fragte Ty atemlos.

»Wir holen die Pferde und reiten zum Strand. Ich möchte dir meinen Lieblingsplatz zeigen.«

16. Kapitel

Lizzie war stinksauer.

»Mommy, Mommy, sieh mal, wo ich bin!«, quietschte Emma, die sich an Sams Kinn festhielt und die Beine um seinen Hals geschlungen hatte. »Ich reite auf Sam!«

»Das sehe ich, Süße«, antwortete Lizzie und wirkte auf einmal überhaupt nicht mehr sauer. »Vielleicht möchtest du ja jetzt wieder herunterkommen?«

»Nein, nein! Sam ist mein neues Pony, Mommy.« Vor Begeisterung überschlug sich Emmas Stimme. »Sieh nur, wie gut ich reiten kann!« Die Kleine drückte sich von Sams Schultern ab, um sich gleich darauf wieder fallen zu lassen, wie sie es bei ihrer Mutter gesehen hatte, wenn sie Trab ritt.

Als Lizzie daraufhin zu Sam sah, war sie eindeutig wieder sauer.

»Hallo, Lizzie, lang nicht mehr gesehen.«

»Hallo, Sam«, antwortete Lizzie kurz angebunden und machte sich nicht einmal die Mühe, ihre Verärgerung zu verbergen. Woraufhin Sam fragend eine seiner dichten Augenbrauen hochzog.

»Warum denn so feindselig, Lizzie? Ich hätte gedacht, du würdest dich mehr freuen, einen alten Freund wieder zu sehen.« Dabei war er wenigstens fünfzehn Jahre jünger als Lizzie ihn in Erinnerung gehabt hatte, und genau das stellte ihr Problem dar.

Wie konnte er bloß so überaus männlich, selbstsicher und vor allem jung aussehen?, überlegte sie, wobei sie seine Frage absichtlich überhörte und dann erklärte: »Ich wäre Ihnen verbunden, wenn Sie meine Tochter herunterlassen könnten.«

»Emma scheint sich aber da oben ganz wohl zu fühlen, und bitte sag doch du zu mir. *Du* hast übrigens ein tolles Kind, Lizzie.«

»Ich weiß, sie ist einfach nur zu vertrauensselig.«

»Findest du? Oh, ich habe schon verstanden. Sie sieht in mir nicht den großen, bösen Wolf, hm?«

»Genau. Komm jetzt da runter, Emma.«

Die Kleine begann lautstark zu protestieren, aber Sam unterbrach sie sanft. »He, Emma, wie viele Saltos musst du wohl machen, bis du wieder unten bist?«

»Einen«, rief sie frohlockend, und Sam wirbelte sie über den Kopf, sodass ihre rotblonden Schillerlocken sein goldbraunes Haar streiften. Nach »zwei« sah sie ihm in die Augen, und so ging es weiter, bis sie mit dem fünften

Salto den Boden erreichte. Emma strahlte, und ihre Mutter kochte. Sam schenkte beiden ein amüsiertes Lächeln und goss sich einen Kaffee ein.

»Ich glaube, du hattest für heute Morgen genug Aufregung, junge Dame. Jetzt wird sich ausgeruht!«

»Tys Zimmer ist nach der Treppe rechts, die erste Tür links.«

»Danke. Komm schon, Emma, sag Sam auf Wiedersehen.«

»Emma kann mir später auf Wiedersehen sagen. Ich fahre erst nach New York zurück, wenn ich noch einmal mit Ty gesprochen habe. So wie Steve Sheppard ausgesehen hat, wird es eine Stunde dauern, bis er mit seiner Tirade fertig ist.«

»Höchst unwahrscheinlich«, entgegnete Lizzie, die ihm nur allzu gern widersprach. »Diese Geschichte um Tys wahre Identität ist nur ein geringfügiger Rückschlag. Du hast wahrscheinlich nicht gesehen, wie Steve Ty ansieht. Er ist mehr als nur ein bisschen in sie verliebt«, fügte Lizzie noch hinzu und täuschte ein Gähnen vor. »Ich bin auch ziemlich müde. Wahrscheinlich werde ich mich mit Emma hinlegen.«

»Du solltest dich was schämen, Lizzie!«, sagte Sam kopfschüttelnd. »Früher hast du doch auch nie gekniffen. Was ist denn los mit dir? Hast du Angst, dass ich beiße?«

»Natürlich nicht!«, giftete Lizzie, weil ihr keine passende Retourkutsche einfiel. Das lag wahrscheinlich an der Überraschung, Sam nach all den Jahren *so* jung und überaus attraktiv wieder zu sehen. Aber lieber lief sie auf rostigen Nägeln, als sich das einzugestehen.

In ihrem Erinnerungsvermögen hatte es wahrscheinlich einen Kurzschluss gegeben, und deshalb war sie jetzt so von den Socken. Das erklärte auch die merkwürdige Reaktion ihres Körpers. Das hatte bestimmt nichts mit Anziehung zu tun, zumal sie sich seit mehr als zwei Jahren von keinem Mann mehr angezogen gefühlt hatte. Sie war einfach nur ganz besonders aufgeregt, weil sie zunächst gedacht hatte, Emma würde oben schlafen, um dann zu entdecken, dass ihre Tochter auf Sams breiten Schultern saß. Auf den Schultern eines Mannes, der hier nichts zu suchen hatte. Da wäre doch jede Mutter wie von der Rolle. Ja, das war der Grund.

Zufrieden mit der Erklärung für ihre Aufgeregtheit nahm Lizzie Emma auf den Arm und fegte, ohne sich noch einmal zu Sam Brody umzudrehen, aus dem Zimmer, in der Hoffnung, er würde verstehen, dass sie nichts mit ihm zu tun haben wollte.

Doch als sie die Treppe hinaufging wurde sie immer langsamer und ließ die Schultern hängen. Was, wenn sie gerade tatsächlich Lust empfunden hatte, ohne dass sie damit gerechnet oder es gewollt hätte? Es kam ihr fast vor, als sei sie ein einzeln stehender Baum, in den der Blitz gefahren war und ihn in Flammen gesetzt hatte, während sie Sam, verwundert über das Wiedersehen, angestarrt hatte.

Aber das wäre doch im höchsten Maße unfair. Eigentlich hatte sie gedacht, sie sei endgültig gegen Männer immun. Bedeutungslose Flirts zählten nicht und waren durchaus akzeptabel. Sie wurden von der Gesellschaft sogar erwartet. Aber mehr als Flirten war bei ihr nicht mehr drin. Männer, die versuchten, sie vom Gegenteil zu überzeugen, rannten gegen eine mit Stacheldraht und Glasscherben bewehrte Mauer.

Nicht dass Sam Brody auch nur im Entferntesten daran interessiert gewesen wäre, sich dieser Mauer zu nähern, geschweige denn, sie zu bezwingen. Aber wenn doch, würde er das gleiche Schicksal erleiden wie die anderen. Als Lizzie auf der obersten Stufe ankam, blieb sie einen Moment stehen und sah nach unten, als könnte sie direkt in die Küche blicken. Bestimmt hatte Sam Brody keine

Ahnung, dass er das Zeug dazu hätte, ihre Lust neu zu entflammen.

Lizzie Osborne hatte ihre Jungmädchenjahre erlebt wie ein gehätscheltes Kätzchen. Sie war unersättlich neugierig, naiv und absolut unwiderstehlich gewesen. Während Sam in der Küche saß und über die Frau nachdachte, die gerade nach oben gegangen war, wurde ihm bewusst, dass dem Kätzchen inzwischen Klauen gewachsen waren. Aber wie viel war von dem anbetungswürdigen Fellknäuel wohl noch übrig?

Die erwachsene Lizzie erinnerte ihn vielmehr an eine Raubkatze, die kratzte und um sich biss, sobald jemand, den sie gern hatte, bedroht wurde. Aber gerade als er sich an die neue Lizzie gewöhnen wollte, hatte sie sich vor seinen Augen erneut verwandelt. Und was das für eine Verwandlung gewesen war! Im Bruchteil einer Sekunde war aus einem Luchs ein Igel geworden, der zum Schutz die Stacheln stellte. Gut, dass er ihre Nervosität bemerkt hatte, sonst hätte sie wahrscheinlich noch ihr Ziel erreicht.

Aber er war lange genug Cop gewesen, um zu wissen, wann jemand Angst hatte. Aus irgendeinem Grund fühlte sie sich von ihm bedroht. Doch warum fürchtete sie sich vor ihm? Das lag doch bestimmt nicht an dem Beruf, den er früher ausgeübt hatte. Als er noch Tys Bodyguard gewesen war, hatte sich Lizzie niemals von ihm beeindrucken lassen. Wie auch immer, sein früherer Beruf war Geschichte. Gewalt stand schon lange nicht mehr auf dem Programm.

Aber wenn Lizzie keine Angst vor ihm in seiner Funktion hatte, bedeutete das, sie fürchtete ihn als Mann. Fluchend ließ Sam den Kopf sinken, und in der Stille der Küche klangen die Verwünschungen besonders derb. In diesem Augenblick hätte er alles gegeben, um Lizzies Exmann zu finden und ihm eine ordentliche Abreibung zu verpassen. Wie konnte dieses Oberarschloch es wagen, das lebenslustige Funkeln in Lizzies Augen zu trüben?

»Mensch, das war aber wohl kaum jugendfrei! Da würde ja eine Straßenhure noch rot dabei werden«, sagte Lizzie und schlenderte lässig in die Küche, als habe sie die ganze Zeit zurückkommen wollen.

Emma war, kurz nachdem Lizzie sie aufs Bett gelegt hatte, eingeschlafen. Danach hatte Lizzie gehofft, dass sie nur lange genug zu warten brauchte, damit Sam Brody von der Bildfläche verschwand. Aber am Ende war sie zu dem Schluss gekommen, dass es besser sei, hinunterzugehen, um sich zu beweisen, dass sie gegen jegliche sexuelle Anziehungskraft immun war.

Sollte Sam über ihr unerwartetes Auftauchen überrascht sein, zeigte er es nicht, sondern sagte nur: »Schön dich wieder zu sehen, Lizzie. Langsam habe ich mich hier unten doch ziemlich allein gefühlt. Sheppard scheint ja enorm viel Dampf ablassen zu müssen.«

Lizzie warf einen Blick auf ihre Armbanduhr und war erstaunt, wie viel Zeit inzwischen vergangen war. »Ich hoffe, mit Ty ist alles in Ordnung. So sauer kann er doch nicht sein. Vielleicht sollte ich mal nach den beiden sehen.«

»Jetzt muss ich dir aber widersprechen.« Sam lächelte, als Lizzie die Stirn runzelte. »Wenn wir uns da einmischen, gießen wir nur Öl ins Feuer. Abgesehen davon ist Ty schon ein großes Mädchen. Ich bin sicher, sie kommt mit allem klar, was Sheppard ihr an den Kopf wirft. Setz dich und erzähl mir, was du jetzt so machst. Seit damals klaffen bei mir doch so einige Lücken.«

Lizzie blieb wohl nichts anderes übrig. Womöglich würde sie Steve wirklich noch mehr provozieren, wenn sie sich einmischte. Ohnehin wartete sie immer noch auf einen Rückruf, da wollte sie nicht so weit vom Telefon weggehen. Und wenn sie sich jetzt noch einmal nach oben flüchtete, hätte Sam den Beweis, dass sie vor ihm davonlief.

Also ließ sie sich mit der Grazie eines Kartoffelsacks auf einen Stuhl fallen. Wenn es ihre Art gewesen wäre, sich in der Nase zu bohren, hätte sie auch das getan. Egal was, Hauptsache, sie vertrieb das spekulative Leuchten aus Sams Augen. Waren die eigentlich schon immer goldglänzend gewesen wie Topase?

»Klar, plaudern wir ein bisschen. Was willst du denn wissen? Emma ist ein Schätzchen, aber das brauche ich dir wohl nicht zu sagen. Sie ist mein Lebensinhalt. Mein Reiterhof entwickelt sich gut. Dieses Jahr habe ich einige neue Reiter und Pensionsponys bekommen. Die Geschäfte liefen sogar so gut, dass ich einen zusätzlichen Trainer und einen Stallmeister einstellen konnte, der in einem der umgebauten Nebengebäude wohnt. Die beiden nehmen mir eine Menge Arbeit ab, sodass ich für meine Kunden auf Ponyschau gehen kann, ohne mir Sorgen machen zu müssen, wer sich inzwischen um den Stall kümmert oder die Reitstunden gibt. Und sonst?« Lizzie zuckte die Schultern und setzte ein Lächeln auf. »Mein Leben ist toll, das bringt es glaube ich auf den Punkt.«

Das war dann wohl eine geschönte Zusammenfassung, dachte Sam. Kein Wort über den Zorn, die Einsamkeit und Verbitterung nach dem Scheitern ihrer Ehe. Kein Wort davon, wie anstrengend es war, ein Kind allein aufzuziehen – egal, wie süß Emma sein mochte. Aber Sam ließ nicht locker und fragte: »Und wie geht's dir persönlich, jetzt, wo du erwachsen bist?«

»O, mir geht es gut«, flötete Lizzie. »Die Tage scheinen nur so dahinzufliegen, mit der Arbeit und Emma.«

»Und was macht man so in Bedford, wenn man mal Spaß haben will?«

»Spaß?«, fragte Lizzie vorsichtig nach, als handelte es sich dabei um ein gefährliches Wort.

»Ja, Spaß. Ins Kino oder tanzen gehen und bei Kerzenschein essen …«

Lizzie lachte. »Für so etwas habe ich wirklich keine Zeit, Sam. Ich arbeite.«

»Wie schade! Stimmt irgendetwas mit der männlichen Bevölkerung Bedfords nicht, weil dich noch keiner aus deinem Trott gerissen hat?«

Lizzie hörte die Alarmglocken laut und deutlich und war kurz davor, zu explodieren. Was bildete sich Sam überhaupt ein, ihr solche Fragen zu stellen? Glaubte er etwa, er sei so etwas wie ihr älterer Bruder? Da hatte er sich aber geschnitten. Er wollte etwas über ihr Privatleben erfahren? Dann sollte er mal die Ohren aufsperren.

»Oh, mach dir bloß keine Sorgen um mich«, sagte Lizzie honigsüß. »In Bedford gibt es viele Jungs, die mir gefallen könnten, wenn mir einmal der Sinn danach stehen sollte. Aber, weißt du, seitdem ich Balu habe«, – sie seufzte so tief, dass sich ihr Busen sichtbar hob und senkte –, »sagen mir die anderen alle nicht mehr zu.«

Sam hatte den Eindruck, jemand habe ihm in den Bauch geboxt. Dieser Balu musste sich ja furchtbar schnell an Lizzie herangemacht haben. Wie lange war sie jetzt geschieden? Vielleicht anderthalb Jahre? »Balu, hm? Wohnt er in deiner Nähe?«

»O ja, er wohnt sogar bei mir. Ich könnte es nicht ertragen, wenn er weiter weg wäre.«

Jesus, das hatte Ty ihm gar nicht gesagt! War Balu Lizzies Stallmeister oder vielleicht der Reitlehrer? Sams ungutes Gefühl im Bauch wurde immer heftiger, und er wusste auch, was es war: Eifersucht, die ihn bei lebendigem Leib auffraß. »Erzähl mir mehr von diesem Typ. Hört sich ja nach einem guten Fang an.« Das hatte er eigentlich nicht sagen wollen, und er musste sich schwer zusammennehmen, um unbeteiligt zu klingen. Doch als Lizzie jetzt lauthals lachte, war es um seine Selbstbeherrschung fast geschehen.

Nachdem Sam von ihrem Scheidungsdrama gehört hatte, hatte er sich absichtlich von ihr fern gehalten, damit sie in Ruhe ihre Wunden lecken konnte. Jetzt schien es ihr allerdings wieder gut zu gehen. Sie lachte, dass ihr die Tränen kamen, während er wie betäubt dasaß, weil irgend so ein Mistkerl schon wieder vor ihm das Rennen bei ihr gemacht hatte.

Es vergingen Minuten, bevor Lizzie überhaupt versuchte, ihren Heiterkeitsausbruch einzudämmen. »Es tut mir Leid, Sam, entschuldige bitte«, keuchte sie, wobei ihre Schultern immer noch bebten und sie sich mit dem Handrücken die Tränen vom Gesicht wischte. »Ich muss dir ein Geständnis machen, Sam. Dir kann ich bestimmt die Wahrheit sagen, wo wir uns doch schon so lange kennen.«

Als wollte sie ihm ein Staatsgeheimnis anvertrauen, beugte sie sich nun mit ganz ernstem Gesichtsausdruck über den Tisch. Wobei Sam es ihr gleichtat. Dann sah sie ihn mit ihren blauen Augen an und sagte mit verführerischer Stimme: »Weißt du, ich, äh, ich habe für Balu bezahlt …« Wenn das überhaupt möglich war, weiteten sich ihre Augen noch mehr und glänzten wie zwei Bergseen nach dem Regen. Dabei hielt sich Lizzie die Finger an die bebenden Lippen und wartete auf eine Reaktion.

Unterdessen hallten ihre Worte in Sam nach. Lizzie musste sich einen Mann kaufen? Wo war sie denn da hineingeraten? Er schluckte zweimal, damit man seiner Stimme auch ja nichts anhörte. »Du hast einen Mann für seine Liebesdienste bezahlt?«

»O nein!« Lizzie schüttelte den Kopf, aber das änderte auch nichts an Sams ungutem Gefühl. »Ich weiß nicht, wie ich es dir erklären soll. *Balu* ist eine Abkürzung und steht für *batteriebetriebener Lustspender*. Aber wenn ich mir überlege, wie gut er mir tut«, sagte Lizzie mit träumerischem Ausdruck und halb geschlossenen Lidern, »da musste ich ihm einfach einen Namen geben. Das ist viel … persönlicher.«

So gut hatte sich Lizzie schon lange nicht mehr amüsiert. Noch ein paar Minuten, und der große, mächtige Sam Brody wäre zurechtgestutzt. Nun ließ Lizzie den Kopf zurücksinken, als hätte sie gerade an besonders lustvolle Momente gedacht. Dabei nutzte sie die Gelegenheit, einen raschen Blick in Sams Gesicht zu werfen.

Sein Ausdruck war steinern, und sein Blick schien sie durchbohren zu wollen. Zeit, ein bisschen zurückzuschalten. Seufzend erklärte Lizzie nun: »Er ist einfach wunderbar, Sam. Groß und kräftig, und so befriedigend. Aber weißt du, was das Beste ist? Abgesehen davon, dass er nie schlapp macht. Wenn ich fertig bin, brauche ich ihn nur auszuschalten und zurück in die Schublade zu legen.« Lizzie schnippte mit den Fingern und öffnete die Augen. Daraufhin starrten sich die beiden schweigend an, wobei keiner nachgab und die Spannung zwischen ihnen beständig wuchs.

»Wie du siehst, Sam«, erklärte Lizzie schließlich kalt lächelnd, »bietet Balu mir alles, was mich an einem Mann je interessiert hat. Und solange Männer nicht mit einem Ein/Aus-Schalter daherkommen, ist er perfekt.«

Innerlich kochte Lizzie. Die meisten Männer zögerten nicht, eine Frau ausschließlich als Sexobjekt zu betrachten. Aber sie fühlten sich verdammt unwohl, wenn der Spieß umgedreht wurde. Wie konnte Sam so cool dasitzen, mit einem süffisanten Lächeln auf dem Gesicht, als hätte sie ihm gerade einen richtig dreckigen Witz erzählt? Eigentlich sollte er wie ein begossener Pudel dreinschauen, weil seine Mannesehre am Boden lag, direkt neben seinem gekränkten Ego. Sie hatte ihm doch fachmännisch eingeschenkt, das Timing und die Darbietung waren perfekt gewesen. Jeder andere Mann wäre vor Empörung feuermelderrot angelaufen und hätte sich nach einer Ecke umgesehen, in die er sich zurückziehen konnte, um seine Wunden zu lecken.

Vor allem aber sollte Sam Brody nicht so widerlich zufrieden und relaxt aussehen. Das war beleidigend. Warum rannte er nicht die Treppe hinauf, um kalt zu duschen? Sie hatte doch gerade eine wirklich heiße Performance hingelegt. Außerdem wünschte sie, er würde aufhören, sich beständig mit Daumen und Zeigefinger am Stoppelkinn zu reiben. Dabei versuchte Lizzie, sich nicht vorzustellen, wie es wäre, ihm selbst über das markante Gesicht zu streichen.

Währenddessen dachte Sam: Teufel noch eins, diese Lizzie war ein verdammt heißer Feger! Er hätte sie ja gleich hier und jetzt geküsst – immerhin hatten sie sich ohnehin schon über den Küchentisch gebeugt –, wenn er nicht hundertprozentig sicher gewesen wäre, dass sie ihm eine knallen würde. Und was sie da für eine Show abgezogen hatte! So etwas bekam man nur selten zu sehen. Bei jemandem, der Lizzie nicht so gut kannte, hätte es vielleicht funktioniert.

Aber egal, wie kühl ihr Blick war und wie verletzend sie klang, Lizzie war von Kopf bis Fuß eine sinnliche Frau, die angefasst und am ganzen Körper gestreichelt werden wollte, wobei sich ihre Lust nur noch steigerte, wenn sie für ihren Liebhaber das Gleiche tun konnte. Eine Frau wie Lizzie schrie geradezu nach romantischem Kerzenlicht, geflüsterten Liebesschwüren und einem Bett aus Rosen. Kurz gesagt, erotische Fantasien und erstklassige Vibratoren reichten ihr einfach nicht. Dabei war Sam nur allzu bereit, seine Theorie unter Beweis zu stellen.

Unterdessen trommelte Lizzie ungeduldig auf die Tischplatte. Ihrem eigensinnigen Gesichtsausdruck nach zu urteilen, war sie der Meinung, die Show sei schon vorbei. Von wegen, jetzt war er an der Reihe.

»Wie wär's, Lizzie«, sagte Sam nun, wobei seinen Mund ein Lächeln umspielte, »wenn wir drei uns zusammentäten, du, ich und dieser *Balu?* Dann kannst du ausprobieren, wer den Größten hat und deine Wahl treffen.«

Was für ein Schwein! Lizzie kochte vor Wut. Aber sie hatte gleich gewusst, dass Sam auf der Schiene »Ich Macho-Liebhaber, du Jane« fahren würde, als er weder betroffen noch feindselig dreingesehen hatte. Scheinbar nachdenklich zögerte sie jetzt mit der Antwort und zog mit den Fingern die Maserung der Tischplatte nach.

»Es tut mir Leid, Sam«, antwortete sie schließlich und schüttelte scheinbar traurig, aber entschieden den Kopf. »Es ist nett von dir, das anzubieten, aber dazu bist du ein viel zu guter, alter Freund. Ich könnte es nicht ertragen, wenn ich wüsste, dass du dich danach schlecht fühlen würdest.« Als Sam etwas sagen wollte, hob sie abwehrend die Hand. Dann räusperte sie sich leise, bevor sie fortfuhr: »Du kennst doch bestimmt die medizinischen Berichte über Derartiges.«

»Was meinst du denn mit *Derartiges,* Lizzie?« Bereit für den zweiten Akt, lehnte sich Sam im Stuhl zurück, wohl wissend, dass er sich königlich amüsieren würde. »Von welchen Berichten sprichst du?«

Lizzie zog die Brauen zusammen. »Aber davon musst du doch gehört haben. In letzter Zeit wurde ganz oft darüber gesprochen. Über die medizinischen Studien, meine ich, die die seelischen Schäden aufzeigen, nachdem die sexuelle Leistungsfähigkeit eines Mannes getestet, und nun … – wie soll ich sagen? – … als nicht zufrieden stellend eingestuft wurde. Anscheinend zerstört es das

Selbstvertrauen eines Mannes, wenn ihm seine Unzulänglichkeiten so deutlich vor Augen geführt werden. Es gibt Männer, die einen so starken seelischen Schaden davontragen, dass sie nie mehr können.«

Mit einem warmen, nachsichtigen Lächeln beugte sich Sam vor, fuhr die Adern auf Lizzies Hand nach und umkreiste ihre Knöchel, bevor er fragte: »Warum überlässt du es nicht mir, mir darüber Sorgen zu machen?«

Lizzie bezwang den Drang, die Hand zurückzuziehen. »Oh, Sam, das könnte ich nicht«, hauchte sie und ignorierte entschieden, dass seine Zärtlichkeiten sie dahinschmelzen ließen. Dabei hoffte sie inständig, er würde das Beben in ihrer Stimme der Sorge um ihn zuschreiben. »Weil, weißt du, bei … bei … – oh, wie soll ich es nur sagen? Ich will dir nicht noch mehr wehtun, aber – … bei älteren Männern – Männern *deines* Alters … Nun, es tut mir Leid, das sagen zu müssen, Sam, aber da hilft nicht einmal eine LKW-Ladung Viagra.«

17. Kapitel

Das Leben war schon komisch. Tys hatte sich so schnell verändert wie die Kulisse bei einem neuen Akt am Broadway. Um die alles durchdringende Freude in sich loszutreten, war nur Steves geflüstertes Geständnis notwendig gewesen, gefolgt von einer Flut leidenschaftlicher Küsse, die endgültig sämtliche Zweifel und Ängste davongespült hatte.

Der spontane Ritt, den sie daraufhin unternommen hatten, war herrlich. Ty auf Macintosh und Steve auf Gordo preschten sie Seite an Seite über Southwinds Weiden, bevor Steve Ty zu den mit Seegras bewachsenen

Dünen führte, von wo aus sich einem ein herrlicher Blick über den Atlantik bot. Während die Pferde die geblähten Nüstern in die Meeresbrise hielten, nahmen Steve und Ty die Schönheit der Szenerie vor sich in Augenschein. An diesem kühlen Herbstmorgen war der Strand menschenleer und ein privates Paradies.

Vorsichtig folgten sie dann hintereinander reitend dem schmalen Pfad, der zum Wasser hinunterführte. Wieder nebeneinander trabten sie zunächst und galoppierten dann über den Strand, wobei der weiche Sand es Ty leicht machte, sich Macintoshs kräftig ausholenden Schritten anzupassen.

Die feuchte Meeresbrise blies ihr ins Gesicht. Am endlosen Horizont räumten die morgendlichen Wolken einem strahlend blauen Himmel das Feld, dessen scheinbare Schwerelosigkeit sich über das Grau des Atlantiks spannte. Den Hintergrund bildete das Rauschen der am Strand auflaufenden Wellen.

Genauso hätte man auch Tys Welt im Augenblick beschreiben können: ein berauschendes Spektrum von Farbe und endloser Weite, eine enorme, alles umfassende Symphonie. Dabei war diese neue Welt nur entstanden, weil sie sich verliebt hatte und ihre Liebe erwidert wurde.

Deshalb war sie bei der Rückkehr ins Wohnhaus auch so verwundert, Sam und Lizzie immer noch unverändert anzutreffen. Beinah kam es ihr vor, als sei innerhalb des Hauses die Zeit stehen geblieben.

Aber nein, dachte Ty dann, zumindest eine Sache hatte sich geändert. Sam lachte aus vollem Hals, und Lizzie sah ungewöhnlich genervt aus. Genervt? Nein, das war noch zu gelinde ausgedrückt: Sie war stinksauer.

Ty strahlte trotzdem übers ganze Gesicht, weil sie so glücklich war. »Hallo, wie geht's?«

Lizzie schien sie gar nicht zu bemerken. Sie war gerade

aufgestanden und warf Sam einen bösen Blick zu. »Ich glaube, ich habe Emma gehört und gehe mal nachsehen, damit ihr euch unterhalten könnt.« Anscheinend hatte sie ihr Auftauchen doch bemerkt. »Sam muss nämlich bald gehen.«

»Was ist denn mit Lizzie los?«, fragte Ty perplex, als ihre Freundin die Küche verließ.

»Nichts.« Sam grinste. Offensichtlich amüsierte ihn immer noch, was ihn vorher so lauthals zum Lachen gebracht hatte. Als er sich schließlich wieder gefangen hatte, fragte er: »Wie hat Sheppard die Neuigkeit aufgenommen? Deinen geröteten Wangen nach zu urteilen, gut.«

»Er war sehr … verständnisvoll.«

»Das habe ich mir schon gedacht«, entgegnete Sam trocken. »Viel Glück, Kleine.«

»Danke, Sam, aber ich glaube wirklich, dass wir es schaffen.« Sie errötete. »Äh, ich meinte, dass wir Southwind wieder in die schwarzen Zahlen bringen und gute Pferde für Steve finden.«

»Wenn das jemandem gelingt, dann dir, Ty. Aber so sehr es mir auch missfällt, deine Glücksseifenblase zu zerstechen, würde ich doch vorschlagen, du gehst einmal die Aufstellungen durch, die ich dir mitgebracht habe. Es sind Kopien der Unterlagen, die du Crane, Adderson & White überlassen hast: deine Vermögensaufstellung und die finanziellen Transaktionen, die dazu dienen, für Sheppard zu bürgen. Ich wette Emmas Gewicht in Gold, dass dein Vater diese Unterlagen jetzt bei sich auf dem Schreibtisch hat. Vielleicht möchtest du sie noch einmal unter diesem Aspekt durchsehen, und dir überlegen, was er damit anfängt.«

Nein, darüber wollte sie nicht gerade jetzt nachdenken, und als Sam in den Flur ging, um seine Aktentasche zu holen, schloss Ty müde die Augen. Wortlos legte Sam einen Stapel Papiere vor sie hin, und Ty warf resignierend einen Blick auf die Unterlagen.

Als Steve einige Minuten später in die Küche kam, war Ty so in ihre Lektüre vertieft, dass sie ihn nicht einmal bemerkte. Sam sah bloß auf und wies mit einem Nicken des Kopfes zu Ty. Stillschweigend setzte sich Steve neben sie und warf neugierig einen Blick auf die Unterlagen. Wie die Karten eines überdimensionalen Tarotspiels lagen die Blätter in einer Reihe vor Ty, die eins nach dem anderen durchging und manchmal auch deren Reihenfolge änderte.

Wow, was sie ihm gesagt hatte, stimmte alles!, stellte Steve fest, nachdem er sich einen Überblick verschafft hatte. Ty hatte ihr Apartment, ihre Wagen und kostspieligen Antiquitäten verkauft, um zusätzliche flüssige Mittel zu bekommen. Eine andere Seite zeigte, was sie bereits für Southwind ausgegeben hatte: Hypothekenraten, Tilgungsbeträge und Steuern. Um die Summen zusammenzuzählen, hätte Steve einen Taschenrechner gebraucht.

»*Er* wird alles tun, um den Auszahlungen des Treuhandfonds meiner Mutter einen Riegel vorzuschieben«, riss Ty ihn da aus seinen Gedanken. »Vielleicht gelingt es *ihm* ja diesmal, wenn *er* damit argumentiert, dass ich allmählich unverantwortliche und rücksichtslose Verhaltensweisen an den Tag lege. Sollte *er* in der Lage sein, den Fondsverwalter zu überzeugen, dass ich die Gelder nicht im Sinne der Fondsbegründer – meiner Großeltern – verwende, können wir uns vielleicht noch sechs Monate über Wasser halten. Ein Jahr, wenn wir genug Pensionspferde bekommen. Das scheint mir im Moment das Wichtigste zu sein.« Ihre Stimme klang völlig ausdrucks-, und was sie sagte aussichtslos.

Mit *er* und *ihm* meinte Ty offensichtlich ihren Vater. Dabei fiel es Steve schwer, sich vorzustellen, dass ein

Elternteil seinem Kind so etwas antun konnte. Seine Familie hatte ihn immer bedingungslos geliebt und in seinem Tun unterstützt. Warum versuchte Tys Vater jetzt, ihre Geschäftspläne für Southwind zu untergraben? War das etwa die Rache dafür, dass sie ihm das dazu gehörige, heiß begehrte Land unter der Nase weggeschnappt hatte? Oder hatte sein Verhalten einen völlig anderen Hintergrund?

»Bisher hatte ich noch keine Gelegenheit, dir davon zu erzählen, Ty«, sagte Steve jetzt, »aber die Versicherung zahlt die volle Summe für Fancy. Der Scheck kommt demnächst.«

Ty lächelte, war aber mit den Gedanken ganz woanders. »Das ist gut. Wenn es meinem Vater gelingt, diese Sache vor Gericht zu bringen, und der Richter zu dem Schluss kommt, dass ich die Bedingungen des Treuhandfonds nicht mehr erfülle, können wir das Geld gut gebrauchen.«

»Wer ist denn der Fondsverwalter?«, wollte Sam nun wissen.

»Ein gewisser Bill Whiting in Delaware. Am besten rufe ich ihn gleich an.«

Genau in diesem Augenblick schrillte das Telefon, und auf der Treppe waren eilige Schritte zu hören. »Ich gehe schon hin«, rief Lizzie mit einer rotbackigen Emma auf dem Arm. »Das sind wahrscheinlich die Hineses. Trudy hat gesagt, Ralph würde so etwa um diese Zeit zurückrufen.«

Schon nach fünf Minuten war Lizzie wieder in der Küche und verkündete glücklich: »Ich habe großartige Neuigkeiten. Die Hineses haben heute frei und fahren heute Nachmittag her. Ich habe auch Damien schon Bescheid sagen können. Er erwartet uns um halb fünf. Das heißt, Emma und ich können schon heute Abend wieder nach Hause fahren.« Als sie die Unterlagen auf dem Tisch sah, hielt sie inne und fragte dann verwundert: »Was ist das denn?«

»Nur Müll«, antwortete Ty und stand auf. »Aber ich kümmere mich jetzt besser darum. Wenn du das Telefon nicht mehr brauchst, versuche ich gleich noch einmal Vicky Grodecki anzurufen.«

Eine halbe Stunde später kam Ty in die Küche zurück. »Mr. Whiting war schon zu Tisch, und seine Sekretärin sagte mir, er habe heute Nachmittag einen Termin nach dem anderen. Aber morgen würde er mich bestimmt zurückrufen. Es ist mir jedoch gelungen, Vicky Grodecki zu erreichen. Sie war ganz begeistert von der Idee, ein Porträt von dir zu machen, Steve. Am liebsten würde sie übermorgen herkommen, um das Interview zu führen. Wenn es dir passt.«

»Hört sich gut an«, sagte Steve und wünschte, er wäre mit Ty allein. Sie sah angespannt aus, aber mit dem Haus voller Leute konnte er nicht viel dagegen tun, zumindest nicht das, was er am liebsten getan hätte: sie in die Arme nehmen und küssen, bis sie nicht mehr wusste wie sie hieß und wer ihr Vater war. Jetzt blieb Steve nur, ihr anderweitig Mut zu machen. »Ich gehe mal die Liste durch, die Lizzie mitgebracht hat. Vielleicht kann ich den einen oder anderen Namen hinzufügen.«

Während Tys Abwesenheit hatte sich die Küche in einen Zirkus verwandelt. Emma krabbelte auf Sam Brody herum, als hätte er sich in einen menschlichen Kletterbaum verwandelt. Dabei versuchte Lizzie die ganze Zeit, ihre Tochter von ihm wegzulocken – während sie gleichzeitig so zu tun versuchte, als sei er überhaupt nicht existent. Ein unmögliches Vorhaben, denn Sam war kein Mann, den man einfach so übersah. Aber Lizzie war wild dazu entschlossen und plauderte mit Steve, als sei er die cleverste Erfindung seit dem Mikrochip. Dabei dachte er, dass Lizzie irgendetwas auf die Palme gebracht haben musste. Wenigstens entspannte sie sich ein wenig, nachdem sich Ty wieder zu ihnen gesellt hatte.

»He, Ty, Emma und ich sind am Verhungern! Warum gehen wir nicht in der *Candy Kitchen* was essen?« Überflüssigerweise fügte sie noch hinzu: »Das wird ein Mittagessen nur für Frauen!«

In weniger als dreißig Sekunde hatte Lizzie Ty und Emma aus der Küche bugsiert, wobei sie Steve – und nur ihm! – noch fröhlich zurief: »Bis später dann!«

Ohne Emma hätte sie es vielleicht geschafft, Sam völlig zu ignorieren. Aber die Kleine sauste in die Küche zurück und umschlang seine Hosenbeine. Als Sam Emma auf den Arm nahm, bekam er als Dank für seine Mühe einen feuchten Kuss auf die Wange, bevor es Lizzie gelang, ihre Tochter mit der Aussicht auf einen warmen Quarkstrudel von ihm wegzulocken.

»Tschüs, Sam«, sagte Lizzie kalt. »Da Emma und ich vor den Toren New Yorks leben, werden wir uns wohl nicht so bald wieder sehen …«

»Oh, ich komme vielleicht demnächst einmal nach Bedford, nur um meine Neugier zu befriedigen.«

»Nun, so beschäftigt wie ich bin, ist es ziemlich unwahrscheinlich, dass ich dich dazwischenschieben kann …« In Lizzies Augen blitzte es gefährlich, bevor sie hinzufügte: »Terminlich, meine ich. Aber du kannst immer anrufen und mir eine Nachricht hinterlassen.« Zu Ty gewandt, erklärte sie dann: »Komm, wir nehmen meinen Wagen, dann brauchen wir den Kindersitz nicht aus- und einzubauen.«

Nachdem die drei gegangen waren, war es in der Küche auf einmal unglaublich still. Beide Männer saßen wie vom Donner gerührt da, bis Steve fragte: »Ist sie immer so?«

»Ja, das war Lizzie, wie sie leibt und lebt. Ein echter

Wirbelwind. Als ich erfahren habe, durch welche Hölle sie mit ihrem schleimigen Ehemann gegangen ist, habe ich schon befürchtet, ihr, äh, Kampfgeist sei verschwunden.«

»Mir sah es allerdings ganz so aus, als hätte Lizzie Sie abfahren lassen, und zwar ordentlich«, stellte Steve dann fest und gönnte es ihm als Tys Ex-Bodyguard irgendwie.

»Ja«, antwortete Sam, schien aber nicht besonders betroffen zu sein. »Das würde ich auch sagen. Die vergangene Stunde hat sie mich komplett geschnitten und mir vorher eine der einfallsreichsten Abfuhren erteilt, die mir jemals untergekommen ist. Wie gut, dass ich nicht so empfindlich bin, sonst würde ich doch glatt denken, sie könnte mich nicht leiden.«

»Ach was, Lizzie findet Sie unwiderstehlich«, spottete Steve und ging zum Kühlschrank. »Haben Sie Hunger?«

»Ja, was hätten Sie denn anzubieten?«

»Bist du sicher, dass du jetzt auch noch eine extra Portion Schokoladensoße zu deiner Eiscreme bestellen möchtest, Lizzie?«, fragte Ty besorgt.

»Glaub mir, es gibt Augenblicke im Leben einer Frau, in denen sie unbedingt kalorienmäßig über die Stränge schlagen muss«, sagte Lizzie und dachte: Besonders, wenn *frau* sich vor Sehnsucht nach irgendeinem Gladiatortyp verzehrte, der die Dreistigkeit besaß, einfach so wieder aufzutauchen, nachdem *frau* zu dem Schluss gekommen war, nie wieder einen Mann zu begehren.

Die Bedienung brachte Lizzies Eiscremeberg mit der Extraportion Schokoladensoße und eine kleinere Portion Orangeneis für Emma. Mutter und Tochter machten sich auch gleich darauf mit Genuss über die Becher her. Das Eis war selbst gemacht und einfach köstlich. Die »Candy Kitchen« stellte im Sommer ein beliebtes Ausflugsziel in den Hamptons dar. An diesem Tag war es doch allerdings geradezu leer. Kein Wunder, an einem Wochentag im

Oktober! Nur einige Ortsansässige saßen auf den blau bezogenen Barhockern. Die Ellbogen auf den weißen Tresen gestützt, lasen sie ihre Zeitung, aßen Clubsandwiches oder Burger und tranken dazu Tasse um Tasse des hauseigenen Kaffees.

Ty beobachtete Lizzie und war so verwundert, dass sie kaum ein Wort herausbrachte. Nie zuvor hatte sie erlebt, dass sich ihre Freundin derart über Lebensmittel hermachte – nicht einmal, wenn sie als Teenager ihre Fressattacken bekommen hatten.

Aber auch in anderer Hinsicht benahm sich Lizzie eigenartig.

Ty brauchte eine Weile, um ihr auf die Schliche zu kommen. Genau sechs gehäufte Löffel Eiscreme mit Schokoladensoße später begann sich ein Verhaltensmuster abzuzeichnen. Jedes Mal, wenn Emma Sam erwähnte, schaufelte Lizzie zwei Löffel voll in den Mund.

»Wie war dein Wiedersehen mit Sam?«, fragte Ty nun, um ihre Theorie zu überprüfen. Ja, tatsächlich, wieder tauchte Lizzie den langstieligen Löffel in den Eiscremeberg, und sobald er daraus wieder aufgetaucht war, verschwand er geradewegs in Lizzies Mund. »Konntet ihr euch ein bisschen erzählen, was in der Zwischenzeit passiert ist? Es muss doch Jahre her sein, seitdem du Sam das letzte Mal gesehen hast!«

Lizzie umklammerte den Löffelstil und murmelte: »Ja, Jahre«, während sie der Sahne und Schokosoße in ihrem Eisbecher einen schrägen Blick zuwarf, um den Löffel dann laut seufzend in einen Berg von Minzschokoladestückchen zu stecken. »Wenn ich noch mehr esse, geht es mir hundeelend.«

Zweifellos, Lizzies üblicher pfirsichfarbener Teint hatte inzwischen erschreckende Grauschattierungen angenommen. Aber das behielt Ty für sich.

»Okay, Ty, da mir die Sache ohnehin nicht aus dem Kopf will, kann ich dich auch danach fragen: Warum sieht Sam keinen Tag älter aus als vierzig?«

»Weil er sich gut gehalten hat, denke ich«, sagte Ty und verkniff sich ein Lächeln. »Immerhin haben wir schon vor einigen Monaten seinen vierzigsten Geburtstag gefeiert.«

»Gütiger Gott, Sam ist wirklich erst vierzig?«, platzte Lizzie heraus, als hätte Ty *fünfundachtzig* gesagt. »Das glaube ich nicht!«

»Doch, doch, das stimmt. Ende Juli war sein Geburtstag, und er hat mich zum Abendessen eingeladen. Danach waren wir im *Nell's* tanzen. Einer meiner besseren Rendezvouspartner, das kann ich dir flüstern. Die anderen Frauen im *Nell's* müssen das auch gedacht haben. Ständig haben sie ihm mit ihrem Hüftschwung eindeutig, zweideutige ...«

Aber Lizzie war nicht an ihrem Diskobesuch interessiert. »Wie kann er denn noch so jung sein?«

»Es war nur einige Jahre bei der New Yorker Polizei, als mein Vater ihn eingestellt hat. Sam spricht nicht gern darüber, aber ich weiß, dass er während seiner Zeit bei den Cops eine Beförderung nach der anderen bekommen hat. Sam war ein echter Draufgänger, sonst hätte Vater ihn nicht engagiert.«

»Aber er schien mir immer irgendwie so alt, ernst und ... fett zu sein«, warf Lizzie beinah schon verzweifelt ein.

»Fett?«, wiederholte Ty entgeistert. »Ach, jetzt weiß ich. Das kam bestimmt von der Jacke. Er hat immer Sportblousons getragen, die das Pistolenhalfter verdecken sollten. Und in den Achtzigern waren die Jacken ohnehin viel voluminöser. Wahrscheinlich sah Sam dadurch massiger aus.« Ty hielt inne, bevor sie kopfschüttelnd fortfuhr: »Aber, nein, ich glaube nicht, dass er überhaupt jemals ein Gramm Fett an seinem Körper hatte. Das sind alles Muskeln.«

»Willst du mir damit sagen, dass er immer schon so ausgesehen hat?«

»Ja, zumindest fast so«, antwortete Ty mit todernster Miene.

Beinah verzweifelt fuhr sich Lizzie daraufhin übers Gesicht und legte den Löffel weg. »Mein Gott, wo habe ich damals bloß meine Augen gehabt?«

Ty lachte. »Nun, das kann ich dir sagen. Du warst viel zu sehr mit Connor Ferle, Mitch Robertson, Eddy Wills – habe ich jemanden vergessen? – beschäftigt, um dich um meinen Bodyguard zu kümmern. Aber das hätte auch nichts geändert. Selbst wenn du von Sams männlicher Ausstrahlung Notiz genommen hättest, glaubst du doch nicht im Ernst, dass er zu denjenigen gehört, die den Hormonschub eines Teenagers ausnutzen? Damals, als er bei meinem Vater gekündigt hat, warst du nicht einmal sechzehn Jahre alt und er dreißig. Aber jetzt seid ihr natürlich beide erwachsen.«

»Das funktioniert trotzdem nicht«, sagte Lizzie düster und nahm den Löffel wieder zur Hand. »Ich bin mit Männern fertig.«

»Stimmt, ja.«

»Haben Sie was dagegen, wenn ich mich mal in Ihrem Stall umsehe?«, fragte Sam, nachdem Steve und er den Kühlschrank plündernd Riesensandwiches gemacht und mit einem weiteren Becher frischen Kaffees hinuntergespült hatten.

»Klar, ich zeige Ihnen gern alles. Ich muss heute ohnehin noch ein Pferd reiten. Interessieren Sie sich für Pferde?«

»Nur insofern, als sie dazu beitragen, Tyler Stannard einmal so richtig ans Bein zu pinkeln. Für dieses Vergnügen würde ich sogar tief in die Tasche greifen. Wenn ich so darüber nachdenke, habe ich noch nie ein Tier besessen.«

»Da will ich Sie nicht zurückhalten, besonders wenn Sie Geld erübrigen können.« Steve hielt Sam die Haustür auf, und sie gingen gemeinsam zum Stall. »So viel ich mitbekommen habe, ist Stannard eher im Immobiliengeschäft tätig. Wie kann es dann sein, dass Sie für ihn gearbeitet haben?«

»Ich war bei der Kriminalpolizei.«

»In New York?«

»Ja, eines Tages ruft mich der Captain in sein Büro und sagt, irgend so'n großes Tier wolle, dass wir die Herkunft eines Kindermädchens durchleuchten, das er für seine einzige Tochter anzustellen gedachte. Ein reiner Akt der Höflichkeit, dem der Captain, im Hinblick auf die Brieftasche des Mannes und der Spende, die dabei für das Revier herausspringen würde, gern nachkommen wollte. Dabei stellte sich dann heraus, dass der Cousin zweiten Grades des vorgesehenen Kindermädchens mit einer der größten Mafiafamilien Siziliens zusammenarbeitete, die auch schon das Kind eines reichen italienischen Geschäftsmannes entführt hatte.«

»Das kam bestimmt nicht gut im Lebenslauf.«

»Nein, allerdings nicht, zumal es damals sowohl in Europa als auch in den Staaten eine Welle von Kindesentführungen gab, die die Leute ganz verrückt gemacht haben. Wie auch immer, Stannard hat mich abgeworben. Das war nicht schwer. Damals bin ich schon drei Jahre bei den Cops gewesen und hatte, ehrlich gesagt, genug gesehen: Straßenzüge, die vom Crack beherrscht wurden; zugedröhnte Dealer, die sich gegenseitig abknallten und unschuldige Passanten gleich mit; schwangere Teenager, die sich prostituierten, um sich den nächsten Trip zu verschaffen; Schießereien unter Polizisten und so weiter.

Nun, als Stannard mir das Angebot machte, beschloss ich, für ihn zu arbeiten und sein Kind ein Jahr lang zu beschützen, um mich dann mit dem Geld selbstständig zu machen. Nur, dass aus dem einen Jahr acht wurden.«

»Dann muss die Bezahlung ja ziemlich gut gewesen sein«, sagte Steve und sah Sam von der Seite an.

»Die hatte damit überhaupt nichts zu tun. Ich bin wegen Ty geblieben. Sie machte einen so hilflosen Eindruck, so dürr wie sie damals gewesen ist, mit diesen riesengroßen traurigen Augen. Da konnte ich nicht widerstehen, auch wenn ihr Vater ein totales Arschloch war. Obwohl er es dann irgendwann zu weit getrieben hat und ich doch gegangen bin.«

Sam hatte nicht bedacht, dass man seine Bemerkung auch anders verstehen könnte, und war erstaunt, als Steve jetzt beinah betroffen fragte: »Haben Sie etwa ein Faible für Ty?«

Er lachte sein dunkles Lachen und dachte an den Ordner mit Zeitungsausschnitten über Steve, den Ty als Teenager in einer Schublade versteckt hatte. »Ja, ich liebe Ty, aber eher wie eine kleine Schwester. Schade eigentlich, es gibt nämlich nicht viele Frauen wie sie.« Einige Meter vor dem großen zweiflügeligen Scheunentor blieb Sam stehen und sah Steve ganz offen an. »Wenn Sie Ty enttäuschen, Sheppard, bekommen Sie es mit mir zu tun.«

Die beiden Männer warfen einander abschätzende Blicke zu, bis Steve erklärte: »Nett von Ihnen, mich vorzuwarnen. Wollen Sie jetzt das Zuhause Ihres zukünftigen Pferdes sehen, Brody?

»Ich hätte nichts dagegen.«

Lizzie kniete vor der Toilette und war schon ganz schwach, weil sie sich die ganze Zeit übergeben musste. Das Treffen mit Damien Schoenberg und den Hineses hatte sie unter Aufbietung all ihrer Willenskraft hinter sich gebracht. Ein halber Zentimeter Make-up verhinderte, dass sich die Hineses um sie sorgten, denn bis 16 Uhr 30 war Lizzie leichenblass gewesen. Ihr angespannter Gesichtsausdruck und die ungewöhnliche Schweigsamkeit hatte Damien wahrscheinlich dahingehend gedeutet, dass sie im Zweifel gewillt wäre, bis Mitternacht um den Preis zu feilschen. Am Ende waren die Hineses mit einem Superpony zu einem Spitzenpreis nach Hause gegangen, und Lizzie hatte sich Sassafras unter den Nagel gerissen. Selbst in ihrem Zustand war ihr bewusst gewesen, dass sie sich diese Gelegenheit nicht entgehen lassen durfte.

Auf dem Rückweg nach Southwind wurde ihr plötzlich so schlecht, dass sie anhalten musste. Die schweißnasse Stirn lehnte sie ans Steuer und betete, dass die Übelkeit wieder vergehen möge. Doch es wurde kaum besser, und Lizzie waren die letzten Meilen bis zu Steves Farm wie eine Ewigkeit vorgekommen. Glücklich wieder in Southwind hatte sie dann den Kampf gegen ihren Körper aufgegeben. Die Hände vor den Mund gepresst, die Augen fiebrig glänzend war sie panisch am Wohnzimmer vorbeigerannt, wo es sich Ty und Emma gemütlich gemacht hatten und auf dem Sofa eines von Emmas Lieblingsbilderbüchern durchblätterten.

Als Lizzie die Treppe hinaufgepoltert war, hatte das Sam auf den Plan gerufen. Unten im Flur stehend hatte er ihr nachgesehen und einen Augenblick vergessen, dass er gerade seine Mailbox abhörte.

Und jetzt, fünfundvierzig Minuten später kotzte sich Lizzie immer noch die Seele aus dem Leib. Als die Tür leise quietschte und Lizzie einen leichten Luftzug spürte, wusste sie, dass jemand ins Badezimmer gekommen war. Aber sie beugte sich weiterhin über die Toilettenschüssel und sah auch nicht auf, als hinter ihr das Wasser aufgedreht und kurz darauf etwas in den Strahl gehalten wurde. Ohnehin würgte es sie jetzt wieder, doch auch wenn sich ihr Magen zusammenzog, war da nichts mehr, das sie hätte erbrechen können. Erschöpft verlagerte Lizzie das Gewicht auf die Fersen. Als ihr jemand einen Waschlappen auf die feuchte Stirn drückte, erspähte sie die Umrisse einer Männerhand und schloss stöhnend die Lider.

»Lass mich!«, sagte sie dann mit bebender Stimme und versuchte dabei, den Kopf wegzudrehen.

»Schh!«, machte Sam und folgte ihrer Bewegung. »Hier, nimm diese Tablette, aber trink nicht zu viel Wasser, um sie runterzuspülen. Davon wird dir nur wieder schlecht.«

Lizzie öffnete die Augen gerade so weit, um einen Blick auf die große rosa Pille ins Sams Hand zu erhaschen. »Ich kann nichts schlucken. Geh weg und lass mich in Frieden sterben!«

»Kommt gar nicht in Frage, Lizzie. Nach der Tablette wirst du dich gleich viel besser fühlen. So gut, dass du mir alles an den Kopf werfen kannst, was du auf dem Herzen hast.«

»Versprochen?«

»Versprochen!«

Mit zitternden Fingern ergriff sie die Tablette und steckte sie sich in den Mund. In ihrem Blickwinkel erschien der Rand eines Wasserglases, und sie legte den Kopf in den Nacken, um davon zu trinken. Aber Sam gestattete ihr nur einen Schluck. Müde schloss Lizzie daraufhin wieder die Augen und wartete auf den nächsten Würgereiz.

Sam hatte sich auf den Badewannenrand gesetzt und begann nun, ihr mit dem feuchten Waschlappen das Gesicht abzuwischen. Das war herrlich erfrischend! Doch dann regte sich in Lizzie Widerstand. »Was tust du hier eigentlich?« Man konnte sie kaum verstehen, weil Sam ihr mit dem Waschlappen gerade über den Mund fuhr. Sie schlug seine Hand weg und wiederholte die Frage.

Sam lachte und spülte den Waschlappen aus. »Zuerst wollte Ty kommen«, sagte er dann und wischte Lizzie noch einmal übers Gesicht. »Aber ich habe sie davon überzeugt, dass ich der Einzige bin, der dich so auf die Palme bringt, dass du vor lauter Verärgerung deine Übelkeit vergisst. Wo wir gerade davon sprechen, mache ich nicht einen wunderbaren Job?«

»Du bekommst eine Eins mit Stern für deine Anstrengungen, aber jetzt kannst du wieder gehen«, sagte Lizzie, die sich auf keinen Fall vor Sam übergeben wollte.

»Nur keine Panik, du kannst mir später danken.«

»Auch was das angeht, Sam, werde ich dich leider enttäuschen müssen.«

»Ich kann dich und Emma heimfahren.«

»Das ist doch idiotisch! Ich brauche keinen Chauffeur, Aufpasser, Babysitter, Händchenhalter oder wie immer Sam sich für sein Angebot betiteln möchte. Ich bin durchaus in der Lage, heute Nacht nach Cobble Creek zurückzufahren, und zwar allein!« Immerhin hatte Sam sie überhaupt erst in diese Lage gebracht. Wenn sie nicht den Eindruck gehabt hätte, ihre Lustgefühle unter einem Zuckerberg begraben zu müssen, hätte sie auch nicht eine Stunde vor der Toilettenschüssel gekniet und sich gefragt, ob sie den nächsten Tag überhaupt noch erlebte.

Du liebes bisschen, seitdem Emma geboren war, hatte sie nicht mehr so viel ungesundes Zeug in sich hineingestopft. Heutzutage aß sie ausschließlich gedämpftes Gemüse und Naturreis, und wenn sie wirklich mal über die Stränge schlagen wollte, streute sie ein wenig Sesamkörner darüber oder gab einige Spritzer Sojasoße hinzu. Manchmal aß sie auch nur, was Emma von ihren farbenfrohen Mahlzeiten übrig ließ. Seitdem sie Mutter geworden war, vertrug sie einfach kein Junkfood mehr. Trotzdem hatte sie wissentlich all das süße Zeug in sich hineingestopft und vorher auch noch mächtig bei den ausgebackenen Toasts zugeschlagen.

Da geschah es ihr ganz recht, dass ihr so schlecht geworden war, aber das brauchte sie ja schließlich nicht zuzugeben, oder?

Ty flitzte an Lizzie vorbei, um noch einmal schwachen Minztee und trockenen Toast zu machen. Obwohl Lizzies revoltierender Magen sich beruhigt zu haben schien, sah sie fix und fertig aus, und Ty wünschte, Lizzie würde sich weniger stur stellen. »Jetzt sei doch vernünftig, Lizzie!«, rief sie ihr aus der Küche zu. »Du hast dich eine Stunde lang übergeben, bist immer noch leichenblass und hast eine dreistündige Fahrt vor dir. Wenn du wirklich morgen zurück sein musst und nicht über Nacht bleiben kannst, solltest du wenigstens Sams Angebot annehmen. Er kann dich in deinem Wagen fahren und seinen nächstes Wochenende wieder abholen, wenn er Mrs. Miller noch eine Lektion am Computer erteilt.«

Dabei dachte Lizzie: So viel also zum Thema »Ty und mich unterstützen«. Alle verbündeten sich gegen sie, sogar Emma, deren Faible für Sam schon an Hochverrat grenzte. Und Steve, der sie gerade einmal ein paar Stunden kannte, hatte ihr vielleicht einen schrägen Blick zugeworfen, nachdem sie Sams Vorschlag kurz angebunden abgelehnt hatte.

Konnten die anderen denn nicht verstehen, dass sie unabhängig bleiben musste? Wenn sie Sam Brody auch nur den kleinen Finger gab, würde er sich gleich die ganze Hand nehmen – und mehr. Viel mehr, alles Dinge, die Lizzie nicht mehr aufgeben wollte.

Sie verabscheute die kritischen Blicke der anderen. Nur weil sie nicht von Sam nach Bedford gefahren werden wollte, wurde sie behandelt wie ein verzogenes, unvernünftiges Kind. Welche Ironie! Dabei war sie die Einzige, die sich zweimal rund um die Uhr, sieben Tage in der Woche um einen anderen Menschen kümmerte …

Lizzie ließ die Schultern sinken. Natürlich würde sie sich von Sam nach Hause fahren lassen. Niemals würde sie mit Emma auf dem Rücksitz einen Unfall riskieren, nur weil sie nicht zugeben wollte, wie matt sie sich fühlte.

Sie stand auf und ging zu Sam, der Emma auf dem Schoß hielt und ihr ihre Lieblingsgeschichte von der Maus Maisy vorlas. »Ich nehme Emma noch einmal mit aufs Klo«, sagte Lizzie kleinlaut. »Komm, Em!« Nachdem sie ihre Tochter hochgehoben hatte, wandte sie sich wieder an Sam. »Wir können losfahren, wann immer du willst.«

Einen Moment begegneten sich ihre Blicke, bevor Lizzie hastig wegsah. Ihr gefiel nicht, dass Sam nach wie vor Verständnis für sie zu haben schien.

18. Kapitel

Einige Umarmungen, Ratschläge und Abschiedswinker später waren Lizzie, Sam und Emma nicht mehr da, und Ty hätte am liebsten hinten bei Emma auf dem Rücksitz gesessen. Urplötzlich war sie unheimlich nervös und hatte den Eindruck, sich vor dem Mann neben ihr in Sicherheit bringen zu müssen.

Entsprechend unsicher klang ihre Stimme, als sie sagte: »Ich, äh, werde jetzt ein Bad nehmen.« Dabei hielt sie den Blick in die Ferne gerichtet, als könnte sie den Wagen noch sehen, der längst außer Sichtweite war.

»Ich bin mit der Liste durch«, sagte Steve, »und habe ein paar Namen hinzugefügt. Wenn du willst, können wir sie durchgehen und auch einige Details zu dem Wochenendkurs besprechen, bevor wir zu Abend essen.«

Abendessen? Allein mit Steve? Ohne die Verärgerung und das Stillschweigen, die sie bisher immer getrennt hatten? Ty bekam schon wieder ganz feuchte Hände, und diesmal war der Drang wegzulaufen, unwiderstehlich. »Ich geh dann besser schon mal ins Bad.«

Aber Steve kannte sie inzwischen gut genug, um die Signale richtig zu deuten. Seine hübsche Partnerin war ein Nervenbündel und tat ihr Möglichstes, um es sich nicht anmerken zu lassen. Doch ihre Augen waren immer größer geworden, als Sam lässig durchs offene Fenster winkend davongefahren war. Steve hatte gesehen, wie sich Ty heimlich die Hände an der Jeans abwischte, und er hatte das leichte Beben in ihrer Stimme gehört. Jetzt sauste sie wie der geölte Blitz die Treppe hinauf, um so schnell wie möglich von ihm wegzukommen.

Er konnte es ihr nicht verdenken, auch er war aufgewühlt – vor Vorfreude. Die brachte seinen ganzen Körper in Wallung und ließ ihm das Herz wie wild schlagen. Normalerweise verspürte Steve einen derartigen Adrenalinstoß nur, wenn er kurz vor dem Aufruf seiner Startnummer bei einem Turnier stand. Auch jetzt konnte er es kaum noch erwarten.

Aber zum ersten Mal in seinem Leben wollte er es langsam angehen lassen. Wenn er sich sofort auf sie stürzte, würde es Ty womöglich mit der Angst zu tun bekommen. Da war es besser, abzuwarten, während sich die Leidenschaft zwischen ihnen langsam aufbaute und es Ty genauso ging wie ihm.

Was zog *frau* an, wenn sie erwartete, befürchtete und fieberhaft hoffte, dass eine 99,99-prozentige Chance bestand, in wenigen Stunden mit einem Mann zu schlafen?

Bei allen möglichen Fragen in Sachen Outfit wäre Ty um keine Antwort verlegen gewesen. Wie kleidete man sich für ein Geschäftsessen, ein Staatsbankett, einen Wohltätigkeitsball oder Opernbesuch mit anschließendem Champagner- und Austernempfang im Vier-Sterne-Restaurant? Alles kein Problem. Aber was trug *frau* bei einem einfachen Abendessen zu zweit in einem Farmhaus auf Long Island?

Sollte sie einen Vamp aus sich machen? Irgendetwas anziehen, das eindeutig vermittelte: »Nimm mich, ich gehöre dir«? Wenn sie die Zeichen aber falsch gedeutet hatte, wäre so ein Outfit natürlich extrem peinlich, und abgesehen davon, war es nicht ihr Stil. Aber Ty wollte auf jeden Fall etwas anziehen, das sie so attraktiv und begehrenswert machte, dass Steve einfach den ersten Schritt tun musste. Ihm sollte das Gefühl vermittelt werden, sie berühren zu müssen, aber ganz subtil.

Während Ty im Geist zum x-ten Mal den Inhalt ihres Kleiderschranks durchging, lehnte sie den Kopf auf den Wannenrand. Aber das Wasser hatte sich inzwischen abgekühlt und auch der Schaumberg war geschrumpft, sodass sie heißes Wasser nachlaufen ließ.

Wäre es Lizzie an diesem Nachmittag besser gegangen, hätte Ty die Freundin mit zu ihrem Kleiderschrank nehmen und zusammen mit ihr etwas Passendes für ein potentiell anstehendes Schäferstündchen aussuchen können. Aber das wäre jemanden gegenüber, der sich eine Stunde lang die Seele aus dem Leib gekotzt hatte, doch zu unfair gewesen.

Warum waren eigentlich die Lehrerinnen in ihrem Schweizer Internat nicht auf das richtige Outfit für eine derartige Situation zu sprechen gekommen? Vier verschenkte Jahre!

Laut seufzend ließ sich Ty jetzt auch mit Kopf und Schultern unter Wasser gleiten und genoss die beruhigende Wärme. Einen Augenblick dachte sie daran, einfach nicht wieder aufzutauchen. Aber womöglich hätte sie am Ende wegen nichts und wieder nichts den Freitod gewählt und würde auch noch eine hässliche, aufgequollene Leiche abgeben. Schließlich hatte Steve durch nichts verlauten lassen, dass er heute Abend mit ihr schlafen wollte, oder? Das Durcheinander in ihrem Kopf und der Mangel an Sauerstoff ließen Ty schließlich prustend wieder auftauchen.

Das war doch alles total bescheuert, peinlich und lächerlich: entweder schliefen sie zusammen oder nicht! Aber Ty war so von der Rolle, dass ihr die tragende Bedeutung dieser Einsicht nicht klar wurde. Stattdessen drehten sich ihre Gedanken weiter um die Frage »Was ziehe ich an?« – als versuchte man, sich mit einer ausländischen Münze an einem heimischen Automaten eine Limo zu ziehen.

Beim Abtrocknen beruhigte sich Ty damit, dass sie jetzt zumindest sauber war und gut roch. Das müsste genügen, um verführerisch auf Steve zu wirken. Natürlich würde sie nicht gerade die Jeans von gestern anziehen, aber …

Fast eine Stunde später sah es in Tys Zimmer aus, als hätte eine Bombe eingeschlagen. Überall lagen Kleidungsstücke und Accessoires unterschiedlichster Form und Farbe in Häufchen am Boden, auf dem Bett und der Kommode.

Aber bisher war Ty nur mit der Wahl von Slip und BH zufrieden: italienische Seide und Spitze im Ton eines leichten Rotweins und ebenso dazu angetan, die Sinne zu betören. Damit fühlte sich Ty wie die personifizierte Sünde. Eindeutig der gewünschte Effekt, aber über das Darunter kam sie einfach nicht hinaus. Unschlüssig stand sie mitten im Zimmer und sah sich um, in der Hoffnung, doch noch eine Eingebung zu haben. Aber die göttliche

Gnade ließ auf sich warten. Kein Wunder, da es ihr, Ty, doch nur um Fleischeslust ging! Abgesehen davon war es an ihr selbst, sich etwas auszudenken. Aber ihr Gehirn war wie gelähmt.

Als Ty hörte, dass die Zimmertür geöffnet wurde, besaß sie zumindest die Geistesgegenwart, sich ein Handtuch zu schnappen und vorzuhalten. »Entschuldige«, sagte Steve und klang überhaupt nicht, als täte es ihm Leid. »Ich habe geklopft, zugegebenermaßen nicht laut genug. Ich dachte, du wärst vielleicht eingeschlafen.«

Gerade war er doch noch an der Tür gewesen, aber jetzt befand er sich irgendwie schon ganz nah bei ihr, nur noch Zentimeter entfernt, ohne dass sie sich hätte regen können. Wie ein Reh, das im blau glänzenden Strahl seines Blicks gefangen war.

»Planst du einen Großwaschtag?«, fragte Steve mit einer Stimme, die sie wohlig erschauern ließ.

»Oh, meinst du etwa deshalb?« Nur noch mit einem Arm das Handtuch haltend beschrieb sie mit dem anderen einen Bogen, der das Zimmer umfasste. »Nun, ich …« Ty schluckte, während es in ihrem Kopf durcheinander ging wie in dem Mixer, in dem Lizzie heute Morgen den Eischaum geschlagen hatte. Diesem Umstand war es wohl zuzuschreiben, dass Ty jetzt vor allem Erleichterung verspürte, geradezu Euphorie, dass sie sich nicht länger Gedanken über ihre Kleidung zu machen brauchte. »Ich konnte mich nicht entscheiden, was ich anziehen sollte.«

Einen Moment wandte Steve den Blick von ihr und ließ ihn über das Chaos im Zimmer schweifen. Verdammt, hatte Ty etwa die ganze Zeit damit verbracht, sich zu überlegen, wie sie sich für ihn schön machen konnte? Für ihn? Zwei Stunden lang? Währenddessen war er vor Ungeduld, Ty einfach nur wieder zu sehen, fast verrückt geworden und hatte dabei wie gebannt auf die

Küchenuhr gesehen und beobachtet, wie die Zeiger quälend langsam vorrückten.

Über die Absurdität der Situation konnte er jetzt nur grinsen. »Ich habe ein kleines Geheimnis für dich, Liebling. Du könntest in Sackleinen und Packband daherkommen und würdest mich trotzdem anmachen. Aber mit dem Handtuch funktioniert's auch.« Als er den Blick darüber gleiten ließ, wobei die dünnen weinroten Träger auf das Darunter schließen ließen, begannen in Tys Bauch Schmetterlinge zu fliegen.

Gebannt beobachtete sie nun, wie Steve ganz leicht an dem Handtuch zog, sodass sie schon fast meinte, es fiele von allein auf den Boden. Mit einem beinah ehrfürchtigen Flüstern fügte er dann hinzu: »Das funktioniert noch besser«, während Ty ganz still dastand und sich ihm darbot. Mit bebender Hand und angehaltenem Atem berührte Steve sie dann, und als er sie an sich zog, wurden ihr die Lider schwer vor Verlangen. Dann legte er ihr eine Hand aufs Dekolleté und streichelte behutsam ihren Halsansatz, bevor er sich an die sanfte Wölbung ihrer Brüste oberhalb des Spitzen-BHs wagte.

Ty war einfach hinreißend. Noch nie hatte ihn eine schöne Frau so beeindruckt. Sie erfüllte ihn mit Ehrfurcht und erregte ihn gleichzeitig in einem Maße, wie er es bisher nicht gekannt hatte. Ihr Körper war perfekt wie der einer Statue. Aber während sich Marmor kalt und hart anfühlte, schwelgten Steves Finger in Tys sanfter Elastizität und ihrer pulsierenden Wärme.

Sich nach mehr sehnend, erforschte Steve nun auch mit den Lippen zunächst ihren Halsansatz, an dem er das wilde Hämmern des Pulses spürte, dann das duftende Tal zwischen ihren Brüsten, dieses süße Paradies, in dem sein Medaillon so lange verborgen gewesen war. Bei den Erkundungszügen seines Mundes und den Liebkosungen seiner Hände richteten sich Tys Brustknospen auf und schienen sich unter der tiefroten seidenen Spitze seinen Fingern entgegenzurecken.

Dabei drängte es Steve ungemein, Tys offenkundigste Zeichen der Weiblichkeit zu sehen und zu liebkosen. Aber in der Eile hantierten seine sonst so geschickten Hände linkisch mit dem BH-Verschluss zwischen ihren Brüsten. Auf Tys Stöhnen hin hielt er inne. Den Kopf hatte sie zurückgeworfen und bot ihm ihren schönen langen Hals dar, wobei ihr dunkles Haar ihre elfenbeinfarbenen Schultern umspielte … Ty war schön wie eine Erscheinung, geradezu engelsgleich.

Nachdem Steve ihr die Hände unter die Beine und um die Schultern gelegt hatte, um sie hochzuheben, ging ihr Stöhnen in ein leises, überraschtes Seufzen über. Dabei bedeckte er ihren Mund mit seinem, und ihre Zungen wanden sich in einem heißen Kuss umeinander.

»Wir … gehen … in … mein … Zimmer«, flüsterte er, während er Tys Brauen und ihre Nasenspitze mit Küssen bedeckte. Dabei hatte er sich längst zum Gehen gewandt und warf noch einen letzten, amüsierten Blick in ihr Zimmer, um dann hinzuzufügen: »Ich bin nämlich nicht sicher, ob ich noch so lange warten kann, bis wir dein Bett gefunden haben.«

»Deins ist sowieso größer. Den Platz können wir bestimmt gebrauchen«, stellte Ty nüchtern fest und überraschte sie damit beide.

»Das ist meine Ty!« Steve lachte leise, sodass Tys Schulter vibrierte. »Nie hört sie auf zu denken.«

Ty barg das Gesicht an seinem Hals, um sich dann ganz Steves Liebkosung hinzugeben. Als sie ihn zärtlich biss, verstärkte Steve unwillkürlich seine Umarmung und beschleunigte den Schritt.

Sie entkleidete ihn mit exquisiter Langsamkeit, als sei er ein lang ersehntes Geschenk. Dabei genoss sie jede ihrer

Bewegungen und hielt hin und wieder inne, um ihn zärtlich zu beißen. Dann wieder betrachtete sie ihn intensiv, berührte und liebkoste ihn noch einmal, während Zentimeter um Zentimeter seines sonnengebräunten Körpers zum Vorschein kam. Sie standen vor seinem Kingsize-Bett, und als Ty ihm das Hemd auszog, bebte Steve am ganzen Körper. Dabei waren seine Wangen gerötet, und seine Augen glänzten.

»Du bist so schön«, hauchte Ty, während sie ihm über den durchtrainierten Oberkörper strich. Unter ihren Händen hob und senkte sich Steves Brustkorb, und Ty lächelte, als ihr bewusst wurde, wie sehr sie ihn erregte. Dabei stieg ihr die Macht, die sie über ihn zu haben schien, zu Kopf, und sie wollte sehen, wie weit sie gehen konnte. Mit den Fingerspitzen fuhr sie ganz sacht die Konturen seines Waschbrettbauchs nach, wobei Steve neuerlich erbebte und tief durchatmete.

»Ty, ich sterbe«, sagte er dann, machte aber keinerlei Anstalten, Tys Erkundungsreise über seinen Körper zu unterbrechen.

Beflügelt von Steves Reaktion, sagte sie leise lachend: »O nein, du stirbst nicht, sondern kommst mir ganz im Gegenteil ziemlich lebendig vor.« Mit dem Blick ihrer grauen Augen folgte sie dann der Fingerspitze, die sie zunächst über die betörende Behaarung um Steves Bauchnabel gleiten ließ, um ihr dann bis zum Hosenbund zu folgen.

Genauso aufreizend langsam, wie Ty ihm zuvor das Hemd ausgezogen hatte, machte sie sich jetzt daran, einen Knopf seines Hosenschlitzes nach dem anderen zu öffnen, um hin und wieder innezuhalten, und über den sichtbaren Beweis seiner Erregung zu streichen, die sich unter dem festen Jeansstoff abzeichnete.

Als sich Ty ans Öffnen des letzten Knopfes machte, umschloss Steve ihre Handgelenke und hielt sie fest. »Ty, sieh mich an!« Das heisere Timbre seiner Stimme sorgte dafür, dass sich in Ty ein ganz wohliges Gefühl ausbreitete. Auch Steves Gesichtsausdruck war von der Leidenschaft verändert worden.

»Ich muss es wissen«, erklärte er nun leise und suchte ihren Blick. »Hast du das schon einmal gemacht, Liebling?«

»Nein, noch nie«, flüsterte sie.

»Wenn das so ist, will ich nichts überstürzen. Das Problem ist nur, dass ich schon unheimlich erregt bin.«

Ty erforschte sein Gesicht nach einem Anzeichen der Enttäuschung, und als Steve ihr mit einem Kuss sagte, was tausend Wort nicht vermocht hätten, war sie sehr erleichtert.

Bei Tys geflüstertem Geständnis hatte Steve der Besitzerstolz ergriffen. Sie würde ihm gehören, und nur ihm! Mit wild klopfendem Herz und den Lippen ganz dicht an ihren, murmelte er jetzt: »Das hätte ich bei einer so schönen Frau wie dir nie für möglich gehalten.«

»Nun, ich habe auch nicht gerade geplant, mit fünfundzwanzig noch Jungfrau zu sein«, antwortete Ty kleinlaut. »Vor langer Zeit in der Schweiz war es einmal fast so weit. Aber dann wurde mir bewusst, dass ich aus den falschen Gründen mit jemandem schlafen wollte. Dabei ging es mir vor allem um Rache. Es kam mir albern vor, mit jemandem Sex zu haben, nur um meinem Vater eins auszuwischen.« Sie ließ den Kopf sinken. »Glücklicherweise war der Junge ziemlich verständnisvoll. Aber seitdem habe ich mich nie mehr mit jemandem eingelassen, den ich nicht genug mochte, um ihm auch zu vertrauen.«

»Und mir vertraust du?« Steve umfasste ihr Gesicht und hob es an, damit er Ty tief in die Augen sehen konnte, deren Blick ihn bei dem gedämpften Licht im Raum noch mehr fesselte.

»Ja«, sagte sie nur und genoss es, seine Hände an ihren

Wangen zu spüren. Sehnsüchtig lächelnd fuhr sie dann fort: »Mit ausgefeilten Erfahrungen in Sachen Sex kann ich dir also nicht dienen.« Dann schmiegte sie sich an ihn und seufzte genüsslich, als er sie in die Arme nahm.

Sobald er sie zu streicheln begann, sagte Ty: »Andererseits kommt es mir vor, als hätte ich in der vergangenen Woche kaum etwas anderes getan, als mir vorzustellen, dass du mich so anfasst.« Daraufhin schloss sie die Augen und ergab sich ganz ihren Gefühlen.

Nun hauchte Steve ihr einen Kuss nach dem anderen auf die Lider, so leicht als berührten sie Schmetterlingsflügel. »Vielleicht ist das purer Zufall«, flüsterte er dann, »aber ich habe die vergangene Woche auch oft daran gedacht. Scheint mir, als sollten wir unsere Gedanken noch ein wenig weiterspinnen.«

»O ja!«, war alles, was Ty herausbrachte, bevor sich Steve wieder ihres Mundes bemächtigte, wobei sich seine Zunge mehrmals begierig mit ihrer paarte und Ty dadurch immer wieder lustvoll erschauern ließ.

Steve zog sie noch enger an sich, damit sie seine Erektion spüren konnte, die sich warm und hoch aufgerichtet an ihren Bauch drückte. Dann öffnete er ihr den BH, und Ty hielt den Atem an.

Als Steves starke Hände den Platz der seidenen Körbchen einnahmen und sich ihre erregten Nippel an seine Handflächen pressten, drängte sich Ty noch mehr an ihn. Dann küsste Steve sie, und ihr stoßweiser Atem mischte sich mit seinem.

Rasch zog Ty ihren Slip aus, und unter leisem Stöhnen ließen sie sich auf das riesige Bett fallen, bevor sie ineinander verschlungen und herrlich nackt darauf herumrollten. Tys Sinne waren ganz überwältigt vor Lust, die Steve mit seinem Mund, seinen Händen und seinem durchtrainierten Körper in ihr hervorzurufen vermochte. Nicht zu vergessen die geflüsterten Zärtlichkeiten.

Blindlings griff sie schließlich nach ihm, um ihn zu sich zu führen. Doch als er dem widerstand, sie seines herrlichen Gewichts beraubte und sich hinkniete, stöhnte sie frustriert auf. Mit flehentlichem Blick streckte sie ihm dann die Arme entgegen, um ihn wieder zu sich herunterzuziehen.

Lächelnd strich Steve ihr über die feuchte Stirn. »Schh, ganz langsam, mein Liebling. Es dauert nur eine Sekunde, aber ich schätze mal, du verhütest nicht?« Auf Tys Kopfschütteln hin lehnte er sich zur Seite und zog die Schublade des Nachttisches auf, um ihr ein Kondompäckchen zu entnehmen. Sein Lächeln wurde schelmisch und beschleunigte Tys Atemfrequenz. »Möchtest du es mir vielleicht …?«

»O ja, bitte.« Sie setzte sich auf, ganz die gelehrige Schülerin.

Steve grinste. Immer höflich, seine Ty!

Vorsichtig streifte sie ihm nun das Kondom über die Lanze. Aber sie war nicht nur höflich, sondern auch herrlich einfallsreich und noch lange nicht fertig mit seinem besten Stück. Schweißperlen standen ihm auf der Stirn, als sie ihn in die Hand nahm und sanft massierte, als hätte sie nie etwas anderes getan. Unwillkürlich stockte Steve der Atem, und auch sein Grinsen verschwand.

Aber er hielt sich so lange wie möglich zurück, bevor er Ty sanft auf die Matratze drückte. »Jetzt bin ich an der Reihe«, sagte er dann. Eine viel versprechende Ankündigung!

Während er sich an ihr hinabbewegte, erregte und liebkoste er sie mit Zunge und Zähnen und hinterließ dabei eine heiße Liebesspur auf ihrer schlanken Figur. Schließlich kam er zu ihren Schenkeln und drückte das Gesicht in Tys dunkles Schamhaar. Währenddessen berührte er nur ganz, ganz leicht ihren Schritt, aber seine Finger waren sofort feucht. Damit wollte er sich allerdings nicht zufrieden geben, und ließ erst einen Finger in sie gleiten, dann einen zweiten, wobei sich Ty kleine Lustschreie entrangen, die wunderbar süß in seinen Ohren klangen. Als sie kurz davor war, zu kommen, schob er die Finger noch etwas weiter hinein und bewegte leicht die Spitzen, während er sich zu Ty hinunterbeugte und sie zusätzlich mit der Zunge verwöhnte.

Als sich Tys Höhepunkt Bahn brach, erfüllten ihre Lustschreie das Zimmer. Das Becken hob und senkte sie rhythmisch, doch Steve folgte mit Mund und Fingern ihren Bewegungen und nahm ihre Lustschauer in sich auf. Dann, als sie sich allmählich wieder beruhigt hatte, zog er vorsichtig die Finger heraus. Doch Ty schluchzte beinah vor Bedauern, wobei sie ihm unwillkürlich die Hüfte entgegendrückte.

»Ty, sieh mir in die Augen.« Während Steve sich zwischen ihren Beinen in Stellung brachte, leistete sie seinem heiser hervorgestoßenen Liebesbefehl Folge, und er drang in ihre heiße Weiblichkeit vor. Gott, was war sie eng!

Keuchend lag Ty unter ihm, die Augen grau und verhangen wie die Morgendämmerung, die Lippen wund und tiefrot war sie so schön, dass ihm ganz anders wurde. »Küss mich, Ty!«, sagte er dann, und während er sich ihres Mundes bemächtigte, überwand er die Barriere und stieß tief in Ty hinein.

Damit entließ er sie in eine ungeahnte, bisher unvorstellbare Gefühlswelt, deren Eindrücke zu beschreiben sie keine Worte gehabt hätte.

Ty lag neben Steve, ein Knie auf seinem schlanken muskulösen Oberschenkel, die Brüste an seinen Oberkörper gepresst, und verfolgte hingerissen das Muster, das sie mit ihrem Zeigefinger auf seiner Brust, um seine Brustwarzen und entlang seines Waschbrettbauchs zog. Auch Steves Hände waren nicht untätig. Er streichelte Ty über den grazilen Rücken, den wohl geformten Po und dann wieder zurück über ihre Wirbelsäule. Dabei schlug sein Herz kräftig, aber endlich wieder normal.

Nun verfolgte Ty ihre Muster mit Lippen und Zunge, und von Kuss zu Kuss und jedem lasziven Streichen über Steves sich abkühlende Haut zum nächsten wurde ihr Lächeln breiter. Schließlich entrang sich ihrer Kehle sogar ein Kichern, das sie rasch mit einem weiteren Kuss zu ersticken suchte.

»Du wirst mir natürlich erzählen, was dich so glücklich gemacht hat. Ich bin für jedes Kompliment empfänglich.«

»Du bist bestimmt der letzte Mensch auf der Welt, dessen Ego man streicheln muss, Steve«, antwortete Ty und hob den Kopf, um ihm mit den Lippen über den Mund zu streichen. »Ich habe gerade gedacht, dass es sich eindeutig gelohnt hat, auf dich zu warten.« Sehr gefühlsbetont und ganz leise fuhr sie dann fort: »Ich wäre sogar bereit gewesen, ein Leben lang auf dich zu warten, auch wenn ich die Liebe dann nur einmal hätte erfahren dürfen.«

Steve strich jetzt nicht mehr ziellos über ihren Körper, sondern zog sie mit einer fließenden Bewegung unter sich, bevor er ihr Gesicht umfasste. Ihre Münder verschmolzen miteinander und teilten das süße Glück.

Dann murmelte Steve: »Danke, Ty, dass du in mein Leben gekommen bist.«

Teil 4

1. Kapitel

»Bist du sicher, dass du mit einer richtigen Gangschaltung umgehen kannst? Das ist nicht wie bei deinem Käfer mit der Automatik, weißt du?« Während Steve das sagte, rückte er den Kragen ihrer Lammfelljacke zurecht, und Ty erschauerte unwillkürlich.

Diese Lust, die sie auf Steve verspürte, schien einfach nie zu versiegen. Dabei war es kaum eine Stunde her, dass er sie zärtlich geweckt und mit ihr geschlafen hatte. Noch immer kribbelte ihre Haut von seinen Liebkosungen.

»Ja, ich kann mit einem Gangschaltungshebel umgehen.« Wenn sie mehr Zeit gehabt hätten, hätte sie ihm keck vorgeschlagen, doch wieder ins Haus zu gehen, um es ihm zu beweisen. Aber das musste schon bis New York warten. »Ich verspreche, dass es im Getriebe deines Jaguars kein einziges Mal knirschen wird, wenn ich ihn fahre.«

Steve blickte immer noch skeptisch drein, das konnte Ty selbst im Dunkeln dieses kalten Novembermorgens sehen. »Ehrlich, Steve«, beharrte Ty, »du kannst mir vertrauen. Ich bin auch schon mal teure Schlitten gefahren.« Jetzt freute sie sich darauf, sich hinters Lenkrad eines Wagens zu setzen, der ein bisschen mehr PS unter der Haube hatte als ihr VW. Der Jaguar war wunderschön, und Ty verstand, warum Steve so ein Aufhebens darum machte. Sie hatte gar nicht gewusst, dass er ein anderes Fortbewegungsmittel besaß als seinen verbeulten Pickup, bis er den Jaguar gestern mit dem typisch satten Klang aus der Garage gefahren hatte. Es war ein goldfarbenes Cabriolet, auf dessen Nummernschild *FF1* stand.

»Vom *Palm Beach Grand Prix* beim *Jaguar Classic*«, hatte Steve erklärt, als sie die schöne Form des Wagens bewunderte. »Fancy Free hat die Konkurrenz damals nur so vom Platz gefegt. In jenem Jahr haben wir auch einen Volvo gewonnen, aber ich habe ihn verkauft. Das war das ‚Jahr des Wagens' für uns.«

Als Ty begriffen hatte, dass der Wagen Steve vor allem so wichtig war, weil er ihn mit Fancy Free in Verbindung brachte, stellte sie sich auf die Zehenspitzen und hauchte ihm einen Kuss nach dem anderen auf seine Wange mit dem Dreitagebart.

Jetzt sagte sie noch einmal: »Steve, ich verspreche dir, dass ich ganz besonders gut auf den Wagen aufpassen werde.«

»In Ordnung.« Er strich ihr über die Arme und zog Ty dann an sich. Doch da er nicht anders konnte, fügte er noch hinzu: »Aber, äh, Bubba könnte den Jaguar auch fahren.«

»Nein.« Ty schüttelte den Kopf, wobei ihm ihre Ponyspitzen über die Hand strichen. »Bubba soll lieber den Transporter lenken. Das kann er wesentlich besser als ich. Ich fahre hinterher, und zwar vorsichtig.«

»Okay«, sagte Steve zögerlich. »Also, wenn wir auf das Gelände des Madison Square Garden einbiegen, trennst du dich von uns und bringst den Wagen zum Hotel. Bubba, Enrique und ich kümmern uns schon um die Pferde. Weißt du noch, welchen Seitenstraßeneingang du benutzen musst, um nachher zu den Ställen im Garden zu kommen?« Ty nickte. »Hast du auch deinen Besucherausweis eingesteckt?«

»Er ist in meiner Handtasche.«

Steve überließ nichts dem Zufall. Ty unterdrückte ein Gähnen und spürte, wie ihr die Lider schwer wurden. Es war gerade einmal Viertel vor vier, und Steves Hände machten so wundervolle Sachen mit ihrem Nacken. Wäre sie eine Katze gewesen, hätte sie bestimmt geschnurrt.

Aber Steve war mit seinen Anweisungen noch nicht

fertig. »Nachdem wir uns im Garden getroffen haben, gehen wir beide zurück zum Hotel. Wir müssen dafür sorgen, dass du dich noch ein bisschen ausruhen kannst. Heute Abend wird eine große Sache.« Sein Mund kam immer näher, und sein warmer Atem strich ihr übers Gesicht. Dann küsste er sie, als hätten sie alle Zeit der Welt und der Motor des Transporters liefe nicht bereits.

Gott, er fühlte sich herrlich an!, dachte Ty und erwiderte seinen Kuss, als müsste nicht noch einmal die Ausrüstung gecheckt werden, damit alles fertig war, wenn sie wie vereinbart um vier Uhr losfahren wollten. Aber Steve hatte ihr inzwischen die Hände unter die Jacke geschoben, sodass sie einander so nah wie möglich sein konnten. Als Ty zärtlich an Steves Unterlippe knabberte, hörte sie ihn leise stöhnen.

Sie waren erst anderthalb Wochen zusammen, aber Ty hatte jetzt noch mehr Respekt vor Steves Fähigkeiten. Er war intelligent, witzig, charmant, einfallsreich, unermüdlich und ein überaus ausdauernder Liebhaber. Dabei hatten sie tagsüber alle Hände voll zu tun gehabt – mussten reiten, telefonieren und eine Unzahl verschiedener Dinge organisieren. Aber nachts hatte sie sich dann in seine starken Arme geschmiegt, in denen sie sich schön, geliebt und begehrt fühlen konnte.

»He, ihr zwei Turteltäubchen, würdet ihr jetzt mal einen Moment damit aufhören, eure Schnäbel aneinander zu wetzen, damit wir die Pferde verladen können? Es sei denn, ihr wollt gar nicht nach New York und pfeift auf den Ruhm und das Preisgeld.«

Bubba stand im geöffneten Stalltor, und man konnte sein Gesicht nicht erkennen. Aber aus dem Klang seiner Stimme schloss Ty, dass er lächelte. Er zog Steve und sie auf, wann immer er Gelegenheit dazu bekam, und da sie einfach nicht voneinander lassen konnten, boten sich ihm zahlreiche Möglichkeiten dazu.

»Ich komme schon, Bubba. Ich wollte nur sicher stellen, dass Ty mit allem vertraut ist.«

Bubba schnaubte spöttisch, aber das überhörten Ty und Steve geflissentlich.

»He, Bubba«, rief Ty ihm jetzt zu. »Hast du was dagegen, wenn ich mir deine Kappe ausleihe? Ich möchte mit offenem Verdeck fahren.«

»Kommt gar nicht in Frage!«, riefen Bubba und Steve wie aus einem Munde, bevor Bubba empört hinzufügte: »Womöglich fliegt sie dir mitten auf dem Long Island Expresshighway vom Kopf!« Die Southwind-Kappen waren Bubbas ganzer Stolz. Seine Tochter Serena hatte auf Tys Vorschlag hin das Logo dafür auf dem Computer entworfen, den Bubba für seine Familie gekauft hatte. Nachdem Serena verschiedene Ideen durchgespielt hatte, war sie schließlich mit vier Entwürfen nach Southwind gekommen. Die Entscheidung fiel einstimmig für das Logo, das zwei silberfarbene Pferde darstellte, die auf ein marineblaues Feld zuliefen. Darunter war kursiv und mit Wischeffekt »Southwind« gestickt. Ty hatte die Mützen per Eilauftrag bei einer Firma bestellt, die innerhalb einer Woche von Baseballkappen über Regenkleidung bis hin zu Aufwärmjacken alles liefern konnte. Bubba, Enrique und Carlos hatten auch noch passende Blousons bekommen. Lächelnd dachte Ty jetzt, es ging doch nichts über ein Gruppengefühl.

»Ich bitte dich, Ty, du willst doch meinen Wagen nicht allen Ernstes mit offenem Verdeck über den Long Island Expressway jagen?« Auch Steve klang mehr als entrüstet. »Die Pendler schlafen doch noch halb. Wenn die einen Blick von dir erhaschen, gibt es sofort eine Massenkarambolage.«

»Quatsch!« Ty knuffte ihn in die Seite. »Es wird toll sein, wenn meine Haare im Fahrtwind flattern, während hinter mir die Sonne aufgeht.«

»Ja, bestimmt, aber ein anderes Mal, Ty. Wir können bis nach Kentucky mit offenem Verdeck fahren, wenn du willst. Aber ich möchte mir heute keine Sorgen darüber machen müssen, wie leicht du und mein schnittiger Sportwagen einen Unfall verursachen könnten.«

»Bitte, Steve«, sagte Ty, schmiegte sich an ihn und sah lächelnd zu ihm hoch.

»Das ist unfair!«, rief er und drückte sie begierig an sich. Wie aufregend, dachte Ty dabei, dass sie ihn mit einem Lächeln und einer geflüsterten Bitte ablenken konnte und wusste, dass es okay war, weil Steve es bei ihr auch oft genug tat. Das Wissen, diese wunderbare Intimität zu teilen, machte Ty vor Glück ganz schwindelig.

»Du arbeitest aber auch mit allen Tricks.« Jetzt umfasste er ihren Po, und sie spürte seine Erektion trotz der zahlreichen Stofflagen, die sie trennten. Vielleicht sollten wir noch einmal nach oben gehen, um zu sehen, ob du auch alles eingepackt hast.«

Ein leises Stöhnen entrang sich ihren Lippen. Es hatte ohnehin keinen Zweck, so zu tun, als sei sie selbst nicht auch erregt; dafür kannte Steve sie inzwischen viel zu gut. Er wusste, dass er sie nur bei der Hand zu nehmen und in sein Zimmer zu führen brauchte, damit sie sein wurde.

»Wie spät ist es eigentlich?«, fragte er jetzt und barg das Gesicht an ihrem Hals.

»Viertel vor vier«, hauchte sie und wünschte, es wäre Stunden früher.

»Mist! Wir müssen los.« Er küsste sie forsch. »Fortsetzung folgt im Hotel, und versprich mir, dass du vorsichtig fährst. Und kein Blickkontakt mit leitenden Angestellten, die seit Monaten keinen Sex mehr hatten.«

Macintosh und Vanguard waren alte Hasen im Turniergeschehen und gingen mit erwartungsvoll gestellten Ohren auf den Transporter zu. Ihr Hufschlag klang dumpf auf der mit dicken Gummimatten belegten Rampe, bevor Steve und Bubba sie in die Holzverschläge im Innern des Fahrzeugs führten. Die Pferde standen ganz ruhig da, ihre durchtrainierten, glänzenden Körper waren mit Decken umhüllt, die Beine durch dicke Bandagen geschützt. Steve und Bubba machten sie an den Halftern fest, deren Leder mit dickem Fleece umhüllt war, damit das feine Fell der Pferde während der Fahrt keinen Schaden nahm. Dann konnte es losgehen.

Kurz vor vier Uhr rollte der Minikonvoi die Auffahrt entlang und durch das immer noch schlafende Bridgehampton. Steve wollte unbedingt den Berufsverkehr vermeiden, damit die Pferde nicht das ewige Stop-and-Go bei all den Ampeln und verwinkelten Straßen ertragen mussten. Auch durch New York kurz vor Arbeitsbeginn zu fahren, machte keinen Spaß. Und mit einem Pferdetransporter durch die schluchtenartigen Straßen zu fahren, verkomplizierte die Sache noch. Indem Steve ihre Ankunft in New York für sechs Uhr dreißig anvisiert hatte, hoffte er, zumindest dem Wahnsinn der Rushhour-Spitze zu entgehen.

Seitdem sie nach Southwinds Auffahrt auf die öffentliche Straße – die Horsemarket Lane – eingebogen waren, hatte Ty ihren Platz hinter dem dunkelblauen Pferdetransporter nicht mehr verlassen. Die Fahrt war ohne Zwischenfälle verlaufen, und es waren ihr auch keine liebestollen leitenden Angestellten begegnet.

Als sie den Times Square erreichten, war Ty allerdings enorm dankbar, dass sie nur zwei Pferde zum Madison Square Garden brachten. Dazu benutzten sie einen Transporter, der vier Tieren Platz bot. So konnten sie den übrigen Raum nutzen, um Stroh und Futtermittel unterzubringen. Wenn Ty dem Trailer für acht Tiere hätte folgen und zusehen müssen, wie Steve die Kurven nahm, wäre sie wahrscheinlich vor Angst gestorben.

Jetzt verrenkte sie sich den Hals, um am Transporter vorbei die Straßennamen lesen zu können und seufzte erleichtert, als der Madison Square Garden endlich zu ihrer Rechten auftauchte. Gleich darauf winkte Steve zum Fahrerfenster hinaus: Das vereinbarte Zeichen, dass sie zum Hotel fahren konnte.

Ty warf einen Blick auf die Uhr: Viertel vor sieben. Eine ausgezeichnete Zeit. Natürlich wäre im Plaza die angemietete Suite noch nicht fertig. Aber sie könnte wenigstens schon einmal ihr Gepäck abgeben und den Portier bitten, ihre Koffer auspacken zu lassen, wenn es so weit war, damit das Abendkleid und Steves Smoking sich bis zum Abend noch aushängen konnten.

Der Ball für die Gönner und Aussteller der National Horse Show im Madison Square Garden fand heute statt. Früher hatte sich Steve nie die Mühe gemacht, hinzugehen, aber dieses Jahr stellte eine Ausnahme dar. Es war ganz wichtig, dass Ty und er sich dort zeigten. Es wäre ihr erster öffentlicher Auftritt als Geschäftspartner und eine wunderbare Gelegenheit, den hässlichen Gerüchten um Steve und Southwind ein Ende zu machen. Dabei konnten sie auch gleich potentielle Kunden für sich interessieren.

Außerdem kam Vicky Grodecki zu der Party. Vergangene Woche war sie in Southwind gewesen und hatte erwähnt, dass man bei der *Times* beabsichtigte, eine groß angelegte Serie über die National Horse Show zu bringen – angefangen bei ihren Ursprüngen bis hin zu ihrem Stellenwert im kommenden Jahrtausend als wichtigstes Pferdeturnier der Staaten. Nachdem Vicky wie nebenbei diese Bemerkung hatte fallen lassen, riet sie Steve und Ty, doch auch zu dem Ball zu kommen. Besonders im Hinblick darauf, dass ihr Interview bis dahin erschienen sei und dafür sorgen würde, dass ihrer beider Namen in aller Munde waren. Sie, Vicky, könnte dann einen Folgebericht über Ty und Steve veröffentlichen samt Fotos von dem Ball. Schließlich konnte das Southwind nur helfen.

Rückblickend dachte Ty lächelnd, Steve hatte Vicky in null Komma nichts für sich eingenommen. Er war aber auch der Trauminterviewpartner eines jeden Journalisten: geduldig, witzig und unerhört aufrichtig.

Nachdem Steve Vicky alles über die geplante Wochenendreitschule erzählt hatte, fragte sie ihn: »Und wie können sich die Leute dafür bewerben?«

»Wir haben eine Webseite mit entsprechenden Informationen erstellt. Jeder Kurs wird auf fünfzehn Teilnehmer beschränkt sein, damit ich mich auch wirklich auf das einzelne Pferd-und-Reiter-Gespann konzentrieren kann.«

»Haben denn auch Pferdebesitzer, die mit ihren Tieren bei Turnieren antreten wollen, die Möglichkeit, sich auf Southwind einzumieten?«

»Auf jeden Fall.«

Daraufhin hatte sich Vicky Ty zugewandt. »Miss Stannard, in der Vergangenheit hat man Sie ja schon auf Benefizveranstaltungen im Pferdebereich gesehen, aber diese Geschäftspartnerschaft mit Steve stellt doch eine ganz neue Herausforderung für Sie dar, oder? Mit dem Kauf und Verkauf von Grundstücken und Immobilien ist das Leiten einer Pferdefarm ja wohl kaum zu vergleichen.«

Doch bevor Ty darauf antworten konnte, schaltete sich Steve ein. »Ich denke nicht, dass diese neue Aufgabe so sehr von dem abweicht, was Ty bisher getan hat. Natürlich stehen auf Southwind die Pferde im Vordergrund, und der Alltag wird häufig davon bestimmt sein, im Transporter über Land zum jeweils nächsten Turnierereignis zu fahren. Aber dabei gilt es auch, den wirtschaftlichen Aspekt zu beachten.« Mit einem nur für Ty sichtbaren Augenzwinkern fuhr er fort: »Da Miss Stannard und ich uns schon lange kennen, war ich natürlich total begeistert, als sie mir vorschlug, eine Geschäftspartnerschaft mit ihr einzugehen.«

»Das stimmt.« Ty bestätigte seine Aussage mit erstaunlich ruhiger Stimme, obwohl ihr ob der Notlüge die Wangen brannten. »Durch meine Kenntnisse und Erfahrungen in der Wirtschaft kann sich Steve ganz auf seine Reiterei konzentrieren. Außerdem haben wir auch noch einen hervorragenden Stallmanager und sehr gute Pferdepfleger.«

»Dann sind Sie also für die Finanzen und das Buchhalterische zuständig, Miss Stannard?«

»Ja, jeder tut, was er am besten kann«, sagte Ty, und Steve fügte hinzu: »Aber Ty hat nach einigen Jahren Pause auch wieder mit dem Reiten angefangen. Ich hoffe, dass sie im kommenden Frühjahr meine Amateurklassen übernimmt und auch selbst wieder bei Turnieren antritt.«

Als Ty das hörte, bemühte sie sich, nicht allzu überrascht dreinzusehen. Erst später, nachdem Vicky Grodecki und ihr Fotograf bereits gegangen waren, hatte sie Steve darauf angesprochen, während sie gemeinsam ausritten.

»Was, um alles in der Welt, hast du dir eigentlich dabei gedacht, Vicky zu erzählen, ich würde wieder bei Turnieren reiten? So gut werde ich nie mehr!«

»Ich bitte dich, Ty, innerhalb von einer Woche hast du dich doch schon um hundert Prozent gesteigert. Das ist verdammt beeindruckend, vor allem im Hinblick darauf, wie gut du bereits warst, als du Macintosh und Cantata das erste Mal geritten hast. Du bist eine ausgezeichnete Reiterin und darüber hinaus die geborene Wettkämpferin. Ich meine damit nicht, dass du auf Teufel komm raus jeden schlagen willst, der gegen dich antritt, sondern dass du mit deiner perfektionistischen Art irgendwann fehlerfreie Runden hinlegen wirst.«

Ty war erstaunt, dass Steve diese besondere Facette ihrer Persönlichkeit in so kurzer Zeit ausgelotet hatte, und sagte: »Manchmal frage ich mich schon, ob ich jemals wieder so gut reiten kann wie damals oder mich womöglich noch verbessern könnte. Aber ernsthaft habe ich die Sache bisher nie in Betracht gezogen.«

»Wieso nicht?«

»Nun, Steve, wenn man dir so zusieht, weiß man, wo die eigenen Grenzen liegen. Ich hätte auch nicht gedacht, dass ich nach einer so langen Pause noch so gut wäre.«

»Mehr als gut. Damit will ich nicht sagen, dass du mit der Profireiterei anfangen sollst. Dazu muss man schon einen an der Klatsche haben so wie ich.« Lächelnd fuhr er fort: »Aber um ehrlich zu sein, hatte ich noch einen Grund, warum ich Vicky Grodecki erzählt habe, dass du wieder Turniere reitest. Ich dachte, damit könnten wir deinem geliebten Dad eine Mitteilung zukommen lassen.«

Erschrocken sah Ty ihn an. »Und wieso sollten wir das tun? Was mich betrifft, habe ich lieber so wenig Kontakt wie möglich zu ihm. Dann muss ich mich nicht so oft über ihn ärgern.«

»Ja, aber während du dir hier den Arsch aufreißt, um Southwind wieder ans Laufen zu kriegen, wartet dein Vater nur darauf, dass sich ihm eine Möglichkeit bietet, dich zu sabotieren.«

»Falls es ihm gelingen sollte, meinen Treuhandfonds sperren zu lassen, wäre das ein ziemlich effektives Mittel, seine Ziele zu erreichen«, bemerkte Ty ausdruckslos. »So eine Pferdefarm zu unterhalten ist doch kostspieliger, als ich gedacht hätte.«

Steve schnaubte angewidert. »Der Fondsbetreuer hat doch gesagt, dass es Monate dauern würde, um die Sache vor Gericht zu bringen, oder?« Ty nickte und Steve fuhr fort: »Irgendwie habe ich es im Gespür, dass dein Vater nicht die Geduld aufbringt, so lange zu warten. Ihm steht der Sinn mehr nach einem schnellen K.o.-Sieg.«

»Nett formuliert«, Ty rang sich ein Lächeln ab, »aber mit Sicherheit zutreffend. Red weiter, wie mir scheint, hast du dir diesbezüglich schon einige Gedanken gemacht.«

»Wahrscheinlich, weil ich in letzter Zeit deinem Vater gegenüber eine echte Antipathie entwickelt habe. Dabei bin ich normalerweise sehr umgänglich«, fügte Steve hinzu, und Ty lachte, während sie an ihre ersten gemeinsamen Tage auf Southwind dachte.

Sie ritten ganz dicht nebeneinander, und Steve strich Ty über die Wange. Wie gern er sie berührte! Diesen Genuss gönnte er sich, wann immer er die Möglichkeit dazu bekam. Jetzt wünschte er, sie säßen nicht gerade im Sattel, und er könnte sie in die Arme nehmen und so lange küssen, bis der schmerzliche Ausdruck von ihrem Gesicht gewichen war. »Ich wette, dein Vater wird stinksauer sein, wenn er liest, dass du wieder an Wettkämpfen teilnehmen willst. Womöglich sieht er dann rot und tut etwas Unüberlegtes.«

»Nun, mein Vater ist eher der Typ, der Eisberg-weiß sieht. Aber in einem hast du Recht: Für seine fünfundzwanzig-jährige Tochter schwebt ihm garantiert etwas anderes vor als die Turnierreiterei.«

Steve grinste. »Kluge, reiche und erfolgreiche Erbinnen klettern nicht auf Pferde, um damit über bunte Hindernisse zu setzen. Sie stehen ihren Mann im väterlichen Unternehmen. Trifft es das so in etwa?«

»Damit hast du den Nagel auf den Kopf getroffen, und mein Vater wird sicher etwas unternehmen. Dabei beunruhigt mich allerdings nicht, *dass* er zuschlagen wird, sondern dass ich nicht weiß, *wie*.«

»Du musst doch wirklich genug von diesen unverhofften Scharmützeln haben. Mir geht auf jeden Fall mächtig auf den Wecker, welchen Ausdruck deine Augen annehmen, sobald von diesem Mistkerl die Rede ist. Wie ich schon eingangs sagte, wir müssen ihn aus der Reserve locken, damit wir ihn in einem letzten offenen Kampf schlagen können.«

»Und als wissbegieriger Geschichtsschüler gehst du natürlich davon aus, mein Vater sei der wieder geborene Napoleon.«

»Vielleicht ist er ein bisschen größer, wenn es stimmt, dass ihr beide euch ähnlich seht. Aber ich finde schon, dass wir ihn aus deinem Leben entfernen und nach Elba ins Exil schicken sollten.«

Während Ty sich jetzt diese Unterhaltung in Erinnerung rief, kamen ihr Bedenken, ob Steve die Sache nicht zu optimistisch sah, ihren Vater in einem offenen Schlagabtausch besiegen zu können. So rücksichtslos wie Tyler Stannard handelte kaum jemand, wodurch es ihm in der Regel gelang, seine Gegner mit Links aus dem Weg zu räumen. Doch während Ty den Jaguar auf die 59. Straße lenkte und ihr Möglichstes tat, um den Schlaglöchern auszuweichen, verdrängte sie die Gedanken an ihren Vater und die damit verbundenen Sorgen. Es blieben ihr noch einige Stunden, bis sie Mac warm reiten und Steve vom *Garden* abholen würde. Genug Zeit, um sich in ihrem Lieblingsschönheitssalon von Kopf bis Fuß verwöhnen zu lassen.

Im *Garden* würde Steve das Publikum in seinen Bann ziehen, aber heute Abend auf der Party wäre das ihre Aufgabe.

»Bubba, wo zum Teufel ist mein Handy?«

»In deiner Westentasche. Nein, da drin sind die Zigaretten, versuch's mit der anderen. Siehst du, geht doch! Wen willst du denn anrufen, deinen Fondsmanager?« Bubba lehnte lässig an der Wand einer behelfsmäßigen Box auf dem unteren Teil des Madison Square Garden-Geländes. Wohin man auch sah, überall waren Pferde, die gestriegelt, gesattelt, getränkt oder gefüttert wurden. Es herrschte ein Höllenlärm. Aber den hörte Steve gar nicht, genauso wenig wie er das rege Treiben bemerkte. Er war schon so oft auf Turnierveranstaltungen gewesen, dass er den Lärm und das Durcheinander nicht mehr wahrnahm.

»Nein, ich versuche, Ty zu erreichen«, sagte er jetzt, schien aber mit den Gedanken ganz woanders zu sein. Dabei sah er stirnrunzelnd auf das Handy. »Sie braucht sich nicht herzubemühen, ich gehe ins Hotel. Sie hat mir angeboten, Mac für mich warm zu reiten, aber einige der anderen Pferde hier sind völlig durch den Wind, und das Aufwärmrund ist viel zu klein – das vergesse ich immer.«

»Das liegt bestimmt daran, dass du hier deinen ersten Grand Prix geholt hast«, sagte Bubba und beobachtete seinen Chef, der inzwischen auf das Handy starrte, als sei es ein böser Geist. »Hast du Tys Nummer vergessen, Shepp?«

»Nein, die verdammte Pinnummer.«

»Gib mir das Ding mal.« Seufzend streckte Bubba die Hand aus. »Du und Ty passt wirklich hervorragend zusammen, die eine kann Handys nicht ausstehen und der andere kann sie nicht bedienen.« Fachmännisch tippte Bubba daraufhin den Code ein und fragte Steve nach Tys Nummer. Daraufhin war es an Steve, laut zu seufzen, weil er gezwungen war, Bubbas langatmigen Ausschmückungen zu lauschen, angefangen beim Abladen der Pferde bis hin zu den Tieren, die jetzt neben Mac und Gordo standen.

Schließlich klopfte ihm Steve auf die Schulter und flüsterte entnervt: »Würde es dir etwas ausmachen, mir das Telefon zu geben?« Aber da hatte er es Bubba längst entrissen.

»Ty, Liebling, wie geht's?«

Während Steve telefonierte, lag ihm die ganze Zeit ein Lächeln auf dem Gesicht. Bubba war schon lang nicht mehr über den Ausdruck verwundert, den Steves Gesicht annahm, wenn sich Ty im Raum befand. Jetzt amüsierte ihn allerdings, dass dieser träumerische Ausdruck auch erschien, wenn Steve sie nur über eine mittelprächtige Telefonverbindung hörte.

Gut, um Steve war es also endgültig geschehen. Sein Chef war total verliebt. Aber, so dachte Bubba, glücklicherweise hatte er, Bubba, mit seinem ersten Eindruck von Ty richtig gelegen. Sie war keine verwöhnte reiche Zicke, der es nur um das eigene Amüsement ging, sondern genauso verliebt wie sein Chef. Bubba, Carlos und Enrique hatten schon Wetten abgeschlossen, wann die Hochzeitsglocken für die beiden läuten würden. Davon hatten sie ihrem Boss gegenüber natürlich kein Wort erwähnt. Steve und Ty taten alles, um diskret zu sein. Dass ihnen das nicht wirklich gelang, stand auf einem anderen Blatt. Bubba fiel wieder ein, wie sich die beiden an diesem Morgen in aller Herrgottsfrüh so leidenschaftlich geküsst hatten, dass er am liebsten nach Hause zu seiner Frau Gloria zurückgefahren wäre.

Als er jetzt an sie dachte, stieß er Steve in die Rippen. »Frag Ty, ob Carlos schon angerufen hat, dass auf Southwind alles in Ordnung ist.«

Steve nickte und hielt einen Daumen hoch. Carlos war zu Hause geblieben, um sich um Cantata und die Farm zu kümmern. Wenn Steve und Ty nach dem Turnier nach Kentucky fuhren, würden Bubba, Gloria und Serena auf der Farm bleiben und nach dem Rechten sehen. Sein Sohn Will käme ebenfalls nach Hause, um die Pferde zu trainieren, solange Steve weg war.

Bubba freute sich schon darauf, Will wieder zu sehen, auch wenn es nur über Thanksgiving war. Vielleicht könnte er ihn dazu bringen, mit seiner Schwester ins Kino zu gehen. Als Collegebesucher hatte er es jetzt ja wohl nicht mehr nötig, in ihr ausschließlich die Heulsuse früherer Tage zu sehen. Und wenn die Kinder zusammen ins Kino gingen, hätten er und Gloria endlich mal wieder Zeit füreinander …

Steve hatte das Telefonat beendet und sah sehr zufrieden drein. »Alles in Ordnung. Ty hat Carlos angerufen. Cantata ist auf der Weide, und heute Nachmittag will er sie ein bisschen longieren. Die neuen Hindernisse, die wir für die Reithalle bestellt haben, werden voraussichtlich morgen geliefert. Carlos will sie übers Wochenende aufstellen.«

»War Ty sauer, weil sie Mac jetzt doch nicht warm reiten konnte?«

»Nein, sie hat ohnehin noch in der Stadt zu tun und will Sam Brody besuchen. Erinnerst du dich an den Mann? Ich habe ihn dir vorletzte Woche vorgestellt. Er ist Tys ehemaliger Bodyguard.«

»Der große Kerl, dem du ein Pferd kaufen sollst?«

»Genau der. Offensichtlich läuft da was zwischen ihm und Tys bester Freundin. Ty versucht schon seit einer Woche, den beiden etwas zu entlocken.«

»Typisch Frau«, sagte Bubba kopfschüttelnd, »immer neugierig.«

»Lass Ty so etwas nicht hören!«, riet Steve ihm grinsend. »Vorurteile kann sie gar nicht leiden, und wenn ich ehrlich sein soll, bin ich auch ein bisschen neugierig. Sollten die beiden zusammenkommen, wären sie schon ein interessantes Paar.«

»Wo wir gerade von Paaren sprechen. Hast du vor, deiner hübschen Partnerin ein Präsent zu kaufen, mit dem du ihr deine Wertschätzung beweist?«

Entsetzt sah Steve ihn an. »Denkst du, das sollte ich? Mir kommt es immer so vor, als hätte Ty schon alles. Was könnte ich ihr denn kaufen?«

»Keine Ahnung, Shepp«, antwortete Bubba fröhlich und kein bisschen betrübt über den Kummer seines Chefs. »Aber ich weiß, wie wichtig es Frauen ist, dass man ihnen mit einem entsprechenden Geschenk zeigt, wie viel sie einem wert sind. Ich an deiner Stelle würde ihr etwas *Hübsches* kaufen.«

»Wie konnte ich nur glauben, ich bräuchte mir in New York lediglich eine neue Clientel zuzulegen und einen Grand Prix zu gewinnen. Herzlichen Dank, Bubba!«

»Gern geschehen, Shepp, gern geschehen.«

2. Kapitel

Es war fast sechs Uhr abends, als Steve im Plaza ankam. Er hatte Enrique und Bubba für eine Stunde vertreten, damit sich die beiden ein frühes Abendessen um die Ecke genehmigen konnten. Per Münzwurf hatten sie entschieden, dass es chinesisch sein würde.

Während der Dauer des Turniers schliefen Bubba und Enrique in der leeren Box neben Gordo, die Steve zusätzlich angemietet hatte. So war bei einem Notfall sofort jemand zur Stelle. Dadurch dass die beiden zu zweit waren, wurde nicht nur Langeweile vermieden, sondern einer konnte auch immer mal schnell weg, um eine Pause zu machen oder Chips und Erfrischungsgetränke zu kaufen.

Als Steve jetzt mit seiner schmutzigen Jeans und den nicht minder staubigen Paddock-Stiefeln die mit zahlreichen Spiegeln versehene Säulenhalle des Plazas durchquerte, kam er sich völlig fehl am Platz vor. Wenn hier überhaupt jemand Jeans trug, dann waren sie vorher vom Hausmädchen gestärkt und gebügelt worden und hatten bestimmt drei- bis viermal so viel gekostet wie seine Levi's. Dazu passende Stiefel wären handgenäht, aus Krokodil-, oder Klapperschlangenleder und absolut staubfrei.

Steve rechnete schon beinah damit, dass der Angestellte am Empfang gleich den Sicherheitsdienst rufen und ihn diskret hinausbegleiten lassen würde. Deshalb wunderte es ihn umso mehr, als der Mann ihn mit Namen ansprach.

»Guten Abend, Mr. Sheppard, wir haben Sie schon erwartet. Darf ich Sie als Erster im Plaza begrüßen und Ihnen für diese Woche viel Glück wünschen?«

»Guten Abend und vielen Dank«, antwortete Steve und dachte beeindruckt: Mann o Mann, hier kamen in der Stunde doch bestimmt Hunderte von Menschen durch, und da hatte ihn der Mann erkannt? Ihn, Steve Sheppard? Bei dem Gedanken überlegte Steve automatisch, was der Angestellte noch von ihm wusste – seine Hemdengröße, zum Beispiel, oder wie er seine Frühstückseier am liebsten hatte? Doch laut fragte Steve dann: »Könnten Sie mir vielleicht meine Zimmernummer sagen? Miss Stannard hat vergessen, sie mir mitzuteilen.«

»Suite Nummer 1 600.« Der Angestellte hatte sich bereits den dunkelbraunen Holzfächern hinter sich zugewandt und reichte Steve jetzt einen weißen Umschlag. »Darin finden Sie Ihre Schlüsselkarte, Mr. Sheppard. Die Aufzüge befinden sich zu Ihrer Rechten. Um Ihr Gepäck hat man sich schon gekümmert. Könnte ich vielleicht sonst noch etwas für Sie tun? Eine Flasche Champagner auf die Suite schicken lassen, zum Beispiel?«

Wow, der Typ kannte wahrscheinlich wirklich seine

Hemdengröße und wusste womöglich sogar, welche Zahnpastamarke er benutzte. Steve konnte es kaum erwarten, Bubba davon zu erzählen. »Eine Flasche Champagner wäre großartig. Könnten Sie sie so bald wie möglich hinaufbringen lassen?«

»Natürlich, Mr. Sheppard, ich kümmere mich sofort darum.«

Steve folgte dem Rauschen des Wassers, das aus dem Badezimmer zu ihm drang. Ty war in ihrem Element, umgeben von cremefarbenen Marmorfliesen, die hier und da bräunliche Adern aufwiesen. Dicke weiße Handtücher stapelten sich auf einem Regal über ihr, und im Spiegel gegenüber sah Steve an polierten Stahlhaken zwei flauschige Bademäntel hängen. Das Badezimmer war wie die übrige Suite ein Paradebeispiel für vornehmes Understatement und erlesene Ausstattung, wobei jedes Detail das Gefühl von Komfort und Luxus noch verstärkte.

Tys Körper verbarg sich unter Schaumbergen, nur ihre cremefarbenen Schultern, ihr graziös geschwungener Hals und hübscher Kopf waren zu sehen. Zusammen mit dem strahlenden Lächeln, das sie ihm schenkte, ließ ihr Anblick sein Herz sofort höher schlagen.

»Hallo, da hast du uns ja wo einquartiert, Partner!« Steve setzte sich auf den Wannenrand und strich Ty wie selbstverständlich über die feuchten Schultern, bevor er die Hand ins Wasser tauchte, um ihre Brüste zu streicheln.

»Es gefällt dir also?« Ihre Stimme klang genauso einladend wie sie aussah.

»Nun, es ist nicht gerade das beste Motel am Platz, aber ich schätze, ich halte es hier aus«, erklärte Steve und dachte, wenn die Blasen sich verflüchtigten, könnte er Ty nackt und feucht sehen.

»Ich weiß, dass es ein bisschen opulent ist, aber die Unterbringung ist annehmbar und irgendwie fühle ich mich im Plaza –« Ty biss sich auf die Lippe und unterdrückte nur teilweise ein lustvolles Stöhnen, nachdem Steve die Finger wieder unter Wasser getaucht hatte und jetzt ihre Brustwarzen umkreiste.

»Entschuldige bitte, aber ich habe nicht mitbekommen, was du gesagt hast.« Steve grinste und wurde noch tatkräftiger. »Würdest du es vielleicht wiederholen?«

Ty warf ihm einen Blick zu, der ausgleichende Gerechtigkeit versprach. »Ich wollte sagen, dass ich mich hier im Plaza irgendwie wie Eloise fühle und versucht bin, richtig verrückte Dinge zu tun.« Mit einem sphinxhaften Lächeln hob Ty daraufhin ein Bein aus der Wanne und legte Steve ihren Fuß in den Schoß.

Es bedurfte seines ganzen Gleichgewichtssinns und seiner Selbstbeherrschung, um sich nicht auf der Stelle in die Wanne fallen zu lassen. *Die kleine Hexe!*, dachte er dabei glücklich. Wo hatte sie denn diese zauberhaften Tricks gelernt? Er spürte die feuchte Wärme ihres Fußes an seiner Erektion, wodurch jeder vernünftige Gedanke aus seinem Kopf vertrieben wurde. »Wann fängt die Party noch einmal an?«, brachte er mühsam heraus, während er an seinen Hemdknöpfen zerrte, nachdem seine Jacke längst neben der Wanne lag.

»Um sieben. Aber wer was auf sich hält, kommt später«, fügte Ty lächelnd hinzu, während sie die Zehen in Steves Schoß krallte.

»Gott sei Dank.« Sein Oberkörper war jetzt nackt, und Steve nahm Tys Fuß in die Hand und führte ihn über die harten Segmente seines Waschbrettbauchs zu den etwas weicheren Partien seiner Brustmuskulatur und dann zum Mund. »Dieses Hotel führt also dazu, dass du etwas Verrücktes tun möchtest?«, fragte Steve, bevor er weiter genüsslich an ihren feuchten, rosa lackierten Zehen saugte.

»Das Hotel hat doch bestimmt vier Sterne.« Diesmal erfüllte Tys lustvolles Stöhnen das dampfverhangene Badezimmer. Ganz langsam ließ Steve nun ihr Bein wieder in die Wanne gleiten, damit er sich die Jeans aufknöpfen konnte, die er dann zusammen mit seinen Stiefeln und Strümpfen mit wahrlich beeindruckender Geschwindigkeit auszog. Als er in die Wanne stieg, stand Ty auf, um ihm entgegenzukommen, wobei meringeförmige Schaummassen an ihr hingen.

Begierig zog Steve Ty an sich. »Zeit, etwas Verrücktes zu tun«, sagte er und konnte es kaum noch erwarten.

An diesem Abend kam niemand später als Ty und Steve zum Ball für die Gönner und Aussteller der National Horse Show, und es umschwebte auch niemanden diese Aura von Exklusivität und Chic. Die beiden hätten es zeitlich nicht besser treffen können. Es war schon deutlich nach zwanzig Uhr, als sie im Saal erschienen – weil sie so lange in der Badewanne herumgetollt und herrlich kühlen Champagner getrunken hatten. Danach brauchte Ty natürlich noch Zeit, um ihr Make-up und die Frisur wieder in Ordnung zu bringen. Aber ihr Erscheinen erregte so viel Aufsehen, als hätte es dabei einen Trommelwirbel gegeben. Nach wie vor wurden Cocktails gereicht, und den Menschen, die meist in Grüppchen zusammenstanden, war schon ein bisschen langweilig. Nachdem sie den üblichen Klatsch durchgehechelt hatten, sahen sich viele nach etwas um, das erneut ihr Interesse wecken konnte.

Und dann war da plötzlich jemand!

Ty sah so schön aus, dass die Leute sie einfach wie gebannt ansehen mussten. Sie trug ein schimmerndes nachtblaues Etuikleid, das aus einem seidenen Unterstoff und einem Oberstoff aus Tüll bestand, der ihre große, schlanke Gestalt umschmeichelte, als wäre Ty nicht von dieser Welt. Ihre Schultern waren bloß, und ihr rosig schimmernder Elfenbein-Teint verlangte geradezu danach, berührt zu werden. Das Haar hatte sie zu einer lässigen Hochfrisur aufgesteckt, die ihre zarten Gesichtszüge hervorhob, wobei ihre klaren grauen Augen vor Energie und Glück nur so strahlten.

Steve neben ihr wirkte in seinem streng geschnittenen Smoking genauso natürlich wie in Reithosen, Jeans oder Ledergamaschen, die er sonst immer trug. Mit seinem athletischen Körperbau und dem klassisch markanten Gesicht sah er in allem gut aus. Aber an diesem Abend seufzten die Frauen, die in dem riesigen Ballsaal nah genug an ihn und Ty herankamen, unwillkürlich auf und wünschten, sie könnten so aussehen wie Ty Stannard und hätten einen Mann wie Steve Sheppard neben sich. Besonders als sie das Lächeln bemerkten, das sowohl auf Tys als auch auf Steves Gesicht lag.

Nachdem Steve Tys bodenlanges Samtcape an der Garderobe abgegeben hatte, blieben die beiden auf der Schwelle zum Ballsaal stehen. »Jetzt weiß ich, warum ich vorhin im Hotel von dir nach unten geschickt worden bin, um mich nach dem Jaguar zu erkundigen, während du dich angezogen hast«, raunte Steve ihr zu, aber so, dass nur sie es mitbekam. »Bei diesem frivolen Kleid wird es mir ganz schön schwer fallen, an etwas anderes zu denken, als dich da wieder rauszuschälen.«

»Das ist nicht frivol«, flüsterte Ty lächelnd zurück, »das ist Business-Abendgarderobe, *formell* und nicht frivol. Denk daran, dass wir heute Abend nicht zu unserem Vergnügen hier sind.«

»Das habe ich ganz vergessen. Erst die Arbeit und dann das Vergnügen. Aber so wie du jetzt aussiehst, kann ich einfach nur daran denken, wie ich beides am besten verbinde. Wir könnten natürlich auch jetzt gleich die Biege machen. Du brauchst nur ein Wort zu sagen, Ty.« Mit dem Handrücken strich er ihr über den fast durchsichtigen Tüll.

»Das Wort ist *Arbeit*«, sagte Ty fest und presste die Lippen zusammen. Dabei mochte sie Steves erotische Scherze. Im Handumdrehen gelang es ihm damit, ihr das Gefühl zu geben, begehrenswert zu sein. »Jetzt ist Showtime, Steve. Wir haben die Aufmerksamkeit aller. Weißt du noch, auf welche Leute du dich konzentrieren sollst?«

»Ja, Ma'am, und wenn ich Fragen habe, komme ich und schnapp mir dein Supergehirn.« Steve maulte ein bisschen, weil Ty sich so problemlos darauf konzentrieren konnte, den Abend damit zu verbringen, Southwind ins rechte Licht zu rücken, während er einfach nur in ihre Suite zurückwollte, um den überaus liebenswerten Herrn an der Rezeption zu bitten, ihnen noch eine Flasche Champagner heraufbringen zu lassen, damit sie die Genüsse, die das Luxushotel zu bieten hatte, in vollen Zügen auskosten konnten.

Zwei Stunden später musste Steve zugeben, dass sich der Empfang eigentlich gar nicht so schlimm angelassen hatte. Das Glück war an diesem Abend auf ihrer Seite. Das erste Anzeichen dafür war ein größeres Missgeschick in der Küche gewesen, wodurch sich das Dinner verzögert hatte. Während gestresste Bedienungen zusätzliche Platten mit Kanapees und Horsd'oeuvres heraustrugen und auf die Büfetttische am Ende des Ballsaals stellten, damit die hungrige Menge friedlich blieb, nutzten Steve und Ty die zusätzliche Zeit, um sich getrennt unter die potentiellen Kunden und Gönner für Southwind zu mischen.

Dabei unterhielten sie sich zunächst über alles Mögliche, was mit Pferden zu tun hatte. Hier und da ließen sie dann geschickt ein Wort über Southwinds herrliche Weiden, den modernen Stall oder den Wochenendkurs fallen, den sie planten. Dabei vergaßen sie auch nicht anzudeuten, dass Steve womöglich im kommenden Frühjahr wieder in Europa antreten würde. Wenn die Leute darauf reagierten, ergänzten sie die Appetithäppchen um Informationen über Steves Winterturnierplan und die Pferdeställe, denen er auf seiner Einkaufsreise einen Besuch abzustatten gedachte. Zuvor hatten Ty und Steve ihre Vorgehensweise natürlich genau abgesprochen.

Am Anfang war Steve ganz erstaunt gewesen, welche Wirkung Tys Name zeigte. Er hatte ihr nicht geglaubt, als sie immer wieder behauptete, es würde einen Unterschied machen, wenn die Leute wussten, dass sie ihn finanziell unterstützte. An diesem Abend bekam Steve das erste Mal einen Eindruck davon, welche Macht mit einem richtig großen Vermögen verbunden sein konnte. Ständig wurde er gebeten, das Gerücht zu bestätigen, dass Ty seine neue Geschäftspartnerin sei. Sobald die Leute sein Ja hatten, kam Energie in sie. Sie sahen ihn mit leuchtenden Augen an und stellten ihm eine Frage nach der anderen, wobei sie betonten, dass sie immer schon einmal nach Southwind hatten kommen wollen und ihn direkt nach der National Horse Show kontaktieren würden.

Nach den ersten drei Gesprächsgruppen wusste Steve genau, dass er sich entschuldigen konnte, sobald er dieses ganz bestimmte Funkeln in den Augen der Leute entdeckt hatte. Er sagte dann immer, er würde sich freuen, demnächst von ihnen zu hören, und ging das nächste Grüppchen an.

Ja, dachte Steve jetzt glücklich, der Abend war dank Ty richtig erfolgreich gewesen, und sein Optimismus war von Gespräch zu Gespräch gestiegen. Selbst wenn nur einige der Leute sich schließlich bei ihnen einmieteten, würde es Ty und ihm gelingen, Southwind wieder in die schwarzen Zahlen zu bringen.

Manchmal war Steve allerdings kurz davor gewesen, einen gerade geknüpften Kontakt zu vermasseln, wenn er zufällig Ty erblickte und für einen Moment alles andere vergaß. Aber auch was das anging, waren die Leute erstaunlich nachsichtig. Irgendjemand stieß ihm dann immer sacht in die Rippen oder hüstelte, sodass sein von Begehren umnebeltes Hirn wieder zu arbeiten begann. Dann wurde sich angegrinst oder auf den Rücken geklopft, um einander zu bedeuten, dass man sich verstand. Dass sich Steve bei diesen Aussetzern jedes Mal in einer reinen Männergruppe befand, wertete er als zweites Zeichen dafür, dass das Glück ihnen an diesem Abend hold war.

Zum Essen saßen Ty und Steve dann an verschiedenen Tischen. Natürlich hatte Steve zunächst mit jemandem die Platzkarte tauschen wollen, damit er in Tys Nähe sitzen konnte. Aber wie es der Zufall wollte, war Vicky Grodecki seine Tischnachbarin, und Ty hätte ihm die Hölle heiß gemacht, wenn er die *Times*-Reporterin versetzt hätte. Abgesehen davon mochte er Vicky. Sie kannte ihr Metier und nervte ihn nicht mit herausfordernden Bemerkungen, so wie es viele ihrer Kollegen taten. So verbrachten sie vierzig angenehme Minuten damit, über große Reiter und Pferde und Amerikas Chancen bei der kommenden Olympiade zu sprechen. Während seiner Unterhaltung mit Vicky wurde Steve klar, dass es selbst bei einer derartigen Massenveranstaltung Menschen gab, für die man das schlechte Essen gern in Kauf nahm.

Aber als der Nachtisch serviert wurde, war Steve der Meinung, kulinarisch gesehen genug gelitten zu haben. Morgen wäre der erste Turniertag, da musste er topfit sein und auch die folgenden Tage der Garden-Woche sein Bestes geben.

Jetzt erklangen einige Akkorde, bevor die Kapelle ihr erstes Lied spielte, eine Gershwin-Melodie. Überall ließen die Leute glücklich ihr Dessert stehen, um auf die Tanzfläche zu strömen, wobei die langen Kleider der

Frauen übers Parkett raschelten. Als Steve bewusst wurde, dass der geschäftliche Teil des Abends vorbei war, überkam ihn freudige Erwartung. Jetzt blieb ihm noch Zeit genug für Ty. Er stand auf und bahnte sich einen Weg zu ihrem Tisch, an dem ein ihm Fremder gerade auf sie einredete und sich dabei so nah zu ihr gebeugt hatte, dass er mit dem Smoking-Ärmel ihren Arm berührte.

Auf der Stelle beschloss Steve, dass ihm dieser Typ nicht nach Southwind käme, falls er beabsichtigen sollte, sein Pferd dort unterzustellen.

»Entschuldigen Sie bitte?« Steve konnte es sich leisten, höflich zu sein, denn Ty gehörte ja ihm.

Jetzt stand sie auf und zwang den Mann dadurch, es ihr gleichzutun. »Steve!« Mehr brauchte sie nicht zu sagen.

Sein breites Lächeln stand in krassem Gegensatz zum zunehmend feindlichen Gesichtsausdruck des Fremden. »Ich dachte, du möchtest vielleicht noch einmal tanzen, bevor wir gehen.« Steve hielt ihr die Hand hin.

»Das wäre zauberhaft«, murmelte Ty und hakte sich bei ihm unter, bevor sie sich noch einmal an ihren Tischnachbarn wandte. »Es war schön, dich mal wieder zu sehen, Edward. Viel Glück mit deinen Optionsscheinen.«

Der Mann bekam keine Gelegenheit, ihr zu antworten, weil Steve sie gleich darauf zur Tanzfläche zog. »Erzählst du mir, warum ich das Gefühl habe, als stecke mir ein Messer im Rücken?«

Ty lachte nur, während Steve sie in die Arme nahm, um sich mit ihr auf dem Parkett zu drehen. Er bewegte sich genauso lässig zum Takt, wie er alles andere mit einer scheinbaren Leichtigkeit tat. Ty war froh, nicht an einen Klotz gekettet zu sein, der nur von einem Bein aufs andere trat. Heutzutage schienen die Männer zu glauben, es sei gesellschaftsfähig, ohne Taktgefühl und Einfallsreichtum zu tanzen. Da bewegten sich oft Menschen, die Schlange stehen mussten, anmutiger.

»Wer war der Kerl überhaupt? Er sieht übrigens immer noch zu uns.«

»Das wundert mich nicht. Mein Vater hat vor einigen Jahren versucht, mich mit ihm zu verkuppeln. Edward erfüllt alle Anforderungen, die mein Vater an einen Ehemann für mich stellt. Er ist reich, ehrgeizig und entstammt einer hervorragenden Familie.«

Unwillkürlich drückte Steve sie enger an sich und war erleichtert, dass Ty ihm bereitwillig nachgab. »Hast du dich mit diesem Edward gut verstanden?«, fragte er dann und beobachtete genau ihre Augen.

Leise lachend schüttelte Ty den Kopf. »Nicht wirklich. Er war nur einer von vielen todlangweiligen Männern, mit denen mich mein Vater gern verheiratet gesehen hätte. Aber wenn Edward über Fusionen und Firmenaufkäufe sprechen kann, kommt richtig Leben in ihn.«

Steve hauchte ihr einen Kuss aufs Haar und atmete tief ein, um Tys Parfüm in sich aufzunehmen. »Das habe ich mir schon gedacht. Fusion, hm? Wie kommt es, dass du nicht längst verheiratet und mehrmalige Mutter bist, die einige Ferraris ihr Eigen nennt? Ich schätze mal, dich mit dem richtigen Mann zu verbandeln, stand ganz oben auf der Aufgabenliste deines Vaters.«

Doch bevor sie antworten konnte, entdeckte Steve eine Lücke zwischen den Tanzpaaren und wirbelte Ty in einer hervorragend ausgeführten Drehung herum. Entzückt strahlte Ty ihn an, und Steve genoss es, ihr die linke Hand wieder auf den Poansatz zu legen.

»O, Vater hatte Pläne für mehrere so genannte sinnvolle Verbindungen. Aber dem habe ich einen Riegel vorgeschoben – mit einer meiner wirklich zündenden Ideen.«

»Spann mich nicht auf die Folter, Liebling«, sagte Steve, der das kecke Funkeln in ihren Augen ganz besonders mochte.

»Ich habe ihm erklärt, dass ich eine Pressekonferenz geben und mich öffentlich als lesbisch erklären würde, wenn er nicht aufhören würde, mir diese potentiellen Heiratskandidaten vor die Nase zu setzen. So puterrot wie damals wird sein Gesicht nur ganz selten.«

Steve lachte schallend, während Ty ein wenig leiser einfiel. Kurzzeitig drehten sich ihnen die Köpfe zu. Dem folgte ein wissendes Lächeln und Geflüster hinter vorgehaltener Hand. Immer noch lachend drehte sich Steve mit Ty jetzt in atemberaubender Geschwindigkeit über das Parkett, sodass die Lichter über ihnen zu goldgelben Schlieren verschwammen.

Als Steve wieder langsamer wurde, flüsterte er Ty ins Ohr: »Du bist unglaublich, weißt du das?« Dann neigte er den Kopf und küsste sie leicht auf die Wange, bevor er hinzufügte: »Geradezu brillant.« Aus den Augenwinkeln sah er Edward, der sie immer noch mit eindeutig missbilligendem Gesichtsausdruck anstarrte. Dann bemerkte Steve Vicky Grodecki, die irgendetwas zu ihrem Fotografen sagte. Auch die beiden beobachteten ihn und Ty auf der Tanzfläche. »Möchtest du, dass dein Vater einen neuen Grund bekommt, sich Sorgen zu machen?«

»Ist das Teil deines Plans, ihn in einen tobsüchtigen Verrückten zu verwandeln?«

»Vielleicht, und wenn nicht, können wir das Foto immer noch als Weihnachtskarte benutzen.« Steve tauschte mit dem Fotografen einen Blick, nickte und beugte sich dann zu Ty hinunter. Der Mann schien seine Absicht sofort erraten zu haben, hob das Objektiv und machte ein Bild von Steve, wie er Ty innig küsste.

Aber den Kuss hatte nicht nur der Fotograf bemerkt, denn danach spendeten einige Paare auf der Tanzfläche spontan Beifall.

»Du bist der Star des Abends, Ty.« Die Gershwin-Weise war beendet, aber Ty und Steve tanzten weiter, weil

Steve sie nicht loslassen wollte. Das neue Lied war langsamer, und Steve drückte Ty so nah an sich, dass sich ihre Oberschenkel berührten. Dabei passten sie zusammen wie zwei Puzzleteile, denn mit den Stilettos war Ty genauso groß wie er. Steve reagierte sofort auf den Körperkontakt und hätte Ty am liebsten noch enger an sich gezogen, doch das musste warten. Aber bald, bald wäre es so weit. Nach diesem Tanz.

»Erregst du immer so viel Aufmerksamkeit, wenn du zu einer solchen Tanzveranstaltung gehst?«, raunte er ihr jetzt ins Ohr.

Ty dachte einen Augenblick darüber nach, bevor sie die dunkel geschminkten Lider hob und ihn ansah. »Ja.« Dabei sprach aus ihrer Stimme die nackte Wahrheit und kein bisschen Einbildung. »Dazu wurde ich erzogen, Steve. Genau das schwebte meinem Vater vor. Die Leute fühlen sich von jemandem wie mir angezogen. Dabei ist ihnen egal, wer ich wirklich bin. Letztlich geht alles nur ums Geld«, erklärte Ty leise. »Wie heute Abend, zum Beispiel. Aber dadurch, dass wir Southwind damit helfen konnten, war es leichter zu ertragen.« Sie war immer leiser geworden, sodass Steve sie kaum noch verstehen konnte, als sie hinzufügte: »Ohne dich, wäre das hier immer meine Welt geblieben, und ich hätte ständig Leute ertragen müssen, die mich umschmeicheln, nur weil mein Vater viel Geld hat. Bitte bring mich hier weg, Steve.«

Wortlos nahm er sie bei der Hand und führte sie aus dem glitzernden Ballsaal mit dem gedämpften Licht hinaus.

Auf dem Rückweg besserte sich Tys Laune. Sie saß auf dem Beifahrersitz des Jaguars und ließ sich mit heruntergelassenem Verdeck durch die kühle Nachtluft und die Lichter der Stadt fahren. Steve hatte ihre Hand freigeben müssen, um schalten zu können, aber Ty brauchte den Körperkontakt zu ihm wie die Luft zum Atmen. Während er das Fahrzeug lenkte, streichelte sie ihm über den muskulösen Oberschenkel.

Im Hotel angekommen war Steve stolz, dass es ihm gelang, die Hände bei sich zu behalten, bis Ty und er die schier endlose Lobby durchquert hatten. Auch die Fahrt mit dem Aufzug schien kein Ende zu nehmen, und bis zu ihrer Suite hatte es nie so viele Türen gegeben.

Er hielt sich zurück, aber die Anstrengung zeigte Wirkung. Das leichte Beben seiner Hände machte es ihm beinah unmöglich, den elektronischen Schlüssel ins Lesegerät zu stecken. Ty neben ihm stöhnte leise, als das Schloss sich beharrlich weigerte aufzugehen und ihnen die ganze Zeit ein rotes Lichtchen entgegenblinkte.

»Steve …«, sagte Ty beinah verzweifelt. Ihre Wangen waren gerötet, die Augen glänzten und schienen nicht mehr richtig zu fokussieren, ihre Lippen waren feucht und leicht geöffnet.

Laut fluchend steckte Steve die Karte noch einmal mit aller Kraft ins Lesegerät. Als daraufhin grünes Licht gegeben wurde, hätte er die Tür beinah aus den Angeln gerissen. In der Suite wurde das Bedürfnis, einander nahe zu sein, nicht schwächer, bekam aber noch eine andere Note. Besitzergreifend ließ Steve die Hände über Ty gleiten, während er ihr den Reißverschluss auf dem Rücken öffnete, wobei er hin und wieder innehielt, um jeden Bereich ihres Körpers, der sich ihm nun darbot – und zwar ihm ganz allein –, zu bewundern und zu liebkosen.

Während Steve sich Zeit ließ, bewegte sich Ty mit Blitzgeschwindigkeit. Ruckzuck hatte sie ihm die Smokingjacke ausgezogen, danach flogen die Manschettenknöpfe quer durchs Zimmer, landeten aber weich auf dem dicken beigen Teppich. Als Ty schließlich Steves bloße Haut berührte, war es endgültig um ihn geschehen.

Nachdem er den Reißverschluss ganz geöffnet hatte, rutschte das Etuikleid samt Tüll zu Boden und bildete einen märchenhaften Wall um Tys Knöchel. Steve half ihr, die Barriere zu überwinden, wobei sein Herz laut zu klopfen begann, als er Ty im trägerlosen BH mit schwarzem Seidenslip, Strapsen und Zehn-Zentimeter-Stilettos auf sich zukommen sah.

Wahrscheinlich würde er nie wieder normal atmen können, dachte er und hüstelte lächelnd. »Meine Güte, das Kleid war ja schon atemberaubend, aber wenn ich gewusst hätte, was du darunter trägst, hätte ich womöglich den ganzen Abend sabbernd dagestanden und mich zum Gespött der Leute gemacht. Danke, dass du mir diese Blamage erspart hast.«

»Gern geschehen, ich dachte mir schon, dass du dich lieber überraschen lassen würdest.«

»Nach einer solchen Überraschung könnte ich glücklich sterben.« Sein liebevolles, aber gleichzeitig auch entzückend schelmisches Lachen ließ Tys Herz höher schlagen.

Steve trat einen Schritt zurück, damit er sie richtig ansehen konnte, und ihm auch kein Zentimeter ihres wundervollen, atemberaubenden Körpers entging. Diesen Anblick würde er bestimmt nie wieder vergessen. »Die Schuhe da, sind die auch von diesem Typ – wie hieß er noch gleich? –, von dem du mir damals an Fancys Grab erzählt hast?«

Ty brauchte einen Augenblick, bis sie sich an ihre Unterhaltung in jener Nacht erinnerte. Dabei kam es ihr vor, als sei das schon Jahre her. »Ja, das sind Manolo Blahniks«, sagte sie schließlich und hielt Steve ein seidenbestrumpftes Bein hin, damit er das wilde Brokatmuster ihrer schwindelerregend hohen Schuhe besser bewundern konnte. »Gefallen sie dir?«

»Ich glaube der Mann ist auf irgendeinem Trip, sonst würde er keine solchen Folterinstrumente herstellen.«

»Ich weiß, sie bringen mich fast um.«

Steve sah langsam an Ty hinauf und setzte sich dabei in einen rostbraunen Samtsessel, ohne jedoch den Blick von ihr zu wenden. »Geh mal ein paar Schritte«, sagte er dann leise und machte es sich in dem Sessel gemütlich, als wäre sein Herz nicht kurz davor, den Brustkorb zu durchbrechen. »Ja, so ist's gut, schön langsam laufen.«

Während Ty Steves Bitte nachkam, dachte sie lächelnd daran, wie entrüstet ihre ehemaligen Lehrerinnen wären, wenn sie wüssten, wozu sie ihre Gehkünste benutzte. Und welchen Effekt sie damit bei sich selbst erzielte! Bei jedem Schritt spürte sie eine wohlige Wärme im Bauch. Sie hatte den Eindruck, als bereitete sich ihr Körper unaufhörlich auf die bevorstehende Explosion vor, deren Ursprung das in Steves Augen lodernde Feuer war.

Jetzt blieb Ty stehen und sah ihn an. Sein nackter Oberkörper hob und senkte sich. Langsam hob sie die Hände, um den Verschluss zwischen ihren Brüsten zu öffnen, sodass der BH hinter ihr zu Boden fiel. Sie wollte sich schon des Seidenslips entledigen, als Steve mit heiserer, erregter Stimme sagte: »Nein, noch nicht, ich will dich mir erst noch einmal genau ansehen. Komm her! … So ist's gut.«

Ihre Knie berührten sich, und Steve umfasste Tys Oberschenkel unterhalb des Poansatzes, wo er gleichzeitig Seide und warme Haut spüren konnte. Genüsslich ließ er die Finger an der Spitzenbordüre der Strümpfe entlanglaufen, während Ty weiche Knie bekam.

Als sie aufstöhnte, spreizte er die Finger, drückte ein wenig gegen die Innenseite ihrer Oberschenkel und flüsterte: »Mach die Beine breit, Liebling.«

Sein heißer Atem am Bauch ließ Ty mehrmals erschauern, und doch war das nur der Anfang. Steves Hände, Lippen und Zunge folgten und bewegten sich in sinnlichen Mäandern über ihren Körper, tauchten in die

Kuhlen an ihrer Hüfte und in ihren Nabel ein – bis sie zwischen ihren Beinen innehielten, wo feuchtwarme Seide Tys Weiblichkeit verbarg.

Dort angekommen begann Steve von Neuem mit seinen Liebkosungen, bis Ty den Kopf mit einem spitzen Schrei zurückfallen ließ und sich mit geschlossenen Augen ganz Steves besonders angenehmer Folter hingab.

3. Kapitel

»Entschuldigen Sie bitte, aber sind Sie nicht Steve Sheppard?«

Steve drehte den Kopf in die Richtung, aus der die Stimme gekommen war. Eigentlich hatte er gerade absitzen und Macintoshs Zügel an Enrique weiterreichen wollen, um draußen in Ruhe eine Zigarette rauchen zu können. Die Frau auf dem großen rotbraunen Pferd neben ihm sorgte allerdings dafür, dass er sein Vorhaben änderte. Sie musste gerade erst ins Übungsrund geritten sein, sonst hätte er sie bemerkt, oder zumindest ihr Pferd.

»Ja, ich bin Steve Sheppard«, sagte er nun und ließ den Blick bewundernd über Pferd und Reiterin gleiten. Die beiden bildeten ein ziemlich beeindruckendes Gespann. »Und wer sind Sie?«

»Cassie Miller.«

»Miller, Miller, der Name kommt mir bekannt vor …«

»Nun, man hört ihn ein bisschen häufiger als ‚Jones'«, sagte sie lächelnd. »Ich –«

»Nein, warten Sie«, fiel ihr Steve ins Wort und hielt dabei eine Hand hoch. »Geben Sie mir noch eine Sekunde. Mein Gedächtnis ist in letzter Zeit ziemlich löchrig, aber

Miller, Miller … Cassie Miller …« Er schnippte mit den Fingern und sah ganz so aus, als hätte er es. »Ja, jetzt erinnere ich mich. Sie haben dieses Jahr beim *Hampton Classic* hier auf Long Island allen die Show gestohlen. Eine unglaubliche Darbietung.«

Cassie Miller errötete, was sie noch hübscher aussehen ließ. »Danke, für mich war es fast ein Schock, dass ich bei einem so wichtigen Turnier gewonnen habe. Orion hat an dem Tag aber auch sein Bestes gegeben – und mehr.«

»Das muss er wohl. Da haben Sie nämlich auch Fancy und mich geschlagen, und ich hatte schon den ganzen August über ein Auge auf das Preisgeld geworfen.«

Sie räusperte sich. »Nun, genau aus diesem Grund komme ich jetzt zu Ihnen, wegen Fancy, meine ich. Wir haben sogar bei uns in Virginia von seinem Tod gehört, und ich wollte Ihnen sagen, wie Leid es mir tut. Er war ein großartiges Pferd, das man auch als Konkurrenz immer gern angefeuert hat.«

Steve lächelte gerührt über ihre Offenheit und Anteilnahme. »Danke, und das ist also Orion. An jenem Sonntag habe ich ihn mir nicht so genau angesehen, wahrscheinlich war ich zu sehr damit beschäftigt zu schmollen.« Jetzt pfiff Steve anerkennend durch die Zähne. »Sieht super aus, Ihr Pferd«, sagte er dann, ohne sich die Mühe zu machen, den Neid in der Stimme zu verhehlen.

»Ja, er ist etwas ganz Besonderes.«

»Würden Sie ihn verkaufen?«

Lachend schüttelte Cassie Miller den Kopf. »Ganz sicher nicht. Er ist schon zu oft gekauft und verkauft worden, als dass mein Mann und ich uns noch einmal von ihm trennen würden. Jetzt, da wir ihn wiederhaben, bleibt er bei uns.«

Steve hatte mit einer abschlägigen Antwort gerechnet. Man musste schon total verrückt sein, wenn man ein solches Pferd weggeben würde. »Schade«, sagte er nun leichthin, »ich sehe mich nämlich gerade ein bisschen auf dem Markt um, und Ihr Orion ist einer der besten Kandidaten, die mir seit langem untergekommen sind. Außerdem haben sie mir ja auch schon bewiesen, wie talentiert er ist.«

»Sie wollen also wirklich ein Pferd kaufen, Steve?«

Er nickte. »Nach dem Grand Prix hier im Madison fahre ich mit meiner Partnerin nach Kentucky.«

»Bei ihr handelt es sich dann wohl um Ty Stannard.« Cassie Miller grinste breit. »Das waren vielleicht Fotos von Ihnen beiden heute in der *Times!* Schön zu wissen, dass es auf solchen Bällen noch echte Romantik gibt. Mein Mann Caleb hatte absolut keine Lust hinzugehen. Er meinte, für seinen Geschmack seien dort viel zu viele Matronen, die sich in zu enge albtraumhafte rosa Kleider zwängen. Aber als er das Foto sah, hat er seine Entscheidung bereut.«

Steve hielt die Hand vor den Mund und hüstelte. »Nun, aus so einem Ball muss man eben das Beste machen«, murmelte er dann immer noch ein wenig verlegen, obwohl er selber den Fotografen der *Times* dazu gebracht hatte, die Aufnahme zu machen. Aber es war schon der Hammer gewesen, sich und Ty auf Seite eins der Sportnachrichten zu einem Nuklearkuss verschmelzen zu sehen. Wahrscheinlich hatte der Fußball an diesem Samstag nicht allzu viel hergegeben.

Auf Tys erschrockenen Blick beim Frühstück hin, hatte Steve gesagt: »Es tut mir Leid, ich hätte nicht gedacht, dass wir so interessant sind.«

Daraufhin betrachtete Ty das Bild eingehend, las Vicky Grodeckis Kolumne daneben und erklärte einigermaßen beherrscht: »Hm, damit hast du meinem Vater eindeutig eine Nachricht zukommen lassen. Aber du solltest nicht darauf hoffen, dass er dir dankbar ist, weil er sich nun keine Gedanken mehr bezüglich meiner womöglich anders gearteten sexuellen Neigungen zu machen braucht. Könnte auch nicht schaden, Sam zu fragen, ob er noch eine kugelsichere Weste besitzt.«

Als Steve danach in den Garden gekommen war, stellte sich ziemlich schnell heraus, dass auch alle anderen an diesem Morgen Zeitung gelesen hatten. Bubba war sogar so weit gegangen, das Bild mit einem roten Herzen zu umrahmen, auszuschneiden und an Steves Sattelbaum zu pinnen; Bubba und Enrique lachten jetzt noch darüber.

»Wenn Sie und Ty Stannard nach Kentucky fahren, könnten Sie doch auf dem Rückweg in *Five Oaks* vorbeikommen«, riss Cassie Miller Steve da aus seinen Gedanken und zog etwas aus der Brusttasche ihrer Reitbluse, die sie unter einer marineblauen Fleeceweste trug. Sie reichte Steve eine Visitenkarte und fügte hinzu: »Wir haben eine ganze Reihe junger Pferde, die Sie sich ansehen könnten. Zwei-, drei- und vierjährige, einige davon stammen von Orions Vater ab. Orions jüngeren Bruder Limelight haben wir hier im Garden dabei.«

»Sie sind ihn auch schon beim Classic geritten, nicht wahr?«

»Ja, wir sind aber nur auf den dritten Platz gekommen.« Cassie schnitt eine Grimasse. »Zeitfehler.«

»Jetzt stellen Sie Ihr Licht mal nicht unter den Scheffel«, sagte Steve und lachte, weil ihm ihre Art gefiel. »Das war ein verdammt kniffliger Parcours.« Mit Blick auf die Visitenkarte meinte er dann nachdenklich: »Five Oaks, hm? Und das ist in der Nähe von Charlottesville?«

»Ja, direkt vor den Toren der Stadt.«

»Kann gut sein, dass wir bei Ihnen vorbeikommen, Cassie. Fahren Sie nach dem Turnier hier sofort nach Hause?«

»Ja, wegen der Kinder müssen wir so schnell wie möglich zurück.«

»Nun, es würde mich durchaus interessieren, was Sie auf Ihrer Farm noch so verstecken. Mit Blick auf Orion fragte Steve dann: »Hat er schon Nachkommen?«

»Wir warten bis zum Frühling, haben aber bereits Zuchtstuten ausgewählt, die er decken soll. Wir hoffen, bald noch mehr für ihn zu finden. Mein Mann Caleb und sein Partner Hank Sawyer gehen demnächst selbst auf große Einkaufsfahrt. Ende des Monats.«

»Ich würde mich freuen, wenn Sie mich über Orions Nachkommenschaft auf dem Laufenden halten könnten.«

»Das werde ich«, versprach Cassie und beugte sich vor, um den schlanken Nacken ihres Hengstes zu tätscheln. »Wir sehen uns ja dann später beim Parcours. Scheint so, als wäre die Konkurrenz diesmal ziemlich stark.«

»Stimmt, Vanguard und Macintosh können es kaum noch erwarten, Ihnen das Leben schwer zu machen, Miller.«

»Keine Sorge, Sheppard«, antwortete Cassie im gleichen scherzhaften Ton, »Orion und ich arbeiten unter Druck am besten. Bis später, dann.« Lachend gab sie ihrem Hengst die Fersen und trabte davon.

Steve warf einen letzten Blick auf die Visitenkarte und überlegte dann, warum er und Ty nicht direkt nach Virginia fuhren. Plötzlich konnte er es kaum noch erwarten, festzustellen, wie gut die anderen Pferde auf Five Oaks waren.

Während er beobachtete, wie geschickt Cassie Orion durch das Gewühl auf dem Übungsrund lenkte, dachte er, die beiden musste man einfach mögen. Dabei tat das bisschen Neid, das er empfand, der Freude keinen Abbruch, dieses herrliche Tier und seine ausgezeichnete Reiterin beobachten zu dürfen. Selbst nach so vielen Jahren im Pferdegeschäft jagte ihm ein solcher Anblick noch eine Gänsehaut über den Rücken.

Ja, Cassie Miller würde nur schwer zu schlagen sein, dachte Steve dann, als er Macintoshs Zügel wieder aufnahm. Aber genau das mochte er so an diesem Sport. Er konnte es kaum erwarten, sich mit Cassie Miller zu messen. Nur dadurch erzielte man Höchstleistungen.

Kanadas berittene Polizei hatte nach einer fehlerlosen Dessurkür gerade unter begeistertem Beifall den Platz verlassen. Dabei waren die leuchtend roten Uniformen der Polizisten noch weithin zu sehen, das Fell ihrer Pferde glänzte und das Ahornblatt der kanadischen Flagge flatterte. Durch die helle Beleuchtung der Garden-Arena kamen all die unterschiedlichen Farben, Stoffe und Materialien noch besser zur Geltung.

Während der Pause im Abendprogramm, die nun folgte, schlenderten die Besucher an den Verkaufsständen vorbei, erstanden teure Souvenirs und überteuerte Snacks oder versuchten, noch einmal auf Toilette zu gehen, bevor das Springreiten begann. Aber die Schlange war lang. Unten in der Arena brummte inzwischen ein Traktor mit einer Riesenharke über den Sandboden. Ein zweiter fuhr gerade herein und hatte bunte Hindernisse und Fähnchen geladen. Sobald der Fahrer das Tempo drosselte, sprangen Arbeiter in blauen Overalls von der Ladefläche, um mit dem Aufstellen des Grand-Prix-Parcours' zu beginnen. Bald würde auch der Parcoursdesigner in der Arena erscheinen, um die Abstände zwischen den Hindernissen nachzumessen und sicherzustellen, dass alles seine Ordnung hatte.

Dann käme Tys Lieblingsaugenblick, wenn die Reiter den Parcours betreten durften. Während die Arena dann vom Stimmengewirr der Zuschauer surrte, würden die Wettbewerber allein oder zu zweit mit leicht ausgestelltem Gang die Abstände zwischen den Hindernissen abschreiten, um die Pferdeschritte bis zum Absprung zu zählen und sich zu überlegen, aus welchem Winkel man die jeweilige Hürde am besten anging. Das war die erste und letzte Chance der Reiter, sich in Ruhe anzusehen, welche Schwierigkeiten der Parcours bereithielt. Das nächste Mal kämen sie auf dem Rücken ihrer Tiere in den Ring, und ihre Aufgabe wäre es dann – in weniger als sechzig Sekunden – mit mehr als fünfhundert Kilo unter sich sechzehn Hindernisse zu nehmen.

Ty sah nach links zu den Sitzreihen, die ausschließlich für Verwandte und Freunde der Reiter reserviert waren. Lizzie hatte sie zuvor gedrängt, wieder zu den provisorischen Ställen zu gehen, weil sie wusste, dass Ty jetzt vor Beginn des Springreitwettbewerbs lieber bei Steve sein wollte. Auch Sam war eingeladen, aber bisher nicht erschienen, und Lizzie hatte sich mehrmals verstohlen nach ihm umgesehen. Ohnehin hielt sie sich ungewöhnlich bedeckt, was ihre Beziehung zu Sam betraf. Bei jeder anderen Gelegenheit hätte Ty die Freundin gelöchert, aber heute Abend war sie selbst viel zu aufgedreht.

»Hallo, Ty«, hörte sie da Enrique hinter sich. »Shepp schickt mich, um dich zu holen. Er will gleich den Parcours abgehen.«

»Ich weiß, aber ich war nicht sicher, ob ich für ihn im Augenblick eine willkommene Abwechslung wäre, Enrique. Seit Freitagabend ist er doch reichlich angespannt.«

»Das kannst du laut sagen!« Mit seiner blauen Kappe auf dem Kopf nickte Enrique heftig. Inzwischen behandelten sie Steve alle wie ein rohes Ei. »Entschuldige, Boss, aber wenn ich dich nicht mit zurückbringe, reißt mir Shepp den Kopf ab.«

Seit der Grand-Prix-Ausscheidungsrunde am Freitag war Steve stinksauer. Gordo hatte zwölf Strafpunkte wegen Abwürfen aufgebrummt bekommen, und Steve war überzeugt, dass die Ordner die Holme vorher einfach nicht wieder ordentlich aufgelegt hatten. Macintosh wurde danach zwar mit einer hervorragenden Runde als Vierter platziert, aber Steve war von Gordos Abschneiden noch zu enttäuscht gewesen, um sich richtig darüber freuen zu können. Dabei legte er bei den Punktrichtern sogar Beschwerde ein und verlangte, dass die Ordner ihren Job heute am Grand-Prix-Abend besser machten. Sonst wollte er vor seinem Start noch einmal persönlich auf den Parcours marschieren und überprüfen, ob die Holme auch richtig auflagen.

Sein Protest war auf breite Zustimmung gestoßen. Die Ordner des Gardens schienen ihren Job dieses Jahr besonders locker zu nehmen. Aber die verbale Unterstützung der anderen Reiter hatte Steves schlechte Laune nicht bessern können. Sein Kentucky-Akzent war so schlimm geworden, dass selbst Ty manchmal nicht verstand, was er vor sich hinmurmelte. Aber das war – rückblickend gesehen – vielleicht auch ganz gut so.

Ty hatte ihn erst von seinem Misserfolg ablenken können, als sie am Freitagabend um Mitternacht endlich in ihre Suite ins Plaza zurückkehrten. Es hatte Stunden gedauert, die Pferde zu versorgen und sicherzustellen, das Enrique und Bubba für die Nacht auch mit allem versorgt waren. Während Steve eine heiße Dusche nahm, um sich den Staub und Schweiß des Tages abzuwaschen, rief Ty bei der Rezeption an und bestellte ein Essen, das man schnell zubereiten konnte.

Als Steve in einen flauschigen Hotelbademantel gehüllt wieder aus dem Badezimmer auftauchte, wartete der Mitternachtsimbiss bereits auf ihn, wobei sich die Gerichte unter silbernen Hauben verbargen und das Ganze von zwei hohen Kerzen beleuchtet wurde. Steve schnappte sich einen Stuhl und zog Ty zu sich auf den Schoß. Da war sie dann geblieben und hatte sich an ihn geschmiegt, während sie einander mit Scheiben vom Räucherlachs und Roastbeef fütterten, gefolgt von Erdbeeren, die sie zuvor in mit Cognac aromatisierte Sahne tauchten. Zwischendurch küssten sie sich immer wieder, und Ty betonte mehrmals freundlich aber bestimmt, dass es jedem einmal passieren konnte, eine schlechte Runde hinzulegen. Macintosh habe doch einen Superjob gemacht und Gordo sei nicht aus der Fassung geraten – obwohl hinter ihm ein Holm nach dem anderen zu Boden gekracht war. Dabei verlieh Ty ihrer Zuversicht Ausdruck, dass beim Grand Prix am Sonntagabend für Steve und Macintosh schon alles gut laufen würde.

Danach hatten sie sich in aller Ruhe geliebt, woraufhin Steve sie noch lange im Arm hielt und ihr über das lange Haar streichelte, während Ty die Lider immer schwerer wurden.

Als sie die Augen wieder öffnete, war Steve schon geduscht und angezogen gewesen. Sie brauchte nur einen verschlafenen Blick zum Fenster zu werfen, um festzustellen, dass er nicht mehr als zwei, drei Stunden geschlafen haben konnte. Ein zweiter Blick, diesmal in sein verschlossenes Gesicht, sagte ihr, dass er wieder genauso mürrisch war wie am vergangenen Tag. Am besten ging man ihm im Augenblick aus dem Weg. Für den armen Taxifahrer, der das Pech haben sollte, ihn gleich zum Garden fahren zu müssen, konnte sie nur hoffen, dass er den direktesten Weg dorthin kannte.

Es folgte ein kurzer, forscher Kuss und ein »Muss jetzt los, Baby! Komm so schnell wie möglich nach«, und Steve war zur Tür hinaus, während Ty etwas über eigenwillige Sportler murmelte.

Jetzt war Sonntagabend und Ty folgte Enrique aus der Arena hinaus zu den Stallungen. Sie zeigten dem Wächter ihre Ausweise und gingen am Rand des Aufwärmrunds entlang, auf dem sich im Augenblick nur noch wenige Reiter befanden. Danach tauchte Enrique in das unübersichtliche Gewirr durcheinander laufender Pferdepfleger ein, die ihre teilweise bereits aufgezäumten und gesattelten Tiere hierhin und dorthin führten, während sich dazwischen immer wieder Reiter in weißen Hosen und schwarzen Jacketts zeigten. Gelegentlich fiel Ty auch ein hellrotes Sakko ins Auge – ein Zeichen dafür, dass der Träger schon einmal als Mitglied der USET, der US-amerikanischen Reitelite bei der Olympiade angetreten war.

Schließlich hatten Enrique und Ty Macintoshs und Gordos Boxen erreicht. Als sie Steve sah, ging ihr vor Liebe und Stolz das Herz über, und sie blieb unwillkürlich stehen. Wie gut er aussah! Sein Haar krüllte sich leicht über dem Kragen. Er trug es nun ein wenig länger, da sie ihm so gern mit den Händen hindurchfuhr. Seine muskulösen Oberschenkel kamen in den Reiterhosen noch besser zur Geltung, und die schwarzen Stiefel glänzten, was das Zeug hielt. Aber es war sein Jackett, das den Ausschlag gab, weil es mehr sagte, als tausend Worte.

Steve trug ein streng geschnittenes dunkelblaues Reitsakko, weil er das rote mit den USET-Insignien auf der Brust absichtlich im Schrank auf Southwind hatte hängen lassen. Das unterstrich noch einmal, was Ty an ihm so mochte: dass er sich so strikt an seinen persönlichen Ehrenkodex hielt. Für ihn war das USET-Sakko unweigerlich mit Fancy Free verbunden. Es überhaupt bekommen zu haben, verdankte er diesem Pferd. Da es nun tot war, glaubte er, die Farben der Olympiamannschaft erst wieder tragen zu dürfen, wenn er sie sich mit einem anderen Tier neu verdient hatte. Und bis es so weit war, würde Steve Dunkelblau tragen.

Er und Bubba kümmerten sich gerade noch ein letztes Mal um Gordos Aussehen. Dabei saß Bubba in der Hocke neben einer Dose Politur und bemalte die Hufe des Wallachs, obwohl sie längst schwarz glänzten. Steve benutzte ein weiches Handtuch, um noch einmal über das rotbraune Fell zu gehen. Selbst aus der Entfernung sah Ty, dass es völlig unnötig war. Vanguard – so Gordos offizieller Turniername – hatte das Fell eines Siegers. Bubba und Enrique hatten ihn gestriegelt, bis er glänzte; jetzt war kein Staubkörnchen mehr an ihm. Außerdem war das Pferd in hervorragender Form, wie sich unschwer seinem ausgeprägten muskulösen Körperbau entnehmen ließ, und Vanguard schien es kaum noch erwarten zu können, loszulegen.

»Hab sie gefunden, Shepp. Sie hing beim Mob rum.«

»Ich war schon auf dem Rückweg«, protestierte Ty, »aber ich wurde von der Mannschaft abgelenkt, die die Hindernisse aufbaut. Da werden einige ganz schöne Trümmer hingestellt, Steve.«

»Ich weiß, der Parcours wird schwierig. Axel Holmgeld, ein deutscher Kursdesigner, mag am liebsten hohe und tiefe Hindernisse.« Noch ein letztes Mal fuhr er über Gordos Fell, bevor er Enrique das Handtuch gab. »Ich, äh, wollte mich bei euch dreien entschuldigen, weil ich heute so eine Nervensäge gewesen bin. Es wäre mir wirklich lieber gewesen, Gordo hätte am Freitagabend besser abgeschnitten. Er ist ein zu guter Springer, um nur auf Platz achtzehn zu kommen.«

Enrique und Bubba verlagerten betreten das Gewicht von einem Bein aufs andere, bevor Bubba erklärte: »Ich bitte dich, Shepp, du weißt doch, dass du dich nicht zu entschuldigen brauchst. Schließlich sind nicht wir diejenigen, die Parcoure wie heute möglichst fehlerfrei hinter uns bringen sollten. Du sorgst dafür, dass wir alle was aufs Brot haben, da bestimmst du auch, wo's langgeht.«

Enrique nickte, als hätte Bubba ihm aus dem Herzen gesprochen.

»Ja, aber ich hätte mich trotzdem nicht so gehen lassen dürfen. Doch heute Abend schneiden wir besser ab. Gordo und Mac sind tipptopp in Form und habe immer noch Hummeln im Hintern. Mit Axels Parcouren bin ich früher auch schon klargekommen. Da mache ich mir nicht allzu viele Sorgen, selbst wenn man im Garden immer arschlochenge – entschuldige, Ty – Kurven reiten muss.«

Ty biss sich auf die Lippe, um nicht zu grinsen. Die Situation erinnerte ein bisschen an das letzte Gespräch eines Trainers mit seiner Mannschaft, bevor es aufs Spielfeld ging.

»Wenn also die Ordner heute ihren Job machen«, fuhr Steve nun fort, »und die Holme überprüfen, haben wir ganz gute Karten. Doch wenn die ihren Arsch wieder nicht hochkriegen, schwöre ich –«

»In die Arena zu marschieren und jeden einzelnen Holm selbst richtig aufzulegen«, unterbrach ihn Ty, wobei sie sich ein Lächeln nicht länger verbeißen konnte. »Und Bubba, Enrique und ich helfen dir dabei.«

»Ich bringe sogar eine Harke mit, um die Hufabdrücke nach dem Absprung wieder einzuebnen«, fügte Enrique begeistert hinzu.

Jetzt grinsten sie alle vier und waren ganz aufgeregt. Dann schnappte sich Ty Steves Hand und erklärte: »Entschuldigt uns, Jungs, wir müssen noch schnell ein Partnergespräch unter vier Augen führen, bevor Steve den Parcours abgeht.«

Ein breites Grinsen lag auf Steves Gesicht, als sie die behelfsmäßige Sattelkammer erreichten. »Ty, so gern ich vor dem Reiten noch einen Quickie mit dir hinlegen möchte, aber glaubst du, dass hier ist der richtige Ort dafür?«

Ty schüttelte den Kopf und schob die Hände tief in die Taschen ihres Kamelhaarblazers. »Ich habe nichts von einem Quickie gesagt, und das weißt du auch.« Dann ging sie auf die Zehenspitzen, um Steve einen Kuss auf die lächelnden Lippen zu drücken. Sie blieb, wo sie war und flüsterte: »Den Kuss bekommst du, weil ich dich liebe, und das hier«, sie schöpfte Atem und zog die Faust mit dem Medaillon aus der Tasche, bevor sie es Steve in die Hand drückte, »soll dir Glück bringen.« Mit einem nachdenklichen, sehnsüchtigen Lächeln fügte sie hinzu: »Glück muss man teilen, Steve.«

Er umschloss das Medaillon. »Danke, dass du mich daran erinnerst.« Ohne den Blick von Ty zu nehmen, zog er an der weißen Fliege, um sie zu lockern und die obersten Hemdknöpfe zu öffnen. »Kannst du mir dabei helfen, Liebling?«

Ty kam noch näher und hängte Steve die feine Silberkette um, wobei sie sich genau vergewisserte, dass der Verschluss auch richtig zu war. Dann ließ sie das Medaillon unter Steves Hemd gleiten und küsste ihn noch einmal auf die bloße Stelle seines warmen Oberkörpers, bevor sie das Hemd wieder zuknöpfte und die Fliege festzog.

»Es wird Zeit, da rauszugehen und eine blaue Siegerschärpe zu holen«, flüsterte sie dann, biss ihm zärtlich ins Ohrläppchen und fügte hinzu: »Nur damit dir klar ist, was heute auf dem Spiel steht: Blau ist die einzige Farbe, die zu meinen Dessous passt.«

»Na, dann ist es ausgemacht«, sagte Steve und lachte heiser, während er Ty noch einmal an sich zog, um sich über ihren honigsüßen Mund herzumachen. »Fortsetzung folgt, Schatz« – ein Versprechen, das Ty von Mal zu Mal lieber mochte.

4. Kapitel

Der Hindernisparcours eines Grand-Prix-Ereignisses verband Elemente, die einem Pferd sowohl Schnelligkeit als auch *Puissance* – der französische Begriff für »Kraft« – abverlangten. Bei einem Grand Prix waren die Hindernisse höher und das Zeitlimit kürzer als bei anderen Springreitkategorien. Es gab Klassements, die ganz auf *Puissance* oder Geschwindigkeit ausgelegt waren, und es gab Pferde, die sich von der Anlage her einfach für die eine oder andere Herausforderung besser eigneten. Dass beim Grand Prix sowohl Kraft als auch Schnelligkeit gefragt waren, machte ihn zu einem der anspruchsvollsten Turnierereignisse überhaupt.

Das wusste Ty natürlich. Wenn man dem Pferdesport schon in jungen Jahren gefrönt hatte, war einem das in Fleisch und Blut übergegangen. Das galt auch für die meisten der Zuschauer, die sich an diesem Abend im Madison Square Garden drängelten und darauf freuten, die feinen Nuancen ausgefeilter Reitkunst erleben zu dürfen.

Das Wissen um die Schwierigkeiten machte die Hindernisse allerdings nicht niedriger oder ließ sie weniger Furcht einflößend erscheinen. Einige davon waren über einen Meter achtzig hoch und oft genauso tief. Hinzu kam, dass die Wendungen, die Pferd und Reiter im Galopp nehmen mussten, enger waren als ein Nadelöhr. Und dann musste im Bruchteil einer Sekunde entschieden werden, aus welchem Winkel man ein Hindernis anritt, ob man einen Schritt auslassen konnte (was dem Pferd dann noch mehr Kraft und Sprungweite abverlangte) oder ob man es lieber konservativ anging, ganz vernünftig dem vorgegebenen Kursverlauf folgte und alle Hindernisse so sicher wie möglich hinter sich brachte.

Und während man sich über all diese Dinge klar werden musste, tickte die elektronische Stoppuhr. Selbst wenn es einem gelang, eine Runde fehlerfrei und in Bestzeit hinter sich zu bringen, hatte man den Sieg damit noch nicht in der Tasche. Einer der nachfolgenden Reiter konnte das Gleiche tun, aber womöglich um einige Hundertstel Sekunden schneller sein. Das machte das Springreiten auch so herrlich spannend, wobei sich jeder noch so kleine Fehler rächte.

Das Feld beim Grand Prix der *National Horse Show* war groß. Dreißig Pferde nahmen daran teil. Die Reiter, die an diesem Abend im Madison Square Garden antraten, gehörten zu den besten der USA, von Kanada, Mexiko und Europa. Dabei war das *National* eines der großen Ereignisse im US-amerikanischen Springturniergeschehen, das Reiter aus der ganzen Welt anzog. Den Rest der Wintersaison kehrten die europäischen Reiter in der Regel nach Hause zurück, um dort an Hallenmeisterschaften teilzunehmen, bis es im Frühjahr wieder hinausging. Die besten Reiter Amerikas hatten drei Möglichkeiten: Europa, Florida oder Kalifornien, dachte Ty jetzt. Da im September des kommenden Jahres die olympischen Reiterspiele anstanden, würde wahrscheinlich eine beträchtliche Zahl nach Übersee gehen, um sich an den längeren europäischen Parcouren zu versuchen, während andere es vorzogen, in den Staaten zu bleiben und am Selbstvertrauen ihrer Pferde zu arbeiten. Diejenigen, die im Land blieben, konnten entweder an der Ostküste oder an der Westküste Turniere bestreiten. Aber wer vermochte zu diesem Zeitpunkt schon zu sagen, welche Taktik die Beste war, wenn die Ausscheidungsrunden für Olympia Anfang Juli des kommenden Jahres begannen? Doch dieser Abend würde sowohl Reitern als auch Zuschauern schon einmal einen Vorgeschmack darauf geben, weshalb auch eine ganz besondere Spannung in der Luft lag.

Auf Macintosh hatte Steve die Startnummer fünfzehn und auf Vanguard die neunundzwanzig. Er war nicht der Einzige, der mit zwei Pferden beim Grand Prix antrat, dachte Ty jetzt. Schon früher am Abend hatte Steve ihr eine Frau gezeigt, eine gewisse Cassie Miller, und gesagt, sie sei es wert, dass man sie sich näher ansah. Cassie Millers Pferde seien wirklich phänomenal, besonders ihr großer rotbrauner Hengst. Dann hatte er noch hinzugefügt, dass die Frau von einer Farm in Virginia käme, bei der sie – Ty und er – vielleicht auf ihrem Weg nach Kentucky einen Stopp einlegen würden.

»Du scheinst mit dieser Cassie Miller ja schon richtig Freundschaft geschlossen zu haben«, hatte Ty gemeint, während sie der Frau zusah, die gerade einen spritzigen grauen Wallach warm ritt. »Ziemlich hübsch.«

»Ja, und du solltest erst einmal ihr *anderes* Pferd sehen. Mein Herz hat regelrecht zu trommeln begonnen, das kann ich dir flüstern.«

Lachend versprach Ty, die ganze Aufmerksamkeit auf den Parcours zu richten, sobald Cassie Millers Name aufgerufen wurde, damit auch ihr Herz mal so richtig trommeln konnte.

Steve ließ Ty am gegenüberliegenden Ende des Parcours' stehen und sagte, sie solle sich bloß nicht von der Stelle rühren, während er sich den Kursverlauf ansah. Auch während des Klassements sollte sie nicht zum Aufwärmrund kommen – da dieses bis dahin endgültig zum Tollhaus geworden sei. Wenn sie beim Parcours bliebe, wüsste er wenigstens, wo sie war.

Danach hatte er erklärt, der von Holmgeld entworfene Parcours sei schwierig, und das stimmte. Die Hindernisse waren groß und schreiend bunt, die Anritte erforderten bestes technisches Können. Die ersten zehn Reiter des Klassements, meist alte Hasen im Turniergeschehen, kamen nicht einmal im Entferntesten an eine fehlerfreie Runde heran. Es hagelte Fehlerpunkte über Fehlerpunkte, und die nachfolgenden Reiter hörten die Ersten untereinander grummeln, einige Hindernisse seien geradezu halsbrecherisch.

Die größte Hürde stellte dabei die Dreierkombination

dar. Sie bildete einen Winkel um einen grell gestrichenen Pfosten. Es verlangte absolute Präzision, die Geschwindigkeit und die Abstände so auszuloten, dass man die Winkelkombination fehlerfrei hinter sich brachte; zumal direkt danach in einer Ecke der Arena ein *Liverpool* wartete – ein Wassergraben mit einem darüber gebauten Doppeloxer. Zusätzlich zu den zahlreichen Abwürfen der Holme hatte es dabei bisher schon drei Verweigerungen gegeben. Der Liverpool und die Dreierkombination waren also eindeutig die problematischsten Elemente des Kursverlaufs.

Jetzt kündigte der Ansager Cassie Miller auf Orion, ihrem ersten Pferd des Abends, an. Als die beiden in der Arena erschienen, wusste Ty sofort, warum Steve von dem Pferd so angetan gewesen war. Dabei handelte es sich um einen großartigen rotbraunen Hengst, der bei seinem Galopp in den Ring hinein ein begeistertes »Oho!« der Menge hervorrief. Jetzt brachte Cassie Miller ihn zum Stehen, salutierte vor den Punktrichtern und ließ Orion dann drei beeindruckende Schritt rückwärts ausführen, bevor sie ihn mit den Knien zu einem fließenden Galopp trieb. An der Seite des Runds summte die elektronische Stoppuhr und gab so das Signal, dass die Zeit lief. Aber da waren Cassie Miller und ihr Pferd auch schon beim ersten Hindernis.

Von Anfang an wusste Ty, dass die Frau die Runde fehlerfrei hinter sich bringen würde. Orion nahm das große, einer Burg nachempfundene Hindernis mit vierzig Zentimeter Abstand. Der Sprung gelang ihm so souverän, dass es eine Weile aussah, als bliebe er einfach in der Luft. Die Vorderbeine bereits zur Landung ausgefahren, war er dann wieder auf dem Boden angekommen, galoppierte weiter und beschloss nun, seine »temperamentvolle« Seite zu zeigen: Er schlug so heftig aus, dass ein nervöses Lachen durch die Menge ging. Unbeeindruckt vom Verhalten ihres Hengstes lenkte Cassie Miller ihn direkt auf das nächste Hindernis zu, das er ebenfalls im Flug nahm – wiederum ein eindrucksvoller Beweis seiner Körperkräfte. Im Gegensatz zu den Pferden vor ihm zuckte er nicht einmal mit der Wimper, als er den Liverpool sah.

Cassie und Orion absolvierten den Parcours bis zum letzten Hindernis mit Bravour, was ihnen die Zuschauer mit tosendem Applaus dankten. Dann legte Orion die Ohren an und sie sausten mit beeindruckenden 48,5 Sekunden durchs Ziel – eine Zeitvorgabe, die alle folgenden Reiter übertreffen mussten, wenn sie besser sein wollten – Steve eingeschlossen.

Die Siegchancen sahen selbst für erfahrene Reiter schlecht aus. Ty beobachtete einen Turnierteilnehmer aus Kanada, der sein Land schon bei mehreren Weltcup- und Panamerikanischen Turnieren vertreten hatte und den Holmgeld-Parcours mit genauso vielen Fehlern hinter sich brachte wie manch junger, weniger erfahrene Reiter. Die Arena des Madison Square Gardens hallte von einem entsetzten Aufschrei der Menge wider, als das kräftige graue Warmblut die *Treppe* demolierte – ein Hindernis mit drei in der Höhe gestaffelten farbigen Holmen. Das Pferd war das Ganze eine Idee zu flach angegangen und die Treppe dann buchstäblich hinaufgestiegen. Während die Holme unter den Hufen des Pferdes zusammenbrachen, erfüllte die Arena ein unangenehmes Poltern. Ty konnte einfach nicht länger hinsehen. Doch als sie die Augen Sekunden später wieder öffnete, war sie ganz beeindruckt, dass der Kanadier den Parcours fortsetzte, wobei er noch acht weitere Strafpunkte bekam, bis er ins Ziel gelangte.

Als Steve dann endlich auf Macintosh in den Ring galoppierte, hatte sich Tys Magen völlig verknotet. Furchtbar aufgeregt und stolz zugleich sah sie wie sein Blondschopf erschien, als er die schwarzsamtene Reitkappe abnahm, um den Richtern lächelnd seinen Salut zu entbieten. Dann ließ Steve sein Pferd wie Cassie Miller zuvor drei Schritte zurücksetzen, um es dann mit ebenso unsichtbaren Hilfen in einen kräftigen Galopp zu treiben. Dass Ty jetzt vor Anspannung die Fingernägel in die Handballen presste und zu flüstern begann »Ja, ja, so ist's gut!« lag nicht daran, dass sie den Mann auf dem Rotbraunen liebte oder dass sie aufgrund merkwürdiger Umstände seine Geschäftspartnerin geworden war. Nein, es lag daran, dass Steve ihr die beeindruckendste Reitvorstellung in Sachen Präzision gab, die sie jemals erlebt hatte.

Ruhig und gelassen, beinah wie von Zauberhand, führte Steve den großen, soliden Wallach durch den Kursverlauf. Dabei setzte er Macintosh immer auf ein Hindernis an und ließ das Pferd mit seinem kräftigen Körper dann den Rest machen. Schweigend und wie im Traum beobachteten die Zuschauer diese hervorragende Darbietung vollendeter Reitkunst. Es war so still, dass man das Leder quietschen und Macintosh schnaufen hören konnte, wenn er absprang, gefolgt von dem Hagel der bei der Landung aufgewirbelten Sandbrocken gegen die Holzhindernisse.

Nach dem letzten Hindernis brach ein Applaus los, der von überall her widerhallte und Steve und Macintosh vorantrieb, sodass sie mit 49 Sekunden die Lichtschranke der Stoppuhr passierten. Eine saubere, fehlerfreie Runde, und nur eine Idee langsamer als Cassie Miller. Doch das war im Moment in Ordnung, weil Steve und Macintosh erreicht hatten, was sie wollten: eine Startnummer beim Stechen.

Langsam öffnete Ty ihre Fäuste, und indem sie mehrmals tief durchatmete, bemühte sie sich, auch ihren Herzschlag wieder auf normale Frequenz zu bringen. Erst jetzt bemerkte sie, dass sie völlig verschwitzt war und ihr die Bluse am Rücken klebte. Dabei befand sie sich wahrscheinlich in einem wesentlich schlechteren körperlichen Zustand als Steve, der da draußen im Ring völlig ruhig gewirkt hatte.

Aber würde er diese Leistung auf Gordo noch einmal wiederholen können? Und wie sah es bei Cassie Miller und ihrem grauen Pferd aus? Wäre überhaupt jemand in der Lage, an die Leistungen der beiden heranzureichen?

Auf die Antwort ihrer letzten Frage brauchte Ty nicht lange zu warten. Jetzt kam eine weitere US-amerikanische Reiterin, die auch schon bei den Olympischen Reiterspielen in Barcelona angetreten war, in die Arena, und zwar auf ihrem Erfolgspferd. Auch sie legte eine märchenhafte Runde hin, obwohl Ty der Ansicht war, dass Steves Leistung in puncto Perfektion bisher nicht erreicht worden war.

Aber die Glückssträhne schien sich jetzt eindeutig auch auf die folgenden Pferde auszuweiten. Trotz einiger haarsträubender Absprungentfernungen und wirklich kräftiger Berührungen der Stangen schlossen zwei weitere Pferde die Runde fehlerfrei ab. Was auch immer Steve am Freitagabend zu den Punktrichtern gesagt hatte, musste einen tiefen Eindruck hinterlassen haben. Denn heute eilten die Ordner nach jeder Runde mit Beinahabwürfen hinaus und überzeugten sich davon, dass die Holme auch noch satt auflagen.

Gerade als Tys Nerven zu reißen drohten, hörte sie den Ansager erneut Steves Namen aufrufen. Es war erstaunlich, dass man mit der Zeit den Eindruck hatte, eine so große Arena wie die des Gardens sei zum privaten Wohnzimmer geworden – sogar die Leute ganz oben auf den Rängen entwickelten eine geradezu persönliche Beziehung zu den Reitern, die einer nach dem anderen ihr Geschick versuchten. Einige waren von der Menge bereits zu ihren Lieblingen erkoren worden, und dem Applaus nach zu urteilen, den Steve jetzt erhielt, gehörte er dazu.

Gordo sah super aus, wobei er den Kopf aufgeregt vor- und zurückbewegte, als könnte er es kaum noch erwarten, den Parcours anzugehen. Seine Mähne war wie Macintoshs und die einiger anderer Turnierpferde geflochten, wobei die Zöpfchen sich schwarz glänzend von seinem rotbraunen Fell abhoben.

Während Macintosh vom Charakter her ideal zu der kraftstrotzenden, perfektionistischen Vorstellung passte, die Steve zuvor gezeigt hatte, war Gordo völlig anders. Dadurch bekamen die Zuschauer Gelegenheit, Steve Sheppard in einem ganz anderen Stil reiten zu sehen, wobei er auf beeindruckende Weise seinen Gleichgewichtssinn, seine Nervenstärke und sein sportliches Können unter Beweis stellte.

Von Anfang an war klar, dass Gordo nichts lieber getan hätte, als sich im gestreckten Galopp auf den Parcours zu stürzen. Was das betraf, hatte Steve allerdings andere Pläne, und heute Abend war er derjenige, der den Ton angab. Er hielt Gordo zurück, wartete, fasste die Abstände ins Auge und ließ das Vollblut dann raketengleich darüber setzen. Sobald sie landeten, war Steve sofort dabei, Gordo erneut zurückzuhalten und sich zu vergewissern, dass er auch versammelt blieb, während sie den kniffligen Kursverlauf fortsetzten. Mehr als einmal sah Ty unwillkürlich auf die rote Leuchtziffernanzeige, aus Angst, die beiden könnten sich noch eine Zeitstrafe einhandeln. Aber Steve schien über eine innere Uhr zu verfügen, die supergenau ging. Jetzt setzte er Gordo auf das letzte Hindernis an, ließ ihn darüber fliegen und dann im gestreckten Galopp durchs Ziel rennen.

Eine fehlerfreie Runde in exakt 48 Sekunden – damit waren sie schneller als Cassie Miller und Orion! Die

Menge klatschte dem neuen Team auf Platz eins frenetisch Beifall.

Wie gern wäre Ty jetzt zum Aufwärmrund geeilt und hätte Steve die Arme um den Hals geworfen, wobei sie zweifellos ins Stammeln geraten wäre, wenn sie versucht hätte, ihm zu sagen, wie stolz sie auf ihn war. Doch sie rührte sich nicht von der Stelle. Keinesfalls wollte sie jetzt noch etwas vermasseln, weil sie Steve in seiner Konzentration störte. Aber während sie den folgenden Wettbewerbern zusah, wünschte sie sich sehnlichst die letzte Startnummer herbei, damit das Stechen beginnen konnte.

Von den dreißig Pferden, die sich ursprünglich fürs Grand-Prix-Klassement qualifiziert hatten, waren nur sieben in der Lage gewesen, eine fehlerfreie Runde zu absolvieren und ins Stechen zu gelangen. In dieser Gruppe hatten es lediglich Steve Sheppard und Cassie Miller geschafft, mit beiden Tieren weiterzukommen.

Ein Stechen bestand aus einem verkürzten Parcours. Doch durch das Herausnehmen von Hindernissen wurden die Kurven des Kursverlaufs oft noch enger und kniffliger. Da das Stechen außerdem die letzte Gelegenheit für Pferd und Reiter darstellte, die Konkurrenz zu schlagen, musste man dabei sein Letztes geben und alle Register ziehen.

Cassie Miller würde als Erste auf ihrem grauen Wallach Limelight antreten, der sich mit einer fehlerfreien Vorrunde aber gerade noch 60 erlaubten Sekunden hatte qualifizieren können. Die beiden gaben damit die Geschwindigkeit beim Stechen vor, die die folgenden Reiter (sie selbst eingeschlossen, wenn sie ein zweites Mal auf ihrem Hengst Orion erschien) dann schlagen mussten. Steve war in der beneidenswerten Position, in der Vorrunde mit Gordo als schnellster durchs Ziel gegangen zu sein. Deshalb würde er an diesem Abend auch die letzte

Runde reiten und wüsste dann natürlich genau, worauf es ankam.

»He, Miller.« Steve saß wie Cassie und die anderen drei Reiter des Stechens bereits im Sattel. Jetzt trieb er Macintosh näher an Limelight heran. »Viel Glück da draußen!«

»Danke«, Cassie lächelte nervös. »Haben Sie noch einen Rat in letzter Minute?«

»Für die Konkurrenz? Sie machen wohl Scherze?« Steve grinste, aber auch er war nervös, selbst wenn es sich bei ihm nicht so deutlich zeigte. Aber er hatte ja auch um Jahre mehr Erfahrung. Trotz ihres Erfolgs war Cassie Miller kaum mehr als ein Neuling. Irgendwie tat sie ihm Leid, sodass er ihr jetzt doch einen Tipp gab. »Wenn Sie was riskieren wollen, sollten Sie innerhalb des offenen Oxers Ihre Kurve anschneiden, anstatt Ihr Pferd danach einen Bogen laufen zu lassen. Ihr Apfelschimmel hier scheint mir wendig genug dafür zu sein.«

»Im Oxer drin, was?« Cassie sah zum Parcours und malte sich ihren Ritt aus. »Ja, ich glaube, das könnte Limelight schaffen. Bei Orion bin ich mir da allerdings nicht so sicher.«

»Nein«, meinte jetzt auch Steve, »und ich bin nicht sicher, ob die anderen Reiter es mit ihren Pferden überhaupt versuchen werden. Aber Sie haben einen Riesenvorteil: Ihr Hengst macht so große Schritte, dass Sie wahrscheinlich nicht einmal Kurven anschneiden müssen. Oh, da hätte ich noch einen Rat für Sie.«

»Tatsächlich?«

»Ja, reiten Sie schnell, richtig schnell«, erklärte er jetzt mit einem schelmischen Grinsen.

»Versuchen Sie doch, mich zu kriegen, Sheppard.«

»Oh, das werde ich«, rief er Cassie noch lachend hinterher, als sie in die Arena galoppierte.

Dank Steves Ratschlägen legte sie eine ausgezeichnete

Runde mit einer noch besseren Zeit hin, heimste aber trotzdem vier Fehlerpunkte ein. Ein Abwurf am obersten Holm der Dreierkombination, den Limelight gerade noch so mit den Hinterhufen berührt hatte, war einfach Pech gewesen, was den beiden nachfolgenden Reitern allerdings ein wenig Luft verschaffte. Sie brauchten jetzt nur fehlerlos durch den Parcours zu reiten, dann lägen sie in der Wertung vor Cassie Miller auf Limelight. Aber natürlich wollten sie letztlich gewinnen. Doch an diesem Abend sollte ihnen das nicht mehr gelingen.

Beide Reiter trabten mit jeweils acht Fehlerpunkten aus dem Ring, wobei jeder versucht hatte, bei der Dreierkombination einen Schritt einzusparen. Aber die Abstände zwischen den einzelnen Holmen zogen sich auch so schon ziemlich hin. Ihre Pferde kamen damit nicht zurecht und fügten vor dem letzten Hindernis doch noch einen Schritt ein, wodurch sie die obersten beiden Holme schon beim Absprung streiften. Das konnte eben passieren, eine Idee zu heftig berührt, und man bekam vier zusätzliche Fehlerpunkte pro heruntergefallenem Holm.

Steve war als Nächster an der Reihe. Die andere Frau beim Stechen, die Olympiaveteranin, hatte freundlicherweise mit ihm den Startplatz getauscht, damit er nach seinem Ritt auf Macintosh wenigstens zwei Minuten Verschnaufpause hatte.

Diesmal hielt Steve nicht an, um die Richter zu grüßen, sondern galoppierte gleich durch zur Startlinie. Dabei setzte er alles daran, Macintoshs Schaukelstuhlgalopp auf Höchstgeschwindigkeit zu bringen, sodass sie mit diesem Tempo schon das erste Hindernis angehen konnten. Die Uhr schlug an, und die Zeit lief.

Steve dachte nur noch an den Parcours vor sich. Die acht Hindernisse bildeten vor seinem geistigen Auge eine Art Landkarte, auf der er mit Leuchtstift die Kurven eingezeichnet hatte, die er im Kursverlauf nehmen wollte.

Beim ersten Hindernis handelte es sich um eine hohe Hecke, die an den Aufstellern mit Lebensbäumchen und Weihnachtssternen geschmückt war. Macintosh drehte die Ohren beständig hin und her, während Steve ihm Kommandos gab, wobei er sein Herzklopfen und den Schlag von Macs Riesenhufen übertönen musste. Steve bemühte sich, Macs Tempo zu halten. Er trieb ihn mit Zungenschnalzen voran und setzte sich im Sattel weit nach vorn. Ohne zu zögern, ließ er Mac das Hindernis lang nehmen, weil er wusste, dass ihn sein Pferd nicht enttäuschen würde. Noch in der Luft verlagerte Steve das Gewicht und bereitete sich auf einen spitzen linken Winkel innerhalb des offenen Oxers vor, damit Mac beim Galopp auf die Dreierkombination Sekunden sparen konnte.

Und so ging es weiter, Mac hörte zu, reagierte beherzt und gab alles. Es war ein so schöner Ritt, dass es Steve beinah Leid tat, das letzte Hindernis anzugehen. Aber so traurig war er dann auch nicht, als Mac und er triumphierend durchs Ziel galoppierten. Während um sie her aufgeregt applaudiert wurde, tätschelte Steve dem Pferd dankbar den Nacken.

»Nette Runde, Steve!«, und: »Super, Shepp!«, hörte er bereits die Stimmen seiner Mitarbeiter, als er den Parcours verließ. Bubba wartete schon am Tor auf ihn und strahlte von einem Ohr zum anderen. Neben ihm hielt Enrique Gordo am Zügel. Steve ritt direkt auf sie zu und saß ab, bevor Mac überhaupt zum Stehen gekommen war.

»Weiter so, Shepp.« Bubba tätschelte Mac und gab ihm einen Kuss auf die samtige Schnauze. Dann nahm er ihm Steves Sattel ab, um ihn Gordo aufzulegen. Dabei hatte Enrique bereits die Satteldecke auf dessen Rücken ausgebreitet und hielt den Gurt bereit. Bubba reichte Steve eine Flasche kaltes Wasser, und er nahm rasch zwei, drei Schlucke davon. Nachdem Gordo gesattelt war, überprüfte Enrique noch einmal die Gamaschen, während Steve Bubba half, Mac eine Decke auf den dampfenden Körper zu legen. Die drei arbeiteten wie am Boxenstopp beim Formel-1-Rennen. Dann ging Steve zu Gordo und zog sich mit fließenden Bewegungen in den Sattel.

»Zeig's ihnen, Boss. Gordo will die Siegerschärpe unbedingt haben, das kann ich spüren.«

»Ich auch, Enrique, ich auch.«

Steve kam in die Arena, als Cassie Miller gerade die letzten beiden Hindernisse des Parcours' nahm. Ein rascher Blick sagte ihm, dass sie bisher keine Holme abgeworfen hatte. Sie ritt wie der Teufel. Jetzt kam es nur noch auf die Zeit an, dachte Steve und schüttelte teils bewundernd, teils verärgert den Kopf.

Unterdessen wirbelte Gordo mit den Hufen ungeduldig Sand auf, und Steve konnte regelrecht fühlen, wie der Wallach das Gebiss bearbeitete: die Vibrationen gingen auf die Zügel über. Das Pferd wusste längst, was die Uhr geschlagen hatte, und Steve wollte, dass es endlich einmal gewann. Wenn es ihm nur gelänge, Gordo sauber über die Dreierkombination zu führen, könnten sie es vielleicht schaffen, diese verflixt schnelle Cassie Miller zu schlagen. Acht Hindernisse waren alles, was Gordo und ihn jetzt noch von der blauen Siegerschärpe und einem schönen Batzen Geld trennten.

Die Zuschauer klatschten, während ihre Aufregung wuchs – schließlich war Steve der letzte Reiter des Abends. Aber Steve wollte mehr, als nur den ersten Platz machen, er wollte den Garden zum Toben bringen.

»Verdammt, er schafft es, und ich war mir so sicher, dass ich ihn in der Tasche hätte«, murmelte Cassie Miller kopfschüttelnd. Mit ihrem Ehemann Caleb Wells stand sie direkt am Parcours, und er hatte ihr einen Arm um die Schultern gelegt. Jetzt drückte er sie ermutigend und sagte. »Wart's erst einmal ab, Schatz.«

»Ja, aber sieh ihn dir doch nur an, Caleb! Sein Pferd macht genauso große Schritte wie Orion, und wie es die Kurven nimmt! Mein Gott, siehst du das? Sheppard hängt auf ihm wie ein Kurierreiter!«

»Ja, aber die Dreierkombination haben sie noch vor sich«, gab ihr Mann zu bedenken. »Vielleicht geht seinem Pferd dabei die Puste aus. Das ist ein ziemlich Kraft raubendes Hindernis.«

Das stimmte. Die Dreierkombination war verdammt knifflig gewesen; Limelight hatte sie mächtig zu schaffen gemacht. Die ersten beiden obersten Holme der Kombination lagen jetzt noch höher, dann folgte ein Abstand von fünf großen Pferdeschritten bis zur dritten Hürde – einer Palisade, die etwa ein Meter achtzig hoch war. Nachdem die Pferde den ganzen Abend gesprungen waren, hatten einige einfach nicht mehr die Kraft, sauber darüber zu setzen. Dadurch nahm die Palisade geradezu bedrohliche Formen an, als lauerte sie nur darauf, einen Reitfehler deutlich zu machen.

Cassie Miller und ihr Mann beobachteten Steve, der den ersten beiden Teilen der Kombination jetzt immer näher kam. »Hoch und rüber, genauso!«, rief Cassie, und sobald der ihr nur als Vanguard bekannte Gordo landete, zählte sie seine Schritte bis zur Palisade mit. »Eins, zwei, drei, vier …« Den Bruchteil einer Sekunde zögerte das Pferd, dann ging es die Hürde an, ohne dass Steve das Kommando gegeben hätte, und seine Hufe streiften den obersten Holm.

In diesem Augenblick hatte man den Eindruck, als hielten die Zuschauer kollektiv den Atem an, und zehntausend Augenpaare verfolgten Steve Sheppard auf seinem Pferd. Er schwebte in der Luft, die Hände hoch über Gordos Nacken. Dabei berührten seine Beine nicht einmal mehr den Sattel, sodass er nur noch auf den Steigbügeln balancieren konnte, während er sich vorbeugte, um seinem sich abmühenden Pferd zu helfen.

Zweifel und Hoffnung lösten einander ab. Schafften sie es vielleicht doch ohne Abwurf? Als Steve und Gordo bewiesen, dass sie es tatsächlich konnten, hallte der Madison Square Garden von ekstatischem Jubel wider; und nachdem die beiden auch noch das letzte Hindernis fehlerfrei genommen hatten, erhoben sich die Zuschauer von ihren Sitzen und brüllten und klatschten wie verrückt.

Als Steve zu Ty galoppiert kam, waren ihre Wangen tränennass und glänzten im Flutlicht. Auch er hatte Freudentränen in den Augen, die er sich mit dem Handrücken wegwischte. Teufel noch mal, das war ein Ritt gewesen! Steve beugte sich vor und tätschelte Gordo die Schulter, während er ihn direkt vor Ty zum Stehen brachte.

»He, Ty, ich habe das Strumpfband, das du haben wolltest.«

»Das sehe ich.« Ty hatte Steve noch nie so glücklich erlebt und trocknete sich lachend die Augen. »Das war wunderbar, Steve. Sieh dir doch nur die Zuschauer an, sie geben immer noch Standingovations.«

Grinsend wandte Steve den Kopf seinen Fans auf den Tribünen zu und beugte sich dann vor, um Gordo noch einmal den Nacken zu tätscheln. »Der Junge hat aber auch eine Vorstellung hingelegt, was?«

»Mit einem bisschen Nachhilfe«, sagte Ty und konnte es immer noch nicht richtig glauben, dass Steve den Grand Prix geholt hatte. Einen derartigen Ritt bekam man nicht oft zu sehen. »Jetzt aber los mit dir! Sie werden gleich den roten Teppich ausrollen und dir deine Trophäe überreichen.«

»Okay, aber komm nachher direkt zu den Boxen. Das müssen wir feiern.«

Eine langes blaues Band mit Rosette wehte an Gordos Halfter, während sein Körper von der Pferdedecke gewärmt wurde, die der Direktor der *National Horse Show* Steve überreicht hatte. Ty war noch vor ihm zu den Boxen geeilt. Als sie jetzt das blaue Band flattern sah, gab sie Enrique das Zeichen zum Entkorken der Champagnerflasche, die sie in einem Eimer mit Eiswürfeln kalt gestellt hatten. Ty hielt vier Plastikbecher bereit und wartete auf ihren Helden.

Als einige Minuten später Sam Brody und Lizzie Osborne erschienen, wurden unter Begeisterungsrufen noch zwei weitere Becher zutage gefördert.

»Wir stören hoffentlich nicht«, sagte Lizzie und drückte erst Steve und dann Gordo einen Kuss auf die Wange. »Eigentlich wollte ich ja vor dem Ende deines Klassements gehen«, scherzte sie, »aber du hast es geschafft, mich bis zur letzten Sekunde auf meinem Sitz zu halten.«

»Glauben Sie Ihr kein Wort! Als ich aufgetaucht bin, sprang sie vor Begeisterung längst auf und ab. Sie haben Lizzie doch bestimmt gehört. Sie war diejenige, die immer geschrien hat: »LOS, STEVE, LOS!«

Steve grinste über Sams Beschreibung und Lizzies verärgerten Gesichtsausdruck. »Ja, jetzt, wo Sie's sagen, glaube ich mich daran zu erinnern.«

Es folgten ungewöhnliche Trinksprüche, Lobpreisungen und herzliches Gelächter, während Gordo und Mac sorgfältig trocken frottiert und ihre müden Beine mit Liniment eingerieben wurden. Ty reichte Sam eine Tüte Karotten, die er dann zu gleichen Teilen an Mac und Gordo verfütterte. Schließlich verließen Bubba und Enrique die gesellige Runde, um die Pferde noch ein bisschen herumzuführen. Später würden ihnen dann Bandagen angelegt werden, und sie bekämen zu trinken und zu fressen. Danach könnten sich Mensch und Tier endlich zur Ruhe begeben.

»Steve, ich wollte Ihnen nur schnell gratulieren«, drang da eine Stimme in die fröhliche Runde. Das waren ja zwei beeindruckende Runden, die Sie da hingelegt haben. Im Garden kommt es nicht jeden Tag vor, dass ein Reiter gleichzeitig auf Platz eins und zwei gelangt.«

Cassie Millers Beine steckten immer noch in Reithosen, aber sie hatte die Ärmel ihrer Reitbluse hochgekrempelt und trug das Haar jetzt offen, das ihr in goldblonden Wellen über den Rücken fiel.

Steve lachte glücklich. »Danke, Cassie.« Sich an seine Partnerin wendend, sagte er dann: »Ty, ich würde dir gern Cassie Miller vorstellen. Sie ist die Reiterin, die du dir unbedingt ansehen solltest.« Sich an Cassie wendend fuhr er fort: »Cassie, das ist meine Partnerin Ty Stannard.«

Ty schüttelte Cassie die Hand und erklärte freundlich: »Sie haben heute Abend aber auch ein paar Superrunden hingelegt.«

»Danke, ich finde, der dritte und fünfte Platz ist bei dieser Konkurrenz nicht zu verachten.« Kopfschüttelnd fügte sie hinzu: »Dabei habe ich wirklich gedacht, ich hätte Sie in der Tasche, Steve.«

»Das habe ich auch gedacht«, sagte Steve lachend. »Ich bin gerade in die Arena galoppiert, als Sie bei Ihrer letzten Runde waren. Sie haben da draußen eine so gute Figur gemacht, dass ich nicht einmal auf die Anzeigetafel gesehen habe. Ich wusste einfach, dass Sie diejenige waren, die ich schlagen musste. Kurz vorher hatte mir Ty noch eingeschärft, dass ich ihr nur mit der blauen Schärpe nach Hause kommen dürfte, und Gordo schien da gleicher Ansicht zu sein. Anders hätten wir die Runde gar nicht abschließen dürfen.«

»Ich glaube, das wäre sonst auch niemandem so geglückt.«

Aber Steve winkte ab. »Sie waren doch auch kurz davor. Bald kommt bestimmt wieder Ihr großer Tag. Cassie, darf ich Ihnen noch unsere Freunde vorstellen. Das ist Lizzie Osborne, ebenfalls Reiterin, und das …«

»Kenne ich Sie nicht?«, fragte da Cassie mit Blick auf Sam.

»Ja.« Er lächelte. »Ich bin Sam, Sam Brody, ein Freund Ihres Bruders. Wir haben uns vor Jahren einmal getroffen.«

»Sam Brody!«, rief Cassie Miller, als sei er der Weihnachtsmann, und spurtete auf ihn zu, um ihn stürmisch zu umarmen.

Während Lizzie den beiden zusah, kniff sie böse die Augen zusammen. Es ärgerte sie, dass Sam sich nicht völlig unbeeindruckt von diesem Freundschaftsbeweis zeigte.

»Ich kann dir ja gar nicht genug dafür danken, was du für Großtante Grace getan hast«, sagte Cassie. »Es hat unser aller Leben verändert. Letzte Woche haben die Kinder ihr eine E-Mail nach der anderen geschickt und ihr mit einem Mausklick Zeichnungen übermittelt. Und erst dieses Spiel, das du ihnen heruntergeladen hast! Das war echt der Hit! Wer hätte gedacht, dass zwei Sechsjährige mit einer 91-Jährigen auf diese Art Kontakt halten könnten?«

»Mrs. Miller ist in Sachen Computer aber auch ein Naturtalent«, antwortete Sam höflich.

»Nun, Alex und ich sind dir auf jeden Fall ewig dankbar dafür. Großtante Grace ist uns sehr wichtig.«

»Dürfen wir Ihnen auch ein bisschen Champagner anbieten, Cassie?«

»Oh, nein danke, Ty, ehrlich. Ich muss eigentlich schon wieder zurück zu meinen Pferden.« Zu Sam gewandt, fuhr sie dann fort: »Wirst du dich bald mal wieder mit Alex treffen?«

»Das hoffe ich doch. Ich habe ihn vorhin mal kurz auf den Tribünen gesehen, aber da war er mit den Kindern beschäftigt. Die beiden sind ja unheimlich groß geworden.«

»Ja, sie wachsen erschreckend schnell!« Cassie lachte. »Noch ein Grund, zurückzugehen. Für die beiden ist es heute Abend furchtbar spät geworden.« Cassie wandte sich an Ty und Steve. »Bis irgendwann dann, und noch einmal herzlichen Glückwunsch.«

»Sie werden uns schon bald wieder sehen, Cassie«, sagte Steve. »Ty glaubt fest daran, dass man Glück teilen muss, damit es einem hold bleibt.« Während er einen Arm um Tys Schultern legte, fügte er hinzu: »Ich schätze mal, das bedeutet, dass wir schon nächste Woche einen Abstecher zu ihrer Farm machen.«

»Und Sie werden mit offenen Armen empfangen«, sagte Cassie lachend.

»Mal sehen, wie viel von unserem Preisgeld schließlich doch bei Ihnen landet.«

Nachdem Cassie gegangen war, sahen Steve und Ty einander tief in die Augen prosteten sich ganz privat zu. Sam wandte sich an Lizzie. »Was hat denn deine Nase so aus der Bahn geworfen?«

»Ich verstehe nicht, was du meinst.«

»Ich glaube schon. Sobald Cassie Miller hier aufgetaucht ist, hast du die Nase hoch in die Luft gereckt. Sie ist ein nettes Mädchen und hat einige schwere Jahre hinter sich. Schade, dass du kein Wort mit ihr geredet hast, sie hätte eine gute Freundin werden können.«

»Dazu ist sie mir mit dir viel zu freundschaftlich umgegangen. Was für ein rührseliges Wiedersehen!«

»Lizzie, spricht da etwa die Eifersucht aus dir? Das ist doch unmöglich«, fügte Sam leise lachend hinzu. »Aber falls ich mich irren sollte, kannst du mir jederzeit zeigen, wie glücklich *du* darüber bist, mich wieder zu sehen.«

»Oh, Sam!« Lizzie sah ihm in das markante Gesicht, wobei sie mit den Wimpern klimperte wie Scarlett O'Hara in *Vom Winde verweht.* »Würdest du bitte mal die Luft anhalten und warten bis es so weit ist?«

5. *Kapitel*

Als Ty sich entscheiden sollte, ob sie nun Steve zu Clyde Farrells Gestüt begleitete oder lieber bei Steves Mutter und seinen Schwestern in der gemütlichen Küche blieb, schien sie nicht besonders hin- und hergerissen zu sein. Sie wollte bleiben, wo sie war. Trotzdem freute es Steve, dass sie sich für die Gesellschaft der Sheppard-Frauen entschieden hatte. Das bedeutete, sie fühlte sich bei ihnen wohl. Bestimmt hatte sie noch nie eine Familie erlebt, in der es so locker zuging.

Außerdem arbeitete Steve an einer Überraschung für Ty und hatte gehofft, dass sie ihn nicht zu Clyde Farrell begleiten wollte. Die Idee dazu war ihm einfach so gekommen. Aber nun konnte er es kaum noch erwarten, sie in die Tat umzusetzen. Bevor er und sein Vater Ty endgültig in Olivias, Maggies und Kerrys Obhut ließen, gab Steve ihr noch einen Kuss auf die Wange, bekam aber nur ein rasches »Bis später dann!« zu hören. Ty hatte seine Anwesenheit schon fast vergessen und war ganz auf die vor ihr liegende Aufgabe konzentriert: einen Apfel-Rosinen-Kuchen zu backen und Kerrys lebhaften Schilderungen zu lauschen, wobei seine Schwester mit ihrem üblichen Hang zu Übertreibungen eine Geschichte aus ihrer gemeinsamen Jugend zum Besten gab.

Es ging um ein Querfeldeinrennen, das sich Kerry und er damals auf den Traktoren ihres Vaters geliefert hatten.

Während Kerry es in den buntesten Farben ausmalte, half sie ebenfalls in der Küche mit; nicht dass sie, was das Kochen und Backen betraf, mehr als das Nötigste draufgehabt hätte. Aber Karottenschälen ging.

Anders als Maggie und ihre Mutter weigerte sich Kerry, sich ernsthaft mit der Kochkunst auseinander zu setzen. Ihr genügte, hier und da von den Zutaten zu naschen, und wenn man ihr eine Plätzchenteigkugel hinlegte, wanderte die Hälfte davon in ihren Magen anstatt aufs Blech. Dass sie sich heute überhaupt freiwillig in der Küche aufhielt und mit Karottenstückchen vollstopfte, war ein gutes Zeichen, dass sie unbedingt mehr über seine neue Partnerin erfahren wollte.

Steve war seit Fancy Frees Tod nicht wieder bei Clyde Farrell gewesen und hatte dem väterlichen Freund, der ihm das bisher beste Pferd seines Lebens verkauft hatte, nur am Telefon mit verhaltenen Worten von der Tragödie erzählt. Jetzt wurde Steve immer nervöser, weil er nicht wusste, wie Clyde reagieren würde, wenn sie sich gegenüberstanden. Aber da hätte er sich keine Sorgen zu machen brauchen, denn Clyde zog ihn an sich und umarmte ihn herzlich, wobei man merkte, wie stark er noch war, obwohl er deutlich auf die Siebzig zuging. »Schön, dich zu sehen, Shepp«, sagte er dann gerührt und trat einen Schritt zurück.

»Schön, wieder mal hier zu sein, Clyde«, antwortete Steve einfach und beließ seinen Arm auf der Schulter des Älteren. »Das waren ein paar harte Monate für mich, aber ich glaube, ich habe noch einmal die Kurve gekriegt.« Er schluckte, um den Kloß im Hals loszuwerden. »Du solltest wissen, dass wir zwei Apfelbäume auf Fancys Grab gepflanzt haben. Das wird im Frühjahr, wenn sie blühen, richtig schön aussehen.«

»Es ist wohl mit das Schwerste im Leben eines Menschen, wenn er von einem geliebten Wesen Abschied nehmen muss.« Clyde kramte in seiner Tasche und zog ein zerknittertes Taschentuch heraus, um sich lautstark die Nase zu putzen. »Sowohl dein Dad als auch ich haben das über die Jahre so manches Mal tun müssen. Trotzdem schmerzt es immer wieder, stimmt's nicht, Steve?«

»Es reißt einen fast in Stücke«, meinte Steve senior.

Die Männer gingen weiter, und Steve lobte Fancy Free noch einmal in den höchsten Tönen, während Clyde immer wieder mit seinem allmählich kahl werdenden Haupt nickte. Dann sagte Steve: »Ich schätze mal, Dad hat dir von meiner neuen Geschäftspartnerin erzählt.«

Als Steve senior das hörte, gab er vor, plötzlich mächtig an einer Gruppe Pferde interessiert zu sein, die gerade von der Weide geholt wurde, und schlenderte davon.

»Soll das 'n Witz sein, Shepp? Dein Vater hat mir gestern am Telefon fünf Minuten lang vorgeschwärmt, was für eine nette, intelligente junge Frau sie ist. Ich hatte eigentlich gehofft, du würdest sie mir heute vorstellen.«

»Entschuldige, Clyde, aber Ty ist von Mom und Maggie in der Küche mit Beschlag belegt worden. Mom ist auch hin und weg von ihr.«

Unwillkürlich rieb sich Clyde den Bauch und seufzte, als hätte er seit Jahren nichts mehr gegessen. »Eine bessere Empfehlung kann man ja wohl gar nicht bekommen.«

»Nun, Mom ist vielleicht ein bisschen voreingenommen, weil Ty so höflich ist, und so. Aber da ich jetzt schon mal allein da bin, dachte ich, ich seh mir mal ein paar Jungpferde an, aus denen Ty etwas machen könnte. Es soll eine Überraschung werden.«

»Kann sie denn reiten?«

Steve nickte. »Ja, und zwar sehr gut. Sie geht super auf Pferde ein und kann ihnen gut zuhören, wenn du weißt, was ich meine?«

Clyde nickte.

»Ich glaube, es würde ihr gefallen, mit einem jungen Pferd zu arbeiten und eine Beziehung zu ihm aufzubauen. Ty ist geduldig und freundlich, hat eine richtig weiche Hand und ein gutes Gespür.«

»So hab ich die Frauen gern«, sagte Clyde lächelnd. »Soll ich dir was sagen, Shepp? Zufällig habe ich ein paar Schönheiten hier, die womöglich genau das Richtige für deine Freundin sind.«

»Für meine Partnerin«, verbesserte ihn Steve grinsend.

»Aber, Steve«, protestierte Ty, »ich habe doch viel zu wenig Ahnung, um dir dabei zu helfen, ein Pferd auszusuchen.«

»Dann wird es aber Zeit, dass du Erfahrung sammelst, Partner«, antwortete Steve, während er die schmale Landstraße entlangsauste, deren Kurven und Biegungen er genauso gut kannte wie Southwinds Auffahrt.

»In Ordnung«, murmelte Ty, »das ist zwar total verrückt, aber es ist in Ordnung.«

Als sie zu Clyde Farrells Farm kamen, rief Ty unwillkürlich: »Wow!« Es gab nicht viele Gestüte auf der Welt, die so schön aussahen wie in Kentucky, und Clydes Farm setzte da eindeutig Maßstäbe. Langsam stieg Ty aus dem Wagen. Während sie alles um sich her aufnahm, drehte sie sich einmal um sich selbst. Direkt vor ihr erstreckte sich jetzt eine schier endlose Reihe weißer Holzzäune, die immer noch grüne Wiesen umschlossen. Rechts von ihr erhoben sich riesige weiße Ställe mit grauen Dächern und Giebeln, und so weit das Auge reichte: Pferde, Pferde, Pferde …

»Ganz schön beeindruckend, was?«, fragte Steve, der inzwischen neben sie getreten war.

»Ich bin sprachlos.«

»Das solltest du aber nicht sein.« Steve nahm ihre

Hand. »Vom Pferdezüchten einmal abgesehen, tut Clyde nämlich nichts lieber, als sich zu unterhalten.«

»Es ist ganz eindeutig, auf welches Pferd sie ein Auge geworfen hat, Shepp«, sagte Clyde leise und konnte nicht umhin, hinzuzufügen: »Zeigt wirklich ein feines Gespür, deine Freundin.«

Clyde hatte Steve versprochen, sich bedeckt zu halten und die Überraschung nicht zu verderben. Doch so weit Clyde das beurteilen konnte, hatte Steve keinen Grund, sich Sorgen zu machen. Ty Stannard war ein paar Schritt von ihnen weggegangen. Sie stand jetzt an einem Zaun und streichelte einem dunkelgrauen Wallach den Kopf. Selbst als das Pferd einen Moment abgelenkt wurde und an einigen Grasbüscheln rupfte, ließ Ty es nicht aus den Augen. Als seine natürliche Neugier es wieder auf sie zukommen ließ, belohnte sie es mit zärtlichem Geflüster und liebevollem Kraulen.

»Wie heißt der Wallach noch?«, fragte Steve, ohne den Blick von Ty zu wenden.

»*Silvermine*, er stammt von *Jetstreak* und *Sudden Glory* ab. Glory macht uns immer noch hübsche Fohlen. Übrigens, *Elusive*, den du heute Morgen geritten hast« – Clyde zeigte auf einen rotbraunen Wallach –, »stammt von *Billetdoux* und Glory ab. Billetdoux ist von Belleslettres, und Belleslettres war –«

»Fancy Frees Mutter«, beendete Steve lächelnd den Satz. »Ich erinnere mich, Clyde.« Da war etwas in der Art, wie Elusive den Kopf hielt und sich bewegte, das Steve schon vorher aufgefallen war. Sein Vater hatte es auch bemerkt. Ein junges Pferd zu kaufen war immer auch ein bisschen ein Glücksspiel, aber Steve und sein Vater waren durchaus bereit, auf ihren Bauch zu hören. Das hatte sich schon oft bezahlt gemacht.

»Kannst du uns die beiden satteln lassen? Ich werde Elusive noch einmal reiten, sonst schöpft Ty noch Verdacht.«

»Aber ich habe doch meine Reithosen nicht dabei, Steve!« Ty war völlig verblüfft von Steves Verhalten. Dabei benahm er sich mehr als nur ein bisschen merkwürdig. Natürlich fand sie den jungen Wallach bezaubernd; er war so hübsch, und sein schlanker Körper von blauschwarzen Rosetten überzogen, zu denen die hellgraue Mähne und der ebensolche Schweif einen beeindruckenden Kontrast bildeten. Aber das bedeutete noch lange nicht, dass sie ihn ausprobieren musste!

»Wenn du ihn reitest, kann ich besser beurteilen, wie er sich bewegt.« Ungeduld vorschützend fuhr Steve fort: »Weißt du, so gern ich Clyde habe, aber ich will wirklich nicht den ganzen Tag hier verbringen. Mom hat sich so viel Mühe gegeben, das üppige Thanksgiving-Essen vorzubereiten. Ich wollte eigentlich rechtzeitig zurück sein, um noch zu duschen und etwas anderes anzuziehen. Wenn du nicht reiten willst, ist das schon in Ordnung, aber …« Steve ließ den Rest des Satzes absichtlich unvollendet.

»Okay, okay, ich mache es. Ich verstehe nur nicht, wozu das gut sein soll!«

Ty sah super auf dem Apfelschimmel aus. Mit einem Meter dreiundsechzig Stockmaß war Silvermine nicht übertrieben groß, und er vereinte die besten Charakterzüge eines Angloarabers: ein gut proportioniertes Gebäude, starke, schlanke Beine und einen wunderschön geschwungenen Nacken, der in einen edlen Kopf auslief. Dabei sah man den glänzenden Augen sein ruhiges, intelligentes Wesen an.

Obwohl Silvermine drei Jahre alt war und inzwischen nicht mehr über so genannte *Eisenbahnschwellen* geführt wurde, sondern schon niedrige Hindernisse nahm, war Clyde Farrell der Ansicht, dass man einem Pferd am Anfang nicht zu viel zumuten sollte. Eine Trainerphilosophie! Vielleicht ging Steve auch deshalb immer zuerst zu ihm, wenn er nach einem neuen Talent Ausschau hielt. Clydes Pferde waren noch willig – offen für alles Neue – und nicht verstört oder bereits mit schlechten Angewohnheiten behaftet.

»Wie gefällt er dir, Ty?«

»Er ist wirklich hübsch, Steve, vom Gebäude her ähnlich wie Cantata, so schlank und geschmeidig, aber im Gegensatz zu ihr habe ich nicht das Gefühl, dass er mir aus den Händen gleiten könnte, wenn du weißt, was ich meine?«

»Das ist das Araberblut in ihm«, erklärte Clyde stolz. »Eine mutigere, treuere Rasse werden Sie kaum finden.«

Steve grunzte und traf absichtlich keine konkrete Aussage. Wenn man Clyde erst einmal richtig auf das Thema »Angloaraber« gebracht hatte, erzählte er einem noch Stunden später, warum sie besser waren als andere reinrassige oder gekreuzte Tiere. »Ich möchte gern sehen, wie er sich über die Eisenbahnschwellen bewegt, Ty.«

»Und was ist mit dir?«, fragte Ty. »Der Wallach, auf dem du sitzt, ist großartig.«

»Nichts überstürzen, Liebling.«

Dabei hatte Steve sich längst entschieden, dass er ihn mit nach Southwind nehmen würde. Im Augenblick genoss er es einfach, das junge Pferd mal hierhin und dorthin gehen zu lassen, um festzustellen, wie es auf seine Schenkelhilfen reagierte. Auf diese Weise konnte man eine Menge über ein Pferd erfahren, zum Beispiel bis zu welchem Grad es bereit war, sich dem Willen des Reiters zu unterwerfen. Elusive reagierte prompt und wandte den Körper mal nach rechts, mal nach links, ohne dass Steve an den Zügeln hätte reißen müssen. Dabei blieb es entspannt und aufmerksam. Steve ließ Elusive weiter Schritt gehen und tat so, als bemerkte er Tys sehnsüchtigen Ausdruck nicht, der sich auf ihrem Gesicht abzeichnete.

Glücklich beobachtete Steve, wie Ty immer wieder ihre Kuchengabel ableckte, wobei ihre süße rosa Zungenspitze zwischen den herrlichen Lippen hervorblitzte und Sirupspuren und in Brandy eingelegte Nussstückchen in ihren sinnlichen Mund verschwinden ließ. Offenbar bemerkte er das als Einziger. Sein Vater war viel zu sehr damit beschäftigt, Hof zu halten und zum x-ten Mal von den Highlights seiner Karriere im Rennsport und beim Trainieren von Vollblütern zu erzählen. Für Ty war das natürlich alles neu, aber auch die anderen Familienmitglieder hörten aufmerksam zu. Wahrscheinlich hätte sein Vater noch stundenlang so weitermachen können. Er liebte es, vor Publikum zu brillieren.

Obwohl sie alle schon vorher Unmengen verdrückt hatten, hatte jeder seinen Dessertteller blank geputzt, und es war nur noch ein schmales Stückchen von dem Pie übrig. Kein Wunder, denn der Pekan-Nusskuchen seiner Schwester Maggie war ein ganz besonderer Leckerbissen. Dabei genoss Steve es fast mehr, Ty beim Essen zuzusehen als selbst zu essen.

Er stellte sich vor, sie jetzt zu küssen, seine Zunge ganz langsam und sinnlich mit ihrer tanzen zu lassen und dabei ihre dunkle, süße Mundhöhle zu erkunden. Als er aus den Augenwinkeln sah, wie sich Kerrys Hand dem Kuchenteller näherte, umfasste er ihren Unterarm. »Vergiss es, du Gör!«

»Du tickst ja wohl nicht mehr ganz richtig!« Seine jüngere Schwester verzog gespielt empört das Gesicht. »Du hattest schon zwei Stücke, und dabei habe ich Tys Apfel-Rosinen-Kuchen nicht mitgezählt.« Sie versuchte, ihren Arm zurückzuziehen – ein sinnloses Unterfangen.

»Das ist egal, Kleine, ich habe schon meine Pläne mit dem Stückchen.« Steve dachte dabei an Tys Mund und ihre Zunge, die daraus hervorschnellte und über die Lippen leckte. Er wünschte nur, das Stück wäre größer.

Kerry sah ihrem Bruder an, was in ihm vorging, und erklärte grinsend: »Das habe ich mir schon gedacht.« Dabei versuchte sie wieder, an die Kuchenplatte zu gelangen. »Sieh's doch mal so, Godzilla, ich bewahre dich nur vor deinen niederen Instinkten.«

»Kinder!«, ermahnte sie da ihre Mutter in einem Ton, der beide Blondschöpfe herumschnellen ließ. »Hört ihr bitte auf, euch an Thanksgiving zu streiten?« Mit fester Stimme fügte sie hinzu: »Kerry, lass Steve das letzte Stück haben. Er und Ty sind schließlich nur ein paar Tage hier.«

Als seine Schwester ihm einen verächtlichen Blick zuwarf, grinste Steve. »Danke, Mom«, sagte er dann und zog den Kuchenteller zu sich, um ihn vor Kerry in Sicherheit zu bringen.

»Glaub nur nicht, dass ich den Mund halten werde, wenn deine Klamotten morgen wieder voller Harz sind«, flüsterte Kerry, aber laut genug, dass man es hören konnte. Dabei bezog sie sich auf die riesige Silbertanne vor Steves Jugendzimmer. Während seiner Highschool-Zeit hatte sie ihm als privater Hinterausgang gedient, wenn er sich zu einer mitternächtlichen Verabredung davonschlich. Obwohl seine Mutter so manches Mal erstaunt über die Harzflecken auf seiner Kleidung die Augenbrauen hochzogen hatte, waren ihm seine Eltern nie auf die Schliche gekommen.

Als Olivia Sheppard ihren Sohn jetzt lauthals lachen hörte, lächelte sie und bekam einen ganz verklärten Blick. Ihr war egal, worauf seine Schwester angespielt hatte, es war einfach schön, die Familie mal wieder unter einem Dach zu haben. Dabei hatte sich Olivia strikt geweigert, ihr kleines Fest an diesem Abend eine vorgezogene Thanksgiving-Feier zu nennen. Als Argument hatte sie ins Feld geführt, dass es Grund genug sei, welchen Feiertag auch immer vorzuziehen, wenn alle Kinder mal wieder an einem Tisch saßen. Denn wenn das kein Grund war, Gott zu danken, was dann?

Maggie hatte sich selbst übertroffen. Dabei war es ihnen gelungen, auch Ty gleich mit einzubeziehen, weil sie an den Vorbereitungen teilnehmen durfte. Aber Olivia wusste auch, dass sie, Maggie und Kerry davon profitiert hatten. So konnten sie diese stille junge Frau besser kennen lernen – gut genug, um zu begreifen, dass Tys anfängliche Reserviertheit nur auf Schüchternheit zurückzuführen war und nichts mit eingebildetem, snobistischem Getue zu tun hatte.

Gott sei Dank! Seitdem Steve ihnen am Telefon von dem Unfall und Jason Belmars Drogenkonsum erzählt hatte, waren sie vor Sorge fast krank gewesen. Aber da Steve stur jegliche Hilfe ablehnte, konnten sie nicht viel tun. Jetzt, nachdem Olivia Ty und Steve zusammen gesehen hatte, war sie unheimlich froh. Dieser Ty Stannard war etwas gelungen, woran wahrscheinlich jeder andere gescheitert wäre: Sie hatte ihren Steve wieder hingekriegt.

Dass die beiden total verliebt waren, war so offensichtlich wie Olivias Nase in ihrem immer noch hübschen Gesicht. Ihren Sohn endlich mit einer Frau zusammenzusehen, die er lieben konnte, brachte so viel Freude in Olivias Herz, dass ihr jetzt beinah die Tränen kamen. Auch in den vergangenen zwei Tagen war ihr das jedes Mal passiert, wenn sie zufällig auf Steve und Ty gestoßen war. Meist hielt Steve Ty dann im Arm oder strich ihr über die Wange oder hielt einfach nur ihre Hand. In der Regel konnte sich Olivia dann noch abwenden, bevor die beiden sie bemerkten. Aber wenn zwei Menschen so voneinander angetan waren, hatte man da leichtes Spiel.

Olivia Sheppard kannte ihren Sohn gut genug, um zu wissen, dass die Beziehung zu Ty nicht bloß eine Laune, eine rein körperliche Anziehung war, die sich mit der Zeit abschwächte. In Herzensangelegenheiten war er bisher immer vorsichtig gewesen, um sich zu schützen. Aber die Zärtlichkeiten, die er offen mit ihr tauschte, sagten mehr als tausend Worte: Ty war die Richtige, und die beiden so glücklich zu sehen, bereitete einem selbst große Freude.

Olivia beschloss, ihrem Sohn ihren Verlobungsring zu geben, bevor sie wieder abfuhren. Es wäre herrlich, hier unten in Kentucky eine Hochzeit auszurichten. Aber um die Einzelheiten würde sie sich später kümmern. Jetzt musste erst einmal die Küche wieder in Ordnung gebracht werden. So konnte Steve auch in Ruhe machen, was immer er mit dem Stückchen Pekan-Nuss-Pie vorhatte.

Olivia stand auf und ließ sich die Teller reichen. »Hast du auch daran gedacht, Clyde Farrell von mir zu grüßen, Steve? Schade, dass er heute Abend nicht kommen konnte.«

»Mom, wenn Clyde gekommen wäre, hätten wir nach fünf Minuten schon nicht mehr genug zu essen gehabt.« Steve grinste und erhob sich ebenfalls, um ihr zu helfen. Du liebes bisschen, so viel hatte er in den letzten fünfzehn Jahren nicht mehr gegessen. »Aber Clyde ist einfach großartig«, fuhr Steve jetzt fort. »Rory Lindemann sieht sich morgen zwei seiner Pferde für mich an.« Lindemann war der Tierarzt, der auch immer für seinen Vater arbeitete. »Wenn sie gesund sind, lässt Dad sie zu uns in den Norden schicken«, erklärte Steve, während er einen Stapel Teller hinter seiner Mutter in die Küche trug.

»Zwei?«, fragte Ty verwundert, die den großen geflochtenen Brotkorb im Arm hielt. Er war bis oben hin mit Maisfladen und hausgemachten Rolls gefüllt gewesen;

jetzt waren nur noch einige Krümel übrig. »Ich dachte, du hättest dich nur für Elusive entschieden.«

Verdammt, er hatte sie nicht kommen hören. »Nein, ich habe beschlossen, beide zu nehmen«, sagte Steve jetzt leichthin und stellte den Tellerstapel auf die Anrichte.

Ty nickte. »Sie sind beide wunderbar. Ich hatte nur den Eindruck, dass du von Elusive richtig begeistert gewesen wärst. Ich meine, auch Silvermine hat bestimmt unheimlich viel Potential, und ich kann es kaum erwarten, dich mit ihm arbeiten zu sehen, aber –«

»Ach, weißt du, Ty, ich fürchte, zwischen mir und Silvermine ist der Funke nicht übergesprungen.«

»Aber …« Ty schüttelte den Kopf. »Warum hast du ihn denn dann gekauft?«

»Weil er für dich ist«, sagte Steve leise und wusste gleich darauf, was eine Überraschung bei Ty anrichten konnte. Ihre Augen wurden vor Schreck riesengroß, und ihr Mund formte ein perfektes O, obwohl sie das junge Pferd doch sehr gemocht hatte. Diese Reaktion hätte Steve nicht erwartet. Als er jetzt sah, wie Ty Tränen in die Augen stiegen und über die Wangen rollten, war er ziemlich bestürzt. Während er ihr die Tränen vom Gesicht wischte, kam er sich ganz linkisch vor.

Sobald deutlich wurde, dass seine Finger da nicht viel ausrichten konnten, benutzte er den Mund und schmeckte die warme, salzige Flüssigkeit an den Lippen. »He, nicht weinen!«, flüsterte er dabei und zermarterte sich den Kopf, womit er die Tränenflut eindämmen könnte. »Das ist alles nur Bubbas Schuld, ehrlich. Du kannst ihn fragen. Er hat mir gesagt, ich solle dir ein Geschenk kaufen. Irgendetwas Hübsches, hat er gemeint. Zuerst dachte ich an ein Paar neue Stilettos, weil du damit wirklich gei …, äh, *gut* aussiehst. Aber dann habe ich Lizzie gefragt, was so'n Paar Manolo Blahniks kostet.« Er konnte immer noch nicht glauben, welche Summe Lizzie ihm genannt hatte, und fuhr kopfschüttelnd fort: »Das Geld investiere ich doch lieber in ein Pferd, du nicht auch?« Er streichelte Ty über das seidige Haar und versuchte weiter, ihr die Tränen wegzuküssen. »Gefällt er dir denn, Ty?«, flüsterte er dann. »Wenn du etwas anderes haben möchtest, bekommst du es. Du kannst alles von mir haben.«

»Er ist wunderschön, Steve.« Ihre Stimme klang so brüchig, als hätte sie stundenlang geweint. »Aber ich verdiene ein solches Geschenk überhaupt nicht.«

»Und ob!« Steve war froh, dass ihr Silvermine wenigstens zusagte. »Sieh's doch mal so, Ty«, meinte er dann lächelnd. »Wir sind hier in Kentucky, wo Weihnachten genau wie Thanksgiving früher stattfindet.«

Erneut aufschluchzend schlang Ty ihm die Arme um den Hals und stammelte unter Tränen Dankesworte, während sie ihm einen Kuss nach dem anderen auf den Hals und den lächelnden, nachgiebigen Mund drückte. So standen sie eine Weile da, die Arme umeinander geschlungen. Je intensiver sie sich küssten, desto leiser wurde Tys Schluchzen, wobei beide den Rest der Welt völlig vergessen zu haben schienen.

Steves Vater hielt sich den Zeigefinger an den Mund und verscheuchte die Sheppard-Frauen von ihren Logenplätzen. Dann zog er die Küchentür leise hinter sich zu und tat sein Bestes, um sich nicht anmerken zu lassen, dass ihn der Anblick der beiden ebenfalls bewegt hatte. Seine Frau und seine Töchter waren auch so schon hin und weg. Aber er verriet sich, als er sich abwandte, um sich eine Träne aus dem Augenwinkel zu wischen.

Während er mit der anderen Hand nach seinem Taschentuch fischte, sagte Kerry lächelnd: »Komm schon, Dad, lass uns die Flasche Champagner köpfen.« Sie hakte sich bei ihm unter und fügte lächelnd hinzu: »Heute Abend haben wir gleich mehrere Gründe zu feiern! Ty hat ein neues Pferd bekommen, und Steve hat eine ganz süße Schnecke an Land gezogen. Aber weißt du, worauf wir wirklich anstoßen sollten?«

»Nein, worauf denn, Kerry?« Ihr Vater lächelte. Bei seiner Jüngsten musste man immer auf alles Mögliche gefasst sein.

»So wie das da gerade aussah, wird die Küche noch eine ganze Weile belagert sein. Das heißt, du, Maggie und ich müssen nicht abwaschen!«

6. *Kapitel*

»Wie gewonnen, so zerronnen«, hatte Steve völlig unbeeindruckt von der enormen Summe gesagt, die sie in nicht einmal ganz einer Woche ausgegeben hatten. Das Garden-Preisgeld, die Versicherungssumme für Fancy und selbst das Geld, das Ty für ihren ersten Einkaufstrip eingeplant hatte, waren weg – bis auf den letzten Penny.

Wahrscheinlich hätte sie Steve den Deal mit Silvermine doch ausreden sollen. Damit hätten sie schon gleich in Kentucky eine Menge Geld gespart. Aber als Ty später darauf zu sprechen gekommen war, hatte Steve außer sich erklärt: »Kommt gar nicht in Frage! Silvermine ist perfekt für dich, du behältst ihn. Das ist doch nur *Geld.«*

»Das wir dringend brauchen, wenn mein Treuhandfonds blockiert wird«, hatte sie noch gesagt und gedacht: Welche Ironie! Doch da wusste sie längst, dass es sinnlos war, mit Steve darüber reden zu wollen. Während dieser Unterhaltung wandte Steve kein einziges Mal den Blick von den beiden Pferden, die sie auf Five Oaks gekauft hatten. Dabei longierte Carlos den jungen Wallach *Watermark,* und Steve stand am Zaun und rief dem Pferdepfleger hin und wieder eine Anweisung zu. Es war hoffnungslos, Steve begreiflich machen zu wollen, dass ihre Finanzen mindestens genauso viel Aufmerksamkeit bedurften wie dieses herrliche graue Pferd.

Caleb Wells, Cassie Millers Ehemann, hatte ihnen erzählt, dass Watermarks Fell bereits alle möglichen Schattierungen aufgewiesen hatte, als er noch ein ganz junges Fohlen gewesen war, sodass es aussah wie marmoriertes Papier, daher auch der Name Watermark – *Wasserzeichen*. Mit seinen drei Jahren war das Pferd fast ausgewachsen und würde endgültig wahrscheinlich ein Stockmaß von einem Meter siebzig erreichen. Steve hatte einen ganz schönen Batzen Geld für ihn hingeblättert, aber er war sicher der Meinung, jeder Cent sei richtig angelegt.

Doch Steve und sie hatten nicht als Einzige erst kürzlich eine große Summe ausgegeben. Auch Sam Brodys Brieftasche war seit kurzem deutlich leichter. Dafür mümmelte jetzt eine rabenschwarze junge Stute glücklich Heu in Steves Stall. Sie hieß *Cassis*, war ein Jahr alt und die Jährlingsschwester von Orion. Cassie Miller war begeistert gewesen, dass Sam Brody Cassis' neuer Eigentümer sein würde.

Er war an diesem Tag nach Southwind gekommen, um Cassis besser kennen zu lernen. Jetzt stand er bei ihr und rieb sich immer noch nachdenklich das Kinn. »Lizzie wird ganz schön eifersüchtig sein«, meinte er schließlich.

»Ist sie immer noch so hin und weg von dir?«, fragte Steve grinsend.

»Eher so *weg*. Ich glaube, am liebsten würde sie vor mir davonlaufen«. Sam sah sich sein neues Pferd jetzt näher an.

»Ich habe schon festgestellt, dass Lizzie ganz schön lange Beine hat, natürlich nur im Vorbeigehen.«

Als Ty ihm in die Seite stieß, schnitt Steve ein Grimasse. »Ja, das hat sie«, meinte nun auch Sam und lächelte eindeutig zweideutig. »Aber meine sind länger. Irgendwann wird sie schon dahinterkommen.« Das klang irgendwie viel versprechend. Dabei hielt Sam Cassis auf der flachen Hand einen kleinen Apfel hin, den sie, scheu wie sie war, nur zögerlich akzeptierte. »Aber vielleicht hört sie ein bisschen früher auf, vor mir davonzulaufen, um einen Blick auf meine junge Stute zu werfen.«

»Ty, Honey, warum rufst du Lizzie heute Abend nicht mal an?«, fragte Steve jetzt einfach. Schließlich gehörte es zu seinen Aufgaben, dafür zu sorgen, dass seine Pferdebesitzer zufrieden waren.

»Warum noch warten? Ich muss ohnehin ins Büro und ein bisschen Schreibkram erledigen. Außerdem kommt Serena gleich nach der Schule vorbei. Wir sehen uns an, was bei der Wochenendkurs-Ausschreibung auf unserer Webseite herausgekommen ist. Serena sagt, die Resonanz sei riesig gewesen. Wir brauchen die Teilnehmer jetzt nur noch auszuwählen.«

»Ich komme gleich nach, Ty. Ich wollte nur noch einmal sehen, ob es den neuen Pferden auch gut geht«, fügte Steve hinzu, woraufhin Ty scherzhaft erklärte: »Haben Bubba und du jetzt vor, die Kleinen auch mittags persönlich ins Bett zu bringen?«

Steve beugte sich zu Ty und gab ihr einen langen, genüsslichen Kuss. Dann erklärte er augenzwinkernd: »Nun, was Bubba betrifft, kann ich es nicht sagen, aber ich habe jemanden viel Besseres, den ich ins Bett bringen darf.«

»Bye, Sam, ich mag dein neues Pferd.«

»Danke, Ty, ich glaube, da komme ich auch noch hin.«

Als Ty den Stall verließ, umriss Steve Sam seinen Trainingsplan für die junge Stute. Dabei schien Sam schon ganz in seiner neuen Rolle aufzugehen. Großartig, dachte Ty, das war genau das, was Southwind brauchte: begeisterte Besitzer, die bereit waren, Steve voll und ganz zu vertrauen. Sie wünschte nur, sie könnte auch so zuversichtlich sein. Aber sie war dermaßen besorgt, dass sich ihr der Magen zusammenkrampfte.

Während sie zum Wohnhaus zurückkehrte, atmete sie tief die kalte Novemberluft ein und bemühte sich, das ungute Gefühl und die böse Vorahnung wieder loszuwerden. Es würde schon alles gut werden, sagte sie sich dann, wusste aber nicht, dass Steve unwillkürlich in die Jackentasche gefasst und den geprägten Briefumschlag darin berührt hatte, während er ihr nachsah.

Ty und Steve hatten sich die ganze Nacht geliebt und waren erst im Morgengrauen eingeschlafen. Heute war Montag, der Tag, an dem die Pferde nicht trainiert, sondern nur hinausgelassen wurden. Steve hoffte, dass Ty weiterschlafen würde. Sie brauchte eindeutig Ruhe. Die Aufregungen anlässlich der *National Horse Show* und all die Arbeit vorher waren selbst an ihm nicht spurlos vorbeigegangen. Wenn man noch hinzurechnete, dass es auch eine Form von Stress darstellte, Hunderte von Meilen über Land zu fahren und eine neue Familie kennen zu lernen, war es eindeutig ein Zeichen enormer Willenskraft, dass Ty nicht längst ein bisschen kürzer trat.

Außerdem würde es die Dinge vereinfachen, wenn sie einfach weiterschliefe, während er sich mit Tyler Stannard unterhielt. Schließlich wusste sie nichts davon, dass ihr Vater an ihn herangetreten war, um ihm Southwind abzukaufen. Diese Sorge hatte Steve ihr ersparen wollen.

Nach dem Treffen mit Tyler Stannard würde er den Brief und den angefügten Vertragsentwurf durch den Schredder lassen. Mehr hatten die Seiten auch nicht verdient. Die Texte strotzten nicht gerade vor Freundlichkeit und Herzensgüte. Dabei hatte Stannard kein Blatt vor den Mund genommen, sodass selbst ein achtjähriges Kind verstanden hätte, was er bezweckte. Ohne Vorgeplänkel stand da zu lesen, dass er seine Anwälte bereits angewiesen habe, ein Verfahren anzustrengen, das zeitweise, wenn nicht sogar für immer, Tys Einkommen aus dem Treuhandfonds ihrer Mutter einfrieren würde. Schon jetzt könne kein Geld mehr aus dem Fonds bezogen werden, bis der Richter zu der Sache Stellung genommen hatte.

An sich stellte das ja keine große Überraschung dar. Ty hatte längst so etwas angedeutet. Offensichtlich verstand sie besser als jeder andere die verschrobenen Gedankengänge ihres Vaters. Auch so eine Familienfehde war nichts Ungewöhnliches. Immer wieder las man von Mitgliedern reicher Familien, die aufeinander losgingen und einander vor Gericht zerrten – meist aus Habgier. Doch das war wohl nicht Tyler Stannards Beweggrund, eher Hass oder Bosheit. Oder wollte er einfach nicht verstehen, dass sich Ty endgültig seinem Einfluss entzogen hatte? Womöglich gefiel es ihm aber auch nur, jetzt wieder dazwischenfunken zu können.

Was auch immer es war, dachte Steve jetzt, er würde es bei dem Treffen mit dem Kerl herausfinden. Allein dafür lohnte es sich schon fast, ihm gegenüberzutreten.

Überrascht war Steve jedoch vom Rest des Stannardschen Vorschlags, der deutlich zeigte, wie weit dieser Mann zu gehen bereit war, um Ty aus den Klauen eines ihm unangemessen erscheinenden Mannes zu befreien. Nie hätte Steve gedacht, dass er Tyler Stannard mit der Äußerung Vicky Grodecki gegenüber, dass Ty wieder Turniere reiten würde und dem heißen Kuss beim Garden-Ball so weit hätte bringen können.

Wahrscheinlich war der Typ nicht ganz dicht, aber mit Sicherheit war er nicht dumm. Sein Brief und der Vertragsentwurf waren hervorragend formuliert und auf die vermeintlichen Schwächen seines Gegners ausgerichtet:

seinen, Steves, Wunsch, Southwind wieder allein zu besitzen und auch finanziell unabhängig zu sein.

Verdammt, dachte Steve jetzt, so gesehen, hatte er sich im vergangenen Monat um hundertachtzig Grad gedreht. Wenn er vorher die Chance dazu bekommen hätte, hätte er Ty genauso rücksichtslos hintergangen wie jetzt ihr Vater.

Aber er war nicht mehr der Mann, der in der New Yorker Anwaltskanzlei gesessen hatte und so sehr in Selbstmitleid zerflossen war, dass es ihm einzig und allein darauf ankam, Ty ihren Anteil wieder abzugaunern. Dabei hatte sie alles für ihn aufgegeben. Ihre Hilfe bestand zwar zunächst nur aus Geld, doch das hatte er ja auch bitter nötig gehabt. Noch wichtiger war allerdings Tys Liebe gewesen, die ihm wieder neue Hoffnung gegeben hatte.

Tyler Stannard kam pünktlich, das war aber auch das einzig Positive, was Steve von ihm sagen konnte. Und wenn er so darüber nachdachte, hatte selbst diese Pünktlichkeit nicht wirklich etwas zu bedeuten. *Andere* rissen sich den Arsch auf, um zu garantieren, dass Tyler Stannard zu einer ganz bestimmten Uhrzeit irgendwo eintraf: der Hubschrauberpilot, der ihn in aller Herrgottsfrühe nach Easthampton geflogen hatte, und der Chauffeur, der jetzt hinter dem Lenkrad der Limousine saß und sich die Stirn abtupfte. Nein, Tyler Stannard hatte verdammt noch mal nichts, das ihn, Steve, beeindrucken konnte. Außer seine Tochter.

Den Kaffeebecher in der Hand beobachtete ihn Steve vom Küchenfenster aus. Der Mann sah richtig nach Geld aus, von seinem perfekt frisierten silbergrauen Haar über den dunklen Maßanzug, von dem sich ein blütenweißes Hemd abhob, bis hin zu den handgenähten Pferdelederschuhen. Dabei machte er sich erst gar nicht die Mühe, das verächtliche Naserümpfen zu unterdrücken, als er Steves Haus sah. Der König kam in die Hütte seines Knechts, dachte Steve und ging hinaus, um Tys Vater in Empfang zu nehmen, damit sie nicht von der Klingel geweckt wurde.

»Mr. Stannard«, sagte Steve zur Begrüßung, bekam als Antwort aber nur ein kurzes Kopfnicken. Dieser Stannard wirkte so unterkühlt, dass Steve unwillkürlich daran denken musste, wie Ty ihn einmal mit einem Eisberg verglichen hatte. In der Antarktis herrschten für ihn wahrscheinlich tropische Temperaturen.

»Mr. Stannard, ich wollte mir gerade noch einmal Kaffee machen. Darf ich Ihnen auch eine Tasse anbieten?«

»Meine Zeit ist extrem kostbar.« Stannard sah nicht einmal auf die schmale Uhr, die unter dem Ärmel seines maßgeschneiderten Anzugs hervorblitzte, sondern warf Steve lediglich einen missbilligenden Blick zu. Seine Augen waren genauso grau wie Tys, aber glanzlos, wodurch sie schmutzig und humorlos wirkten. »Sie deuteten an, dass es da noch Dinge gäbe, die Sie mit mir besprechen wollten, bevor sich unsere Anwälte zusammensetzen. Ich bin schon Ihrem Wunsch nachgekommen, hier zu erscheinen …«

Auch Steves Blick wurde jetzt kälter, und er sagte mit betont gedehntem Kentucky-Akzent: »Nun, ich schätze mal, das war ein Nein bezüglich des Kaffees. Aber kommen Sie doch herein, damit wir uns unterhalten können.« Steve trat einen Schritt zurück, um Tys Vater den Vortritt zu lassen. Als Steve einen Hauch seines Rasierwassers einatmete – kühl und dezent, dachte er, Stannard sah nicht nur nach Geld aus, er roch auch danach – nach *Eau de Kohle.*

Jetzt ließ Tys Vater den Blick über die Wohnzimmereinrichtung gleiten und zog abfällig einen Mundwinkel nach unten. Falls dieser Mann Southwind jemals in die

Finger kriegen sollte, würde er wahrscheinlich nicht einmal mit der Wimper zucken, wenn er das Haus dem Erdboden gleichmachen ließ. Dafür würde dann irgendein schrecklich modernes Gebäude errichtet – ein so genanntes *Cottage für Neureiche* –, das fünf Schlafzimmer (die des Personals selbstverständlich nicht eingerechnet) mit Whirlpool und was noch für Extras besaß.

Stannards Brief und der Vertragsentwurf lagen auf dem Wohnzimmertisch. Steve wartete, bis sich Stannard in den etwas verschlissenen Fernsehsessel gesetzt hatte. Dann nahm er selbst auf dem Sofa Platz, beugte sich vor und stützte die Ellbogen auf die Knie. Mit dem Zeigerfinger deutete er nun auf den Vertrag. »Ich habe meinem Anwalt das Schriftstück noch nicht zugeschickt, Mr. Stannard, weil ich mir erst einmal klar werden wollte, was genau ich unter Ihren Bedingungen zu verstehen habe.« Nicht dass Steve wirklich vorgehabt hätte, Jeff Wallace den Vertrag zu zeigen.

»Die Bedingungen sind doch eindeutig. Wie schon aus meinem Brief ersichtlich, wird der Betreuer des Treuhandfonds in wenigen Wochen gezwungen sein, dessen Verwendung als nicht im Sinne der Fondsbegründer einzustufen. Will heißen, Mr. Sheppard, dass Tyler nicht länger in der Lage sein wird, Southwind zu unterhalten.« Kalt lächelnd fügte er hinzu: »Damit vor Gericht zu gehen, wird ordentlich Geld kosten, das Sie nicht haben.«

Der Mistkerl!, dachte Steve und sagte spöttisch: »Ja, dieser Teil Ihres Briefes war unmissverständlich.«

Aber Stannard ging nicht darauf ein, sondern fuhr unbeirrt fort: »In dem Vertragsentwurf habe ich Ihnen zwei Möglichkeiten aufgezeigt, die Sie überdenken sollten. Zunächst einmal bin ich bereit, Ihnen zehn Millionen Dollar anzubieten. Meinen Berechnungen zufolge hat Tyler ungefähr zweieinhalb Millionen hier investiert. Um den Bedingungen des Vertrags gerecht zu werden, den

Sie mit ihr geschlossen haben, müssten Sie ihr diese Summe zurückzahlen. Damit gingen Sie immer noch mit siebeneinhalb Millionen Dollar aus dieser Partnerschaft.«

»Und dann könnten Ty und ich getrennter Wege gehen.«

»Nicht könnten, *werden*«, verbesserte ihn Stannard. »Wenn Sie dem Vorschlag zustimmen, müssen Sie auf jeglichen Kontakt mit meiner Tochter verzichten.« Ohne Steves abweisenden Gesichtsausdruck zu bemerken, fuhr er fort: »Können wir nun zum zweiten Vorschlag kommen?«

Ty wusste nicht wie, aber durch irgendetwas war sie auf die Anwesenheit ihres Vaters aufmerksam geworden. Die Männer im Wohnzimmer sprachen zu leise, als dass sie es in Steves Schlafzimmer hätte hören können. Erst als sie am Treppenabsatz ankam, erkannte sie die Stimme ihres Vaters und blieb entsetzt stehen. Nein, es musste etwas anderes gewesen sein, das sie vorgewarnt hatte; vielleicht hatte sich ein Duftmolekül seines Rasierwassers nach oben verirrt. In Steves Schlafzimmer angekommen, war es ihr dann in die Nase geraten und hatte sie aus dem Schlaf hochschrecken lassen.

Doch die Anwesenheit ihres Vaters und der Umstand, dass Steve dessen Besuch vor ihr geheim gehalten und alles sorgfältig vorbereitet hatte, überraschte Ty nicht. Denn spontan war ihr Vater bestimmt nicht vorbeigekommen, das war nicht seine Art. Steve musste heimlich mit Smythe telefoniert haben.

Wenn das dumpfe, zunehmende Schmerzgefühl nicht auf Überraschung zurückzuführen war, fühlte sie sich wohl hintergangen. Aber konnte sie Steve wirklich einen Vorwurf machen? Während Ty die Treppe hinunterstieg, fragte sie sich unwillkürlich, wie viel ihr Vater ihm wohl hatte anbieten müssen, damit er sich auskaufen ließ.

Anscheinend war es nicht genug gewesen. Als sie auf der Schwelle zum Wohnzimmer stehen blieb, hörte sie ganz deutlich, was Steve sagte, obwohl er in seinen geliebten Kentucky-Akzent verfallen war. »Das Problem, Mr. Stannard, ist, dass mich keines Ihrer Angebote wirklich reizt. Es ist einfach nicht genug, ich will mehr.«

Ihr Vater war wahrscheinlich zu geschockt über Steves Antwort, um zu bemerken, dass seine Tochter gerade einmal zwei Meter von ihm entfernt stand. Aber Steve musste ihre Anwesenheit gespürt haben, denn jetzt drehte er sich ihr zu und sagte: »Ty, Schatz, komm doch herein. Dein Vater gibt uns die Ehre seines Besuches.« Steve war aufgestanden und lächelte, als hätte Ty sehnlichst erwartet, dass ihr Vater kam und sie ihm wieder wegnahm.

Sie schluckte. »Hallo, Vater.«

»Tyler.«

Kein Wunder, dass Ty ihren vollen Namen nicht leiden konnte, dachte Steve. Wie er aus dem Mund dieses Mannes klang! Dabei war er nicht einmal aufgestanden, um sie zu begrüßen, geschweige denn, dass er sein einziges Kind in den Arm genommen hätte. Am liebsten hätte Steve ihm eine verpasst. Aber im Augenblick widerstand er der Versuchung noch.

»Wie du siehst, Tyler, hat dein Partner einem Gespräch unter vier Augen mit mir zugestimmt, damit wir einige Optionen besprechen können.«

Subtiler hätte er wohl kaum sagen können, dass er Ty loswerden wollte, dachte Steve und erklärte dann: »Aber Ty kann doch bleiben. Ich bin sicher, sie möchte gern hören, worüber wir reden.«

»Nein, das wird nicht nötig sein.« Stannards Stimme war kalt wie Metall an einem Tag mit Minusgraden.

»Aber ich bestehe darauf«, sagte Steve, und Ty konnte nicht umhin, ihm einen Blick zuzuwerfen; in diesem Ton hatte sie ihn noch nie reden hören. Selbst ihr Vater war zusammengezuckt, als hätte Steve mit der Peitsche geknallt. Einen Moment sah sie Steve in die Augen, dann unterbrach sie den Blickkontakt, damit er nicht sah, wie weh ihr das Ganze tat.

Steve schob ihr die Unterlagen hin. »Wirf doch mal einen Blick darauf.«

Während Ty die Unterlagen durchsah, lehnte er sich zurück, und die Stille im Raum wurde immer unangenehmer. Dabei ließ Steve Stannard nicht aus den Augen. Gab es tatsächlich erwachsene Männer, die schmollten? Stannards Gesicht wirkte jetzt noch abweisender, als fühlte er sich von Tys Anwesenheit belästigt. Wenn er sie so wenig mochte, warum war ihm dann so daran gelegen, ihn, Steve, auszukaufen? Immerhin hatte er ihm dabei eine Summe geboten, die manchem vierte Welt Land als Haushaltsbudget diente. Oder blickte Stannard einfach nur drein, als sei er gezwungen, ein Pfund Zitronenschnitze zu lutschen, weil seine Tochter nicht tat, was er wollte?

Aus den Augenwinkeln sah Steve jetzt zu Ty. Sie war bei der letzten Seite angekommen, da konnte er sie ruhig unterbrechen. »Hast du gesehen, was ich kriege, wenn ich mich für den zweiten Vorschlag entscheide? Das erinnert mich irgendwie an diese alte Samstagabendshow im Fernsehen, bei der man raten musste, was hinter Vorhang eins, zwei oder drei als Gewinn wartete. Aber dein Vater hat mir nur zwei Möglichkeiten gelassen. Wenn ich mich allerdings für die zweite entscheiden würde, bin ich superreich.«

»Ja, das stimmt«, murmelte Ty und stand auf. Jetzt wusste sie, was sie wissen musste. »Wenn ihr mich jetzt entschuldigen würdet, ich lasse euch in Ruhe weiterreden. Auf Wiedersehen, Vater.«

Und dann war sie weg.

Stannard wollte schon etwas sagen, aber Steve hob die Hand, um ihm Einhalt zu gebieten. Er hatte nicht viel Zeit zu verlieren. Bubba stand zwar auf seinem Posten, aber wer wusste schon, wohin sich Ty flüchten würde?

»Wie ich schon sagte, Mr. Stannard, jedes Ihrer Angebote, so großzügig sie auch sein mögen, ist einfach nicht ausreichend. Ich will mehr.«

»Nennen Sie mir Ihren Preis!«

»Ich wähle Vorhang Nummer drei: Ihre Tochter.«

In diesem Augenblick brach sich die aufgestaute Wut in Stannard Bahn. Er sprang auf, das Gesicht zu einer vor Zorn dunkelroten hässlichen Fratze verzerrt. »Meine Tochter, meine Tochter!«, stieß er hervor. »Sie sind nicht einmal gut genug, um ihr die Füße zu küssen.«

»Wahrscheinlich nicht.«

»Wagen Sie es bloß nicht, mich zu unterbrechen! Sehen Sie sich doch mal an.« Verächtlich ließ er den Blick über Steve schweifen. »Sie sind doch nur irgend so ein zweitklassiger, ungebildeter Reiter. Ich werde nie zulassen, dass meine Tochter bei Ihnen bleibt. Ich habe Tyler alles gegeben und sie zu dem gemacht, was sie heute ist.«

»Blödsinn, Ty ist viel mehr, als Sie aus ihr hätten machen können. Sie hat sich selbst zu dem gemacht, was sie ist, ohne dass Sie und all die furchtbaren Dinge, die Sie ihr angetan haben, etwas daran hätten ändern können. Ty ist stärker als Sie und cleverer, und das stört Sie ohne Ende, stimmt's nicht? Deshalb sind Sie auch hinter ihr her, um sie in irgendeinen goldenen Käfig zu sperren, den Sie dann mit Ihrer Kohle auspolstern. Vielleicht bin ich nur ein unterbelichteter Reiter, aber Ihre Beweggründe Ty gegenüber sind einfach zu offensichtlich.«

»Wie können Sie es wagen?« Stannard war jetzt so wütend, dass er zitterte und beinah Feuer spuckte. »Ich kann Sie zertreten wie einen Wurm.«

»Ich bin sicher, da werden Sie Ihr Bestes tun.« Steve lächelte. »Aber dafür habe ich Ty, und was mich betrifft, können Sie sich Ihr Geld sonst wo hinstecken. Ach ja, und verlassen Sie auf der Stelle mein Haus.«

Bubba wartete schon, als Stannard an ihm vorbeifegte, und riss ihm die Wagentür auf, bevor der Chauffeur es hätte tun können. Als der Mann mit durchdrehenden Reifen vom Hof fuhr, kam Steve gerade aus dem Haus und stellte sich neben Bubba.

»Soll ich ihn von der Straße schubsen, Boss? Ich würde dem Transporter auch keinen Schaden zufügen, das verspreche ich. Bisher bin ich im Straßenverkehr noch nicht auffällig geworden, aber das hier wäre es wert.«

»Das muss Gedankenübertragung sein, Bubba. Ich habe selbst schon an so etwas gedacht. Das Problem ist nur, dass wir hier keine ordentlichen Klippen haben, wo wir den Typ hinunterschicken könnten. Also muss ich dein Angebot leider dankend ablehnen. Aber wenn er wieder herkommen sollte, können wir die Sache ja noch einmal überdenken. Wo ist Ty?«

»Keine Ahnung, ich habe alle Schlüssel an mich genommen, so wie du gesagt hast. Sie ist in den Stall gekommen, hat ein paar Minuten in Silvermines Box verbracht, aber dann ist sie wieder rausgegangen. Ich schätze mal, sie ist ans Meer gelaufen.« Grinsend rieb er sich den Bauch. Er brauchte nur an einen schwankenden Horizont zu denken, und ihm wurde schlecht. »Manche Leute sollen sich da ja trösten oder entspannen können.«

Aber das hörte Steve schon nicht mehr, weil er bereits den weißen Zaun entlangrannte, der nur wenige hundert Meter vor dem Atlantik endete.

Keine Tränen, weder jetzt und noch später. Das Gefühl der Leere hielt allerdings an und veranlasste Ty dazu, sich ganz auf sich zu besinnen, indem sie mit den Armen die Knie umschlang, während der Wind um sie her pfiff. Ihre Ohren klirrten schon vor Kälte, aber das war nur noch ein zusätzlicher Schmerz.

Trotzdem rührte sie sich nicht vom Fleck, beobachtete lediglich, wie die tosenden Wellen am Strand aufliefen, nur wenige Zentimeter von ihr entfernt, sodass sie manchmal von der Gischt getroffen wurde. Die feuchte Kälte des Sandes drang ihr bereits durch die Jeans, und ihre Haut war jetzt schon eiskalt. Bald wäre es auch ihr Innerstes.

Noch fester schlang sie die Arme um die Knie. Hatte Steve denn jemals gesagt, dass er sie liebte? Eigentlich nicht, zumindest nicht mit so vielen Worten. Und wenn doch, na und? Seine Pferde und Southwind liebte er schon viel länger. Konnte sie ihm da einen Vorwurf machen, dass er ein so verlockendes Angebot angenommen hatte? Seine Farm und seine Pferde waren sein Leben. Das hatte sie immer gewusst und noch besser verstanden, als sie bei seiner Familie in Kentucky gewesen war. Für die Sheppards waren Pferde der Anfang und das Ende, und keiner wusste besser als Ty selbst, wie schwer es war, sich dem Einfluss der Eltern zu entziehen. Ein bitteres Lächeln umspielte ihren Mund.

Nun, jetzt wäre Steve ja frei und in der Lage, Southwind so zu führen, wie er es für richtig hielt. Er brauchte sich nicht länger mit übergenauen, nervigen Besitzern abzugeben oder mit Partnern, die Forderungen stellten. Er hatte sich ohnehin nur mit ihr arrangiert, weil er das Geld nötig gehabt hatte. Dem war jetzt nicht mehr so, wieso sollte er sich da länger mit ihr herumschlagen?

Die Kehle war ihr plötzlich wie zugeschnürt, und sie ließ den Kopf auf die Knie sinken. Dann zwang sie sich, den Kloß im Hals – die Traurigkeit, die sie zu überwältigen drohte –, herunterzuschlucken.

In diesem Augenblick kniete sich Steve neben sie. Beim Rauschen des Meeres und Pfeifen des Windes hatte Ty ihn nicht kommen hören. Als sie spürte, wie er sie berührte, wollte sie schon aufstehen, aber Steve hielt sie zurück.

»Lass mich.« Ihre Stimme klang rau und war ihr selbst ganz fremd. Aber Steve beließ die Hand, wo sie war, lockerte nur den Griff. Doch Ty achtete nicht weiter darauf, schließlich hatte es nichts zu bedeuten. »Ist mein Vater gegangen?« Um das Tosen der Wellen und das Heulen des Windes zu übertönen, musste sie viel lauter sprechen, als sie wollte, und dadurch schmerzte ihre Kehle noch mehr.

»Ja.«

»Dann werde ich mal meine Sachen packen.« Ty hatte den Blick aufs Meer gerichtet, spürte aber, wie Steve sie ansah.

»Willst du wirklich alles hinschmeißen, bevor du gesehen hast, wie sich die Dinge entwickeln, Ty? Noch bevor wir die Wochenendkurse gehalten haben? Bevor du weißt, ob wir es nicht vielleicht doch schaffen?«

»Lass das«, wiederholte sie, während ihr Kopf herumschnellte, dass ihr die Haarsträhnen ins Gesicht wehten. In ihren Augen glitzerte es gefährlich. »Tu nicht so, als wäre dir wichtig, was ich mache!«

»Siehst du, da irrst du dich. Alles, was mit dir zu tun hat, ist mir wichtig.« Sorgfältig strich er ihr die zerzausten Strähnen aus dem Gesicht, aber Ty sah schon wieder aufs Meer. »Eigentlich sollte *ich* stinksauer sein, weil du an mir zweifelst, mir misstraust. Doch nachdem ich deinen Vater kennen gelernt habe, verstehe ich, warum es dir schwer fällt, einem anderen Menschen zu vertrauen.« Etwas am Klang seiner Stimme veranlasste Ty dazu, sich ihm wieder zuzuwenden. »Ty, ich habe ihm gesagt, er könne sich sein Geld sonst wo hinstecken.«

Wie gebannt sah sie ihn an, zu geschockt, um etwas zu sagen.

»Ich weiß, dein Vater war auch ein wenig überrascht. Das ist wahrscheinlich erst das zweite Mal in seinem Leben gewesen, dass ihm jemand gesagt hat, er könne bleiben, wo der Pfeffer wächst.« Steve tastete nach Tys Hand, während seinen Mund ein Lächeln umspielte. »Du warst mein leuchtendes Vorbild, Ty.«

»Aber das Geld –«

»Verdammt noch mal, was habt ihr denn ständig mit eurem blöden Geld? Es geht uns doch nicht schlecht. Wir sind dabei, neue Kunden zu bekommen; ich bin verdammt gut in meinem Job, und du bist eine clevere Geschäftsfrau. Um ehrlich zu sein, hoffe ich geradezu, dass dein Vater den Treuhandfonds einfrieren lässt. Denn damit hätte er sein letztes Pulver verschossen. Wir schaffen das schon, Ty. Das heißt, vorausgesetzt, wir setzen uns wieder an einen Tisch.«

»Ich überschreibe dir alles, sobald wir im Haus sind. Bubba kann als Zeuge fungieren«, sagte Ty leise. »Ich hätte es schon längst tun sollen.«

Aber Steve schüttelte den Kopf, und sein Lachen wurde vom Wind davongetragen. »Nein, Ty, das habe ich nicht gemeint. Ich spreche von einem ganz neuen Vertrag, einer großen, allumfassenden Sache, an der wir beide fifty-fifty beteiligt sind.«

»Ich weißt nicht, was du meinst«, sagte Ty verwirrt.

»Ich meine eine neue Partnerschaft, Ty.« Er hob ihre kalte Hand an den Mund und wärmte sie mit seinen Küssen. »Du kriegst mich, und ich kriege dich. Für immer.« Als Ty fühlte, wie Steve ihr den Ring an den Finger steckte, senkte sie den Blick, und ein Diamant funkelte ihr entgegen.

»Mom hat mir den Ring letzte Woche gegeben. Aber ich wollte das Treffen mit deinem Vater hinter mich bringen, bevor ich dich bitte, meine Frau zu werden. Heirate mich, Ty, ich liebe dich. Lass uns Kinder haben und eine richtige Familie sein.«

Steve beugte sich zu ihr und drückte ihr einen Kuss auf die bebenden Lippen, bevor er glücklich ihr gehauchtes Ja in sich aufnahm.

Das Buch

Die junge Ty Stannard wird von ihrem reichen Vater wie in einem goldenen Käfig gehalten. Ihre ganze Leidenschaft gilt dem Reiten. Sie strebt danach, so gut reiten zu können wie ihr Idol Steve Sheppard, der bekannte Turnierreiter. Nachdem Ty bei einem Turnier einen Unfall erlitt, verkauft ihr Vater Charisma, ihr geliebtes Pferd, und zerstört damit ihren Lebenstraum. Einzig ihre beste Freundin Lizzie Osborne steht Ty immer zur Seite.

Jahre vergehen. Steve besitzt ein eigenes Pferdegestüt, das am Rande des Ruins steht, da sein Ruf durch üble Nachrede zerstört wurde. Ty ist zu einer wunderschönen Frau herangereift und hat sich mit Lizzie selbstständig gemacht. Als Ty von Steves Schwierigkeiten erfährt, bietet sie ihm ihre finanzielle Hilfe an. Doch Steve sieht in Ty nur eine egozentrische und verwöhnte Millionärstochter. Deshalb nimmt er das Angebot nur unter der Bedingung an, dass Ty auf dem Gestüt selbst mitarbeitet. Insgeheim hofft er darauf, sie bald los zu sein. Doch Ty ist ausdauernd und schon bald fühlt Steve sich gegen seinen Willen zu ihr hingezogen. Aber die zerbrechliche Liebe der beiden wird auf eine harte Probe gestellt, als unvermittelt Tys Vater auftaucht …

Die Autorin

Laura Moore studierte Kunstgeschichte und ist begeisterte Pferdesportlerin. Sie lebt zusammen mit ihrem Mann und ihren beiden Kindern nördlich von Chicago, USA. Im Heyne Verlag ist auch ihr erster Roman *Melodie des Frühlings* (01/13680) erschienen.

HEYNE <